一书一世界。
愿你在这里舒展心怀，
畅快遨游古今未来！

辰东

网络文学
名作典藏丛书

神墓

精修典藏版

06

——祸起太古——

辰东 ◎作品

作家出版社

《网络文学名作典藏》丛书

总策划

何　弘　张亚丽

主编

肖惊鸿

统筹

袁艺方

主编的话

《网络文学名作典藏》丛书聚焦网络文学，遴选名家名作，工于精修校订，集于精品丛书，力图成为记载中国网络文学成长的历史见证，和致敬中国网络文学发展的一座里程碑。

网络文学名作的实体出版极为重要。这是扩大网络文学影响力、推动网络文学经典化的重要途径，也是展现网络文学成果、引领大众阅读和传播以及拉动文化产业发展的有力手段。

在中国作协的支持下，网络文学中心领导和作家出版社领导担纲总策划，落实主编责任制，确定经过时间验证和社会公认的名家名作，组织精修团队，在作家本人参与下，与责编共同负责精修工作。

回顾网络文学发展历程，这样的一套丛书是前所未有的。精修，意味着与作家的高度共识，意味着对作品的深度把握，完成去粗取精、去伪存真的过程，以实体出版的"固化"形式，朝着网络文学经典化、精品化的目标迈进。精修团队本着为作家负责、为读者负责的态度，重视作品的文学性、思想性，尊重读者的阅读体验，为新时代网络文学高质量发展贡献出集体智慧。

愿更多的读者阅读它、检验它。愿中国网络文学真正成为新时代文学的一座高峰。

肖惊鸿

2021 年 5 月 18 日

《神墓》精修成员

总负责人

肖惊鸿　袁艺方

修订

安迪斯·晨风　安　易　王　烨

校订

田偲堂　王　颖　贾国梁

目录

第一章
天堂地狱

辰南听到古神的话语，神情激动到无以复加的地步，他快速冲了过去，从紫金神龙手中一把将老人抢了过来，揪住他的衣领恶狠狠地问道："快告诉我，我父亲在哪里？""喀喀！"虚弱的古神被辰南掐得直咳嗽。"对不起，我的情绪实在太激动了。"辰南放开他，认真地施了一礼，道，"请前辈明示，告诉我我父亲究竟在哪里，还有您是怎样知道的？"

古神用一双骷髅手整理了一下自己的皱褶不堪的衣衫，又瞥了一眼对他怒目而视的紫金神龙，道："我也只是知道大概消息而已，并不能确定。""没关系，把您知道的告诉我就可以！"辰南说道。"嗷吼——"就在这个时候，高空之上传来阵阵惊天咆哮，山岳般高大的魔猿和大魔一路打来，追到了这里。大魔降落在辰南他们一旁，看起来分外狼狈，嘴角早已溢出丝丝血迹。

"哼，这个世间没有人能够救你们，这里将成为你们的葬身之地！"西土魔猿荡起阵阵狂风从天而降，整片山谷为之剧烈颤动不已，她像顶天立地的巨人一般俯视着辰南等人。蓦然间，远古魔猿神情凝滞，而后极速喘息，最后发出一声刺耳的尖啸，无形的声波冲击得山谷旁边的一座山峰直接崩塌。"嗷吼，这不可能！"魔猿仰天咆哮，神情激动至极，她盯着地面的骷髅古神，颤声道："是你？"然后她愤怒地吼啸道："你这个混蛋，当年竟然离妻弃子，背我们而去，我要杀了你！"

大如山岳的巨爪狂猛地向下抓来，不过古神连动都未动一下，直接闭上了双眼，一副认命的样子。狂暴魔猿的巨大魔爪在距离古神还有半米处突然定住了，如果这巨爪再继续拍落下去，毫无疑问会将古神打成肉泥。"嗷吼——"魔猿仰天长啸，一对巨大的黑爪用力握成拳状，使劲地擂打自己的胸膛，发出阵阵沉闷的巨响。而后她像发狂了一般，冲到山谷外的原始森林中，无数高大的参天古树在她的脚下被踢倒、被碾压得粉碎，残枝败叶到处都是，偌大的一片森林很快就被毁去了。

高大的魔猿竟然将一大片原始森林踩成了平地！但是，她似乎还没有完全发泄出来，最后凄厉的吼啸声一波接着一波，远处的森林片片伏倒，就像那柔弱的秧苗突然遇到了最为强劲的风暴一般，不是拔地而起被吹走，就是在原地被强大的声波震爆！远山传来阵阵惊恐的悲鸣，几头飞龙从大山中飞起，还有一头巨龙也惊慌地腾入空中，想要逃离这片恐怖的地域。

魔猿像是找到了发泄对象一般，厉啸一声冲天而起，在原地留下一道巨大的残影，快速出现在远空。接下来的场面是异常冷血残暴的，几头飞龙皆被魔猿生生撕碎，丢弃在山谷中。而巨龙就更为悲惨了，先是那颗巨大的心脏被掏出，千斤重的巨大心脏在魔猿手中怦怦跳个不停，魔猿一把塞进了自己的嘴里，几下就嚼烂，吞进了肚中。之后，她开始啃噬巨龙的骨肉，残暴的画面让人不忍目睹！

化成人形的紫金神龙用力擦了擦自己额头上的冷汗，将头转过一边，对古神道："强悍到极点！她居然是你老婆，我太佩服你了！你简直是我辈之偶像啊！连这样一个暴猿你都能够娶进门，你真是一个禽兽啊！不用说，一般的天使仙女已经不入你法眼，你已经开始寻找另类！高人啊，高人！"紫金神龙被他关押了数千年，自然对他恨之入骨，说话绝对是不留情面。古神唯有苦笑。

不过对于魔猿这头上古凶兽是古神的老婆这件事情，不要说辰南有些不相信，就是纳兰若水也有些不理解，就连那表情严肃的大魔的脸也一阵抽搐，似乎无法想通为什么会出现这样的夫妻搭档。要知道古神过去乃是西方天界圣战天使一族的第一高手啊！那也意味着，他极有可能是西方天界有数的强者之一，想要娶什么样的妻子没有？不要说那些姿容绝世的高阶天使，就是娶一个天界的女性主神，也是非常自然的事情。可是他不仅娶了魔猿为妻，而且他们之间还有了一个孩子。

"嗷呜，哈哈哈，看到你这个样子，真是让我龙心大悦啊！"紫金神龙揶揄道，"想必当初吃了不少苦头吧？堂堂风流倜傥、前途无量的圣战天使，被魔猿掳走当老公，真是太有意思了！"不过，古神接下来的一句话，立刻让紫金神龙哑声了。古神道："当初，我们是真心相爱的！"听到此话后，紫金神龙的下巴差点儿掉在地上，他使劲地将下巴向上推了推，好半天才缓过神来，嗖的一声远离古神数丈远，道："你这个家伙真变态！当初你抓龙大爷不会也是为了……"想到不好之处，紫金神龙全身的汗毛都竖起来了，破口大骂道："龙大爷这么神武威猛，你不会把我当成你眼中的暴猿型美女了吧，他龙祖宗的！龙大爷可是帅帅的男龙啊！你太变态了！"此刻，古神彻底无语。辰南和大魔虽然不相信老痞子这番受害妄想般的咒骂，但是也觉得这个当年的圣战天使眼光确实有问题。唯有纳兰若水恢复了平静，脸色没有再出现什么波澜。

远处，暴猿将巨龙啃噬得血肉模糊，白骨森森，最后用力抛进了山谷中。她怒气冲冲地飞纵而回，一只巨脚猛力踩下。如果不是痞子龙动作足够迅捷，巨大的黑色猿脚就将他直接踩入地下了，两者间隔不过半米远。"你这四脚蛇方才都说了些什么？！找死啊！"魔猿咆哮道。"没……"紫金神龙现在面对这头巨猿已经没脾气了，实力差距摆在那里，而且对方的暴戾，早就让他将之列为遇上便要退避三舍的可怕敌人。

古神道："你终于消气了。""我没有！"魔猿暴怒道，"说！数千年前，你为什么离我们而去，为什么就此一去不复返？你可知道我们母子二人是如何过来的吗？小猿他天资绝世，继承你我的血脉后，与生俱来的强大灵力，让他可能会在最短的时间成为一代神皇。只是，你那两个该死的堂兄见你不在了，处处为难我们母子二人。认为小猿有六颗头颅，过于丑陋，有辱圣战天使一族的光辉形象，时时刻刻想将我们逐出家门。我为了等你回来，不肯离去。而他们、他们……"

"他们怎么了？"古神急切地问道，胸腹剧烈喘息不已。远古魔猿厉笑道："他们趁我不在的时候，将小猿的那对圣战天使羽翼生生连根拔掉了！彻底让他们眼中的小怪物失去了圣战天使一族身份的象征，解决掉了圣战天使一族的耻辱！""混蛋，这两个混蛋！"古神悲愤地怒骂着。

魔猿怒吼道："小猿从你那里继承来的强大力量一夜间全部流失，他险些就此死掉！因此从小体弱多病，即便我传承给他力量也不能完全觉醒，数千年过去了，不要说进入神皇领域，到现在还没有进入真正的神王之境！"现场几人为六头神魔猿的身世经历感到悲惨时，也同时暗暗咂舌不已。即便体弱多病，神魔猿也快步入神王领域了，而远古魔猿却异常不满意，这说明了什么？他们这一族传承的力量太可怕了！

古神叹了一口气，有些悔恨地道："没想到会是这样。以前我还在奇怪，小猿他小的时候天资卓越，为何这数千年来他的进境却没有想象中那么快呢，原因在于此，都是我的错啊，当初我实在不该离开！""什么，你已经见过小猿了？"远古魔猿惊疑地问道。古神道："是的，我人虽然废了，失去了一身强大的战力，但某些神通还是能够施展的，我远远地观望过他。"

魔猿气道："那你为什么不来见我，你当初到底为何离去？"古神苦笑道："当初，我成了这副人不人鬼不鬼的样子，正在犹豫是否去见你，但是突然听闻你杀死了我的两个哥哥，我……""所以你不知道如何面对我，不知道该不该为他们报仇？"远古魔猿凄厉地笑道，"你那两个混账堂兄害得小猿生不如死，我当然不会放过他们，他们全都被我生生撕裂了。可惜，未能将他们的圣战天使羽翼植入小猿的体内。不过在那一役中，血染西方天际，酣畅淋漓实在痛快，尽管我重伤垂死，但终究还是逃了下来。"

"我愧对你们母子二人。"古神痛苦地叹息道。魔猿问道："你还没有说数千年前你为什么突然离去。"古神陷入了回忆中，道："血天使一族的第一人血帝，在人间意外发现一处遗迹。他从那里得到一件禁忌古物玉如意，里面蕴藏着一股庞大的力量。我不想因此而让血天使一族实力大增，同时想送你一件礼物，想给你一个惊喜。我独自一人自古阵法进入人间，想要劫杀那血帝。谁知这是一个圈套，他们故意透露给我消息，知道以我的性情绝对会独身前往与血帝决战。等待我的是血天使一族三大高手的合力袭杀！"说到这里古神停顿了一下，道，"那一战实在太惨烈了，现在想来还心有余悸。我如果不是身上穿有玄武甲，定然被他们一战而灭。拼尽全身力量，我杀死了其中的两人。血帝虽然未死，但也和我一样，悲惨地从帝皇领域跌落到神王之境。修为大损，我们都不愿意就此回返人间，就此在这十万大山中不死不休地纠缠。结果，我惨胜了，但一身战力全部消散，圣战羽翼也退化了。后来知道你在天界大开杀戒，杀我族人，逃回人间。而我也变成了这个样子，实在心灰意冷，不知何去何从，最后只想在这人间红尘中慢慢等死。"

魔猿问道："你说的是真的？你是为了给我一个惊喜，去杀血帝，夺得玉如意，而不是抛弃了我们母子？"古神道："当然不是，你怎么会那样想呢。""嗷吼——"一声震天的咆哮，如山岳般高大的魔猿，形体快速缩小，而且那恐怖的样子也在剧烈地变化着。

不过眨眼间，一个二十几岁的年轻女子出现在众人面前，她身穿一身黑色衣裙，一头乌黑光亮的秀发光可鉴人，黛眉弯弯，眸若秋水，琼鼻挺翘，红唇润泽，贝齿洁白，体态婀娜，这简直就是一个国色天香的绝世大美人啊！哪里还有半丝凶残的样子？与之前那个残暴的上古凶兽简直是天壤之别！

刚从辰南内天地出来的龙宝宝直接惊呼："偶滴神啊！"紫金神龙也猛力地揉着双眼，不可思议地道："龙生啊！这个世界真是多姿多彩，老龙我也有迷幻的时候啊！"再次开口说话的猿夫人，声音如大珠小珠落玉盘，清脆悦耳，和半刻钟前那个仰天长啸的魔猿相比，那真是天地之差啊！

千丈魔猿化成体态婀娜、国色天香的绝世美女，狂暴的声音也变得如天籁般动听，这前后的反差实在太大了！无论是辰南，还是大魔，以及纳兰若水都目瞪口呆，唯有两条龙在那里悄悄品头论足。猿夫人面色不善地问道："说吧，你为什么要护着他们，你可知道他们当中那个年轻人斩了小猿的一颗头颅！"

古神道："小猿得自你的传承，它具有不死之躯，休养一段时间，就会长出一颗完好的新头颅。这不是什么化解不开的恩怨。而且，你知道他是谁吗，他是辰战之子，他的父亲曾经有大恩于我们。""什么?！他真是辰战之子？这、这怎么可能?！"猿夫人有些震惊地道，"辰战恩人已经消失万载岁月了，他的儿子怎么会突然出现呢？"

古神叹息了一声，道："是啊，万载岁月匆匆而过。但他的确是辰战之子，你的消息太闭塞了，还不如我这个废人啊。不久前辰南大闹天界的事情，闹得沸沸扬扬，早已在各个玄界高手间流传。其中详情你可以随便向某一大玄界打听，都能够详细了解到。"

"是这样啊。"猿夫人看向辰南的目光，敌意消失了，甚至露出了一丝愧色。她转过头来对古神露出一丝柔色，道："我避世多年了，早已不问红尘中事。如果不是小猿重伤逃到我的闭关之所，我可能会永久遁在世外。这样说来，我还真是太过鲁莽了。看到他手中的几件瑰宝，我还以为他乃是天界辰家中人呢。特别是看到他身着玄武甲，我就更加难以保持平静了，因为那毕竟是你当年曾经穿过的神甲。即便没有小猿的事情，我也会将他抓住问个究竟。"

"你的脾气一点儿也没有变，冷静时端庄贤惠，发怒时暴跳如雷。你还是原来的你，而我已经是一个废物。"说到这里，古神一副落寞的神态，骷髅身体显得更加委顿了。痞子龙虽然很恨古神，但还是有些同情心的，看到这对多灾多难的夫妻相聚，没有言声打断他们。

"我一定会想办法让你恢复神力的！"猿夫人眼中闪烁着泪光。现在温柔端庄的样子，与之前相比天地之差。古神苦涩地笑了笑，道："没用的，如果可以的话，我早就转世投入一个新的躯体了。血天使一族的毁灭性力量与我的灵魂力量纠缠在一起，已经不分彼此，早晚有一天我会烟消云散。不过在死前，我会为我们的孩儿做些事情。我的圣战天使羽翼虽然退化了，但是其根还在，还保留着最为纯正的圣战神血，我将它植入小猿的体内，让他成为最强战族！"

"不行，我绝不允许！哼，我要打上西方天界，逼着那帮魔神说出解救你的办法，我相信一定有解救你的办法。没落的西方神族，已经不被我放在眼里，你不用担心！"猿夫人眼中含泪，说得斩钉截铁。女为悦己者容，猿夫人这样一个倾城倾国的大美人，甘愿以丑恶的兽体面对世人，数千年来，她为情伤，心如死灰。现在误会破除，对于她来说将是一个全新的转折点。

"这些事情以后再说吧。"古神笑了笑，道，"今天能与你冰释前嫌，彻底了却了我的一桩心愿。现在说说辰战恩人的事情吧。辰南你过来。"古神招呼辰南。辰南大步走到近前，他很同情这两人间的坎坷经历，也迫切想了解他父亲辰战的消息。

古神道："玄武甲算是物归原主了，这原本就应该是属于你的。""原本就是属于我的？"辰南眼中闪现出讶异之色，道，"你是说它是……""是的，它是你父亲辰战当年留下的。"古神肯定了他的猜想。"辰南，方才多有得罪，还请你见谅，我真的不知道你是辰战恩人的后人。"此刻倾城倾国的猿夫人脸上闪现出一丝羞愧之色。不过，却让辰南身后的紫金神龙感觉一阵毛骨悚然，他不会忘记之前的种种画面。龙宝宝倒是扑闪着一双大眼，饶有兴趣地看着这位绝色佳人。

辰南诚恳道："没什么，说起来都是我不对，伤害了您的孩子。"既然事情说开了，一切不愉快的事情都将被揭过去。通过古神与猿夫人的述说，辰南了解了许多关于他父亲的事情。

辰战，一代天骄！这是所有真正了解他的人一致的看法，没有人会怀疑他的能力。辰战为天界辰家传说中的"第九人"，可谓惊才绝艳，修为深不可测。他在有限的岁月中达到的境界是别人终生苦修都无法仰望到的领域。辰南不久前在天界之时就听闻了关于他父亲的种种传说，不过在他的印象中，父亲似乎远没有传闻中那般强大。今日，他终于从古神与魔猿口中明了，为何天界传言与他所知有误了。

辰战自小在天界辰家长大，一身修为不仅远远超越同辈，就连许多老一辈人物都已经不是他的对手。被确定为"第九人"后，他盖世神体内被植入神兵之魂，经过数百年的修炼，修为更是突飞猛进，最后近乎无敌！只是辰战并不是愚忠的普通辰家子弟，他有远见卓识，不愿徒做嫁衣。他曾经口放豪言道："给我时间，无须复活远祖，我将超越远祖！"

他的言论自然会引起辰家长老不满。最后辰战当众明说，不愿做"第九人"，"第九人"的重任完全可以交付给另外的人，而他将再为辰家创下一个不朽的传说！如此大逆不道的言论自然惹得天界辰家众多老古董不满，双方至此出现了一条无形的裂痕。最后，事情终于朝着最坏的方向发展了，辰战要反抗自己既定的命运，辰家则要镇压这个不肖子孙。结果是可想而知的，面对辰家的老古董，辰战终被封印，而且被打落人间，记忆也被做了手脚。

　　辰家已经不指望他回头，将他当成了一件工具，让他在封印的状态下，以全新的人生继续修炼，待到时机成熟，将走上辰家传说中"第九人"的既定命运路线。辰战天纵奇才，他在人间突破心灵枷锁，复归了所有记忆，不过由于功力被封，他只能暗中苦修玄功，以期突破封印，超越当年巅峰时代的力量。封印层层破开，辰战失去的力量终于渐渐回归。

　　不过就在这个时候，他因掌控一个"残破的世界"而惹来无尽风波，几个实力高深莫测的人找上了他。为了不惊动天界辰家，辰战只能与这些人暗战，更曾经一度施展通天法力，以自己的元神驾驭盖世的元力，与某位大人物同被困在一片奇异的空间，争斗四载。而他的本体却只保留了部分灵识，修为则所剩无几。

　　辰南听闻这些，当真吃惊不已，原来竟然有这么多的隐情，他父亲远非想象中的那么简单。他很想了解得详细一些，但是古神也所知有限，根本不知道那残破的世界究竟是怎么回事，也不知道和辰战大战的人物到底是谁。不过据古神推测，辰战之所以区区数百年便可以睥睨天地间，极有可能与他所得到的残破世界有着莫大的关联。

　　此后，天地大动乱，辰家人无力顾及辰战。传说中的"天门"大开，仙神祸乱人间，辰战在这个时期于混乱中带领家人杀上天界避难。这件事情，辰南都曾经听天界雨馨讲过，并无多大出入，他真正关心的是辰战后来的去向。

　　古神道："辰战恩人斩神灭仙，自东方天界杀到西方天界避难，那个时候他伤势严重，真不知道是何人将他伤成了那样。"辰南问道："你是说我父亲逃到了西方天界？那我母亲呢，你可曾看到？"古神道："他们在一起。"

后来的事情不算曲折，可以说很普通。辰战杀到西方，恰逢古神和魔猿这对夫妇遭遇血天使一族的追杀，辰战大显神威，一举灭杀五名血天使，使这对夫妇逃离灭亡之险。辰战在西方人生地不熟，那个时候古神乃是圣战天使一族的后起之秀，很容易便秘密安排了辰战的隐修之所。在那一年中，辰战渐渐养好了伤势，且多次指点古神夫妇修炼，临别之际，辰战脱下玄武甲，赠予了古神夫妇。

古神悠悠叹息道："辰战恩人说，他将要去会战一个强敌，失去灵魂的玄武甲已经被证明根本无法防住对方的凌厉攻击。与其大战时损坏神甲，还不如留待有缘人凝聚神甲之魂，将来发挥更大的作用。从此，他们夫妇便一去不复返。"可惜，古神与魔猿知道得实在有限，辰南有着太多的疑问，但是他们却不能全部回答。

不过，有一件事情，辰南终于可以询问了，这对夫妻当年曾经亲身经历过天地浩荡，应该明白那个时候到底发生了什么，他怀着期待的心情提出了这个问题。古神似乎陷入了恐怖的回忆，悠悠道来："那是一场异常可怕的灾难，对于神魔来说是一场灭顶之灾。可怕的神罚浩荡天地间，毁灭一切修为高深的修者，实力稍微差一些的仙神，就像秋天被收割的庄稼一般，成片成片地倒下。"

辰南吃惊地问道："天罚？"猿夫人摇了摇头，接口道："远远不止天罚那样简单啊，对于神魔来说那像是一场灭世战！除了无尽的毁灭神光之外，似乎还有匪夷所思的强悍生灵参与灭杀神魔的行动。我就曾经看到一个方圆千百丈的巨爪瞬间毁灭了一个主神系家族，恐怖的力量让人根本无法与之相抗！"

古神似乎现在还心有余悸，接着道："那简直就是一场屠杀神灵的末世浩劫。更为可怕的是，在那个过程中，许多神魔不知道为何疯了，他们相互屠杀，天界简直就是一处血色炼狱。千人中不过一两人能够侥幸活下来。"

"是的，有一股力量能够影响人的心神，让人发狂，逼人杀戮！那是一个疯狂的末世时代，所有神魔都不知道前路在何方，那是一个绝望的年代！"猿夫人仿佛又置身于那个噩梦般的年代，悠悠叹息道，

"所有的神灵都被牵扯了进来，甚至包括传说中的几个前古神祇都再次现身于混乱的天界中。"

辰南静静地听着，从中了解了许多鲜为人知的秘密，但同时也更加迷惑了，到底是什么力量在进行着灭世战？难道天罚不是一种自然的力量吗？难道是被人为操控的？那毁灭之光中隐匿的生灵是什么？他们为何也要屠戮神灵？"天"真的存在吗？难道它不是一种自然法则，而是一种有思感的生灵？"天"到底是什么？辰南一直以为那是天地自然规则，认为那是一种支撑整片天地的本源力量。但是，他现在不确信了。他想到了在魔主之墓中遇到的那个银发男子，那个睥睨天下、魔威盖世的万魔共主真的困住了"天"吗？

那时，辰南认为所谓的那个"天"，不过是某位极其厉害的至尊人物。但是，现在他动摇了，"天"到底是什么？难道这个天地间，真的有凌驾于众生之上的存在，俯视着芸芸众生？如果真的有这样一种存在，那么魔主根本不可能锁住他！最后，辰南又想到了玉如意中的女子，神女曾经说过："天地为局，众生为棋！"难道是他们这些人在操控着这一切？难道所谓的命运主宰者就是他们？

在辰南胡思乱想的过程中，古神的话语蓦然将他惊醒了过来，"我的战力消失了，但是我的某些神通还在，我的灵觉依然少有人能及。辰战恩人失踪万载了，但在五千年前，我曾经在西土，突然间感应到了一股直冲霄汉、威满人间的盖世强者气息，恍然间我觉得那就是恩人。这就是我要告诉你的，关于你父亲的消息"。

"什么？！"辰南惊呼出声。又是五千年前！五千年前，发生了很多事情，天界雨馨下凡，赶尸派中出现雨馨尸体。而那个时候，辰战也突然显现出踪迹，让人觉察到了他的气息，这一切都是巧合，还是有着必然的联系呢？

辰南急切道："前辈你到底在哪里感应到了我父亲的气息，要知道西土真的实在太大了，难道没有一个明确的方位吗？"古神叹了一口气，道："那时我恰在西土飘荡，只是在一刹那捕捉到那强横至极的神威。不过仅仅持续了片刻，随后就在一瞬间突然归于虚无。不知道是不是我的错觉，我总感觉那……"说到这里，古神有些说不下去了，对辰南露出一丝安慰之色，道："多半是我的错觉。"

辰南心中一沉，本能地有了一丝不好的预感，他沉声道："前辈请明示吧。"古神悠悠叹息道："在那一刻我感觉，辰战恩人的气息，似乎是盛极而衰，似乎在刹那间完成了绚烂的极尽升华，而后突然归于死寂。这，也许是我的错觉吧。但是，在那一刻我真的有一股非常不好的预感，似乎事情有些不妙。"辰南脑海中轰的一声，感觉一阵天旋地转，身体摇摇欲倒。

纳兰若水急忙扶住了他，有些紧张，关切地道："辰南你没事吧，不要往坏处想。那不过是前辈刹那间的感觉而已，不一定作准啊。"紫金神龙也道："嗷呜，说得对，这个死老头子最是卑鄙无耻下流，他说出来的话怎么能够作数呢。"猿夫人狠狠地瞪了一眼紫金神龙，对辰南道："不要担心，在西土比我强的人，没有几个。我都没有感应到辰战恩人的气息，这死老头子怎么会感应得到呢，他一定是神情恍惚，出错了。"辰南点了点头，道："我也不相信我父亲会出事。"他转过头来对古神道："请问前辈你是在哪里感应到我父亲气息的。"

古神道："在西土拜旦圣城。"辰南的双目射出两道实质化光芒，两道光剑瞬间将前方一对巨石击得粉碎。"拜旦圣城，那不是光明教会的圣地吗，十八层地狱就在那里！"说到这里，辰南体内汹涌澎湃出无尽的金色元气，如熊熊烈焰在燃烧一般，一股杀气也跟着冲天而起。

"不错，正是那里。"古神点了点头。辰南冲天而起，手持大龙刀与裂空剑，仰天发出一声震耳欲聋的长啸，乱发狂舞，煞气冲天，向着远处的一座巨山狂劈而去。千重剑气，万重刀芒，撕裂开空间，绚烂光芒，如银河坠落九天一般，洒下漫天炽烈的光彩。

在一阵天摇地动中，巨山被辰南生生劈断了，随后剑气纵横，刀气冲天，断山也在隆隆巨响声中崩塌，乱石穿空，烟尘冲天。辰南当空而立，仰天吼道："我很想杀向十八层地狱，但是我知道以我现在的修为，根本不可能攻破十八层地狱，我要变强，我要变强！"他大声地吼啸着，直震得群山都颤动了起来。

猿夫人飞上高空，道："如果辰战恩人真的被封印在十八层地狱，我可以帮你！光明教会中虽然隐藏了一两个老古董，但是难道他们比天界的主神还可怕吗？我将他们全部撕碎！"辰南的胸腹剧烈地起伏着，好久之后情绪才平静少许，道："多谢猿夫人，到时候定然要请你相助。不过，我要好好准备一番！""还有什么好准备的，直接轰塌十八层地狱，如果辰战恩人被困在里面，我们里应外合，这个世上还有什么人能够阻挡？"猿夫人性如烈火，爱恨分明，现在知道辰南乃是恩人之子，便开始极力帮助。

大魔飞上了高空，冷声道："也许光明教会不在你的眼中，但是那神秘的指骨你能对付吗？镇压十八层地狱万载的镇魔石都被它轰碎了。这个世上有几人能够对付得了那沾染上九滴邪异鲜血的指骨？"猿夫人冷笑道："不要以为在澹台圣地争斗的几人有什么了不起，我还真想和他那种人斗上一番。"古神如一道鬼影般飘浮上高空，对猿夫人道："你的脾气还是那样火暴，现在天地间局势异常复杂，万万不可鲁莽行事。敢砸开十八层地狱，说不定就会引起一场天大的混乱！"

龙宝宝迷迷糊糊地飘浮在空中，一双大眼睛里满是迷茫，道："十八层地狱？神说，我的心中好乱啊！"紫金神龙乃是一个唯恐天下不乱的家伙，大声喊道："有什么可怕的？就是要砸开十八层地狱，就是要天下大乱！让里面被关押了万年的超级魔王祸乱天地，这个世界虚伪的人太多了，早该让魔王们清洗一番了。"纳兰若水飞到空中，小声问道："辰南你不要紧吧？""我没事。"辰南渐渐冷静了下来，开始思考究竟是谁封印了他的父亲，他向古神问道："前辈，万年前你究竟达到了何等境界？"古神道："初窥神王领域。"

辰南不禁皱了皱眉头，万年前古神作为圣战天使一族的后起之秀，修为已经达到了神王初级境界。而他父亲辰战却能够解救古神于危难时刻，这说明他父亲的修为最起码达到了神王顶级境界，更或许达到了神皇领域。如果再从另一则消息推断，失去灵魂的玄武甲对辰战已经无用，那么已经可以肯定他必然已经达到神皇领域，甚至还可以看高一线！

以一己之力，将一个神皇高手牢牢地封印万载，这个人未免太可怕了！不过，辰南最担心的还是他父亲是否遭遇了不测，为什么那直冲霄汉的气息极盛之后陡然归于死寂呢？"我想现在立刻建造一座招魂台，来看看我父亲是否遭遇了不测。"辰南的话语很沉重。

正在这个时候，猿夫人冷哼了一声，道："澹台璇你听了好长一段时间了吧？"天骄仙子澹台璇笼罩着一重朦胧的云雾，令她整个人仿佛披上了一层淡淡的轻纱，白衣舞动，她翩然飞来，整个人清丽出尘，不沾染丝毫尘世气息。

澹台璇道："我也是刚刚赶到而已，没有想到辰战伯伯竟然有可能被封印在十八层地狱，实在让人不敢相信。以辰伯伯的天纵之资、盖世法力，这个天地间有几人能够封印他呢？"正在这个时候，远空中陆续显出人影，各个高山上落下不少人，正是那批追寻下来的玄界高手，他们想观看上古暴猿发威之下，谁人能够征服她。

澹台璇飞到辰南的身前，一双如梦似幻的眸子闪烁出真挚的感情，道："辰南，我有许多话想对你说，但是现在我有重要的事情，必须马上离去。不过，既然我已经降临到人间界，相信我们很快会再次见面。"接着她转过身来，面对猿夫人，道："姐姐你法力通天，是否知道在我对抗天罚、无力分身之际，是谁掳走了我澹台派的一名女弟子？"

猿夫人道："观战者那么多，我怎么能够把握到每一个人的情况呢？不过，趁你无力分身之际，可以做到神不知鬼不觉掳走你关注的人，似乎也就那么几位。"澹台璇道："还请姐姐相告。"猿夫人沉吟道："东土有两位，估计不太可能是他们。最有可能的是西土的老色龙，龙族可是出了名的贪财好色啊，这头老龙更是恶名远播。不过，我倒是很奇怪，他再好色，也不会无缘无故地抢你的弟子吧，他可是一向标榜自己要师出有名的。""多谢！"澹台璇深深看了一眼辰南，道："我会尽快回来找你的。"说完，澹台仙子化作一道神光，向着西方天际飞去，像那美丽星空中最耀眼的一颗流星一般，匆匆而去。

龙宝宝眨动着大眼睛，围绕着辰南晃晃悠悠，小东西一副鬼头鬼脑的样子。辰南甚是不自在，天晓得澹台璇找到梦可儿后，发现她已经为人母，会是什么表情。不过，他也很惊异，澹台璇为什么会如此在意梦可儿呢，两者之间到底是什么关系？

远山聚集来的玄界修者越来越多，不过却没有人敢过分靠近，他们吃惊于魔猿的变化，从强者气息上来判断，他们知道那个黑发黑眸的绝色大美女乃是古猿的化身，万万没有想到她前后变化会如此之大。

正在这个时候，猿夫人发出一声清啸，震得群山都在颤动，她大声喝道："从今之后，辰南是我猿夫人的兄弟，任他是天上仙神，还是地上妖魔，谁若敢动辰南一根毫毛，就是跟我猿夫人过意不去！"远山的玄界修者一片议论纷纷，惊异于她与辰南的关系，才不过一个时辰，两人间似乎已经彻底化解了仇怨，而且还结成了姐弟，这样的反差实在太大了。所有人都知道，辰南有了一位大靠山，这个上古暴猿如果发起狂来，谁惹得起啊？谁也不想被撕裂，被生吞活剥。

"我要建招魂台！"辰南说得斩钉截铁。古神、大魔有些诧异地望着他，露着几许不解之色。辰南道："我要先确定我父亲是否还平安在世！所谓的'招魂'乃是我家传玄功中的一种秘术，能够逆乱阴阳，沟通天鬼，寻找游荡在这世间的残魂，练到极深境界，可以逆天改命。"紫金神龙号叫道："好，老龙我支持，久听辰战大名，即便是见不到人，就是鬼我也要见识一下。嗷呜……"紫金神龙被猿夫人一巴掌拍了下去，被直接轰入了地层深处。

下方原本是古神殿，不过现在已经是一片废墟，万千枯骨堆积成了小山，还有那神殿崩塌后的巨石，散落在枯骨之上，正是搭建招魂台的上好材料。在远处众多玄界高手惊异的目光中，魔猿以大法力清理出来一块空地。而后辰南亲自动手，只见那千斤巨石漫天飞舞，辰南咬破中指，向每一块巨石都洒落一滴鲜血。

澹台圣地恶魔出世所造成的影响是巨大的。在指骨飞离十八层地狱后，十八层地狱内便开始咆哮震天，煞气直冲霄汉，让整座拜旦圣城都在战栗，如黑墨般的魔云更是笼罩了整座圣城。光明教会所有神职人员全部出动，全部运转光明圣力，想要驱散漫天的煞气。但是十八层地狱就像一座活火山一般随时会喷发。光明教皇果断做出决定，将已经收集到教会中心神殿的光明圣骨取出，用来镇压群魔之乱。

这乃是第一代光明神的骸骨，骸骨中蕴藏着不少神舍利，传说光明神早晚有一天会借此重新来到这个世上。光明圣骨果然化解了教会的重大危机，将那直冲霄汉的煞气生生压制，而就在这个时候神秘的指骨飞回，十八层地狱重归平静。

此刻，天界混乱不堪，可谓风声鹤唳。邪祖突然出世，让天界的几个当年参与过封印的神王顿时乱了手脚，纷纷调兵遣将，做好了大决战的准备。不过，修为被打落到神王之境的邪祖，并没有疯狂地报复，而是在暗中猎杀几派的高手。三天过去了，混天道、绝情道等派的精英高手已经被邪祖灭杀十几人，人数虽然不多，但死状极惨，全身精血全部枯竭，生命之能全被抽离。这种暗地的袭杀比之明面上的大决战，更让人感觉恐怖，所有相关门派都提心吊胆，天界一场大动乱、大风波不可避免！

三天过去了，十万大山中，招魂台终于搭建完毕，十丈高台每块巨石都染有辰南的鲜血，而且每块巨石都被雕刻上了古老的魔纹。魔纹透发出阵阵波动，令地面上的万千枯骨全部飘浮到了虚空中，围绕着招魂台不断旋转，看起来格外邪异。众多玄界高手都没有离去，他们吃惊地在远空望着这一切。

第四天的午夜，辰南站在高台之上，脱下玄武甲，以四把长剑贯穿进自己的四肢，任那血水洒落在高台之上，开始口诵那陌生而古老的咒语："万古长存的神魂魔魄，请为我打碎那扇禁忌之地的大门吧，将那迷失的灵魂接引而回……"午夜时刻，漫天的乌云聚拢来，所有的星光都在刹那间消失，整片天地间刮起一股阴惨惨的微风。

十万大山在这一刻一片死寂，连绵不绝的群山仿佛成了一片死地！唯有辰南口中发着那古老难明的语言，在这午夜时分，漫天的星斗全部在刹那消失，黑云翻滚着，无声无息地压落下来。一股难言的压抑感笼罩在这片山脉中，死气弥漫，地狱之门仿佛大开，千万鬼魂似乎即将冲出。至此，伸手不见五指，贴面难见容颜，天地无光，永恒的黑暗笼罩大地。在这死一般的沉寂中，一声凄厉的鬼哭之音，突然直上云霄，刺耳的啸音在这夜深人静之际，格外地摄人心魄，让人脊背都在冒凉气。

绝对黑暗的虚空中突然透出点点淡淡的凄惨的血色光晕，一个巨大如山岳般的黑影浮现在空中，俯视着下方的招魂台，双目中涌动着两点惨碧的鬼火，阴森而可怖。隐身在远山上的众多玄界高手感觉一阵头皮发麻，眼前邪异的景象让他们脊背都在冒凉气，高空之上那道鬼影像极了传说中的天鬼，号称能够吞噬神魔的古老残魂！那不是一个单一的生命体，那是万千怨魂凝聚而成的邪恶之魂，唯有在进行一些古老而神秘的祭祀时，飘荡在天地间的某些强大残魂，才会聚集在一起形成天鬼！众多玄界高手，大气都不敢出一口，所有人皆紧张地注视着那招魂台。

辰南披头散发，脸色雪白，浑身上下血迹斑斑，四肢贯穿了四把长剑，血水染红了招魂台，点点光亮自那血水中透发而出，将辰南映衬出一种邪异的病态。古老难明的咒语还在继续，但是他的身体已经摇摇欲坠，随时有跌落下招魂台的可能。这种禁忌之法，太过耗费生命之能了，如果不是近来修为大进，他根本无法施展，即便是现在他也力不从心。好在猿夫人这个超级大高手在旁协助，充沛的生命之能不时被打入他的体内，源源不断地补充巨量消耗的命能。

辰南所念的咒语越来越急促，直到最后关头，他大喝道："禁忌之门大开吧！"高空之上，那个如山岳般大的天鬼，发出一声凄厉的鬼啸，快速俯冲而下，荡起阵阵猛烈的阴风，宛如巨山一般压落到辰南的头顶上，一双阴森的鬼目像一对空旷的水池一般巨大，里面满是绿色的阴火。他头下脚上，在空中倒立着，狰狞地望着辰南。浓重的死亡气息在浩荡，死气缭绕在他的周围，即便近在咫尺，辰南也无法看到他的真容，只能看到那双可怕的鬼眼。

飘浮在旁的猿夫人感觉到了那可怕的天鬼似乎要吞噬辰南，她双目中爆射出两道寒光，想要就此出手，不过却被古神一把拦住了。天鬼似乎很想一口吞噬掉辰南，但那古老的咒语将他召唤而出，似乎有着某些限制，他恋恋不舍地看了辰南一眼，而后将流淌在召唤台上的血液全部吸噬，随后发出一声惊天动地的咆哮，辰南那庞大的生命之能开始飞快地流逝。大魔、纳兰若水、猿夫人、紫金神龙纷纷出手，这几大强者提供的生命之能，可想而知有多么庞大，片刻间流逝的命能足以顶得上数千、数万普通人的命能总和。

天鬼一声长啸，冲天而起，飘浮在招魂台附近的万千枯骨，全部爆碎，点点残魂飞快地向着高空冲去，向着天鬼汇合而去，成了他的口中餐！与此同时，天鬼横空肆虐，搅起漫天的死气，最后咆哮连连，高天之上很快又聚集来数十道巨大的鬼影，皆是万古长存的神魂魔魄凝聚而成的魔鬼。鬼影幢幢，啸声阵阵，但空旷的大山依然给人以死气沉沉的感觉，鬼啸让这里变得更加阴森可怕。不过就在刹那间，一道幽冥电光，撕裂了虚空，一个巨大的空间之门出现在高天之上，没有人知道它到底连通着哪里。

这片山脉中的所有人都能够感觉到，那里浩荡出的可怕气息是多么阴森恐怖，一股磅礴的力量自禁忌之门后面汹涌澎湃而出。凄厉的鬼啸响彻天地间，有天鬼的厉啸，也有那扇禁忌之门后面传出的阵阵吼啸。辰南神情万分紧张地注视着那片敞开的暗黑空间。

然而就在这个时候，天地间突然响起一声惊雷。"轰！"一道贯通天地的巨大的闪电当空而现，自墨云之端连接到了地面，震得所有人皆暂时失聪，双耳"嗡嗡"作响。远山，众多玄界高手骇然失色。古神见识广博，喃喃道："禁忌天雷，这不是普通的天罚，这是禁忌天雷！逆天问命要遭天谴啊！不过，天鬼吞噬了那么多的生命之能，应该能够抵挡住吧。"

"轰！"又一道禁忌天雷当空劈下，高天之上天鬼凄厉长啸，浩荡起漫天的死气，向着禁忌天雷汹涌而去，他周围的神魂魔魄也纷纷动手，轰击可怕的天雷。"轰、轰……"天雷一道接着一道，异常可怕，仅仅漏下的余波，就将下方十几座大山轰击得灰飞烟灭。十八道贯通天地的巨大闪电，环绕在禁忌之门周围。炽烈的光芒，闪得人睁不开眼睛，雷声连成了一片，浩荡在天地间。

在那刺眼的电光中，没有人知道发生了什么，外人根本不能够看清，只能够听到天鬼的厉啸以及那禁忌之门后传出的阵阵嘶吼，十八道天雷在不断地狂轰滥炸，炽烈的雷光如十日耀空。就在辰南万分紧张之时，高天之上，那绚烂的电光中，一个伟岸的身影，冲出了禁忌之门，破开了万丈禁忌雷光，临空飞下。

在那一刻，他成了天地间的唯一，任那天鬼厉啸，任那天雷震耳，它们都再难吸引众人的目光。这个伟岸的身影，深深烙印进所有人的心中，让所有人心神剧震，其透发出的气势让人有一种跪伏在地、顶礼膜拜的冲动。在这一刻，他就是天地，刹那间，慑服所有人的心灵！

辰南泪如泉涌，心如刀绞，他没有想到真的招来了父亲的魂魄，那人正是辰战！这一世，唯有雨馨曾经让他为之深恸，现在他心中之伤更甚，这是他至亲至近的父亲啊！那个纵横天地间，杀神灭魔，豪气冲天，敢与远祖试比高的一代人杰，竟然死去了！辰南不愿相信这个事实，他无法接受。昔日，那壮志凌云、整个世界仿佛尽在他掌中的伟岸男子，其声音仿佛跨越千古传来，在辰南耳畔萦绕。

"在这个世界上，重要的不是你正站在哪里，而是你正朝什么方向移动！""强者不怕寂寞，就怕在追寻力量的道路上，失去一颗强者之心！""这个世界没有人能够杀死我！""给我时间，无须复活远祖，我将超越远祖！"……

这就是一代人杰辰战！永远的自信，仿佛整个世界都战栗在他的脚下！那熟悉的身影飞落至辰南近前。辰南悲愤得想仰天长啸，虽然是残魂，但是那身躯依然如往昔一般魁伟英挺，只是那原本充满睿智光芒的双目却空洞洞的，死一般地沉寂，再也没有一点生命的光彩。强者永远是强者！即便只是一缕残魂，但他仿佛依然能够让整个世界匍匐在他的脚下，残魂透发出的可怕波动，让远空所有玄界高手发自灵魂地恐惧，许多人忍不住战栗。

没有灵的残魂，让辰南绝望了！辰南愤然道："我不相信，一切都是梦幻空花，我父亲永远不会死去！"只是，残魂死寂地站在他的面前，一切是如此真实。"真的是辰战恩人吗？"古神声音颤抖。猿夫人也爆发出一声摄人心魄的厉啸，娇美的绝色丽人在刹那间化为千丈魔猿，吼啸不断。大魔怀着对强者的敬仰，对空中的残魂深深一拜。纳兰若水目蕴泪光，有些担心地望着辰南。两条龙也惴惴不安。

"我要变强！"辰南仰天大吼。在这一刻，他泪已干涸，心如坚铁！"噗、噗……"四把长剑自他四肢激射而出，伴随着四道血箭喷出，辰南周身上下元气汹涌澎湃，不过颜色由炽烈的金黄变得漆黑如墨，玄功再变！在这一刻，辰南身化魔王，浑身上下的神圣气息全部消失，炽烈的神光转化为森森魔气！伤口在快速愈合，辰南一头浓密的黑发，现在变成了一头血发，在狂乱地舞动着，他定定地站在那里。

修炼玄功有成为第一变，从此逆转玄功为第二变，再次回归正转为第三变，由此再逆为第四变，此刻玄功完成了又一次重大的转变！在绝望中，辰南完成了一次蜕变，修为终于再上一个台阶！在绝望中爆发，辰南如破茧化蝶一般，完成了一次极其绚烂的蜕变，实现了一次超越自我的升华！不过与其说是神化，不如说是魔化，破茧的那一刻，飞出来的不是一只神蝶，而是一只魔蝶。一只对自身命运不满，内心充满了强烈反抗精神的魔蝶！他要冲破一切规则，打破所有禁忌领域，畅游天地间。

"轰"的一声巨响，震醒了大山中所有人，巨大的闪电自浩瀚虚空直破而下，狂猛地劈向辰南。粗大的闪电超出了所有人的想象，巨大的雷光宛如一根擎天玉柱一般，一根闪电竟然占据满了整片山谷，将魔猿、古神、大魔等人全部笼罩在了里面。魔猿大叫道："不好，辰南晋身到神王领域，这是神王之劫！"千丈魔躯一阵摇动，一双巨爪狂猛地向空中推拒而去，一边保护着古神，一边想要帮辰南轰破那可怕的闪电。

辰南确实初窥神王之境，从仙人之境迈入了神王领域，跨过了无数修者梦寐以求的天堑鸿沟。这并非幸运，也不是侥幸，这是他经过无数场生死的洗礼，在血与火的拼杀中所应取得的成就。辰南可谓一路战来，从来没有一天能够安稳地生活，几乎有大半时间在生与死之间徘徊。在人间、在天界，他所经历过的生死大战，比许多人几生几世经历的惨烈大战还要多。在重重磨难中，他一步一步走来，一步一步前进，没有半点的幸运可言。

辰南在不辍修炼中积累了足够的力量，在与神王等超级高手的生死大战中，于生死一线间感悟神王境。今日在绝望中爆发，终于冲破桎梏，修为再上一层楼。辰南血发狂舞，双目中射出两道骇人的光芒，对着魔猿喊道："不要，我自己来！"

魔猿大声吼道："这可不是儿戏，神王之劫威力奇大无比，尤其你是在人间成王，更增加了无穷的变数。如此情况下，十人成王，九人必死，连修为到了我这等境界，都要全力视之。""如果不能靠我自己的力量成为神王，如果连这些磨难都承担不下来，我宁愿去死！"辰南说得斩钉截铁。

古神道："我们都退走，他说得对。如果需要别人相助，即便成为神王，也是温室中滋生的花朵，经受不住天罚的考验，不如不成为神王！"千丈魔猿无奈地叹息了一声，护着古神冲出了雷光，纳兰若水护佑着龙宝宝，也冲出了雷光，大魔与紫金神龙深深望了辰南一眼，也快速冲出。

唯有辰战的一缕残魂如山似岳一般，凝立在虚空中岿然不动，双目虽然空洞，但是他仿佛依然在看着辰南，脸色无比平和。第一道雷光虽然巨大无比，占据了整片山谷，但是这不过是试探性的一击，当第二道天罚神光降落时，所有人皆变色。巨大的光柱成实质化，如支撑天地的神柱一般，自高天连接到了地表，向着辰南直贯而来。

在这一刻，辰南做出了一个惊人的举动，他双手冲天，将大龙刀、裂空剑全部抛开，而后解开了玄武甲，将这神甲也扔向了远方，同时后羿弓、石敢当、困天索，也被他丢出内天地。他赤手空拳，立在招魂台之上，仰头望着直贯而下的巨大闪电，口中爆发一声长啸，大吼道："来吧！不借外物，不借外魂，以我肉身，以我魂魄，独抗天罚，在雷劫中洗礼，在雷劫中升华！"

"他疯了吗？怎么能够丢开那些瑰宝呢？"魔猿不解，甚是焦急。古神悠悠叹了一口气，道："辰战恩人曾经说过，辰家的真正传人，在神兵入体之后，的确会功力大增，名义上是以魂养魂，靠瑰宝之魂提升修为，但实际上还真不知道是谁养谁呢。我想辰南已经觉察到了什么吧。真正的高手，都会走上自己独特的修炼道路，不会追着前人的轨迹前行，他似乎对自己要求极高。"

"轰——"巨大的光柱，贯通了天地，直接轰击而下，辰南身上的衣服在刹那间灰飞烟灭，在刺目的电光中连灰烬都未留下。这恐怖的雷电，漫说亲身遭劫，就是远处观望的玄界高手，都感觉有些心惊。在刺目的光芒中，辰南的举动格外奇特，他没有对轰天雷，反而高举双手，让这漫天的雷光贯体而入。刺目的光芒冲进了辰南的身体，顺着他的双脚全部导入招魂台，而后传入地下。没有像众人想象中那样，出现焦炭碎尸。

"砰！"招魂台轰然爆碎，大地出现一道道巨大的裂痕，向着远方蔓延而去，那恐怖的大裂缝宽达十几丈。"轰！"不远处，一座早已轰塌的残山，在大裂缝的蔓延下裂开，彻底崩碎。与此同时，另外几个方向，也传来阵阵隆隆之响，几座高峰被地面的大裂缝生生撕裂根基而坍塌。招魂台粉碎了，辰南凝立虚空不动，依然站立在原位。"喀！"又是一声巨大的轰响，第三道神王之劫所引来的可怕天罚之光，轰然劈至。辰南依然岿然不动，任那天罚神光贯体而入。刺目的光芒将他整个身体全部笼罩，外界一时间难以看清发生了什么。

大魔皱了皱眉头，道："他在用天雷淬炼身体，但是这是在玩火！"古神也露出忧色，道："他真的是在用神罚之光洗礼，不计后果啊！"魔猿也无比担忧，她知道毁灭神王的天罚有多么可怕。当然，这个世界永远福祸相依，在死境之中孕育生机。

神王完全不同于一般意义上的能够长生的修者，他们在绝境中也有一次莫大的机缘，在死亡天罚加身之际，身体中会涌现出无限的生机，如果能够有效引导，能够给自己带来莫大的好处。不过，所有人都选择让无限的生命之能补充自己的力量，对抗天罚、躲避天罚。而辰南则走了一个极端，他想引天雷神光淬炼身体，不过也还有另一重用意，他想借助神光驱除自己体内的神兵之魂。就在这几日间，他已经了解了太多的事情，他不想让植入身体的魂魄像炸雷一般隐伏，想除却这些不确定的后患。

神兵只能借用，不能融入！这是辰南目前的初步决定。只是，事情永远不可能如想象的那般，许多事情难以由自己把握。巨大的雷电贯体而入，辰南运转通天动地魔功，让身体融入天地间，让恐怖的天罚力量全部贯体而入，直贯他的百脉，而后再全部导出，自各大穴位、自整个身体的毛孔冲出体外。淬炼身体开始，他就像一个铁匠，引来熊熊圣火，开始锻造一块精铁。在烈火中磨砺，在烈火中重生，让精铁化为神铁，让他焕发出磅礴的力量，让他极尽升华。

辰南是一个武人，扔掉几件瑰宝之后，他就没有任何兵器在身边了，不可能如修道者那般，引法宝入体性命交修。现在淬炼身体，就等于将自己的身体打造成最强神兵，打造成最强法宝！但是，凶险之大，超乎想象。即便辰南精通通天动地魔功，也不能真的通天贯地，所有冲入他体内的力量，由开始时的能够勉强承受，到最后的身体暴涨，将要崩碎，他游走在死亡的钢丝之上！

　　"轰！"第四道天雷轰然劈落，巨大的光柱已经接近高空天鬼所对抗的禁忌天雷！天雷入体，辰南脸色潮红，忍不住喷出一口鲜血，整个身体像是充气一般鼓胀了起来，原本健硕的身体变得有些臃肿，周身青色血管突显，仿佛随时会爆裂一般。"轰隆隆！"自他身体导出的磅礴力量肆虐大地，冲向附近的几座高峰，引得几座巨山摇动，直至崩塌。与此同时，辰南忍不住再次吐了一口鲜血，不过他终于生猛挺过了第四道天雷。

　　辰南身体摇摇欲坠，不过依然伫立在高空，而且当第五道天雷轰下之时，他依然采取天雷贯体的办法，根本不似一般对抗天罚的修者那般，躲避对轰。"噗！"伴随着辰南吐血，他的两条手臂血管爆裂，血肉模糊一片，甚至已经能够看清森森白骨，可怕的伤口让辰南痛入骨髓，但是他依然硬撑着。"噗！"双腿上的血管也爆裂，大腿上的肌肉全部撕开，血肉模糊，白骨裸露，这乃是极其严重的伤势。

　　不过总算挺过了这第五道天罚神光，在雷光消失的刹那，神王力快速自辰南体内涌动而出，似那仙乳灵液一般，有着难以想象的奇效，快速修补着辰南破碎的身体，仅仅片刻间血肉模糊的身体就恢复了原样。肌肤之上没有半点伤口，闪烁着奇异的神光，焕发着无限的活力。天雷贯体，淬炼身体，就是要以身犯险，打破一个原本的自己，重塑一个全新的自我，让自己的肉体极尽升华，炼出真正意义上的不坏之体！

　　没给辰南半丝喘息的时间，第六道让群山战栗的天雷，自浩瀚高天之上劈落而下。这一道禁忌之雷，比之刚才要凶猛太多了，辰南被当场自高空劈落到了残破的地面，全身上下血肉模糊一片，甚至发出了阵阵焦臭，所有皮肉都翻卷了过来，全身上下最起码有二十几根骨头被轰断。耀眼的光芒围绕着辰南不断闪烁，他整个人趴在地上难以动弹一下，唯有一双清澈的双眼死死盯着高空，凝视着那岿然不动的残魂。

在看到他父亲的刹那，辰南感觉自己仿佛又有了力量，他艰难地自地上慢慢爬起，任那第六道天雷贯体而入，他运转玄功，千锤百炼自己的身体，近乎炼狱般的折磨，让他遭受了人世间最为可怕的痛苦。血肉崩裂，骨骼崩断，这种苦难即便是仙人，即便是神王，也难以忍受！

"砰！"辰南轰然摔倒在地上，终于忍过了第六道天雷。神王力狂涌而出，开始快速修补他的身体，近乎破碎的身体飞快地复原。不过这一次还未等身体完全复原，第七道禁忌天雷已经狂劈而下。辰南直接被劈翻，但是他依然坚持让天雷贯体而入。狂暴的雷光所过之处，远山都被轰得崩碎了，可以想象辰南现在以肉体承受天雷，在忍受着多么大的痛苦。神王对决时，抬手间便可毁灭山川大泽，但有谁知道他们在晋身神王之境时，到底忍受了怎样的痛苦呢？

当然，辰南比之他们所受的苦楚还要严重得多，毕竟他是主动引导天雷入体的，并没有像其他人那样躲避过了七成的力量。"嘎嘣嘎嘣！"血肉模糊的辰南，全身的骨骼都在碎裂，此刻他已经快化成肉酱了，筋脉寸断，五脏碎裂，浑身上下所有血肉都已经快化成糨糊了。如果在平日，他已经是一个死人，不过在这死亡天罚之下，同样孕育着无限生机，让他不至于就此死去。

在遭受了这个世间最大的痛苦之后，辰南终于熬过了第七道禁忌天雷。无尽的神王之力蔓延开来，开始修补他近乎残碎的身体。不要说纳兰若水已经哭泣出声，就是大魔、古神、魔猿等人也都有些不忍目睹。两条龙更是急得在空中不断飞腾。远处无数的玄界高手，也都暗暗胆寒不已，这是多么大的痛苦啊，简直再现人间地狱酷刑！

强者在前进的道路上，没有任何侥幸可言，他们必须付出血的代价，必须经历常人所不能忍受的残酷考验。当第八道天雷轰击而下时，辰南尚未修复好的身体再次近乎崩碎了，几乎所有的骨骼都已经碎裂，所有的血肉都已经化成糊状，他整个人瘫在了地上，但是他依然让那天雷贯体而入。惨烈的考验！如果能够挺过这第八道毁灭神光，将还剩下最后一道神罚！

然而就在这个时候，和十八道禁忌天雷对抗的天鬼，突然厉啸不断，空中的对抗进入了白热化阶段。但是，他似乎不愿再继续抗争了，竟然厉笑着引着漫天的雷光掉头而下，向着辰南俯冲而来。与此同时，想毁灭辰南的第九道天罚终于出现了，与第八道毁灭神光相隔不过瞬息，似乎根本不想给辰南机会。现在，辰南刚将第八道天雷引入身体，整个人还处在近乎肉泥的状态。

天鬼引导着无尽的雷光，会同恰巧出现的第九道毁灭神光，向着辰南凶狠地扑击而去。所有关注者皆惊呼。魔猿怒喝道："该死的，天鬼反噬！"大魔也吼道："天鬼噬变！"魔猿、大魔、纳兰若水，还有两条龙急得就要冲上前去。不过就在这个时候，辰南发生了异变，让他们止住了身形。

辰南想借天罚神威迫使几件瑰宝之魂离体而去，但是显然失败了，神兵之魂不可能被天罚神光击溃，不可能被现在的辰南迫出体外。这些神兵的残魂在这一刻突然自动冲出了辰南的身体，围绕着他开始疯狂旋转起来，最后竟然越转越快，连成了一片光幕，在辰南体外仿佛形成了一道光壁一般。辰南被包裹在里面，宛如茧中沉睡的蛾。与此同时，以往出现在辰南背后那道静止不动的魔影也显现了出来。魁伟高大的魔影，左手持着人形兵器，矗立在辰南的近前。

不过这一次他和往常大相径庭，竟然像是有了灵一般，仰天对着俯冲而下的天鬼发出了一声沉闷至极的咆哮，声音并不是特别大，但是却让这片大山中大半的人直接瘫软在地。与此同时，矗立在空中岿然不动的辰战残魂，仿佛受到了刺激一般，似欲与魔影试比高，双目中竟然渐渐透发出了光彩！

千百丈高大的天鬼，自高空俯冲而下，黑色的魔云破开了，他露出了狰狞的真容，脸上布满了惨碧的细鳞，血口中利齿森森，獠牙外突，阔口之上是一个黑洞，鼻子处并无血肉，一双鬼目中阴火大盛，头上生着几只恶魔角，雪亮如钢刀。巨大的躯体黑森森、阴惨惨，没有活性的肉体上肌肉突起，结实而恐怖，十只利爪坚而锋利，似钢钩一般弯卷着。显然这只天鬼成了气候，竟然已经长出了血肉，他引领着数十条强大的神魂魔魄冲来，后面是十八道禁忌天雷，再后面是第九道想毁灭辰南的毁灭之光。

"嗷吼——"立在辰南旁边的那道高大魔影，手持着人形兵器发出沉闷至极的咆哮，天鬼的身形在空中立时一顿，而他周围的那些神魂魔魄也全部犹豫不前了。他们虽然都是古老的残魂，是曾经最为强大的存在毁灭后留下的，但是面对下方那高深莫测的魔影，他们全都有些发怵。"嗷吼——"沉闷的魔啸，让这片大山中的所有玄界高手，都感觉阵阵头皮发麻，一股发自灵魂的战栗，让所有人脸色都变得异常难看。

而天鬼也变得非常不自信起来，号称能够吞神噬魔的他，现在徘徊于高空不愿再向下冲来。只是，追赶在天鬼后面的十八道禁忌天雷眨眼逼到了近前。蓦然间，天鬼凶光毕露，厉啸了一声，最终向下扑来。"喀！"巨大的雷电自天际跟着俯冲而下，耀眼的光芒让连绵不绝的山脉仿佛染上了道道金光，此刻这片山脉亮如白昼。

天鬼当先向着辰南身旁的魔影冲去，数十道神魂魔魄也同时在后跟进，巨大的禁忌雷光尾随在最后。千百丈高的天鬼和地面那道魔影比起来，可谓太过高大了，但是他却丝毫不敢大意，已经动用起了全部力量，荡起的恐怖威压让大山内所有修者都快喘不上气来了，不少人都险些昏迷过去。魔影仰天咆哮，但似乎并没有神识主导，他并没有所谓的"灵"，完全是一种强者的本能反应，是残魂面对挑衅者自然而然展露出的姿态。

虽然站在低空，但是自然透发而出的波动，却透过了天鬼浩荡的恐怖气息，传遍大山，冲上云霄，一股睥睨天下、唯我独尊的气势如汪洋般汹涌澎湃而出。

天鬼凄厉长啸，俯冲到了近前，一双百丈巨爪狠狠向着魔影抓去，森然的巨口也已经张开，露出了狰狞的獠牙。而魔影仅有一个动作，张口向着高空吞噬而去，他和天鬼比起来，身躯可谓实在太渺小了。然而他这样的动作一出，却是风云变幻，天地失色！连绵不绝的群山剧烈摇动起来，浩浩荡荡的磅礴魔息直破云霄，魔影仿佛一个主宰者一般，岿然不动矗立在那里，却让整片天地随着颤动。

千百丈高的天鬼竟然露出了惊恐之色，想要快速逃离此地，但是一切都晚了，魔影仿佛能够吞噬整片天地，就在一刹那，天鬼前伸的巨爪竟然粉碎了，化成了一道道魔气，向着魔影张开的口中涌动而去。在这一刻天鬼千百丈高的躯体分崩离析，烟消云散，瞬间消融了，留下无尽的魔气浩荡于虚空中，而后所有如墨般的天鬼之气，如奔腾的大河一般快速冲下，冲入魔影的口中。千百丈高的天鬼竟然让魔影生生吞噬了！而之所以发生这一切，全然是因为这具残魂的本能反应！这足以说明，如果残魂有灵，彻底复活，足以傲视千古！不愧为天界辰家一心想复活的太古至强存在！

　　在这个过程中，空中的辰战双目中一点一点透发出了光彩，似乎慢慢有"灵"了一般，最后他竟然也发出了一声响彻天地的长啸。没有光芒爆发，没有恐怖波动传出，但是在这一刻，远空的玄界高手大半人的衣服都被汗水浸透了，一股无形的威压笼罩在这片天地，这种精神上的压迫，让这些人心中生不出半分反抗的念头。辰战的双目中透发出熠熠光辉，宛如划破乌云而升起的骄阳一般，瞬间照亮了整片天地，在这一刻所有人都感觉自己变成了蝼蚁，而空中那岿然不动的残魂就像一个神一般在俯视着弱小的他们。

　　"欲与远祖试比高！"这是辰战曾经的话语，而这一刻他的残魂似乎在验证当年的豪情，那残魂熠熠生辉的双目，扫向四面八方逃走的数十条神魂魔魄，所过之处神魂消、魔魄散！所有古老的残魂全部在刹那间灰飞烟灭。天鬼灭亡了，追随他的数十条神魂魔魄也烟消云散了。唯有十八道禁忌天雷以及那第九道毁灭之光狂泻而下，向着低空的辰南狂猛劈去，天地间白茫茫一片。

　　此刻，辰南已经被一片光幕笼罩在里面，隐伏在他体内的神兵之魂，围绕着他快速旋转着，连成一片光壁，像茧一般包裹着他。他的身体在快速地变化着，化成肉酱的身体原本已经瘫在了地上，但是神兵之魂笼罩后，暂时隔断了天雷的轰击，为他争取到了宝贵的时间，他的身体在快速复原，寸断的骨肉、碎裂的脏腑皆在飞快愈合。当十八道禁忌天雷轰到时，辰南的身体已经完好如初，浑身上下的皮肤闪烁着宝光，不灭体近乎大成。

"轰！"十八道禁忌天雷，全部轰撞在神兵之魂上，巨大的能量波动无法揣测，天地间唯有刺目的光芒。辰南睁开了双眼，看清了发生的这一切，不知道是该庆幸，还是该叹气。神兵之魂代他承受了无匹的禁忌天雷，让他躲过了必死的劫难，毕竟是那十八道天雷，比之承受的前八道天雷整整多了十道，而且是一同轰下的。但是，可以明显地看到神兵之魂似乎在吞噬天雷的力量，让它们壮大了不少。他一心想要化去这些神兵之魂，眼下看来短时间绝对无望了。

十八道禁忌天雷越来越弱了，辰南霍地站起，要给自己加压，让身体承受更大的磨难，进行更残酷的淬炼，他猛力震开了围绕着他的神兵之魂，残余的十八道天雷瞬间轰击在了他的身上。"轰！"在一瞬间，辰南全身骨骼尽碎，翻倒在地。与此同时，第九道毁灭神王的天雷劈落而至。"轰"的一声，巨大的能量光柱瞬间将倒在地上的辰南劈成肉酱。任那巨大的光柱贯体而入，辰南保持一丝灵识不灭，忍受着世间最大的痛苦，等待破茧而出的刹那。远处纳兰若水和猿夫人等人早已惊呼出声，他们没有想到辰南竟然有如此决断，居然震开了神兵之魂，自己生猛地承受了那浩瀚不可揣测的力量。

天际的雷光盛极而衰，在绚烂的光芒闪耀了最后一下后，所有的雷电全部消失。在那残破的地面上，辰南的身体"噼噼啪啪"爆响不断，打破原本的自我，重塑一个全新的自我，辰南做到了！残碎的身体在无限的生命之能的涌动下快速地重组愈合。健硕的身躯闪烁着灿灿光华，仿佛蕴含着无穷无尽的力量，天雷淬炼体魄，经历九死一生，遭受了世间最大的磨难后，他终于修成不坏体。

这天下间，除却知名的瑰宝外，其他神兵宝刃再难以伤他身体，肉体之强横难以想象，而且同级别的人已经很难对他造成伤害。辰南赤裸着身躯，浑身上下宝光闪烁，他仰天发出一声长啸，所有神兵之魂入体，魔影也跟着消失。他如流星一般向着远方的一座大山冲去，仅眨眼的工夫，他似一道无坚不摧的利剑一般，穿过了大山，留下一个人形的洞穴，令大山前后贯通。可怕的魔体！随后，在辰南冲向高空的刹那，大山"轰"的一声化成尘沙，灰飞烟灭。不灭魔体，加神王之境的修为，让辰南感觉能够撼天动地！他的体内涌动着生生不息的力量，心中涌起万丈豪情，现在他想再次回归天界，大战各路神王。

辰南一声长啸过后，化作一道神光飞回，快速冲至辰战残魂近前。他看到了辰战眼中的光芒，激动地叫道："父亲……"心如坚铁，早已无泪，但是话语中却饱含着真挚的感情。辰战巍然屹立于高空，平静地注视着辰南，一丝微弱的精神波动，传入辰南的心间。"我会归来的！"说罢，一代天骄辰战，残魂化作一道光芒，冲向了天际那慢慢闭合的神秘之门，那是天鬼生生撕裂的禁忌空间，现在将要彻底关闭。

"轰！"辰战的身影消失了，禁忌之门关闭，天地间的无尽魔云也全部消失，就在刹那间，漫天星光洒落而下，如水的月色让人恍若在梦中。辰南血发倒竖，展开神王翼快速冲到了高空，然而那里什么也没有留下，禁忌之门已经消失了。"父亲你到底去了哪里？"他仰天大吼。巨大的吼声，震得群山都在战栗，神王之怒在人间动辄会引来天罚。好久好久之后，辰南才平静下来。

纳兰若水快速冲上高空，关切地道："辰南你没事吧？"辰南道："我没事。"紫金神龙号叫道："嗷呜，见到了，见到了，龙大爷我终于见到了那个名传万载的男人，名不虚传啊！"猿夫人等人也冲了上来，千丈魔猿再次化成了国色天香的绝色丽人，她向辰南恭喜道："人间成王，天雷淬炼魔体，定然要比一般的神王强盛许多。"古神道："不要担心，辰战恩人法力通天，似乎根本没有死去。"

辰南疑惑道："前辈你可知道我父亲飞身而入的那片空间到底是怎样的一个所在？"古神道："我猜测那便是传说中的第三界！""第三界？"辰南不解。古神点头道："古老传言，世分三界。包括人间界、天界，还有一片禁忌空间。不过，那虚无的禁忌空间，几乎没有人知道是怎样的一个所在。传说，唯有某些古老的仪式能够沟通那一界！就像你方才所布下的招魂台。也许辰战恩人他并没有死，他是故意分出残魂，进入了那片空间，也许他在探索着什么。"辰南心中剧震，久久未语。

"不要多想了。"古神安慰道。"神说，那个男人不是有可能被封印在十八层地狱吗？怎么跑到第三界去了？"龙宝宝突然插言，这让辰南产生了一个疯狂的想法。为了他父亲辰战，他将要大闹一场，他决定攻打十八层地狱。此外，他的修为已经达到了神王之境，如果想百尺竿头更进一步，已经很难了。唯有再次给自己施压，才能更上一层楼，十八层地狱是最好的场所。

辰南客气地将魔猿夫妇送走了，他不想令他们犯险，有那神秘的指骨在，他们帮不上忙。大魔也飞回了东土。唯有纳兰若水以及两条龙还在辰南身边，此外还有未散去的玄界高手在远空。禁忌天雷在这里留下了不可磨灭的痕迹，远山影影绰绰的人影快速飞来，众多玄界高手想要近距离见识一下传说中的毁灭神罚造成的可怕场景。

这个时候，辰南大喊了一声："你们想见识真正的高手吗？我带你们去看十八层地狱到底封印了哪些人物。不怕死的，敢去西方的，跟我一起走！"喊罢，辰南向着西方天际飞去。众多玄界高手面面相觑，觉得辰南的话语未免太过疯狂了，十八层地狱名震天下万载，有哪个人敢去撒野啊。不过看到辰南离去时认真的表情，不少玄界高手相信了，这部分人略微犹豫了片刻，就跟了下去。

这一日，西土风和日丽。然而，一股暗流却在猛烈涌动。从东方来了近千名能够御空飞行的高手，这些人浩浩荡荡向着西土深处飞去。西土修炼者如临大敌，以为东西方大战将要爆发。但他们哪里知道，疯狂的始作俑者，目标乃是十八层地狱！

浩瀚西土，人杰地灵。自古至今也不知道诞生了多少惊才绝艳之辈。不过，西土修炼界同东方一样，数千年来除有限的两次玄战爆发之外，一直以来都异常沉寂，多数高手已经跳出红尘，不问世事。以至于偶有能够飞行的高手出世，都将被普通世人尊为神人。

辰南率领千余名玄界高手浩浩荡荡冲进西土，顿时惹出一场轩然大波。普通凡人看到有人竟然能够御空飞行，而且不止一人，是黑压压一大片，将近上千人，顿时惊得他们下巴都快掉在地上了。玄界大军所过之处，不少人纷纷顶礼膜拜，整片西土红尘为之沸腾了！

当然，最为紧张的还是西土的玄界高手，许多老辈高手已经开始组织人手，准备迎接大战了。在历史上东西方之间不止爆发过一次大战，每一次都是血流成河，尸骨堆积成山。眼下，东土玄界高手如此大规模入侵，焉能不让这些老辈人物紧张？仅仅半日间，辰南他们便在路上遇到了不少能够飞行的西土高手，这些人远远地注视着他们，似乎等待着命令，等待着后续的人马。

辰南立刻明白了他们在担心什么，他可不想引起误会，如果真的由此而引起东西方大战，他便成了千古罪人。他仰天长啸，如天雷般的声音，顿时传出百里之遥："西土的各位朋友，今日辰某人来贵宝地，并不想引起东西方纷争，我们只是想去十八层地狱走上一遭，不要误会！"虽然他说得很诚恳，但是带领着这么多的高手，任谁能够安心啊？西土的高手依然不紧不慢地跟随着，而且人越聚越多。

十八层地狱深埋拜旦圣城之下，是一个极其特殊的所在，封印了历史上许多赫赫有名的大魔王，不过无尽的岁月过去之后，许多人的名号已经湮灭在历史当中，渐渐被人们忘却了，更有许多神秘人物被封印时，外界根本无从得知。圣城之下的地狱，是天地间最负盛名的一座监牢！辰南虽然没有尽全力飞行，和众多玄界高手同步，但是飞行速度也是异常惊人的，不过多半日他们就已经穿越东方的新兰大帝国，进入了西大陆中部地带的百战之地。

这里百国林立，乃是西大陆四大帝国新兰、曼罗、拉脱维亚、埃克斯之间的缓冲地，往往七八座城市就独立为一国。进入这片地域后，西方赶来的玄界高手已经达到了七八百人，至此他们不再太过担忧了，即便有意外发生，他们也能够抵挡一段时间。空中飞行的大军更加声势浩大了，这些修者或驾驭云朵，或脚踩法宝，或驾驭神龙，通过各个人类城市上空时，让所有人目瞪口呆。

穿越百战之地，放眼望去是一片金色的大沙漠，穿过这片浩瀚沙漠，将真正进入拜旦圣城的地界。到了这里之后，西土的玄界高手已经彻底超过了东土玄界高手，一千五百多位金发碧眼的高手，或驾驭神龙，或喷发着炽烈的斗气，在远空虎视眈眈地望着辰南他们，气氛异常紧张。不过辰南丝毫不在意，以他现在的修为来说，如果双方真的开战，他敢独自上去冲撞一番。飞入这片无际的大沙漠，辰南无限感慨，在这片大沙漠中他经历了数场难忘的生死大战，当初一日斩杀凡尘八大绝世高手，创下一个震世的传说，便始于这里。

光明教会的外围高手，暗黑教会的双子圣龙骑士，杜家玄界走出的几兄弟……一切的一切都已经烟消云散，八大高手的倒下换来了辰南的震世威名，强者永远是踏在强敌的尸骨上前进的。浩浩荡荡数千人飞进大沙漠，辰南身边唯有两条龙以及纳兰若水，他们和众人始终保持着一段距离。

　　纳兰若水本想离他而去的，不过她似乎已经感觉到在人间时日不多，想留下一段值得回忆的时光。只是，事与愿违。"轰！"无风无云，天际炸神雷。"轰轰轰！"雷声大作，不绝于耳，高空之上电光烁烁，雷声震耳欲聋。"偶滴神啊，天空碎裂了，快看！"龙宝宝惊异地望着高空，吃惊地用一双小爪子指点着。高天崩碎了，一道巨大的神光直冲而下，像一根天柱一般自那片破碎的虚空连接到了地面，圣洁的光辉如水波一般自那道光柱荡漾开来。十几名六翼高阶天使自高空沿着光柱飞临而下，所有人皆白衣飘飘，容貌绝美，透发着圣洁的气息，另有数十名可爱的小天使翩然起舞，跟随飞下，透发着神圣的光辉。

　　无论是西土玄界高手，还是东土众人，皆无比震惊，天界神灵竟然降临凡尘，看得出那巨大的光柱是一道神秘的空间通道，天界竟然与人间相连在一起，并没有引来可怕的神罚！"神说，好肥大的天使翅膀啊！"龙宝宝小声嘀咕道，"我吃过烤鸡翅膀、烤鹅翅膀，就是没吃过烤天使翅膀，不知道好不好吃。"小东西一双大眼睛叽里咕噜转个不停。

　　"咚！"巨大光柱之上的高天传来一声鼓响，纳兰若水娇躯顿时一震。"咚咚咚！"三声鼓响过后，纳兰若水原本黑亮的眸子，顿时爆射出两道金光，她的身躯连连颤抖，最后抱着头发出一声清啸："啊……"

　　"砰"洁白的羽翼伸展了开来，纳兰若水悬浮在空中，转身面向辰南，幽幽一声长叹，道："我要走了，辰南你保重。"辰南道："为什么？难道是因为天界的鼓声，是他们在召唤你？你凭什么要听他们的安排？"辰南转过身来，大声冲着高空喝道："今日我辰南站在这里，我看你们如何能够从我手中将纳兰召回天界！"

　　"咚咚咚……"高天之上神鼓声不断，越来越急促，纳兰若水的身体爆发出阵阵耀眼的金芒，她有些凄婉地看着辰南，道："我身体内流淌着圣战天使的血液，如今我圣战家族流传下来的战鼓已经对我敲响，我无法违背先祖炼制而成的神鼓的意愿，我不得不重返天界。召唤阵已经打开，贯通了天地，只等我进入。"

"哼！"辰南一声冷哼，在虚空中一步跨出，瞬间便进入了那道巨大的光柱，他仰天大喝道："都给我躲开！"里面的十几名高阶天使与数十名小天使感觉自己的身体仿佛被禁锢了一般，而后如大海中的一叶小舟一般被抛飞了。辰南仰天一声怒吼，血发倒竖，在光柱中，一拳逆天向上轰去！"轰！"漆黑如墨般狂霸的魔气，瞬间将璀璨的光柱吞没了，磅礴的力量如东海之波逆空而上，席卷向天界。

浩浩荡荡的恐怖魔气沿着召唤阵所开辟出来的空间通道冲上了天界！高天之上鼓声顿时停息，传下来阵阵暴怒声。"凡间何人敢破坏天界主神之事？！"一股莫大的威压顺着光柱笼罩而下。"哼！"辰南一声冷哼，腾空而起，身体如流星一般，逆空而上，冲了上去。而后挥出了一记魔拳，同时拍出一记灭天手。拳劲击破了冲下来的神圣威压，方圆十几丈、乌黑的灭天手则狠狠地印进了那片灿灿虚空中。高天之上传来一声闷哼，同时传来阵阵惊叫声。

"轰"的一声，天界虚空大开，灿灿金光照耀进凡间，数十条金色的身影矗立在高空那片绚烂的金光中，强大的威压笼罩而下。令众多玄界高手暗暗惊骇不已，许多人都感觉有些难以承受。辰南仰天大喝道："天界主神你们听着，今天我辰南在此，想要召唤纳兰若水进入天界，先问问我这双魔拳！"辰南巍然屹立于巨大的光柱通道中，血色长发无风自动，他冷冷地注视着高空，尽管上方并列着数位主神，但是他却傲然面对。无论是东土玄界高手，还是西方闻讯而来的诸多强者，无不在心中暗暗震惊于辰南此刻的狂放姿态。这实在太过疯狂了！居然敢向天界的主神叫板，想要独抗数位神王级高手，太过嚣张狂妄了！

"辰南你太过狂妄了，主神的事情岂是你一个凡人能够管得了的，速速避退，否则让你形神俱灭！"一个威严的声音自天界传来，同时一道神罚从空而降，璀璨的金光向着辰南劈去。辰南傲然而立，任那金光冲来，神罚之光在冲到他近前时快速烟消云散。血发乱舞，他仰天大喝道："天界到底是不是你们说了算，我不清楚。但我知道，人间的这片沙漠我说了算！想要召唤纳兰若水进入天界，你们尽管下来，我辰南接招就是！"

辰南立于巨大的光柱通道中，昂然面对天界主神，一个人敢挑战数位主神之天威，当真是一个胆大包天的人。无论是东方的玄界高手，还是西土的强者，皆感觉无比吃惊。几位主神眉头直皱，他们深深知道下方那个狂傲不羁的男子的确是个问题人物。辰南之名早已震惊天界，先是在西土洗劫雷神殿，让雷神颜面尽失，成为天界笑柄，而后大战东方天界，与数位神王结怨，尽管遭到围剿，但他却不可思议地活了下来。在众多强者想取他性命的情况下活下来，是不能简简单单用幸运来解释的，必然有其过人之处。

"咚咚咚……"神鼓再响，天界主神没有回应辰南的话语，但却用实际行动表示他这个人间的凡人不能违抗主神的意志！纳兰若水露出痛苦之色，原本淡金色的长发，此刻如阳光般金灿灿，黑色的眸子彻底化为金色，一对洁白的羽翼也突然转化为金羽，整个人透发出一股磅礴的威压，圣战一族的血液沸腾了！号称战力最为强绝的种族，其真正最后的觉醒在今日完成了！

纳兰若水金色的眸子猛地射出两道灿灿光芒，里面的幽怨与不舍在刹那间消失了。她冲天而起，快速飞入巨大的空间通道，正面对着辰南，话语中少了一分真情，多了一分冷漠，道："从前种种，我将永记于心，将成为最为珍贵的记忆。但是，现在我必须走了，我作为天界圣战一族最后的血脉，是为战而生、为斗而活的！"看着渐渐陌生的面孔，辰南的心猛地震动了一下，这个少女已经不是纯粹的纳兰若水，也许她还保留着纳兰若水的记忆，但是她的行事准则此后将完全不同！

辰南一步跨前，瞬间出现在她的身前，道："圣战一族，你们引以为傲的莫过于强大的战力，我如果打破你们不败的神话，将你的圣战羽翼拔除，赐予你东方的仙神之力，你是否会变回原来的纳兰若水呢？""没想到这一天来得如此之快，我们现在就要为敌吗？"纳兰若水的声音无比冰冷。辰南道："我知道你多了些莫名的记忆，已经不是原来的你。不过没有关系，我将打散你所谓的圣战记忆，让你变回原本的你。""就看你有没有这样的实力了！"纳兰若水身上爆发出万道金光，一股杀气直冲霄汉。

辰南静静地看着她，道："我从来没有想过与你相搏，但是你不是真正的纳兰若水，我要让你找回真我。"说到这里，辰南的体内狂猛地爆发出一股滔天的魔气，滚滚魔云笼罩了大半片沙漠。远处众多玄界高手当真吃惊到极点，他们总算听明白了一些，暗暗惊异辰南太过胆大包天了。

"破除黑暗，让光明洒遍大地，圣耀人间！"纳兰若水当先出手，毫不留情，发动了神级禁咒魔法，猛烈的元气波动直上九霄，无比刺眼的光芒快速爆发开来，让天上的太阳都黯然失色。众多的玄界高手，暗呼不好，所有人各自施展绝学，快速向着远空冲去。他们不是寻常之人，早已感觉到两大高手的可怕气息，两强大战必然要打个天崩地裂。

神级禁咒还未真正开始，高天之上就已经引来了天罚，随后伴随着刺目的光芒，禁咒魔法圣耀人间普照大地，天罚融入恐怖的魔法能量中，狂猛地向着辰南轰击而去。天地间一道巨大的光柱，自云霄之上连通到大地，声势骇人至极，无匹的魔法能量让观战的所有玄界高手心惊胆战。辰南根本没有躲避，瞬间就被那道贯通天地的巨大光柱淹没了，远处发出阵阵惊呼，那可是神级禁咒啊！巨大的光柱足有数百丈粗，可想而知其中蕴含的恐怖威力，辰南尽管在神王之劫时对抗过禁忌天雷，但在那一特殊时刻他体内有无尽的生之能，让他能够快速复原。

"喀！"辰南被耀眼的强光吞噬了，大沙漠一阵剧烈摇动，待到许久之后光芒消失，一个无比深邃的巨坑出现在沙漠之上，在高空向下望去，深不见底。许多玄界高手顿时傻眼，难道说辰南一个照面就被圣战天使轰杀了？不过还未等他们多想，一股滔天的魔气冲天而起，辰南如魔神一般缓缓飘浮而上，周身上下覆盖着青色的玄武甲，周围飘浮着数把神兵宝刃。他毫发无损，而且玄武甲之上隐隐有雷光在流动，那万丈雷电似乎全部被它吸收了，神级禁咒似乎成了他的养料！"哗啦啦——"一声震天大响，一道巨大的锁链自辰南那里如蟒蛇一般快速冲天而起，向着纳兰若水席卷而去。

纳兰若水急忙伸展圣战神翼，快速冲天而起，不过那巨大的神索似乎无尽长一般，辰南立于虚空中岿然不动，但是水桶粗细的神锁绵绵不绝逆空而上，快速追上了纳兰若水，荡起阵阵乌光，"哗啦"一声就捆缚在了她的身上。辰南一声大吼，猛地用力一拉，将纳兰若水扯了下来。众多玄界高手目瞪口呆，圣战天使乃是神王级高手啊，不会就这样被辰南捆缚住了吧？

纳兰若水发出一声清啸，巨大的铁索哗啦啦抖动响声不断，最后她化作一道虹芒脱离了锁链，冲上了高天。不过辰南比她更快，神王翼一展，唰的一声拦在了空间通道的前方，而后大龙刀、裂空剑、石敢当、定地神树、困天索全部飞出，数件瑰宝一齐向着纳兰若水笼罩而去。

辰南曾经想借助禁忌天雷驱除体内的神兵之魂，奈何根本无法撼动几件瑰宝的残魂，浩瀚的天罚之力反倒让几件瑰宝的残魂壮大了不少，连带着几件瑰宝的本体都跟着比以前更加神异了，已经都能够自由隐入他的体内，随着他的意念而动。就眼下来说，这无疑是一项绝大的助力，但是他不知道在那遥远的未来，几件瑰宝是否会成为他的大患。

铁索、龙刀、神树、长剑、石敢当吞噬禁忌天雷的力量之后，此刻比之先前更加威力绝大，化作一道道神光将纳兰若水包围在里面。为了尽快拿下纳兰若水，辰南动用了全力，在神兵包围对方之后，他自己也如一道神芒一般冲了过去，而且快速来到了纳兰若水的近前。

"当！"巨大的光剑狠狠斩在了辰南的身上，不过未用玄武甲护体，辰南仅仅用一记魔拳就击碎了那道光剑，闪烁着晶莹光彩的拳头毫发无损，这就是经过禁忌天雷淬炼而成的可怕魔体，同级别的神王很难伤到他！空中光影闪烁，纳兰若水对辰南展开了凌厉的攻击，不过却根本难以伤到对方。一刻钟过后，灿灿光芒闪烁，几道魔法攻击均被辰南破除，龙刀、裂空剑、石敢当、定地神树阻住了纳兰若水的退路，铁索神出鬼没，再次缠在了她的身上。

这一次辰南没有给她挣扎的机会，快速俯冲过去，打出一道道浩瀚的指力，用困神指封住了她的功力，纳兰若水被辰南所俘。"该死！"高天之上传来一声愤怒的咆哮，道："圣战天使才刚刚觉醒，战力还远远没有达到巅峰之境。"与此同时，一股浩瀚的神力，自高空笼罩而下，磅礴的威压让远处的玄界高手无不心惊胆战。

一个高大的身影缓缓降落，在他的周围涌动着滔天的烈火，灼热的火焰炙烤着这片沙漠，将下方的沙地都烧红了。而在他的身后跟着数十名天使，荡起阵阵祥云，将他映衬得更加神武。"卑微的人类，你竟然大逆不道，违抗主神的意志，我是元素火神凯奇的弟弟奇曼，前来执行神罚！"

辰南嘲讽道："这样说来你勉强算一个主神？"奇曼大怒道："卑微而嚣张的人类，你太放肆了！""哈哈！"辰南大笑道，"虚伪的天界主神啊，你明明知道我已经达到了神王之境，居然还敢如此蔑视我为卑微的人类，是想用来突出你的强大，还是想证明天界高高在上呢？今日我如果不狠狠教训一下你这个不知道何为谦卑的家伙，你是不会长记性的。"

"哗啦啦！"辰南一抖困天索，将纳兰若水送进了内天地，当再次转过身来时，气质完全变了，整个人如一把刚刚出鞘的绝世凶剑一般，双眼中闪烁着狂野的光芒。他嚣张地脱下了玄武甲，让它化成一个巨大的神龟，与另几件瑰宝一起冲天而起，截断了奇曼的退路。辰南冷冷笑道："方才我怕伤到纳兰若水，束手束脚，现在终于可以检验一下神王之力了！"他化作一道神光，破碎虚空，瞬间冲了过去，滔天的魔气汹涌澎湃，整片天地为之震荡。

"永恒的神火，烧尽这世间的一切罪恶吧！"奇曼口中咏唱着火系神级禁咒，滔天的烈火漫天狂舞而下，下方沙漠中的细沙全部熔化了，变成了岩浆滚滚而流，可以想象此时此刻这里的温度有多么炽热。所有的玄界高手都早已避退出去了数里之遥，远远注视着这里。

辰南毫不畏惧，他竟然生猛地冲进了那无尽的烈火中，漫天的魔气在涌动，瞬间将天际熊熊燃烧的烈焰吞没了。滚滚魔云中火焰跳动，辰南经过天雷淬炼的体魄，身上的肌肤近乎晶莹剔透，闪烁着奇异的光芒，熊熊神火竟然难以奈何他分毫。仅仅一眨眼的工夫，辰南便冲过了漫天的火云，快速冲至奇曼身前，而后一记凶狠的魔拳挥出。

"砰！"具有神王翼的辰南速度实在太快了，在奇曼不可相信的神色中，一拳轰击在了他的下巴上，鲜血飞溅，数颗雪白的牙齿飞落而出，奇曼痛苦地抱住了下巴，姿势异常不雅地摔向了远空。不仅众多玄界高手目瞪口呆，天界几位主神也是满脸不相信的神色，奇曼居然一照面就让人打掉了几颗牙齿，这实在太过让人无语了！

"噢呜，还不快去抢啊，那可是堂堂主神的牙齿，是天界元素火神的胞弟啊，那可是炼制上等神器的绝佳材料啊。"痞子龙唯恐天下不乱，噢噢乱叫起来。这样一喊，几位西方的魔法师还真蠢蠢欲动，不过到底还是忍住了贪念。开玩笑！那可是一位主神的牙齿啊，现在去抢，当真是活腻了！

"真是没用啊！难道所谓的主神就这样不经打吗？"辰南涌动着滔天的魔气，立身于虚空中，手中夹着半颗雪白的牙齿，道："无趣！"

"该死的！竟敢偷袭我，我要让你形神俱灭！"奇曼愤怒地咆哮着，一手捂着嘴巴，一手指着辰南。在这一刻他彻底狂暴了，他知道如果不能够将辰南灭杀，那么即便他平安返回天界，也必将成为天界最大的笑柄。居然被一个人类高手在人间打落了几颗牙齿，这当真是滑天下之大稽！比之雷神殿被疯狂洗劫还要滑稽可笑！

奇曼周身上下神火滔天，将整片天空都烧红了，作为元素火神的弟弟，其高深莫测的火系法术是非常可怕的。满头火红的头发乱舞，他咆哮着冲向了辰南。在神火涌动中，他双手合力握着一把光剑，炽烈的神光直冲霄汉！"杀！"辰南同样吼啸着，荡起漫天的魔云，疯狂地冲了上去。激烈的铿锵之音响遍天际，虚空不断破碎，被两大高手撕裂开一道道可怕的空间大裂缝。两人如两道长虹一般纠缠着，自高天打入了地面，又自地面冲入了地下，最后又在刺眼的光芒中破入虚空。

高天崩碎，大地战栗，下方的大沙漠如汹涌澎湃的大海一般，最后巨大的沙浪直冲千丈高空，搅碎了片片空间，无尽的尘沙弥漫在空中。大战激烈无比，就在众人以为两人必将以两败俱伤收场之际，空中传来阵阵惨叫。奇曼再次捂着嘴巴，以非常不雅的姿势摔向大沙漠中，这一次十几颗雪白的牙齿飞落而出。

众人目瞪口呆，战场上鸦雀无声，不过瞬间就被紫金神龙打破了沉寂："噢呜，拍卖神器材料了，主神的牙齿啊，走过路过，不容错啊！嗷呜——"众人再也忍不住，发出一阵哄笑。高天之上，天空之门内站立的几位主神感同身受，气得脸色潮红，这实在太丢人了！主神在人间被人胖揍，打落牙齿，这实在太过滑稽了，神的威严荡然无存啊！

辰南展开神王翼，快若流星一般冲进了大沙漠中，追上了刚刚摔落下来的奇曼。奇曼双目涌动着愤怒的火焰，撕裂开一片空间，催发出无尽的紫色神火，恨不得立刻将辰南烧为灰烬。然而那最为炽烈的神火依然无法奈何辰南，禁忌天雷淬炼而成的魔体实在太可怕了，修为和他相近的人，如果没有特殊的神通，根本难以伤他分毫。

任那熊熊烈火加身，辰南毫无惧色，冲至近前，灭天手快速劈出。巨大的黑色手掌，足有方圆十几丈，轰隆一声大响，狠狠地将奇曼轰进了沙漠之下，在巨大的手掌印中，留下一个人形的图案。紧接着，辰南擒龙手顺势挥出，快速将奇曼自地下抓了出来，用力抛向高空，而后巨大的灭天手印再次狠狠盖下。

"砰！"奇曼再次被轰进沙漠之下，可怜的主神居然被接连狂轰！"该死的！"奇曼羞恼到了无以复加的地步，冲出来之后运用浩瀚神力，撕裂开空间，两道交叉的空间大裂缝向辰南劈去。奇曼已经看出，魔法能量似乎根本难以伤到辰南，于是想动用可怕的空间斩！然而，辰南的魔体之强悍超出他的想象，这样的空间力量也撕不开辰南的身体。"砰！"再次被灭天手轰进沙漠，奇曼死的心都有了，这实在太丢人了，高贵的主神居然在人间被人狂殴！更为可怕的事情还在后面，辰南再次将奇曼从沙漠之下揪出，将这个天界的主神当成了沙包，拳脚相向，片刻间这个原本英俊潇洒的主神被打得鼻青脸肿。

远空的众多玄界高手简直不敢相信自己的眼睛，这是真的吗？那可是一个传说中的主神啊！天空之门内的几位主神，都一起羞愧得想要哭泣了！"神说，这个世界太疯狂了！"龙宝宝小声嘟囔道，"难道我真的能够尝到烤主神翅膀的滋味？"

元素火神的亲弟弟奇曼被辰南暴打于沙漠，对于堂堂天界主神来说这简直不可想象。他们本为世人膜拜的神灵，向来被世间的人类所供奉，尽管玄界有些高手与他们不睦，但是也绝不可能发生这样荒唐的事情，哪有主神被人在人间狂殴的事？

　　"轰！"奇曼身上突然火光冲天，而后身体在刹那间爆碎，化作点点火光消散在空中。远处，众多玄界高手惊骇，辰南该不会真的将奇曼轰杀了吧？如果真是这样，那麻烦就太大了，将天界一个主神打得形神俱灭，极有可能会引发天界与人间的剧烈冲突！辰南愕然，他觉得自己还没有动杀心呢，不过在一瞬间他明白发生了什么。不远处，点点火光重新聚集在一起，一个完整的奇曼出现在虚空中。

　　"该死的！"奇曼咒骂着，作为元素主神，他们当然不可能这样容易死去，在危急关头将身体化为元素，是他们的逃命绝学。今日，辰南如此生猛，超出了他的意料，不断遭受打击，为了逃命，他不得不化身为火元素，而后又在远空重组肉身。神光一闪，辰南展开神王翼，瞬间就破空至奇曼身旁，"轰"的一声再次将他打入沙漠中。

　　天界的耻辱！本为高高在上的主神，却在人间屡遭暴虐，让天界众多主神跟着颜面无光。一道灿灿神光自高天之上照射而下，古老的召唤阵开启了一道天门，想要将奇曼强行带上天界。奇曼羞愧愤恨无比，但是也没有办法，如果再继续待下去，只能继续遭受羞辱，根本不可能战胜那个可怕的对手。只是辰南不可能让他这样离去，既然已经动手，即便不杀死对方，也要先将他俘虏过来。大龙刀斩破虚空，发出激昂的龙啸，璀璨的刀身快速化形，在一刹那化成千丈残龙，如一朵青云一般舞动而来，瞬间就搅碎了那神光通道。

　　"轰隆隆！"天崩地裂般的巨响爆发在沙漠上空，空间通道被生生轰散了，奇曼脸色铁青地被甩了出来。辰南大笑道："既然你已经下界，这样着急回去干吗，你不是说要对我进行神罚审判吗？来吧，我们继续。"奇曼狂怒，最后整个身体"呼"的一下燃烧了起来，惊得高天之上的几位主神都发出了惊呼，奇曼竟然动用灵魂之火，号称与敌俱焚的亡命招式，燃烧的是灵魂之能！漫天的火焰在汹涌，下方的大沙漠方圆二十里化成一片火海，所有的细沙全部熔化，岩浆如河流、似海洋一般在涌动。

　　辰南感觉到了一股危险的气息，不再用自己强横的肉体去硬接那妖异的火焰，他展开极速身法在远空不断打出一道道破碎虚空的掌力，轰杀奇曼。天界的主神们本不愿落下群殴人间高手的不好名声，但是现在再也不能坐视不理了，再这样下去奇曼必死无疑，如果发生这样的事情，天界诸神的威望必然遭受严重打击。当下，便有两个主神要进入人间界。不过就在这个时候，一声愤怒的咆哮自九天之上传来，主神当中的强者雷神驾临！

"该死的，这个卑微的人类，一次次挑衅主神的威严，这一次终于被我得知了他的下落，我要代天而行，对他进行末日审判！"巨大的咆哮声不仅响彻天界，震得高天之上召唤阵法前的所有天使摇摇欲倒，更是清晰地传到了人间界，可想而知雷神此刻有多么愤怒与激动。守护在天界召唤阵旁的几位主神，看到雷神降临，都知道他法力高深，是这一代主神中的上位者，更知道他被四个大盗洗劫的笑柄，当下想笑又笑不出来。雷神咆哮着，自召唤阵法中躲避过天罚，沿着巨大的空间通道俯冲而下。

这是一个异常高大的男子，比寻常人高出足有半截，满头的紫发狂乱地舞动着，皮肤也呈暗紫色，一道道雷光环绕在他的周围，噼噼啪啪爆响不断。他满脸怒气，脑门上一根根青筋在暴跳不断，双眼紫光爆射，如凶神恶煞一般。一道巨大的紫光从天而降，如一道紫色虹芒一般，照亮了天地，不过瞬间就打入了奇曼的体内，将那熊熊燃烧的灵魂之魂浇灭了。奇曼如同虚脱了一般，精神萎靡不振，在空中摇摇欲坠。当他看到雷神后一阵汗颜，现在他们可谓难兄难弟了，都栽在同一个人的手中，丢尽了颜面。

"卑微的爬虫，我要将你抽筋扒皮！"雷神再次看到辰南后，浑身都在颤抖，正是眼前这个家伙让他这个当代主神中的上位者成为天界笑柄。最让他无法忍受的是，几乎所有高贵的女神都对他失去了兴趣，在背后对他指指点点，甚至于许多低阶的天使看向他时，眼中都流露着异样的光彩。一切都是拜眼前之人所赐！

面对雷神的咒骂，辰南面带微笑，道："这不是天界伟大的传奇，无所不能的雷神殿下吗？赞美所有的神灵，今天真是一个神圣的日子，能够在今天与伟大的雷神重逢，真是太让人意外与惊喜了！感谢你的慷慨与大度，那片雷神殿真不错，非常雄伟壮观，如天宫仙宇一般，如今已经成了我的私宅。"

"轰！"回答辰南的是无尽的雷火，漫天的紫色雷光如巨大的雨点一般，狂暴地倾泻而下，瞬间就将他淹没在里面。雷神本来就恨得牙根都痒痒，再被辰南那些话语一激，气得险些背过气去，焉有不狂暴之理。这才是劲敌！辰南涌动起无尽的魔气，如滔滔大河一般逆天而上，狂霸无匹的魔云如飓风一般，与那铺天盖地的雷光冲撞在了一起。

"喀！"巨大的雷鸣之音自魔云中不断传出，虚空崩裂，能量浩荡，恐怖的波动让这片天地剧烈摇动，远空的众多玄界高手都受到了波及。雷神紫色的眼睛已经变成了血红色，紫发倒竖，疯狂地向着辰南冲了过去。辰南也毫不示弱，穿过魔云与雷光的交界地带，狂猛地轰出了灭天手，向着雷神扑去。巨大的灭天手印与雷神的紫色大手，凶横地轰撞在了一起。

雷神大吼，面部狰狞，竟然生猛地突破了可怕的黑色巨手，一拳向着辰南轰来，巨大的闪电跟随而至，虚空裂开一道道可怕的巨缝。不愧为当代主神当中的上位者，比之奇曼要强太多了！辰南不避不闪，闪烁着奇异光彩的右拳直轰而出，通天动地魔功全力运转起来。

"轰！"雷神巨大的紫色拳头，与辰南的右拳撞击在了一起。一阵天摇地动般的大爆炸以他们为中心在一刹那扩散开来，漫天都是雷光，漫天都是黑色魔气，疯狂的能量波动席卷整片天空，将远方几朵白云都生生轰散。下方的沙漠方才被奇曼的灵魂之火烧得熔化成了岩浆，现在还火红无比，经空中的能量流狂猛肆虐，更是喷发起来，直上千百丈高空，火蛇乱舞，令高空绚烂无比，更是险恶无比。

雷神与辰南激烈地冲撞在了一起，狂暴地大战着，在空中留下无数道残影，空间不断崩裂。"喀！"雷神突然打开了自己的内天地，里面是一片雷云的世界，无尽的紫光是那片世界唯一的景色，狂暴地向外汹涌澎湃而出，想要将辰南瞬间轰得粉身碎骨。"轰！"辰南的内天地也打开了，晋身入神王领域后，他的内天地无限阔大，不过还未经过修整布置，里面虽然隆起片片高山，但混沌地带同样横亘其间，没有形成完整的广阔领域。

"嘿，正好借你雷神力帮我开凿内天地，破除混沌阻隔。"辰南冷笑。无尽的雷电风暴，如汪洋一般冲进辰南的内天地，被他暗中引导着，快速冲垮一道道混沌阻隔，打通了大片广袤的地域。雷神暴怒，瞬间明白了辰南在干什么，快速关闭了那个雷电世界，又开始和辰南近身决战。两人从天上打到地面，直冲入那片还未凝固的岩浆中。众多玄界高手目瞪口呆，两人近乎不死的神王体魄在岩浆中没有受到丝毫伤害，像是在水波中激战一般，搅起无尽的岩浆大浪。

最后，两人纠缠着再次打到了天上，雷神彻底狂暴了。他没有想到，以前被他追杀得狼狈逃窜的无耻大盗，居然已经和他争斗得不相上下，实在让他无法想象。大敌当前，他恨不得将之四分五裂，但却无法奈何对方，雷神气恼得肺都快炸了。而就在雷神和辰南酣战之际，猛然间感觉后方不对劲，紧跟着感觉双耳轰鸣、头部剧痛。他愤恨地转过头来，只见人形的紫金神龙拎着双截大棒子正在对着他嘿嘿傻笑。

雷神险些气昏过去，没有想到对方竟然偷偷破碎空间，直接出现在他的背后，用双截棍狠狠擂在他的后脑上，这当真是奇耻大辱啊！他一眼看出对方的本体正是当初的四个大盗之一，没有想到居然被对方偷袭得手了，怒火直欲燃尽九重天。感受着后脑那阵阵剧痛，他暴怒，转身便要对付紫金神龙。不过一阵剧痛自他的下巴处传来，他失神之际被辰南狠狠地掼了一拳。

紫金神龙绝对不是什么好鸟，打了一记闷棍，发觉居然没有重伤对方，顿时有些发傻，不过看到辰南一拳命中雷神下巴，他如梦方醒，老痞子在雷神暴跳怒吼之际，又是一记闷棍。"砰！"还是原来的老地方。即便雷神具有近乎不死的神王体，但被同为神王的老痞子狠狠在同一个地方打了两记闷棍，还是有些忍受不住了。那后脑之上一个巨大的肉包快速隆起，雷神疼痛外加气愤，简直要晕过去了，没有比这再憋屈的事情了！

"哈哈，打中了，再来一记！"紫金神龙狂笑着，又是一记闷棍。已经和辰南撕扯在一起的雷神差点儿郁闷死！因为他真的又挨了第三记闷棍。奈何，他和辰南现在已经扭打在了一起，无力去劈杀老痞子。远处的众多玄界高手目瞪口呆，老痞子实在够无耻，本身已经是神王级高手，居然搞偷袭，而且是去二打一！这是真正的高手所不齿的事情，但老痞子却一副得意洋洋的样子。

　　天界的主神怒了，他们有几位高手一直在注视着人间的大战，如果想要不顾身份地群殴早就做了，眼下既然紫金神龙无耻地破坏了规矩，他们再也没什么顾忌，立时有两位主神俯冲而下。当然，最先出现在老痞子近前的是奇曼，他并没有返回天界，一直在沙漠上空观战。"嗷呜，龙大爷正好也要找个练手的，就是你了！"紫金神龙与奇曼大战在了一起。

　　看到天界飞下两位主神，雷神暴怒道："不要过来，我要亲手灭杀他。"他以前曾经因为辰南而成了天界笑柄，如果现在还需要别人来帮助他捉拿辰南，将无法洗尽原来的耻辱。他郁闷地咆哮道："给我好好观战就可以，如果再有哪个混蛋来偷袭我，给我杀了！"不知道为何，辰南感觉有些不安，他觉察出空中有一股极其庞大的力量波动正在悄然涌动。他决定速战速决，不能再继续检验自己的不灭魔体了。

　　五道光芒闪现，自辰南处快速分出五条身影，无论样貌还是身材皆与他一般无二。"身外化身？看我一个个将他们击碎。"雷神冷笑。不过就在这个时候，大龙刀、裂空剑、后羿弓、玄武龟、困天索、石敢当快速飞至，除却本体穿上了玄武甲之外，五大化身各持一件瑰宝，将雷神包围了。许多仙人都能够分出化身，不过一般人不愿动用，因为化身被击碎后本体也将受牵连。但是，如今的辰南肉体经过禁忌天雷淬炼后，已经近乎不灭魔体之境，故此他才敢放心地分出五具化身。

　　五具不灭魔体与辰南心意相通，各持一件瑰宝，发挥出的实力竟然与他不相上下，他不担心被毁灭，毫无顾忌地放手搏战，顿时让雷神露出了惊恐之色。雷神集中全力，想要灭杀掉辰南的一具化身，但是他心惊地发现，化身强横的体魄超乎他的想象，他的确能够轰杀，但是却需要时间，需要特殊的手段，只是眼下辰南绝不会给他时间。

　　大龙刀刀芒冲天，裂空剑破碎虚空，困天索漫天舞动，后羿弓箭芒追魂。最为可恼的是手持石敢当的化身，似乎相当精熟打闷棍、拍板砖，围攻雷神之际，在紫金神龙偷袭的那个部位狠狠地砸上了两记，雷神直欲抓狂。"哗啦啦……"最后，雷神终于不敌，困天索神出鬼没般缠绕在了他的身上，将他捆缚得难以动弹一下。手持石敢当的化身猛力拍下，"砰"的一声，雷神险些背过气去，后脑再遭重击，他知道那里估计已经长出了"肉犄角"。他被狠狠地拍下了高空，摔落在一片沙地上。辰南与五具化身快速冲下，一脚踩在了雷神的胸膛之上。

强大的雷神竟然被辰南生擒了！惊得所有人都有些不敢相信。高空之上的两位主神，立刻俯冲而下。然而就在这个时候，一股滔天的能量波动，在这片沙漠上空剧烈汹涌起来，而后一道血红的光柱自天际，笔直地射入地面。又是一条空间通道！里面魔气涌动，两条魔影快速自高天沿着血色通道冲下。

魔影笑道："哈哈，辰南好样的，我暗黑大魔神还有冥神来支援你了。"远处众多的玄界高手，感觉一阵头皮发麻，他们知道这回事情真的闹大了！辰南一怔，不过瞬间大笑道："哈哈，暗黑大魔神与冥神殿下驾临，当真让人惊喜啊。说来我真的很想与你们合作，听说上代暗黑大魔神与冥神似乎被封印在十八层地狱，不知二位可想与我去大闹上一场？"这下，不光玄界高手觉得事情闹大了，就连雷神一方的几位天界主神也知道，麻烦大了！天大的风波将要发生了！

一道巨大的血色光柱直插云霄，贯通了天地，与旁边那道圣洁的空间通道并排而立。暗黑大魔神从容不迫地自里面走出，他高有丈许，身着玄色魔甲，如瀑布般的黑发狂乱地披散在胸前背后，淡淡的黑雾缭绕在他的周围，一双魔眼如两盏明灯一般，在黑雾中闪烁着摄人心魄的光芒，额头正中央一根紫色的魔角，分为三叉，弯曲向天，让他显得更加狰狞骇人。

无形中透发出的威压让远空的众多玄界高手忍不住一阵战栗，这是一股发自灵魂的恐惧，仿佛太古凶兽出笼一般，给人一股惶恐的压迫感，这只是暗黑大魔神流露出的寻常气息而已，可想而知这个传说中的魔王有多么恐怖。

冥神整个人都隐在浓重的黑雾中，身躯看起来非常健硕，但是也只能看出一个轮廓而已，阴煞之气弥漫在这片沙漠上空，即便是在正午的阳光下，也让人感觉阵阵森寒。这两个魔神赫赫有名，名震天下数千载，是魔神一方的绝对强者。他们一现身焉能不让玄界高手震惊，焉能不让雷神一方的几位主神皱眉？

"哈哈，你们东方有一句名言，老子英雄儿好汉，辰家父子两代人果然都是英雄了得之辈。一万年前你父亲搅得天界一片大乱，一万年后你又杀得这帮虚伪的主神颜面尽失。哈哈，我非常愿意与你合作，十八层地狱关押了我们魔神一方数位绝顶强者，那是我们的共同目标。"暗黑大魔神大笑着，森然的气息浩荡在这片天地间。

辰南心思百转，狡诈的魔神向来不择手段，对方似乎在刻意恭维他。辰南对他们戒备心很重，毕竟与他们只有怨没有恩，不久前他曾经与大魔共同灭杀了血天使一族的转世血皇，难保消息不会传到这些魔神耳中。而在更早时候，他体内的太极神魔图，更曾经吞噬过一个不知道属于哪一代的冥神的神格。辰南同样大笑道："哈哈，暗黑大魔神殿下名号似皓月当空，如雷贯耳，冥神殿下更是魔威盖世，今日能够相见，真是三生有幸。"

这些虚伪的客套话是必须要说的，辰南豪气冲天地道："既然两位魔神也有兴趣攻打十八层地狱，何不多派遣些人马，我们痛痛快快地闹个天翻地覆！"暗黑大魔神神情为之一滞，笑道："你有所不知，自天界来到人间，天罚之威，主神也要避退。不过，我们有古老的召唤阵图可以免去一部分凶险，只是太过耗费魔力了，精心准备三个月也不过勉强能够打开一次通道而已，时间短暂而有限。而且，根本不能如你所说的那样大规模地调动人马下界，不然所谓的人间执法者会号令天下玄界中的强者出世，稍有不慎，可能会引起天人大战。"

冥神在黑暗中，双眸闪动着邪异的光彩，接口道："我看还是先将眼前的几个家伙解决掉，再谈十八层地狱的事情吧。""哈哈！"辰南大笑，戒备之心却更重。威风不可一世的雷神被他踩在脚下，此刻满头紫发乱舞，奈何被困天索缠得结结实实，又被几具化身用瑰宝顶在了要害，根本无法逃脱。"该死的爬虫，卑微的人类……"他口中咒骂不断。对此辰南没有什么反应，但是那个手握石敢当的化身，似乎要将打闷棍、拍板砖进行到底，手中两块神石，"砰砰"两声再次和雷神的后脑亲密接触。

辰南笑了笑，将五具化身收入了体内，几件瑰宝围绕在他的周围，他亲自抓着困天索，手腕用力一抖，发出阵阵哗啦啦的响声，令在场众人的心脏随着震颤不已。他猛力一甩，将被捆缚的雷神砸到了暗黑大魔神的脚下，笑道："送给两位殿下一份大礼，要杀要剐随你们。"移祸江东。如果辰南真的杀了一个主神，麻烦太大了。不过如果交给两位魔神斩杀，那就不是他主责了。两位魔神一阵皱眉，而高天之上的几位主神更是惊怒无比。

这个时候，一个身披黄金战衣的主神在高空大喝道："暗黑魔神，你们如果敢杀死雷神，就等着在天界开战吧！我们已经做好了打破平衡，血战到底的准备！""哼，你们在威胁我吗？我暗黑魔神从来不受威胁。你要战便作战，我们早就想和你们血战了。"说着暗黑魔神与冥神同时出手，打出一道道可怕的暗黑魔力，将咆哮咒骂的雷神包裹在了里面。没过多久雷神如同死人一般，一动也不能动了，肌体似乎失去了活力。

冥神道："先将他封印，以后说不定能够派上用场呢，辰南先将他押入你的内天地吧。"辰南心中咒骂，这两个老不死的很狡猾，嘴上说得厉害，但到底没敢下杀手。他哈哈大笑，爽快地将被封印的雷神囚禁进自己的内天地，反正已经近乎和主神一方翻脸，那就先拿下这个俘虏，以后慢慢收拾。在辰南打开内天地的一刹那，暗黑大魔神双眼一亮，道："辰南，没有想到你将转世的圣战天使也拿下了。哈哈，不如将她给我们吧。"该死的！原来两个魔神是冲着纳兰若水来的，辰南心中冷笑。

辰南道："小小的一个圣战天使何足道哉，远远未如传闻那般可怕，被我轻易拿下了，两位魔神为何这样在意她呢？"暗黑大魔神道："嘿嘿，我们只是需要圣战天使的血液去祭祀先辈而已。"辰南绝不相信他们这等鬼话，他沉声道："两位魔神殿下对不住了，圣战天使转世之身乃是我的好友，我既不能让她上界，也不能将她交给你们。"

暗黑大魔神大笑道："女人而已！修为到了你这般天地，想要什么绝代佳丽不可？天界魔神中有数位姿容绝世的妖娆魔女，将那圣战天使交予我们，三千佳丽任你挑选。"说完这些话，暗黑魔神背后的血色通道中，光芒一闪，飞舞下数十名体态或轻盈或丰满的妖娆魔女，当真是千娇百媚，美艳不可方物。轻纱飞舞，曲线婀娜，舞姿曼曼，娇吟靡靡，透发着无尽的诱惑、绝世的媚态。不过在辰南心中，她们如红粉骷髅一般，坚毅的神王心不可能被这魔音媚舞撩动。

辰南道："我说过，圣战天使转世之身是我的朋友。这些美色于我来说，如那过眼浮云。所以，我不可能将纳兰若水交给你们。"暗黑大魔神笑道："哈哈，那是因为你还没有真正见过我魔神当中最富魅力的女子，而且她可是一位上位魔神啊！"辰南打断了他的话语，道："暗黑魔神殿下，我真的不可能将纳兰若水交给你们。""真的不给？"魔神与冥神同时爆发出阵阵恐怖的魔气，语音有些发寒。"真的不给！"辰南斩钉截铁地回答道。

高天之上，金光万千道，神圣气息汹涌澎湃，两个金色的身影，快速降落而下。暗黑魔神脸色骤变，道："光明神与战神！"辰南抬眼望去，只见一个如骄阳般炫目的青年男子在漫天的金色霞光映衬下缓缓降落，正是曾经在星空月殿中帮助过他的光明神。而另一名青年男子，比之光明神气势似乎更胜一筹，身披黄金战甲，手持黄金圣剑，整个人金光耀眼，如一团熊熊燃烧的神火一般，透发着无尽的战意。

这两人乃是西方天界这一代主神当中有数的高手，在同代中很少有人能够与他们匹敌。"辰南，好久不见，没想到我们在这种场合再次会面。"光明神笑得很灿烂，整个人如同天上的太阳一般耀眼。"多谢光明神殿下上次援手。"辰南向来恩怨分明，光明神上次出手相助，于他和雨馨有恩，他是不可能忘记的。战神睥睨八方，看着对面两个老对手，他双目中透发出熊熊战火。作为天界最负盛名的一脉主神，这一神系的当代之主，有着绝对傲人的实力，即便是强如暗黑大魔神也有些发怵。

主神一方、魔神一方，都出动了最为顶尖的高手，为了争夺纳兰若水有必要这样大费周章吗？辰南心中充满了疑惑，难道说圣战天使达到全盛状态真的有那么可怕？远处众多玄界高手皆密切地注视着这里，凭着本能的直觉知道今天定然有大事发生。痞子龙已经完胜主神奇曼，不过让老痞子懊恼的是，没有能够擒住对方，让奇曼逃回了天界，他和龙宝宝也开始密切地关注着几大巨头。

光明神笑道："辰兄可否将圣战天使交予我们带上天界呢。今天虽然发生了许多不愉快的事情，但是凭着我们的交情。我愿意担保，所有这一切可以一笔勾销，当作什么也没有发生过。你看如何？"暗黑大魔神急道："辰南你如果将圣战天使交给我们，我魔神一方今后尽可能帮你实现一个愿望。"不过，辰南将暗黑魔神的话当成了耳旁风，魔神向来狡诈、不择手段，他们的诺言不能轻信。

看到两方相争，辰南倒是不急了，不紧不慢地问道："我很奇怪，转世圣战天使真的如此重要吗，你们为何这样急着争抢她？"光明神笑了笑，道："既然魔神们都已经知道了，也没有什么可隐瞒的了。在天界，我们几位主神发现一处神窟，里面有数位完好的圣战天使尸身。依据记载，可以用他们后代的鲜血唤醒他们，让他们恢复生机。如果几位强大的战祖复活，意味着什么，可想而知！"辰南倒吸了一口凉气，几个不知道什么年代的老不死复活，对于现在处于平衡状态的西方天界，当真是一场惊涛骇浪啊！

暗黑大魔神双眼凶光毕露，大喝道："痴人说梦，那几个老不死的绝不可能复活。"说罢，他与冥神将神识皆锁定在辰南身上，看样子如果事情不对，他们会当先向辰南发动攻击。而旁边战意滔天的战神，也早已盯住了辰南。

"哈哈！"辰南大笑道，"石破天惊的大事件啊，对于你们来说影响重大无比。"他看了看两位魔神，又看了看战神，道："你们谁如果率先出手对付我，就不要后悔我投向另一方。不过你们也清楚，即便我不与任何一方合作，照样能够逍遥天地间。东方数位神王想取我性命，我依然好好地活着，而且，我还准备猎杀神王了！你们如果真的按捺不住，想对我动手，我不介意再多一批敌人！"辰南话语狂傲不羁，不过四位神王中的强者，真的没有敢轻举妄动，毕竟辰南的确够强，而且神王翼一展，瞬息万里，他们无法追上对方的影迹。

辰南道："不如这样吧，这件事我们慢慢商量，现在你们也不用急着回天界，不如我们去十八层地狱走上一遭如何？"听闻辰南如此说，暗黑大魔神笑了，道："好，去十八层地狱。"光明神与战神不禁皱了皱眉头。"哈哈，那就冲向十八层地狱吧！"说罢，辰南当先向着大沙漠深处冲去。两条龙紧随其后。四位神王高手，各自对着空间通道上空一阵传音，几道身影俯冲而下，会同四人一起向着西方飞去。

远处的众多玄界高手面面相觑。乱了！真的乱了！辰南竟然鼓动天界主神当中的佼佼者去搅闹拜旦圣城，这下风波闹大了！无数的玄界高手在后面跟随，沙漠上空黑压压一片。紫金神龙在辰南旁边兴奋地嗷嗷乱叫道："如果想办法，能够指挥他们，真是一批超级打手啊！"龙宝宝也使劲地点头，道："神说，让魔神打下九层地狱，让主神打下九层地狱，我们一起参观十八层地狱。"

光明传承一脉的神灵的实力是毋庸置疑的，他们曾经一度成为天界主神的领导者。而战神的可怕实力更是不可揣测，他们这一系的主神是真正的斗战圣神，传说他们与号称战力第一的圣战天使一族血缘极近，并称最强战族！与他们并排而立的同样是天界强势的两位主神：元素水神西拉丽丝和元素火神凯奇。

元素水神西拉丽丝一头水蓝色的长发自然飘散而下，容颜绝美，一双水蓝色的眸子似蓝宝石一般美丽，雪白的肌肤如凝脂一般闪动着莹莹光泽。不过看似娇柔秀美的女神，无形中却透发着威严，隐约间有一股如汪洋般的力量在她周围波动。这就是所谓的水神威能，平静恬淡时如镜湖，稍微露出些许情绪波动，则如浩瀚汪洋，惊涛千重。在她周围，天地间的水元素，按照她的意志来波动，让人无从揣测深浅。

元素火神整个人如同一团神火般在熊熊燃烧，整个人周围灼热不堪，无尽的火元素在汹涌澎湃，而他一头火红色的长发，更是化成了炽烈的火焰，在狂乱舞动着。他愤怒地注视着辰南，他是接到其弟奇曼的禀报后匆匆从火神殿赶来的，不过眼下却不好向辰南发作。毫无疑问，天界的元素主神绝对是神灵当中的佼佼者，魔法元素无人能够与他们抗衡。可以说无论是权势还是真正修为，元素神都排在第一线，是最前列的强势神族！现在四位实力超绝的天界主神下界，这个组合可谓极其豪华，可想而知他们对转世圣战天使的重视程度。

魔神一方的出场阵容同样夺目无比，除却赫赫有名、名传天下数千年的暗黑大魔神与冥神之外，又出现了两位传说中的魔神，为噩运魔神和血天使一族的血皇。噩运魔神战力并不是强项，但是他却能够布下噩运结界，能够影响整体大战的走势，是非常邪异的魔神。去闯十八层地狱，光明系、暗黑系的主神免不了混战，魔神一方出动噩运魔神，用意可想而知。

至于血皇，他刚刚归于天界不久，乃是辰南的老熟人。不久前，天界魔神一方费尽力气，复活了两名血天使，魔神一方再加两位主神级高手，不想他们下界去诛杀圣战天使转世之身时，被东方的执法者灭杀，天界的几位大魔神险些气炸肺。不过，随后上天又赠送给他们一份大礼，血天使一族中的双子血皇脱困而出，虽然仅仅逃回天界一人，但足以抵得上先前复活的两名血天使了。血皇何许人也？那可是传说中的血族天才，是有能力破入神皇领域的强者。

经过天界几位魔神的帮助，如今的血皇虽然没有恢复到当年的巅峰状态，但是其可怕的实力也足以让人感到心惊了。血皇无比仇恨地怒视着辰南，他与辰南可谓有不共戴天之仇。辰南不仅伏击过他们兄弟二人，而且在不久前大破澹台封魔地时，亲手将双子血皇中的另一人当作祭礼，献给了诛魔阵。杀弟之仇，不共戴天！不过血皇毕竟远非常人，尽管有深仇大恨，但眼下这种关头，他也只能暂时隐忍。

辰南与两条龙风驰电掣，飞在最前面。对立两方的主神跟在他们的后方，最后方是众多的玄界高手。待看清两系主神后，辰南眉头不禁皱了又皱，两方都有他的仇敌，这样的部署多半是双方有意为之，是想给他压力，还是想警告他呢？如果真的攻打十八层地狱，敌我关系实在复杂啊，三方随时可能大混战，即便是辰南这个原本的中间人，现在也有了死敌在盯着。

穿过无尽的大沙漠，又飞过一片大草原，辰南他们这队浩浩荡荡的大军，终于来到了西方的拜旦圣城。雄伟恢宏的圣城在晚霞的映衬下显得格外雄伟壮丽，彩色的云霞为圣城镶嵌上道道金边，远远望去，神圣而又庄严。飞行到这里之后，光明一系的主神与暗黑一系的魔神，都不由自主停了下来。

暗黑一系的魔神恨极了这个地方，外界很少有人知晓，历史上消失的魔神有数位都被人封印进十八层地狱。只是出于种种顾忌，即便强如天界的大魔神也不愿轻易来这个地方。因为，这里有着太多不为人知的秘密。今日关系实在重大，他们才履足这里。而光明一方的主神同样不愿涉足这里，因为某种原因，所谓的圣城与他们近乎对立了。这里是第一代光明神所创建的，但是现在的天界主神，早已不是第一代光明神的嫡系了。主神与魔神犹豫不前，跟在后面的玄界高手不敢逾越。

辰南大笑道："看你们如此踌躇，难道你们身为天界神灵，还惧怕一座小小的人间城池不成，我看你们似乎心有顾忌啊，好生让人奇怪。"痞子龙嘿嘿笑道："传说，这个地方可是殒神之地啊，他们当然忌讳了。"

龙宝宝迷迷糊糊地嘟囔道："神说，太奇怪了。我怎么心神恍惚啊，我感觉有什么东西在召唤我，好奇怪哦。我大德大威来了，我来了！"说到最后，小龙如同梦呓一般，一双大眼睛泛起阵阵水波，金黄色的小爪子使劲地攥着拳头。辰南发现了它的异状，心中一动，将小家伙放了自己的肩头上，对着主神与魔神大喊道："不愿去算了，我先走一步。"说罢，他风驰电掣，化作一道光影冲进了拜旦圣城。

"轰！"在辰南冲进拜旦圣城一刹那，一片绚烂夺目的光芒照耀在天地间，生生截住了他的去路。前方两名须发皆白的老者带领着数十名神职人员，飘浮在高空之上。其中一名老者冷冷地对着辰南喝道："辰南，我已经听闻你要率人攻打十八层地狱，可是真的？"辰南道："不错，明人不做暗事，没有什么好隐瞒的，今日我就想去十八层地狱闯上一闯！"老人道："那就等着神圣审判吧，对于你这样的邪恶之徒，唯有神的光芒，才能够净化你丑陋卑劣的灵魂！"

"哈哈，神的光芒？哈哈哈……"辰南仰天大笑，双眸射出两道邪异的光芒，用手指道，"你来看！后面那几人是谁？是不是你们供奉的神呢？"光明一系的主神还有几位魔神犹豫了片刻，这个时候正好冲了过来。可怕的主神威压与盖世的魔神气息如苍穹压落大地一般，浩瀚无匹的能量波动让整片空间都在摇动不已。再加上后方那数千名玄界高手透发出的强者力量波动，让整座拜旦圣城都跟着晃动了起来。

光明神殿的执法队所有人都面色大变，他们虽然提前得到了消息，但还是有些难以相信，居然有这么多的强者来犯。而且，最前方的那几人似乎真的是神灵！唯有至高至上的主神，才能流露出如此威压！

辰南对于这帮动辄以异教判定人罪过的神殿执法者没有任何好感，大喝道："闪开，饶你们性命，不然后果自负！"

老人道："你这邪恶卑劣的异教徒……"辰南血发乱舞，一声喝喊打断了他的话语："光明神、暗黑大魔神，如果有诚意就出手吧，清理了这帮拦路者，冲向十八层地狱。"光明神光直冲天际，暗黑魔气横虐八方，光暗同舞。数十名执法者全部被震飞，在空中生生抛出去数里之遥，不过几位天界强者不知道是不屑于取他们性命，还是手下留情，没有下杀手。"他们就是神！"辰南大笑，领着两条龙冲进圣城内。

拜旦圣城内，众多的平民吃惊地张大了嘴巴，难道要进行神战了吗？这么多能够御空飞行的人，在他们眼中都堪比神灵啊。城内所有百姓都震惊地望着高空，看着如乌云般飞入城内的众人，皆目瞪口呆。"神说，好热啊，真的好奇怪哦！"随着越来越接近光明教会，龙宝宝浑身开始透发出阵阵金光，它如金黄色的小皮球般蜷缩在辰南的肩头，一双大眼满是迷茫之色。

光明教会中心神殿内，教皇叹了一口气，对一名神职人员道："去请元老会那帮元老吧。""是。"神职人员飞身而去。光明教皇飞出了神殿，冲上高空，面对着快速接近的众多强者。同时，神殿内快速冲上近百条人影，这些人都是真正的强者，普通的神职人员都被暂时遣散了。

"辰南你真是胆大包天啊，竟然要大破十八层地狱，你可知道地狱一破意味着什么吗？"教皇满脸皱纹堆积，一副风烛残年的样子，不过他双眼似两道冷电一般，犀利的眼神摄人心魄，让后方的众多玄界高手一阵胆寒。他接着道："十八层地狱破，灾难将降临人间！""我就是想看看所谓的十八层地狱到底封印了何等的灾难。"辰南与教皇对面而立，道："你们所信仰的光明神都来了，他都没有阻止我，你想越俎代庖吗？"

"哼！"教皇冷冷一哼，对后方的光明神等人，丝毫未露出半点敬意，甚至带着一丝蔑视，他高声喝道："我所信仰的光明神不是他们！"一股莫大的威压快速自教皇那里汹涌澎湃而出，令所有玄界高手皆感觉有些吃不消，这个教皇未免太过恐怖了，其透发出的威势竟然足以与主神比肩！不过知情的人并不觉得意外，因为数月前教皇分出一缕金身，便轻易击败了实力近乎神王境界的魔蛙。光明神、战神、元素水神、火神皆露出一丝尴尬之色，甚至有些恼怒，但却没有言声反驳。辰南大感意外，真的有些不明所以。

暗黑大魔神大笑道："哈哈，辰南你不知道其中的隐情吧，天界光明一系的神灵都是叛逆者，他们背叛了第一代光明神。"辰南恍然大悟，他终于明白第一代光明神的骸骨为何散落在人间，为何是光明神殿在努力复活他，而不是天界的主神。"还有你们暗黑一系的神灵，你们上代的主神，曾经发过誓，魔神不得侵扰拜旦圣城，难道你们忘记了吗？"光明教皇冷冷喝道，似乎根本不将暗黑魔神一系的人放在眼里。辰南又是一阵意外，光明教皇实在够强势，竟然敢呵斥几位魔神，这样说来，光明教会真正的实力岂不是有些骇人听闻。"嘿，又不是我发的誓言，关我何事！"暗黑魔神冷笑。

"我好热啊！"小龙在辰南的肩头迷迷糊糊地嘟囔道，身上的金光更加炽烈了。辰南皱了皱眉头，多少有些担心小龙，觉得可能是这个地域有什么不好的事物影响了小龙。他大喝道："光明神、暗黑大魔神，我不想和你们绕圈子，有什么说什么。因为如果对主神耍那样的手段，实在太幼稚。你们都知道我的目的，我也知道你们需要转世的圣战天使。很好办，谁帮我攻打十八层地狱，我就帮谁。"

"哈哈！"暗黑大魔神大笑道，"好，我现在帮你拖住这个教皇，除了他之外余者没有人能够阻挡你。"辰南摇了摇头，道："我需要你的诚意，现在你们双方谁先攻破前三层地狱，我就考虑投向谁。"双方都没有言声，对于他们来说，十八层地狱有着太多的隐秘与忌讳。

"嗷呜，真是不够爽快，龙大爷先打前三层地狱，到时候你们就从第四层开始攻打吧。"紫金神龙一声长啸，身躯在刹那间化为数百丈，天罚顿时劈落了下来，不过它毫不在意，庞大的神龙躯体闪烁耀眼的紫光，冲天而起，随后俯冲而下，狂猛地向着中心神殿轰撞而去。教皇眼中寒光一闪，刚要有所动作，不过暗黑大魔神说到做到，果真出手了，无尽的暗黑魔气笼罩半座圣城，他身化一道乌光锁定了教皇。

"轰！"紫金神龙口中吐出一道百丈长的巨大紫色闪电，轰撞在中心神殿之上。巨大的中心神殿在刹那间灰飞烟灭，远处连片的神殿都跟着受到了牵连，崩塌了不少。"喀！"几记神王级的紫金闪电接连劈落而下，随后痞子龙像个滑溜的泥鳅一般快速缩小逃了回来。它的做法完全是正确的，巨大的闪电一阵狂轰之后，中心神殿的地下基石崩碎的刹那，忽然爆发出一股直冲霄汉的魔气，一根晶莹剔透、长足有十丈的巨大白骨冲天而起，立于十八层地狱上空。

辰南倒吸了一口凉气，几日未见，传说中的指骨居然发生了变化，变得如此巨大。与此同时，教皇与暗黑大魔神强猛地硬撼了几记，最后教皇独一无二的空间魔法释放而出，将暗黑魔神瞬间传送出去数百丈。教皇大喝道："请噬神兽出世！"

十八层地狱的上空突然崩碎了，那里裂开一道巨大的空间裂缝，一个神圣祥和的世界展现在众人眼前，里面霞光万道，殿宇连绵成片，圣花遍地皆是，而且竟然有不少小天使在飞舞。光明神等人神色顿变，惊道："传说中第一代光明神的光明天堂！"辰南闻言一惊，光明教会果然神秘无比，中心神殿之下有十八地狱，高天之上竟然有光明天堂。

那片透发着神圣光辉的虚空快速闭合了，不过现场却多了一个身材佝偻的老人，脸上皱纹堆积，须发都已经落光，他颤颤巍巍地立于虚空中，口中发出异常苍老的声音："噬神兽在沉睡，让我来吧。"光明教皇眼中闪现出惊喜的神色，似乎大出意外，恭敬地施了一礼。光明一系的战神桀骜不驯，身上的黄金神甲爆发出阵阵璀璨的光华，整个人如一把出鞘的霸刀一般，透发出无限的战意，他大喝道："你是谁？"

"我是谁，你的父辈没有对你提起过吗？"苍老的声音不带任何感情色彩，但是无形中却透发着让人心悸的威压。

人们常说，天堂地狱不过一线之隔。如果心境开明，充满希望乐观的情绪，天堂就在你的眼前。反之，如果暮气沉沉，心中灰暗，再后一步就是地狱。这不过是人们引申意义的一种罢了，然而今日辰南却真的体会到了天堂地狱不过一线之隔。

光明教会中心神殿有十八层地狱，镇压了无数绝世大凶魔，这是众所周知的事情。可是，又有谁知，在光明教会中心神殿的上空，隐有一个神圣的天堂世界呢？那里神圣祥和，仿似一片世外净土，琼楼玉宇连绵成片，奇花异草遍地皆是，却与十八层地狱不过一线之隔，真是出乎世人意料的事情。

天堂之门关闭了，现场出现了一个神秘的衰弱老人，其言其行一下子就镇住了桀骜不驯的战神。老人风烛残年，须发皆无，牙齿尽落，肌肤如同干皱的橘子皮一般，不过一双混浊的眼，偶尔却流露出碧幽幽的光芒，令人心悸，让人胆寒。而且，在不远处的高空之上，那巨大的白骨横亘在那里，透发出无尽的魔气，笼罩在十八层地狱上空，让这里看起来是如此邪异。不过巨骨并未再有丝毫异动，仅仅静静地悬浮于虚空。虽然让所有人心惊，但是倒也未生出多少恐惧之意。

"嘿嘿！"神秘老人森然地笑着，不仅让数千玄界高手毛骨悚然，所有主神与魔神也觉得异常不自在，感觉一股凉气灌顶而入。他道："很好啊，你们的父辈还算守诺，没有将天堂的事情泄露出去。不过却没有教育好你们，竟然再次来逆袭！"

听闻此话，任谁都已经明白，在那遥远的过去，天界中的主神似乎下界，讨伐过光明教会上空的天堂。这是多么骇人听闻的消息啊！从中不难推测出许多让人心惊的信息，第一代光明神粉身碎骨后并未就此烟消云散，他留下了足够的力量，竟然能够击退天界主神的征讨！光明教会远非想象中那么简单啊！他们真正的力量部署绝非表面显现的那般，真正的王牌皆在天堂！中心神殿之下有地狱，中心神殿之上有天堂，这种有意为之的布置，真是意义不凡啊。

"到底是怎么回事？难道上代的战神等人战败了？哼，我才不相信！"战神的气势再次强盛起来，手中黄金圣剑透发出璀璨夺目的光芒。

老人道："哼，面对光明神的最强化身，就凭你们父辈能够抵挡得住吗？"石破天惊的话语！老人似乎有意透露出当年的一些真相，这句话一出口，不仅众多玄界高手心惊，就是几位主神与魔神也都变了颜色。第一代光明神不是粉身碎骨而亡了吗？怎么还会遗留有一缕化身呢？这绝对是震惊天上地下的奇闻！

"光、光明神的化身还活着？"战神满脸不相信的神色。元素水神和元素火神，以及暗黑大魔神、冥神等人，也露出不可思议的神色。

神秘老人悠然出神道："有些事情终究是要浮出水面的，第一代光明神的伟大神迹不能湮灭在历史当中。在那遥远的过去，他粉身碎骨而亡，但最强大的化身并没有立刻随着灰飞烟灭。因为那个时候，化身处于封印当中。直到你们的父辈来犯，化身才从封印中解脱而出。以他的实力灭杀你们的父辈，应该不是很难。但是他心怀仁慈，放走了所有人。而他们却没有好好地教育你们，再次来犯，实在不可饶恕！"

震惊归震惊，但是被老人最后一顿训斥，好斗的战神顿时变色，他大声喝道："哼，少废话，让我见识一下所谓的第一代光明神化身，我倒要看看他强到了何等境界。"老人叹了一口气，道："你见识不到了，从封印中解脱而出，战败你们的父辈，他便随风而化了，本体都已经破碎，他焉能长久存在。""哈哈！"旁边的暗黑大魔神大笑起来，道，"我还以为第一代光明神的化身依然存在呢，原来早已灰飞烟灭了。"光明一系的人马是暗黑系的死敌，不管是先前的第一代光明神，还是现在的叛逆者，得知这一消息焉能不让魔神一方欢心？

"是啊，光明神的化身确实死了。不过，他的真身在不久的将来，即将复活而归！"说到这里，老人发出了畅快的大笑，不过在众人耳中，却如夜枭一般刺耳难听。"你说什么，第一代光明神会复活？"一直未出声的元素水神突然开口，水蓝色的眸子满是震惊之色，绝丽的容颜难以保持平静。

"是的，我已经看到了未来，光明神将回归！"老人脸上是难以掩饰的激动神色，道，"这也是我为何将诸多秘密公之于众的原因。哼，天界的叛逆者，事到如今你们还不悔改，做好被惩罚的准备吧。"暗黑大魔神神色骤变，冲着一直露出思索神色的光明神喝道："虚伪的光明神，我们联手吧，先灭掉这个所谓的天堂，看那第一代光明神如何复活，如何归来。"

光明神还未言声，他们这一阵营的元素火神凯奇，已经率先表态，道："不错！我们应该联手。我多少知道一些情况。数千年前，我们的父辈来这里想毁掉光明神的骸骨，但是发现骸骨似乎并不在这里。而现在，我明显感应到了光明神的气息，我们联手毁去他的碎骨，我看他如何复活。"

魔神一方皆同时赞成，光明神有些犹豫，元素水神没有表态，战神则赞成元素火神的说法，他大喝道："天界有天界之规，我只知道我们的祖辈是被逼反的，为了活命唯有如此，而我们作为他们的子孙，将继续沿着他们的遗志战斗下去！"

　　"轰！"神圣气息如银河坠落九天一般，漫天都是神圣光彩，战神与元素火神周身上下爆发出无比强横的气势，金色的黄金斗气在战神身体外形成数丈厚的光壁，而熊熊神火则在元素火神周围燃上了高天。"轰！"暗黑大魔神一方那里，涌动起滔天的魔气，那里宛如变成了地狱一般，魔云冲天，在他们那一侧方圆数里一片黑暗。

　　暗黑大魔神站在最前方，周身魔甲泛着寒光，一把黑色魔刀凭空幻化而出。高大健硕的冥神穿着死亡铠甲，手持巨大的玄色镰刀，从黑暗中走了出来，两眼透发出摄人心魄的光芒。噩运魔神站在他们的后面，隐身于黑暗中。血皇则冲天而起，立身在他们的头顶上空，在黑色魔云中闪烁着刺目的血芒。

　　"嘿嘿！"神秘老人冷笑连连，道，"真是堕落啊，居然和魔神走到了一起。不过你们觉得这样就可以攻破天堂那就大错特错了。光明神的化身虽然不在了，但还有我以及噬神兽。"老人虽然没有透发出丝毫能量波动，但是却让暗黑大魔神等人感觉异常不安，他冲着光明神喊道："虚伪的家伙，还在犹豫什么，我们联手先灭掉他。"

　　战神大吼道："杀！"他第一个向着老人冲去，黄金斗气铺天盖地，横虐整片天空，炽烈的剑芒如漫天星斗坠地一般，在虚空中划出一道道灿灿光芒，杀气直冲霄汉。元素火神同时出手，漫天的神火汹涌澎湃，向着老人狂涌而去，灼热的温度即便是远空观战的玄界高手都阵阵心惊，空间仿佛都要被烧熔得扭曲了。暗黑魔神的魔刀同时劈来，斩破虚空，空间能量狂乱爆发而出。冥神手中那森然的死亡镰刀同时割裂虚空，向着老人杀去，血皇也同时出手，炽烈的血芒凝结成一把血剑，发出邪异而耀眼的光芒，让人无法正视。

　　数位主神联手攻击，其威力之巨大可想而知，整座拜旦圣城都在剧烈摇动，幸好众神是在空中发动攻击，如果在地面恐怕整座圣城随时可能会崩塌。天罚几乎在瞬间劈落而下，不过却难以奈何众神。面对杀气冲天、能量浩瀚无边的无匹攻击，神秘老人并未惊慌，快速念出一串古老晦涩的咒语，最后大喝道："空间禁锢！"在这一刻，奇异而可怕的事情发生了，各个主神突然一动不能动，生生定在了空中，连带着他们劈出的剑气与刀芒，还有那熊熊燃烧的神火，仿佛全部停留在了那一瞬。

已经远离战场的辰南大吃一惊，这个老人到底是何等人物，竟然定住了几位主神级的人物，实力未免太过强大了吧！同为神王的痞子龙也是冷汗连连。看着不远处那巨大的指骨以及战场中发生的异事，辰南感觉这次十八层地狱之行，情况异常不妙，现在唯有静静观看，不能轻举妄动。

"嘎嘣！"巨大的崩碎声音从虚空中的战场发出，战神、暗黑大魔神等人艰难地移动着身体，仿佛在破碎神山一般，发出阵阵空间碎裂的声音。几大主神先后慢慢动作了起来，他们似乎在竭尽全力地撑破空间的束缚。光明神与元素水神西拉丽丝也被迫参战，他们同样被禁锢了顺畅行动的能力，艰难地在空间中挣扎着。看似衰弱的神秘老人冷笑道："现在知道厉害了吧？""你达到了神皇境界？"元素火神震惊地问道。

老人道："没有，从某种意义上来说，我是一个废人，我几乎没有任何神力。不过我却掌握了时空法则，我周围的空间唯我而定，即便是神王也很难逃脱我的禁锢之术。""不是神皇，但却拥有部分神皇的规则！"暗黑大魔神倒吸了一口凉气。战神则咬牙切齿道："你以为能够彻底禁锢我们吗？""嘎嘣！"虚无的空间仿佛有形之物一般，发出清晰刺耳的崩裂声响，战神摇摇欲倒，但是却逐渐挣脱了束缚，渐渐能够行动起来。与此同时，光明神、暗黑大魔神、血皇等人也开始渐渐恢复行动能力。

神秘老人脸色一变，道："看来你们比我想象的要强得多。不过，没有用的，我虽然不是神皇，有着致命的弱点，但是却能够弥补不足之处。"他口中念动咒语，而后发出一声厉啸，空间之门再次被打开，天堂浮现于高天之上。

"嗷吼！"一声咆哮，宛如惊雷响在灵魂深处一般，震得这片天空所有修者一阵摇颤，未知的怪兽吼音实在太可怕了，仿佛能够穿透人的心海一般，让人的灵魂恐惧与战栗。一只巨大的怪兽自天堂中咆哮着，凶猛地冲了出来，它高有三丈，长有五丈，巨大的麒麟身，粗壮的象脚，浑身上下布满了青色的鳞甲，寒光闪烁。最为奇特的是它长有五颗狰狞恐怖的头颅，各个头颅皆不相同，正中央为一颗西方龙的龙头，左侧两头为虎头与狮头，右侧两头为熊头与豹头。当然，每个头颅上同样覆盖满了青色的鳞甲，闪烁着阵阵阴森的光芒，它吼啸连连，向着行动不便的诸神冲去，在被禁锢的虚空中丝毫不受影响，如履平地一般。"吼！"五头齐啸，声震天地，拜旦圣城都跟着剧烈摇动不已。它飞快冲到冥神近前，噬神兽五个巨大的兽头同时张开血盆大口，而后瞬间便将冥神扑倒。五个血盆大口，瞬间就撕裂了冥神的半边身躯，魔血染红了天空。冥神发出一声惨烈的大叫，这实在太过恐怖了，噬神兽竟然能够轻易咬裂主神的身体！

　　远处，辰南倒吸了一口凉气，这头怪兽的肉体之强横、恐怖远远超过同为神兽的紫金神龙。这个时候，蜷伏在辰南肩头的龙宝宝浑身上下金黄耀眼，它迷迷糊糊地挣扎着，有些难受地嘟囔道："神说，我真的好难受，我、我要死了，我不会下地狱吧……""龙宝宝你到底怎么了？"辰南大惊，再也顾不得观看战场，无比紧张地关注着小龙。龙宝宝虚弱地道："我心里难受，有人在呼唤我，我要失去灵魂了，大德大威……"

第二章
冲向地狱

龙宝宝一双大眼睛茫然无神，仿佛失去了灵魂一般说着一些奇怪的话语，这让辰南异常担心。小东西平时虽然很调皮，但是古灵精怪的样子实在讨人喜欢，如果它真出现什么意外，辰南是无法接受的。"龙宝宝快告诉我，你到底哪里不舒服？"辰南有些焦急，最后自语道，"问题一定是出在十八层地狱或者天堂，这里有什么古怪的东西影响着小东西。我们离开这里！"为了龙宝宝，他打算暂时离开拜旦圣城，小东西绝不能有一点闪失。

不过就在这个时候，小龙开始胡言乱语起来，嘟囔道："天大地大，我最大，我是大德大威天龙。我不要离开这里，我不能离开这里……"蜷缩在辰南肩头、如同小皮球般的龙宝宝，身上爆发出的金光更加炽烈了，此刻如同熊熊燃烧的黄金神火一般在跳动，炽烈的温度将这片空间都燃烧得似乎发生了扭曲。如果不是晋身神王领域且经过禁忌天雷淬炼过身体，修成近乎不灭的神王体，辰南此刻恐怕根本禁受不住小龙爆发出的神火炙烤。

"我口渴……"小龙喃喃道，无神的大眼睛渐渐有了痛苦之色，全身黄金鳞甲翕张，而且似乎在渐渐失去光泽，仿似里面的神龙元力消逝了，有渐渐脱落的迹象。辰南大骇，再也不敢停留，展开神王翼，快如闪电一般冲离这片战场。几位主神与魔神是死是活，他再也不去关注，天大地大，也没有小龙的性命重大。紫金神龙紧随其后。

"不要，我不要离开这里……"龙宝宝迷茫的大眼睛里难得闪现出一道清明的神色，它挣扎着想从辰南的肩头上飞起。不过，就在这个时候，它的身体终于发生了极其恶劣的变化。"嘎嘣！"一片失去活力的黄金鳞甲崩碎，化成粉末，自它的身体上脱落。"好痛啊！"小龙如孩子一般痛苦地叫了起来。

"该死的，到底是怎么回事？！"辰南愤怒了，他已经用神王力隔离出一片空间，外界一切波动都不能够穿透而入，但是小龙的身体状况却没有任何好转。相反，更加严重了，数片黄金鳞甲脱落下来，鲜血淋淋。小家伙痛得龙躯不断颤抖，看得辰南阵阵心痛。他快速打开了内天地，将小龙送了进去，而后全力一展神王翼，片刻间飞离拜旦圣城已经百里之遥。直到来到圣城东面大草原的上空，他才止住身形，快速打开内天地，冲了进去，紫金神龙也跟了进去。

"我难受，我痛……"小龙难受地在花草间滚动，浑身上下已经鲜血淋淋，身上的黄金鳞甲竟然已经脱落了大半，小龙可怜兮兮的，如同身患绝症的病童一般。辰南看着异常揪心，快速跑了过去，将它抱在怀里，只是有种束手无策的感觉。此刻，小龙血肉模糊，喃喃道："我渴……"辰南立刻来到仙果林采摘仙果，挤出汁水喂它。小龙大口大口地吮吸着，但是身上的鳞甲依然在脱落。

旁边的紫金神龙焦急地道："他龙祖宗的，小豆丁的鳞甲怎么会脱落呢，难道说它的血脉不纯，导致龙鳞不能附体了？真是奇怪啊！"说到这里，它像是想起了什么，道："让我来试试。"它快速割裂了自己的手腕，神龙血流淌而出，滴落进小龙的口中。小龙身上的黄金神火突然衰弱了不少，但是鳞甲依然在继续脱落。

痞子龙另一只手抵在小龙的身上，自体内涌动出无尽的龙元，向着小龙的体内注入。辰南心中一动，也将自己的手腕割裂了，将血液向着小龙的口中滴落，同时将神王力向着小龙体内输送而去。"舒服多了……"小龙迷迷糊糊地嘟囔道。辰南和紫金神龙面面相觑，这个小东西到底得了什么怪病呢？无尽的神王力与龙元被注入龙宝宝的体内，小龙像是舒服了许多，不过身上的鳞甲脱落的趋势却加剧了，已经快完全蜕光了。

"小豆丁似乎需要大量的神力！"紫金神龙说出了心中的猜想，道，"看情形它不是要进阶就是要退阶。"辰南心中一动，遥遥向着内天地深处一招手，被封印、昏迷不醒的雷神被拘禁而来，他道："为了龙宝宝，对不住这个家伙了，试试看能不能挖出天使之心、神王之心之类的东西。"紫金神龙听得双眼直冒贼光，口水差点儿流出来，道："让人羡慕的小豆丁啊！让我来，龙大爷当年的大仇家似乎跟雷神殿有些交情，今天我亲自来当刽子手。"

"小心点，最好留下他一条性命。"辰南本不想杀掉雷神的，毕竟做掉一个天界主神的影响太大了。只是，眼下他没的选择，为了龙宝宝他不惜与天界众神翻脸。紫金神龙经验老到无比，数千年岁月不是白活过来的，它睁开天目，一道神光瞬间射入雷神体内。雷神已经醒来，但却身不能动，口不能言，双目中满是愤恨的火焰，恶狠狠地盯着辰南与紫金神龙。

紫金神龙号叫道："嗷呜，发财了，这个家伙的体内有好几颗神丹！"辰南睁开天目，也看透了被封印的雷神躯体。九颗紫金神丹分布在雷神的胸腹内，闪烁着灿灿光华，不过却被一股暗黑的力量纠缠着，使之不能够流转出丝毫神王力。紫金神龙嘿嘿笑道："对不住了，龙大爷可要下手了！"雷神闻言，露出惊恐的神色，脸色难看到了极点。

紫金神龙真的动手了，不过却未出现血腥的画面，神龙力奥妙无比，磅礴的龙元快速冲进雷神的体内，攫住一颗紫金神丹，紫金神丹自雷神的口中飞出。紫金神丹始一冲出雷神之口，其上纠缠的黑色魔神力被痞子龙震散了，一颗光华璀璨的神丹出现在他手掌中。与此同时，隆隆雷声不断，自神丹内爆发出阵阵巨大的闪电。紫金神龙叫道："还真是不好对付啊，小子快来帮我碾碎它！"

辰南闻言催动出一股浩瀚的掌力，刚猛的神力剧烈地撕扯着雷神丹，加上紫金神龙的磅礴龙元力，紫金神丹发出喀喀的响声，而后轰然爆碎。浩瀚无匹的能量就要爆发开来，但是却被辰南与紫金神龙生生阻止，一大团光华烁烁的紫气被他们用各自的力量包裹着，定在空中。磅礴的雷神力被慢慢引导着，向着小龙的体内注入而去。

小龙似乎已经有些清醒了，不过却有些病恹恹，小声嘟囔道："我好多了，你们不要担心。"紫色光团慢慢变淡，磅礴的雷神力慢慢皆被小龙吸收了，隐约间小龙的体内闪烁着一股紫色的光华。只是，依然无法阻止它的鳞甲脱落，待到整颗雷神丹的力量被小东西吸收后，所剩无几的黄金神龙甲猛地爆裂开来，全部脱离了它的身体。

辰南失声惊呼道："龙宝宝！""我舒服多了，不过我变得好难看啊！"小龙虚弱地眨动着大眼，看着自己血糊糊的躯体，有些不解地道，"神说，我怎么会这样啊？"它身上炽烈的金光渐渐变淡了。不过就在这个时候，小龙头顶正中央的那第三只角突然爆发出阵阵金光，又将它笼罩。辰南大惊，对紫金神龙道："快，再挖几颗雷神丹！"可怜的雷神听到这句话后，一下子昏了过去。

"我不难受了。"小龙病恹恹地道。这一次金光并没有伤害它，相反灿灿金光将它血糊糊的身体包围后，快速愈合了所有伤口。一层淡淡的实质化金芒布在小龙的体表，而且那第三只角居然开始慢慢消融！辰南极其在乎小龙，既然神王力让小龙摆脱了险境，那么还是多多益善，对雷神无须客气！总共有四颗雷神丹被打碎，化成神力被注入了小龙的体内。

半个时辰之后。"神说，我好多了。"尽管身体还很虚弱，但是小龙的精神似乎好了许多。此刻，异变发生在它的身上，第三只角完全消融，化成道道金色光华，均匀地自它全身各处渗透进身体。而它的体表，竟然又生出了非常细小的鳞片，看起来虽然很柔嫩，但是比方才血肉模糊的样子强上太多了。让辰南与紫金神龙悬着的心终于放下了。

辰南慎重地道："再来一颗神王丹巩固一下。"强大暴虐的雷神刚刚醒转，听到辰南这句话后，一下子又吓得昏迷了过去。不过第五颗雷神丹终究没有被挖出来，小龙已经摇摇晃晃地飞了起来，在辰南的内天地出口处，遥遥望着拜旦圣城的方向，有些失神地道："我要去那里，有人在召唤我。"解铃还须系铃人，辰南虽然不想小龙再涉险，但是他却同意了，隐约间他觉得莫大的机遇可能在前方等待着龙宝宝。

再次回归拜旦圣城，这座城市的上空如沸水一般，剧烈的元气波动在整片天空狂猛肆虐。如骄阳般耀眼的光明神，似出鞘霸刀般的战神，仿似古井般平静无波的元素水神，还有周身烈火滔天的元素火神，四人虽然气势强盛，但是明显吃了不小的亏。他们身上有许多血迹，一道道兽爪印记清晰可辨。而元素火神的伤势最重，一条右腿竟然被咬断，血肉模糊一片。

四人背对背靠在一起，正紧张地注视着远处的噬神兽，魔神一方四人正在激战神兽。冥神已经失去了肉体，被噬神兽残忍地撕裂吞噬了，现在只剩下一道魔魂。不过，对于他来说并未有多大影响，他本就是死亡之神，可以随时抛弃肉体，另换新身。

暗黑大魔神、血皇他们也都遍体鳞伤，被噬神兽撕咬得浑身上下血肉模糊。他们无论是外放的斗气，还是吟唱放出的魔法，都无比缓慢。而噬神兽却迅如闪电，那一道道可怕的魔法攻击，还有那如长虹般的剑气，很难击在它的身上，偶尔打中，也不过让它翻滚出去数十丈远，而后便再次冲来，可怕的攻击似乎对它无效！观战的玄界高手早已避退出去数里之遥。辰南暗暗心惊，在这片被禁锢的空间中，强如主神与魔神竟然也如此狼狈，被这样一个五头怪兽凶横地冲击。噬神兽太可怕了！

龙宝宝道："我，感觉到了，召唤我的东西在地狱。不对，好像不完全在地狱，那片天空也有东西召唤我。"辰南顺着龙宝宝的小爪子看去，竟然是那裂开一道缝隙的天堂！拼了！为了小龙，辰南决定硬闯天堂。这个时候，神秘老人口中咒语不断，控制着战场内的空间，而光明教皇则守护在他的身边，凶残的噬神兽在追逐着几位魔神。高天之上的天堂，似乎为力量空白地带！

辰南他们在夜色中，化作几道残影，无声无息地冲进了那道金色大裂缝中。里面，青山绿水，宫殿连绵成片，漫天彩霞，许多小天使在神圣的光辉中翩然起舞。突然，一声巨大的咆哮，险些震聋辰南和紫金神龙他们的耳朵，一头怪兽从一座宫殿中冲出，快速向他们飞腾而来。它高三丈，长五丈，麒麟身，巨象角，五颗头颅分别为龙头、虎头、狮头、熊头、豹头。

"噬神兽？噢呜，怎么可能！它不是在外面吗？"紫金神龙大惊。辰南面露凝重之色，沉声道："应该有一对，这头是雌的！"噬神兽连主神都敢吞噬，可想而知它们有多么强大！五颗狰狞的巨头向着辰南恶狠狠地撕咬而来。不过，就在接近的刹那，五颗凶残的兽头突然转变了气势，凶残暴虐的气息瞬间消失得无影无踪，它如一只摇尾乞怜的狗儿一般，温驯地挪蹭了过来。

辰南与紫金神龙皆愕然。"难道这个家伙看龙大爷我神威盖世，想要认我为主不成？嗷呜，该死的……"紫金神龙的话还没有说完，突然被噬神兽撞得惨叫着飞了出去。而噬神兽满脸讨好之色，对着辰南怀中的龙宝宝摇头摆尾。辰南无比惊异地看着眼前的凶兽，实在不明白它为何一副讨好的样子面对着龙宝宝。

小龙似乎没有感觉到任何危险，一双大眼满是好奇之色，奶声奶气地道："神说，你长得太怪了，怎么五颗头啊？"听闻此话，高大威猛的噬神兽似乎有些委屈，低下五颗硕大的兽头，呜呜叫了起来，仿佛有些不满，又似乎在向主人讨好撒娇一般。

这就更让辰南感觉怪异了，现如今唯有一个理由能够解释眼前的情况，噬神兽多半是一头洪荒蛮兽，可能早在远古时期光明神时代就已经存在了，它多半在小龙身上感觉到了光明神的气息。要知道当初贪吃的龙宝宝可是不小心将光明神骸骨中的一颗神丹吞进了肚中，今日它脱去龙鳞种种事情恐怕也与此事有关。

看似祥和的天堂对于辰南他们来说绝对不是一处善地，万一被噬神兽发觉出异样，将有莫大的凶险，尤其是小龙居然吃掉了第一代光明神复活需要的神丹，他们必须速速离开这里。辰南催促龙宝宝道："这里有什么东西在呼唤你，快快让噬神兽带着我们去寻找。"

"一种奇怪的感觉……"龙宝宝有些失神，像是一个失去记忆的迷失者，它喃喃道，"尘封的气息，恒久的力量，遗忘的封印……"蓦然间，小龙伸出一只金黄色的小爪子，指着前方道："在那里！""走，我们过去！"辰南抱着龙宝宝腾空而起，向着前方飞去，噬神兽却一步超前，俯下身来示意他们坐到它的背上。不远处的紫金神龙大笑，先于辰南他们坐在噬神兽的背上，暗中幻化出一只巨大的龙爪，尝试着在蛮兽青色鳞甲上划了一下。

结果让人目瞪口呆，蕴含着神王力的龙爪，连一丝印记都未在噬神兽的鳞甲上留下，痞子龙与辰南面面相觑，这头怪兽的体魄实在太强大了！神王力竟然也攻不破它的麒麟甲，不愧是能够撕裂主神的蛮兽！只是，不知道它为何不能口吐人言幻化人形，保留了大半的兽性。

天堂内广阔无边，连绵不绝的秀丽山峰，彩霞缭绕，大片的宫殿点缀在山山水水之间，更有许多亭台楼阁飘浮在空中，许多小天使在空中楼阁附近翩翩飞舞，此地当真神圣瑰丽无比。穿过一片山脉，按照小龙的指引，蛮兽将他们带到了一片平原之上，那片平原非常安静，越向前飞行就越是沉寂，早已没有天使飞舞，也再没有宫殿出现，甚至连星星点点的绿色都已经渐渐消失，前方或者可以说是一片荒漠。

大约前行了百里之遥，荒漠中两座高大的石山突兀地出现在他们的视线中，两者围合成一个大峡谷。"就是那里！"龙宝宝坚定地指着前方的大峡谷。两座土黄色的石山，如两把利剑般直插云霄，小龙一瞬不瞬地盯着它们，眼神中渐渐泛出异彩，它喃喃道："是它们……是它们在召唤我。"

"嗷吼！"噬神兽仰天发出一声巨大的咆哮，在这片荒漠中传得格外悠远，整片天际都在回荡。龙宝宝自辰南的怀中挣脱而出，晃晃悠悠地飞到了空中。辰南紧紧跟随着它，生怕小东西出现意外，噬神兽更是摇头摆尾地跟在后面。

大峡谷内光秃秃一片，没有任何植被，只有无尽的碎石块，荒凉无比。一人三神兽慢慢向里面飞去，沿途龙宝宝多次露出迷惑不解之色，用一双小爪子抚摸着山壁。直至在大峡谷内穿行了十余里，前方一座祭台出现在山谷的正中央，高有十丈，由暗黑色的巨石堆砌而成。仔细望去，那祭台镌刻满了岁月的痕迹，透发出古老沧桑的气息，也不知道是何年何月堆砌而成的。

在距离那里不过百丈远时，他们发现地面之上稀稀落落地散落着一些骸骨，有神灵的，有普通人类的，神灵的骸骨还保持着丝丝玉质光泽，而普通人类的却已经近乎风化了。虽然有骸骨散落在祭台附近，但是这里并没有给人以邪恶的感觉，相反觉得这里有股神圣的气息波动在浩荡。

龙宝宝失神地向着祭台飞去，辰南非常不放心，拦着它道："先不要靠近，对于这里，我们需要好好观探一番。""不，就是这里，不要拦我。"小龙在这一刻显得有些执拗，摇摇摆摆飞了过去。辰南与紫金神龙无奈，跟在它的身边保护着，以防发生不测。至于噬神兽，似乎有些不安，暴躁地发出阵阵低吼，停在远处，不再靠前。

祭台高十丈，通体黝黑，虽然有风化的迹象，但是辰南却敏锐地感觉到了一股强大的力量孕育在其间。在距离祭台不过五丈距离处，龙宝宝从空中降落而下，又步履蹒跚地向前走去，辰南与紫金神龙感觉迷茫的小龙动作有些奇怪，更是不敢离开它半步。只是，当小龙攀登上祭台的第一个台阶，辰南与紫金神龙跟进之时，意外发生了。如水波般柔和的光芒自整座祭台涌动而出，龙宝宝像是穿越水帘一般从容进入，而辰南与紫金神龙却被一股极其奇特的力量生生顶撞了回来，他们竟然不能够靠近祭台半步！

眼看小龙独自蹒跚地攀登台阶而上，辰南心中甚是不安，他竭尽全力，双手爆发出阵阵黑芒，想用力撕裂水帘般的光壁。但是，结果大大出乎他的意料，看似柔弱的光帘竟然无法破开！紫金神龙更是不信邪，动用神王力，手中双截大棒子爆发出灿灿紫光，用力抡动起来，一阵震耳欲聋的音波爆发开来，老痞子被生生反弹出去百丈远，成"大"字形嵌入了对面的山壁之上。

神王力有多么刚猛可想而知，但是水帘般的光壁，经过剧烈地轰击，反弹之力更甚，痞子龙被出其不意的巨大力量轰得晕头转向，它叫道："嗷呜，该死的，痛死龙大爷了！"直到这时辰南才觉察出，这座祭台绝不普通，柔和的力量触碰，它也随即用柔和的力量反弹而回，如果用刚猛的力量轰击，它会加倍予以反击。

辰南看着小龙蹒跚地攀登台阶，一阵犹豫，眼下祭台对小龙来说，似乎没有什么危险，只是他还是不放心，将大龙刀与裂空剑握在手中，准备强行突破试试看。然而就在这个时候，焦躁不安的噬神兽发现了他的举动，一瞬不瞬地盯着他手中的神兵，而后发出一声咆哮奔了过来，神色不善地拦在他的身前，似乎要极力阻止他。

"你不让我破开祭台的结界，就不怕小龙在里面有危险吗？"辰南尝试和蛮兽沟通，现在他可不想和这个能够吞噬主神的家伙死拼。噬神兽猛力摇了摇头，而后又点了点头，同时发出阵阵低吼，似乎在威逼辰南离开这里。

"他龙大爷的，打就打，谁怕谁，老龙我憋了一肚子火了！"紫金神龙拖着双截大棒子，黑着脸，从远处走来。辰南握紧了大龙刀与裂空剑，双眼透发出两道寒光逼视蛮兽，不过见它虽然神色不善，但是却没有凶光露出，他收起了两件神兵，考虑片刻后朝后退去，对紫金神龙道："不要轻举妄动，看样子龙宝宝应该没有什么危险。"见辰南与紫金神龙向后退去，噬神兽也快速离开了祭台，不安地仰天发出阵阵吼啸。

这个时候，小龙终于登上了祭台，小家伙实在太胖了，走动时如一个金色的小皮球一般滚来滚去，它在十丈高台上好奇地打量着神秘而古老的台体。猛然间，大峡谷内一阵剧烈摇动，龙宝宝在上面站立不稳，一屁股坐在了祭台上，当它懊恼地挣扎起来时，古老的祭台突然爆发出直冲霄汉的金光，一股威盛刚猛的气息以祭台为中心快速爆发而出。

辰南与紫金神龙大惊失色，快速向前飞去，想要将小龙抢救出来。但就在这个时候，噬神兽却发出一声咆哮，化作一道电光拦在了他们的身前，五个巨大的兽头同时张开血盆大口威吓他们。"闪开！"辰南想也不想，大龙刀狠狠劈斩而下。紫金神龙手中的双截大棒子更是狂猛地扫荡。噬神兽五张血口同时喷出几道巨大的光柱，轰向大龙刀与紫金双截棍。"轰！"光芒耀天，一人二神兽同时退后了几步，不过就在这个时候，璀璨无比的祭台传出了小龙的声音，让本想生死大战的辰南与紫金神龙停了下来。

直冲霄汉的光芒虽然在祭台上爆发而出，但是龙宝宝并没有受到丝毫伤害，在灿灿的光华中，它虔诚神圣，真如同一个传教士一般。小东西口中喃喃自语道："空虚混沌，渊面黑暗。神说，要有光，光暗要分隔。神说，诸水分开，要有气，万水凝聚，显旱地。神说，大地生春，生机盎然……"在这一刻，龙宝宝透发出万丈光芒，显得无比神圣与神秘！青青草色出现在荒芜的大峡谷中，与此同时，大峡谷剧烈摇动不已，两座高耸入云的石山竟然伴随着龙宝宝稚嫩的话语拔地而起。

"轰隆隆！"大峡谷内天摇地动，两座直插云霄的石山，离地而起时发出阵阵雷鸣之响，土黄色的石山爆发出道道金芒，缓缓升空。辰南与紫金神龙无比震惊，这实在太过不可思议了。且龙宝宝的表现实在太奇特了，平日这个小东西就喜爱装神棍，但是此刻如此形势难测的境地下，小龙依然一副神棍的样子，不过这次却是有模有样，虔诚与神圣的姿态让光明教会中最忠诚的信徒都汗颜。

小东西在直通云霄的巨大光柱中，一本正经地站在祭台正中央，两只金黄色的小爪子不断画着十字，虔诚地喃喃着："神说，要有朝暮，要有节令，要众星闪烁……"两座石山扶摇而上，快速离地百余丈高，带动起一阵巨大的气浪，让满地的石块狂暴舞动起来，不过对于辰南他们来说根本不可能造成伤害，更不可能穿进古老祭台的结界而伤害到小龙。随着两座石山升空越来越高，在地面涌动的风暴终于慢慢平静下来，大峡谷消失了，唯有古老的祭台存在于原地正中央。

两座石山已经离地数百丈高，其颜色也渐渐由土黄色化为金黄色，灿灿光芒照耀天地间，宛如两座金山一般，最后它们定在了空中，一动也不动，但是神圣金光却更加炽烈了。这个时候，下方古老祭台那直上云霄的金色光柱，突然在高空爆发开来，如漫漫水波、似条条溪流一般，向着两座金色石山汇集而去。随着时间的推移，那不断爆散开来的金色光辉，在空中越来越浩大，由金色小溪慢慢汇聚成道道金色河流，而后又化成一道滔滔大河，向着两座金山汹涌澎湃而去。

直到后来，直通高天的巨大金色光柱，爆发而出的灿灿光辉如海浪一般，自四面八方滚滚奔涌，向着两座石山聚集。直插云霄的两座金山仿似慢慢融化了，竟然不断幻化出各种虚影，直至两声啸破虚无混沌的龙吟响起，在空中荡起阵阵巨大的音波，让虚天都为之漾起阵阵破碎的涟漪，两道铺天盖地般的龙影在高天之上狂猛地舞动起来。

巨大的龙影占据了整片天空，它们咆哮着、追逐着，在高天之上舞动如风，漫天金色的光彩浮现在它们的周围，让它们看起来更加神秘与强大，偶尔自金色云霞中露出的一鳞半爪，如果暴露在世人眼前，当真要惊得人目瞪口呆。它们的体积实在太大了！

紫金神龙感觉自己即便显现出二百余丈的真龙身，也不够高空中那两个庞然大物的金爪一抓。"嗷嗷嗷呜呜呜……"紫金神龙长号都无法连续了，它惊叹得口舌都结巴起来了。"他龙祖宗的祖宗，这实在太夸张了，绵绵不绝数千丈，一片龙鳞都比龙大爷的腰身粗！嗷嗷嗷呜呜呜，居然还是五爪皇族！"紫金神龙震惊得快说不出话来了。辰南更是惊异无比，难道说两座巨大的石山，本是两条被封印的神龙？这未免太过不可思议了。

狂猛的罡风自高天之上一直波及地面，顿时飞沙走石，最后无数的巨石都被狂暴地卷动到了空中。"神灵龙！"辰南惊呼，他终于发现高天之上隐在云霞中的两个庞然大物，各自皆有一对神龙翼，金色的神翼可谓遮天蔽日，完全展开来也不知道有多少平方公里，地面狂猛的风暴就是被神龙翼搅动起来的。

噬神兽呜咽着发出阵阵低呼，即便这个蛮兽敢撕裂主神的身体，但此刻似乎也变得柔顺了，如小猫小狗一般对着高天之上两条占据了多半边天空的神灵龙露出恭顺的神色。"他他他龙祖宗的，这这这该不会是天龙吧？"紫金神龙结巴着，露出不可思议的神色，道："难道跟小豆丁有关？"

"嗷吼……"巨大的咆哮之音，响彻天际，两个庞然大物舞动着巨大的龙躯，洒下片片金光，突然俯冲而下！莫大的威压和可怕的能量波动让下方的大地都跟着剧烈抖动了起来，辰南与紫金神龙他们快速后退。地面正中央，古老祭台上的龙宝宝却似没有听到任何响动一般，依然虔诚地喃喃着，一双大眼中充满了最为纯净的光彩。两条遮挡半边天空的神灵龙，目标竟然是龙宝宝，它们并头而下，飞快地向着下方的祭台冲撞而去。

"该死的！"辰南大怒，手中大龙刀与裂空剑脱手而出，化作两道青芒冲撞向两条庞大的神灵龙。两条数千丈的神灵龙动作太快了，尾端还在天际之上呢，两个硕大的龙头却已经破入低空，眼看就将撞到古老的祭台。大龙刀在空中幻化出了自己的本体，半条残龙浮现于空，它宛如有灵魂一般，在看到两条神灵龙后，竟然慢慢放缓了自己的速度，最后竟然止于虚空中。裂空剑也化成了穿天兽，它与大龙刀并排悬浮虚空，同样止住了身形，冷静地注视着两条神灵龙。

"嗷吼嗷吼……"两个庞然大物发出震耳欲聋的吼啸，两个硕大龙头竟然生猛地撞进了祭台的光壁。不错，是撞进！撞进光壁后，两条神灵龙的巨大头颅快速缩小，而露在外面舞动的庞大龙躯却没有什么变化，依然占据了大半边天空。辰南大惊失色，不知道大龙刀与裂空剑为何放任两头神灵龙冲进祭台，而它们却没有任何作为。接下来，两条神灵龙的数千丈龙躯如两条奔腾咆哮的金河一般，自高天之上直落而下，生猛地冲向祭台。

"嗷呜，完了！可怜的小豆丁，保准会被砸成肉酱！"痞子龙都有些不忍心看了。这等关头，辰南也没有丝毫办法。噬神兽则发出阵阵不安的低吼。只是，事情出乎所有人的意料，两条数千丈长的神灵龙冲到下方的祭台，庞大的龙躯并没有冲毁祭台，它们发生了惊人的变化，庞大的龙体竟然在刹那间不断缩小，待到漫天的金光渐渐消散时，它们已经化成了龙宝宝般大小，在祭台上不断飞舞。

远远望去，仿佛有三个一模一样的龙宝宝一般，只不过一个如虔诚的小神棍般在喃喃自语，另外两个如调皮的孩童般围在它的附近盘旋不已。这不可思议的变化，让辰南说不出话来了。痞子龙也惊得目瞪口呆，不敢相信眼前的事实。惊人的变化还在继续，两条活泼可爱的小龙盘旋一阵之后，突然光芒大盛，爆发出璀璨夺目的两片金光，而后它们突然消散在空中，化成一片金雾，迅速凝聚成一对神龙翼，眨眼间闪现出两道虚影，冲入了小龙原有的神龙翼内，使之爆发出一片刺目的光芒。

这样的变化实在太过突然了，任谁也没有想到两个庞然大物竟然化成神龙翼冲进小龙的身体，这未免让人有些不可理解。唯有蛮兽似乎更加臣服了，对远在祭台上的小龙流露出更加恭顺的神色。远远望去，小龙的神翼明显不同了，其颜色比之其他部位更深，金光闪闪，耀人双目。只是，小家伙似乎没有察觉到一般，依然在无知无觉地喃喃着，让人恨不得立刻捶醒这个小迷糊。不用辰南他们捶醒，这个时候一声惊天动地的大响，让小神棍从迷茫中回过神来。古老的祭台突然崩塌了，龙宝宝扑棱着一对金黄色的小龙翼，惊叫道："神说，地震了吗？"

"轰隆隆！"祭台崩碎，一片灿灿金光透发而出，在碎石间露出两把金色的巨大剑柄，数丈长的剑柄，绝对有数万斤重。"嗷呜，太不可思议了，不会有什么神兵宝刃出世了吧？"紫金神龙跃跃欲试，想要冲过去。不过却被辰南一把拉住了，他隐约间猜到了，这都与小龙有着莫大的机缘，别人无须插手。

"铿锵铿锵！"两把绝世利剑自地下突然弹出，长足有百丈，通体金光灿灿，锋利的剑刃闪烁着夺目的光辉，一股刺骨的寒意在这方天地波动开来。小龙吓了一大跳，急忙摇摇摆摆躲到了一边，一双大眼睛里满是不解之色，充满了迷茫。"神说，好锋利的圣剑啊，可是这么硕大，到底谁才能够舞动起来呢？"两把百余丈的黄金圣剑似乎有灵一般，闻听小龙此言蓦然冲天而起，斩破片片虚空，在高天之上化成两道金龙，卷起漫天风云，冲天的杀气，刺骨的冷意，以及灿灿的神芒，让它们显得更加不凡。

"嗷吼……"龙啸直上九霄，两道金影自高天之上俯冲而下，向着小龙快速冲去。"偶滴神啊！"在这一刻，肥胖的如同小皮球般的龙宝宝，滑溜得像条泥鳅，惊叫了一声，"嗖"的一下子飞出去数百丈远。只是，两道金色神龙如影随形，在刹那间触到了它的头。"哎呀，神说，我要解脱了！"龙宝宝如同受惊的孩子一般大叫起来。只是，结果出乎它的意料，两把黄金圣剑并没有刺破它的头颅，而是快速化成金雾，而后凝成两根灿灿龙角，融入了它头上的两角中。

"哎呀，我不想死啊！"小神棍似乎被吓住了，浑然不知两把圣剑融入了它的龙角中，它闭着眼睛大叫道，"救命啊，我不想死，我不当神棍了，辰南、泥鳅快救我啊！"紫金神龙的表情已经凝固了，好久才长号道："嗷呜，不可思议，他龙爷爷的，这么大的机缘怎么没我老龙的份啊！如果我没猜错的话，那应该是天龙翼和天龙角吧？"辰南又好气又好笑地看着龙宝宝，小家伙真是神秘啊！

"砰！"闭目等死的龙宝宝早已忘记扇动龙翼，直直坠落在地上。它睁开一双大眼，满是好奇地道："咦，我没死。"低下头来，一双金黄色的小爪子慌忙地摸了摸自己的头。"龙宝宝你没事吧？"辰南收起大龙刀与裂空剑，飞了过去。"没事，彻底恢复了。"小龙满是惊异地感受着自己身体的变化，嘟囔道："好奇怪哦，我感觉体内充满了力量……"

辰南隐约间已经明白是怎么回事，对它道："试试看你的龙翼与龙角。""好。"小龙飞腾而起，一对神翼猛力一展，而后向前用力扇动。"轰！"一股狂暴的飓风在刹那间产生，前方十几里内的尘沙在刹那间被吹光，一个巨大的坑穴出现在地面，许多上万斤的巨石都被卷上了高空。与此同时，两道光刃交叉着自小龙的双角飞离而去，在刹那间没入另一个方向的地面，两道巨大的裂痕以飞快的速度，在大地上笔直分裂而去，"喀喀"之响不绝于耳。

小家伙吓了一大跳，立刻稳住了身形，只见一个方向出现一座十几平方公里的天坑，另一个方向的大地则显现出长达十几里的平整切口，宽皆有数丈，深不见底，黑森森无光。辰南心中一跳，小家伙实在太强了，即便是他来做的话，也不过如此。龙宝宝自己也有些不相信，不过小东西才迷糊了片刻，突然间又自语道："好像还有东西在呼唤我。"

"还、还有？"痞子龙都结巴了，说话间直流口水。"小东西该不会要重组天龙身吧？"辰南奇异地打量着小龙，心中不由得这样猜想。当初，在永恒的森林，辰南与紫金神龙他们在"前生镜"前，已经知道调皮龙宝宝的前身乃是天龙。当然，现在的它并不是转世之身。

在那遥远的过去，龙宝宝经历了一场惨烈的大战后重伤垂危，庞大的天龙真身近乎破碎。双角断折，天龙爪碎裂，即便是一对神龙翼也近乎断裂，不过它并未舍弃肉体，去转世重生。根据前生镜显现出的画面，龙宝宝拖着残破的身体，进行了类似于凤凰一族的涅槃重生大法，总算活了下来，不过却由最高等级的天龙变成最低等级的地龙，而且灵识永远地被封印在了灵魂深处，甚至随着岁月的流逝，已经渐渐淡去了。

"好奇怪哦，真的还有东西在召唤我。"龙宝宝在空中摇摆着，飞来飞去。"还等什么，现在就去找！"辰南真心为龙宝宝感到高兴，小东西的经历实在太坎坷了，现在它得到的理应都是属于它的。辰南已经猜测到，无论是那两座石山，还是那对黄金圣剑，都是当年的天龙身体碎裂下来的东西被封印在了此地，现在不过是回归本源而已。

天龙翼和天龙角被封印无尽的岁月，终于等到了它的主人！噬神兽低吼连连，一路跑上高空来到龙宝宝面前，恭顺地伏卧，让龙宝宝坐上它的脊背。龙宝宝、辰南、紫金神龙跳上蛮兽的身体，按照小龙感应到的气息，快速向着前方冲去。冲出去百余里，他们离开了荒漠地带，越过一片高山，来到一片平原，一座座直插云霄的石山矗立在空旷的平原之上。小龙奇怪的感应就源于那里。

现在辰南没有什么可担心的了，他与紫金神龙跳下蛮兽，放心地让龙宝宝独自上前，噬神兽将小龙送进那群石山之后快速飞奔而回。一切都如辰南料想那般，不过这一次声势实在浩大了一些。这一群绝峰全部拔地而起，剧变令大地摇动不停，撕裂开一道道巨大的裂缝蔓延向远方。高天之上金芒耀眼，所有的石山都爆发出璀璨金光，金霞云雾绵绵不绝。

"嗷呜，真是不可思议，这次将重组什么，难道是天龙躯体？"紫金神龙呆呆地望着高空。"不可能。"辰南否定了他的答案，道："当年的天龙躯体虽然残破，但还是保存了下来，极有可能是天龙爪。"接下来的事情，印证了辰南的话。所有石山全部化成龙影，在高空中咆哮飞腾，俯冲而下，向着低空的龙宝宝聚合而去。

"真是天龙爪！"紫金神龙惊呼。一条条龙影化成一根根锋利的爪刺没入小龙那金黄色的小爪子中，小东西惊奇地摆弄着自己的小爪子左看右看不停。现在小龙的双角，以及一对龙翼，还有四个爪臂上的根根利爪，明显不同于身体其他部位，颜色更加金黄璀璨，透发出一股极其特别的气息。辰南由衷地为小龙感到高兴。

在龙族史上能够进阶到天龙境界的神龙屈指可数，可想而知当年的龙宝宝必然是一个超级存在。只是龙宝宝的下场有些悲惨，由最顶级的天龙直接降级到最低等的地龙，而且记忆全失。随后，完全凭着本能的直觉，不断涅槃进化，经过异常悠久漫长的岁月，才慢慢进阶到五阶圣龙，称得上一部血泪史。今日它终于得到了应该属于它自己的东西，虽然不能直接复归天龙境界，但是希望却越来越大了，早晚有一天它能够再次笑傲天地间。

小家伙还如以前一样调皮，欢快地飞到辰南近前，一双大眼扑闪扑闪的，兴奋地叫道："我感觉体内有着用不完的力量！"尽管得到了难以揣测深浅的力量，但是它的心性还如孩童一般。看到眼前龙宝宝如此可爱的样子，再想一想它曾经乃是叱咤风云的一代天龙，辰南感到有些心酸，龙宝宝的经历太坎坷了。由天龙堕入地龙之身，历经无数磨难，在十万大山中与野兽搏杀，与凶龙争食，即便后来进化为圣龙，还是成为了别人的坐骑。

"好，我们离开这里。"辰南溺爱地摸了摸小家伙的头，习惯地将它放在肩头上，同紫金神龙一起沿回路飞腾。噬神兽低吼了一声，紧紧跟随在他们的身后。穿过平原，飞过大山，再次来到宫殿连绵不绝的神圣地带，而这里也是这片空间的出口。辰南他们毫不犹豫地冲了出去，但是噬神兽却犹豫不决，不过最后还是发出一声低吼跟着冲了出去，离开了需要守护的圣地。

龙宝宝的身体一直在变化着，一道道的金芒不断爆发而出，刚刚冲出这片空间，它立时就惊叫了起来："神说，我体内的力量似乎要爆炸了。"小龙快速冲空而起，身化数十丈在空中不断翻腾咆哮，而后在一片刺目的光芒中，它的体积猛然间暴涨起来，从五十丈快速扩展到二百余丈，巨大的龙啸响彻天际。让不远处正在大战的主神立刻向这个方向望来，更远处数千玄界高手更是惊异地望着高空。

辰南开始还有些担忧，现在立刻释然，龙宝宝成功进阶了，在融合了天龙翼、天龙角、天龙爪后，它终于再作突破，晋身神王领域！小东西跨阶升级，实力瞬间突飞猛进。但是辰南相信，它并没有融合全部力量。天龙角等物在它的身上更像是神兵宝刃，而没有完全与它契合呢。不过，随着时间的推移，它早晚会汇聚所有的力量，有朝一日定然能够重新晋身天龙之境。所有人都愕然地望着小龙，没有想到在眼下激烈大战之地，竟然有人晋身神王领域。

"嗷吼——"小龙在这一刻气势强盛无比，再也没有顽童之态，它舞动着庞大的龙躯，挥动着巨大的龙翼，戒备地望着高空，已经感觉到天罚将降临。"咔嚓！"神王劫显现，巨大的光柱从天穹劈落而下，狂轰龙宝宝。

"嗷吼！"龙宝宝愤怒地咆哮着，双翼猛力一展，一道飓风爆发而出，向着天际狂暴地涌去。当然那不是简单的罡风，其中蕴含着无尽的神王力，在阵阵夺目的光芒中，金色风暴竟然将第一道雷光轰散了。

"果然很强大啊！"辰南自语道。他对小龙的实力非常有信心，毕竟它继承了天龙的元力，比之一般的神王力应该更加纯粹，对抗神王劫应该没有任何问题。而且，龙族有自己独特的修炼体系，不会如辰南那般变态，引天雷入体，用生命来犯险。小龙只要正常地对抗，或躲避过天罚就可以了。

从天堂中飞出的噬神兽见小龙有难，一声咆哮，飞上天际，似乎要帮助它对抗天罚。不过在小龙一声沉闷的咆哮声中，它又退了回去，任何生物都有着高傲与尊严，何况实力强大的龙族，自己步入神王领域，当然要靠自己的实力渡过神王劫。

远处，激烈的主神级大战停了下来。那只雄性噬神兽听到母兽的吼啸后，看到了空中的小龙，强大的龙息让它感觉到了熟悉的气息，它奔出了被神秘老人禁锢的空间，腾跃到高空与母兽一起紧张地注视着小龙。被禁锢的那片空间中，光明神与暗黑大魔神等人长出了一口气，同时心中惭愧无比，他们竟然在这次大战中吃了大亏。

魔神一方，冥神被噬神兽完全撕裂了身体，身体成为它的口中餐。光明神一方，元素火神凯奇被生生咬断右腿，成为一个独腿神灵，这对于一位主神来说是莫大的失败与耻辱。其他魔神与主神也都同样挂彩，身上是一道道可怕的兽爪留下的多处伤痕，这对于俯视众生、高高在上的天界主神来说，简直不可想象，竟然在人间吃了这么大的亏！而且，是被一头蛮兽所伤！他们惊骇于光明教会实力之高深莫测。

神秘的老人如他自己所说那般，从某种意义上来说他是一个废人，几乎没有任何神力。但是他却掌握了时空法则，周围的空间唯他而定，即便是神王也很难逃脱他的禁锢之术。而噬神兽本身就能够发挥出神王级的实力，但更为恐怖的是它体魄之强横，神王力竟然也难以伤及它的性命，隐约间众人觉得它的兽体堪比神皇的躯体。

老人掌握有神皇级的部分法则，而噬神兽却有着神皇级的体魄，这样的组合发挥到极致不亚于一个神皇。这是让四位主神与四位魔神吃了大亏的根本原因，他们的对手超乎想象地强！不过不管怎么说，几位主神与魔神都感觉很丢脸，在人间栽了这么大的跟头，让他们无法释怀。此刻，抓住这难得的机遇，他们拼尽全力对抗空间法则。"嘎嘣！"空间仿佛有形之物一般，发出崩碎的响声。远处，被教皇守护的神秘老人神色有些难看，最后他终于叹了一口气，道："废人啊，没有神力终究难成大事，没有噬神兽配合，我这老骨头也难有大作为啊！""嘎嘣！"最后一声大响，四位主神与四位魔神终于冲出了这片禁锢的空间，光明圣光与暗黑魔气顿时冲天而起。他们乃是天界的神灵，此刻倍感憋屈，皆忍不住仰天长啸。冥神虽然失去了躯体，但本就是和死亡打交道的魔神，最为本源的力量就是他的魂魄，随便换上一具就可。而失去右腿的元素火神就大不一样了，他恨得双目都暴突出来了，狠狠地盯着神秘老人。

这个时候，高空的另一边，禁忌天雷不断轰下，而龙宝宝展现出了非凡的实力，双翼鼓动能量光暴，双角交叉劈出逆天圣剑，几只龙爪更是撕裂虚空，破碎一切雷光，它很快就撑过了九道神王雷劫，顺利晋身为神王！"神说，我是神王了！"二百余丈的神灵龙快速缩小，又化成了金黄色的小皮球，摇摇摆摆地飞落在辰南的肩头。光明教皇与神秘老人双目中爆射出异彩，随后他们所露出的神色是极其复杂的，怀疑、惊喜、苦涩、痛苦……种种表情一闪而过。

"当真、当真是传说中的大德大威天龙吗？"神秘老人语音颤抖，一瞬不瞬地盯着辰南肩头的龙宝宝。而就在这个时候，远空划过一颗流星，快速破空而来。一头巨大的银龙荡起狂猛的罡风突然而至，停驻在高空之上。六十丈长的龙躯如钢铁浇铸的一般，给人以极其震撼的力感。脊背上数十根冲天倒刺，如一杆杆巨大而锋利的长矛一般逆向天空，令它显得无与伦比地强大与神异。

"暴君坤德！"辰南双目中射出两道神芒，谨慎地戒备起来，因为他发现坤德正在眼睛一眨不眨地盯着小龙。"坤德你哪里走，给我一个说法！"就在这个时候，一声如天籁般的仙音微含怒意，自远空传来。曼妙的身影如一道长虹一般划空而至，如玉仙颜清丽无双，绝代仙姿不沾染点滴尘世气息，白衣飘飘，飞舞而来，正是追入西土的澹台仙子。

暴君坤德突然到来，随后潇台仙子又尾随而至，现场的气氛更加微妙起来，这两大强者是魔神与主神都不愿招惹的人物，如果他们加入某一方，会立刻破坏眼前的平衡。不过辰南有些奇怪，按照他所掌握的信息，坤德与猿夫人一般，很有可能已经破入神皇领域，已经近乎是一个人间无敌的强者。而潇台璇似乎不过神王顶级，与天界的尸皇、雨馨等人在一个级数，但是她为何敢以这样的态度面对老暴君呢？

　　坤德庞大的银龙躯体在空中爆发出一片刺目的光芒，而后快速幻化成人形，沉稳而缓缓地降落而下，透发出令人心惊胆战的强大气息。一头银发随风飘舞，剑眉斜飞入鬓角，刚毅的脸孔，灿灿的银色眸子，让这个高大魁伟的男子看起来透发着特有的成熟魅力。

　　"这老小子卖相还真不错！"紫金神龙自语道。他对坤德向来无好感，即便将来有可能会成为对方的女婿，但是口中依然照样冒荤话。痞子龙化成人形后，也是高大英武的男子，但是和魁伟不凡的坤德比起来，似乎还差上一些。坤德有一股独特的气质，那是睥睨天下的绝顶强者自然外放的气息，无比地自信、放眼天下唯我独尊的气概，这是难以言传的特质。痞子龙没有达到那种境界，自然不能和他相比，从这一点特质上来看，尽管痞子龙也活了数千岁了，但在坤德面前却像一个毛头小子。

　　坤德显然听到了紫金神龙的话语，对于这个敢于对自己不敬的痞子龙，他双目中射出两道银芒，不过却未因这件事而发作，反倒提起了另一件事情。"我警告你不许打佳丝丽的主意！"一代暴君坤德最为疼爱自己的小女儿佳丝丽，但是小女儿却与紫金神龙纠缠不清，让他无奈而又头痛。

　　紫金神龙骂道："我呸，龙大爷我先吐一口花露水！你这老龙怎么说话呢，明明是佳丝丽喜欢我，怎么到你口中变成我打她主意了？再者说，就是龙大爷我以后娶了佳丝丽你也管不着。"坤德冷哼道："哼，不要做梦，我的女儿绝不会嫁给你这问题龙！"紫金神龙气道："俺靠，龙大爷我好歹也是神王级的高手，你竟然敢如此轻视我？坤德你给我听好了，你不让我娶，我却非娶不可，你能奈我何？怎么着，不服气，要不咱们单练，过过招？"现场众多高手啼笑皆非，紫金神龙还真是够混账，活脱脱就是个痞子，有可能娶别人的女儿，但却是这样一副姿态，想和未来的老丈人过招。

"嗷吼！"虽然保持着人形，但是坤德却发出一声龙啸，而后银芒一闪，一只巨大的龙爪凭空幻化而出，突兀地出现在紫金神龙近前，一把将他抓了起来，而后狠狠扔向了远空。"嗷呜，老小子你竟敢偷袭我，可恶！"无比混账的紫金神龙被丢飞了，它嘴上虽然喊得很凶，但是却将身形定在了远空，一时间不愿靠近了。随后，坤德冷冷地扫视几位主神与魔神，仅仅一句话就让现场众人皆震动，"我是西土执法者！"

远空的众多玄界修者皆大惊，万万没有想到传说中的西土暴君竟然是西土执法者，这真是一个石破天惊的消息！辰南同样无比愕然，这个消息实在出乎他的意料。怪不得传言坤德隐世数千载也难得现身一次，但每次出世必然要惹出一片天大的风波。几位主神与魔神脸色异常不好看，这个消息对于他们来说同样震撼，他们知道坤德向来不买天界的账，但是却没有想到此中竟然有这样的原因。

如果论起辈分来，暴君坤德乃是他们的前辈人物，数千年前上代某位主神分出化身下界被坤德的化身轻易撕碎。基于以上的了解，老暴君早已被天界主神标为危险人物，如果没有必要，他们不愿与他为敌。但是，眼下似乎一场可怕的大战不可避免了。西土执法者职责所在，就是要维护人间的平静，免遭天界打扰，从某种意义上来说，他们是天界众人愤恨的刽子手。

坤德道："说起来我这个执法者很不称职，平日神灵天使下凡，我从来都是睁一只眼闭一只眼，很少过问凡尘中事。只要不太过分，我愿意做一个懒散的执法者。但是，今日之事我不得不管，光明教会与我渊源颇深。"众人终于明白，为何坤德执法者的身份少有人知晓。元素火神、光明神、暗黑大魔神等人，气势陡然强盛起来，既然无法避免一战，那就要做好最坏的准备了。

"哼！"坤德冷哼道，"想要动手？我坤德天上地下都可奉陪你们！不过就怕你们到时候后悔。"这个时候，澹台仙子开口了，道："坤德你到底是什么意思，为何掳走我派弟子？快将她交出来！"澹台璇冰肌玉骨，丰姿绝世，清丽出尘，让所有人都有自惭形秽之感。她向辰南点了点头，打过招呼，便转身面向坤德。辰南也想知道答案，他与梦可儿应该说还没有感情，但是梦可儿却是他未曾谋面的孩子的母亲。前不久因为辰战的原因，他没有追问这件事，眼下再次遇到坤德与澹台璇，他有必要问清梦可儿的下落。

坤德回应道："我会将那名弟子还你，请你放心，我绝不会伤害她分毫。"澹台璇坚定道："不行，现在必须将她交给我。"坤德沉声道："我需要调查一段公案，我有预感，能够在那名女弟子的身上找到线索。如果你极力阻挠，会让我怀疑你与那段公案有关。""哼，坤德你强词夺理，欺人太甚！"很显然，澹台璇似乎并不惧怕坤德，有动手之意。"给我半个月的时间，我定然给你一个交代，因为那段公案必须要破解！"坤德说得斩钉截铁，看样子不惜一战，也不愿交出梦可儿。

澹台璇犹豫了，最后点了点头，道："好，就给你半个月的时间。"坤德转过身来，再次面对几位主神与魔神，道："你们可以选择与我一战，不然就请返回天界！"这个时候，光明教皇守护着神秘老人来到了坤德的近前，显然他们都很熟，眼神一扫便算打过招呼了。

"嘿嘿！"暗黑大魔神冷笑道，"好说，只要辰南将圣战天使交给我们，我们立刻退走。"战神也出声道："圣战天使该交给我们！""那是你们的事情，与我无关！"坤德冷冷地扫视着他们。"哈哈！"辰南大笑道，"我已经说过，你们想要圣战天使，就先攻破十八层地狱吧，不然你们遵照坤德前辈的意见，尽快返回天界！"

元素火神虽然失去了一条右腿，但是依然盛气凌人，冷声道："你想要利用我们？哼，真是做梦，我们一路陪你到这里，已经给足了你面子。不要以为你有神王翼在身，我们真的捉不到你，我西方天界有多种秘法可以缉拿你！"暗黑大魔神也同样冷哼，对着辰南露出了森然的笑容，道："戏已经没有必要演下去了，辰南你到底交不交出圣战天使？"

"不交！你们能奈我何？"辰南冷声回应，昂然面对他们，没有丝毫妥协之色。气氛立刻紧张起来，暗黑大魔神哈哈大笑着对光明神等人道："我们两方联手如何？先将他灭杀，然后再决定圣战天使的归属。"元素火神毫不犹豫地率先点头，道："好，早该杀掉他了！"

"哈哈……"辰南大笑，随后冷声道，"我就知道你们心怀鬼胎，时时刻刻都在想动手除去我。不过自以为是主神就了不起吗？天大地大，任我逍遥，我看你们如何灭杀我！"辰南根本没有逃走的意思，他昂然立于虚空中，一股滔天的战意弥漫而出，乱发飞舞，劲气澎湃，杀气涌动而出，直上云霄。

远处众多玄界高手无不动容，辰南竟然要与八位主神级强者对战，这实在太过疯狂了！坤德似乎不满辰南要攻破十八层地狱的言辞，此刻他冷冷地观看着，似乎想放任主神与魔神出手，并没有阻止的意思。澹台璇似乎想要说什么，不过看到辰南如此自信满满的姿态，继续保持沉默了。

破空之声不断，空中光影闪烁，八位神王高手在原地各自留下一道残影，分八方将辰南围困在中央，阻去了他的逃路。"泥鳅，检验我们神王级修为的时刻到了。"辰南冲着不远处的紫金神龙喊道。痞子龙一声长啸，没有丝毫犹豫，快速冲了过来。不容紫金神龙多说，辰南让它将玄武甲穿上，而后又将裂空剑递给了它。辰南淬炼成了近乎不灭的神王体，玄武甲与其穿在他的不灭体上，还不如让痞子龙穿戴，更能发挥出应有的作用。龙宝宝得到天龙残躯，融合己身，有着绝对的实力支撑，辰南不是很担心，不过却也将两块古盾残片给了它，两块残片环绕着龙宝宝不断飞旋，护着它的各个要害。

光明神露出一丝不忍之色，道："辰南你还是交出圣战天使吧。"血皇森然笑道："即便交出，他也难逃一死！"元素火神也冷笑连连，道："今日定当灭杀他！""试试看到底谁杀死谁！"辰南大喝道，"杀！"龙宝宝得到了辰南的示意，大声叫道："杀！"

"嗷吼、嗷吼……"两头噬神兽咆哮着，自外围冲来，与此同时，辰南、紫金神龙、龙宝宝开始出击。不仅众多玄界高手傻眼，即便是现场的八个天界神王也是一阵慌乱。麒麟身、象腿、龙虎狮熊豹五头的噬神兽，居然如凶神恶煞般冲了上来，而且是一雄一雌两头！要知道噬神兽本身攻击力堪比主神，再加上防御力近乎神皇级的兽体，即便是天界的神王也头疼无比。一对噬神兽居然听从小龙的命令，实在出乎所有人的意料！

大龙刀幻化出巨大的残龙躯体，末端缠绕在辰南的右臂之上，庞大的龙头咆哮阵阵，舞动着庞大的龙躯，千丈残龙舞动，高天都猛烈摇动了起来，似乎要将冲上来的血皇与元素火神撕个粉碎。另一边痞子龙身着玄武甲，再也没有什么顾忌，完全放开了手脚，一手是紫金双截棍，另一只手擎着裂空剑，炽烈的剑芒撕裂虚空，神剑幻化出穿天兽的本体，舞动着庞大的兽身，破碎片片空间，将元素水神逼退在外。

天龙残躯融于龙宝宝的体内，此刻发挥出了莫大的威力，龙翼一展，光芒万千道，化作道道光束冲向冥神的魂魄。双角一晃，更是挥动出两道黄金圣剑，直斩噩运魔神。同时龙爪碎空，一道道可怕的锋利芒刃不断激射而出。小东西虽然看起来稚嫩，但是发挥出的实力让所有人目瞪口呆，竟然如辰南一般抵住了两个神王级高手。噬神兽也异常可怕，两头蛮兽追逐着实力最为强大的暗黑大魔神、光明神、战神，吼啸连连，逼得三人不得不联手对抗。

高空之上如汪洋沸腾了一般，九大神王级高手，再加上四头神兽，直打得虚空不断崩碎，浩瀚的能量波动汹涌澎湃。如果不是坤德、光明教皇、神秘老人合力布下结界，下方不要说光明教会成片的神殿会破碎，就是整座拜旦圣城都会因十三个神王级的强者大战而崩塌。

十三位神王级的强者大混战，绝对是继千年前玄界大战后的最重大事件之一。每一个神王都有抬掌碎空、跺脚碎山的莫大神通，再加上他们各自祭炼出的"小世界"喷发出的可怕"世界力量"，无论战场定位于何处，都难免令空间分崩离析，归于崩碎的结果。好在光明教会有擅长空间禁锢的神秘老人，他所掌控的空间法则祭出后，稳定了下方空间，影响降到了最低，同时又有坤德与光明教皇抵去余下的能量流，不然整座拜旦圣城都将在瞬间化为废墟。

十三位神王大战，可怕到了极点！此刻落日余晖早已消失，天色异常阴暗，巨大的闪电狂劈不断，炽烈的神光不断破碎虚空，来自异空间的能量乱流，将这片天空更是冲击得狂暴浩荡，可怕的魔气汹涌澎湃，与神光交织并舞，如巨魔将吞噬大地一般。整片天空都已经沸腾！十三位神王动作快如虹芒，在高天之上留下一道道残影，每一次惊天动地的交击，必将惹来无尽的天罚与可怕的异时空能量乱流。

喊杀与吼啸声不断，在激烈大战中的这些强者都早已杀红了眼，现在唯有倾尽全力，以性命相搏。紫金神龙手持裂空剑与紫金双截棍，同元素水神西拉丽丝大战得难解难分，这位女神不愧为天界中的强势主神，对于水元素的操控称得上独步天下。漫天的水元素被聚集在一起，化成无尽汪洋之海凭空出现在空中，无尽的洪浪涌动在高天，场面看起来异常壮观，可怕的水世界将老痞子淹没了。在他们这一战场出现后，其他主神不得不避退，战场占地实在太过广阔，无尽的水波席卷半边天空。

痞子龙在漫天的水波中咆哮连连，它透过水波清晰地传出声音喝道："元素水神你想用水来对付我，那就大错特错了，你听说过神龙入海之说吗？水元素并不是只有你能够掌控，我们神龙一族也是天生的水神！"高天之上顿时大浪滔天，无尽的海水沸腾起来，而狂暴的洪浪中间突然分开一道巨大的裂缝，席卷天空的水波被痞子龙生生截断了！大浪在它周围涌动，但是它所站立的虚空一片空旷，所有浪花都难以近身。

"受死吧！"紫金神龙咆哮着，缠绕在它手上的穿天兽舞动着庞大的躯体，凶狠地向着水神吞噬而去。元素水神西拉丽丝主要以魔法见长，并不适合肉体搏战，快速在身前张开一片水幕，形成坚韧而又柔和的盾牌。"轰！"裂空剑幻化出的本体瞬间砸破水盾，而后将元素水神冲击得翻飞出去百丈远，空中涌动的大浪因为失去主人的操控，如银河坠落九天一般倒泄而下。紫金神龙哈哈大笑，就要上前。可是就在这个时候，西拉丽丝满头蓝色长发一阵舞动，倒泄的无尽洪波在刹那间逆空而上，冲破紫金神龙的控水术，又将它淹没了。

元素水神西拉丽丝冷喝道："神龙入海我倒是听说过，既然你也能自由操控无尽的水波，那就尝试一些水中重力神术吧！"无尽的水波向着紫金神龙挤压而去，同时它的身子开始变得沉重无比，仿佛被压上了几座巨山一般，让它很难动弹一下。可怕的主神级禁咒魔法重力术！老痞子被捆缚住了。"你不惧怕水波，那就试试冰刃吧！"水神如玉的容颜透发出无尽杀气，如水的蓝色秀发狂乱舞动起来，高天之上无尽水波中一道道炽烈的神光闪现而出，那是一把把经过神力加持的冰剑与冰矛，在水波中快速向着老痞子刺去。

"死在水神海中吧！"水神大喝着，水波中一道道刺眼的光芒更盛，成千上万道经过主神加持的冰剑与冰矛向着老痞子冲击而去。远远望去，那里光芒耀眼，所有虹芒全部集中向正中一点。"轰！"伴随着刺眼的光芒与一声惊天动地的大响，无尽的水波暴烈沸腾了开来，冰剑与冰矛有大部分刺中了紫金神龙。不过，结果却让元素水神有些无言。

"嗷呜，好舒服啊！"紫金神龙自口中吐出半截冰矛，根本没有伤到分毫，玄武甲将他全身各处都包裹在里面，即便是主神加持过的冰刃，也难以伤到痞子龙。"你在给我挠痒痒吗？龙大爷舒服了，现在也让你来舒服舒服吧！"紫金神龙即便是在生死大战中也是一副混账无比的痞子样。它长啸一声向着元素水神冲去，攻击比以前猛烈了数倍。高天之上碧浪滔天，紫金神龙与元素水神打得难解难分，无尽的水波倒卷天地间，已经冲向了其他几处战场。

老痞子眼中紫芒一闪，在冲到辰南那片战场之时，它嘿嘿笑了起来，快速舍弃西拉丽丝，以莫大的法力撕裂虚空，瞬间就冲到了元素火神背后。元素火神与血皇正在双战辰南，大战激烈无比，正在生死对决时，哪里会料到老痞子如此卑鄙无耻跑到他身后偷袭呢？"噗"老痞子手中的裂空剑瞬间劈在元素火神的右肩之上，险些砍下他的头颅，尽管痞子龙是撕裂空间突兀出现的，但凯奇毕竟是一位主神，于危急关头躲过了必杀一击。

血水染红了半边身躯，凯奇恶狠狠地转过身来，双目中都要喷出火来了，神王级的高手居然偷袭，简直让他有一股想骂娘的冲动。汹涌的怒火让他想不计后果地除掉紫金神龙，张嘴就想喷出灵魂之火，燃尽痞子龙。但是，与此同时，他感觉断去的右腿处突然传来一股剧烈的疼痛，灵魂之火被他生生又咽下去了。

"嗷！"元素火神发出一声痛苦到极点的号叫。紫金神龙的双截大棒子，狠狠地撩在他断腿处，这比伤口撒盐更严重百倍，断腿处顿时血肉模糊一片，元素火神凯奇险些昏死过去。"该死的，我要杀了你这卑鄙的爬虫！"元素火神愤怒了，涌动着滔天的大火，向着紫金神龙追去。但是，老痞子实在滑溜透顶，闪电般的两击过后，瞬间撕裂虚空向着元素水神冲杀而去，口中大叫着："龙大爷没空陪你玩，还有一个漂亮的小娘皮等着我收拾呢！"

元素火神气得肺都要炸裂了。元素水神更是俏脸发白，方才那所有一切都发生在一瞬间，她根本没有来得及阻止，令自己敌手伤害到了己方之人。远处，众多玄界高手一阵无语，这个痞子龙还真是够混账，身为神王高手，上次就偷袭过雷神，这次居然又偷袭元素火神！

"哈哈！"辰南大笑道，"干得好泥鳅！凯奇你往哪里逃，受死吧！"辰南手中的残龙一声咆哮，身躯在刹那间又暴涨出一倍有余，庞大的龙躯快速拦截在元素火神身前，将他逼得不得不再次返回战场。只是，原本他就身受重伤，再被紫金神龙偷袭得手，伤势更加恶化了。辰南舍弃血皇，而主攻他，顿时让他陷入生死险境。

血皇虽然也想灭杀辰南，但是久攻不下，他知道今日希望恐怕落空了，这个时候见元素火神如此状态，他阴冷地笑了起来，出手明显放缓了一些，让辰南能够分出更多的精力对付元素火神。既然今日无法灭杀辰南，那还不如好好地利用机会，借助辰南之手灭掉隶属于光明一方的主神！血皇有足够的信心，将来彻底恢复到巅峰状态，定然能够亲手杀掉辰南，报仇不急在一时，他是一个能够隐忍的可怕魔神！

辰南已经觉察，但是元素火神还不知道临时盟友已经包藏祸心，他被辰南打得毫无还手之力，浑身上下多处崩裂的伤口都在涌动着血水。元素火神近乎发狂了，小世界之门大开，同时灵魂涌动在高天之上，狂暴地轰向辰南。"水火相融吧！"辰南冷声喝道，他现在可没有像火神那般疯狂，时时刻刻都在注意着周围的战场，火神将要发动攻击的刹那，他已经展开神王翼瞬移到了水神的附近，正好有一片无尽的水波狂涌而来。

借力！借势！主神级狂暴的水火元素碰撞在了一起，在一声震天巨响中，一道璀璨的光柱瞬间打碎片片空间。不仅通往天界的通道被打开，几个未名的破碎空间也敞开，涌动出无尽空间乱流。水火元素冲撞后，更有一道璀璨的光柱轰破了神秘老人禁锢的空间，冲向下方的拜旦圣城。在危急关头若不是光明教皇与暴君坤德同时竭尽全力出手，下方的整座城市恐怕就被毁掉了。水火截然相反的两种元素力量碰撞，爆发出的浩瀚能量超出了所有人预料！

高天之上水神当场口吐鲜血倒飞出去，无尽的水元素快速在空中逆乱起来，大浪汹涌澎湃。紫金神龙也被冲击得倒飞出去数百丈远，不过有玄武甲护体倒也没有受到伤害。辰南倚仗神王翼躲避过了正面冲击，而余波则没有伤害到他的不灭魔体。海量的水火元素融爆出的力量，也冲击到了其他几处战场。不过，却没有人受到伤害。元素火神打出了部分灵魂之火，神智似乎清醒了不少，但是却显得萎靡不振了，他的力量流失了一半，短时间根本难以复原。

辰南不可能给他机会！手持大龙刀在第一时间冲了上去，元素火神凯奇转身就逃，向着空中那即将关闭的空间通道冲去，想要逃回天界，在这一刻他终于意识到生命受到了严重的威胁！辰南眼中那冷森森的光芒，让他的灵魂一阵战栗！大龙刀飞天而去，离开了辰南的手掌，快速截断了元素火神凯奇的逃路。凯奇惊怒无比，双拳猛力挥动，想要破碎空间，再次劈出一个通往天界的空间通道。

但是辰南已经冲到了，没有给他半点机会，五个化身将他包围了，困天索哗啦啦爆发出阵阵可怕的魔音，瞬间缠绕在元素火神的身上，将他牢牢锁住。而后五具不灭魔身合力拉动铁索的两端，竟然要生猛地勒断凯奇的身体！光明神与战神想要来救援，但是两头噬神兽死死地缠住了他们，甚至为此放弃了对暗黑大魔神的攻击。

元素水神西拉丽丝也想要冲来救援，但是却被紫金神龙疯狂地攻击着，死死地纠缠着，她根本无法脱身。至于血皇，则似模似样地对着辰南的真身发动着"狂猛"的攻击，眼睁睁地看着元素火神濒临死境。噩运魔神还有冥神魂魄，就更不可能过来救援了，他们正与龙宝宝纠缠大战，即便有能力也定然不会出手相救。

辰南的真身一掌将血皇轰退了，双目中射出两道冷冽的寒芒，寒声大喝道："今天我要弑神！"五具化身爆发出五道滔天的魔气，席卷整片天空，五声魔啸直上云霄。"啊！"元素火神发出一声惨烈的吼啸，被辰南的五具魔身用困天索生生勒成数段。神王魂快速逃逸而出，想要冲天而去。但是，辰南已经铁了心要杀他，既然已经翻脸动手，就不想为将来留下大患。

五具化身快速追了上去，神王魂的四肢与头颅被生猛地撕扯住，高天之上爆发出一片耀眼的光芒，元素火神凯奇的神王魂，被辰南的五具魔身生生撕裂了，最后湮灭在空中。灭杀神王是冷血残酷的，但是辰南没有选择，在这弱肉强食的动乱时代，唯有血杀、歼灭强敌才能保住自己的生命。天地大动乱将要开始，在以后的道路上，免不了更多、更强大的仇敌在等待着他，他必须让自己的血渐渐冷下来，绝不能存着妇人之仁！一切只为了能够活下去。

远处，光明一方的主神愤怒到了极点，战神咆哮着："辰南我要杀了你！凯奇，我会替你报仇的！"暗黑大魔神与血皇也装模作样地喝道："为火神报仇！"对此，辰南只是冷冷地回应道："想杀我的人，必然要付出惨重的代价！我可以明确地告诉你们，今天不可能只死一个神！"

战神气得肝胆欲裂，一边应付噬神兽一边发狠道："辰南，我要让你形神俱灭！"光明神和水神也同样愤怒无比。暗黑大魔神与血皇阴冷地笑着，乐见其成。"想要杀我？那我就先来杀你！"辰南的五具魔身快速冲了过去，一具魔身手持大龙刀，一具魔身手持困天索，一具魔身手持后羿弓，另外两具魔身则赤手空拳。

战神手持黄金圣剑，正在与噬神兽激烈地对抗着，几具魔身同至，顿时让他手忙脚乱起来。"砰！"困天索狠狠抽在他的身上。"嗷吼！"大龙刀幻化出的残龙，与战神手中的黄金圣剑爆发出的金光撞在一起，震得战神一阵心惊胆跳，唯恐圣器损毁。他手中的圣剑虽然也是宝物，但是比起大龙刀来还是差上不少，不过好在两件神兵只是能量的碰撞，并没有真正接触，黄金圣剑无损。更让战神不安的是，辰南的一具魔身手持后羿弓，正在对着他冷笑，随时可能会放冷箭。

现在唯有血皇没有对敌，他装模作样地喊道："战神，既然我们是盟友，那现在我不计前嫌来帮你！"说罢，他快速冲了过去，但是却根本不出力，极力避免与五具魔身硬撼。辰南眼中寒光一闪，这个血皇实在狡猾阴狠，况且对方过去差一点儿成为真正的神皇，如果给他机会，等他彻底恢复到巅峰状态，定会是大患。眼下正是除去他的好机会！

五具化身忽然长啸，在原地留下五道残影，转身向着血皇杀去，舍弃了暴怒的战神。血皇脸色骤变，没有想到引火烧身。不过，他到底是神王中的强者，没有丝毫惧色，血色魔神翼一展，天地间一片通红，无尽的血水向着四面八方涌动而去，想要将五具魔身同时淹没。辰南真身冷笑，他与五具魔身心意相通，快速自一具手中摄回了后羿弓，弯弓开箭就对着血皇射杀而去。

后羿神弓射出的箭羽，其威力之强大早已被天界众神所知。血皇不得不愤怒地小心应付，快速躲避，而后双掌连连猛力挥动，血色劲气澎湃，数次劈斩，方将神箭搅碎。而这个时候，五具魔身已经突破血水阻隔，冲到血皇的近前，立时和血皇激烈大战起来。辰南则在一旁，不时开弓，或者亲自冲上去，攻杀血皇。血皇认准一具化身，全力进攻，想进而灭杀。然而辰南的化身与众不同，虽然攻击实力不可能有本体那般强大，但是防御力却与一般的神王并无两样，辰南经过天雷淬炼修成了近乎不灭的魔体，致使几具魔身同样是不死之体。一时间血皇无比被动，竭尽全力地反击着。

"嗷呜，龙大爷我也要灭神！仁者无敌，风生水起，哼哼哈兮！水神小妞受死吧！"另一边，紫金神龙舞出漫天的棍影，狂猛地攻击着元素水神。痞子龙是一根老油条，数千年的岁月不是白过的，对敌经验无比丰富，虽然神王力不如水神深厚，但是依然没有落下风。不远处，龙宝宝龙翼不断挥动，爆发出一片片能量光刃，几乎席卷了少半边天空，追逐着冥神的魂魄。至于可怕的天龙角化成的两把龙形圣剑，狂劈噩运魔神，百丈长的黄金龙剑，纵横冲杀，不断搅碎虚空。

"哎呀，又差一点点！"龙宝宝边对敌，边不时发出惊呼与叹气。两位魔神虽然本领高深，但是一时根本难以奈何龙宝宝，小东西滑溜得很，根本不跟他们近战，毕竟它实战经验太少了。两把龙剑与无尽的光刃，一时间让两位天界魔神无可奈何，偶尔冲过去进攻，也被小龙的黄金小爪子快速瓦解掉。"哎呀呀，又差一点儿！好了，我要来真的了，看我大德大威宝宝天龙爪！"小龙奶声奶气地叫着，伸开金黄色的小爪子，撕裂片片虚空，无数道爪影冲向冥神与噩运魔神。

两位魔神异常羞恼，这个小东西本身实力的确强劲，他们联手竟然久攻不下，不过最让他们羞怒的是小家伙说话带着奶味，让他们觉得实在丢面子，两个老家伙居然对付不了一个小豆丁，让他们惭愧得真想一头撞死。龙宝宝叫道："哎呀，真是的！你们两个不要跑啊，难道惧怕我大德大威宝宝天龙吗？"听着那稚嫩的声音不满地嘟囔，两位魔神真的要抓狂了，丢人丢到家了。怎么就选了这样一个小东西做对手呢？不要说胜之不武，现在到底谁胜谁败都很难说。

天龙剑、天龙翼、天龙爪融入小龙的身体，虽然不可能发挥出天龙级的实力，但是强大的攻击力那是毋庸置疑的，小龙有两片古盾残片防护，放心地全力攻击。小东西越打越兴奋，大呼小叫不断。"神说，你们真没意思，都不敢和我正面交锋，你们是魔神吗？是没胆鬼！"被这童真话语数落，两位魔神恼羞成怒，他们实在丢不起这个人，不顾漫天的爪影、剑光、芒刃，恶狠狠地冲了上去。

"哈哈，你们上当了，宝宝天龙爪。"小龙兴奋地叫着，"哎呀，打中了！再来，无影双龙剑！"噩运魔神被一道爪影撕去了一大撮头发，连头皮都被撕裂了一小片，疼痛得暴怒。冥神也同样恼怒无比，几道剑光险些刺中他的神识之海。这仗没法打了，实在丢人透顶，被这样的小东西弄得狼狈不堪，实在没有颜面。不过两个魔神异常奇怪，小东西的神王力并不多么出众，但是爪、翼、角发挥的威力，简直要临近神皇了，他们百思不得其解。

"唉，没有想到要对这个小东西运用我的噩运天地！"噩运魔神长叹了一口气，立身于远空，背后出现了一个巨大的空间裂缝，从那里涌动出无尽的魔气，如滚滚洪波一般澎湃而出。噩运魔神并不以战力见长，但是他却有着特有的神通，他修出了噩运内天地，里面充斥着一种奇异的力量，能够在战局中强烈影响敌人的心神，使之出现致命的错误。这是一种邪异的精神力量，不过却非常不容易修炼，噩运魔神一般情况下都不会施展。

无尽的魔气充斥着邪异的精神力量，慢慢将这片战场包在里面，小龙的心神顿时恍惚起来。噩运魔神冷笑连连，冥神更是露出一丝残忍的笑容，他们似乎已经看到让他们丢脸的小东西伏诛的下场了。无尽的魔气吞噬了这片天空，小龙似乎忘记了攻击，一对大眼茫然无神，呆呆发愣地看着两个魔神，龙剑、龙翼、龙爪已经不再出击，唯有两件古盾残片围绕着它不断旋转。

两个魔神阴冷地笑着，在虚空中一步步向前逼去。然而就在这个时候，他们敏锐的神识突然感觉不对劲，似乎有异常危险的气息在接近，他们快速暴退。不过到底还是晚了一步，呆呆发愣的龙宝宝一双大眼蓦然间爆发出两道璀璨的金光，龙剑、龙翼、龙爪同时出击，金色的光刃交织成一片光网笼罩向两个魔神。两位魔神毕竟不是寻常神灵，在危急关头躲避过了大部分攻击，只受到了少部分冲击。不过，真正的危险却并不是来自于龙宝宝。

在他们的身后，虚空被撕裂开了，辰南的真身手持大龙刀突兀出现，紫金神龙擎着裂空剑也随之而出。两人手中的宝刃，闪烁出两道璀璨夺目的光芒，斩破虚空狠狠地向他们劈来。两位魔神亡魂皆冒，他们怎么会没听说过这两件瑰宝呢，如果被劈中要害，肉体定然难以扛住。关键时刻，冥神显现出的法力高深无比，瞬间破碎虚空逃离危险之地。而噩运魔神的反应明显慢了一拍，当他竭尽全力崩碎虚空时，大龙刀与裂空剑已经交叉着劈在了他的颈项与腰腹上。瞬间，头颅飞滚而去，同时腰腹处被切断。

这一切发生得实在太快了，血皇被五具魔身纠缠着，无力救援，几次破碎虚空，都被五具魔身截住。水神虽然没有敌手缠住，但是她不可能尽全力来救援，元素火神之死就是因为血皇见死不救，她们光明一方的主神怎么会看不出来呢？眼下正是坐视不理，以其人之道还治其人之身的机会。可以说，灭杀噩运魔神这一切都是有预谋的。再看到噩运魔神要释放邪异的精神力量时，经验丰富的老痞子就明白了怎么回事，急忙用神识意念提醒龙宝宝保持清醒，不要被对方乘虚扰了心智，同时将这一情况告诉了辰南。

辰南在第一时间做出决定，进行反袭杀！他和痞子龙在与对手大战的同时，故意将战场逐渐转移靠近那里，而后在紧要关头破碎虚空，突然出现，进行袭杀！而在这个过程中，龙宝宝则配合地装作心智被侵扰了。噩运魔神肉体被斩断，他的神王魂快速冲天而起，但是却被上方的两把黄金龙剑截住了。"神说，宝宝很生气，后果很严重！"小龙气呼呼地嘟囔道。辰南、紫金神龙、龙宝宝一起冲天而起，各自挥动出最强攻击，高天之上一片刺目的光芒爆发而出，噩运魔神的魂魄被打得彻底爆散了开来。一人两龙联手灭掉了噩运魔神！

兄弟齐心合力断金，辰南他们三个可谓异常默契。而仇敌一方却充满隔阂，主神与魔神怎么可能齐心合作呢？各逞心机的后果，被各个击破是必然的事情。光明神、战神、元素水神皆是冷笑。而暗黑大魔神、血皇，还有逃离而去的冥神则暴怒，他们眼睁睁地看着噩运魔神死在眼前，真是窝火到了极点。"我要杀了你们！"暗黑大魔神狂暴地吼啸着，只是刚刚破碎虚空就被一头噬神兽给截住了，任他法力无边，但一时间也难以奈何防御力堪比神皇的蛮兽。

血皇被辰南的五具化身困住，虽然占据了明显的上风，但是一时半刻也无法脱身。冥神则狠狠地怒视着辰南与两头龙。"先杀冥神！"辰南大喝道。率先向前冲去，两条龙兴奋地大叫，也同样冲了上去。现场唯有水神没有对手纠缠，但是她心中已经作了一番计较，决定放任不管，以报复元素火神之死的愤懑之情。

冥神虽然失去了肉体，但是战力丝毫没有减退，不过当三位煞神冲来之时，没有一个人来援之际，他只有一个选择，破碎虚空，准备逃回天界。只是，这个决定太晚了，虚空破碎了，但是他还没有冲进去，巨大的空间通道就被三位煞神隔空劈来的神王级力量给生生轰爆了，空间通道不复存在，唯有破碎的虚空涌动出的能量乱流到处肆虐。

"杀！杀！杀！"两声狂吼夹着一声稚嫩的童音，狂暴的神王力浩瀚无匹，在一瞬间将冥神淹没了，他发出一阵低吼，受到了重创！辰南、紫金神龙、龙宝宝没有给他任何机会，三人发挥出了各自的巅峰力量，全部集中向冥神魂魄。"轰！"幽光爆闪，冥神的魂魄在空中爆散了，形神俱灭！

辰南大喝道："杀血皇！"手中大龙刀闪烁着摄人心魄的光芒，璀璨刀光直冲霄汉。血皇心机深沉，在第一时间做出了最为明智的决定，拼着遭受五具魔身的几记重击，撕裂了虚空冲进空间通道，想要避过这次杀劫。

五具魔身虽然没有辰南真身实力强大，但是却有一个最大的优点：与辰南心意相通。五具魔身在第一时间跟进了空间通道。辰南真身展开神王翼，快速冲了过去，大喝道："血皇你往哪里逃，今日上天入地，我也定要将你灭杀！"空间通道内五具魔身同时大喝道："你即便逃上天去，我们照样上天诛杀你！"五大化身说到做到，三具魔身毫不犹豫地追逐着血皇，第四具魔身站在原地弯后羿神弓开箭，第五具魔身站在原地，直接轰爆了空间通道。

"轰隆隆！"高空之上，光芒璀璨无比，空间通道爆碎时涌动出无尽的能量乱流，在空中到处肆虐。此刻，场内的主神与魔神在大战的同时，皆密切地关注着这里，远处的玄界高手更是紧张到极点，场面实在太紧张了，所有人都聚精会神，迫切想知道血皇能否顺利逃亡。地面上坤德、光明教皇、神秘老人也露出极为关注之色。而白衣胜雪的澹台璇美目中也闪现出阵阵异彩。

"轰！"又是一阵惊天动地的巨响，在灿灿光影中人们终于看清了结果。空间通道虽然崩碎了大部分，但是血皇在最后关头似乎冲进了完好的最后一段通道，而三具化身似乎要跟着冲进天界。就在这个时候，一道染血的神箭突然照亮了虚空，立于虚空的第四具化身，以己身鲜血为引射出了惊天一箭，虽然不过是辰南化身的部分血液，但是威力依然足够了，血箭穿破虚空，快速冲进空间通道，直指血皇后心。百丈惊天血芒，聚集了所有人的目光！

生死威胁，血皇不得不出手自救，但是手掌向后拍击的过程中，免不了身形一滞，短暂的刹那停滞给三具化身赢得了宝贵的瞬间时光。一具魔身一步超前，与血皇并立在一起，狂暴的一掌轰击而出。"轰！"空间通道再次崩塌，血皇与那具化身纠缠厮打着，他拼尽全力展开极速身法向前冲去，但是残碎的天界虚影到底还是消失了，最终他离天界仅仅相差半步之远！

咫尺天涯，天涯咫尺！这就是血皇现在的感觉，只差半步就冲回了天界，但是一线之隔却也几乎成了生死相隔，令他留在了充满死亡威胁的人间。他心中的绝望与懊恼可想而知，在最为关键的时刻空间通道崩碎了，明明离成功如此之近，但却在最后关头失败！失败就意味着死亡！

不过血皇绝不可能束手待毙，他毕竟是曾经接近神皇级的强者，虽然还没有恢复到巅峰境界，但是比之不久前早已不可同日而语，如果他以命相拼，辰南他们恐怕也要付出一定的代价。"哈哈哈，嗷呜！"紫金神龙大笑着，调侃道，"长翅膀那个血葫芦你倒是逃啊，你倒是飞啊？不逃了，不飞了？那好，今天我们要吃烤天使翅膀！"

血皇没有尝试破碎空间逃走，因为现在五具魔身团团将他包围，辰南以及两条龙也来到了近前，如果破碎虚空，恐怕空间通道始一出现，就会被这些人轰爆。"嘿嘿！"他阴森地冷笑道，"不要以为包围住我，就能将我如何，本皇当年纵横天上地下的时候，你们还不知道在哪里转世投胎呢！"

紫金神龙大笑道："长翅膀的老鸟，少要倚老卖老，今日龙大爷吃定你了！""杀了他！"辰南没有多说什么，用行动表达了他的杀意。五大魔身再加上辰南的本体还有两条龙，在刹那间将挥动着神兵宝刃将血皇淹没了。大龙刀、裂空剑、后羿弓、困天索这些瑰宝级的天兵宝刃的奇绝威力是毋庸置疑的。而龙宝宝劈出的两道黄金圣剑的威力也丝毫不差，数道璀璨的杀伐之光，在空中到处激射，撕裂开片片空间。

血皇在眨眼间便血肉崩裂，身体被伤得近乎破碎。远处暗黑大魔神异常焦急，吼啸不断，但却没有丝毫办法，噬神兽无比通灵，在龙宝宝的示意下，将暗黑大魔神死死地缠住。至于水神西拉丽丝、战神与光明神，根本不可能上前去救援，主神与魔神势如水火，虽然暂且合作了，但因为元素火神事件，他们的合作已经不复存在，不过是表面应付而已。现在光明一方的主神已经在盘算，准备在关键时刻出手灭掉暗黑大魔神。尽管可能会引发天界主神与魔神的大战，但是做掉一个主脑级的魔神，对他们来说有着无与伦比的诱惑力。

"哈哈哈！"紫金神龙狂笑，手中抓下一大把血色的羽毛。血皇在被辰南与龙宝宝缠住的一刹那，紫金神龙选择用卑劣无耻的龙爪手偷袭，目标不是要害，而是那血色的羽翼，在精神上给予了对方沉重的打击。血皇气得浑身都在颤抖，一只血色翅膀上的血羽差点被老痞子拔光。"哈哈哈，实在太有趣了，这真是不错的战利品啊，以后有时间做个鸡毛掸子！"老痞子气死人不偿命地大笑道，"吹落一地鸡毛蒜皮，呼……”一口气吹出，空中血羽纷飞。

"宝宝天龙剑！"龙宝宝平日实战经验太少，今次几场大战让它渐渐兴奋起来，逐渐掌握了生死对决的玄机，两道黄金圣剑纵横激射，在空中幻化出两道神灵龙，剿杀得血皇狼狈不堪。"宝宝天龙爪！""宝宝天龙翼！"……

至此，辰南已经不再出手，他与五具化身围在外面，让紫金神龙配合着小龙对敌，这是一个难得的对手，小龙将他拿来练手，有着莫大的好处。不可一世的血皇急急如丧家之犬一般，左冲右突，威风尽丧，狼狈不已。不过随着时间的推移，辰南感觉有些不对劲，他急忙冲了上去，他感觉血皇正在阴森地冷笑，凭着感觉他知道对方可能要出阴手了。

"血屠天地！"一声森寒的冷喝，无尽的血色突然染红了高天，一股可怕的威压瞬间笼罩而下，一片血色炼狱突兀地出现在空中。里面血浪滔天，白骨浮沉，残尸累累，这是血皇屠杀过万千魂魄后，所祭炼成的血界，此内天地一打开就是生死相向的局面。紫金神龙与龙宝宝也急忙展开了顶峰级的力量，不再掉以轻心，它们知道是时候结束战斗了。

"嗷吼——"一声声鬼啸自血界传出，无数道残魂向着辰南他们冲去。他们急忙挥动手中神兵，大龙刀、困天索、黄金龙剑不断劈斩，破碎掉无数道鬼魂。最后，集合辰南与五大化身，以及龙宝宝和紫金神龙的力量，血皇的内天地在刹那间崩碎了，无尽的血光充斥在天地间。血皇骨碎肉断，无力地飘浮在空中，阴冷地对着辰南森然道："不就是一具臭皮囊吗，舍去又如何？"

"轰！"血天使的身体爆碎，血肉到处飞溅，血皇的魂魄冲了出来。高天之上无尽的血色一起向着血皇涌动而去，他恨恨地冷声道："此仇他日定当十倍奉还！""他日？你已经没有第二日了，今日就叫你形神俱灭！"辰南不想留下任何大患，快速冲了过去。锋利无匹的大龙刀斩断血皇的魂魄，但是邪异的事情发生了，断为两截的魂魄又快速聚合在了一起。

血皇森然冷笑道："大魔与我纠缠数千年都不能够灭掉我的血魂，

你能够在短暂的时间灭杀我吗？这是不可能的！血皇之魂，永生不灭，你杀不死我！"辰南、紫金神龙、龙宝宝怎么可能会相信他的话呢，展开了猛烈的攻击，然而真的如同血皇所说的那样，血魂难以灭杀！短短一段时间不见，血皇在天界得到数位魔神相助，修为已经恢复了大部分，比不久前强大得太多了，魂魄百炼成真，很难毁灭！

一道若有若无的声音传入辰南的神识之海，他一阵惊讶，发觉竟然是澹台璇在以神念传音："此刻的血皇魂魄的确不好灭杀，你手中的神兵无灵，不然倒是可以将他吞噬。现在他虽然是不死之魂，但是却没有太大的攻击力。你可以将他封印进某件神兵中，慢慢炼化，随着神兵之灵渐渐聚集而来，血皇早晚会被吞噬。"

辰南朝着下方的澹台璇点了点头，快速飞临到血魂近前，连连挥动手掌，数十道灭天手从四面八方一起压落而下，快速将血皇逼迫在中心一点，而后将大龙刀狠狠插了进去，对着紫金神龙与龙宝宝喝道："一起将他封印进龙刀！"

高天之上光芒璀璨，中间一点血红剧烈挣扎，吼啸连连，但是根本无力改变什么。许久许久之后，高空复归平静，血皇被封印进大龙刀内，断刀之上隐约间闪现出一丝血色。远处的众多玄界高手目瞪口呆，不可一世的血皇、号称具有不灭血魂的强大血天使竟然被封印了！一人两龙实在太强悍了，在最短的时间内杀死了三位神魔，封印了一位血天使，可谓战绩赫赫！

辰南提着大龙刀，目光冷冷地瞄向了水神，而后又转到了暗黑大魔神身上，最后又瞄向了战神。光明神与他有过一段交情，他不打算对之出手。暗黑大魔神虽然暴怒无比，但是此刻已经做好了不计代价地逃回天界的准备，现在他人单力孤，不可能以一敌众。光明神、战神也发觉事情不妙，近处有蛮兽缠身，远处有辰南虎视眈眈，而下方还有暴君坤德在观战，他们也已经做好了撤退的准备。

不过就在这个时候，一个苍老的声音突然响彻天地间，让人根本分辨不清它源于哪里。"生生死死，死死生生，人也罢，神也罢，魔也罢，相煎何太急！"反应最大的莫过于两头噬神兽，它们听到这个苍老的声音后，如小猫般乖巧起来，暴戾之气全部消敛，停止了对光明神、战神、暗黑大魔神的攻击。现场所有玄界高手，以及几位主神都感觉异常吃惊。"谁？"暗黑大魔神如今孤家寡人一个，格外敏感小心，他冷冷地扫视着八方，可惜什么也没有发现。

大战停止了，高天之上恢复了平静。苍老的声音悠悠长叹道："此间中事，我已了解。那位辰南小友，这里所发生的一切，可以说都因你而起啊！"辰南同样没有寻到老人的方位，平静地问道："你是谁？"一阵沉默之后，苍老的声音再次回响在天地间，道出了让所有人皆无比震惊的消息："我是第一代光明教皇。"真是石破天惊的大事件啊，第一代光明教皇这样一个超级老古董居然还活在世上，恐怕他曾经有缘见过第一代光明神也说不定！

"第一代光明教皇？！"紫金神龙吃惊地叫道，"实在让龙不敢相信！估计是青禅贼秃那一辈，或者上一辈的人物吧！"暗黑大魔神、光明神、战神、元素水神脸色皆异常不好看。人间光明教会的实力实在是高深莫测，出了一个神秘老人与两头蛮兽也就罢了，现在居然连传说中的第一代光明教皇都出来了，这个老古董居然还没有死，那可是他们上代，甚至上上代的人物啊！远处的众多玄界高手，惊得一时鸦雀无声。不远处，神秘老人与现任光明教皇一阵激动，不过很快又恢复了平静，显然他们早已知道这个传说中的人物还活在世上。

"辰南你想攻破十八层地狱，这是为什么呢？"苍老的声音再次回荡在空中。"我父亲被人封印进十八层地狱，我要助他脱困而出！"此刻，辰南说话时情绪有些激动。对方反问道："你怎知你父亲是被人封印进了十八层地狱呢，你怎知你父亲不是甘愿自封在这里的呢？"辰南大声喝道："不可能！"苍老的声音再次回响："为何不可能呢？比如我，甘愿自封十八层地狱之中。"又是一则石破天惊的消息，所有人皆愕然。第一代光明教皇此刻竟然在十八层地狱中，而且是甘愿自封在那里的！

辰南大吼道："我不相信！"第一代光明教皇道："如果你不相信，我也没有办法，不过如果你有胆量，可以进来一观，真真切切看清最下面几层地狱，你就会改变看法了。""嗷呜，真是个阴险的老家伙，想不费力气就将我们封印。"紫金神龙愤愤地低声吼道。"神说，我想进地狱去看看。"龙宝宝一副跃跃欲试的姿态。辰南大声道："好，你告诉我如何进入最底层的地狱？"

第一代光明教皇自地狱中传音道："有圣骨守护，很少有人能够在外面攻破十八层地狱。今日，我大胆做出一个决定，将直接开放第十七层地狱，谁如果想进来一观尽可进入，但事先声明，生死由命！""轰隆隆！"一声巨响，一个黑暗的空间之洞出现在地狱上空。第一代光明教皇道："地狱之门大开，通往第十七层地狱，三日之内，任何人都可以进来，不过能否生还，一切听天由命！"

光明神、战神、元素水神，以及暗黑大魔神都面无表情。远处众多的玄界高手，就更不可能上前了，有不少人在飞快离去，他们要在第一时间飞回各自的玄界。毕竟今日突发的事件实在太过让人震惊了，光明教会第一代教皇竟然一直活在世上，居然要将第十七层地狱开放，他们必须要在第一时间将这些消息禀报给己方的"界主"。

辰南打算独自去十七层地狱，龙宝宝和紫金神龙当然不愿意。他费了九牛二虎之力，终于将两条龙劝退。辰南目送着它们向着东土飞去，而五具魔身也跟着两条龙一起向着东方飞去。辰南的真身擎着龙刀转过身来，扫视着暗黑大魔神与战神他们。

穿云破雾，飞过无数座高山，越过一片片大草原，五具魔身与两条龙终于来到了东西方交界带的大山上空。一具魔身率先停了下来，道："将纳兰若水一起带回东土，你们一起去找大魔，暂时不要惹是生非，有大魔护佑，应该没有人会轻易招惹你们，静等我的消息。"纳兰若水被辰南偷偷转移到了一具化身的小世界中，不过化身的内天地不过十几平方公里。五具化身目送两条龙远去，而后快速返回了西土。

时间慢慢推移，三个时辰已经过去了，十八层地狱上空一片沉静，所有人都如同泥塑木雕一般静立在空中。这个时候五具魔身同时回返，融入辰南的体内，他最后深深地向着东方望了一眼，而后在虚空中大步向前，向着黑洞洞的空间之门走去。

地面之上，澹台璇用神念传声道："辰南你真的要去地狱吗？那里即便是天界的主神，都始终难以探察透彻，其中的危险可想而知，为何不等到你足够强时再去呢？"望着那清丽脱俗的倩影，辰南默然，这究竟是怎样的一个女子啊？始终无法让人猜透她的真心，究竟是一个天纵之资、聪慧善良的仙子？还是一个有着暗黑心性的女魔呢？曾经爱过，也曾经恨过，辰南对她的感情是复杂的、难明的，他同样用神念传声道："时间、时间不等人！"

"第一代光明教皇，我辰南进来了！"辰南没有任何犹豫，纵身跳入暗黑的空间之洞。澹台璇定定地望着那暗黑之门。现场一阵骚动，包括几位神魔都惊讶无比，没有想到辰南真的跳入了第十七层地狱，他们想要阻止都已经来不及了。

"好啊！"第一代光明教皇感叹着，苍老的话语再次响起："第十七层地狱之门大开三日，想进入者不会有任何阻拦。进入后三日内未出，如果侥幸未死，三千年后还有一线生机，这个空间之门会再次大开三日。"这个时候，手擎黄金圣剑的战神突然喝道："我也去！早就听说过我战神一脉的一位前辈被封印在了地狱，今日去看看又如何！"战神之豪气与好战是天界出了名的，他没有给光明神和元素水神任何阻拦的机会，直接破碎虚空，出现在空间黑洞前，毫不犹豫地跳了进去。

"奥斯里！""奥斯里！"光明神与元素水神同时大叫战神的名字，但是却已经无法挽回什么，最后他们相互看了一眼，同时道："快速返回天界！"两大主神在刹那间破碎虚空，返回了天界。暗黑大魔神双目中寒光闪闪，对着暗黑无光的洞穴中喊道："老教皇你是说，第十七层地狱的大门将大开三日？"第一代光明教皇道："不错！""好，我知晓了！"暗黑大魔神也在刹那间破碎虚空，返回了天界。

时间过得很快，转眼间已经过去了两日，第十七层地狱门户大开之事，迅速传遍整片大陆，许多玄界的老古董在门下玄界高手的禀报下，已经在第一时间来到了拜旦圣城。更有许多隐士强者也再次出山。八方风雨汇聚地狱之城。十八层地狱附近，聚集了无数的修炼者，所有人都在关注着事态的发展，这一次强者云集，已知能够与主神抗衡的人间玄界高手就来了六七位！

在这两日中，高天之上那黑森森的洞口始终大开着，一般人或许没有觉察到，但是少数的高手敏锐地捕捉到有几道虚影先后冲进了地狱门内。时间慢慢推移，到了第三日最后几个时辰，现场的少数高手又发现数条人影先后冲进了第十七层地狱。人们吃惊不已，现在冲进去不可能在规定的时间返回了，难道那些人疯了吗？即便侥幸不死，也要等上三千年才有一线生机逃出来，居然有人这样不计后果地冲进去，真是不可理解！

第三日的最后几分钟就要过去了，澹台璇已经在这里守候了三日，然而却始终未见辰南出来，她知道辰南多半不会出现了。没有人知道澹台璇在想什么，她始终是一个谜一样的女子，谁也无法猜透她的心绪。就在这个时候，西土老暴君坤德突然腾空而起，向着地狱之门内快速冲去。澹台璇娇喝道："坤德你不守信用，你此刻去往地狱，如何将我的弟子在半月内还我？！"

坤德道："你没有听说过这句话吗，洞中方七日世上已千年，地狱三千年世上方三日，虽然都是传言，但不可不相信，数千年的时间于我来说足够了，我想那时我已经回来了，你静静在世上等上几日吧。"澹台璇惊怒无比，喝道："胡说，此时间传说并非对地狱时空而言！"只是，暴君坤德已经不再回应她，他已经消失在了地狱门中。澹台璇脸色骤变，如果熟悉她的人一定会惊讶无比，她很少有情绪剧烈波动的时候，而眼下她明显愤怒与焦虑无比。澹台璇犹豫了很长时间，最后腾空而起，毅然冲进第十七层地狱！

现场有几位年老的东土玄界高手，他们消息灵通，知道坤德掳走梦可儿的事情，眼下见澹台璇如此在意梦可儿，居然拼着被封三千年的危险冲进地狱，顿时疑云满腹。时间终于到了，地狱之门在刹那闭合消失，第一代光明教皇苍老的声音悠悠回荡在高空之上。"此门将闭封三千年……"声音渐杳，随后消失。在随后的几日，大陆一片沸腾，不少高手亲眼望见前后有数条人影冲进了地狱，最后没有一人冲出来，这意味着数位神王级的强者将被封印在第十七层地狱三千载！焉能不让人震惊。

辰南已经进入第十七层地狱数日了，眼前所见的景象简直让他如在梦中。这一切仿似虚幻一般，太不可思议了！在他的想象中，第十七层地狱定然阴冷黑暗，充满了死亡的气息，然而眼前的景象彻底颠覆了他的认知。

碧蓝的天空，万里无云，如一片蓝色的晶石一般，一轮金日遥挂高空，透发着柔和的光芒，光辉洒落在每一寸空间。没有黑暗，没有阴冷的气息，也没有死亡的威胁。眼前是一片碧蓝的大海，一望无垠，无边无际，海风轻拂，带着淡淡咸味的水汽拂到面颊之上，无比轻柔。海鸟翱翔，天空中到处都是自由飞翔的影迹，阵阵鸣音清晰无比。海鱼成群结队地窜出水面，向着前方极速游去。更有一头头巨大的鲸鱼，半浮于水面，喷发出数十米高的水柱。

海阔凭鱼跃，天高任鸟飞。这里，哪里像是第十七层地狱，分明是一片清新自由的海世界啊，充满了自由的生机！辰南目瞪口呆，有些无法相信眼前的景象是真实存在的。真实的第十七层地狱如果是这样的话，那么第一代教皇哪里是自甘受苦封印于地狱中，这分明是一个不受外界打扰的新奇世界，是修者梦寐以求的净土。

初始时，他深深地戒备着，以为这些都是幻象。但是，几日来随着敏锐的灵识不断探察，他不得不相信这一切都是真的！这是一个真实的世界，第十七层地狱就是这个样子！他还没有看到陆地，一直飘浮在空中，冷静地观察着这个世界，这一切对他的冲击实在太大了。辰南现在真的有些怀疑了，十八层地狱到底是如何建造起来的呢？碧波万顷的大海，波光粼粼，此刻没有风浪，骄阳在海面上洒下道道金光。

辰南心中有了一番计较，贴着海面快速朝着东方飞去，他想看一看能否找到一片陆地。海鱼时时跳出水面，溅起一朵朵浪花，冲击在他的衣衫下摆上，空中的海鸟也时时擦着他的身体飞过，皆是遇人不惊的样子。飞行了数百里，一座青碧翠绿的岛屿蓦然出现在前方，辰南大喜，快速向前飞去，有陆地就可能有人，有人就可能明白这到底是怎样的一个世界。

金色的沙滩闪烁着灿灿的光芒，高大的椰树挺拔翠绿，而岛内更是郁郁葱葱，长满了植被。在海岛边缘地带，隐约间已经能够听到阵阵鸟鸣兽啸，自海岛深处传来。辰南走在金色的沙滩上，来到一片椰林，隔空将一个椰子摄到手中，轻轻拍开，向口中灌了一大口椰水，自语道："就从这个岛屿查起，让我看看这到底是怎样的一个世界！"辰南隐约间觉得，能够在这座岛屿有所发现，他徒步前行，不想因为飞行而错过什么。

"嗷吼！"一声咆哮，一头巨大的剑齿虎向着辰南扑击而来，不过很不幸它遇到的不是食物，而是不能招惹的神级人物。辰南一掌将它震开，但一丈多长的剑齿虎凶性大发，竟然再次张牙舞爪，凶狠地扑击而来。他心中一动，透发出强大的神识，一股精神威压笼罩而下，剑齿虎顿时如小猫般伏卧在地上，身躯不断颤抖。而后辰南以强大的神识，搜索剑齿虎的记忆，他想在这头凶虎的脑海中，挖掘出一些有用的线索。

剑齿虎的记忆很简单，守候猎物、扑杀、撕咬……都是一些血淋淋的画面，不过辰南最终还是在它的脑海深处探察到了非常有用的信息。竟然是一幅幅人物的画面！辰南大喜过望，立时仔细搜索起来，不过这样的画面不过数十幅而已，但已经足够了。已经可以确认，这座岛屿上的确有人类，不过让辰南感觉诧异的是，那些人类似乎非常原始，居然以兽皮为裙，手持粗糙的铁器，过着类似原始部落般的生活。

当下，辰南坐在剑齿虎的背上，透发出一丝神识波动，强大的精神威压让这只凶兽乖巧地变成了坐骑，带着辰南如飞一般穿越重重原始森林，向着海岛深处奔去。路上所见，古木参天，猿啼虎啸，原始森林密集，凶兽众多。翻山越岭，能有百余里之遥，剑齿虎停了下来，摇头摆尾，示意辰南向前方望去。

前方的林木渐渐稀疏起来，明显可以感觉到人类出没的痕迹，有火堆灰烬，有砍伐过的林木，还有踩出来的小路。辰南一拍剑齿虎的硕大头颅，示意它继续前进。果然看到了人迹！前方出现一个很原始的村落，村内的人大多围着兽皮。看到一头猛虎突然出现，立时大惊，许多人跑回木屋内，持着铁剑冲了出来，大声喝喊着。

随后，大概总共有近百人冲出了村落，向着剑齿虎冲来，这头凶兽本想掉头逃离这里，不过却被辰南的精神威压压制得一动不敢动。"嗷吼……"这些人个个身材高大，他们大声地喝喊着，但是辰南却一句也听不懂。众人快速冲到了近前，显然他们对于猛虎之上坐着一个人类，感觉到异常震惊。似乎是头领的几个人相互嘀咕了几句，而后忽然扔掉了手中的武器，跪倒在地。他们身后的人，见到几个头领如此，也跟着跪拜了下来。

辰南虽然不懂他们的语言，但是也明白了他们的意思，用神识探索他们的精神波动，果然得到了验证，他们将辰南当作了天神派来的人。辰南心中顿时一动，天神？这到底是何方神圣？龙宝宝没有在这里，辰南只好勉为其难地当起了神棍，毫不客气地以天神使者自居，以神念与他们交流。

如众星捧月一般，这些人将辰南迎请进了村落，来到这里后辰南敏锐地觉察到附近有一个修炼者，足有六阶境界的修为，和他比起来算不得什么，但是出现在一个近乎原始的村落，绝非寻常！辰南毫不犹豫地放出一缕神识波动，故意惊醒了对方。很快一声沉闷的咆哮在部落深处响起，陪伴在辰南左右的人皆大惊，大声地呼喊着什么。辰南从他们的脑海中得到一个惊人的消息，那沉闷的咆哮竟然源于该村的活图腾！

图腾！一个活图腾！这让辰南在一瞬间心思百转，隐约间他抓到了什么。"轰轰轰！"大地一阵战栗，沉闷的咆哮之声越来越近，最后这个部落的活图腾终于露出了真身。这是一头高三丈、长六丈的巨大野牛，黑亮的皮毛如绸缎般闪烁出阵阵光华，巨大的牛角如麻花一般弯曲着，扭了数个折卷，闪烁着可怕的森然之光。

辰南座下的剑齿虎露出了惧意，甚至忍不住颤抖了起来，不过在辰南一道精神波动的抚慰下，它立刻又变得安稳下来。巨大的野牛口吐人言，和村落中人的话语没什么两样，它喝问道："你是谁？"辰南虽然听不懂，但是却能够从它的精神波动中知晓其意。"我是神！"辰南沉静地回答道。"不可能，我是这个部落的图腾，你不可能是神，我没有在你身上感应到任何天神使者应有的气息，你是天神的敌人！"巨大的野牛咆哮着。村落中的人皆惶恐无比，似乎非常惧怕它，已经跪伏在地，忍不住顶礼膜拜。

在一刹那辰南终于有所明悟，教皇激他进入十七层地狱，不可能没有深意。现在他看到了一个原始部落的图腾，他瞬间想到了西土图腾、东土图腾那些大人物，这是不是在向他启迪着什么呢？这是不是历史的重现呢？或许他接下来所经历的就是人类自古以来所经历的重大的事件的缩影与回映！

当然，也许都是他一厢情愿的猜想，但是既然已经来到这里，他有的是时间去查证、去探索。辰南道："是谁封你做的图腾，你不过就是一个修炼成精的牛妖而已，少在我面前耍威风。不然，你将成为我这头坐骑的口中餐。"野牛道："放肆，我是方圆数百里所有村落的图腾！你竟敢如此藐视我？！"

"哈哈，不过就是一头野牛而已，还敢大言不惭为图腾！"辰南哈哈大笑着，透发出一股强大的精神威压，全部笼罩在巨大的野牛身上，让这头六阶图腾兽惊恐得战栗。神王级高手的强大精神力岂是它能够对抗的！辰南问道："告诉我，你口中所说的天神到底是什么？他在哪里？"野牛道："我、我不知道！""到了现在还不说，哼，不识好歹！"辰南腾空而起，坐上了图腾兽的脊背，而后对着剑齿虎一挥手，任它逃向大山。村落中的人皆颤抖着，跪在地上一动不敢动，强大的部落图腾竟然被人当作坐骑来训斥，让他们无比惶恐，更加确认辰南是天神亲自派来的使者。

"到底说不说？"辰南喝问道。图腾兽已经快要伏卧在地上了，它惊恐地感应到了来自辰南的可怕压力，颤声道："我也是被更强大部落的图腾兽点派的，我真的不知道天神在哪里。"辰南外放出强大神念，搜索图腾兽的脑海记忆，发觉真如它所说的那样，它真的不知道所谓的天神在哪里，它不过是最下层的图腾兽而已。

辰南喝道："走，带我去那个大部落，去见点派你为图腾兽的那个家伙！想要活命，就不要废话！"巨大的野牛图腾，在神王级强者的威压下，彻底没有了半点威严，慌忙点头道："好，我带您去。"图腾兽为坐骑，辰南心中想法就更多了，这是一个原始的部落，如果这样发展下去，这头图腾会不会成为他在十二层地狱见到的那种级数的存在呢？也许他将在这第十七层地狱快速见证到某些历史的发展轨迹。

该岛最大的部落有数千人，地理位置也处在这座岛屿的中心。图腾兽有六阶的修为，能够穿云破雾在空中飞行，很快它便载着辰南来到了海岛中心的正上空。放眼向下望去，一片片木屋错落有致，辰南刚要命令图腾兽飞下去，忽然他敏锐地捕捉到一条熟悉的身影，他发觉下方那个数千人的大部落似乎发生了骚乱，一个年轻的女子在部落上空如谪仙一般飞舞。

"澹台璇！"辰南感觉无比吃惊，自语道，"她怎么来了？她为何也进入了第十七层地狱？"辰南急忙命令图腾兽飞入云雾中，而后他睁开天眼仔细打量着下方。澹台璇白衣飘飘，在低空一阵盘旋飞舞，而后在刹那间如同一颗流星一般，迅速朝着东方飞去，眨眼间消失了踪迹。而地面上那个部落，许多人在顶礼膜拜。

辰南没有动，静静地等待，如此过了半个时辰，确信澹台璇已经远去了，他才命令图腾兽飞落而下。不过却不是飞向那个大部落，而是落向一片密林，他不想惊动那些人，想暗暗打探自己想知道的秘密。辰南刚刚落在一座高山的密林中，忽然发觉远空似乎传来一丝轻微的波动，他急忙帮图腾兽隐去了气息，而后密切地关注着远空。

一个拥有着海蓝色长发的女子破空飞来，如凌波仙子一般，柔美的身影在空中划过一道优美的轨迹，而后降落在部落中，再次引起一阵骚乱，令这个大部落中的人们无比惶恐。"元素水神西拉丽丝！"辰南更加惊讶了，他居然在这里看到了西方天界的元素水神，他眉头不禁皱了起来。对方为何也进入了第十七层地狱呢？现在已经过去数日了，第十七层地狱的大门早已关闭，而元素水神却似乎没有慌乱的样子，她似乎在追寻着什么，而且精神状态似乎有些亢奋。这绝不是一个受困者应有的表现！

"想要夺回圣战天使纳兰若水？不可能！她知道地狱之门已经关闭了，那还有什么让她如此兴奋，而值得追寻的事物呢？难道这第十七层地狱有什么重大隐秘不成？"辰南自语着，越想越觉得有可能。"嗷吼——"大部落中传出一阵惊天动地的吼啸，时间不长，一头长有十丈、高足有四丈、生有三个巨大头颅的巨狼腾空而起，载着元素水神西拉丽丝向着东方飞去，竟然与澹台璇的方向一致。

这个时候，辰南身旁的图腾兽颤抖着道："三头巨狼就是这个大部落的图腾，真没想到它竟然也落到了如此境地。""嘿，不过七阶的妖狼而已，当然不可能是一个主神的对手。走，悄悄跟上去，尾随着他们。"辰南决定跟随在元素水神与澹台璇的身后，看看她们到底将有怎样的行动。

第十七层地狱内，天空湛蓝如洗，海水碧波万顷。巨牛图腾载着辰南，在汪洋大海上空迅如闪电，朝着东方飞去。海鸟飞翔，巨鱼腾跃，这活泼生动的画面在他们下方快速飞退。辰南以一缕神识，紧紧锁定元素水神西拉丽丝，虽然与之相隔甚远，都已经看不见对方的影迹，但是却能够凭着一缕神识印记，捕捉到对方的踪迹。

途中，大小岛屿星罗棋布，在湛蓝的天空下，在青碧的海水中，如一颗颗绿色的明珠一般，透发出无限的活力。不过这些岛屿中最大的也不过数万平方公里，没有类似城镇的大片建筑物，多是一些稀稀落落的村落。辰南甚是讶异，这可是传说中的第十七层地狱啊，竟然也有着这么多的平民，这简直不可思议！这还是传说中关押神魔的地狱吗？倒像是一个全新的世界！

蓦地，辰南感觉前方的元素水神似乎停了下来，虽然无法看清，但是却能够凭着灵识感应到。辰南让巨牛图腾向着海面落去，停驻了半个时辰之后，忽然感觉西拉丽丝再次前行，他才让巨牛图腾飞起。前行了三十余里，遥远的海平面上一座能有十几万平方公里的岛屿出现在海中，比之在这之前看到的岛屿大得多。

这座岛屿同样覆盖满了绿色的植被，在空中远远望去，其形状如一头绿色卧虎一般，元素水神驾驭着巨狼图腾正向那座岛屿降落而去。而与此同时，遥远的岛屿中冲腾起数十道剑气，璀璨的剑芒直上云霄，炽烈的芒刃在空中不断激荡。辰南顿时一惊，他感觉到了熟悉的气息，竟然是澹台璇在与人激战！这里竟然有能够与澹台璇一战的高手，实在让人吃惊。辰南一拍巨牛图腾，让它贴着海面快速向前冲去，他想在暗中看看这座岛屿到底隐藏了怎样的秘密。

海岛上丛林茂密繁盛无比，许多古木需要十几人才能够合抱过来，也不知道生长了多少年月，高大枝干上绿叶繁茂，遮天蔽日。兽吼之声不绝于耳，巨虎、野象、凶龙，更有许多不知名的蛮兽在这原始森林中出没，这座海岛仿似一个蛮荒之地一般。巨牛图腾快速在山林中穿越，眨眼间翻过数十座山峰，腾跃出去数十里，快速接近一片丘陵地带，西拉丽丝正位于那里，她在暗中观察着前方的大战。辰南也已经看清，与澹台璇交手的竟然是上古神龙坤德，居然是老暴君！辰南暗暗道："该死的，第十七层地狱到底隐含了怎样的秘密？居然让这头老龙也不惜涉险进入。"

坤德以人躯和澹台璇大战，他抬掌碎空，跺脚裂地，与澹台璇大战得非常激烈，不过他似乎游刃有余，不想施杀手。澹台璇虽然功力非凡，但与坤德比起来似乎还是差了一些，根本难以奈何对方。尽管剑气直冲霄汉，小世界中的能量也向外狂涌，但根本无法伤害到坤德。剑气纵横激荡，偶尔自高空扫落下到地面，必将毁灭数座丘陵，惊人的破坏力异常恐怖。现在辰南隐约间可以肯定，坤德极有可能已经步入神皇领域，毕竟澹台璇已经是一个神王顶级的高手，与神皇不过一线之隔，她既然无法打败坤德，不难猜测出老暴君的真实修为。

"轰！"一声巨响，高空之上，两大高手劈出的浩瀚掌力，直接轰击到岛屿之上，一道巨大的裂缝能有数丈宽，快速蔓延了开来，一直蜿蜒出去十几里，地下的海水都顺着大裂缝涌动了上来。很显然，澹台璇很焦虑，渐渐打出了真火，似乎有进一步生死相向的趋势。最后，坤德似乎不想再战下去了，快速冲腾而起，向着遥远的东方飞去，澹台璇紧追不舍。

元素水神西拉丽丝并没有再跟随下去，驾驭着巨狼图腾小心地在这座岛屿上搜索着，似乎想追寻着什么。辰南甚是奇怪，小心地在后面跟踪着。如此过了半个时辰，辰南忽然感觉空中传来一阵异样的波动，他急忙转过身来做好了战斗的准备，只见一道银色的影迹破开虚空，突兀地出现在他的面前。

"坤德！"辰南双目中射出两道神光，他不知道对方是敌是友。"不错，是我。没有想到，方才真的不是错觉，你竟然真的在旁观战。我没有敌意，进你的内天地一谈。"坤德满头银发无风自动，让这个看起来三十余岁的魁伟男子透发着一股超然的魅力。辰南没什么迟疑，立刻打开了内天地，两人同时闪入。

"众人皆贪啊！在你之后，不少神王都进来了。"坤德感叹道。辰南无比惊异，忍不住问道："这是为何？他们有什么目的？"坤德道："西方天界有两个老不死的在几日前透露出一则消息，地狱之中有一股能够改天换地的力量，一个残破的世界。"辰南双目中神光爆射，冷声道："残破的世界……哼！"

坤德点了点头，道："不错，一个残破的世界，传说那残破的世界被你父亲封印在了地狱之中，谁能够得到它，谁就能够跻身于天地间至尊强者之列！"辰南冷声道："人心不足蛇吞象，为了一个缥缈的传说，竟然引得神王甘愿下地狱。哼，现在地狱之门已经封闭，我看他们如何出去，就永远地待在地狱之中吧。"

坤德道："得到那个残破的世界，就能够破开地狱，自由出入。当然，残破的世界只有一个，这意味着神王间会有残杀，最终唯有一个人能够掌控。残破的世界是你父亲留下的，我看好你，众人之中唯有你最有希望得到。""哈哈！"辰南大笑了起来，道，"你看好我，是不是想一直跟着我，然后待到我寻到之时，你再出手相夺？"

"你想多了。"坤德摇了摇头，叹了一口气。这个时候，威震西土、号称暴君的上古神龙，显得有些伤感，与平日那个威严盖世的强者形象大相径庭，他流露出一丝伤感之色，道："我进地狱，是想调查一段公案。我有三个儿女，小女儿佳丝丽是六千年前出生的。在她之上还有两个孩儿，他们在一万年前就已经接近神王境界，可以说是龙族中极其罕见的天才。但是没有想到，他们却被同一个女人杀害。"

"澹台璇？这似乎不可能吧！"辰南惊道，"难道是万年前她身后的那股势力？""不错！"老暴君眼中闪烁出一道寒光，冷声道，"万年前有一个女人纵横于天上地下，出没于仙幻大陆与魔幻大陆之间。为夺我西土至宝，她杀死了西土的守护者，我的两个孩儿也因在场而受到牵连。最后，虽然传说她在天地浩劫中魂飞魄散了，但是我却始终觉得她还没有彻底消逝。"

"万年来你可曾寻到她？"辰南忍不住问道，也迫切想知道。因为澹台璇身后那个人也是他们辰家的仇敌，那个人跟他父亲争斗了数年。坤德道："我在两个地方感觉到了她的气息，一是在人间澹台古圣地，二是在十八层地狱。"辰南惊道："瀹台古圣地，难道是那梦可儿？"

"不错，我最初以为梦可儿可能是那个女人逆天回归后凝聚的躯体。但是，现在看来，我可能猜错了。梦可儿的体内虽然隐藏着一股极其浩瀚的能量，但是却没有那个女人的半点气息。除却瀹台古圣地的怀疑后，就唯有这最下面的几层地狱了。前十四层以我的力量还可以打开，但是第十五层以后，即便是我也不能破开。为了给我两个儿子报仇，为了给西土守护者报仇，我不惜跳入这第十七层地狱，定然要查到那个女子的踪迹！"说完这些，坤德再次伤感地长叹了一口气，而后化开一片空间，将一名昏迷过去的女子放了出来，正是梦可儿。

梦可儿如睡美人一般，身着洁白的衣裙，静静地躺在花丛中，绝代姿容恬淡无比，长长的睫毛轻轻眨动，似乎随时可能会醒来。坤德淡淡地笑了笑，道："既然已经将她排除，我就没有必要关押她了。不过，我绝不可能还给瀹台璇，万年前虽然瀹台璇根本没有来过西大陆，事情与她无关，但是她毕竟曾经被那个女人赏识。我不杀瀹台璇，但不代表我不惩罚她！"老暴君深深看了一眼辰南，道："我在搜索梦可儿的记忆时，不小心看到了一些不该看到的东西。实在抱歉啊，没有想到她怀了你的孩儿，不过我并没有让她受到委屈。"

辰南顿时张口结舌，神情尴尬到极点，想要发怒，但又忍了下来，道："你是说她现在有孕在身？"坤德笑道："恭喜你，是个男孩，一两年后便会降生。"辰南一阵发呆，到了现在他才恍然，怪不得在瀹台圣地无法寻到孩儿，原来还没有出生呢。他知道修炼者的体质特殊，孕期与普通人大不相同。坤德冷笑道："对瀹台璇最大的惩罚莫过于此！""你在说什么？！"辰南剑眉立了起来，寒声道，"不要将你的仇怨牵扯到我孩儿的头上，现在请你也不要再利用梦可儿报复瀹台璇，我不希望任何人对他们母子二人有丝毫伤害！"

"哈哈！"坤德大笑了起来，道，"我绝不会伤害他们，你多虑了。相反，我还会帮助你们。梦可儿于瀹台璇来说异常重要，如果让她知道梦可儿有了你的孩儿，她定然会以神王顶级的莫大神通帮助梦可儿炼化掉那个小生命。所以，你最好不要让瀹台璇知道梦可儿在你的内天地当中。而我会继续转移瀹台璇的视线。"辰南神色一变，一两年的时间，难保不会被澹台璇察觉，而他现在虽然晋身神王领域了，但恐怕还无法对抗那相当于准神皇级的顶峰神王高手。

坤德道："不用担心，只要你的孩儿够强，就是神皇也无法炼化。要知道，你的孩儿真的不简单啊，现在的他，普通仙人都已无法将之炼化，小家伙将来的前途不可限量，先天的本钱实在太过厚实了！你如果担心，可以想办法让小家伙的先天本钱更加雄厚一些。""此话怎讲？"辰南说不动心那绝对是假的。"放着大好的补品不用，多么浪费啊！"坤德冷笑着指了指远处被封印的雷神。雷神的力量虽然被封印了，但是精神思感还在，听到坤德的话后脸立时就绿了。

"我很喜欢这个还未出生的孩子，感觉到他的强大，我就想起了我的那两个天才孩儿。"坤德有些伤感地道，"我帮这个小家伙汲取雷神的神王力吧。"坤德一招手，雷神就飞了过来，还在半途中，强大的雷神就惊得昏死了过去。他失去知觉的一刹那想骂娘，堂堂天界主神居然两次沦落为大补药，实在窝囊透顶。

一道紫光自雷神体内迸发而出，一颗雷神丹出现在坤德的手中，而后被老暴君在刹那间炼化成气态，随后他极其慎重地将紫色光华慢慢打入梦可儿的小腹内，小心引进那个小生命的体内。雷神总共有九颗神王丹，前四颗已经被辰南与痞子龙打入龙宝宝的体内，现在剩余的五颗被坤德先后炼化后，化为先天生命力，注入那个小生命体中。"我想再过段时间，即便是澹台璇也不可能炼化这个小家伙了，除非她不想要梦可儿的命了。好了，我就此告辞。"坤德离开辰南的内天地后，直接消失在海岛上空。

看着处于沉睡中、透发着恬淡笑容的梦可儿，感觉到一个小生命在跳动，辰南心中涌起一股说不出的感情。辰南小心地将梦可儿抱起，将她送进了一片殿宇之中，而后唤来几名在天界时降伏的天使，吩咐她们好生照料。他刚想离去，忽然间感应到了一丝微弱的精神波动，一个无比稚嫩的声音似乎在呼唤他："爸爸……"

辰南简直不敢相信自己的灵觉，霍地转过了身体。"爸爸、妈妈……"一个稚嫩而微弱的声音再次传入辰南的心中。辰南高兴得想大笑，但是最后忍住了，静静地坐在床边，看着熟睡的梦可儿，感受着那个小生命的呼唤，直至一个时辰之后他才轻轻起身离开。

　　出了内天地，辰南出现在海岛之上，搜索了一遍水神的气息，但却没有发觉，不过却另外感应到了几股强大的精神波动。他急忙帮巨牛图腾隐去了气息，命令它隐藏在一片高山上的丛林中。只见远空几道人影在飞快接近，其中一人赫然是暗黑大魔神，在他的身旁还有两名不认识的魔神。"该死的，这个家伙为了残破的世界也来了！"辰南双目中射出两道神光。

　　"那个老不死的，不会把我们阴了吧？"阴影魔神道。"阴影魔神你在怀疑我暗黑一脉前辈的话语吗？"暗黑大魔神冷冷问道。阴影魔神没有回应，旁边的另一个魔神开口道："不是我们怀疑，辰战怎么可能死去呢？即便死去，你们暗黑一脉的老家伙怎么能够那么肯定辰战的尸体就在第十七层地狱呢？"

　　"邪欲魔神你既然有疑问，在天界时怎么不说出来？"暗黑大魔神冷笑道，"怕什么，即便没有收获，我们也能够离开这里。好了，现在我们三个也分开去找吧。不过，不能离得太过遥远，免得发生意外。"三个魔神在空中分三个方向，快如流星一般飞走。

　　辰南双目喷火，冷声道："该死的，都是为了残破的世界。父亲真的在这里留下了什么吗？我相信你没有死去！"辰南一掌将巨牛图腾震晕了过去，而后腾空而起，向着阴影魔神的方向追去，他寒声道："既然都想打我辰家的主意，那么对不起了，我也要出黑手了！残破的世界，我一定要收回来。而且，要为我的孩儿多多准备些补品！"

　　辰南在原地留下一道残影，贴着山林朝着阴影魔神追去。阴影魔神以天视地听大神通，搜索着北半侧的岛屿，努力在探寻着什么，丝毫没有注意到背后一个杀神在跟踪他。不过，辰南也无法太过靠近，与对方的距离始终保持二十余里，以一缕神念锁定对方的踪迹。

　　不知不觉间，阴影魔神已经来到了这座大岛的最北部，已经靠近海边。在那里有一座古堡，明显不同于其他岛内部落的建筑物，恶魔雕像矗立在城堡的周围。阴影魔神发现此地后大喜过望，瞬间便冲了下去。辰南也觉得有些奇异，不过眼下他不在意这些，收敛全部气息潜行而去，准备在这里出手了。

大片大片茂密的林木遍布古堡外围，辰南如一道光影一般，穿过重重密林，在刹那间冲进了古堡中。由黝黑发亮的岩石堆砌的古堡透发着一股邪异的气息，显然这里已久无人居，没有一丝生气，唯有阵阵阴森的寒意透发而出。"哈哈！"古堡内突然传出一阵狂笑，阴影魔神似乎异常惊喜。"轰"的一声，古堡爆碎，阴影魔神冲天而起，但是他的手中却持着一面黝黑的石碑，大笑道："辰战果然来过第十七层地狱，居然将一个图腾兽封死在了这里！哈哈，竟然这么快就发现了一丝线索。"阴影魔神立于虚空中狂笑不已。

　　就在这个时候，辰南动了，五具魔身快速分离出本体，在空中留下五道残影，分五个方向快速将阴影魔神包围在当中。阴影魔神人如其名，整个人周围是一片阴影，整个人都处在黑暗中，虽然当空有烈日，但是却无法照射进那片虚影中，他有些怨恨地看着辰南，道："小子是你！"

　　辰南的真身腾空而起，与五大魔身并立，寒声道："自杀，还是等我动手？"如此对一个天界魔神说话，可谓狂妄无比，简直不给阴影魔神留一点情面。"哈哈！"阴影魔神怒极反笑，道，"你真以为自己是神皇了吗？漫说你这小辈不被我放在眼里，就是你侥幸能够跟我争斗一番，暗黑、邪欲等人也会立刻赶到，共同灭杀你。"

　　阴影魔神虽然气愤，但说这些话时心中却不是很自然，他早已知晓辰南与两条龙灭杀噩运魔神、冥神、血皇的事情，现在单独面对，心中多少还是有些发怵的。"嗷吼——"阴影魔神仰天发出一声长啸，率先发动攻击，准备突围而去。辰南道："哼，你以为发出啸声，暗黑大魔神他们就能够赶来救你不死吗？我保证在暗黑大魔神他们赶到之前，先解决掉你。"

　　阴影魔神没有答言，现在实力才是硬道理，他的身躯在刹那间模糊起来，身周黑暗的阴影一下子扩散开来。残影连连晃动，阴影魔神一连分出十八道虚影，也可以说是十八道化身，本体就介于虚体与实体之间，因此化身也为雾状。辰南与五具魔身没有理会其他魔身，紧紧锁定了阴影魔神的真身，以及那个持着黑色石碑的化身。

　　大龙刀、裂空剑、困天索、后羿弓、石敢当同时出击，瞬间将冲上来的几道虚影击散，不过那些虚影又快速在不远处凝聚为人影。辰南径直朝着那具持有石碑的化身冲去，手中困天索发出哗啦啦的震天巨响，瞬间将那道露着嘲讽笑容的虚影锁住了。"不可能，我这是虚化状态，怎么可能被锁住呢？"阴影魔神化身露出惊异之色，非常不相信眼前的事实。

辰南喝道："连天都能锁住，更何况你一个小小的虚影化身，无论你有形无形、有质无质，都难以逃脱困天索的束缚！""轰！"化身在刹那间爆碎了，化成雾状，想向着四面八方飘散开去，但是他惊恐地发现难以逃脱困天索的束缚。辰南快速将那坠落下的黑色石碑接到了手中，而后一手牵引着困天索将那化身扯了过来，道："我说过，你不可能逃走！"

辰南用力勒动困天索，一阵哗啦啦的死亡响音中，阴影魔神的那具化身发出一声惨叫，眼看着即将被链索绞碎。辰南道："说，天界总共来了几位魔神？你们从天界的老不死口中到底知道了哪些隐秘？说出来我可以饶你不死，不说我立刻毙掉你！"魔王化身冷笑道："嘿嘿，我绝不会告诉你！"

辰南笑道："那好，你去死吧，这么多的化身，还有本体在这里，我还在乎你一具小小的虚影吗？""轰！"辰南用力扯动困天索，在刹那间令那道虚影爆散了开来，黑色的雾气眨眼间烟消云散。不远处阴影魔神的真身剧烈颤动了一下，似乎受创不小。此刻他被辰南的五大魔身团团困住，根本无法逃离。而他分出的这些化身，似乎威力并不是很大，根本难以对不死魔体造成伤害。

辰南将一丈高的石碑定在空中，认真打量，只见上面铁画银钩，几个以指力画出来的大字异常醒目：永封地狱魔狼神——辰战！辰南神色激动，这的确出自他父亲的手笔，也不知道过去了多长时间，石碑上已经有了几道巨大的裂纹，可能会随时碎裂，而封印力量也已经消失了。向下望去，只见那片坍塌的古堡中，一只巨大的狼骸在废墟中的一个坑洞中伏卧着，显然已经被封印致死。

明白了这一切，辰南丢开了石碑，对着阴影魔神喝道："难道你就这点本领吗？真怀疑你是否达到了魔神境界，现在就结束战斗吧！"

辰南亲自出手，又快速灭杀了几条虚影，然而就在刹那间他感觉大事不妙，身体仿佛被禁锢了一般，行动迟缓了起来。不远处，五具魔身也遇到了同样的问题，而阴影魔神的正身却消失了踪影。

"嘿嘿！"空中传来阵阵森寒的笑声，"我阴影也是一方魔神，你真以为我不堪一击吗？方才我不过是麻痹你而已。那些虚影你以为真的是我的分身吗？哈哈，我阴影是何等人物，随便分出一道力量都成虚影。我从来不修真正的化身，因为我不需要。哈哈，从来没有主神敢小觑我，今日你让我动怒了。知道吗？我为阴影魔神，在这个世界上只要有光暗阴影，就有我出手的机会，你就无法奈何于我！"辰南感觉情况非常不妙，阴影魔神没有说谎，五具魔身与他的本体身后，都立着一道影子，与他们的身影重合。他感觉到了力量在流失。

阴影魔神道："这就是我的法则，阴影世界，从你们的影子中汲取你们的生命之能！""轰！"辰南对着身后的虚影猛力轰击，虚空都被打碎了，但是阴影依然还在。阴影魔王狞笑道："没用的，在我法则所影响的天地中，所有影子都为我所用，所有虚影不灭，等你的生命之能流尽，我会好好安葬你的，嘿嘿……"五大魔身遇到了同样的麻烦，它们同辰南一样被禁锢在空间，很难移动身体，同时生命之能飞快流逝。

"啊——"辰南仰天发出一声长啸，长发根根倒立，狂暴的魔气逆空席卷而上，空中飘浮的几朵白云都冲击得崩散，附近的海平面在刹那间大浪滔天，汹涌的海水奔腾咆哮，直卷上数百米的高空，重重大浪都已经冲卷上了这座岛屿。被一个神王的法则困制后，一般情况下很难破开，辰南竭尽所能，浑身上下透发出阵阵乌光，整个人魔焰滔天，这些环绕的力量直接崩碎了虚空，五大魔身在刹那间恢复行动，快速冲进了他的身体。

"逃了五个，我看你的本体躲避向哪里，嘿嘿……"阴影魔神森然地冷笑着。海啸阵阵，魔气漫天席卷，但是辰南却始终无法摆脱身后的那道阴影，生命之能在慢慢流逝。现在他终于明白，主神级别的高手万万不可轻视，每一位神王都有着自己的神王法则，一旦真正全力展开，很难抵挡！而他虽然晋身神王领域了，但那是精神与力量的提升，境界确实达到了，但是却还没有参悟、制定自己的"小世界"规则。

"大魔有五阴魔狱，雨馨有混沌法则，我该有什么呢？"就在生死刹那间，辰南心中闪现出了这样的想法。不过没有时间多想，他在刹那间崩碎了大片天空，整个人没入了那片能量空间中。阴冷黑暗，这是一个奇异的空间，是废弃的能量暗流空间。不过依然无法摆脱阴影魔神，他冷森森地笑着："这个世界上有光就有暗，这片能量空间漆黑一片，不是没有阴影，而是整片空间都是阴影，你这是自找死路！"

辰南体内的生命之能在加快流逝，他一声大吼，明亮的实质化罡气瞬间爆发出数丈厚，照亮了这片暗黑空间，而后崩碎虚空，再次返回了海岛上空。此刻，烈阳当空而照，正当午时，辰南的虚影全部消失了，他感觉生命之能流逝的速度近乎停止。

阴影魔神愤怒地咆哮着："该死的，一天之中我最讨厌这个时刻。不过没关系，即便是正午的阳光下也有阴影！"辰南惊怒无比，不过最后又大笑了起来，道："哈哈，阴影魔神你现在被我踩在脚下，不觉得丢人现眼吗？"阴影魔神气道："小子你尽管笑吧，你永远不可能摆脱我，等过了这个时刻，我看你如何还笑得出来！"

辰南心中浮上一丝阴影，如果这样下去，他的生命之能早晚会被全部吸干，尽管他有着近乎不灭的魔体，但是面对这邪异的神王级法则，却无用武之地。"哈哈，小子害怕了吗？现在跪在地上求我吧，到时候我给你一个痛快的了断，只切你九千九百九十九刀，绝不会对你割上一万刀！"阴影魔神大笑着，故意打击辰南。

"法则，破灭阴影法则。"辰南自语着。阴影魔神却感觉有些紧张，大声冷笑道："难道你吓得开始胡言乱语起来了吗？"辰南猛地抬起头，周身魔气汇聚成一股粗壮的魔柱，如火山喷发一般，直冲霄汉，远远望去，那里漫天的魔气在涌动，天地间一片黑暗。浩瀚的大海剧烈起伏起来，无尽的大浪直欲席卷上高天。附近的云朵全部被轰撞得散开。

辰南大喝道："既然光暗产生阴影，那我就先灭掉光暗，阴影魔神你的死期到了！""小子你少要诈我，天地阴阳，白昼与黑暗更替，你如何灭掉光暗？！"阴影魔神冷笑着，"实话与你说，正面战斗，我在天界主神当中，不在前列。但是，一旦让我展开阴影法则，诸神避退，没有几个人敢与我为敌。"辰南不再说话，竭尽全力摆脱禁锢，而后打开了自己的内天地，快速冲了进去。

"小子不要白费力气了。"阴影魔神看到辰南广阔的内天地当中殿宇连成片，不禁大笑起来，"雷神的家当全部在这里，真是让人发笑啊！""你很快就笑不出来了！"辰南竭尽所能地飞腾着，快速冲到了这片广阔天地的尽头。"小子你真是白费力气，胡乱飞舞能有什么作用呢？快快跪下来求我吧，哈哈……"阴影魔神狂妄地大笑着。

"你的死期到了！"辰南一拳轰碎了一片混沌，而后冲入了里面。"啊，不！"阴影魔神大叫着。但是已经晚了，他快速显现出了本体，一道人形虚影浮现在闭合的混沌中。他用力轰出一掌，想要破开混沌逃离而去，但是辰南不可能给他机会，五具魔身如钢铁战神一般，牢牢地扣住了他的近乎虚幻的四肢，神王力封住了他的退路。

辰南寒声道："光暗源于混沌，现在回归混沌中，光暗未开，我看你这阴影之神如何施用法则！""啊！"阴影魔神大吼着，剧烈挣扎，但是怎么可能挣脱得了呢。辰南不再犹豫，裂空剑直贯而入，没入了阴影魔神的体内，阴影魔神遭受重创，立刻萎靡不振。不过辰南却没有杀死他，困神指力快速打出，将魔神封印在了混沌之中，而后疲惫地离开混沌地带，他立刻打坐调息，恢复元气。同时，他深深反省了一番，太过轻敌了，如果不给阴影魔神展开法则的机会，他绝不会险些败亡。

当辰南彻底恢复元气后，刚刚立身而起，只见一个拼凑得不算完整的骷髅走了过来，乃是管家古思，他的双目中闪烁着鬼火，透发出一缕精神波动，道："辰南，你不是说要给我找一具合适的身体吗，现在……"说着古思瞄向了不远处失去全部力量的雷神。"哈哈，你这个家伙！"辰南大笑道，"还真是有眼光，这可是天界主神的躯体啊，虽然失去了力量，但如果单论肉体而言，天上地下没有多少可与他比肩的。哈哈，好，今天我来成全你！"

雷神虽然失去了一身神王力，但是还未死去，思感依然存在。不过，这根本无法难倒辰南，强大的神王念力，将没有力量源泉的雷神禁锢后，快速打散了他的灵识，将雷神的一切思感全部搅碎。接下来很简单，古思的灵魂之火被辰南保护着，快速跳跃入雷神的躯体内，一个全新的雷神复活了。

"太棒了！这具身体太完美了！"古思大叫，呼的一声弹跳而起。骄狂不可一世的雷神，最后连身体都被合理利用了，成了名副其实的最佳补品。辰南感觉一阵怪异，最后也忍不住大笑了起来，道："好人做到底，你当初在第十二层地狱时，虽然没有肉体，但是精神思感却修炼了数千年，想必已经极其强悍了。神王级的肉体已经具备，精神力恐怕也与神王相差不多。现在，我干脆再送你一身神王力吧。如果你能够把握好，也许很快就会成为一个神王！"

"真的？！"古神大喜过望。"当然！"辰南领着古思走进了混沌地带，打造神王行动立刻展开。辰南以强大的神王力在混沌中快速将封印的阴影魔神炼化了，半实质化的虚体快速化为灰尘飘散于混沌中，而一团云雾状的神王能量则被慢慢打入了古思的体内。辰南感觉现在自己的心越来越冷硬了，灭杀神魔没有半丝犹豫，他渐渐融入了大动乱的时代思想中，仇敌就是用来杀的！

"轰！"古思在瞬间破开了混沌，发出一声长啸，而后激动地就想抱住辰南，他兴奋地喊着："我感觉体内充满了无尽的力量！"辰南打量了他一番，古思没有进入神王领域，但是不远矣，与澹台璇的大弟子王志在伯仲之间。"想要成为真正的神王，需要不停地战斗，不经历生死之战永远无法晋级。走，现在我带你去历练！"辰南有些忍俊不禁，如果暗黑大魔神与光明神等人看到雷神，那会是什么表情啊？他打开了内天地，与古思并排飞出。

忽然，一股刚猛的力量快速劈来，辰南飞快避开了，古思却被劈中。一个嚣张的声音叫道："嗷呜，龙大爷我就喜欢偷袭你这个棒槌雷神，这一次又打中了，哇哈哈，我再吐你一脸花露水，噗！"辰南愕然，紧接着哭笑不得，居然是紫金神龙。倒霉的古思郁闷地使劲揉着后脑的大包，疼得龇牙咧嘴。

痞子龙拎着双截大棒子对辰南道："小子你怎么让这个家伙逃出

来了？不过没关系，龙大爷就喜欢揍这个棒槌，让我来收拾他！"打住！"辰南急忙将情况说了一遍，结果惹得老痞子狂笑不已。辰南笑道："行了，你别笑了，你怎么也进十八层地狱了，龙宝宝呢？"老痞子撇了撇嘴，道："小豆丁太贪吃，在一个部落装神棍呢，让一帮家伙给供奉起来了，成天好吃好喝地伺候着，胖得都快成球了！"

辰南道："我不是让你们回归东土了吗？你们怎么不听从我的劝告？"紫金神龙道："十八层地狱如果少了我们岂不是太过平淡了，嗷呜，没有龙大爷的世界实在太过无趣了。"辰南明白两条龙的心意，它们是不放心他才杀了进来。

两条龙还真是有主意，在东土找不到大魔，就不停地破碎空间，打开人间通往天界的通道，天界气息浩荡而下，把大魔引来，而后他们将纳兰若水交了出去，快速飞回了西土。紫金神龙道："嗷呜，小子，我发现一个好地方啊，不远处的一座岛屿之下有一座海底神庙，那里似乎供奉着一个姓辰的混蛋，很古怪的一个地方。"

说话间，辰南、古思、紫金神龙已经沿着海岸线飞出去了数十里，他们要前往紫金神龙所发现的海底神庙处。不过就在这个时候，辰南他们感觉到了一股奇异的能量波动，前方似乎有人在大战。

"小心一点！"辰南提醒道。他们贴着水面快速向前飞去，辰南遥遥望到暗黑大魔神与邪欲魔神正在大战元素水神，在大海中搅起滔天的大浪。辰南恍然，他在大战阴影魔神之际，阴影魔神仰天发出长啸，已经送出了消息，但却未见到暗黑魔神与邪欲魔神救援，原来在途中与元素水神相遇，大战在了一起。两大魔神大战元素水神，并没有取得压倒性的优势，相反还有些束手束脚，有些落于下风。

辰南心生警惕，越来越觉得神王法则不能忽视了，元素水神之所以能够抗衡两大魔神，主要是因为这里有碧波万顷的大海，她的神王法则展开后，得到了最大的发挥，可以说她的实力比之在别处提升了不止一个层次。所以，即便强如暗黑大魔神与邪欲魔神，双战于她，都不能取得任何优势。

"轰！"千丈骇浪发出沉闷的咆哮之音，如千军万马在奔腾一般，直接冲击上了浩瀚的天空，将几朵白云都直接轰散了。云朵散去，碧空如洗。海水真的成了名副其实的"洗天之水"！这是何等的威势啊，大浪涌动到白云之上，这个世上也唯有元素水神这等天赋水系神王才能做到！

"这小娘皮还真是够劲！"紫金神龙也是暗暗咋舌。他虽然是神龙之身，天生能够操控江河湖海，但是比之元素水神似乎还是有所不如。辰南道："这无尽的汪洋，对于西拉丽丝来说，成了最好的战场。从某种意义上来说，现在她比暗黑大魔神还要可怕，我们最好不要轻易招惹，让他们生死相向吧！"辰南、古思、紫金神龙远远地绕过了这处战场，继续向前飞去。

远离这座大岛足有百余里后，一颗如绿色明珠般的小岛出现在海面之上，那里青碧翠绿的植被明显与众不同，绿色光华不断闪烁，整座岛屿都在绽放着淡淡的绿光。"好浓郁的灵气啊！"辰南有些吃惊地感叹道，"当真是一处洞天福地啊！""嘿嘿！"紫金神龙得意地笑着道，"我和小豆丁进入第十七层地狱后，正好出现在这片岛屿上空。你们仔细看看，那岛屿上的植被，到底是何异物？""天啊，不会是生命之树吧？！"古思惊叹道。

岛屿之上青碧翠绿，闪烁着阵阵绿色神光，充满了无尽的生命之能。辰南惊异无比，他发现岛屿之上果然覆盖着大片的生命之树，与后羿弓的本体同根同源。"不可思议啊！"辰南不得不惊叹，人世间生命之树非常稀少，也就西方的精灵部落以及极其特殊的一些地域有几株，那还是天界的生命女神栽种在人间的，寻常人很难见到。而此刻，这座三十余平方公里的小岛之上，竟然遍布着大量的神树，怎不让人吃惊。

飞落在岛屿之上，辰南顿时感觉神清气爽，古思更是陶醉得直接趴在了地上，贪婪地吸着岛屿上的灵气，他迫切想洗尽灵魂中的死亡印记。走进海岛内，辰南感叹道："真是奇迹啊！如此多的生命之树，恐怕天界生命女神殿中所有的神树加在一起，也不足这里的十分之一，真的是一处宝岛啊！""这个岛屿邪门透顶！"紫金神龙道，"在高空向下看，生命之树生长的区域连接起来后，形状和手掌极其相似。"

"不会吧？"辰南顿时冲天而起，在岛屿的正上空仔细向下望去，他立时一惊。果然如痘子龙所说那样，岛屿上闪烁着绿色光华的地带连接在一起后，形成的图形真的是一面巨大的手掌。紫金神龙道："这里的土著给这座岛屿起的名字就叫'手岛'，虽然古怪，但真是贴切啊。"古思充满了疑问道："难道是某些神人布下的阵法？""非常有可能啊！"紫金神龙接口道，"我怀疑可能有大人物，按照人体的形状在这茫茫大海之上布下了奇怪的阵法，生命之树就是阵图。"

辰南陷入沉思，如果真是这样，肯定还有类似的岛屿，这真是一件让人惊异的事情。倘若茫茫大海之上真的有大阵，那到底需要在多少岛屿上布阵啊，涉及的范围未免太过广泛了，到底要用阵法守护着什么？还是封印着什么呢？

"辰南……"一个稚嫩的声音带着惊喜，自海岛传到上空。龙宝宝如金色的小皮球一般翻滚摇摆着飞到了空中，一双明亮的大眼睛扑闪扑闪地眨动着。小东西本性难移，一对金黄色的小爪子，一只抓着一对烤鸡翅膀，一只拎着一个酒坛子，醉态可掬地道："神说，我们在地狱会师了！我还真是喜欢这样的地狱，比在人间还要舒服。"说着，小东西陶醉地喝下最后一口酒，而后扔开空酒坛，满意地摸了摸自己金黄滚圆的小肚子。打了酒嗝后，龙宝宝嘟囔道："神说，我倒不觉得岛屿是阵图，我看倒像是被封印的一只巨掌。"虽然是小东西的一番醉话，但是却让辰南心中为之一动。

古思开口道："真的有可能啊，我觉得比阵图之说，更容易让人接受。"紫金神龙反驳道："这怎么可能？谁的手掌会有这么大？"古思道："传说中的某些禁忌人物，修炼到高深境界，真身不再固定，他们可化成山河，也可藏身尘沙中，对于这等人物来说，没有什么是不可能的！"辰南道："好了，先不要争论。泥鳅快带我们去那海底神庙看看，到底是怎样的一个所在。"他们飞落而下。

这座岛屿上不过一千多人，海岛之上的建筑物几乎和人间没什么两样，比在其他岛屿看到的那些土著似乎先进很多。他们能够酿酒，能够打造锋利的兵器，也能够纺纱织布，身上的衣物不再是兽皮裙。看到辰南他们从天而降，这些居民立刻把他们当作天神膜拜，龙宝宝则似模似样地以精神波动安抚了他们一番，一副标准的神棍姿态。辰南向两条龙问道："这座岛屿上也应该有所谓的图腾吧，你们见到了吗？"紫金神龙撇了撇嘴，道："让小豆丁给烤了。""狼肉一点儿也不好吃！"小龙不满地嘟囔道。辰南彻底无语。

海底神庙的发现，还要归功于龙宝宝。小龙在没被岛屿上的土著供奉起来时，偷偷摸进了人家的酒窖，结果喝得酩酊大醉，不小心将酒窖折腾得坍塌了，它落下地下洞穴。结果发现海岛之下有许多空洞，小东西一时好奇沿着地洞探察了下去，碰巧发现了海底神庙。辰南他们沿着小龙的"光辉轨迹"，从坍塌的酒窖处进入了地下。提到当日种种，小东西难得露出一丝不好意思的神态，它小声嘀咕道："我不就是多喝了点酒嘛，不然怎么能够发现那座海底破庙呢。"

沿着空旷的地下通道走了一段路，前方出现一个地下海水湖，此处地穴和大海连接在了一起，下方隐隐有阵阵光华透发而出，映射到上面来。"我还以为有什么海宝呢，其实就一块破石头。"小龙似乎有些遗憾、有些不满。辰南、紫金神龙、古思、龙宝宝纵身跃入地下海水中，向下潜行了大概百余丈深，他们终于来到了海底神庙近前。

这是一座古老的不知道何年何月建造而成的古庙，被海水侵蚀得几乎快坍塌了，庙体结构皆为黑色玄石，门窗早已不复存在，仅仅留下空洞的门户。辰南他们游走进去，穿过三重殿宇，才来到中心正殿，正中央仅仅供奉着一块石碑，而后再无他物。辰南的目光一下子被吸引住了，石碑上刻着一个醒目的大字：辰！他心中顿时剧震，辰，这第十七层地狱有几个姓辰的？多半就是他的父亲！不过，那画刻上的字迹，绝非出自他父亲之手。不过石碑似乎封印着一股力量，令它闪烁着阵阵光彩。

"真气人！"龙宝宝用神识传声道，"我看这石碑会发光，就想拔下来带到地面去，结果居然难以撼动分毫。现在好了，我们四个人，一起来试试。""应该是封印的力量所致。"辰南道，"既然它如此古怪，我们就来试试看。"辰南幻化出一只巨大的光掌用力抓住了石碑，结果猛力撼了数次都未曾让它颤动。随后，痞子龙走了过来，与辰南合力摇撼。两个神王级高手的力量合在一起可想而知，这一次终于让石碑摇动了起来，不过依然没有拔起。

龙宝宝跃跃欲试，就要飞过来相助。不过却被辰南制止了，因为在这一刻他感觉到了莫大的压力自四面八方聚拢而来。"不好，有古怪，我们快逃！"他当先沿着原路向外冲去。紫金神龙、古思、龙宝宝也立刻感应到了一股浩瀚的力量在波动，跟在辰南身后冲腾而起，快速逃出了地下，眨眼间就冲出了地面。

　　这个时候，岛上一阵大乱，所有的土著居民都跪在地上膜拜着。辰南他们随之望去，顿时一阵头大。只见高空之上，一面巨大的手掌，长足有五六里，方圆足有十几里，闪烁着灿灿的绿光，浮现在空中，透发出无尽的能量波动。"偶滴神啊！"龙宝宝发出惊呼，道，"不会让我说对了吧？真的封印着一个大手掌？""快逃！"辰南感觉情况有些不对劲，当先向前冲去。龙宝宝他们紧紧跟在他的后面。空中那个巨大的手掌在这个时候终于动了，铺天盖地一般向着辰南他们拍去。众人已经逃到了大海之上，险而又险地避过了那一掌。

　　"轰！"方圆十几里的巨大手掌，直打得大浪滔天，惊涛千重，无尽的海水都涌上了高天，声势骇人至极！辰南与紫金神龙他们回头观望，头立刻又大了起来，只见汪洋中巨大的手掌冲腾而起，荡起无尽浪涛，冲出水面后再次向着他们拍落下来。"嗷呜，他龙爷爷的，还让不让龙活了！"紫金神龙叫骂着。

　　长五六里、方圆能有十几里的巨大手掌，拍碎片片虚空，在海平面上搅动起滔天大浪，追逐着辰南与紫金神龙他们。辰南倚仗有神王翼在身，堪称天地间的极速，不然根本无法摆脱巨掌。他在刹那间将龙宝宝与紫金神龙还有古思收进内天地，而后展开神王翼瞬息百里，总算逃离了这片海域。当紫金神龙从辰南的内天地中走出后，一脸愤愤之色，气道："真是岂有此理，龙大爷居然被一个烂掌追得上蹿下跳，真是让龙咽不下这口气！"

　　辰南道："这个巨掌非常神异，我们不能与之硬撼。眼下不是有现成的探路石吗，我去将暗黑大魔神等人引过去，你们先行潜藏起来。"紫金神龙与龙宝宝还有古思，隐入了大海中，辰南冲天而起，向着远处的大岛飞去。飞行百余里后，发现两位魔神与元素水神的战斗早已结束，不知道谁胜谁负，所有人都已经不见了踪影。

辰南飞入大岛，展开神王翼快速飞行，不久终于感应到了暗黑魔神与邪欲魔神的气息，他仰天长啸，快速将两位魔神吸引而来："暗黑、邪欲你们真是反应迟钝，阴影魔神已经被我宰掉了，你们现在还未发觉吧！"阴冷的笑声自暗黑大魔神口中发出，他森然道："我知道你这个小子就在附近，你敢如此有恃无恐地挑衅我们，是活得不耐烦了，还是有什么阴谋呢？"暗黑魔神活了无尽的岁月，可谓眼睫毛都是空的，为人深沉无比，一般的计谋怎么可能瞒得过他呢？

辰南笑了，面对这个阴险的老家伙，与其隐瞒蒙骗，还不如直接说出，诱惑他前去探察。"暗黑老王八蛋，还有邪欲老乌龟，你们两个真是够废柴，在这座岛屿上探寻什么，难道你们没有发现百余里外有一座小岛吗？我在那里发现了一些秘密，不过我人单势孤，无法破除那里的封印。"辰南说话是毫不客气，左一句乌龟，右一句老王八蛋，将两个魔神气得脸色变了又变，直到他说完，邪欲魔神才喝道："先杀死你再说！"

"你行吗？"辰南毫不在意地挑衅道，"有本事我们单对单，到时候我可以让你一只手！""去死吧小辈！"邪欲魔神周身上下魔气涌动，厉啸了一声朝着辰南冲去。辰南现在可不想与他们纠缠，同时因为防范他们的神王法则，此刻离得过远，他有足够的空间与时间从容退走。"两个老混蛋我先走一步，你们慢慢追吧！"辰南哈哈大笑着，展开神王翼快速向着远空飞遁而去。

两大魔神双双暴喝，追了下去，但是他们虽然也为神王，在速度上是无论如何也不可能追上辰南的，神王翼乃是号称三界速度第一的大鹏神王羽翼炼制而成，其神异的威力无可揣测。不过短短的片刻间，辰南就消失在了天际，两位魔神虽然想立刻毙掉辰南的性命，但却也没有丝毫办法。接下来他们自然想到了辰南送来的消息，很显然敌手不可能平白无故给他们好消息，但无论是人还是神魔都有着强烈的好奇心，他们自信不会中计，想去看看到底是怎样的一个岛屿。

对于神魔来说，百里之遥若闲庭信步般的距离，两人在茫茫大海中一阵搜索，便发现了手岛。他们飞来之际，也同辰南初次发现这座岛屿一般，感觉无比惊异。满岛尽是生命之树，灿灿神光无比耀眼，隔着很远望去，碧波万顷的大海之上仿佛镶嵌着一颗绿色明珠。

"不可思议！"暗黑大魔神倒吸了一口凉气。邪欲魔神双目中明显露出贪色，冷笑道："栽种在这孤岛之上实在是暴殄天物，还不如移到我的小世界当中呢。""不可妄动，那个小子绝不是好东西，如果没有什么危险，他恐怕早就动手了。咦，好像一只巨大的手掌啊，下去看看。"暗黑大魔神明显比较谨慎。两位魔神向海岛降落而去，在高空之上他们明显感应到了一股奇特的气息，只见地面有一个巨大的洞穴，似乎透发着淡淡的光芒。

"那里有古怪，似乎来自海岛地下！"暗黑大魔神自语道，"非常古怪，这座岛屿恐怕是一座天地大阵。"邪欲魔神也同意道："我想也是这样，不然谁会将这么多的生命之树栽在这里呢？看来这里多半封印着什么重要的东西。不会就是我们要寻找的残破世界吧？"说到这里，邪欲魔神双眼顿时发出两道灿灿的光芒。

暗黑大魔神略微犹豫了一下，道："我更担心这是一个太古强者解体后，被封印在这里的残躯！"说到这里，他明显露出了一丝忧色。"不可能吧！"邪欲魔神惊道，说话间也没有多少底气了。"既然已经来了，就去看看到底封印着什么。"暗黑大魔神道，"既然那个小子都能够安然无恙，我想我们只要不轻举妄动，也不会有任何问题。"

远空，辰南与紫金神龙他们隐没在云端，目视着暗黑大魔神与邪欲魔神飞入酒窖下的地穴。"嗷呜，好奇心能够杀死两个魔啊。他们明明知道是你将他们引来的，知道这里不是善地，还是自恃修为高深冒险而入。这下有好戏看了。嗷呜……"果然，没过多长时间，暗黑大魔神与邪欲魔神就冲了出来，一股无形的气芒在席卷追赶着他们。而海岛之上，那些生命之树爆发出万丈光芒，直耀天地，所有绿色神光凝聚在一起，最后化形成一只巨大的手掌，长能有五六里，方圆能有十几里。

显然，暗黑大魔神与邪欲魔神遇到了和辰南他们同样的问题。他们刚刚自地穴冲出来，巨大的手掌就当空拍落而下。两大魔神惊骇不已，划破虚空，快速逃离到了海平面之上。"轰！"巨大的手掌连连拍落而下，直打得大浪惊天。暗黑魔神与邪欲魔神不断躲闪。"该死的，到底还是中计了。这小子还真是懂得揣摩人的心思，一切都说开了，真是愿者上钩啊！"邪欲魔神愤怒地叫骂着。巨大的手掌遮天蔽日，每一击都笼罩方圆十几里，将暗黑大魔神与邪欲魔神追击得简直是上天无路入地无门。

两人快速消失在空中，躲进了自己的内天地。但是，巨大的手掌仿佛有灵一般，在刹那间就捕捉到了他们在虚空中的坐标，狠狠地拍落了下去，光影闪动，两大魔神狼狈地自内天地逃了出来。远空躲在云端的辰南道："做好出击的准备，目标邪欲魔神！"当然，在巨大手掌没有消失前，他们是不可能上前的。不过，未等辰南他们有所行动，大海中已经有所变化。

暗黑大魔神与邪欲魔神运转功力，涌动出漫天的魔气，两人见无法逃走，准备尽全力相抗。汹涌澎湃的掌力不断逆空而上，轰向巨大的绿色手掌。但是，效果却不佳，仅仅让巨掌短暂地停滞了一下，而后再次拍落而下。

"暗黑你……"变故发生，暗黑大魔神突然向毫无戒备的邪欲魔神出手，快速将他制住，向着高空抛去，而他自己则化作一道闪电向着远方飞去。

巨大的绿色手掌拍落而下，在刹那间化掌为爪，将邪欲魔神抓在了手掌心里。不过手掌太大了，相比较而言，邪欲魔神仿似比蚂蚁还要小得多。神秘的巨大手掌没有再追击暗黑大魔神，死死地抓住邪欲魔神后突然快速缩小，最后化成方圆几丈大小，绿色光华照耀天地间，无比璀璨。"啊！"邪欲魔神惨叫连连，让人不寒而栗。辰南他们倒吸了一口凉气，只见强大的魔神原本黑亮的长发，开始慢慢变成了花白色，生命之能在飞快流逝！

一道道生命之能自邪欲魔神体中流逝而出，透过绿色的巨掌飘散到空中，而后快速向着远处的岛屿飘去。神王级强者的生命之能，其浩瀚程度可想而知，点点光华笼在海岛上空，随后快速向着下方的生命之树涌动而去。辰南他们面面相觑，生命之树竟然吸收了邪欲魔神的生命之能，这个结果太出乎他们的意料了。无尽的生命之树到底是何人栽种的，究竟还有哪些神秘的作用？

半个时辰之后，绿色手掌中的邪欲魔神灰飞烟灭，只留下点点尸灰飘散在空中。正在这个时候，远空突然飞来三道人影。辰南一眼认出了他们，惊道："元素水神已经见过，没有想到光明神与战神也来了！"绿色光掌仿佛有灵一般，明显感应到了三位主神的气息，它没有退回岛屿，而是静静地飘浮在虚空中，静等三人靠前。

辰南略微思索了一番，道："这个神秘手掌实在太过古怪，不过眼下又有倒霉蛋来了，给我提供了机会，你们敢不敢再与我进入海底神庙？拔下那块石碑看看到底会引发什么情况。""神说，这有什么不敢！""嗷呜，走，龙大爷也想去看看。"紫金神龙它们都是唯恐天下不乱的主，对于这个建议当然完全赞同。就在光明神等人渐渐接近时，辰南、紫金神龙、古思、龙宝宝潜行匿踪，悄悄再次进入了海底神庙。

这一次四人一起动手，三个神王再加上接近神王级的古思，终于将那黑亮的石碑挪动了，而后直接拔起。就在这一刻，海底神庙剧烈摇动了起来，在刹那间崩塌。他们合力拔出的石碑爆发出阵阵明亮的光芒，透发出一股让人不寒而栗的恐怖气息，最后也崩碎了！"快走！"辰南明显感觉大事不妙，虽然在海底，但是感觉上面的整座海岛都在剧烈晃动，同时感觉大海在猛烈地波动起伏着。

辰南他们顺着地下水道冲进了大海深处。他们未敢冲出水面，在大海深水中疾如流星一般移动。这个时候，龙宝宝与紫金神龙发挥了作用，龙族天生能够控水，一道道暗流涌动而来，快速推着他们，不断为他们加速。直至在大海下冲出去数十里之遥，辰南他们才稍稍松下一口气。当四人慢慢浮上海面，睁开天眼，向着后方望去之时，顿时一阵头皮发麻。"神说，我们可能惹祸了！"龙宝宝小声嘀咕。"嗷呜，这次，我们似乎真的，弄出了大麻烦！"痞子龙说话都有些不利索了。辰南何尝不是有些不自然。

远远望去，一个方圆十几里的巨大手掌，自那座小岛上缓缓浮升而起，巨掌上面满是生命之树，不过颜色越来越暗淡，最后所有神树竟然大变样！原本一株株灿灿神木，皆由绿色变成了墨色！"我、我没看错吧！"古思使劲地揉了揉自己的双眼。绿色的神树竟然慢慢变成了粗长的黑色毛发！"偶滴神啊！"小龙直翻白眼。一个黑糊糊、如同兽爪般的巨大手掌飘浮在空中！"他他他龙大爷的，原来是假生命之树，其其其其实，是兽兽兽兽毛！"紫金神龙说话都结巴了，"这这这我们到底放出了一个什么怪怪怪怪物？！"

场景实在太可怕了，方圆十几里的巨大兽爪，悬在小小的海岛上空，长满了黑色的兽毛，看起来分外森然恐怖！巨大的兽爪遮天蔽日，再加上其上的黑森森兽毛，让它看起来分外吓人，这简直超出了常人的想象，让人根本难以理解，到底是何等的生物才会有这样庞大可怕的利爪啊！辰南与紫金神龙他们远远地望着，不敢靠近分毫。

兽爪在空中突然一阵翻腾，顿时乌云密布，无尽的黑云自四面八方聚集而来，原本明亮的天空在刹那间阴暗了下来。紧接着一道闪电撕裂了乌云，"咔嚓！"一声巨响，在海平面上划出一道巨大的金色影迹。天空彻底陷入了黑暗，碧蓝的海水也变得黑沉沉，整片空间充斥着一股巨大的压抑感。即便强如辰南他们，也感觉到了一股沉重的压力！

"轰！"巨大的闪电自黑暗的天空劈落而下，如一条巨大的蛟龙一般，自天际连接到了海平面，震耳欲聋的雷声不绝于耳。原本平静的大海也再难以保持宁静，在这一刻剧烈汹涌澎湃起来，紧接着大浪一重接着一重，海啸连连，墨浪翻腾，整片大海剧烈地涌动着！高天之上电闪雷鸣，狂风暴雨随之而来。天地间一副末日来临般的景象！

"这这这这次真是个大家伙啊！"痞子龙结巴道，"我听说唯有古代传说中的某些魔爷爷、神祖宗般的人物出世才会发生这种状况，那就是——天为之变！地为之颤！风云都要因他的情绪而变幻！"古思也颤声道："大事不妙啊，我们不会真的闯祸了吧？那道石碑明显是镇压这只兽爪的关键阵旗，被我们强行拔起，结果让这兽爪破印而出了！"

不管是不是放出了一个绝世魔祖，但现在不可能挽回了，这只方圆十几里的可怕魔爪翻手为云覆手为雨，根本不是他们所能够对抗的，想要再将它封印回去那是不可能的！这还只是一只兽爪而已，不过是这种未明生物的部分残躯，如果这个神秘而可怕的生物聚齐全部躯体，那将是怎样的一种可怕存在啊？！这天地间还有几人能够制得了它？也许唯有守墓老人和神女这样的人物才有资格一试吧！狂风暴雨倾泻而下，天地间一片水幕，大海狂暴涌动，炽烈的闪电一道接着一道。

辰南静静地想了很长时间，才道："魔猿夫人曾经说过，在万年前的天地大乱中，曾经出现过方圆千百丈的神秘巨爪，轻易间毁去了一个主神家族。难道说眼下我们放出的巨爪和万年前毁灭神魔的巨爪有着莫大的联系？！"辰南这些话语令痞子龙他们感觉无比吃惊，如果与万年前毁灭神魔的巨爪有些关联，他们实在是闯下了天大的祸患！

紫金神龙道："他龙祖宗的，但愿你猜错了，不然以后被人知道是我们放出了这个大祸患，漫天神魔都要恨死我们！"龙宝宝倒是没有半点害怕之色，眨动着大眼小声嘟囔道："不知道这只巨爪烤熟了后好不好吃！""咚！"辰南赏了它一个栗暴。小东西不满地道："我只是说说而已，又不是真想吃！"

海浪滔天，辰南他们身在海水中，随着千百丈的大浪不断上上下下。辰南仔细地用神识搜索着，道："不知道光明与战神他们是不是被那兽爪干掉了。"像是在回应辰南一般，他刚刚说完这些话，就感觉到了三股精神波动，凭着敏锐的灵识他发觉数里之外三个强大的神王自海底冲了出来，而后隐伏在了海上的波涛中。"这三个家伙还真是够幸运，多半是因为水神的缘故，元素水神在大海中可谓如鱼得水啊！"紫金神龙感叹着他们的好运。

现在神秘而可怕的巨爪出世，辰南他们不可能再去找战神他们的麻烦，眼睛一眨不眨地凝视着虚空，想看看那兽爪到底将会引发怎样的变故。突然间，辰南他们感觉有些不对劲，空气中弥漫着阵阵血腥气味，当他们愕然之际猛然发觉，高天之上狂风暴雨已经大变样。旋转的黄风发出阵阵呜咽之音，在低空刮起阵阵黄雾，声音格外吓人，空中飘洒的不再是雨水，而是猩红的血水！血雨狂洒！

"偶滴神啊！"龙宝宝缩了缩脖子，小声嘀咕道，"刚才我、我说错话了，现在我不想把你烤吃掉了。""这个家伙未免太过邪异了吧？！"紫金神龙声音也有些发颤道，"不过是一只兽爪而已，天地都为它飘起了血雨，难道它能够让天地都为之恸吗？真是这样的话，如果组成完整的真身，守墓的老家伙还有西土的大蛇都不一定能够干掉他！可怕啊！"

远处，光明神与战神他们也明显震惊无比，通过他们强烈的情绪波动，明显可以觉察出他们的担忧与惧意。三位主神当然也发现了辰南他们，但是眼下他们也绝不会主动向辰南他们发动攻击，这兽爪的出现让他们无半点战意。黄风呜咽，血雨飘散，一股淡淡悲伤的情绪渐渐充溢在这片空间，整个天地仿佛都充满了凄伤与怆然的气息。

　　天地为之恸！辰南有些不解，道："他在悲伤？这等强绝的人物怎么会有这种情绪呢？不说完全以"太上忘情"的标准要求自己，但也应淡化了许多凡俗的情绪吧。而且，它不过是一只身躯的部分而已，难道它有着完整的灵识？这绝不可能，那就应该是残存的灵识在悲恸！"天地间腥风血雨，但是却充满了凄悲怆然的情绪。

　　"咔嚓！"最后一道巨大的闪电劈落而下，血雨停悲风止，高空之上乌云渐渐散去，金色的阳光洒落而下。大海恢复了平静，海天碧蓝，仿似刚才的一切都是幻象一般，眨眼间消失得干干净净。不过那巨大的兽爪依然浮现在空中，提醒着辰南他们所见到的一切都是真的！

　　"呼！"高空之上刮起一股狂风，黑色魔掌突然荡起漫天的魔云，在刹那间险些将刚出来的艳阳再次遮蔽，巨大的兽爪突然向着东方快速飞去，无尽的魔云随着涌动而去。远远望去，将整片东方的天空都染黑了！"怎么办？"紫金神龙问道。"追，看看它到底要引出怎样的变化！"辰南决定跟随下去。紫金神龙与龙宝宝他们也都是胆大包天之辈，当下立时同意。辰南、紫金神龙、古思、龙宝宝贴着海平面一路追随而去。

　　巨大的兽爪腾跃万里，无尽的大海仿似无边无际一般，似乎比人间界的海洋还要广阔。当巨爪突然停下来时，辰南他们立时感觉不妙，他们无比震惊。前方，出现一座岛屿，无尽的绿色神光璀璨无比，整座岛屿就像一颗明珠一般镶嵌在大海深处。竟然又是一个长满生命之树的岛屿！毫无疑问，辰南他们立刻联想到，这座岛屿恐怕同样封印着某位神秘生物的部分残躯！与之前封印兽爪的岛屿的情形实在太过相似了。

　　"龙妈在上！看来我们真的闯祸了！"紫金神龙惊叫道，"它该不会是想自己破开其他的封印，而后重组真身吧？"事实验证了紫金神龙的猜想，巨大的魔爪忽然降落而下，直接冲入了大海中。龙宝宝叫道："神说，难道这座海岛下也有一座神庙。"辰南没有理会两条龙，趁着魔爪冲下海水时，他快速腾空而起，来到高空之上向下望去。虽然远隔数十里，但是在天眼神通之下，海岛之上的景物清晰地映入他的眼帘。

古思与两条龙也冲了上来，古思惊道："这座岛屿之上的生命之树连在一起，似乎是一条臂膀，是失去手掌的臂膀！""不错！"辰南沉声道，"看来这个家伙真是想重组真身，而且是从相连部位开始搜寻解印！"

"轰！"大海中惊涛千重，无尽的大浪冲天而起，一面石碑飞出水面，然后轰然爆碎，整座岛屿剧烈摇动起来。辰南他们急忙俯冲而下，再次冲入了大海中，在剧烈汹涌澎湃的波浪中，盯着那光华直冲霄汉的岛屿。"轰隆隆！"海岛在猛烈摇动，大海仿佛要沸腾了一般，一道道绿色神光照耀在整片天地间，最后爆发出一阵排山倒海般的刚猛能量流，在轰然大响声中，海岛上腾跃起一条遮天蔽日的臂膀，宛如一道山岭一般。覆盖在臂膀上面的生命之树如意料那般，快速变了颜色，由神光灿灿的绿色变成了黑森森的粗长兽毛，显得无比可怕！

海水中一阵剧烈翻涌，兽爪冲天而起，来到高空之上后，爆发出阵阵魔气，紧接着与那条兽臂猛烈地对撞在了一起。"轰！"无尽的魔气瞬间充满了整片空间，整片大海似乎在一刹那变得死寂无比，天地间一片黑暗！辰南自语道："我们极有可能将见证一场天地大事件，一位影响天地安宁的可怕人物恐怕要复生了！"

巨大的臂膀遮天蔽日，长满了黑森森的兽毛，样子实在恐怖到了极点。它长足有二十里，这简直超出了一般人的想象，似一道山岭横亘在天空中一般！这未免太过不可思议了，简直堪比开天辟地的太古巨人！长满兽毛的巨大手臂在空中轻轻一阵颤动，天地间便狂风暴雨，电闪雷鸣，天地异象随它而动！在巨浪滔天、血雨飘洒中，巨大的手臂忽然猛力在空中动作起来，手臂竖起，而后猛地印落而下，巨大的兽爪铺天盖地，狠狠拍击在了下方的岛屿之上。

"轰！"骇浪涌上了高天，下方的岛屿被巨掌拍击得支离破碎，在一瞬间被兽掌摧毁了！这当真是毁天灭地之力！大浪汹涌，当波涛退去之时，海岛消失了，海平面上似乎从来没有过这样一座岛屿。巨大的手臂飞腾而起，涌动着滚滚魔气向着远空冲去。乌云渐渐散去，大海恢复了平静，阳光普照而下。海鸟飞翔，巨鱼腾跃，一幅无比和谐的美景。但是，方才的恐怖画面依然烙印在辰南与紫金神龙他们的脑海中，巨掌方才那一击堪称无匹，任何神王都无法接下，与之硬撼恐怕只能被打个骨断肉碎、形神俱灭。

"怎么办？"紫金神龙问道。"追，我倒要看看他到底是何方神圣！"辰南当先向前飞去。紫金神龙与龙宝宝它们在后跟随。古思飞到了辰南的身边，道："我知道为何会出现那么多的生命之树了。被封印的人物实在太过可怕了，他强大的生命之能无与伦比，虽然被肢解封印在各个岛屿之上。但是，生命之能透过封印，涌出地表，凝聚而成了生命之树。"

龙宝宝好奇地问道："能够凝聚成实物？"古思解释道："这没有什么好奇怪的，传说中某些无敌的太古强者死去之后，身体能够化成山川河流。更有甚者，漫说化成滔滔大河、绵绵群山，就是无尽汪洋、广阔大陆，依然不过是他躯体的一部分！或者说他直接化为了一个世界！所以说，我们发现的兽爪，他的生命之能化成生命之树也不算非常稀奇。""是啊，我也听闻有这样的强者曾经存在过。"痞子龙感叹道，"真可谓翻手为云覆手为雨啊，天地尽在我掌中！"

飞出去数千里之遥，在茫茫大海之上，再次出现一座绿色岛屿，灿灿神光冲天。紫金神龙道："不会吧，真的又找到一座岛屿？嗷呜，他龙奶奶的！"兽爪连上长臂之后，威力更加不可揣测，在空中轻轻一划动，平静的大海顿时发生了海啸，大浪滔天，一块发着灿灿神光的石碑自海底冲天而起，爆发出万丈光芒，而后突然爆碎。辰南睁开天目，看得清清楚楚，石碑上雕刻着一个字：辰！与他们在封印有魔爪那座岛屿的海底神庙之内发现的石碑一模一样。

"果真如我预料的那般，每一座岛屿之下都有神庙，都有这样一块镇魔石碑！为什么雕刻着'辰'字，但却不是出自我父亲的手笔？难道辰家还有其他人来过这里吗？抑或是还另有隐情？"想到这里，辰南激灵灵打了个冷战，他有一种不妙的预感，猜想到了一种可怕的结果。向着那可怕的兽爪望去，只见它翻云覆雨，应和着岛屿之上的冲天神光。半个胸膛缓缓浮升而起，其上绿色神芒照耀天地。龙宝宝道："神说太可怕了，残破的胸膛被发现了！"

巨大的胸膛残破不堪，左半侧完好无恙，上到肩头、下到腰腹部，都有保留，右半侧似乎被撕裂了，缺了大半部分。其上绿色光芒快速变淡，而后浓密粗长的黑色毛发冲天而出，兽毛满身。它宛如一大片乌云一般，遮住了天上的太阳，在海平面上投下巨大的阴影。在轰隆隆的雷声中，胸肩断臂处与飘浮在空中的手臂猛烈地对撞，爆发出浩瀚的生命之能以及无尽的魔气。

魔云笼罩，残破的胸膛与那手臂终于相连在了一起，整片空间为之一阵剧烈颤动。高天之上，狂风暴雨，电闪雷鸣，大海上怒浪滔天。随着血雨飘洒而下，空中那如同大山般的残躯，荡起无尽的魔云缓缓降落而下，随后那条左臂突然猛力挥动，巨大的手掌凶猛地击了下去。

"轰！"下方的岛屿被打得彻底崩碎。残躯冲天而起，向着远空飞去。"太快了！"辰南自语道，"照这样下去，用不了几天，它就能够重组真身！"一切都如辰南所预料的那般，魔爪聚合手臂，再与半侧身子合在一起，其能力似乎突飞猛进，在茫茫大海之上寻找残躯的速度更快了。不过一天的光景，它已经聚齐了完整的上半身，两条如山岭般的手臂，已经完全聚合！

第二日，巨大的魔身荡起阵阵魔云，在大海深处再次找到了一条巨大的断腿，那截大腿与身躯复合的刹那，那座岛屿便被打得崩碎了。在这一天，小腿也被找到，合并在了残躯之上。如今，这具魔躯只差一条腿，以及一个头颅，就完整无损了。庞大的残体，明明是人身，却覆盖满了浓密可怕的兽毛，异常恐怖。辰南也曾怀疑这是不是一头巨猿，但通过仔细观察，他发现这是一具人躯，不过比普通人高大，而且多了浓密的毛发而已。

第三日，残躯没有任何收获，它不断地在无尽的大海中飞腾，但是却没有感应到其剩余的一条腿以及那颗头颅。直至到了第五日，一座巨大的岛屿出现在汪洋深处，其上绿色光芒暗淡，但的确有灵气笼罩在海岛上空。残躯如一道黑色的巨山般快速冲去。五日来，辰南他们一直跟在后面。此刻他们知道，剩下的一条巨腿终于找到了，这是完整的一条腿，不过其上覆盖的生命之树似乎发生了问题，树木的叶片没有多少光泽。痞子龙经多见广，咂舌道："不会另有阵法笼罩在海岛之上吧，那些生命之树怎么像失去了大半精华一般？"

"轰！"大浪翻涌，海底镇魔的石碑冲天而起，而后在空中爆碎。海岛之上，顿时透发出阵阵绿光，不过那被封印的巨腿并没有冲天而起。一声刺耳的鸟叫自海岛上响起，一只十几丈的九头巨鸟冲天而起。九头鸟以普通人的眼光来看，的确称得上巨大，但是和魔身残躯比起来太不够看了，渺小得如同蝼蚁。九头鸟浑身羽翼青碧翠绿，爆发出阵阵神光，透发出一股磅礴的力量。

"绝对是神王级以上的力量！"辰南异常吃惊，这是来到第十七层地狱后看到的最强者。强大的波动磅礴无比，随着羽翼的扇动，大海都跟着汹涌起伏不定。紫金神龙道："这九头巨鸟似乎汲取了部分生命之树的能量，看它那青翠的羽翼透发出的清新元气波动，似乎与岛屿之上的能量同宗同源。"空中那庞大的残躯，虽然没有头颅，但是仿似能够看清眼前的一切，两只魔爪铺天盖地般笼罩而下，向着九头鸟抓去。

长啸震天！九头鸟逆空而上，竟然没有躲避，径直向着魔爪冲撞而去。这个时候奇异的事情发生了，十几丈的九头鸟仿似遇风就长一般，躯体以飞快的速度放大，在刹那间竟然变成了长达数十里的巨鸟，双翼展开后不下百里，占据了整片天空，将天际的阳光全部挡住了，投下大片的阴影。

"偶滴神啊，太不可思议了！"龙宝宝惊呼。辰南、紫金神龙、古思同样目瞪口呆，九头鸟实在太过出人意料了，居然有着这么庞大的躯体，简直快能够与魔身残躯比肩了。同时，其透发出的能量波动也越来越恐怖，浩瀚无匹，比之最开始出现时不知道强大了多少倍。紫金神龙道："他龙妹妹的，这十七层地狱太变态了，出现一个魔身残躯已经够让人目瞪口呆了，现在又出现一个怪鸟，同样实力难以揣测，天晓得这层地狱还有哪些变态般的存在！"何止紫金神龙感慨，辰南也是暗暗咂舌不已。

"轰!"九头鸟双翼如两把锋利的阔刀一般,在极速飞行的过程中直接割裂了虚空,留下两道巨大的空间大裂缝。其双爪更是透发出一道道青碧的光芒,向着空中的残躯撕裂而去。九个巨大的鸟头也各自喷吐一道道灿灿神光,轰向魔身。每一道光芒都有数千丈长,都有数十丈粗细,可想而知其中蕴含的恐怖能量!空中两只巨大的魔爪不断挥动,爆发出阵阵魔气,将那无尽的青碧光芒全部化解掉了,而后向着巨鸟撕扯而去。

震耳欲聋的鸟叫之音仿佛要穿透辰南几人的脑海,声音之大之强,让人不得不封闭自己的听觉,不然会被震破耳鼓。巨鸟的双翼比之神兵宝刃还要强悍,不断劈斩空中的两只魔爪,同时鸟爪以及九个头颅也不断发动攻击。魔身残躯被闹得手忙脚乱,一时间竟然也难以奈何九头巨鸟。不过,这并未持续多长时间,半刻钟后两只魔爪终究还是死死地抓住了巨鸟,而后将它按进了大海中,随后又提起来在空中生生撕裂了。

"轰!"天地间元气动荡,无尽的生命之能爆散开来,即便远隔数十里,辰南他们依然感受到了空中的浑厚灵气,古思贪婪地大口吸吮着,同时竭尽全力运转功法,吸纳生命之能。不过,无尽的生命之能只在空中扩散了片刻,而后突然化成一道道灿灿神光,向着下方的岛屿聚集而去。浩瀚的生命之能几乎全部涌动到了岛屿上,岛上的生命之树顿时神光大盛,它们在全力吸收生命之能。而魔身残躯手中被撕裂的巨鸟并没有鲜血流出,它的躯体在慢慢变淡,最后竟然全部化为灵气,飘散向岛屿。

"他龙爷爷的,我终于知道怎么回事了,我就说这个世上不可能有那么多的变态。那九头巨鸟完全是由灵气所化,是封印的魔腿透发出的生命之能凝聚而成。也许时间太过久远了,它渐渐开了灵智,修成了妖魔。现在,妖身被撕裂,灵气散去,它将回归本体魔腿中。"辰南也已看明白,巨鸟不过是魔腿的化身而已,无法冲破封印,就令元气以另一种生命方式脱困而出。

"轰隆隆!"海岛在摇动,一条如插天峰般的巨腿腾空而起,向着高空飞去，残躯与魔腿冲撞在一起，最后组成了近乎完整的魔身！这是一个顶天立地的魁伟身躯，如果不是覆盖着黑森森的兽毛，称得上异常强健与完美，完全是按黄金比例生成的健硕身躯。这具魔身太过高大了，站立在海平面上，半截身子都已经超过了空中的白云。

狂风涌动，魔气腾起，大浪冲空，魔云聚集而来，在电闪雷鸣中，血雨飘散而下，不过这一次血雨并没有落入大海中，从四面八方向着魔身聚集而去，所有的血水全部渗透进他的躯体。辰南无比惊异地道："难道说，血雨是他的血液，一直飘散在这天地间，现在重新聚集而来？！"对于辰南的话语，紫金神龙他们深表赞同。而在另一个方向，光明神、战神，还有元素水神也都面露凝重之色地讨论着："应该是他自己的魔血，现在重新汇聚而来！""重组魔身几乎完全成功了，只差最后的一颗头颅！"

第三章
无天之日

高大的魔身经过鲜血的洗礼，似乎更加高不可攀了，他似那掌控这片天地的主宰者一般伫立在那里！看着那无尽的血色，以及那让人仰视的魔身，辰南不知道为何突然想起了一句话：待到阴阳逆乱时，以我魔血染青天！澹台圣地中被封印的邪祖曾经自语过，镇魔石上的九滴真魔之血也曾经大喊过，但是无人晓得最开始时这句话真正出自何人之口。在这一刻，辰南不禁将那句话联想到了眼前的景象，觉得有些应景。无尽的魔血席卷天地间，汪洋、天空全部被忽略了，唯有那魔身成了天地间的唯一！

"那句话该不会是某种预言吧？"辰南不禁有了这样的联想。"神说，他好强大啊！"龙宝宝小声道，"我要是有这么强大的力量，天下好吃的还不是任我选。""超级大家伙，超级大家伙。"老痞子震惊得不停地念叨着这句话。

时间持续了一天一夜，血雾才渐渐消散，无头魔身庞大的魔躯终于动了，这一次他踩在海平面上，如履平地一般大步向着东方走去。金色的阳光洒落而下，海水早已归于平静，海天一色，青碧如洗，在那遥远的地方，海天相接，连在一起。无头魔身在浩瀚的大海上，每一步迈出去都足有十数里之遥，但却没有溅起半点浪花，更没有沉下海平面。他大步而行，似乎有着明确的目的地。

"轰轰轰！"大地在颤动，原始森林在摇晃，参天古木在无头魔身的脚下如杂草一般瞬间被踩碎，他没有任何犹豫，依然朝着东方走去。除却辰南他们之外，在另一个方向，元素水神、光明神、战神也在悄悄地跟着。"太可怕了，这个人到底是谁？"元素水神似乎心有余悸，脸色发白，神色难看到了极点。豪勇的战神脸色也异常不好看，他知道与那无头魔身有着一道难以逾越的鸿沟，根本无法与之对抗，对他这样以战力著称的主神来说是不小的打击。

辰南他们已经发现了光明神他们，同时也发现了暗黑大魔神，不过三方都没有动手的意思，默契地分开，各自在一方追踪着无头魔身，他们都想知道那巨大的魔躯接下来将会有何行动。这样前行了数千里地，途中无头魔身以其无可匹敌的强大实力，碾碎了一个神王图腾，而后再也没有图腾兽敢上前了。他路过一个个大部落，这些近乎原始的土著皆吓得跪倒在地，口中喃喃祷告着，不过魔身并没有伤害这些弱小的普通人。

沿途，众多图腾兽早已将巨魔出世的消息告知了前方的图腾。辰南他们料想，那个所谓的天神定然已经得知了这个消息，如果那是一个足够强的人物的话，恐怕一场惊世大战在所难免。再次前进了两千余里，辰南他们不得不感叹，这第十七层地狱与人间界相比，地域似乎同样广阔。就在这个时候，辰南的耳旁突然响起一道微弱的声音，那完全是以神识波动对他一个人说的。

"没有想到这一天会来得这么快！"声音很苍老，似乎有着无限的感慨。"第一代光明教皇？！"辰南大吃一惊。第一代光明教皇道："不错，是我！"辰南问道："你找我有事指点吗？你为我开启地狱之门，想必不会无缘无故吧。"第一代光明教皇道："不错，我引你入地狱，当然不是一时兴起。我身虽然在地狱，但人间发生的大事件却也瞒不过我。"这些对话都是以神识波动在交流，故此痞子龙他们还未有所觉。

辰南面露凝重之色，传音道："你找我到底所为何事？"对方道："受人之托，转赠你一样东西。另外，引你而来，解救一个人。"辰南的心顿时一阵狂跳，似乎猜想到了是何人，激动地道："他、他在哪里？"对方道："你见过了。"辰南愕然，一下子愣住了，而后失声道："我说的是我父亲辰战，他究竟在哪里？"蜷伏在辰南肩头大睡的龙宝宝似乎被辰南吓了一大跳，迷茫地睁开了大眼，道："辰南你怎么了？"紫金神龙与古思也转过头来，惊异地望着满脸激动之色的辰南。

第一代光明教皇似乎很相信紫金神龙他们，这一次的神识波动也传到了他们的心海，让他们与辰南一样听到了他的声音，"没错，我说的就是你父亲辰战，你已经见过他了。"龙宝宝与紫金神龙它们发出一阵惊呼，显然它们已经听出这是第一代光明教皇，对于他所说的信息更是无比愕然。

　　辰南面色惨变，有些悲戚地道："难道是他？！"他目中含泪，向着渐渐消失在远方的那个巨大无头魔身望去。"不错，他就是你的父亲！"第一代光明教皇无比肯定地回应道。不要说身为辰战之子，就是紫金神龙、古思，还有龙宝宝，一时间都彻底无言。辰南身躯一阵摇动，差点儿摔倒在地，古思急忙扶住了他。

　　辰南无比悲愤，他万分心痛地问道："到底发生了什么，我父亲为什么会变成这个样子？"说着，他展开神王翼，便要追上去。一万年了，至亲至敬的父亲，居然会变成可怕的无头巨魔，他实在无法相信！心痛、愤怒到了极点，不过无论辰战变成什么样子，都是辰南敬仰的好父亲，他想在第一时间冲到那无头魔身近前，叫上一声：父亲！不过，一道光壁拦住了辰南，阻住了他的去路。光明教皇那苍老的声音回响在他的耳畔，道："不要急，你贸然上前，他会杀死你的。这具身体以魔性为主导，他现在是辰魔，他不会忆及你！"

　　辰南感觉到了一阵撕心裂肺的痛，那个敢与远祖试比高、将天上地下所有神魔都不放在眼中的伟岸男子，怎么可能会变成这样呢？！辰南胸口一阵剧烈起伏，他在努力压制自己的情绪，好久才艰难地开口道："我母亲呢，你可知道她怎样了？"对方道："不要担心，事情远没有你想象的那么糟糕。你母亲和神性主导的辰战在一起，她不可能有危险。""什么？！"辰南惊声道，"魔性主导，神性主导，到底怎么回事？！"对方道："你应该明白你们辰家功法的特性，玄功能够不断逆转，正向修炼为金色元气，逆向修炼为黑色魔气，也就有了所谓的正向为神、逆向为魔之说。""我当然知道！"辰南几次逆转玄功，怎么会不知道这其中的隐秘呢。

　　第一代光明教皇道："但是你可能不知道，你父亲从来没有逆转过玄功，他一直在正向修炼，始终压制着玄功的逆向运转。因为他无意间从辰家老一辈口中听到了一些不该知道的秘密，所以他想走上一条完全不同的道路，他想开辟出另一条修炼道路。但是，辰家的《唤魔经》实在太过霸道，入此之门便难以脱身。你父亲辰战惊才绝艳，更因为有着难以想象的际遇，修为突飞猛进，可谓功参造化。但是修为盖世之后，唤魔逆向之变越来越难以压制，最后终究在第十七层地狱化身为魔！"

辰南相信第一代光明教皇的话，因为在那遥远的过去，他父亲辰战曾经叮嘱过他，不要轻易逆转玄功。可以料想，辰战以盖世功力，压制玄功数千年，到头来终究无法改变，最终逆转之时，将会有多么剧烈！第一代光明教皇证实了他的猜想，道："你父亲苦苦压制数千年，没有想到玄功到头来不仅逆转，而且是一转再转，直到自行完满停下，结果是怎样你已经看到了。"

"什么？"辰南无比震惊，失声道，"难道玄功修炼到最后一转之后，就会变成顶天立地的盖世魔躯？！"对方道："不尽然，你父亲共逆转八次，不知道算不算最终的完满。"辰南冷汗流了出来，有朝一日他不可避免将走上同样的道路，身高万丈，魔躯盖世！对方道："你父亲八转之后，修为达到了不可思议的境界，不过整个人近乎魔化了，成了一个名副其实的盖世战魔！一次被你母亲唤醒过来后，短暂的清醒过程中，他却毅然做出决定，借助辰家强者之手，蜕去魔身，彻底走上了自己的修炼道路！"辰南感觉脊背凉飕飕，沿着现有的修炼道路走下去，他绝对要步入他父亲的后尘，难道说他未来将是一个法力通天，但却绝情灭性的盖世魔尊吗？

在一万年前那个时代，辰家玄功举世无双，被列为第一等的天功宝典。即便是在天界，也是赫赫有名，如若深究起来，并不比那《太上忘情录》逊色多少。《唤魔经》不仅是威力奇绝的玄功宝典，更是一个无可匹敌的旷世阵法，不过却是以人体为阵，召唤飘荡在天地间的强者之魂，如论玄异，无出其右者。不过，这《唤魔经》实在太过邪异了，身为辰家之人，辰南直到现在才知道其中竟然有着许多不为人知的隐秘，修炼到最后，八转功成之际，竟然会化为千丈高的魔王之身，灭情绝性，变成绝世魔尊。

第一代光明教皇娓娓道来，让辰南了解了发生在他父亲身上的事情。一万年前，一代天骄辰战，纵横天上地下，百战神魔，所遇之强敌不可想象。除了辰家之人外，还有其他几大敌手，无不是天地间少有的强者，其中最难缠的对手，莫过于澹台璇背后的那个神秘人物。直到现在，辰南才知道那个人是谁，竟然是东土最古老的魔王疯魔的亲妹妹！那个女子，与老魔王疯魔的修炼法门同出一脉，是东土实力最强大的女子，被人尊称为神姬。

不过，追杀辰战的强者何止她一人，在混战中神姬不知道死于谁手，成为一桩悬案。东土的疯魔为此大动干戈，上天入地，想要为神姬报仇，这从某一方面来说，大大缓解了辰战的压力，他没有与疯魔对敌，他的敌手倒是不断与疯魔交手。天地大劫中，众神陨落，神魔死伤无数，在那个时代，天门大开，人间界与天界几乎相连，辰战寻得战机，摆脱敌手逃回了人间，最终隐匿进第十七层地狱。

他消除了一切的痕迹，几乎没有留下任何蛛丝马迹，可以说摆脱了所有强敌。这样默默潜修五千年，然而就在这个时候，神功一转再转，最终逆神成魔，数千年的压制，最终落得一朝全部爆发，让他化为俯仰天地的绝代魔体！这个时候，他的武功可谓震古烁今，玄功八转之后，如果他冲出地狱，几可谓打遍天上地下无敌手。不过魔化的他，难以保持着清醒的意识，无情无义，对即便是最亲近的人都会下杀手。辰南的母亲几次险些遇害，不过辰战不愧为一代天骄，不仅武学的造诣少有人能够与之比肩，其坚毅的性格更是少有人能及，在辰南母亲血泪的呼唤下，他以莫大的毅力摆脱魔之桎梏，重新掌控身体。而就在这个时候，他做了一个重大的决定，蜕去盖世魔王体。不过如要进行这种激烈的蜕变，却需要人相助。

辰战身化千丈魔躯，掌碎十七层地狱，不再掩饰自己的气息，让那霸绝天地的魔气，直冲霄汉，甚至直接破碎虚空，冲上天界！盖世强者之威，在一瞬间浩荡天界。他知道过去的那些仇敌，必然能够感应到他的气息，定然会以最快的速度寻觅而来，他就是要借势，借那些人的力量，化去魔体！一切都如辰战所预料的那般，强敌快速而至，除了天界辰家之外，还有其他数位高手。

玄功八转，化身数千丈魔躯的辰战，这个时候简直就是为战而生、为斗而活的！其实力之强绝，堪称旷世难逢敌手！昔日的仇敌，已经不再是他的对手，虽然他还保持着一丝清醒，但还是以魔性为主导，他毫不客气地灭杀了三位非辰姓强敌。当然过程也是异常激烈的，毕竟那些人的修为也强绝到了普通人难以想象的境地，直打得天崩地裂、海啸连连。

　　最终，辰战念及自己出自辰家，毕竟身上流淌着相同的血液，他没有向辰家之人下杀手，而这个时候辰家的一位老祖也恰好赶到。辰战借此机会，做好了放弃魔身的准备，借那老祖之手，崩碎了盖世魔体，蜕变出的新躯冲破魔之桎梏，瞬间消失在众人眼前。被那位老祖撕裂的战魔之体，则被辰家之人封印在大海之中。

　　"那么后来，我父亲与我母亲怎样了？"辰南问道。对方道："辰战的新躯以神性为主导，带着你的母亲离开了第十七层地狱去往第三界，他不愿与辰家之人真的生死相向。"辰南喃喃自语："第三界……"上一次从禁忌阵法召唤出了他父亲的魂魄，他已经知道辰战去了传说中的第三界，今日被再次证实。只是，他对第三界了解得太少了，根本不知道那是一个怎样的所在，他问道："传说中的第三界是怎样的一个所在？"

　　第一代光明教皇道："那是与人界、天界并称的一界，究竟是怎样的一个世界，我也不了解，恐怕唯有西土图腾那等强人才会知晓吧。""怎样才能进入第三界？"辰南对此太过渴望了。自远古神墓复活以后，他经常在夜晚从睡梦中醒来，每次都是因为在梦中回到了万年前，这是他心中永远的梦想。

　　"想进入第三界哪有那么容易啊！"光明教皇感叹着，似乎充满了遗憾，苍老的话语有些无奈地道，"我也无法进入第三界。"龙宝宝好奇地道："真的有那么难吗？"对方道："当然，因为传说中的第三界就是第十八层地狱！"这绝对是一则石破天惊的消息，让辰南与紫金神龙他们目瞪口呆，久久说不出话来。

　　光明教皇道："你们有幸进过第十二层地狱，如今又来到了第十七层地狱，你们也看到了，每一层地狱都有着无尽的秘密。传说中的第十八层地狱，比之前十七层来说更加神秘。以你父亲八转后的修为来说，如果打开前十七层地狱需要一成功力，那么打开第十八层地狱就需要八成！我想你们已经看到了那数千丈高的战魔到底有多么强大，他不过是你父亲魔性的一面，定然无法和你父亲全盛时期相比，你可以想象他如果发挥出八成功力到底有多么恐怖！"这未免太过不可思议了！"紫金神龙叫道，"第十八层地狱，竟然就是传说中的第三界！"

第一代光明教皇叹息道："地狱本应十七层，不过因为有一则古老的传说，十七层地狱之下有一座连接第三界的空间之门。而且，在那古老的历史岁月当中，曾经有几位至强者被放逐进了第三界。所以，老辈人物就将第三界称作了第十八层地狱！"辰南感觉有些发蒙，按照老教皇所说，这个世上有资格关入十八层地狱的，恐怕需要达到守墓老人那个级数。

虽然了解了很多，但辰南还是有许多的疑惑，他不解地问道："天界、人间、传说中的第三界，难道就是所说的三界吗？为何我感觉这第十七层地狱，与人间界相比也不显得狭小呢？难道它不可以算是一界吗？难道还只能归为普通的玄界？""呵呵，你终于问到这个问题了。"老教皇似乎早已知晓辰南会这样问，他开口解释道，"人间、天界、第三界有着完整的世界格局，而第十七层地狱还远远未达到一个全新世界的标准。你看这天空有一轮骄阳，但在晚间你可看到了星辰？这不是一个完整的世界！"

"这不是一个完整的世界！"这句话被老教皇说得格外重，似乎在点醒着辰南。辰南立时恍然，道："你不会要告诉我，这第十七层地狱是我父亲所掌控的残破世界吧？""接近标准答案！"老教皇道，"第十七层地狱原本不是这个样子，远远没有这般广阔，不过你父亲将之炼化了，将原本的第十七层地狱，化入了那残破的世界。"什么？！"辰南大惊，众多强者想要获得的残破世界，原来已经化为了第十七层地狱！

"你父亲在离去之时曾经说过，你有一颗完美的种子，可以修复这残破的世界，有朝一日，或许能够改变什么！"老教皇的语气有些严肃，"以上是你父亲的原话，你千万要记清，不要理解错误！"辰南点了点头，问道："我怎样才能够收复这个残破的世界？"对方道："你父亲说，如果有一天你感觉足够强大了，将那颗完美的'世界种子'植入第十七层地狱，它将吸收化掉残破的世界。但是，如果修为不够强，不要说不能化掉这第十七层地狱，不仅世界种子反被化掉，你也要跟着彻底化为灰烬。"

"我明白了！"辰南郑重地点了点头。老教皇道："许多人大动干戈，想要得到那残破的世界，想要获取超绝的力量，但是他们恐怕想破头颅都不会知道，己身已经进入残破的世界中！"

辰南问道："我父亲还有什么交代？"老教皇道："我觉得你应该帮助你父亲重组战魔之躯。千丈魔躯已经重组完毕，如今只差一颗头颅了。那颗头颅被天界辰家的人封印在这片大陆的中心地带，需要用辰家人的鲜血才能够解开封印。"辰南疑惑道："既然我父亲舍弃了魔体，为什么他还要重组魔躯？"对方道："因为那是你父亲的原始体魄蜕变出的神性肉体，从某种意义上来说，更像是一缕化身。如果你到达了那一领域就会明白，化身终乃小道尔，一般的强者修炼到极致境界，都会再次打碎自己的化身，融入本体之内的。"老教皇的话语，令辰南如醍醐灌顶一般觉醒，他知道己身的五具化身终究要被打碎。

老教皇道："你父亲的战魔之体，经过数千年的封印，魔性已经渐渐散去，但强横的肉体是不可能改变的，它破入第三界后，你父亲将会想办法再次与之融合，回归本源。"辰南道："好，我现在就去解开战魔头颅的封印！"老教皇道："你要小心，天界辰家的高手亲自坐镇在那里。此外，还有一两个可怕的高手在第十七层地狱中，他们是你父亲当年的仇敌。不知道你父亲的魔体还保存有多少灵识，如果足够强的话，也许你能够很轻松地帮它解开头颅的封印。"

很显然这个世界的天神乃是天界辰家之人。辰南有些担心，问道："万一失败，会引发怎样的后果？"老教皇道："你也不用太过担心，即便你无法做到，早晚有一天你父亲自己也会回来融合魔体的。"与光明教皇一番深入的交谈，辰南终于解开了许多疑惑。现在，最要紧的事情，莫过于助战魔真身彻底重组。辰南与紫金神龙他们冲天而起，向着这片大陆的中心地带飞去。

当飞行出去三千里之遥时，还远未达到大陆的中心地带，辰南他们终于再次追上了无头的战魔。它似乎遇到了一个强大的敌手，只见天地间一把百丈长的神剑，围绕着战魔之躯不断劈斩，那绝对是超越了神王级的力量！那百丈长的惊天神剑，乃是一个男子的肉身所化，当他远离战魔之时就会显现出本体，能有一丈高，高大魁伟的强健体魄，闪烁着古铜色的宝光，浓密的黑发狂乱地舞动着，长眉入鬓，眼神犀利，整个人透发出一股如刀似芒般的邪异气质。

"铿锵！"战魔巨大的魔爪，狠狠地拍击在百丈长的神剑之上，瞬间将邪异男子打得露出了本体。辰南稍稍放下心来，看样子身化神剑的邪异男子，不是战魔的对手。与此同时，辰南发现了几位熟人，除却光明神与暗黑大魔神两方人马外，他还看到了坤德与澹台璇，他们也各自在一方观战。

战魔之躯虽然高足有千丈，但盖世魔体并没有丝毫滞拙之态，反而如行云流水一般，不仅给人以强烈的震撼力感，同时给人以极其玄妙的意境感。魔爪挥动，虚空破碎，山峰崩塌，没有任何障碍物能够阻挡它，无坚不摧，无物不破，魔体强如钢铁，坚若金刚，摧枯拉朽，毁灭一切阻挡。

原始森林在它脚下颤动，大片的林木被它的双脚碾成粉屑，许多蛮兽快速逃离了这里，十丈高的白象、二十丈高的变异地龙、三头巨熊……发出阵阵吼啸，山林内腥风大作，一片大乱。那名以身凝刃、化成百丈惊天神剑的邪异男子，如一道长虹一般在空中纵横冲击，不断劈开虚空，围绕着战魔旋斩。但是，这似乎超越了神王级的力量，根本难以伤害到那绝世魔体！

"铿锵！"巨大的魔爪似自天外袭来，狠狠砸在了百丈长的剑体之上，神剑想要躲避，但是巨爪却快若疾电，连续四次的凌厉重击，发出刺耳的金属交击声响，将神剑狠狠地劈落出去数里，直接轰砸在一座山壁之上。璀璨的神剑顿时劈碎了那座山崖，而后逆空而起，再次冲上天空，剑体慢慢虚幻，随之露出了邪异男子的本体，他披头散发，嘴角不断向外溢出鲜血，但却冷然自语道："惊天神剑都无法奈何于他，师尊或许都无法战胜他吧。一万年前我们师徒就不是他的对手，一万年后难道还无法与他的无头魔体抗衡吗？"

邪异的男子再次身化长虹，凝聚成神剑向着魔体冲击而去，不过这一次死神向他伸出了双手，绝世魔躯爆发出一股冲天的煞气，无尽的魔云笼罩了大地，所有的山林都处在黑暗中。惊天神剑如陷入沼泽一般，速度在刹那间接近停滞，巨大的魔爪铺天盖地而下，一把抓住了百丈长的神剑，而后猛力收紧。"嘎嘣！"神光冲天，血水喷洒，百丈长的神剑被巨大的魔爪瞬间抓碎！神魂都未来得及逃出就被碾碎了，这位神秘强者立刻死于非命！场面实在太过震撼了，一个超级高手轻易间就被战魔灭杀，绝对震慑人心的实力！

"轰轰轰！"大地剧烈摇动，原始森林不断倒伏，战魔大步而去，留下几路目瞪口呆的神王。紫金神龙感觉嘴中有些发干，怪异地看着辰南，道："你家老头实在太变态了！我估计刚才那个人的实力最起码已经达到了最顶峰的神王之境，甚至已经是初级神皇，但是让龙无语啊，你家老头像是撕稻草人一般将人给撕碎了！"

辰南也感觉非常震撼，这就是自己父亲的真正实力吗？如果有完整的灵识，纵横天地间，真可谓难逢抗手啊！远处，无论是光明神，还是暗黑魔神，这些天界神魔脸色皆异常不好看，以他们的实力来说也算得上当代天界的强者了，但是如果对上无头魔躯，当真不堪一击啊！坤德双目熠熠生辉，目视着巨魔远去。澹台璇面露疑惑之色，似乎在思索着什么。

辰南一路跟随下来，前行有两千余里后，原始森林的尽头出现一片平原，那里竟然出现一座古老的城池！辰南知道终于到了，这定然是大陆的中心地带的"天神行宫"，而辰战的头颅就封印在此地。无头魔躯矗立在古老的城池之外，一动也不动，似乎在感应着什么，又似乎在等待着什么。

一道千丈神芒自古城内冲天而起，无比耀眼的神光盖过了天上的骄阳，炽烈的剑芒绽放出千万道光彩，横扫战魔之体。这激烈的剑光是如此可怕，除却城池所在地外，平原其他地带，出现一道道如蛛网般的裂缝，而后大地轰然崩碎，可想而知这惊天一剑的力量有多么强大。战魔似乎感觉到了危险，庞大的身躯在原地留下一道残影，直接冲上了高空，如一座巨山般直插云霄。

"辰战你可还记得我？"长达千丈的神剑爆发出一道如天雷般的声音。远空，光明神、战神、元素水神、暗黑大魔神无比震惊，万万没有想到眼前的巨魔竟然是辰战，他们实在有些不能接受。坤德也无比愕然，惊异地注视着千丈魔躯。澹台璇双目中奇光闪现，随后露出沉思之态。无头魔躯似乎有些发愣，而后竟然真的透发出一股神识波动，略有疑惑地问道："你是谁？"神剑发出雷鸣般的声音："九天圣土惊天一脉的惊天剑主！"战魔的神识似乎很散乱，它迷惑地道："没听说过。"

"哼！"惊天剑主身躯依然为千丈神剑，与无头魔躯对峙着，冷声喝道，"你被人分解，灵识涣散，竟然不记得我了。万年前你打败我们师徒，万年后我想再次向你讨教！""原来是手下败将，我似乎有些印象了，九天圣土与天界辰家同气连枝，我刚才杀了一人，似乎与你同出一脉。"无头魔躯的神识似乎非常散乱，它的精神波动极其不稳定，充满了迷茫与不解。"我那不成器的弟子果然还是不堪一击啊！"惊天剑主说得很轻松，但是其涌动出的怒意却是不加掩饰的，千丈神剑再次爆发出万千道炽烈神芒，向着战魔劈砍而去。

远空，强如辰南竟然也只能勉强看到，无头魔躯与千丈神剑激烈交锋，他们虽然形体庞大，但却如风似电一般，在空中留下一道道残影，到了最后漫天都是无头魔身与惊天神剑，再难分清哪一个是真正的本体！"铿锵！"一声震天之音，千丈神剑劈斩在了一只魔爪之上，伤口处鲜血喷溅而出。无头魔身太过庞大了，其涌动出的血水，宛如一道血河般奔落而下。远处，辰南惊、怒、痛！

"吼！"神识波动发出的魔啸，冲进了每一个人的心海，比之正常的吼啸之音可怕上百倍，无头魔身周身上下魔气缭绕，滚滚黑云快速凝聚而来，整片大地都陷入了黑暗，无尽的煞气让人心胆皆寒，仿佛末日来临了一般。黑暗中庞大的魔躯在空中留下一道道狂暴的残影，惊天剑主快速地躲避着，似乎深深忌讳不已，他们在古城上空迅速冲向了地平线上的原始森林。无尽的魔气涌起一股浩瀚如海洋般的波动，魔躯追逐着神剑快速离去，黑暗的天空仿佛在跟着移动一般，滚滚魔云，冲天煞气，一起消失在地平线。

辰南等人急忙追了下去，睁开天目凝视，只见遥远的原始山脉中，巨山不断崩塌，剑光与魔气不断纠缠。直至半刻钟后，千丈魔身宛如天地间的主宰者一般，手持一口神剑矗立于天地间，其盖世魔威让人胆寒。胜负竟然已经分晓！无头魔身双手握剑，无尽的威压浩荡而出，它身上荡起阵阵乌光，双手间更是煞气涌动，魔气笼罩千丈神剑，它似乎正在炼化惊天剑主！可怕的魔气以战魔为中心，以摧枯拉朽之势，将环绕在它周围的几座巨山冲击得全部崩碎，显然炼化惊天神剑消耗了它大量的功力。

"吼！"一声魔啸过后，无尽的魔云飘散而去，天地间唯有高大的无头魔身矗立在那里，附近所有的山峰都被摧毁了。战魔手中提着一把寒光四射的神剑，惊天剑主被它生生炼化为兵刃！"神说，辰爸爸好强大啊！"龙宝宝使劲攥着一对金黄色的小拳头，满眼都是小星星，一副崇拜之色，道，"我要是有这么强大的力量多好啊！"

"轰轰轰！"大地颤动，无头魔躯手提神剑，再次向着平原地带走去。再次来到古城之外，战魔手持巨大的神剑，令城内的图腾兽惊吓得不住发抖，"天神"的手下无不胆寒。"不愧为我辰家有史以来最为杰出的天才人物啊！居然将九天圣土的高手生生炼制成了神兵！"两名中年男子，自古城内如蹬天梯一般，踩着虚空，一步一步向高天走去。

"天界辰家人？"无头魔躯透发出强大的神识波动，不过依然显得很迷茫，似乎在苦苦思索着什么。"不错，我们是你的叔祖，你这不肖子孙，实在大逆不道，竟然反出了生养自己的家族！""反出家族，反出家族……"战魔似乎有些不懂，不断重复着两人的话语。立身于高空中的两人，大声喝道："你这孽障，见了叔祖，还不快跪下！"无头魔身似乎像是受刺激想起了什么，发出冰冷的魔音："不拜天，不跪地，只尊我自己！"手中神剑力劈而下，向着空中的两名辰家高手斩杀而去！

空中的两人立时变色，原本想用言语骗伏神识混乱的辰战，没有想到却激怒了对方，"辰战你果真大逆不道，你想杀死自己的叔祖吗？"辰战魔躯大吼道："魔的呼唤，头颅在此地，将它还给我！"说到底它神识不完整，现在完全是暴虐的残缺魔性在主导着魔体。空中两人周身上下爆发出阵阵金光，如两颗流星一般在空中划过，留下一道道的幻影，躲避着辰战的击杀，同时拍出道道浩瀚的掌力攻向辰战。

两人道："辰战，你的头颅是家族中的一位老祖封印的，除却他之外没有人能够破开，而且需要你至亲骨肉的鲜血，才能让那头颅重新焕发出活力，短时间你如何找到你的儿子？""吼！"辰战魔躯爆发出一声魔啸，对他们透发出无尽的杀意！"糟糕！老祖怎么还不来？"空中的两人非常焦急，他们等待的天界强援到现在还没有出现，凭着他们的修为根本无法抵挡魔性主导的辰战。

一股异常强大而又暴虐的气息，自辰战身上爆发而出，比之先前可怕了数倍。空中的两人神色惨变。"该死！它感应到头颅的气息，魔性渐渐觉醒了，疯狂的杀戮恐怕将要开始了！"他们二人皆有了一股大难临头的感觉。

"吼！"魔啸震天，无尽的魔云再次笼罩在大地之上，辰战魔躯手持千丈神剑，一剑力劈而下，在刹那间轰碎了整座古城。一只巨大的魔爪突破时空的限制，突兀地幻化在辰家两位高手的身前，一把将他们包裹在里面。二人在失去感觉的刹那，惊恐地想到：即便老祖赶来，也不一定能够对付魔性觉醒的辰战啊！他们没有过多的时间去感想，因为一瞬间他们形神俱灭，被战魔碾成了碎屑！

"吼！"魔啸浩荡于天地间，魔性辰战一剑劈裂了城市废墟，大地仿佛被人生生分开了一般，出现一道宽广的大峡谷，一面石碑矗立在里面。"头颅……"辰战魔躯吼啸着。远处，辰南刚想冲上前去，以自己的鲜血破开封印。但就在这个时候，一声叹息响彻天地间，让他生生止住了脚步。这叹息之声是如此突兀，但却饱含着一股难以想象的可怕力量，远空的几位神王级高手皆感觉到了一股发自灵魂的战栗。

"小战，我们辰家最杰出的天才啊，为什么要与家族对立呢？"苍老的声音似乎充满了遗憾。无头魔躯停止了啸声，将躯体转向南方。一位长袖飘飘、鹤发童颜、仙风道骨的老人自远空飞来，飘逸出尘。仔细望去，他在虚空中一步步走来，不过每迈出一步，都要凭空消失，在前方数里处显现，他衣衫飘动，似行云流水一般，说不出的潇洒飘逸。

"你是谁？"显然辰战残躯没有想起这个老人的来历，充满了疑问与不解。老人慈祥地道："我是你的五祖啊，你怎么能够忘记我呢？我曾经亲自教你修炼三载。""好像有印象。"魔性辰战似乎想起了什么，道，"五千年前你亲自出手，撕裂了这具魔躯。"

老人的脸上充满了笑意，道："呵呵，你这孩子还真是狡猾啊，来了个金蝉脱壳。神性主导的身体从容而去，不过是借我之手而已。这样算来，你算是半个战儿，五千年来你的魔性确实越发淡却了，不再只知狂暴杀戮。小战，跟我回辰家吧，以往你的过错没有人会在意的，我们会帮你寻回另一半身体，将以你的魔性为主导。""做梦！"魔性辰战只简简单单地用两个字予以回应。

"看来时间真是世间最奇妙的力量啊！"五祖感叹道，"它果然可以让一切发生改变。看来不用那神性辰战来找你，你也会去找他，完成融合。狂暴杀戮的魔性战儿，居然大变样了，不知道神性的战儿是否也发生了变化呢。"他诚恳而郑重地再次对魔性辰战道："孩子，跟我回天界吧，家族不会亏待你。"魔性辰战似乎在思索着什么，过了好长时间才道："不知道你在说什么，我不会跟你走。"

"真是让人头痛的孩子，残存的神识不懂我的话语。"五祖无奈地摇了摇头，道，"看来你这孩子非要逼我动手啊！""吼！"巨大的魔啸响彻天地间，感觉到了老人的杀意，魔性辰战庞大的躯体爆发出阵阵乌光，似甲胄一般笼罩在他的身上。

"很好！八转的玄功实在让人羡慕啊！"五祖并没有急着动手，感叹道，"辰家有史以来就出现了你们九个人，最最适合修炼《唤魔经》。旁人逆转一次功法就会粉身碎骨而亡，偶尔也有些杰出之辈，能够一转再转两三次就已经是极限了。等待了无尽的岁月，本以为复活先祖的愿望快要成真了，没有想到你却叛出了辰家。不过，好在你生了个好儿子，居然也是这种体质，呵呵……"五祖大笑起来。

远处的辰南感觉脊背在流冷汗，早在与杜家强者交手之时，他就已经知道对方家族一万年来都没有人能够成功逆转玄功，在那个时候他就知道事情的不寻常之处了。现在他觉得自己仿佛赤裸裸地暴露在那个老人的面前，对方似乎关注他很长时间了。果然，接下来的话语印证了他的猜想。

五祖道："那个小家伙很有意思，在天界闹了个鸡飞狗跳，惹得整片天土都为之不安，我们将裂空神剑送给了他，小家伙应该很高兴。不过他的胆子未免太大了，居然冲进了魔主之墓，着实让我们担心一阵啊！""我的儿子……"魔性辰战陷入迷茫中。

辰南逃下天界后并不惧怕几个神王仇敌下凡杀他，倒是异常担心天界辰家之人派遣高手捉拿他。可是，久久等待，也未见天界辰家之人对他有任何动作，他对此早有疑惑了。今日谜题终于揭晓，原来是他们有意放任。紫金神龙道："嗷呜，姜是老的辣，酒是陈的香，人是老的无耻啊，这个老王八蛋真是狡猾透顶，原来一切都是有预谋的。""神说，老头太坏了！"龙宝宝也小声嘟嚷道。

"咚！""咚！""哎哟，哪个王八蛋敢在龙大爷头上动土？""神说，好痛啊！"两条龙一齐捂头。远空，与魔性辰战对面而立的五祖笑呵呵地道："年轻人要懂得尊敬长辈，怎么能够在背后诋毁我呢？这是对你们的小小惩罚。"紫金神龙眼睛差点儿瞪出来，龙宝宝一双大眼也瞪得溜圆，它们没有想到相隔这么远，在暗中窥测，却早已被那五祖发觉。

"呵呵！"五祖笑着对辰战道："你还不知道吧，被你无视的跟踪者，其中一人是你的亲子。""我的孩子……"魔性辰战显然有些思维混乱。"父亲……"辰南有些哽咽了，既然已经被发现，现在没什么好隐瞒的了。他展开神王翼，风驰电掣般快速冲了过去。无头魔躯似乎充满了疑惑，它伸出一只如山岳般巨大的手掌，似乎想要触碰一下那如微尘般的亲子，但是最终它又无力地放下了，似乎怕伤到辰南，又似乎有些不明所以。

仰望着那数千丈高的魔躯，辰南心中发酸。曾经睿智如神一般的一代天骄，现在竟然沦落成这副样子，思维紊乱，遗忘了过去，完全凭着本能在行事。"儿子，孩子……"强大的神识波动透发而出，其中似乎饱含着一股难言的溺爱亲情，如山岳般的手掌再次向辰南触摸而去。辰南没有躲避，任那巨掌抚摸而来，但是由于形体差别过巨，仿似有一座大山向他撞来，不过庞大的魔爪在他前方一米处再次定住了。

"轰隆！"一声巨响，魔爪拍碎了第十七层地狱的空间，辰南感觉一股柔和的力量包裹着他，而后被猛地掷入了那破碎的虚空中。光芒一闪，辰南感觉眼前景物大变样，他吃惊地发现，自己竟然出现在了人间光明教会的上空，他竟然自地狱中出来了！

不过在一瞬间，辰南泪流满面，他父亲将他抛出，显然是意识到了死亡的威胁，想将他送出险地。那无头魔躯本没有完整的灵识，完全是凭着本能、凭着深埋在心底的血缘亲情在行事，即便忘却了曾经的往事，即便灵识破散，但它还是意识到了这是它的亲生儿子，在没有把握对付强敌的情况下，将亲子送出了战场。

地狱内五祖大笑，道："战儿啊，你果真非常在乎你的儿子，灵识破碎，记忆不再，居然还有这种本能。不过，你放心，我怎么可能会伤害他呢，那是我辰家的'第十人'啊，我会好好栽培他的。让他进来观看我如何擒拿下你，会更能激发出他修炼的潜能。破！"随着老人一声大喝，宽大的衣袖猛力甩动，地狱之门再次大开，飘浮在光明神殿上空的辰南被一股大力席卷回了第十七层地狱。当他再次出现在这片地狱时，大战已经爆发了，魔性辰战似乎陷入狂暴之境，数千丈高的魔躯化出一道道残影，提着那千丈神剑破碎片片空间，想要绞杀五祖。

五祖果真强大，身躯如梦幻空花一般，在空中明灭不定，每一次残影消失，都会在数十里外的天空闪现而出，时空仿佛难以限制住他！他的躯体和辰战相比，虽然微如尘沙，但是爆发出的力量却如汪洋，浩浩荡荡，似乎不比辰战差。高天之上，巨大的能量流如银河坠落九天一般，漫天倾泻而下，每一寸空间都是狂暴的力量波动。无头魔躯横劈竖扫，留下一道道残影，追逐着强大的五祖。

"哧！"一道璀璨的剑芒，瞬间割裂了大地，巨大的裂缝绵绵延延，不知道延伸出去多少里，似乎将整片大地一分为二，地平线上一座大山都随着大裂缝的出现，在瞬间崩塌了！"砰！"五祖虽然突破空间的限制，能够瞬息百里，但是最终还是被辰战一只魔掌狠狠地拍中，被轰入地下。不过，像他这等强势人物，不可能被一掌击杀。大地猛烈摇动，一声沉闷的啸音自地下传出。

"轰！"大地崩裂，无数的土石逆空而上，一个庞大的身影自地面站了起来，爆发出漫天的灿灿金光，比之辰战矮不了多少。这是一个拥有土黄色皮肤的巨人，浑身上下的肌肉如同虬龙一般缠绕在身，他同样高有数千丈，身上闪烁着光灿灿的金芒，称得上千丈盖世神躯！

五祖大变样！他不光躯体暴涨了无数倍，容貌也发生了一些变化，此刻没有一丝老态，面孔看起来非常年轻，一双眸子闪烁着炽烈的金光，雪白的长发也变成了黑发！其巨大的声音震耳欲聋："小战，你在逼我动手啊！要知道我乃是当年辰家'第五人'的候选者，虽然最终没有成为传说中的'第五人'，不能得到神兵之魂的相助。但是，我毕竟活得够久，资质不过相差那'第五人'一点点，经过这么多年的苦修，玄功也已经发生了七转变化。在无尽岁月的绝对力量面前，你即便八转也不一定强过我七转！更不要说你不过是残缺的魔性辰战，并非一个完整的个体。战儿，你还是迷途知返吧！"

"吼！"回答他的是一道无匹的剑光，无头魔躯啸声连连，近乎狂暴了，攻向金身巨人。那天，在崩碎！那地，在塌陷！在这等强悍的两大高手争锋下，整片天地为之猛烈摇动，似乎末日将要来临一般。战场不断扩大，从平原打到了丘陵地带，又从丘陵处打到了山林地带。沿途也不知道崩碎了多少山峰，也不知道打碎多少广阔的平原。这简直是一场灭世战！

在一片大山中，连绵不绝的山脉不断崩碎，辰战数千丈高的魔躯被金色的巨人轰击得不断下沉，最后半截身子竟然都沉入了地下。远空，辰南担心不已，心都提到了嗓子眼。辰战虽强，但这毕竟是他的残躯，没有头颅就没有完整的意识。而对方是一个活了不知道多少年岁的超级老古董，而且是仅次于他的七转之身，此消彼长之下，劣势是显而易见的。

"吼……"魔性辰战似乎被激怒了，一股巨大的能量波动爆发而出，附近的残山被这股强大的能量冲击得全部拔地而起。辰战周围十几座山峰先它一步逆空而上，冲向空中的金色巨人。紧接着它自己也崩碎了大地，冲上了高天！"轰轰轰！"那一座座冲空而起的高山，在金色巨人附近不断爆碎，将他轰击得甚是狼狈，辰战崩碎虚空，一步到位，再次与他激战起来。五祖道："战儿你真是让我害怕啊，如果你组成完整的魔躯，融合了神性辰战，我恐怕只能避退了。"无头的魔躯战意高昂到极点，似乎不灭杀五祖誓不罢休。

五祖道："战儿，你如此在乎你的儿子，你可知道他被我禁锢了身体，就在不远处观战，难道你不怕伤到他吗？"无头魔身立时身形一滞。不过就在这个时候，远空传来了苍老的笑声："哈哈，老小子你不脸红吗？打不过人家就说打不过，干吗要耍这等心机？"辰南被禁锢的躯体在刹那间解除了束缚，他急忙回头观看，只见一个身形佝偻、满脸皱纹堆积的老人，不知道何时出现在了他的身后，竟然是神魔陵园的守墓老人！

五祖双眼顿时射出两道金光，冷声道："是你，你想怎样？"守墓老人向着远空笑眯眯地道："老子看你不顺眼，今天想管管闲事！"明显感觉到了守墓老人的强势，辰战也暂时停止了攻击，魔躯立于一旁。五祖千丈神躯高耸入云，双目中爆射出两道神光，如两道闪电一般撕裂了虚空，他冷冷地盯着守墓老人，道："这是辰家中事，还轮不到你这个外人多管闲事！"

守墓老人大笑，佝偻的身躯不断颤动，那看似衰弱的躯体仿似随时会折断一般，实在让人惊心。"小兔崽子真是越来越狂妄了，忘记从前我打你屁股的事情了吧？怎么，现在翅膀硬了，觉得打得过我了，就对我不尊敬了？"远空，光明神、战神、暗黑大魔神、坤德、澹台璇都有些忍俊不禁，这个老头子实在太过挖苦人了，这肯定都是多少年前的事情了，他居然当着这么多后辈提起，实在不给五祖面子。不过，他们也深深惊骇不已，守墓老人到底是哪一代的人？连辰家的老古董五祖都被他看作后辈小子，这实在让人无语。

"嗷呜，哇哈哈……"紫金神龙狂笑，似乎没有丝毫顾忌。龙宝宝也在空中摇摇晃晃地翻着跟斗，小家伙也以另类的方式取笑五祖，以报刚才被敲之痛。五祖千丈神躯爆发出阵阵金光，脸色黑得可怕，难看到了极点，年少时候的事情，居然都被眼前的老家伙抖搂出来揭短，实在让他感觉大失颜面。他大喝道："你这老不死的为老不尊，哪里能够让人尊敬？！"

守墓老人似乎一点儿也不动怒，笑嘻嘻地道："这叫真性情，表里如一。哪里像你这老小子，表面看来仙风道骨，其实背地里却阴谋诡计不断。"五祖面沉似水，守墓老人的出现完全打乱了他的计划，原本他付出一定的代价是能够拿下魔性辰战的，但是眼下又多了一个变态强敌，让他彻底失去了从容之态。

"哈哈，老小子害怕了？放心，我不会再打你屁股了。我这老胳膊老腿，再出手也不灵便了。还是让那魔身揍你吧。"守墓老人大笑着，转过身来对辰南道："走，跟我去解开封印，我老人家非要管闲事不可，实在看某个老小子不顺眼。""嗷呜……"辰南还没表态，紫金神龙先嗷嗷乱叫了起来，它嘿嘿笑着自语道，"这实在是大快龙心啊，有这样一个大靠山，那老小子只能干瞪眼。"

守墓老人虽然与辰南站在一起，与紫金神龙相隔着十余里，但却将它的话清晰听在耳中，他笑呵呵地道："想不想要我给你当靠山啊？只要把我老人家伺候好了就行。"紫金神龙顿时双眼冒光，拍着胸脯大声道："没问题！""喀！"守墓老人咳嗽了一声，道，"我老人家没什么嗜好，就是有点馋、有点懒，你天天给我炖锅龙肉，送到床前就行。"紫金神龙："我……"辰南感觉有些哭笑不得，从某种意义上来说，他觉得这个老人和紫金神龙的脾气还是挺像的。

守墓老人与辰南向着远处的平原飞去，这个时候五祖终于忍不住了，庞大的身躯一步超前，拦住了他们的去路，喝道："你难道真的要倚老卖老，干预辰家中事？"守墓老人斜了他一眼，毫不客气地道："就是想干预，怎么着，想跟我动手吗？""你以为我怕你吗？今天就跟你较量一番。"千丈高的金色神躯，轻轻一动就透发无尽的威压，一只巨大的金色手掌，如山岳般笼罩而下。守墓老人毫无惧色，一只枯瘦的手掌猛力向上击去，一道青蒙蒙的光辉在空中形成一只巨大的光掌，与那金色手掌轰撞在了一起，将之挡了出去。

"辰老五你可想好了，这次如果无法战胜我，我可要下杀手了！"守墓老人的面色渐渐冷了下来，虽然身躯枯瘦，但是此刻却透发出无尽的杀意，整片天地的温度都似乎冷冽到了极点。而这个时候，另一股冲天的煞气涌动而来，魔性辰战爆发出漫天的乌光，涌动着无尽的魔云一步跨来，给五祖带来如同十万大山压顶般的感觉！他不得不后退一步，远离了守墓老人，再次面对魔性辰战。

守墓老人还可以与之沟通，但是这无头魔躯却是一把出鞘的魔刀，眼下难以与之交流，唯有绝对的武力才能够应之。当魔性辰战再次与五祖大战起来时，守墓老人拉着辰南的手从容而去。来到这片平原上，大地纵横交错，到处都是大裂缝，被先前辰战与五祖大战时毁得不成样子了，而那片古城废墟早已被搅碎不见了，唯独留下一个大峡谷。

这就是封印辰战头颅的所在地，一块数十丈高的石碑矗立在峡谷中，上面画刻着一个大大的"辰"字。守墓老人枯瘦的手掌轻轻向下挥动，那数十丈高的巨大石壁爆发出冲天的光芒，可以想象其上蕴含的恐怖力量，即便强如守墓老人也不禁在空中退出去几步。冲天的神光，照亮了整片平原，漫天都是光彩，漫天都是金霞。

"辰家还真是花费了一番手脚啊，知道将魔躯剁碎，最后也能够重组，所以以莫大的法力层层封印最为关键的头颅。"说话间，老人打出一道七色虹芒，再次注入石碑中，开始破解第二道封印。结果他被震出去了数十步，可怕的力量令周围的大地不断崩碎，比之方才又强盛了许多。第三道、第四道……当守墓老人破解开第六道封印时，他被一下子震飞出去数里之遥。

老人道："嘿嘿，下的功夫还真是足，我倒要看看你们施加了多少重封印！"当第七道封印被破开之后，灿灿神光宛如实质化的神剑一般，将空间、大地都割裂了，即便强如辰南、紫金神龙、龙宝宝等人都要在守墓老人的护持下，才能够站在高空之上。光明神、战神、暗黑大魔神等人，早已远退而去，只能遥遥注视这个方向，根本不敢靠前半步。

第七道璀璨的神光还未完全退去，高天之上笼罩下一股莫大的威压，一道金影俯冲而下，快速与守墓老人硬碰了一掌。没有想象中的惊天大响，也没有汹涌的能量流爆发而出，金色身影的右掌与守墓老人的右掌仅仅相贴在一起，片刻后金色身影如一颗流星一般，飞回了天际。守墓老人站在虚空中一动未动，不过片刻后他周围的空间全部崩碎了，令辰南他们都险些遭殃。

"嘿！辰老四你也来了，同样是七转玄功，你比辰老五强多了！"守墓老人嘿嘿冷笑着，"这就是你修成的无极金身吗？""不错，正是无极金身，玄功八转失败，粉身碎骨下神魂侥幸未灭，我修成了这副躯体。"一道金光再次冲下，不过这次没有攻向守墓老人。他身高一丈，容貌甚是英挺，高矮比之五祖正常多了。不过整个躯体却如黄金一般，闪烁着金色的光泽，明显不是血肉之躯，宛如真金浇铸而成的一般。从守墓老人的话语中，辰南已经知道，这就是辰家的第四代老祖，没有想到他逆转玄功失败的情况下，居然活了下来，修成了这样一副怪异的无极金身。

四祖面无表情，仿佛真的金人一般，他开口道："前辈似乎管过界了！"守墓老人笑了笑，道："今天我还管定了，辰老四，如果你不服气，尽管过来！""好，领教高招！"四祖凭空消失，而后漫天的金光突兀地汇聚在守墓老人的身前，爆发出阵阵恐怖的波动。远处，辰南他们异常担心，四祖的出现让他们心中无底，天知道会不会有三祖、二祖！虽然为辰家的子孙，但辰南现在不得不感叹，自己这一家族实在够变态！

空中金光道道，刺眼的光芒让人睁不开双眼，强如辰南他们都无法看清两人间的激烈战斗，只知道二人比流星还要迅疾，比闪电还要快速，他们在空中不断变化方位，也不知道崩碎了多少片空间，直打得日月无光、天地失色！"砰！"金色身影被守墓老人扫向了高天，直到这时两人才算分开，守墓老人虽然占据上风，但似乎有些感触，道："嘿，辰家真是让人心生敬畏啊，代代有高手。听说你与你们家族传说中的'第四人'不分伯仲，当时险些将你定位为'第四人'，看来果真有些本领啊。""过奖了。"四祖很平静。守墓老人笑了笑，而后又摇了摇头，道："可惜啊，你还是无法阻止我！"

"哼！"金色的身影发出一声冷哼，喝道，"死寂归虚！"守墓老人神色陡然一变，大袖一甩，一股强绝的力量，将辰南他们卷到了他的近前。蒙蒙青光自他那枯瘦的身体爆发而出，将辰南他们笼罩在里面。与此同时，守墓老人周围的空间，似乎陷入了绝对的黑暗，空间不仅在破碎，而且似乎在挤压，向着混沌过渡！

遥远的空中，光明神、暗黑大魔神等人骇然，只见远空一片死寂，下方的大平原所有残存的绿色在快速消失，肥沃的土壤在瞬间化成了沙漠，而后沙漠也渐渐消失了，和破碎的虚空仿佛融化在了一起，最后竟然归于混沌！方圆数百里的地表，以及其上的空间消失了，突然化成了混沌！这让光明神等人惊骇到了极点，辰家四祖实力未免太过恐怖了，竟然让一个真实的空间向混沌转化，回归原始！这是堪称与天齐的法则啊！

混沌中，守墓老人身上透发出的青蒙蒙的光华，阻止了近身处的这片空间回归原始，不过却令辰南与紫金神龙他们无比紧张，辰家四祖实在太强大了！半刻钟后，外面的混沌世界似乎静止了下来，守墓老人猛力震动了一下身体，七彩霞光绽放而出，周围的混沌地带立刻崩碎了，空间在快速扩大。直至方圆数百里的混沌地带彻底破碎，复归原本的样子！远空，元素水神等人再次目瞪口呆，守墓老人之强大超出了他们的想象。

"辰老四，看来你杀不死我，我方才以为你也许能够给我一个惊喜，但还是让我失望。人生真是无趣啊，居然没有人能够杀死我，唉！"守墓老人如是感慨，让一干人为之无语，这老头子太变态了！四祖没有言语，实力代表一切，他果真不是守墓老人的对手。"呵呵，现在你还要阻止我吗？我老人家要继续破解封印了，不服的话请人吧！我老人家接招就是！"说完，守墓老人打出一道七彩光芒，轰向下方封印之地的石碑。

"轰！"这一次爆发出的狂暴能量超乎想象，将守墓老人都轰飞出去了十几里，辰南以及痞子龙他们如果不是被老人的青色光辉笼罩，恐怕就危险了！狂乱的能量流肆虐了足有半个时辰，才最终消失殆尽，石碑轰然崩碎了。"呵呵，封印'第九人'的头颅，居然用了八道封印，还真是够谨慎啊！"守墓老人大笑着，拉着辰南的手，向前飞去。石碑已经化为尘沙，一个地穴出现在峡谷中，守墓老人大喝道："起！"

地窟崩塌了，大地一阵剧烈摇动，一颗如山岳般的巨大头颅冲了出来，不过并不是血肉凝聚而成的，而是石化了的头颅！辰南双眼一阵模糊，又是愤慨，又是激动！"还等什么，还不快去！"守墓老人的神色似乎有些凝重，猛力一甩，将辰南送到了那巨石头像的顶端。辰南毫不犹豫，割裂开手腕，任那鲜血洒落在巨石头像上。

这个时候，他终于知道守墓老人为何神色凝重了，高天之上一双巨大的眸子，闪烁着冷森森的光辉，正在注视着他们，看不到头颅，看不到轮廓，唯有一双森然的眸子！不过，辰南不再担心，鲜血已经洒落而下，石化的辰战头颅快速恢复了活力，无尽的魔气滚滚波动而出，万魔之王的气息，浩荡在整片天地间！刚想冲上来的四祖生生止住了脚步！

高天之上阴暗无比，不知道从何时起，烈阳已经消失不见了，并不是黑色的云雾，也不是浓浓的魔云遮掩的太阳，那只是单一的黑暗，仿佛天色本就如此。在无尽的黑暗中，两个足有小山般大小的眸子，冰冷无比，透发出森森寒意，闪烁着冷冽刺骨的光辉。没有脸孔，没有头颅，唯有两点冷光！即便下方的人运用天眼通，睁开天目，也根本无法看清黑色的天空背后，到底有着怎样的神秘！

"吼！"魔性辰战的头颅复苏了，石化的巨头快速恢复活力，无尽的魔气狂猛爆发而出，其气势实在让人惊心动魄，堪称魔中之魔！一双冰冷的眸子在一瞬间睁开了，两道光束透发而出，如两道闪电一般，撕裂了虚空。四祖生生止住了脚步，在巨大的头颅面前，他一阵踌躇，看了看守墓老人，又神情凝重地望了望高空中的神秘眸子，最终他还是在虚空中一步步向辰战头颅走来。

辰南飘浮在头颅附近，他双眼模糊了，激动地喊道："父亲……"如山岳般高大的头颅，缓缓转过来面向辰南，双目中冰冷的神色渐渐消失了，显得有些疑惑不解："我的孩子……"辰南急切道："是的，我是辰南啊，父亲，难道您忘记我了吗？"

四祖全身上下金光万道，面无表情地对辰南道："孩子，过来，你是我辰家'第十人'，我不会伤害你的。不要太过靠近头颅，不然它可能会毁掉你。"辰南道："你胡说，他是我父亲！"四祖冷声道："他是你父亲不假，但是他却入魔了！五千年前，连你母亲都险些被他杀死，你父亲为什么脱去本体，分出神性躯体？还不是因为他无法控制魔性！这具魔身虽然被封印了五千年，但魔性并没有削弱多少，它会变成一个杀戮魔王，快过来！"

很难说清魔性辰战是化身，还是神性辰战是化身。魔性辰战的身体是本体，但元神却是被分化出来的，充满了暴虐杀戮的欲望。而神性辰战重塑的身体是化身，但思感却是本源，是原本的心性。辰南坚决地道："不，我父亲不会伤害我，既然我母亲能够唤醒他的灵识，为什么我不可以！"终于见到亲人，辰南的心都在颤抖。

四祖的无极金身神光灿灿，他已经做好了战斗的准备，对辰南道："那个时候，你父亲的神性还没有离去，现在没有神性，只有魔性，快过来！"如大山般的头颅，双目中闪现出两道冰冷的光芒，凝聚成两道神剑劈向四祖，即便四祖有无极金身也不敢轻易硬接，在空中留下一道残影闪到了一旁。

巨大的头颅再次面向辰南，冷色渐渐消失，双目中闪现出柔和的光芒，它开口轻轻唤道："孩子，我的孩子，我感觉到了血浓于水的呼唤。""父亲……"辰南有些哽咽了。魔性主宰的辰战，虽然忘记了过去，唯有杀戮的欲望，但是心底最深处还是有着一缕亲情没有被斩断，它感应到了血缘的巨大力量。"一万年了，孩儿未能在您身前尽孝道，我给您磕头了！"辰南在虚空中跪了下来。

一股柔和的魔气，将辰南缓缓托了起来，魔性辰战双目冷光与柔情交替出现。"孩子，快离开我，我忍不住想杀人！嗷吼……"一声震天的魔啸响起，直震得这片天空都晃动了起来，辰战的魔性终于将要彻底觉醒了！乱发三千丈，似黑色的瀑布一般，漫天狂乱飘舞，虚空被震得破碎了，辰南被一股柔和的力量包裹着，被生生推拒到了远空，离开了那里。魔性辰战发狂了！

远处守墓老人神情凝重地注视高空中的那对神秘眸子，他缓缓升空而起，与那巨大的眸子对峙。这个时候，四祖不再犹豫，快速冲了过去，开始向头颅攻杀！虽然没有手臂，没有双脚，但是头颅依然充满了傲色，乱发三千丈舞动起来，像是一道死亡河流横舞在天空中一般，留下一道道可怕的影迹，漫天席卷。四祖如黄金浇铸而成的一般，虽然被长发扫飞出去十几里，但并没有伤到根本，周身上下反而爆发出无比璀璨的神火，瞬间在原地消失，凭空幻化在头颅近前，两道排山倒海般的刚猛金光快速打向辰战的双眼。

辰南的心简直提到了嗓子眼。辰战虽然强横，但这毕竟只是一个头颅啊，没有手臂，没有双脚，就失去了最强大的攻击手段。"咔嚓！"辰战的双眸迸发出两道魔剑，生猛地挡住了两道排山倒海般的力量，而后张开巨口一声吼啸，无尽的魔气如汪洋一般奔涌咆哮而出，眨眼间将四祖淹没了，在刹那间将他冲飞出去数千丈远。

"不愧是我辰家'第九人'！"四祖受限于特殊的无极体质，话语并没有情绪波动，像是机械说出一般，但仍然可以感觉到他对辰战的重视。"魔躯何在？！"辰战仰天长啸。远处的大地战栗起来，如发生了大地震一般，五祖一步步走来，高耸入云的神躯透发着金光，但却沾满了血迹，巨大的躯体上留下了数十道可怕的伤痕，心脏部位都被洞穿了，更有许多地方深可见骨，前后贯穿透亮！

五祖环抱着一具残躯，是一具被撕裂的身体，四肢已经分离，鲜血染红了大地，竟然是无头的魔性辰战！辰南看得惊怒无比，身躯都颤抖了起来，他险些摔倒在尘埃中。五祖虽然取得了胜利，但是却没有丝毫欣喜之色，他知道真正的恶战恐怕才刚刚开始。辰战残躯不受控制地震动起来，而后爆发出可怕的乌光，生生将五祖震开，四肢与胸腔如五座庞大的山岳一般，冲向辰战头颅。

"砰！"如五岳撼天一般！四肢与胸腔在空中撞在一起，组成了无头魔身，而后盖世魔体冲天而起，向着高空中那个巨大的头颅飞去。"轰"的一声巨响，无尽的魔气笼罩大地，第十七层地狱彻底陷入黑暗中，直到一声气壮山河的吼啸响起，黑色才渐渐消散。无尽的魔气，仿佛浩瀚的海波一般，全部涌向辰战处，冲进了辰战的身体！高大完美的盖世魔体真正重组完毕，如一座顶天立地的魔山一般！

魔性辰战双目中绽放着冰冷的光芒，似乎没有一点人类的感情，冷漠无情到了极点！没有任何言语，他一步步向着五祖走去。"小战，看来你不可能回头了。"高耸入云的五祖轻叹道，"分裂你的身体，我也是不得已而为之啊！"回答他的是霸绝天地的一拳，魔性辰战的速度快到了不可思议的程度，一拳轰出之后，已经在原地消失，庞大如山般的躯体快速出现在五祖面前。

五祖虽然知道完整的魔体强大到了让他心存顾忌的程度，但是他不想在第一击就示弱，挥动如山岳般的手掌相抗。"砰！"如漫天星辰坠地一般，空中片片崩碎，五祖庞大的身体在刹那间倒飞了出去，将远处一片大地砸得崩裂。辰战站在原地一动不动，唯有满头黑发狂舞，盖世魔躯威势凌人！八转的魔性辰战强得可怕，超出了五祖的预料，也超出了四祖的预料，在这一时刻不用任何言语，两人同时向着辰战冲去。

辰南虽然有些担心，但是他不再像先前那般忧虑，他对他父亲有信心，真正重组完整的辰战，定然能够百分之百地发挥出魔体的实力，不再像先前那般被动。辰家三大高手激烈交锋，虽然两人的躯体高耸入云，但是他们的动作比之闪电还要迅捷，在空中留下一道道残影，打碎片片虚空，让人根本看不清他们的实体，唯有一道道残像映入眼帘。

这一级别的高手争斗，万载少有，即便强如神王，光明神、暗黑大魔神等人也是头一次见到，在遥远的天际，他们唯有叹息与苦笑。这场大战如果发生在人间或天界，也不知道要毁灭多少生灵，三大高手大战的范围波及得太广大了，方圆数千里的大地都沉陷了，直打得地下的岩浆都喷发了出来！现在，光明神等人有一种疑虑，万年前的天地大动荡，是否就是这等级别的高手在灭世呢？！虽然有些荒谬，但是还是有些可能的。

半个时辰之后，一声狂霸的魔啸浩荡万里，传遍了整座十七层地狱，辰战眼眸如电，乱发之上沾染上无尽的血雨，他高举着五祖的身体，竟然生生将之撕裂成了两半！数千丈高的五祖，躯体之上金光暗淡，残躯在不断颤动，血水狂涌而下，无数道血水瀑布般洒向大地！场面震撼到了极点！四祖惊怒，无极金身明灭不定，在空中留下一道道残影，眨眼间连续拍出数千掌，狂暴地攻杀辰战。辰战丢开被撕裂为两半的五祖残躯，大战四祖。

"砰！"一记盖世魔拳崩碎了大地，将四祖打入地下数千丈，冲进滚滚涌动而上的岩浆中。辰战巍然而立，静静地矗立在天地间，双眸冰冷无比，这等激烈的搏杀，似乎难以激起他任何情绪波动。"啊！"

撕裂的五祖躯体发出痛苦的吼声，两半残躯冲撞在一起，又恢复了原样，像他们这种级别的高手，早已是万古难灭的体魄，没有特殊手段根本无法毁灭。

与此同时，四祖也自地下冲了上来，浑身上下金光爆闪，震落下一身的岩浆。"小战啊，你真是让我害怕啊！"五祖叹息着，双目中射出两道寒光，道，"看看你完整的躯体，能否禁受住我的法则吧，逆空乱斩！"随着"逆空乱斩"四字出口，辰战周围的空间突然塌陷，出现了一个多层重叠的空间，可怕的未知空间能量，如锋利的神刀一般，开始撕扯他的身躯，想要将他扭裂！毫无疑问，无头的辰战方才就是被这种手段撕裂的，现在五祖再次施展而出。

恐怖的空间力量波动让即便远远相隔的辰南，都感觉阵阵心悸，可以想象力量有多么可怕，更不要说正处在能量风暴地带中央的辰战那里了。守墓老人没有出手相助的意思，他依然冷冷地对视着空中的巨大双眸。这一次，五祖的"逆空乱斩"注定失败了，辰战的盖世魔体并未受损，他一声长啸，周身上下爆发出阵阵乌光，轰然一声巨响，彻底崩碎了那片重叠的空间，一片死寂过后，虚空恢复原样。辰战巍然而立，五祖脸色一阵惨白，倒退十几步。

"死寂归虚！"四祖大喝。空间幻灭，回归原始，蒙蒙混沌将辰战包裹了。不过就在刹那间，混沌中传出一阵可怕的波动，紧接着如山崩海啸一般，混沌爆裂开来，彻底崩碎，高大的魔躯静立虚空一动不动。五祖与四祖相互对视了一眼，皆露出骇然之色，他们不是不知道完整魔性辰战定然可怕无比，但是却没有想到竟然强大到了这种程度。

"逆空乱斩！""死寂归虚！"五祖与四祖同时暴喝，他们竭尽所能，联合施展出了堪与天齐的法则力量！这个时候，辰战也不再缄默，双眸爆发出两道似闪电般的光芒，他一字一顿，终于施展出了自己独特的法则。"万——古——皆——空！"随着他的话语落音，五祖与四祖惊叫了起来，他们感觉到了时光的流逝，一股难言的感觉充斥在他们的心头，直至让他们惊恐地吼叫起来。"不……"但是，一切都晚了，时光竟然真的倒流了！五祖与四祖的身体快速地发生了巨大的变化。不过短短半刻钟，两个人像是经历了万古岁月一般！

一丈高的四祖消失不见了，原地只有一个半米多高的金色孩童，他无比恐惧地望着四周，用力甩动着自己的双手，似乎不相信眼前的事实。高耸入云的五祖也消失不见了，原地只有一个三岁左右的稚童，看起来像粉雕玉琢的瓷娃娃一般。他似乎非常害怕与惊惧，大声地喊叫道："辰战你、你对我们做了什么？"虽然他很愤怒，但是话语之音和一个孩童没什么两样，与先前神威盖世的五祖天地之差！

场面虽然有些可笑，但是没有一个人笑得出来，远空的观战者噤若寒蝉，"万古皆空"太可怕了！竟然能够逆乱时空，改变光阴！试问，谁能接得下？即便强如守墓老人也已动容，自语道："真是霸道啊！"不过他紧接着又大笑起来，道："哈哈，你们两个老小子真是越活越年轻，真是幸福的人生啊，人生能有几次可以回头，但是你们可以重温童年的快乐时光了。哇哈哈……"现场恐怕也唯有他能够笑得出来，所有人都被魔性辰战的可怕法则震慑住了。

好久之后，紫金神龙与龙宝宝最先回过神来。"嗷呜，哇哈哈，两个小弟弟你们好啊？"老痞子不怀好意地飞了过去。五祖与四祖惊怒无比，两人想灭杀老痞子，但是体内空空如也，没有一丝力量，法则也无法施展而出。龙宝宝也眯缝着大眼睛飞了过去，围绕着金色身躯的四祖不断晃来晃去，他们同为金色躯体，倒也相映成趣。

这个时候，辰战冲天而起，遥遥对着远空一招手，用惊天剑主炼化而成的千丈神剑自天际飞来，他手持神剑遥指空中的那一双神秘巨眸！一剑在手，八方云动，试问天下，谁是英雄？！

数千丈高的庞大魔躯俯仰天地，手持千丈神剑，抵天而立，可谓睥睨天下，魔威盖世！辰战是震慑一个时代的强者，今日魔躯重组完毕，显现出了让人难以想象的神威。强大如辰家四祖与五祖，皆被他打败，被"万古皆空"大神通化成孩童。魔性辰战为斗而生、为战而活，本就是一具杀意无限的战魔之体，没有任何言语，庞大的身躯如通天魔柱一般，贯通在天地间，神剑横扫两个巨大神秘眸子。

炽烈的剑芒横贯天空，直欲将高天割裂为两片空间。巨大的眸子依然冰冷无比，似是无情之物，看着那神剑劈来，它的影像渐渐虚淡了，而后朦朦胧胧消失不见。片刻间，在更高的天空上，巨大的眸子慢慢浮现而出，依然如从前那般，冷漠无情，凝视着下方，像是万物的主宰者一般，俯视着苍生。魔性辰战长剑抵天，继续冲空而上，向着无尽的天际飞去，似乎不杀神秘眼眸誓不罢休。

守墓老人见到辰战冲上高天，他双目中射出两道冷电，收起了嘴角的笑容，他冷声自语道："到底是谁呢？是辰老二，还是辰老大呢，我似乎在辰家感应到过这种气息，难道是……"他也腾空而起，向着高空冲去。他们的身影渐渐消失在众人的视线中，也不知道飞上了几万丈的高空。

地面上，四祖与五祖惊惧地看着渐渐逼近的痞子龙，还有围绕着他们飞来飞去的调皮龙宝宝。紫金神龙大笑，道："你们可是活了无尽岁月的老古董啊，天大的神通在身时，神王都不被你们放在眼里，现在居然这个样子，真是让龙忍不住想大笑啊，嗷呜，哈哈……"

五祖小脸发白，本是粉雕玉琢的瓷娃娃样，但现在却是哭丧着脸，一副委屈到极点的模样。越是如此，紫金神龙越想大笑，它施展神通，幻化出一面镜子，放在两个老祖的身前。五祖与四祖险些昏过去，镜子中的两个娃娃满脸幽怨委屈之色，泫然欲泣，可怜兮兮的，哪里还有一丝辰家老祖的威严。他们又气又恨，不过他们生气的神态，就像赌气的孩童一般，噘着小嘴，由可怜兮兮变得稚嫩可爱起来。

"哇哈哈！"紫金神龙狂笑，两位老祖却已经翻起了白眼，无论他们什么神态，相对于他们的身份来说，都是极其滑稽可笑的。"别晕啊，来，快快醒来！"紫金神龙不怀好意，两手间紫金电弧噼里啪啦作响，吓得四祖与五祖将倒下的身子嗖的一下直立起来，后退了几步。龙宝宝也晃晃悠悠地围绕着两人飞来飞去，一双明亮的大眼睛使劲眨动，这让两个老祖更加恼火，看到这个天真的小龙，他们就想到自己此刻的样子。

远处，辰南实在看不下去了，虽然从心理上来说，他很想教训两个老祖，但是这毕竟是他的祖先啊，辰战已经把他们化成了孩童，他不能再让两条龙继续下去了，不然真算是欺师灭祖了。不过，这也是一件让人头痛的事情，两个活祖宗居然变成这副样子！辰南将紫金神龙推到了一边，又将龙宝宝放上自己的肩头，尽量和颜悦色地道："两位老人家，你们现在失去功力，如果独自待在这片蛮荒的世界，你们会有生命危险的，这里不仅凶禽猛兽多，更是有几位神王在暗中虎视眈眈。我看你们还是先到我的内天地中去避一避吧。"

四祖半米多高，浑身上下金灿灿，像个金娃娃一般。五祖粉雕玉琢，像个银娃娃一般。两人同时大叫道："不行，你这小子想变相囚禁我们，这是欺师灭祖！我们不用你管，辰家会有人来这里寻觅我们的，你走开！""哈哈！"紫金神龙一阵狂笑，扭扭捏捏地学着道，"不要啊，人家不要啊，走开！"两个老祖肺都要气炸了，他们纵横天地间，虽然说不上万古岁月，但是绝对是这个天地间年龄最大的一批人，早已不能用千年来计量了。

"你这死龙，以后我们恢复实力后，定然扒你的皮做鞋垫。"银娃娃五祖气哼哼地道，随着被化成孩童，他们的心性似乎也趋于孩童化。"我好怕怕啊。"紫金神龙毫不在意，一副痞子样。四祖金娃娃大声喝道："即便是传说中的天龙，也不敢如此在我们面前造次。你不要以为我们这副样子，就任你宰割了。现在我们依然是万古不灭的身体，你能够辱我们颜面，但却杀不死我们。早晚有一天我们会恢复真身的。""那就等你们恢复过来，跟我决战吧。"紫金神龙一副死猪不怕开水烫的样子。

辰南已经打开了内天地，毫不客气地将两个活祖宗抱起，送进了内天地。"辰南你比你父亲更可恶，怎么能够囚禁我们？你不能这样！"两人不断挣扎。但是，辰南绝不可能放他们离去，已经和天界辰家闹翻脸，放他们回去，等到他们恢复修为，将是两个难以想象的强敌，还不如先关押起来，而后交给守墓老人处理，或者直接将他们放逐到第三世界去。

飘逸出尘、冰肌玉骨的梦可儿，正好自一片花园中走出。如今她的内心复杂无比。千百次的尝试，都无法化去体内的小生命，现在她妊娠反应越来越大了，小腹已经微微隆起。每天午夜间，她都能够听到一个小生命似乎在呼唤她，血肉相连的感觉涌上她心头。现在，即便她有实力化去小生命，恐怕都不忍下手了。

"啊，好强大的气息！""是我们辰家子孙的气息！"金娃娃与银娃娃看到梦可儿后，立刻惊叫了起来，两个人方才还一副痛不欲生的样子，眨眼间眉开眼笑，其性情真是越来越趋于孩童化。"哈哈，我敢肯定这个小东西，一定能够成为'第十一人'！""他的体质绝对能够让玄功完满逆转！"两个活祖宗开始大笑起来，欢蹦乱跳地跑到了梦可儿的身边。

梦可儿一阵发呆，而后柔声道："小弟弟，你们为什么也被那恶人关进来了？"边说着，她边溺爱地揉了揉两个"小家伙"的头。"你你你你你怎么能这样，你应该称呼我们老祖，我们是你的祖宗！"两个活祖宗气急败坏地大叫着。"真是不乖！再敢胡言乱语，姐姐打你们的屁股。"梦可儿捏了捏他们的小脸。不远处，辰南无语，只有苦笑，这下热闹了。紫金神龙、龙宝宝还有古思狂笑不已。

虽然被梦可儿"无礼"对待，但是两个老祖似乎认命了，冲着远处的辰南大声喊道："你这欺师灭祖的小子给我听好了，老祖我们就在这内天地住下了，一边恢复元气，一边等待着'第十一人'降生。"辰南道："少打我儿子的主意，你们最好早点儿死心吧，从我父亲开始，我们这一脉绝不会为了虚无缥缈的宏愿而将自己的生命交给他人主宰！"随后，辰南与紫金神龙他们退出了内天地。

出来之后，紫金神龙感慨道："如果能够将他们长久地留在内天地，简直是两个强悍到极点的启蒙老师啊！"辰南有些无奈道："那是不可能的，天界辰家绝不允许！而且更为严重的是，以后他们将会打我们三代人的主意了。"遥远的天空，光明神、战神、元素水神、暗黑大魔神见辰南将两个强者真当孩童一般收进了自己的内天地，惊得眼睛险些突出来。而澹台璇绝美的容颜上，则露出一缕狐疑之色，方才辰南内天地开合的瞬间，她隐约间感应到了一丝梦可儿的气息！辰南他们腾空而起，他不放心辰战的安危。当他们升腾到数万丈高空后，终于发现了辰战与守墓老人。

辰战手提千丈神剑，与一只巨大的眼眸对峙着，近距离观看，那巨大的眸子超乎想象地大，哪里是什么小山般大小，应该说是巨山般大小，眸子竟然与辰战一般高大！在他们之间，光华与魔气并存，神剑距离那眸子不过分寸远，但就是难以前进分毫，两者似乎在无声地较量！

守墓老人已经大变样，原本佝偻、弱不禁风的身体，此刻变得健壮无比，充满了青春的活力，哪里有一丝老态龙钟的样子？现在他看起来不过二十几岁，满头乌黑的长发浓密光亮，挺拔雄健的身体充满了爆炸性的力量，英气逼人的面孔刚毅无比。如果不是那股特有的气息提示着眼前之人便是守墓老人，辰南他们根本无法相信。"他龙大爷的，这到底是什么眼球，看样子那糟老头子要动真格的了！"紫金神龙吃惊地道。

守墓老人虽然和那巨大的眼球比起来如微尘一般渺小，但是其透发出的盖世强者气势，却毫不逊色！他与眸子中间充斥着无尽的璀璨神光，无声地暗战。"辰老大是你吗？不要装神弄鬼！"守墓老人冷声喝道，"我感应到了你们的气息，想要与我动手，尽管显现出本体来！"两个巨大的眸子依然冷漠无情地与他们对峙着，透发出的力量却是有增无减。

"万——古——皆——空！"另一边，久久对峙不下，魔性辰战终于再次开口，号称能够逆乱阴阳、改变光阴的恐怖法则施展而出。高空之上，无尽的光芒剧烈闪烁，两只巨大的眸子忽然消失了，在法则临近的刹那，他们崩碎虚空出现在遥远的天际。"你们怕逆转光阴？"看到这个结果，守墓老人脸上渐渐露出了笑意。他似乎像是想起了什么，自语道："我终于知道了！"

"你知道了什么？"高天之上，响起了一个极其浩大的声音，振聋发聩。守墓老人道："不是辰老大，也不是辰老二，这就是你们处心积虑要复活的那个祖先啊！双眸已经凝聚而成！"辰南惊骇不已，这就是要复活的那位远祖吗？这太可怕了！一双巨眸就如此了得，如果复活出完整的身体，那简直不可想象！

守墓老人再次开口，道："辰老大、辰老二你们太心急了，你们是想让它跟随魔性辰战进入第三界，而吞噬完整的'第九人'吗？就不怕远祖的眸子被辰战来个万古皆空，再次化成尘埃，融入天地间吗？"就在这个时候，高天崩碎了，一根巨大的白骨破入第十七层地狱，正是镇压十八层地狱的那截指骨！现在它长足有数十丈，横亘在天际，其上站立着一条模糊的魂影！

指骨在未曾融合镇魔石上的九滴真魔之血前，已经强悍得让人难以想象，现在与以前大不相同，庞大的指骨更加让人难以捉摸，其透发出的威势让人灵魂都要战栗。那道魂影像是死亡世界的君王一般，虽然静静站立在指骨之上，但其自然外放的死亡波动让所有人都感觉异常难受。即便强如守墓老人，都不自禁皱了皱眉头，自语道："难道我猜错了，不是所谓的太古六邪，那究竟是哪个王八蛋有这种威势呢？！"

庞大如山般的盖世英杰辰战，在指骨出现的刹那仿似失去了灵魂一般，他手持惊天神剑一瞬不瞬地注视着指骨上的魂影。缭绕在他周围的滚滚魔气，更加强盛，他所立的那片虚空已经快要彻底陷入黑暗中了。指骨与巨大的神秘双眸对峙着，似乎百世未逢的故人，又似有着难以化解的恩怨的仇敌！这就更加让现场的人吃惊了，通过守墓老人的话语得知，双眸乃是辰家远祖的双眼，其存在的历史简直不可想象，而指骨乃是为他而来，可以想象，必定是同一时代，或实力相近有过恩怨的人！

辰家远祖的眸子闪现出一道道可怕的光芒，如两轮太阳当空悬挂一般，照亮了整片天空，不过在它们的背后依然一片阴暗，仿佛那儿有着不为人知的秘密。场景极其怪异，炽烈的两轮目光，悬挂在一片黑幕前方，照亮了前方的每一寸空间，但却唯独不能照亮自己的立身之所。

今日，绝不能善了！远祖魔眼出现了，神秘的指骨也要插上一脚，没有结果不可能收场。事情发展到现在出乎了所有人的预料，就在这个时候，虚空崩碎，十七层地狱的空间之门再次敞开，消失多日的神女忽然显现出身影。事情变得更加复杂难料了，居然又出现一位至尊级强者！

曼妙的身姿风华绝代，仙子降临凡尘，圣洁的气息洒满每一个角落。她手持玉如意，似一道长虹一般，出现在巨眸的近前，抬手便打。玉如意在刹那间化为千百丈，震碎虚空，横扫辰家远祖的眸子。巨大的魔眼，光芒灿灿，宛如能够直通幽冥，在刹那间淡去，消失在原地，玉如意横扫而过。"哼，辰祖有什么好怕的，即便你复活真身我也不怕你！"神女冷哼道，不过并没有追赶。

"哈哈，天上地下第一魔女来了。"守墓老人哈哈大笑。神女道："老鬼你少胡说八道，谁不知我乃是世间第一神女！""嘿嘿哈哈！"守墓老人怪笑，似乎无比开心，又似乎无比忧伤地道，"看见你，我就想起你娘，她才是世间第一魔女啊！或者，按照你的说法，是世间第一神女。"神女道："糟老头子少胡说八道，我和我娘并列第一神女！"

虚空崩碎，高天之上再次出现一道人影，竟然是西土图腾瑞德拉奥！今天真可谓强者云集，人世间已知的几大强者再次聚首，皆因辰家玄祖的双眸出世而来，可以想象辰祖巅峰时代是何等了得！单纯的双眸就引得四方涌动！西土图腾瑞德拉奥人身蛇尾，头上三眼，正中的那个眸子，号称能够毁灭世间一切！他惊异地望着守墓老人，道："你方才说小妖女乃是第一魔女的女儿？"

"死大蛇你在说谁是小妖女？"神女不怀好意地看着西土图腾，即便在眼前局势不明、强敌环绕的情况下，她依然一副漫不经心的样子。"嘿嘿！"瑞德拉奥干笑道，"口误，是神女！""哈哈……"守墓老人大笑道，"大蛇啊，你可真是够呆，直到现在还不知道她的出身吗？试问天下间，有谁能够生出这样的女儿？"

"你说的不会是真的吧？"西土图腾似乎异常吃惊，他仿佛也忘记了眼前在何地，似乎根本没有意识到敌友难明的巨眸与指骨在旁，惊问道，"当年的第一魔女乃是太古禁忌大神独孤败天的妻子，这样说来她岂不是独孤大神的女儿？"守墓老人哈哈大笑道："不错，她就是独孤小萱！"

对于独孤败天这个名字，辰南已经不是第一次听到，传说中的太古第一魔神，虽然是从他女儿独孤小萱嘴中说出来的，但想必即便不是第一强，也定然是最前列的人物！"哼，少见多怪！"神女独孤小萱冷哼道。

守墓老人站立在虚空中，神色正经了起来，道："辰家远祖的眸子，实在有许多让人惊疑的地方，我总能感觉到一股熟悉的气息，但就是无从猜测当年的辰老祖到底是谁。难不成是六邪之一吗？我建议我们联手拿下魔眼。还有那指骨更是让人生疑，今天也是一个好机会，辰家'第九人'之强横超乎我的想象，我们四人联手应该能够吃掉他们两个，一定要弄清其中的究竟，看看他们到底是何方神圣！"

"轰！"守墓老人话音刚落，虚空崩碎，一股让人心悸的可怕气息降临第十七层地狱。一张骨床破入第十七层地狱，完全由神灵头骨堆砌而成！一个二十七八岁的青年男子，静静地斜躺在上面，整个人透发着无上威严，让人有一股忍不住顶礼膜拜的冲动。虽然是正当巅峰状态的年轻身体，但是他的双眼却充满了岁月的沧桑，且有一头雪亮的银发，仿佛历经过千百世轮回，看遍了沧海桑田人世浮沉。没有任何力量波动，但他所透发出的气势却如巨山一般沉重，让人感觉自己仿佛是蝼蚁，而他是那高高在上的圣神一般！

银发青年男子，其威惊天，其势动地，整个世界仿佛因他而存在，整片十七层地狱都因为他的到来而颤动了起来，他就像那俯视众生的主宰者一般高高在上。骨床高悬天际，银发青年男子不言不动，静静地斜躺在骨床之上，饱经沧桑的双眼，冷冷地扫视着众人。

即便强如守墓老人，也不禁惊呼出声："魔主！"西土图腾也是脸色大变，像是想起了什么，喃喃自语道："问苍茫大地……谁主沉浮？唯我……魔主！难道是……传说的那个……魔主？！"神女独孤小萱有些发呆，而后惊叫了一声："魔主叔叔你还活着？"她如梦幻空花一般，在原地留下一道残影，风华绝代的身姿似虹芒一般，出现在高高在上的骨床旁边。独孤小萱似乎根本不惧怕这个威震千古的一代魔主，激动地大声喊道："魔主叔叔你快说话啊，你为什么活过来了？我父亲呢？他怎么没有活过来？"

魔主沧桑的双眼，闪现出一丝神采，但是却没有任何言语。"魔主叔叔你说话啊，我父亲为什么没有复活啊？我知道他就隐藏在芸芸众生中，待到一朝逆乱阴阳时，他定然能够归来！"神女独孤小萱情绪异常激动，再也没有平时的从容之色。魔主岿然不动，仿似这个世界的中心，似那世间第一绝顶高峰一般，需要让人仰视。神女独孤小萱想要再进一步摇动魔主，只是一股未明的力量一瞬间爆发而出，生生将她震退。

魔主沧桑的双眼，锁定在空中那巨大的指骨之上，开始凝视其上的那缕魂魄，双目中渐渐透发出两道异彩。而后，一股撼天动地的强大波动在一瞬间爆发而出，令在场的几位至尊级高手都感觉如在汪洋中上下起伏波动一般。狂霸的气息在刹那间笼罩在指骨之上，魔主凭空消失，当他再次出现时，骨床已经载着他出现在指骨上那缕模糊的魂影旁边。模糊的魂影似乎有灵一般在做着痛苦的挣扎，而后猛地抬起手掌拍向魔主。巨大的能量波动令远处的守墓老人、西土图腾等人皆露出凝重之色。

魔主没有躲避，不过一双眸子突然深邃如海，透发出两道湛湛神光，就像那黑暗的虚空中，突然打出两道闪电一般，生生击散了那一掌拍出的浩瀚掌力。魂影突然爆发出一道排山倒海般的神识波动，狂霸的魔啸爆发而出："吼……"虚空不断崩碎，地面上无数飞禽走兽的灵魂在瞬间湮灭，可怕的魔啸竟然能够直接撕裂人的灵魂！即便强如辰南、紫金神龙他们，也有些吃不消，险些在空中翻落下去。

魂影双目中爆发出两道邪异的光芒，与魔主的双眸针锋相对。与此同时，巨大的指骨自魂影脚下飞出，猛烈抖动起来，竟然横扫魔主！"轰！"魔主与魂影对视，根本没有躲避指骨，直接被结结实实地轰中。由神灵的头骨堆砌而成的骨床在刹那间粉碎，化为尘埃，在空中慢慢飘落。不过巨大的指骨抽碎骨床后，虽然狠狠劈在了魔主身上，但是却没有将之撼动分毫，而自己反倒被一股狂霸的力量震飞出去上千丈远。

辰家远祖的巨大双眸依然透发着漠然的光芒，在远空矗立不动。辰战手持千丈神剑，露出一丝迷茫之色，煞气盈身，定定地站在那里。守墓老人、西土图腾、神女也都没有出手的意思，他们想静静地观望传说中的魔主到底强悍到了何等的境界。

数十丈长的巨大指骨，爆发出阵阵可怕的能量波动，再次向着魔主撞击而去。而就在这个时候高天突然崩碎了，消失许久不见的拜将台突然破空而来，径直轰向指骨！其上的两行字"亿万生灵为兵，百万神魔为将！"倒映在空中，交叉出两道刺眼的光芒，成十字形劈在指骨上。

守墓老人自语道："拜将台是魔主祭炼而成的，其上隐匿的那条残魂定然就是他的！"指骨与拜将台激烈碰撞的过程中，拜将台上果然慢慢浮现出一道虚影，凝聚成一道残魂！神女独孤小萱自语道："是因为拜将台中藏匿着魔主的一点灵魂的能量，才致使他没有灭亡吗？！"

拜将台上出现的残魂，虽然同样模模糊糊，但是其威势与指骨中出现的残魂一样凌厉逼人，大有睥睨天下、唯我独尊之态！魂影仰天发出一声长啸，这是发自灵魂的震慑，它忽然摆脱拜将台快速冲出，在一瞬间冲进了不远处魔主的体内！

"轰！"一股毁天灭地般的狂暴气息，瞬间浩荡而出，魔主之威势强盛到了让人胆寒的境地，可怕的能量波动，一瞬间遍布到第十七层地狱的每一个角落，而后又在刹那间如滔天大浪一般，逆卷而回，冲入了他的体内。魔主自半躺状态缓缓站起，银色的长发随风舞动，摄人心魄的气息弥漫当场，他的双目依然一眨不眨地凝视着指骨中分离出的残魂。

现在，魔主残魂的能量与身体，以及不灭的灵识融合在一起，已经取得了压倒性的优势，将指骨残魂逼得仰天怒吼了起来，不再与魔主进行精神层次的较量，而是破碎虚空，无数魂影向魔主冲去。魔主双掌划动，一重重光幕向着残魂笼罩而去，而后生生将它压制。而这个时候指骨狂暴舞动，摆脱了拜将台快速冲来。魔主一声冷哼，发自灵魂的威慑顿时令指骨一滞，在空中短暂地停滞了瞬间。魔主幻化出一只巨大的手掌，仿佛能够收拢天地一般，一瞬间将指骨包裹在里面。紧接着一声暴喝，魔主银发狂乱舞动起来，透发出无尽的煞气，整片天地都黑暗了下来，仿佛黑夜降临。

"轰"的一声巨响，指骨爆碎，天地复归清明！镇压十八层地狱的指骨被魔主生生攥成了飞灰，就此消失在天地间。九滴鲜红的血水在虚空中凝聚而成，围绕着魔主不断旋转。魔主将九滴血水，打入那重重光幕中，鲜血与那挣扎的残魂融合在一起。魔主双掌不断划动，打入进去无尽的能量。"他在干什么？"神女独孤小萱有些不解。守墓老人面露凝重之色道："炼魂！"

九滴鲜血融入那道残魂后，他的力量迅猛提升，魔主虽然将他压制了，但是现在看起来残魂似乎随时都有冲出那片封印之地的可能。

残魂疯狂地嘶吼着，似乎在忍受着莫大的痛苦，九滴鲜血在他的体内不断游走，所过之处冒起一缕缕轻烟，最后鲜血均匀地分布到了灵魂中。一股烟雾聚集在残魂的头顶上空，那是被九滴鲜血还有魔主的力量生生炼化出来的！西土图腾神色沉重，道："指骨中竟然隐藏着两条灵魂，九滴真魔之血似乎与残魂同根同源，白色云烟似乎与指骨同根同源。"

白色云烟飘出后，残魂从狂暴中清醒了过来，仰天一声怒吼，双掌划动，将白色云烟笼罩在里面。而魔主也适时出手，与残魂共同炼化白色云雾状的不明能量，半个时辰之后，白色云雾猛地爆发出一道璀璨的光芒，轰然一声爆响，炸裂了开来，彻底消散在空中！威震千古的魔主对那道残魂做了个请的动作，两人一起飞上拜将台并肩而立。远处守墓老人、西土图腾皆吃惊无比，魔主做出这样的动作，允许别人与他并肩而立在拜将台上，足以说明那个人必然能够与他平起平坐！

神女独孤小萱激动地道："魔主叔叔，那是我父亲吗？可是、可是我为什么没有感觉到一丝一毫他的气息？如果不是，他到底在哪里？""世上谁人能不死。"魔主终于开口了，声音中有着一丝悲凉，有着一丝沧桑，更多的是无奈。神女独孤小萱如坠冰窖一般，感觉浑身发冷，她颤声道："我不相信，我父亲不可能真的死去！""没有人能够万古不灭。"魔主的话语很低沉。

独孤小萱叫道："我不信！"魔主沉声道："生死相依，死之极尽便是生，生之极尽便是死，没有永恒的不死，也没有永恒的寂灭。"说完这些，他望向无尽的天际，神情越来越漠然，道："这个世界又到了最为混乱的时代了，如果不能够重新制定法则与秩序，灭世又将开始，没有人能够活下去。今日，我要号令天人两界，将不确定因子全部放逐到第三界。"

"你在说什么？"西土图腾似乎知道将要发生什么事情，脸色有些不善。"我想请你进入第三界！"魔主的声音冰冷无比。"你凭什么？！"西土图腾震惊无比。魔主道："就凭我是魔主！""一个灵魂残缺的魔主能奈我何？！"西土图腾大怒。"我认为足够了！"魔主站在拜将台上道。

西土图腾正中的圣眼快速睁开，号称能够毁灭世间一切的圣光透射而出，先是金黄，而后紫金，随后湛蓝，接着深红……一道光芒比一道光芒炽烈！上次邪祖出世之时，在大混战之际，瑞德拉奥不过施展了金色圣光与紫色圣光，今次上来就连连提升了几个层次，可想而知他对魔主的顾忌。不过一切都是徒劳的，魔主一字一顿，喝道："逆——乱——阴——阳！"

随着魔主话语落音，可怕的事情发生了，西土图腾在刹那间化成一堆白骨！虽然他号称是万古不灭的魂体，在一瞬间又重组了身体，快速化形而成一个完整的图腾身，但是，逆乱阴阳再次发生作用，他又在一瞬间化成一堆白骨。就这样周而复始，西土图腾在生与死之间不断转换，陷入了生死循环中，根本没有任何力量摆脱困局，这令现场所有人都震惊无比。

守墓老人脸色变了又变，道："魔主你何必如此，让他遭受折磨？""你也想动手吗？"魔主声音漠然，不包含任何感情。"想试上一试！"守墓老人似乎并不惧怕。这个时候神女独孤小萱忍不住道："魔主叔叔你太过分了，难道你想将我也放逐进第三世界？""不仅是你，这个天地间，所有这个级数的强者都应进入第三世界！"守墓老人大笑道："魔主你未免太过高估自己的实力了，身未损前你都不一定有说这种话的资本，现在的你能够让所有这一级别的强者慑服吗？""我和他联手足够了！"魔主说着望向与他并肩而立的魂影。

"好，让我看看你们到底如何掌控乾坤！"守墓老人准备与魔主大战。魔主冷漠地道："不要急，免得后悔！"说话间，他与拜将台上的残魂同时仰天吼啸，震耳欲聋的啸音划破了第十七层地狱的空间，传入了人间界。在这一刻，西土所有修炼者都感觉到了发自灵魂的战栗！不多时，一个巨大的太极神魔图冲入第十七层地狱，悬浮在魔主与那残魂的头顶上空！

广阔的天际，一轮巨大的太极神魔图悬浮在魔主以及与他并排而立的残魂上空，方圆不下数百丈，它无声无息地旋转着，透发出一股磅礴的力量波动，并且有一股苍凉的气息，仿佛亘古就已经存在。生与死的气息浩浩荡荡，如汪洋大海一般，汹涌澎湃而出，波涛起伏。

将拜将台上的魔主与残魂映衬得更加高不可攀！

远处，辰南心中波澜起伏，巨大的太极神魔图出现时，他敏锐地感觉到了体内的异动，在他的体内也有一幅太极神魔图，现在正缓慢地旋转着，他清晰地捕捉到了它的律动。守墓老人脸色变了又变，叹道："我早就知道永恒的森林中，太极神魔图趋近功成，你还真是大手笔啊！本想和你较量一番，但是神魔图出现了，那就算了吧。"

魔主沉声道："就请去第三界吧。天界、人间实在太脆弱了，你们这等级数的人物，实在不应该再停留，经不起你们的争斗。"守墓老人黑着脸，没有了平日嘻嘻哈哈的神色，被人强迫离开原有的世界，对于他这等人物来说，实在是很恼火的事情。西土图腾还在生死间不断徘徊，"逆乱阴阳"法则不被解除，他将永远在骷髅骨与完整肉身之间不断转化，这实在是莫大的痛苦，每一分每一秒都在体验着死亡的痛苦。可以想象，魔主的法则有多么霸道！

风华绝代的神女独孤小萱明显非常不甘与气恼，她非常不愿意进入传说中的第三界。思虑片刻后，她的脸上闪现出一道慧黠之色，道："魔主叔叔，你怎么能够强迫我进入那种可怕的地方呢？我还要寻找我的父亲呢！你不能这样对我。"魔主虽然与神女一家有很深的交情，但是此刻依然冷漠无比地回答道："有些事情你不必刻意去做！"

独孤小萱道："呵呵，看来魔主叔叔是不打算通融了，不过我可不是那么好欺负的，我想和魔主叔叔较量一番！""你对付得了神魔图吗？"魔主的声音冰冷无比。"不试怎么知道！"神女独孤小萱突然凭空消失，而后出现在二十里外的辰南身旁，她笑嘻嘻地道："借身体一用！"辰南无语。这已经不是第一次了，这个神女还真是盯上他了，难道说他的身体就这么特殊吗？古思不可能阻止得了，龙宝宝也只能瞪圆一对大眼睛。旁边的紫金神龙更是噤若寒蝉，对于这位魔女他分外顾忌，曾经吃了太大的亏，到现在也不愿直面她。

辰南思感依然存在，但是身体已经不属于自己，神女融入了他的体内，他看到自己冲天而起，来到拜将台对面，与魔主对峙。这实在是让人抓狂的感觉，如果他能够打得过独孤小萱，非要将这个魔女痛揍一顿不可，居然拿他的身体来对付这般恐怖人物！

"小丫头你真想和我战？"恐怕也唯有魔主这等人物，才敢这样称呼独孤小萱。独孤小萱道："我就是想和你斗！"辰南现在的感觉真是极其怪异，似一个旁观者一般，感受着"自己的言行"。"我明白了。"魔主深深地看了一眼前方的"青年"。凭着一种本能的直觉，辰南知道他看向的是自己，而非独孤小萱！

魔主扭过头去，看了一眼与他并肩而立的残魂，他们似乎心有感应一般，那道魂影仰天发出一声长啸，立时震得整片十七层地狱都摇动起来，其透发出的威势丝毫不逊色千古魔主，更何况现在有意外放气息。残魂双手无声无息地划动着，辰南猛然间感觉自己掌控了身体的主导权。神女独孤小萱脱离了出去，她惊异地望着残魂，满面不解之色，问道："他是谁？"魔主挥手间，将辰南送离了这片战场，沉声道："一段残缺的战魂碎片！"

独孤小萱道："镇魔石上的九滴真魔之血是他的？"魔主道："不错！但魔石通灵，不愿归还魔血元力。最终虽然被强行索回，但元力又被指骨吸纳。与那指骨纠缠无尽岁月，几番周折，今日终于让他解脱出来。""他到底是谁？"独孤小萱显得很激动。"可与我并肩作战的人！小萱，你该走了。"说到这里，魔主难得露出一丝缓和的神色。而这个时候，巨大的神魔图在他头顶疯狂旋转起来，搅得风云变幻，天地失色，一股极其特异的空间能量浩荡而出。

天地间光芒刺眼，一片炽烈的白光让具有天眼神通的辰南、紫金神龙他们都无法目视！"不，我不要去第三界！"神女似乎在挣扎，但是太极神魔图已经将她笼罩了，而后冲入那片炽烈的白光中。片刻后，刺眼的光芒消失，太极神魔图在魔主与那残魂头顶上空缓慢旋转，神女独孤小萱消失不见。这是一个让人无言的场面，独孤小萱之强横那是有目共睹的，但是依然被魔主利用太极神魔图打入第三界！

魔主转过身体，面向守墓老人。"我老人家自己去，不麻烦你动手！"守墓老人脸黑黑的。"慢！我想向你暂借样东西。"魔主开口道。守墓老人疑惑道："借什么？"魔主道："借你身体一用！"守墓老人现在的心情跟方才的辰南一样。借身体这种说法实在太让人无语了。

"我是为他而借！"魔主指了指身旁的残魂，对守墓老人道，"不会很久，当我们处理完所有事情，进入第三界立刻归还给你。""想都别想，没门儿！"守墓老人已经准备不惜大战一场了，平时虽然嘻嘻哈哈，但他有原则底线。当魔主转头看向西土图腾时，正在忍受着生死折磨的瑞德拉奥更是直接拒绝道："除非我死！"魔主对他没有过多言语，闻听此话后，在解除逆乱阴阳法则的刹那，直接一拳轰出。炽烈的白光再次出现，瑞德拉奥直接被轰进了第三世界，魔主当真是没有给他留半点面子。

魔主对守墓老人道："你也该上路了。"守墓老人道："我老人家说话算话，自己定然会去第三界。但是我想等待一段时间，我想看看你如何将所有人都打入第三界。""好！"魔主没有勉强守墓老人。他在拜将台上转过身来，面向数千丈高的魔性辰战，眼中流露出一丝欣赏之色，道："我想借身体一用。"

自始至终，魔性辰战都在凝视着拜将台上的残魂，闻听此话后，出乎所有人的意料，充满杀戮之心的辰战竟然点了点头，并未像想象的那般露出疯狂杀意，而这样的表态似乎出于本能！不仅守墓老人惊异，魔主也似乎感觉有些意外。残魂冲起，快速没入魔性辰战的体内，数千丈高的盖世魔体快速缩小，眨眼间化成了常人般大小，一个英气勃发的青年男子出现在众人眼前。远处，辰南心中为之一颤，他终于再次看到他父亲的真身样貌。

辰战与魔主并肩立在拜将台之上，他们共同望向远空的巨大双眸。魔主冷漠地道："辰大、辰二，我知道你们的先祖还没有重聚灵识，现在是你们暗中主导着他的眸子。如果你们不怕辛苦重组的双眸在大战过程中被打碎，就出手吧。""嘿！"一声冷冷的嘿声传来，虚空崩碎，炽烈的白光照耀天地间，若隐若现间，话语传出："本就要进入第三界，汇聚远祖真身，现在恰是时机！"两道人影与那对巨大的眸子冲入了白光中。

守墓老人以及辰南都以为，对付辰家众人必然最为费劲，免不了一场激烈的大碰撞，但是没有想到竟然如此顺利。不过，守墓老人还是大笑了起来，道："现场的人都解决了，但是我不相信你真的能够令所有人进入第三界！"魔主漠然道："也许吧！拜将台由我元神祭炼，应该能够捕捉到这一级数的强者。"随后，他与辰战飞离拜将台，他大喝道："现在就开始请人！拜将台去吧！"

拜将台破碎虚空而去，冲出了第十七层地狱！这真是大手笔，拜将台出动，去请人来！这等级数的高手，万里之遥于他们来说，胜似闲庭信步。不过半个时辰，虚空崩碎，拜将台飞归，在他们后面跟着一个煞气冲天的青年男子。"谁在扰紫霄老祖沉睡？！"他满头紫发，双目如电，冷冷地扫视着十七层地狱的这些人。"我，有请你进入第三界！"魔主没有过多的话语，神魔图直接遮掩而下，炽烈的白光闪烁，紫霄老祖被打入第三界。

半个时辰之后，拜将台去而复返，这一次它的后面跟着一个冰棺，可以模糊看到里面躺着一条人影。此外，还有一名血色长发的青年男子，在后面破空而来。两者可谓魔气冲天，透发出的强者气息令守墓老人都为之心惊。守墓老人最后惊呼出声："难道是太古六邪？！嘿嘿，这下麻烦大了！"远处，辰南却一阵震惊，所谓的太古六邪，乃是六大邪道圣地的真正祖神！"魔主？！"血发青年男子发觉魔主后惊异出声，显然他们曾经打过交道。

魔主道："是我！你是太古六邪中的混天祖神吧？"混天祖神道："哼，是我！你为什么翻地三千丈，扰我清修？"魔主道："想请你去第三界！""哈哈，魔主你还真一如既往地霸道啊！以你现在的状态，不被我杀死就不错了！"混天祖神现在眼中闪现着狂热之色，看得出他是一个无比疯狂的老古董！

"哼！"这个时候冰棺也传出一声冷哼，道："魔主，也包括我绝情祖神吗？"魔主坚定道："包括！""砰！"冰棺爆碎，一个白发青年男子立于虚空中，他冷喝道："你嚣张的姿态永远让人无比讨厌！你将我从万丈雪峰地下惊醒，就是想让我欣赏你的狂妄吗？！""嘿嘿！"不远处守墓老人露出了笑意，自语道，"惊出这样两个老古董，真是有好戏看了！"

魔主强横姿态不改，冷冷道："你们很强大，但是我没有时间和你们过招！"这时，混天祖神与绝情祖神终于注意到了巨大的太极神魔图，他们脸色骤变。混天祖神惊道："没有想到真的被你祭炼成功了！"绝情祖神道："我想讨教你的真实功力，而不是想与那死人组成的东西争斗！"魔主冷漠地道："可惜，今天想要与我动手的人注定将有很多，所以我不可能奉陪！""你怕了？！"绝情祖神冷笑着。"我来！"这个时候，与魔主并排而立的辰战突然开口。魔主有些惊异地望着他，最后点了点头。

绝情祖神露出狐疑之色，道："你是谁！"辰战没有任何言语，但是强者气息在一瞬间爆发而出，席卷整片十七层地狱！无言的高昂战意，已经向绝情祖神表明，不动手则已，动则石破天惊！绝情祖神露出了凝重之色，不了解的对手才最为可怕，他决定以绝杀出击！"冰——封——归——虚！"他一字一顿，始一上来就施展出了自己的最强法则！漫天都是冰雪，在一瞬间，辰战被冰封进如山高的冰块正中。

守墓老人大叫："完了！居然没有躲过！被这传说中的原始真冰封冻，即便太古强者也要粉身碎骨，元神都难以逃出来。"冰山中辰战的身体，被冻得四分五裂！远处辰南又惊又怒，紫金神龙与古思死死地抱着他，不然他早已冲上去了。魔主也露出疑色，沉声道："不该啊，你不该犯这样的错误啊！"不过，众人的话语还没有说完，冰山中突然传出神识波动，一字一顿，道："万——古——皆——空！"雾气涌动，冰山飞快消失了，像是什么也没有发生过一般，辰战依然如神似魔一般当空而立！

"好一个万古皆空！"守墓老人赞叹道，"一点灵识不灭，就能够让一切回归原点！可怕到极点的法则啊！"魔主惊异地看着辰战，道："为何还是你为主导？"不过他马上又释然了，自语道："是了，你们有着相似的法则！但是……"

绝情祖神简直不敢相信眼前发生的事实，这种可怕的法则竟然完全破解了他的"冰封归虚"！太过让他震惊了！"万——古——皆——空！"辰战一字一顿，再次念出了如同古老魔咒般的无敌法则！"啊！"绝情祖神大叫，在空中几个幻灭，连续不断地变化方向，但是当辰战停下来时，绝情祖神已然被法则的力量擦中了，由二十几岁的样貌，被打到十八九岁的样子，容貌明显稚嫩了一些。"这怎么可能？！"他简直不敢相信自己的感觉，第一次露出一丝惧意。

魔主深深望了一眼辰战，转过头来对绝情祖神道："以你的功底来说，这种伤害不过需百年光阴休养而已，第三界最适合你。"绝情祖神悲愤无比，这样去第三界实在屈辱无比，不过眼下似乎只能低头，他死死地盯着辰战，道："你是谁？"辰战如同古老的雕像一般，没有任何言语，眼中沧桑之色与嗜杀的疯狂之色几次转变。

旁边，混天祖神眼中闪现着疯狂的神色，道："我来试试！"不过却被绝情祖神一把拦住了，他强忍怒气，道："我们认栽，你不要尝试了，我需要你保护，不然你如果发生意外，我们恐怕都会遭遇不测！""就这样妥协？！"混天祖神一副桀骜不驯的样子，似乎非常不甘心。只是，最终他忍下了。当炽烈白光闪现的刹那，他们两个走了进去，不过同时寒声道："今日之耻，他日必雪！"

强敌被打入第三界，魔主转过身来，认认真真地打量了一番辰战，道："我想我们可以一次性解决问题了，又到了我们再次联手的时候了！"不远处，守墓老人脸色大变，他知道了魔主话语中的含意，道："魔主你居然要那样做，那会改变整片天地的格局的！""小痛而已！"魔主的声音冰冷无比。守墓老人大叫道："这怎么会是小痛？！乱天动地！天、人两界都会大变样，你们将让两个世界的轨迹发生改变！"

魔主惊才绝艳，傲视千古，即便沉寂无尽悠久的岁月，但始一复出就惹出浩荡天地的大风波，也唯有他这种狂人才敢口出狂言，要将所有太古超绝高手打入第三界！事实上他真的做到了，西土图腾、独孤小萱、紫霄老祖皆被成功打入第三界。辰家一脉，虽然是自愿进去的，但是也因这次风波而起。现在，更是将传说中的太古六邪中的混天祖神与绝情祖神逼入第三界。天上地下，也唯有魔主敢这样做！

在此过程中，魔主霸气与实力显现的同时，也将另一个人衬托得高不可攀，那就是残魂入主之后的魔性辰战，现在他同样显现出了震古烁今的无上威势！现在很难说清是残魂主导着辰战，还是辰战主导着残魂，但有一点是可以明确的，两者合在一起，将是与魔主平起平坐的人物！"万古皆空"这一可怕法则，可谓旷古绝今，即便强如太古六邪中的人物，也难以承受，被生生剥夺去无尽岁月！

魔主深深看了一眼辰战，而后望向无尽的天际，叹道："是巧合吗，真的是巧合吗？！相似的法则啊！"守墓老人以及辰南等人知道，他说的人物是残魂与辰战。"哈哈！"魔主仰天悲笑，冷漠的神色早已消失，显露出了自己的真实情绪波动，道，"问苍茫大地，谁主沉浮，唯我魔主，但是我们却连自己都把握不住。"

"完了，这个家伙要发狂了，没办法阻止了。"守墓老人自语着，说话间快速后退了十几里。果然，魔主说完这些话后，神色再次冰冷起来，他对着残魂入主的魔性辰战道："不管是谁主导谁，'万古皆空'因你而定，'梦幻空花'为我而成。合在一起，整片时空都将改变，我们联手，即可乱天动地！不接触所有需要打入第三界的强者，而直接将他们进行时间与空间的双重转移。不过这样可能引发天地剧变，天界、人间、各个无主大玄界或将贯通，也许这并不是坏事，除却第三界外，各界合为永恒的'一'，实现大同。"

"魔主你太疯狂了，这种事情怎么能乱来？！"显然，守墓老人非常担心，进行最后的劝说。魔主的声音冰冷无比，道："天地格局该转变了，有些人的野心太大了，他们有着各种各样的目的。有些人妄想炼化整个世界，有些人想以内天地取代大世界，有些人想重开另一界。从某种意义上来说，我对他们表示钦佩，但是这样各自为政，博弈天下，终将引来更强大的力量，让各界走向毁灭。"

守墓老人道："但是你们的手段太过激烈了！"魔主道："天地为局，众生为棋，以为自己是主弈者，其实也深陷局中，茫然不知，没有任何人能够跳出局外！今日，我也插上一脚！"守墓老人无言，最后表情木木地道："你狠，这次你算阴了所有人！"魔主道："当然，以我和他现在的状态，即便'万古皆空'与'梦幻空花'同时作用在神魔图上出手，恐怕也远远不够。不过，有这残破的世界在此，一切都有可能了！"

"残破的世界？"在守墓老人惊疑不定的过程中，魔主大喝道："现在开始吧！"他与残魂入主的魔性辰战并肩而立，他们的身躯在刹那间开始暴涨起来。

十丈！百丈！千丈！万丈！庞大的两具魔躯高耸入云，仿佛要破碎整片天地一般！完美雄健的魔体，双膝以下沉入地下，胸膛以上冲入太虚，可谓上达九天，下入幽冥，顶天立地！神魔图随着他们身躯的暴涨，也开始暴涨起来，但始终浮沉于他们头顶上空，不断旋转，绽放出金黑两色光芒，无尽的生之气息与死之气息，席卷天地，浩浩荡荡。

守墓老人到这时终于知道，第十七层地狱就是所谓的残破世界，现在两位震古烁今的强者正在以自己的盖世魔体，汲取残破世界的力量。辰南在遥远的天际，静静地注视着那两人，在这一刻他心中出奇地平静。"太太太太太让龙疯狂了！"紫金神龙激动得结结巴巴起来，"这两个家伙真是太让龙激动了，我我我我太羡慕与崇拜他们了！龙生就应该这样啊，天地万物尽在掌中，要让整个世界唯我而定，这才是男人啊！嗷呜……"

龙宝宝明显没那么激动，虽然也充满了好奇与吃惊的神色，扑棱着一双金色的龙翼，晃晃悠悠，眨动着大眼，小声嘟囔道："'男人'是啥米东东，能吃吗？好吃吗？人生只要自己心境快乐平静就好，背负太多，太过累人，太过无聊，一点儿也不好玩。"守墓老人自语道："完了，阻止不了了。这下，第三界该热闹了。那个鬼地方进去容易，出来难啊。我老人家费尽千辛万苦出来，现在又要进去了，实在是气愤啊。"

在这一刻，第十七层地狱中的所有人都生出一种奇异的感觉，这个世界在快速地缩小，仿似空间正被抽离而去。是的，这并不是错觉，这是真实发生的事情！魔主与残魂入主的魔性辰战，在汲取残破世界的力量时，整个世界都在快速缩小。毕竟他们要施展的最强法则，并不是仅仅局限于某人，而将跨越天、人两界，需要的强大力量难以想象！

三天三夜的工夫，仿似亿万年久远一般，两个万丈魔躯如太古就已经矗立在那里一般，透发出的磅礴能量波动，席卷了整个世界。这是一股让人胆寒、根本无法生出与之相抗之心的可怕力量！即便强如守墓老人，也不得不惊叹连连，引导一个残破的世界力量，去作用在另外两个完整的世界中，实在太过疯狂了！明显可以感觉到浩瀚的能量源源不断地涌入两个盖世魔体中，而后庞大的能量又被两人打入了神魔图中。

神秘的太极神魔图也不知道承载了多少力量，缓缓旋转着，给人一股十万巨山压顶般的感觉。就在这个时候，魔主与辰战终于有所动作，他们缓缓升腾而起，慢慢进入了那浩瀚无边的神魔图中，与之相融！

与此同时，两道声音同时出口。"逆乱之——梦——幻——空——花！""万——古——皆——空！"随着两声摄人心魄的话语落音，两种法则力量交融在一起，形成了一股完全不同的法则力量，开始作用在整片天地间。"轰！"第十七层地狱破开了，巨大的太极神魔图冲天而起，飞出了地狱。不过破碎的空间并没有就此闭合，依然敞开着，一股无形的力量沿着破碎的缺口，源源不断地汇聚到神魔图中去。太极神魔图一化二，二化四，化成万万千千，飞向整片人间，而后冲入了天界。

在这一天，天地大动荡，让人根本无法想象的剧变发生了，到处都是金色与黑色交融的光芒，两道巨大的魔影在两色光芒中闪现，出现在了世界的每一个角落。梦幻空花与万古皆空交融在一起，汇集神魔图的力量，以残破的世界做后盾，作用到了天、人两界，整整影响了两片空间的格局！天地大动荡！天门大开，人间与天界许多的地方，都交融在了一起，两片空间出现了许多巨大的通道！

巨大的变化还在后面，时空为之大乱，许多无主玄界消失了，融入了整片天地中。梦幻空花与万古皆空本就旷古绝今，现在以一个残破的世界力量为依凭，交融出的强大法则力量不可想象。天地相通，大环境发生了巨大的变化！到了后来，一座座大山出现在人间，一座座未知平原显现在天界，两界的地域也不知道广阔了多少，二者之间的无数通道依然还在扩展，隐隐有彻底连接在一起的趋势。

天则难阻，在梦幻空花与万古皆空面前，天罚失去了作用，秩序被打破！毫无疑问，平静下来后的世界，天则将变！在这千古剧变面前，大环境在变化，小的地域在改变，在此过程中，许多玄界似乎重叠了一般，所有未明空间仿佛透明了一般。

就连第十七层地狱也不例外，辰南看到层层透明重叠的空间如虚空泡影一般闪现。他看到了天界东海之波与第十七层地狱的东海之波连接在了一起，他甚至看到了龙舞的身影在闪现。他看到了天界的山川大泽，与人间的名山大川连在一起，相连的山川比以前更加雄伟瑰丽了。

世界在大变样，这不是虚幻的，这是真实发生的事情，不仅天界、人间渐渐相连，就连这残破的世界也与外界相连了。惊天大变！震惊千古的剧变，必将永久地载入史册！世界格局改变，天界、人间、残破的世界，三者之间连通，这必将对后世产生无比巨大而深远的影响。无人能够猜测未来的轨迹，许多事情都将因此而改变、而逆转！一条条巨大的空间通道，越来越宽广，似条条蛛网一般，纵横交错于三界之间。

超绝的修炼者最为敏感，许多强者知道世界从今天开始，将可能大不相同了，无数人心中惶惶不已。当然，其中不乏功力通天之辈被惊扰得从沉睡中醒来，这些人的修炼法门大不相同，一次修炼或许就要沉睡百年、千年，但是今日之剧变生生打断了他们的清修。虽然不过是有限的十数人，但其威势却可谓石破天惊，这等人物法力超绝，即便强如魔主也不敢等闲视之。东土李家玄界，传说中的疯魔沉睡之地，天上地下少有强者敢冒犯打扰。李家玄界号称东土的斗战道门，几次惹得天下大乱，最后差点儿被天下人共灭之。不过每一次，众多高手冲进李家玄界无不惨淡收场。每到李家玄界将要败亡之时，传说中的疯魔便会从沉睡中醒来，毁灭所有敢于闯入玄界的高手，因为传说他是李家的远祖，他一直没有离开过这片玄界。

今日，李家玄界传出一声直上云霄的长啸，玄界出口处冲腾起一股魔气，一条高大的人影飞出玄界，直上高天。东土最强大的修炼者之一疯魔感受到了巨大的危险，他要拒敌于玄界之外。疯魔之所以被称为疯魔，盖因其人疯狂无比，一经陷入战斗，就将变成一个战斗狂人。此刻，他满头黑发根根倒立，双眼中闪烁着无比炽烈的光芒。像他这种级数的强者，在世间早已难寻对手，如今强敌来犯，他不仅没有丝毫怒意，反而无比激动与兴奋。

"吼！"魔云浩荡，直冲而起，冲散了天际的云朵，漫天都无比黑暗。此刻，巨大的神魔图冲到了近前，疯魔脸色骤变，大叫道："你是魔主？我要与你真正决斗，仰仗这等天宝算什么！"冰冷的声音从神魔图中传出，道："我现在没有时间，去第三界等我吧！"巨大的太极神魔图铺天盖地般笼罩而下，刺眼的白光爆发而出，疯魔发出一声愤怒与不甘的怒吼，而后在原地消失了。

杜家玄界，一股磅礴的气息在浩荡，寂静万年之久的天魔头颅从沉睡中醒来，整片玄界都在剧烈摇动，杜家人惶惶不可终日。这传说中的魔尊乃是他们这一家族最大的噩梦，所有人出生时都被打上了天魔烙印，是制约他们这一家族的禁忌之源。

杜家玄界内，大地崩碎，一颗头颅自地下深处冲起，这是一个英气逼人的青年男子头颅，长发漆黑如墨，双目中爆射着骇人的冷电，他自语道："天地又剧变了吗？我已经为辰战监守这片玄界一万年了，但是，他是否在第三界找到了封印我一身天魔力的所在呢。"随着天魔的自语，万年前他与辰战达成的协议，渐渐露出了水面。

天魔当年被人分解，封印在三界，残破的身体被封印在人间与天界，一身强大无匹的本源力量则被生生抽离而去，封印进第三界。一代天骄辰战无意间放出了被封印的天魔头颅，此后他们达成了一个协议，天魔帮助辰战坐镇于杜家玄界，辰战帮他找回本源力量。辰战手中有一个残破的世界，相传为无尽岁月前一个真实世界毁灭后的碎片。辰战可谓惊才绝艳，想了解其中因果。他有了一个长远的打算，要再现当年真实的世界，找到它毁灭的原因，来感悟天地变化，了解天则本性，看清大世界的本质。

但是在无法预知整片残破世界复原后会发生怎样的变化的情况下，辰战为避免意外发生，决定以小观大。就这样杜家玄界产生了，这并非一个简简单单的所在，乃是辰战手中那残破的世界抽离出的一部分。从某些点滴小事，可以看出一个人的本质，从小世界展望大世界，可以说是一个极其大胆的设想。对于这个计划，天魔也是非常感兴趣的，他失去了本源力量，虽然神识之强足以自保，但却无法出入第三界，因此愿意坐镇在此，辰战帮他找回本源力量。

天魔头颅自语道："唔，我感应到了残躯，天地有大事件发生，还是先将身体聚合吧。"话语落音，天魔头颅自杜家玄界出口飞出，仰天长啸，声音直破云霄。一道道巨大的闪电劈落而下，黑雾弥漫，无数的残魂在飞舞，天魔开始聚集残魂与残躯。这里仿佛一片鬼界一般，阴风怒号，黑云压顶，鬼影幢幢！天魔仿佛在施展古老的魔咒，难明晦涩的语言不断出口，同时一道道咒符出现在头颅的四周，闪烁着无比邪异的光芒，整片天地间出现了一个巨大的古老阵法。

"天——魔——归——位！"随着话语落音，一道道禁忌天雷轰击而下，与此同时，四面八方鬼哭狼嚎之音不绝于耳。虚空破碎，天魔胸腔飞来，"砰"的一声与天魔头颅聚合在一起。接着，虚空不断崩碎，天魔左臂、天魔右臂……相继飞来！天魔左手与天魔下半身最后时刻同时飞来，聚合在天魔残躯之上。这两者可谓都与辰南有着莫大的关联，天魔左手曾经被他掌握很长一段时间，天魔下半身乃是被他利用紫金神雷炸碎地下龙脉放出的。

今日，天魔真身终于重组完毕，虽然失去了本源力量，尚比不上某些强大的老古董，但是强大的天魔神识少有人能及！"唔，本想利用辰战家那小子体内的特异力量来作为第二选择恢复修为的，但是现在没有时间了。"天魔自语着，冷冷地扫视着天际。虽然远非巅峰状态，但是盖世强者之姿依然显露无遗！

巨大的神魔图快速而来，笼罩在天魔上空，天魔惊异无比，有些愕然地望着太极神魔图中的两道巨大的魔影，他盯了一眼魔主，而后一瞬不瞬地凝视着辰战。"辰战？！你是谁？"残魂入主的魔性辰战，似古老的化石一般一动也不动，静静矗立在神魔图中。天魔深深地望了一眼他，最后看向了魔主，冷笑道："按照辈分来说，我应该叫你一声好听的，你是我之前的第一魔，我是你沉寂后的第一魔，今日你想对我动手吗？"

魔主道："不想，今日只想请你进入第三界！"天魔道："嘿，魔主你向来如此霸道啊。不过今日我天魔忍了，因为我不能再等了。就让你送我进第三界，我亲自去寻找本源力量。魔主，等我恢复到巅峰状态，少不得向你讨教！""傲性如同你的父亲。"魔主仅仅说了这样一句话，而后驾驭神魔图笼罩而下，炽烈白光闪现，天魔自原地消失。

太极神魔图冲天而起，飞向了遥远的天际，天界辰家、九天净土毫无意外，都被光临。神魔图纵横于天地间！最后，它飞向了西方，这一日一声巨大的龙啸传遍了西土，所有强大的修炼者都在第一时间做出了定论，那是一条传说中的天龙！随后不久，一片璀璨的魔法照耀天地间，整片西土都传遍了这股能量波动，令所有修炼者惊骇，资深的老一辈人物知道，那是太古禁忌魔法的力量，那可能是传说中的太古禁忌法师在施展！

这是怎么了？天龙、太古禁忌法师，这些都是认为早已不复存在的人物，居然浩荡出无尽的能量波动！在这眼前的天地大变中，难道有人在向他们出手吗？这是所有西土修炼者心中的疑问。毫无疑问，这乃是魔主与残魂入主的魔性辰战驾驭神魔图所为！西方天界，也不得安宁，同样引来神魔图"光临"！

太极神魔图并没有进入任何一座主神殿，而是来到了一片废墟之上，直接轰开了残破的遗迹，西方天界诸神在这一日都感觉到了发自灵魂的战栗，一股可怕的气息瞬间浩荡在天界。许多神灵都快速向着那片遗迹冲去，想要见证一位超绝强者出世，但是他们赶到那里时，仅仅发现一道白光闪现，随后一个巨大的太极神魔图冲天而去。随后，太极神魔图又冲向了天界的祭神台，又是一股强大到极点的可怕力量爆发而出，与此相呼应，魔神一方的祭台也爆发出一股恐怖的波动。

神魔图未至，两座祭台隐修的两位古老强者，已经自行出现，而且将要联手对敌！天界的主神们大惊，万万没有想到祭神台与祭魔台下竟然隐修有先辈高手！这一次，魔主与残魂入主的魔性的辰战魂遇到了大麻烦！太极神魔图与那两股力量不断轰撞，爆发出的可怕气息浩荡整片天界，可以想象西方天界的这两位强者有多么可怕。

"是时间祖神与空间祖神！"天界各个主神殿与魔神殿同时传出惊呼，没想到两位祖神还活着。时间与空间的力量是无限接近于世界本源的力量。魔主修炼的梦幻空花法则，残魂入主的魔性辰战修炼的万古皆空法则，两者的本质区别是空间与时间的本源之力。而他们现在要对付的人，乃是西方的空间祖神与时间祖神，可谓针尖对麦芒！他们虽然有太极神魔图，依凭残破的世界做后盾，但是西方两位传说中的太古大神，也有着雄厚的资本仰仗。

祭神台与祭魔台是什么样的地方？那是西方天界的两处灵力源泉

之眼！且历经无尽的岁月，也不知道有多少神灵在祭神台与祭魔台献祭过，这里凝聚的灵力之充沛超乎想象！不过，终究是太极神魔图与残破的世界合在一起的力量更加强盛。半刻钟后，时间祖神与空间祖神不甘心地发出两声长啸，化作两道白光被打入了第三界，他们愤怒的话语在天界久久回荡着："魔主，我们第三界见，到时候一争高下，不死不休！"

宣战！最强的宣战，不死不休！可以想象，在不久的将来，第三界将要进行更为惨烈的大战！魔主与残魂入主的魔性辰战没有言语，他们驾驭太极神魔图继续在这西方天界纵横。直至许久许久之后才离去。

这一日，到底有几人被"请"进了第三界，没有人知道。不过，人间与天界的修炼者深深知道，那神秘的太极神魔图今天干了一件震惊千古的大事件！这一日，被称为"无天之日"！世间最强大的修炼者自人间与天界消失了，有些人的年岁可与天比高，能够追溯到太古时期以前，但是他们在这一日被打入了第三界，集体性告别了原来的世界。这些人被后人称作"天阶高手"，他们消失的这一日，因此也就被称作"无天之日"！

魔主与残魂入主的魔性辰战驾驭神魔图，横贯东西方，纵横天地间，改变了三界格局！人间界、天界、残破的世界，三者说不上完全彻底贯通，但是三界间出现了许多巨大的空间通道，再也不似原来完全封闭的三个世界了。最后，魔主他们回到了残破的世界，飞到了辰南他们的近前，一道可怕的力量锁定了辰南，不过最后又被解除了。

在对峙的短暂瞬间，辰南没有任何慌乱之色，进入第三界没有什么可怕的，那样便可早日与父母团聚了。不过，如果真是这样被动进入第三界，他也会非常遗憾，雨馨怎么办？他早已发誓，要复归一个真正的雨馨，只有雨馨归来，他才能够真正了无牵挂，进入第三界。神魔图又锁定了龙宝宝，不过似乎有些犹豫。

龙宝宝绝对是个滑溜的小鬼头，怎么会不知道被神魔图盯上的后果，小东西心中紧张到了极点，唯有装傻充愣道："神说，我不是妹妹，不要这样盯着我，不然我会不好意思的。"强大的力量最终消失了，神魔图中传出魔主的声音，他对着远空的守墓老人漠然道："你是最后一人，请进入第三界吧。"

守墓老人摇了摇头，道："魔主你真的以为三界清平了吗？你真的认为将所有强者都请入了第三界？"魔主道："应该吧，我想没有遗漏了。如果真的还有这种级数的高手未被我感知，那么即便找到他们，以我现在这种状态恐怕也无法奈何。"守墓老人道："哈哈，连你自己都不能够百分之百地肯定，我看最后说不定会引出大乱，我老人家去第三界也。""等一等……"辰南急忙唤住了守墓老人以及即将消失的神魔图。辰南打开了内天地，将一金一银两个孩童放了出来。

"欺师灭祖的小子，我们不是和你说了吗，暂时就住在这里了，不要打扰我们！"两个活祖宗没有身为囚徒的觉悟，大刺刺地喝问着辰南，辰南对他们两个怎么处理也觉得不合适，如果是别人他早就好好拍他们一顿了，但这毕竟是他的祖宗啊，这真是一个让人哭笑不得的头痛问题。

辰南道："请将他们两个带入第三界吧，交给辰家的人。""哇哈哈！"守墓老人狂笑道，"两个傻孩子过来。"不仅四祖与五祖大怒，即便是辰南头上也冒出一条条黑线，怎么说这也是他的祖先啊。魔主冷冷的话语传来，道："没有必要了，如无意外，没有一千年的时间，他们无法恢复元气，一千年会发生很多事情！""哈哈，那好，我老人家先走一步！"守墓老人说完，他立身之处爆发出一片刺目的白光，而后他自原地消失了。

神魔图也将进入第三界，这个时候辰南在虚空中跪了下来，他对着魔性辰战，道："父亲，我会去第三界找你们的。"魔性辰战身躯微微一震，缓慢地扭转过身躯，露出一丝极其特异的神色，原本的气质似消失了，他眼中竟然难得地泛起一缕柔色，缓缓开口道："这个世界上没有人能够随随便便成功。得与失是平衡的，失去多少，就会得到多少；得到多少，就会失去多少。一万年不过朝夕间！"辰南愣住了，他有一种错觉，那不是魔性辰战，仿似真正的辰战归来了，他父亲在向他预示着什么吗？炽烈的光芒闪现，巨大的太极神魔图包裹着魔主与辰战瞬间在原地消失了。

"恨天夺我一万年,我失去得太多了,但我又得到了什么呢?"辰南静静地站在虚空中。前路漫漫,我将归于何处?现在,世界大变样,不可避免将会有许多重大事件发生。就在这个时候,虚空中光芒一闪,一道金色身影出现在辰南他们身前,这是一个光质化的老人,典型的西方人体貌,不过却不是真实的肉体,仿似完全由金光凝聚而成,近乎透明化。

辰南立刻戒备地问道:"你是谁?"光影道:"我是第一代光明教皇。"辰南惊异,没有想到一直身处暗中的第一代光明教皇现身了,他居然是这副特殊的体质。似乎是看出了辰南的疑惑,他苦笑道:"我的身体早已灰飞烟灭了,完全仰仗光明神传下的功法才能够凝聚魂魄,转成光化体质。不过终究不如肉体,无法长时间剧烈战斗。"

接下来,光质化的第一代光明教皇做了一件让辰南、紫金神龙等人都非常吃惊的事情,他竟然拜伏在了龙宝宝的面前,开始恭恭敬敬施大礼。这个举动,惊得龙宝宝"嗖"的一声飞到了辰南的肩头,小东西对这个实力强大的教皇有着明显的戒心,它道:"神说,神说,你干什么?"

第一代教皇道:"我才刚刚得到消息,天堂中的封印被您破开了,罪人拜见神上!""你说什么呀?"龙宝宝显得很迷糊,不过小东西本来就是神棍,又开始顺口溜道,"光明大神棍在上!神说,赦你无罪,远离我一百丈!"第一代教皇愕然,而后居然无比顺从地退出去了一百丈。"神说,有阴谋!"龙宝宝小声嘟囔道,"辰南、泥鳅,我们到底是逃还是打?"小东西一副随时准备开溜的样子。

"你这小神棍!"辰南又好气又好笑,道,"他要是有恶意,根本没有必要这样做,还是先问问到底是怎么回事吧?""好吧!"龙宝宝小声嘀咕道,"为啥我看见他浑身不自在?"小东西的一双大眼睛扑闪扑闪地眨动了起来,似乎在思索着什么。"教皇请过来吧。"辰南开口道。不过第一代教皇却望向了龙宝宝,似乎在等待它的决断。

"神说,那你就过来吧。"小龙不满地嘟囔道。辰南尽量保持平静,向着教皇询问道:"你刚才称呼它为神上,所谓的'神上'该、该不会是指第一代光明神吧?""正是!"教皇肯定地回答道。"嗷呜,有没有搞错啊?！这太让龙疯狂了,小神棍会是第一代光明神?哇哈哈,笑死龙了,它要是第一代光明神,我就是天龙皇,我就是第一代暗黑大魔神,我就是东土主宰者,我就是……"紫金神龙一边狂笑一边反驳。

小神棍龙宝宝难得露出一丝不好意思的神态,奶声奶气但有些忸怩地道:"神说,即便我的智慧举世无双,我的实力无人能及,但是你也不能这样恭维啊?光明神是个死人头,我这样一个潜力无边、前途无限的龙上之龙,怎么能够和那个死鬼联系在一起呢?"辰南有一种啼笑皆非的感觉。

第一代光明教皇愕然,虽说早有心理准备,但是下巴还是差点儿掉在地上。眼前这个眨着大眼、奶声奶气、如天真孩童般的小东西真是光明教皇吗?他有些疑惑了!"没有错!"像是给自己打气,又像是在证实,光明教皇道,"您就是我主光明神。""到底是怎么回事?据我所知,小东西的确是龙族啊!"辰南开口问道。第一代光明教皇似乎很开通,并不介意辰南这样称呼龙宝宝。

第一代光明教皇道:"事实上我们从来没有见过光明神的真身。""没有见过,你还一口咬定是我。"小龙不满地小声嘀咕道。"出现在世人面前的光明神,乃是真身的一具化身而已……"随着第一代光明教皇的述说,辰南、紫金神龙他们慢慢明白了事情的真相。

传说中的第一代光明神,是一个极其特殊的存在,他大多数时间都在人间游荡,很少回归天界,他和龙宝宝有一个共同的特殊嗜好,那就是喜欢美食,而且食量惊人。他无比神秘,根本没有人见过他的真身,仅有少数几人见过他的一具化身,那具化身便被尊为光明神。知道一代光明神乃是某位强大人物化身的人不过三五人而已。对于真身,没有人知道他是怎样的一个存在。

由于对于光明神了解过少,所有人都不知道他走向毁灭的那一战的真相,只知道他与天魔联手都以惨败告终。但令人奇怪的是,光明神粉身碎骨后,神魂消失前硬是冲入天堂,封印了几件不为人知晓的器物,置残碎的身体于不顾。并且吩咐要以残碎的身体吸引所有人,让人们的目光聚焦在碎身之上,他放出话语,终有一天骸骨聚合完毕,他会复活。

说到这里，辰南已经从某些蛛丝马迹判定，龙宝宝必然是第一代光明神。现在许多问题都迎刃而解了。光明教皇的圣器——射日箭，为何是龙宝宝的逆鳞化形而成，已经显而易见。天堂中被封印的天龙残躯才是它的真身的一部分，破碎的那具身体不过是它的化身，用来吸引外界的注意力，暗度陈仓，真身在其他地域慢慢恢复。而它之所以能够吞噬光明神舍利，因为那是它化身中的力量。

　　真相浮出水面，但太过让人无语了！龙宝宝居然是第一代光明神，确切地说它的一具化身是第一代光明神！它居然有着双重身份！紫金神龙叫道："嗷呜，太太太荒唐了，好吃懒做的小豆丁是光明神？"辰南也彻底无语了，这样一个神棍，就是万人崇拜与敬仰的光明祖神？老天还真是会开玩笑！

　　龙宝宝无辜地眨动着大眼睛，不满地小声嘟囔道："你们干吗这样看着我？"看到它这副天真无邪的表情，现场几人都险些摔倒在地，包括第一代光明教皇在内。"嘿嘿！"龙宝宝大眼睛中闪现出一道慧黠之色，对着第一代光明教皇奶声奶气地开口道，"神说，我是光明大神棍，不，是光明神。现在我以神的名义教导你。"第一代光明教皇神色立刻为之肃穆，无比郑重地道："无所不能的光明神在上，您最忠实的奴仆聆听您的教导！"

　　龙宝宝道："神说，我饿了。""扑通！"光明教皇一个没忍住，摔倒在了地上。龙宝宝无辜地道："神说，我真的饿了。"光明教皇颤颤巍巍地从地上爬了起来，像是饱受了无比沉重的打击一般，努力克制着自己的情绪，恭声道："神上，我去为您准备食物。"

　　"神说，你真是我最忠诚的神仆！"小东西缓慢、郑重而又认真地赞扬道。而后，它快而急促地说了一大堆食物："我要一千对烤鸡翅膀，不对，是一万对！五千对麻辣香酥的，五千对柔嫩的。再来五千斤鹅肝，五千斤牛排，五千只烤羊腿，五千斤红烧大骨，五千……最后再来五千桶红酒，哦，我喜欢喝第一名酒拉斐庄。"第一代光明教皇颤抖着离开了。辰南与紫金神龙他们目瞪口呆，这小东西要是再被尊为光明神，光明教会水深火热的日子还在后面啊。

　　不得不说，老教皇神通广大，一个时辰之后居然将这如山的食物运来了，而且还运用光明魔法护持着食物热气腾腾。"神说，我好陶醉啊！"龙宝宝冲进了如山的食物中。辰南走到光明教皇近前，问道："您可知道在很久以前，有一个叫大德大威的天龙？""知道，传说那个家伙混迹于东西方，虽然被称作大德大威，但是被叫作大吃大喝更合适啊！"说到这里，光明教皇一下子止住了声音，过去不知道光明神的本体是天龙，现在知道了，他焉能猜测不出龙宝宝何许人也？

"他他他是……"光明教皇彻底呆住了，己方的祖神竟然是那个问题人物，大德大威天龙居然混吃混喝到了这种程度，创建了一个赫赫有名的教会！不得不说，大德大威天龙实乃高人！当然，辰南不会认为大德大威天龙会真的是专门为吃喝而组建的光明教会。随后，他忍不住开口问了一个他很关心的问题，"光明神与天魔到底与谁大战，难道没有一点蛛丝马迹吗？"

光明教皇道："这个问题，我真的不清楚。只知道那人似乎是专门为杀光明神而来。天魔以及另外一个神秘人是光明神请来的帮手。"辰南见无法问出有用的信息，也不再追问，开口道："能否让龙宝宝，哦，不，是光明神随我而去呢。""没问题！"出乎意料，第一代光明教皇痛痛快快地答应了，隐隐有解脱之慨，随后化开一片空间，将一堆灿灿神骨取出，道，"这些是光明神化身的骸骨，也许对祖神的复原有些帮助。"

辰南收入了内天地，他知道这些肯定对小龙有用，这一次来西方，小家伙多次有莫名感应，皆是因天龙残躯与化身骸骨而已。不过，他知道小东西要想恢复恐怕非常难，毕竟万年前的可怕敌手是专门为杀它而来，所造成的伤害不可能那么容易复原。此刻，唯有古思站在辰南旁，紫金神龙已经和龙宝宝争抢着扫荡如山般的食物去了。

现在残破的世界已经和人间有通道相连，辰南已经可以顺利回返了，此间事情已了，知道了辰战的消息，他不再担忧，决定回返人间。半个时辰之后，辰南、紫金神龙、古思，还有恋恋不舍、对着第一代光明教皇一步三回头的龙宝宝，飞天而起。小龙挥舞着一只金黄色的小爪子，对着老教皇喊道："神说，我会想念你的，我会时常来看望你的！"老教皇的身躯连连颤抖，不知道是激动的还是吓的，使劲地挥了挥手。

辰南他们终于离开了残破的世界，快速朝着东土大地飞去。林莽苍苍，天元大陆中部地带的十万大山，经过这次天地剧变，竟然比以前更加广阔了，足足开阔了数倍。辰南尝试寻找死亡绝地时，并没有发现丝毫线索，死亡绝地仿似凭空消失了，也不知道无名神魔与潜龙去了哪里。两人两龙快速飞行，眨眼间便冲过了十万大山，即将进入东大陆最西方的国家——楚国。

然而，就在这个时候，辰南像是想起了什么，道："走，我们现在去解决掉一个麻烦，我想现在应该能够轻松除掉他了。""谁？"紫金神龙问道。辰南道："赶尸派的祖尸王！"紫金神龙怎么会不记得祖尸王，怪笑道："原来是那个老家伙，该死的！当时想想它就让龙觉得恐怖，我觉得那个祖尸王实在太邪异了。不过现在我想以我们神王境界的修为，应该能够轻松收拾掉他了。"

在过去的万年间，东西大陆爆发了多次大战，两个大陆的战争激烈可想而知，可谓浮尸遍野，尸血如山。在这东西方交界地带，也不知道葬了多少军魂，丰都山更是成了有名的鬼域。传说那里的山峰都是由尸骨堆积而成的，最后洒上了黄土稍加掩埋，可以说到处都是尸骸。

赶尸派就在楚国的西境丰都山，千万尸骨煞气冲天，是全天下阴气最重的地方，最适合赶尸派的人修炼，可谓他们的圣地。虽然这一派已经被辰南联合八派正邪道将圣地灭掉了，但是却单单漏掉了一个祖尸王。辰南道："我有一种感觉，如果现在不除掉祖尸王，以后必然是一个大患。"痞子龙点头，道："我一直觉得他很邪异，说不出那是一股什么样的感觉。"

"天界的尸皇曾经几次不惜涉险为他下界，我想其中可能有什么隐秘！"辰南说出了自己心中的疑惑。他们飞行如电，眨眼间便来到了丰都山。这里黑雾缭绕，茫茫群山都被黑云压顶，平日少有阳光照射下来。鬼影幢幢，阴气森森。即便在白天，这里依然能够听到残魂的哭笑，格外地吓人，寻常人根本不敢走进大山深处。即便不止一次来到这里，辰南也不得不感叹，果真是天下第一阴地！

传说曾经有古神人在这里摆下过一座风水大阵，阻止丰都山阴气外泄，致使鬼物邪魅不能出去作怪。辰南对这个传闻并不觉得虚妄，他与精通阵法的紫金神龙曾经讨论过，这里似乎真的不着痕迹地布有一套超绝大阵，不过难以让人摸清门路。而且，他觉得这并不是赶尸派或尸皇做出来的事情。如果是这样的话，不得不让人怀疑布阵之人的真实用意，丰都山鬼气越来越重了，上万载的凝聚，已经让这里成了一座冥府，从长远意义来说这绝对不是幸事啊，可能会成为难以想象的大患！

茫茫鬼山带状黑雾缭绕，辰南他们几经周折，终于找到了第七鬼峰，祖尸王藏身的小玄界就位于那里。在第七鬼峰之上愁云惨雾，到处都是森森的骸骨，峰顶正中央是一座白骨搭建而成的宫殿，漆黑的入口处暗淡无光，里面传出阵阵鬼啸，这里便是祖尸王的玄界坐标。

两人两龙进入了白骨殿，通过一段阴森森的通道后，混沌之光乍现，他们开始穿行混沌通道。很快他们便进入了这片内天地，里面漆黑一片，伸手不见五指，腐臭的气味让人无法忍受。辰南与紫金神龙已经不是第一次来到这里，当然明白是怎么回事。龙宝宝和古思则感觉有些邪异，因为他们看到了一幅让人吃惊的场景。

如墨般的黑色云雾，突然如潮水般退走了，玄界内渐渐明朗了起来。不过古思和龙宝宝却倒吸了一口凉气，远处的一座白骨峰，如一个大漏斗一般，吸纳了刚才的无尽黑气。待到所有黑色云雾消失，白骨峰上露出一个高大的魔影。一个披头散发的恶鬼静静地矗立在那里，让人无法忍受的腐臭味道正是自那里扩散而出的，空洞的眼神令人心悸。他的身上覆盖着大片的骨鳞，森森白骨鳞片透发出阵阵阴寒的气息，没有覆盖着骨鳞的部位则流着黄臭的尸水，恶心而又恐怖。

"呼！"祖尸王张开阔口，无尽的黑色云雾涌动而出，整片玄界再次被黑暗所覆盖。"神说，呜呜呜，我好难过，老教皇送给我那么多的好吃的，我现在都想吐出来了！"龙宝宝哭丧着脸。显然龙宝宝的话语惊动了祖尸王，浑身散发着恶臭的祖尸王快如闪电般地冲了出来，披头散发的高大魔影显得分外狰狞恐怖。

"吼！"一股狂暴的尸气涌动而来，祖尸王披头散发，仰天怒吼，附近的骨峰都跟着颤动起来，一只幽幽鬼爪拍出，将玄界入口处的几座骨峰震塌了。如今辰南他们早已不可同日而语，祖尸王带动而来的尸气不可能伤害到他们，不过他却微微皱了皱眉头，道："这个祖尸王果真有古怪，他打出的掌力没有超越六阶，但是我却感觉到他的体内蕴含着一股庞大的力量。"

"不错！"紫金神龙道，"我一直在奇怪，以前每次看到这个家伙，我感觉他格外地邪异，现在终于知道问题的所在了，他没有表面看起来那样简单！"辰南想起了端木当初说的话，祖尸王并不好惹，放眼天下，即便玄界高手都少有人是他的敌手。他又想到祖尸王进入杜家玄界，尽管大败而归，但并没有毁灭在那里，生生冲杀了出来，可以想象其实力之强横，要知道杜家玄界传承万载，不可能没有超阶高手。

"大家万万不可掉以轻心！"说到这里，辰南尽全力轰出了一拳，决定直接下杀手。一道近乎实质化的能量光柱，自辰南的拳头处爆发而出，同时无尽的魔气汹涌澎湃，冲散了黑惨惨的尸气，前方几座骨山直接被狂霸的能量轰得崩塌。"轰！"刚猛的能量光柱以摧枯拉朽之势突破祖尸王的掌力，直接轰在他的身上，立刻将之轰飞出去数百丈，眼看着他的身体如同烂泥一般软了下去，而后撞在了一座骨山之上。

"他龙大爷的，还真是结实，神王一击都承受下来了，居然没有被轰成渣！"紫金神龙有些惊异，不过又接着道，"看来也没什么邪异的，到底还是被轻易解决了。"然而就在这个时候，瘫软在骨山上的祖尸王，如同干瘪的气球充气一般，慢慢鼓胀了起来，强健的身体慢慢变得如同铁水浇铸的一般，充满了爆炸性的力量。

龙宝宝惊道："神说，老鬼又活了！"古思皱眉道："这是神王的力量！而且，似乎是非常强大的神王！""何人扰我清修？"尸王发出了怒吼，再也不似先前那般只有力量而头脑笨拙呆愣，现在他的双目中爆发出两道幽冥鬼火，说不出地邪异！

辰南惊异地问道："你不是祖尸王，你到底是谁？"对方道："我是尸皇！""靠！"紫金神龙被惊住了，"神说，你撒谎，尸皇在天界！"龙宝宝也瞪圆了一双大眼，它在天界曾经亲眼见到了尸皇的可怕之处。

"我乃是天界尸皇种下的尸种，我们从某种意义上来说是同一个人，早晚会合在一起，到了那个时候，嘿嘿！"尸皇阴森森地笑着。

"原来你已经不是祖尸王！"辰南冷冷地看着他。对方道："我当然不是，你以为尸皇几次冒险下界为了什么，难道是为了报恩成全那个老废物吗？哼哼哼，不过是看中了他的身体罢了！"现在一切都已经明了，之前的许多疑问都已经解开了。"哈哈！"辰南大笑了起来，道，"原来你和尸皇算起来是同一个人，那我们更不能放过你了，我们与尸皇的仇怨更深！"

"你们敢对尸皇动手吗？"老鬼森然地望着辰南他们。"哈哈，你名字虽然是尸皇，但是你还比不上天界那个真正接近皇级境界的尸皇，你不过是神王中的强者而已。大家一起上，把他给我轰成渣！"对于尸皇的另类之身，辰南觉得没有什么好客气的，决定几人联手快速灭杀他。

"哼，你们真以为杀得了我吗？知道为什么方才我对你们讲了实情吗？因为你们的死期到了，天界的尸皇正在向这里赶来，我感应到了他的气息。"辰南皱起了眉头，他的确也感应到了若有若无的尸气波动，不过紧接着他又舒展开了眉头，因为他同时感应到了大魔与天界雨馨的气息波动，遥远的天空似乎正在进行着激战。现在没有什么好说的了，唯有尽快解决眼前的尸皇才是上策，绝不能让他们合体。

"杀！"辰南、紫金神龙、龙宝宝、古思齐上。"我最喜欢的板砖拿来！"紫金神龙号叫道。辰南将两块古盾残片扔给了紫金神龙，同时将裂空剑丢给了古思，至于龙宝宝根本不需要，小东西有天龙爪、天龙翼、天龙剑，浑身是宝。三个半神王攻打一个神王，毫无争议地占据上风。尸皇惊怒交加，狠声道："是谁拦住了天界尸皇，该死！"

"老鬼你就不要痴心妄想了，天界的你也不知道屠戮了多少生灵，今日你们的死期到了。"辰南第一个攻破尸皇防御，一刀斩下尸皇的右臂，恐怕也唯有大龙刀这种瑰宝，才能够砍动具有金刚不坏之躯的神王级尸煞！"砰砰！"紫金神龙两板砖盖在了尸皇的后脑上。"当当！"古思用裂空剑扫在了尸皇的腰腹间，由于他没有达到神王境界，即便有瑰宝在手，也无法将尸皇斩断。"嗷吼——"遥远的天际，传来一声无比愤怒的吼啸，声音直入这片玄界中。显而易见，天界尸皇感应到了这里发生的一切。

天地间遭逢大变，人间与天界出现了巨大的空间通道，阻隔天界神灵下凡的可怕天罚再不可能出现了，天界许多强者再不受限制。当然，绝大多数人都未敢轻举妄动，毕竟可怕的天变发生，谁也不知道大变的世界，会否隐藏着另类的凶险，保守的人都不愿意做出头鸟。

但是，有些人却是迫不及待地下凡，这其中就包括了天界尸皇，数千年打入祖尸王体内的尸种，经过几次冒险下界精心"浇灌"，如今已经到了收获的季节，已经可以进行最后的还原合体了，迈入真正的尸皇境界指日可待。他最为头痛的便是硬撼天罚下界，这一次在苦苦为之烦恼之际，天地大变发生，对于他来说简直是莫大的幸事，因此第一时间就要下界。

奈何，天界结下的大敌无情仙子第一时间前来相阻，尸皇生猛地破入人间，不惜发动"尸变"，以禁法剥夺一个村落数百人的生命，练成尸阵对付雨馨，但是这却触怒了赶来的大魔，结果与雨馨双战尸皇，将他杀得仓皇而逃。虽然距离丰都山越来越近了，但是尸皇无比愤怒地发觉，丰都山有变，尸皇种子正在遭受重创！他左冲右突，但是短时间根本无法冲破大魔与雨馨的阻隔，两位高手都不弱于他，单打独斗本就是劲敌，更何况二者联手。

对于天地剧变，大魔也只能仰天长叹，他不可能再按老规矩办事了。如今天界与人间就像不设防一般，根本无法有效阻击下界的神灵了。但是身为东土执法者与守护者，他依然要尽所能保护凡间中人不受伤害。像尸皇这种动辄收割人生命的天界强者，是他的重点打击对象。

"生死轮回门！"尸皇大吼着，周身上下不仅尸气澎湃，更是爆发出阵阵圣洁的光辉。生死两极相反的气息自他体内浩荡而出，相互纠缠在一起，席卷向雨馨与大魔。这是尸皇突破天则后，所领悟的生死奥义，已不为天罚所限。生死轮回，由生而死，由死而生，生死两极元气汹涌澎湃，在虚空中显现出种种幻象，一会儿浮尸遍野、血海滔天，一会儿又大地回春，草树鲜嫩，生机勃勃。九道轮回之门里面血光耀眼，浮现在雨馨与大魔周围，慢慢向他们逼去，想要将他们吞噬进去。毫无疑问，如果被吞噬进生死轮回门，也就等同于被尸皇的生死轮回印封住了，生死皆在尸皇的掌握中。

"五——阴——魔——狱！"大魔同样大吼着，施展出了自己的招牌绝学。他也已经接近神皇境界，与尸皇是同一级别的高手，可怕的法则丝毫不弱于"生死轮回门"。神王不过是力量上的大幅度提升与小世界的终极扩展而已，他们虽然也掌握着各自领域的法则，但还是被天地法则所限制，遵循在天则的大框架下。而接近神皇则完全不同了，他们突破大天地的限制，掌握了自己悟通的终极法则，即便动用了他们所能够施展力量的极限，也不会引来天罚。天界雨馨依然如从前那般，她并没有特殊的法则，但是身体却爆发出阵阵混沌之光，同样能够挡住尸皇的生死轮回门。

"嗷吼！"尸皇大吼，任谁被两个相同级别的高手联手攻杀都难以承受。而且他心中忧虑无比，远处丰都山的状况让他烦躁不已，在这种情况下，他就更加被动了。"五狱合一！"大魔身材高大魁伟，乱发飞扬，双眼中爆发出可怖的光芒，对于这等强敌荼毒人间，他是不可能手软的，已经准备全力灭杀。五个巨大的魔狱合在一起，形成一个巨大的空间黑洞，穿过生死轮回门，向着尸皇吞噬而去。

风华绝代的雨馨，白衣舞动，不过此刻她如同一个女修罗一般，双眸射出两道冷电，周身上下混沌之光闪烁，如太古神话中走出的最强天女战士一般！没有法则，但混沌之光胜似法则，所有生死轮回门都被神光打飞了出去，协助大魔直接用合五为一的魔狱将尸皇吞噬了进去。

"哼！"大魔冷声道，"这等尸魔早该炼化了！"不过，大魔话音刚落，空中传出一阵可怕的波动，慢慢闭合的魔狱突然炸裂开来，尸皇竟然突破而出，魔狱居然无法封印他。尸皇由生而死，化成神尸，而后又由死而生，褪尽死气，摆脱尸之桎梏，成为仙神。他所经历的种种，是常人所无法想象的，在生死间不断轮回，最后终于一跃，而突破了生死极限，掌控了生死奥义，成为天界一方强者。可以想象，任他这样修炼下去，他达至神皇境界指日可待。他有着与别人完全不同的体质，相对于绝大多数人来说他更为了解生死的奥义。是以他修炼时间比绝大多数人都短，修为境界却要超越同时代的人！

如同修罗天女般的雨馨发出一声清脆的笑声，道："尸皇你今日死期到了，现在不过是垂死挣扎罢了！"混沌之光闪烁，雨馨再次攻去。大魔双目中也神光爆现，再次尽全力灭杀尸皇。可惜一代尸皇即将再次做出突破之际，被这样两个强人阻挡，也唯有苦苦招架之力。

丰都山的大战已将要结束了，天界尸皇被阻，让种子尸皇只能空自恨天，原想要里应外合，将眼前几位神王灭杀，但眼下唯有靠他自己奋战，只能节节败退，已经到了最后的绝境关头。随着龙宝宝双角化成的两道黄金天龙剑发出，两道璀璨耀眼的金色神光刹那间将种子尸皇劈斩为四段。"哎呀，神说，我造杀孽了！"小东西似乎很不适应这种杀戮。

对于仇敌没有什么可仁慈的，辰南上前，大龙刀连连挥斩，彻底剿杀了种子尸皇的残碎灵识，使之形神俱灭。种子尸皇发出最后一声不甘的神识怒吼，随风烟消云散。可怖的尸体化成了黄色的尸水，融入了地下。不过五颗光灿灿的珠子却缓缓浮升而起，闪烁着灿灿神光，充满了生命气息。

"血丹！"紫金神龙惊叫道。死之极尽便是生，生之极尽便是死，生死相依。这是一个平衡的世界，即便是死亡中也蕴藏着生之气息，即便是无尽的生命之能交融下也会产生死之气息。尸皇不断在生死之间转化，他的体内虽然有着无尽的死气，但是同样孕育了生之气息，万千人的血液祭炼成的尸皇，血之精华汇合生之气息，便结成了血丹。"一、二、三……"紫金神龙开始流口水了。至于龙宝宝，看了看血丹，又看了看地上的尸水，小东西立刻痛苦地闭上了眼睛，血丹虽好，但是出处太糟糕，它的胃口越来越刁了。

"哈哈！"辰南大笑道，"不要嫌弃它污秽，其实它可是最为纯粹的生命精华啊，这样好了，先让定地神树净化几天吧。"辰南将五颗血丹送进了内天地，里面定地神树绿色神光耀眼，光芒璀璨，哗啦啦声中叶片摇动，五颗血丹被神树吸附住，像是果子般连接在了枝条上。

"哇咔咔、嘎嘎嘎……"四祖与五祖两个"孩童"，如同千年老妖一般怪笑了起来，同时道，"这可是好东西啊！五颗神王级别的生命神丹，谁也不许乱打主意，这是给我们未来的辰家后代准备的。'第九人'叛逃，'第十一人'补进来，天幸还能出现这样的血脉，哇嘎嘎……""不许怪笑！"两个老祖被梦可儿揪着耳朵，进入了仙果园中。

尸王界内尸气渐渐散去，唯有片片白骨堆积成山，无论怎么看这里依然像是一处邪地。辰南道："在临走前，我们就将这片小玄界毁灭吧！"辰南、紫金神龙、龙宝宝、古思四人站在第七鬼峰之上，共同施展全力，狂猛地轰了一击。混沌之光爆闪，尸王玄界像是湮灭了一般，四分五裂之后重新归于混沌，唯有山峰之上撒落下无尽的骨尘。辰南他们冲天而起，向着大魔与雨馨的气息方向飞去。

数十里之外，大魔与天界雨馨已经把尸皇逼入绝境，已经将他的身体打散一次。尸皇已经近乎狂暴了，感应到丰都山发生了他最为恐惧的事情，尸皇种子被人灭杀了，这等于断了他进军神皇的道路。"该死的！嗷吼……"他仰天怒吼，但于事无补，自己也难以脱身了。

辰南与紫金神龙他们赶到这里之际，正是尸皇灭亡之时，混沌神光与五阴魔狱终于将尸皇打得四分五裂。尸皇的头颅临死反击，向着辰南他们冲来，不过在三个半神王面前，重伤将死的他空有通天本领也发挥不出来了，他被辰南他们轰成骨灰，飘散在空中，落了个形神俱灭。

若问世间谁的脸皮最厚，毫无疑问当数紫金神龙，痞子龙一点儿觉悟也没有，众目睽睽之下，脸不红心不跳地在空中飞动，将八颗接近皇级境界的尸皇丹聚集到了一起。"嗷呜，我知道你们都是高人，这等俗物看不上眼，所以这些东西就交给我们处理算了。"老痞子毫不脸红地对着雨馨与大魔道。一般的高手死亡之际，很难留下神丹，但是尸皇一脉体质太过特殊，因而留下了珍贵无比的生命神丹。

此刻，辰南的眼中唯有雨馨，其他人都仿似化成了空气。前方那道身影白衣飘飘，清丽绝俗，绝世姿容仿佛还和从前一般出尘，那如娇嫩的花朵一般秀丽的容颜，还如万年前一样清秀绝伦，依然美绝寰宇。不过，辰南知道，这并不是曾经的那个雨馨，这是修炼《太上忘情录》后性格已经完全不同的再生雨馨。即便是这样，对方的体内依然流淌着雨馨的血液，她依然是雨馨的另一种生命延续，辰南很难保持心中平静。

清丽绝伦的容颜，秋水般的眸子，如雪的肌肤，瀑布般黑亮的长发，修长娇俏的身躯，如梦似幻一般，整个人透发着一股灵气，可谓钟天地之慧。"辰南……"雨馨轻轻呼唤道，"上次你为我出生入死，最终落得跳下魔主之墓逃生而去，我很伤心。但是，当时我根本无法去解救于你，我与尸皇缠战至今。"

辰南的心绪渐渐平静了下来，开口道："我知道，你不要自责，只要你自己平安就好。"雨馨笑了，如春花绽放一般美丽，整个世界仿佛为之明亮了起来。辰南认真地道："雨馨，不要回归天界了，现在天地大变，你就留在人间吧，和我们在一起。"雨馨没有犹豫，点了点头道："好，我留下来。"

这个时候，光芒一闪，如梦似幻一般，美丽的澹台璇出现在场中，亲切地呼唤道："雨馨妹妹。""澹台姐姐。"雨馨看到澹台璇到来，似乎非常高兴。辰南一阵头大，而且当他注意到旁边的大魔，想起另一件事情时，就更加头痛了。

不久前，辰南曾经将纳兰若水交给大魔照顾。大魔来到了这里，那么纳兰若水恐怕也不远了。雨馨、澹台璇、梦可儿、纳兰若水今天如果要直面相对，这绝对是一件让辰南极其为难的事情。从真情实感来说，辰南绝对可以放弃任何人，与雨馨在一起。但是，梦可儿此刻已经有孕在身，澹台璇似乎与她有着莫大的关系，现在如果将这件事情摆出来，那真是会出一定的乱子。

阵阵霞光自雨馨体内透发而出，七彩光芒笼罩在她的四周，白衣飘动，秋水为神玉为骨，集天地灵慧于一身。另一边，澹台璇也是绝代姿容，她永远是那般美丽出尘，黛眉弯弯，琼鼻挺秀，双唇红润，贝齿如玉，美得炫目。两女被天界尊为天骄双女，无论是姿容还是实力，天界少有人能够与之比拟。雨馨与澹台璇仿似亲姐妹一般，手挽手笑语连连，异常地亲热。

趁这个机会，辰南急忙以神识传音，向大魔询问："魔兄，一向可好，若水现在何处？"大魔似乎看出了辰南有什么顾虑，也同样以神识传音道："她已经返回西方天界了。""啊，怎么会这样？"辰南有些吃惊，没有想到纳兰若水到底还是返回了天界。他当初用困神指力并未尽力，知道很难长久封印一个神王级的高手，在他想来纳兰若水恢复行动后，定然会仔细思量一番，短时间不会返回天界，现在看来情况有变。

大魔接着道："现在天地大变，看来我这个执法者该退休了，天地间贯通了诸多空间通道，我不可能看到神灵就要灭杀，只要他们不在人间横行肆虐就行。"辰南道："大魔，你和我一起走吧，平日间我们可以切磋武技，如果有事我们也可以有个照应。"大魔应道："好。"辰南看到大魔似乎并没有怎么在意天地大变，有些奇怪，便问道："大魔，你知道天地为何发生了剧变吗？"大魔道："不太清楚，事发之前，我师父曾经进入我的梦中，告诉我天地可能有剧变发生。"

"啊，你、你师父预感到了？"辰南大惊，大魔的师父到底是何许人也？连这些都能预感到，未免太过神通广大了吧，不知道是否也被魔主收走了。接着，他想到了一种可能，忍不住问道："大魔的师父到底是谁？该不是一个满头银发的青年男子吧？"大魔道："不是，似乎是一个黑发男子，不过他总是在我梦中出现，我从来没有真正见过他，对于他的容貌，我真的很难描述。"

瀑布汗！大魔的师父定然是一个大有来头的人物，单单凭借梦境就教导出这样一个徒弟，可想而知他的实力。按常理来说他应该进入了第三界，不过也有一种渺茫的可能，那就是他成了一条漏网的大鱼！不过，这需要以后大魔来证实。

雨馨与澹台璇相谈甚欢，最后联袂飞到辰南近前，雨馨嘴角微微上扬，透露着几分天真和俏皮，似笑非笑间让辰南一阵心虚。她笑着对辰南道："澹台姐姐决定和我们短聚一段时间。"澹台璇微微一笑，绝丽的姿容让百花都要黯然失色，道："我想留在人间一段时间。"在雨馨面前，她绝口不提梦可儿的事情，这让辰南感觉有些诧异，不过也松了一口气，道："好啊，非常欢迎。"不管她是不是原来的雨馨，能够与她重逢，辰南都是非常喜悦的。现在一行人一路东行，目的地是昆仑玄界。

天地大乱，辰南决定入驻妖族圣地，静看事态发展。如今，他们这一行的实力合在一起，绝对是天地间不可忽视的一股力量。辰南、痦子龙、龙宝宝、古思、大魔、澹台璇、雨馨，即便古思未达神王之境，但是合在一起，绝对抵得过相同数量甚至多一些的神王高手，即便有强敌来袭，也足以抗衡。

巍巍昆仑山，绵延数千里，大山内苍碧幽翠，这里是一片绿海，到处都是生机勃勃的植被。艳丽的牡丹谷，火红的玫瑰山，幽幽的兰草崖，出尘的莲花湖，大山之内美景无数，如同人间圣土一般。奇树无数，鲜花铺地，绿草如茵，馥郁芬芳的清香飘荡在这片山脉中，更有许多珍禽异兽，闻所未闻，见所未见，多不胜数，这一切都如诗如画般瑰丽。

每当到了这里，辰南心中总是有些无言的酸涩，这里承载了他太多的感情。那凄美的身影在万年前与他挥泪死别于百花谷。万年后第一次寻来，那是无言的伤痛，崩碎的玉石上，那一行泪字"爱你一万年"，每当让他回想起来，都有一股肝肠寸断的感觉。即便遇到灵尸雨馨，即便见到精灵圣女凯瑟琳，即便重逢天界雨馨，但是她们的身影对于辰南来说充满了太多的缺憾，她们有着雨馨的容貌，却没有她的思想，如果真正细算起来，她们都不是雨馨！

每一次进入昆仑圣地，辰南都有一股惶恐的感觉，这里是他人生中最重要的一段感情的断点。他真的不知道还是否能够再次见到那个比阳光温暖、比海水轻柔、比冰雪纯洁、比鲜花芬芳的女孩。一万年过去了，物是人非，雨馨留下了太多的谜，但是辰南却不知道，他是否还能见到真正的雨馨，他真的害怕万年前的一别，将是真正的永别！

不知不觉间，辰南他们已经飞到了原百花谷的上空，那里已经光秃秃一片，古仙遗地已经被几个老妖怪以大法力移进了昆仑玄界。不过，这里却似乎有着惊人的魔力，让辰南不由自主停了下来，他对紫金神龙与龙宝宝道："你们熟门熟路，将几位贵客请进妖族圣地，我随后就到。"

辰南降落而下，默默地站在这片空地之上，他在用心去感受雨馨的点点滴滴。"爱你一万年！"他可以想象，万年前雨馨挥泪刻下这行字时的悲凉场景，他的耳畔似乎能够听到来自万年前的丝丝悲切呼唤。

这里是终点，还是将成为起点？辰南绝不是一个优柔寡断的人，但是此刻他还是不由自主陷入了回忆，有些人、有些事是永远难以忘怀的。一幅幅染血的画面，在他心中快速闪动。

辰南大叫了一声，冲天而起，向着妖族圣地飞去。每当那些场景在他心中闪现而过时，他都有一种想大哭的感觉。他绝不是懦弱的人，更不是脆弱的人，他可以长刀向天，横眉冷对满天神魔，纵使血染战袍，性命不保，他亦可饮烈酒、搏命战，但是他却无法抵挡住几幅血泪画面。"我叫雨馨，在一个雨夜，被师父在花丛中捡到……""当你……老去的时候，还能够想起……一个叫雨馨的女孩……"

辰南强行关闭了回忆，冲进了妖族圣地。远处的场景热热闹闹，充满了温馨之色。两条龙早已将这里当成了自家后花园，也不知道拉着古思跑到哪里去祸害了。大魔表情酷酷的，被泥人与罗森请走了。澹台璇正在与端木交谈。天界雨馨则与一个活泼可爱的小女孩笑谈着，正是粉雕玉琢的小晨曦，她清脆的话语充满了快乐。

"雨馨姐姐你说你来自天界，不是原先的那个雨馨姐姐？那你是第一次来这里，怎么知道我叫晨曦呀？"晨曦的话语吸引了辰南的注意，他神色一动。"姐姐方才听到这里人喊你，才知道的。"天界雨馨含笑回答，将瓷娃娃一般可爱的小晨曦抱了起来。"是吗？我方才没有听到有人叫我呀。"小晨曦似乎有些迷惑，不过很快就高兴地笑了起来，开始亲热地和雨馨交谈，阳光快乐的小天使很容易将快乐的心情传染给他人。

"哥哥……"小晨曦已经听说辰南回来，见到他分外高兴，立刻向他飞奔而来。现在竟然能够一纵十几丈远，如一个小仙子在飞舞一般，看来和老妖怪们住在一起，修为想不提高都难啊。

天地大变之际，几大高手前来长住，可以说让妖族圣地的实力大幅提升，昆仑玄界众妖皆表示热烈欢迎，毕竟在大乱的年代，强大的力量就意味着能够确保安乐祥和。当然，对于两条龙的归来，昆仑玄界众妖那是绝不会欢迎的，有名的昆仑大害、小害又回来了，让不少人为之头痛不已，又要开始像防贼一样防着他们了。

在这里安定下来后，辰南立刻躲进内天地，开始炼化得自尸皇的生命之丹。在种子尸皇那里得到了五颗，自天界尸皇那里得到了八颗。尸皇无限接近于神皇境界，这可是远高于神王丹的灵妙之物啊。辰南想要将它们炼化，打入自己那未出生的孩儿体内，这一切都是为了那个小生命的安全起见。因为他曾经听暴君坤德说过，以梦可儿现在的功力，早已无法炼化掉那个小生命了，但如果换作澹台璇就难说了，除非小生命再吸收一些庞大的生命之能。

"你这欺师灭祖的小子，错了，错了，要将它们均匀地打入'第十一人'的经脉骨髓中，让生命之能分布到每一寸血肉之中，而不是简简单单地打入他的身体就算完事了。""暴殄天物的混账小子，按照我说的做，要让一分光发出十分热，而不是十分光发出一分热！"梦可儿被封了穴道，早已人事不知，但是两位辰家老祖却是吵嚷不停，让辰南满头大汗。不过这些都是宝贵的建议，他无条件地接受。

五祖伸出一只胖乎乎的小手，老气横秋地拍了拍盘膝坐着的辰南，道："欺师灭祖的小子，你要学的东西还多着呢，有空多来请安，我得好好教导教导你。""是是是。"对于他们，辰南不能打不能骂，还要敬着，实在是让人头痛的两个活祖宗。将十三颗生命神丹炼入小生命的体内，四祖与五祖明确地告诉辰南，现在除非有人杀死梦可儿，不然绝不可能将这小生命炼化了。

辰南自内天地出来之后，就得知澹台璇在找他，澹台仙子的话语很直接，道："辰南，我知道梦可儿在你的内天地中，但我不知道你为何不将她交给我。"辰南无语，现在还怎么交啊？如果澹台璇知道梦可儿有孕在身，那肯定要立刻跟他干架啊！

澹台璇接着道："我想你不会让我失望的。我说过我们是朋友，万年前是，现在是，将来也是！有一点我要提醒你，天界雨馨已经不是从前的雨馨了。"辰南道："我知道。"澹台璇道："你不知道！你可知道她为何随你来到昆仑玄界？那是因为她将要了却一段尘缘，将要再蜕一体！"辰南道："你是说她功力每精进一层，就要蜕去一体？"

澹台璇道："是的，确切地说，是蜕变掉一种人格，没有人比我更了解《太上忘情录》。这的确是一种终极修炼法门，通过一次次的蜕变不断完善自我，使修炼者进化到一种完美的、没有任何破绽的程度。

不仅肉身要臻至终极无敌状态，精神也同样要达到太上之境！"

《太上忘情录》被称为天界第一奇书宝典，它到底隐藏了怎样的秘密呢？曾经让无数修炼者为之疯狂，曾经惹得天界大乱，它真的有那样的魔力吗？辰南曾经在无比悲恸的情况下得到了它，但他却只草草地看了看，而后便倒着背诵了下来，从来没有去深研过。因为，这是一部魔书，有着让人难以想象的可怕魔力！修炼它的确可以让一个人的修为突飞猛进，最终能够达到一个旁人不可想象的境地。但是，代价实在太大了，最终结果可能会杀死自己！春蚕化蝶，茧破重生，由丑陋的蚕蛹化成了美丽的蝴蝶，从此远离井底世界，飞向高天，从此海阔天空，进入到一片崭新的天地！

修炼《太上忘情录》，虽然也将发生类似的蜕变，肉体一次次趋近于完美，直至臻至化境。但是，这个时候的修炼者，其思想也发生了变化，他的人格一次次异变，到头来他自己都将不知道自己是谁！原有的"自己"被一次次蜕去，肉体每蜕变一次，其思想性格也跟着剧变一次，到头来真正传承下去的精神思想，也不知道会变成怎样一个人！

这是一件非常可怕的事情，可以说最终功成之日，"太上"到底是何人，早已不得而知！原著作者天人并没有给予最终解答，外人无法得知他修炼到了何等境界，但是却知道他早已亡故，不在这个世上。辰南有一种极其荒谬的感觉，《太上忘情录》最终到底成就了谁？那个臻至终极的太上到底将是怎样的一种存在呢？

滄台璇已经离去多时，但辰南的心中却不能宁静，始终在思考着这些问题。他需要复活一个真正的雨馨，怎样才能够将原有雨馨的思想与肉体复活呢？如果没有猜错的话，灵尸雨馨可能是原雨馨的肉体，但原雨馨的精神思感呢？一晃半个月过去了，滄台璇并没有再来找辰南，没有再向他讨要梦可儿，她似乎很平静地在妖族圣地修炼着。

天界雨馨与小晨曦相处非常融洽，每日间除却修炼的时间外，都与小晨曦在一起。天仙美女与快乐小天使这样的组合，在昆仑玄界内显得无比和谐。两条龙在这里如鱼得水，顺便将古思也拖下水了，当然所谓的"拖下水"不过是常常帮它们背一些黑锅。大魔是个修炼狂人，已经闭关隐居在昆仑玄界的极深幽静之所。辰南也在勤修不辍，积聚力量，等待时机，因为有些事情，有些仇怨需在不久之后有个了结。

半个月过去了，外界并没有大变故发生，虽然天界不少神灵下界，人间也有不少高手进入了天界，但是并没有惹出多大的波澜。当然，没有太大的波澜，并不等于真的没有波澜。自澹台圣地冲出的邪祖在天界搅闹得风风雨雨，如今天地贯通，他更是少了许多限制，与几路神魔王争斗不休。

邪祖出世之后，受到几大天界高手打压，实力直接被打落至神王境界，而后又被投放进天界。实力骤降，让原本嚣狂不可一世的邪祖，不得不收起了狂妄的姿态，开始小心行事。当然，天界与他有仇的几大神魔王也已经得到消息，知道邪祖出世，对他防备甚深，派遣了大量的高手打探他的下落。

邪祖在连续吞噬了几十位各派弟子之后，终于寻到机会闯进绝情派大肆杀戮，吞噬了该派众多弟子，实力又恢复了不少。不过，最终被赶来的几大神魔王击得败退逃走。吞噬别人的功力，提高自己的修为，这样做是极其残暴与可怕的。当然，并不是说每个人都可以汲取他人的功力，便可提升自己的修为。一般来说，除非功力跟不上精神境界的提升，这样吞噬他人的功力，来提升自己的修为，是会有明显效果的。但是一般来说，功力与精神力量是同步提升的，很少会不均衡地发展。也就是说，唯有像邪祖这样失去原有功力的人，大肆吞噬他人的功力才能够提升自己的修为。就如先前的痞子龙失去龙元那段岁月一般。他们就像干涸的水库一般，原有的容积足够大，不过是原先干涸罢了，后来加水当然能够承载。

当然，也有一种极其特殊的情况，那就是跨阶吞噬高手的生命之能，同样能够提升自己的修为。只是，这种希望太渺茫了，一个修为低下的人，怎么可能跨阶吞噬掉远远强于自己的高手的生命呢？所以说，吞噬他人功力这种事情，很少发生在修炼界，邪祖始一出现，就引起了轩然大波，无形之中已经成为天界浪尖上的人。几位神王与魔王在联手捉拿他，因为任他这样发展下去，当年参与封印过他的人，必然都没有好下场。

现在，这场风波闹得天界许多人不得安宁，邪祖和他们天天在进行着游击战。辰南乐见其成，与邪祖对敌的几人都可谓他的大仇人，想必混天魔王与绝情魔王他们定然已经焦头烂额，不然不可能不趁这次天地贯通的机会，下界来追杀他。少许的波澜才显得正常，但是辰南却有一种感觉，天地大变后必然将有大事件发生，不过他无论如何也猜想不到会是怎样的一种形式。

灵尸雨馨进入百花谷已经过了很长时间了，但是现在依然没有出关的迹象，天界雨馨已经到此，辰南迫切希望两者能够相见，到那时也许能够激发出什么事情。又是半个月过去了，天界雨馨找到了辰南。他们之间的关系很复杂，彼此都知道曾经是恋人，但是现在似乎有些微妙。辰南一直在等待，如果按照澹台璇所说，天界雨馨将在这里了结一段尘缘，是与他了结万年前的一段往事？还是开始一段感情，而后放下一切从容离去呢？他不知道。小晨曦没有跟来，她被两条龙载着在外面的昆仑大山中飞舞。

雨馨的眸子迷蒙如水，似乎有些心事，她立在这片丹崖上的亭台旁，注视着绝崖上几株幽翠的兰花，过了很久才对辰南道："一万年啊！""是的，一万年！"辰南叹道。雨馨道："有些时候，我感觉自己很奇怪，我心中有着那么多值得追忆的往事，但是每当我回想的时候，就像是翻看别人的记忆一般，虽然会跟着感慨无限，但却不会沉陷进去。唉……"雨馨最后的一声幽幽叹息，让辰南的心有些发冷，他平静地回答道："在你的体内到底封印着几个人格呢？你究竟是哪一人呢？万年前的雨馨是否还活在你的体内呢？"

雨馨很久都没有回答，微风轻轻拂过，她站在崖壁之上，一双如梦似幻的眸子注视着远空，洁白的衣衫随风舞动，仿佛随时会乘风而去。"我不知道。"雨馨平静地回道，但是辰南却感觉到，她的心中似乎并不是很平静。"雨馨……"辰南无声地发出了一声叹息，"千年之后，我们再回首，也许一切都将淡如风。"雨馨慢慢转过身来，一双美丽的眸子似海水一般深邃。"你在向我暗示着什么吗？"辰南平静地注视着她。

雨馨没有回答这个问题，而是将话题转移到了另一个方向："辰南，我自修炼《太上忘情录》之后，灵觉远比其他强者敏锐，我现在感觉可能将有大事发生，你要小心。"辰南点了点头，道："若有若无间，我也感觉似乎有什么事情将要发生，雨馨你也要小心。""我知道，你放心吧。"雨馨静静地看着他，道，"小心澹台璇。"辰南道："为什么这样说？"

雨馨转过身躯，面向不远处的牡丹谷，望着那里姹紫嫣红、妖娆多姿的花朵，道："澹台璇现在应该不会对任何人不利，但是以后的事情很难说了。""到底是怎么回事？"辰南问道，显然雨馨似乎知道澹台璇的一些秘密。雨馨没有回答他的问题，反而问道："你听说过七绝传说吗？""七绝传说？"辰南面露不解之色，摇了摇头，表示未曾闻过。

雨馨道："这是天界的古老传说，传言颇多，没有一个确切的说法。有人说，有一奇书，名为《七绝》，与《太上忘情录》并称第一，不过《七绝》失落了，只流传下《太上忘情录》；有人说，有一神女号称七绝，她有七身将入尘世苦修；有人说，有一魔女将进行七绝变……"辰南疑惑道："七绝，这么多的传说，难道与澹台璇有关吗？""是的！"雨馨肯定地回答道，"我感觉她就是传说中的七绝女！"

"七绝女？这……"辰南一阵头大，为何万年前的两个最杰出女子，都有着那样复杂的身份呢？他开口问道："哪一种传说的七绝女？""我不知道。"雨馨摇了摇头，道，"说不出的一种感觉，直觉告诉我她是七绝女。"辰南感觉自己身旁的人，没有一人简简单单，无论是他们的出身背景，还是心性，都难以揣测。

"辰南你以后要多加留意。"雨馨说罢，缓缓腾空而起，向着远处的一座花谷飞去。最后，回过头来，认真地对辰南道："辰南，我不会伤害你，你不要担心，无论何时你都应该相信我。"

时间慢慢而过，辰南静静在昆仑玄界中修炼。"这个世界上没有人能够随随便便成功。"这些日子以来，辰南一直在想着辰战在进入第三界前对他说的那些话。别人数千年才迈入神王境界，他在短短的两年间就破入了这一领域，这似乎有些超乎常理，也许辰战在向他暗示着什么。

"得与失是平衡的，失去多少，就会得到多少，得到多少，就会失去多少，一万年不过朝夕间！"每当想起这些话语，辰南愈加肯定，一万年的光阴，似乎并非想象中那样真的荒废了。两年的时间，他经历了无数场生死大战，始终在生死之间徘徊，每次游走于死亡边沿之际，他的体内就会涌出一股力量，助他做出突破。如今，静下心来细细思量，辰南觉得，也许这真是一个得失平衡的世界！他失去了许多，但是他同样得到了许多。

天界、人间、第十七层地狱连通后，并未如想象那般发生剧烈的事件，但是辰南心中依然笼罩着一层阴云，总觉得事情有些不太对劲。昆仑玄界，乃是一处洞天福地，为天下妖族的圣土，能够寻到这里的人无不是修炼界的强者。

天地剧变一个月之后，昆仑玄界来了一个不速之客，来人并不是为拜访妖族圣地中人，而是指名点姓要找在这里做客的辰南。用来接待客人的精舍大都建造在一些矮山之上，无不是景色优美之地。

青碧翠绿的矮山，花香鸟语，飞泉流瀑，亭台殿宇错落有致。然而，此刻这里却显得死气沉沉，婉转动听的鸟鸣早已消失，美丽的景色也仿佛失去了一层色彩。青碧翠绿的植物仿佛蒙上了一层灰色，叮叮咚咚的泉水此刻仿佛也大变样，像是发自地狱的幽冥之泉一般死气沉沉，水雾中夹杂着丝丝的黑气。这里似乎失去了生机，除了泉水单调的声音外，一片死寂！

当辰南与两条龙赶到时，这里的环境更甚了，死亡气息越来越浓重，重重黑云笼罩而下，压落在矮山之上，让这里更加死寂，仿佛死亡国度降临了一般。紫金神龙大喝道："大胆，何方妖孽，竟敢搅闹昆仑圣地？！""哼！"回答他的是一声冷哼，紧接着是更为浓重的死亡气息，黑雾浩荡。"神说，涤尽邪恶，光明永存。"龙宝宝浑身上下透发出道道金光，照射向黑云压顶的矮山。不过，一股死亡性质的力量，却猛烈地涌动了出来。

辰南拦住了龙宝宝，没有让它继续，而后对着矮山上空，喊道："是哪位朋友来找我。"没有人回答他，无尽的死气涌动，一个巨大的死神镰刀长达百丈，从矮山之上突然横扫而下，闪烁着冷森森的金属光泽，寒气与死气同时弥漫，这片天地阴冷刺骨。

"难道是冥神？不对，冥神已经被我杀死了！"辰南一时间难以猜测出来人是谁。远处的许多花朵在刹那间化为冰雕，而后粉碎，随风消散。巨大的死神镰刀停留在辰南颈项前一米处，可以清晰地看到上面的骷髅花纹，以及冷森森的巨大刀刃反射出的辰南身影。

"辰南……"黑云中那个身影终于开口了，辰南听到了一丝熟悉的声音，但是却没有想起是谁，但绝不可能是冥神复活了。辰南问道："你到底是谁？"百丈长的死神镰刀，闪烁着阴冷的光辉，慢慢收了回去，传来一阵低沉的声音，道："有时间去看看我妹妹。"

"嗷呜，是在对我说吗？这等好事，找我就可以了。"紫金神龙脸皮厚得实在让人无话可说。它的话音刚一落，巨大的死神镰刀突然再次出现，狂猛地横扫而来，镰刀刃快速向着紫金神龙的颈项收割而去。紫金神龙急忙将紫金大棒子握在手中，向外砸去。"当！"一声穿破云霄的刺耳金属交击声音，在这片天地久久鸣颤，让人耳鼓发麻欲碎。紫金神龙被震得翻飞了出去，巨大死神镰刀闪烁着冷森幽碧的光芒，停驻在了空中。

紫金神龙刚想继续冲上去，但被辰南拦住了，他开口道："我知道你是谁了，没想到是你。""你终于想起了。"矮山上的黑云渐渐散去，渐渐显露出里面的景象，一个身材高挑的青年男子，身穿黑色金属打造而成的战甲，手中握着一把巨大的死神镰刀，静静地站立在矮山之巅。死亡气息虽然渐渐消散了，黑雾也渐渐消失了，但是青年男子的周围仿佛笼罩着一层阴影一般，阳光也难以照射而进。玄铁头盔将他的脸都遮挡在里面，唯有一双眼睛绽放着幽冷的光辉，静静地注视着下方的辰南。

辰南道："果然是你，潜龙！"来人正是当年闯入死亡绝地的十大青年高手之一，也是被困死亡绝地的七人中唯一的幸存者，他成了魔主的弟子！没有人知道发生了什么，让潜龙气质大变，原先他有天才之称，但绝不傲慢，如邻家的大男孩一般，脸上总是挂着阳光的笑容。近两年的时间，他变得比冥神更像死亡的掌控者，给人一种死亡代言人的印象，他更像是真正的死神！

"辰南你变强了，现在有资格与我一战！"潜龙的话语很低沉。"你谁啊？这么嚣张，信不信龙大爷我拆了你？！"紫金神龙方才被生生震退了出去，心中很是不服，现在见潜龙如此姿态便想立刻动手。辰南拦住了痞子龙，对潜龙的话语他并不动怒。如果站在对方的角度考虑，说的话一点儿也不过分。

当年，潜龙被东土老一辈人物誉为天才高手，乃是东大陆年轻一代的第一人。从后来龙舞透露出的种种蛛丝马迹，可以看出在进入死亡绝地时，他的修为就已经达至五阶境界，在那个时候的年轻一代中绝对无敌手。那个时候的辰南等人，修为不过三阶境界，即便是梦可儿也不过四阶境界，与潜龙都有着一段不小的差距。

时隔近两年，辰南等人在飞快进步，焉知潜龙没有在前进？他后来的师父乃是这个天地间最为强大的人物——魔主，修为想不提高都难。此刻，辰南明显可以感觉到潜龙的强大，辰南曾经有一万年的"得失"，才能够在两年的时间内晋身神王领域，但是潜龙呢，他是因为什么？潜龙是一个旷世奇才不假，但最主要的原因，恐怕还是因为他的师父是具有通天之能的魔主，天阶高手的徒弟两年间晋升神王领域，传扬出去，不会让人感觉意外。

"辰南，有时间去看看我妹妹。"潜龙的话语虽然有些冰冷，有些低沉，但是辰南还是能够感觉出其中饱含的真情，他是知道这对兄妹间曾经的"误会爱恋"的。辰南反问道："你自己为何不去，你更应该去看看她。""我已经去看过她了，不过却是远远地观望。"说到这里，潜龙眼中冰冷的神色又消失了不少，道，"她现在的精神状态很好，我不想打破她平静的生活。"

辰南道："逃避不是办法，这个结早晚要解开。"潜龙道："我觉得所谓的'结'早已不在了，我不过是想让妹妹继续平静地生活，我怕会给她带去麻烦。"辰南笑了，道："那你让我去看你妹妹，就不怕我为她带去麻烦？我可是这个天地间少有的问题人物啊，强敌太多了。""我只是希望妹妹幸福！辰南，如果你敢让她不开心，我绝不会饶了你的。"说到这里，潜龙冲天而起，带起阵阵黑云。

"慢！"辰南急忙喝道，他还有许多重要的问题未问。"还有什么事情吗？"潜龙停在了半空。辰南道："潜龙你未免太过心急了，我们也算是故友了，怎么说也要把酒言欢一番，怎么能够这样匆忙离去呢？"潜龙道："天地大变，天、人两界不再设防，正是我寻觅神王高手挑战的好时机！"又是一个战斗狂人，潜龙真的与以前大不相同了，辰南感叹道。

辰南道："潜龙，既然你说到天地大变这件事情了，我正要向你请教。你乃是魔主的徒弟，我想你肯定知道这一切都是你的师尊导演的，他说是为了天人两界的安宁，才将天阶高手请入了第三界，我想不仅仅是这个原因吧？恐怕还有其他因由。"

提到魔主，潜龙的双眸中闪现出说不上是恨还是敬的神色，过了很长时间才道："他似乎要集结天界高手修复什么，具体是怎样，我一点儿也不知道，在天地大变前一天，他将我与几名神魔师兄先后打发出了死亡绝地。我师父曾经对我说过一些奇怪的话，他说如果世上少了些高手，这个世界也不一定会真的安宁。如果有一天，天界与人间的高手，被一批可怕的人打得惨败，希望修炼界众人能够坚持下去。"

"什么，他竟然说过这样的话，他到底在暗示着什么？！"辰南很是震惊，魔主曾经说过这样的话，那绝对是大事件。这是不是就是他与雨馨同时感应到的不安因由呢？潜龙道："我不知道，我师父说那只是他的预感而已，他说希望不要成真，不然会很棘手。"

辰南现在已经知道，事情绝对小不了！魔主是何等的人物，他都说出这样的话来了，肯定将有大事件发生。

"潜龙你为何气质大变样？"

"我……"潜龙冷笑不断，透发着刺骨的寒意，他恨声道，"你可知道我是怎么活下来的？"

"我想肯定经历了一些不愉快的事情吧。"

"我师父命令我们七人互相厮杀，只有一人能够活下来，其他六人将成为幸存者半年的口粮！"

潜龙没有多说，但是辰南可以想象当初的残酷场面，曾经同生共死的同伴相互杀戮，直至六人死去。唯一活下来的人，手上沾满同伴的鲜血，却还要啃嚼同伴的尸骨活命，这是何等悲惨的事情啊？天地间最可怕的痛苦，恐怕莫过于此！

"太可怕了！"龙宝宝打了个冷战。

"魔主真是个变态啊！"紫金神龙叫道，"这个家伙肯定是世界上最为邪恶的人。"

潜龙听到这些评价，没有像想象中那般痛恨地大骂，反而摇了摇头，道："你们不了解他，从某种方面来说，我恨他恨得要死。他残忍冷酷，之所以逼我们做出这等惨事，竟然是要锻炼我的心性，想让我变得狠一些。但从另一个角度来看，我又要敬他，他是一个不受世间任何法则束缚的人，他不在乎世人的看法。他一切从大局着眼，我想他如果想成就一件大事，他是那种敢屠戮百万神魔、杀害千万生灵都不会眨眼的人。他是一个无所顾忌的千古狂人。"

潜龙走了，辰南的心没有平静下来，魔主到底预感到什么了呢？既然他知道将有大事件发生，为什么还要收走十数位天阶高手呢，难道第三界事情比这还要重要得多吗？

在接下来的两个月中，辰南经历了一次蜕变，他炼化了五具化身，将它们再次融入了本体。化身终究是小道尔，辰南炼化五具魔身之后，魔体变得更加强健了，肌肤闪烁着淡淡的宝光，整个人如同精铁浇铸的一般，体内蕴藏了无尽的能量。辰南不灭魔身之强横更进一层，现在同级别的高手恐怕已经很难伤害他的肉身了。只是，他虽然在向着神王大成境界过渡，但是依然没有悟出自己的法则，他不知道该如何下手。

辰南暗暗想："没有法则，也算不得什么，雨馨修炼的《太上忘情录》号称天界第一奇功，不是也没有悟出法则的要求吗？"辰南出关之后，找到古思与两条龙，道："我们去东海转一圈，回来之后恐怕将有一场恶战了。"让辰南颇为尴尬的是，澹台璇与雨馨竟然赶到，也要与他同行。这实在让他不知说什么好，这次是想去见龙舞，携带两大美女同行，那真是太……

不过，在路上雨馨与澹台璇便与他分手了，她们要在人间各地走上一遭，她们最近都心生感应，觉得将有大事件发生。临别之际，雨馨对辰南道："你如果要去杜家玄界，千万不要莽撞行事，如果有需要，到时候我们召集足够的人马，共同前去。现在我的感应越来越强烈了，可怕的预感可能就要在最近发生了，现在是暴风骤雨前的沉静。""我知道了，你们也要小心。"辰南一行人向着东海方向飞去，雨馨与澹台璇则飞向了另一个方向。

辰南、紫金神龙、古思、龙宝宝飞入了茫茫大海深处，按照潜龙所提供的路线，开始寻找缥缈峰。缥缈峰乃是一个极具传奇色彩的所在，万年前就已经是天下间的知名圣地，相传有古仙人居住，乃是与天界相通的奇异天门。

辰南他们在无尽的大海深处发现了七座岛屿，七岛非常有规律地分布在大海中，站在云端向下望去，它们排列成北斗七星状。辰南道："是这里！"龙宝宝好奇地道："我没有看到山峰啊，叫作七星岛不是更好吗？为什么要叫缥缈峰？"紫金神龙得意洋洋地道："小豆丁以后要勤学好问啊，要做有理想、有文化的天龙才对。下面的岛屿不过是幻象罢了，当我带你进去，你就会发觉阵法的天地是如此奇妙！"的确如痞子龙所说的那样，这里笼罩着荒古大阵，将真正的海景掩幻其间。

辰南他们飞落下去，几经周折，不断变幻方位，终于进入了这片奇异的天地。里面同样是七座岛屿，不过比之先前看到的紧凑了许多，七座海岛几乎相连，相近岛屿相隔最多不过一千米，呈北斗七星状排列。而且，每座岛屿的正中央都有一座直插天际的高峰，不过这些高峰有些奇异，或许该换一种说法，应该叫作通天之柱。因为它们的直径不过三百米，而且从底端到峰顶，上下粗细相同，如七根石柱插在七座岛屿上一般。

七座岛屿上的七道高峰，或者说七根通天之柱寸草不生，就那样光秃秃的、笔直地延伸向天际，远远望去无比奇特。七根通天支柱也不知道存在多少年了，其上有雷劈的痕迹，有刀斧的印记，但是它们依然屹立不倒，镌刻满了岁月的风霜，仿似自亘古就存在那里了一般。七座岛屿之上绿意浓郁，参天古树遮天蔽日，巨大的异兽咆哮震天，当看到一头十丈长的巨熊出没在一片山林时，龙宝宝死死地盯着那肥硕的熊掌，馋得直流口水。

在七座主岛的旁边还有一座小岛，与七座主岛不同，上面鲜花开得正是烂漫之时，没有阴森的树木，也没有各种巨兽，这是一座如春城般的百花岛。其上百花齐放，姹紫嫣红，远远望去，如锦绣画卷一般，美得让人惊叹。慢慢靠近，渐渐可以听到婉转的鸟鸣声，翩翩飞舞的蝴蝶与忙碌的蜜蜂也渐渐映入眼帘，馥郁芬芳的香气迎面扑来，这里真的如童话世界一般，充满了快乐祥和的气息。

这个时候，岛内两条人影快速向着他们冲来。这是两个看起来颇为年轻的男女，男的英俊潇洒，女的貌美如花，不过辰南他们绝不会将他们当成少男少女，因为对方的眼中闪烁着那种经历过世事的成熟光芒，明显是两个达到了不死之境的仙人。看来，传言不假，这缥缈峰果然是一处仙地，这里居住的都是仙人级的高手。

"来者何人？"那名男子出言问道，话语很平和，没有想象中高门大派子弟那种盛气凌人的姿态。辰南点了点头，道："我名为辰南，到这里寻访一位朋友，她是你派的弟子，名为龙舞。""哦，你找龙舞啊，稍等。"两人快速离去。

时间不长，一个绝美的身影似行云流水一般潇洒地飞来。绝美的龙舞永远是那样潇洒，她的美格外与众不同，没有一般女子的矫揉造作，她的言行举止除了优雅之外，更多了一股帅气，使她即便身处万千美女中，也能够让人感到她的与众不同，永远的阳光，永远的自信。

此刻的龙舞，已经不再是那个短发女孩，飘飘长发似黑色的绸缎一般在荡漾，闪烁着乌黑亮丽的光芒。如玉的容颜闪烁着晶莹的光泽，清澈的眸子渐渐显现出笑意，挺直的琼鼻微微皱了皱，红润的双唇轻启，露出如珍珠般雪白的牙齿，对着辰南道："说话不算话，现在才来看我。"说话间她皓腕抬起，干净利落地在辰南额头上轻轻弹了一指。也唯有龙舞这等女子，才敢给辰南来这样的见面礼，永远的与众不同。神采飞扬，风采自信，独一无二的龙舞。

虽然辰南并没有真的承诺何时来看望龙舞，但身为男人，他也不好在这个问题上争论，笑了笑道："看到你如此神采，我就放心了。"旁边，龙宝宝使劲地眨动着大眼睛，不满地嘟囔道："龙舞你忘记我了。""呵呵，怎么会忘记你呢，可爱的小东西。"龙舞轻轻地将龙宝宝抱了起来，笑道，"贪吃的小龙，你该减肥了，都快成小皮球了。"

"嘿嘿，还有我，小舞啊，我也很想念你啊。"紫金神龙伸展开了双臂。"臭龙是你？居然化成人形了。"龙舞笑嘻嘻道，毫不客气地在紫金神龙的头上捶了一记。龙宝宝扭了扭胖胖的龙躯，眨了眨大眼睛，道："龙舞，我好想好想你啊！"龙舞道："你这小东西，想我为什么眼睛瞄向别处流口水啊？""没有流呀。"龙宝宝急忙伸出一对金黄色的小爪子，快速擦了擦嘴角，不满地嘟囔道，"骗我！"

龙舞轻笑道："我还不了解你这小东西吗，是不是看到了我们岛上的仙果园，在想那里的仙果啊。""是，啊，不是。"龙宝宝终于露馅，小家伙难得地露出了不好意思的神态。"哼，你们这两条龙千万不要乱来啊，一会儿我会给你们采摘一些，但是你们自己不许胡来。"龙舞认真地叮嘱道，她和两条龙打过交道，怎么会不了解他们的习性呢。

辰南随龙舞进入了岛屿，在鲜花遍地的岛屿之上，他们边走边谈，古思与两条龙远远地跟在他们的身后。

辰南问道："龙舞，你在这里还好吗？"龙舞道："我很好，师父他们对我很照顾，不惜耗费功力提升我的修为。"辰南又道："有时间回家去看一看吧。"龙舞笑道："呵呵，傻瓜，你是不是想告诉我，让我回去看看我哥哥，彻底解开心结？放心吧，早就没事了。上次我知道我哥来看我，我们岛内的高手发现了他的到来，我真的很高兴，没有想到他从死亡绝地逃了出来。"辰南惊道："你都知道了？"龙舞笑道："是啊，快给我说说具体情况吧。"两个人慢慢在岛上散步，边走边聊。话语虽然很普通，但却饱含着对对方真心的祝福与问候。

这个时候，最后一抹夕阳消失了，天色彻底黑暗了下来。然而就在刹那间，不远处几座主岛上面的七座通天石柱，突然爆发出无比璀璨的神光，瞬间照亮了整片海域，令这座花岛也如白昼一般明亮起来。龙舞面露一丝忧色，道："没想到神光一日强似一日。"辰南有些惊异，问道："这、这是怎么回事？"龙舞道："外界对缥缈峰传言颇多，你可知道这里究竟是怎样一个真实所在？"辰南摇了摇头，道："我不知道。"

龙舞道:"其实,这里并非外界想象的那般,是古仙人的居住圣地。反而,这里并不是善地,我们的师门不过是遵从祖命,奉命守护在这里。相传,这里封印了七个在太古时代乱天动地的人物。""什么?!"辰南一惊,这可真是让人吃惊的隐秘。

龙舞道:"古老的传说,世间有七座连神都无法打破的圣山,被称作缥缈峰。太古时代,七位乱天动地的传说人物被封印在了神山之中,无尽的岁月流逝过去,传说中的七位太古强者没有被封死,反而有破除封印的趋势。七座巨大的神山,被他们炼化成了七根石柱。"这绝对是一个惊世的消息,太古时代能够乱天动地的七位人物,竟然被封印在此地,传到修炼界必然会引起轩然大波。

龙舞接着道:"七座圣山被布下太古禁忌阵法,呈北斗七星状分布在大海中。任那沧海桑田,人世浮沉,无尽岁月悠悠而过,七座圣山在慢慢地发生变化。七位太古人物始终不灭,这样下去他们早晚会崩碎七山冲出。只是,真正的守山一族早就消失了,我们的师门不过是一个旁支,无力改变什么。"辰南问道:"这样说来,七位太古人物必然有出世的一天,根本无法阻止?"龙舞点了点头,道:"是的。"

辰南又问道:"那你的师门继续守下去还有什么意义呢?"龙舞道:"遵从祖命。"辰南感慨道:"真是不可思议啊!"没有想到传说中的缥缈峰竟然是这样一个所在。龙舞道:"我初始听到时,也非常吃惊。七圣山已经被炼化成了七根石柱,崩塌之日不远了。尤其是不久前天地大变之后,圣山的变化就更大了。""什么,天地大变之后?"辰南感觉冷汗流了出来。

第四章
祸起太古

通天七柱直插云霄，闪烁着灿灿的光芒，照亮了整片夜空，让这片海域如白昼一般，场面是极其神异的。七道光柱连接天地，透发出的璀璨光芒让天上的星辰都黯然失色。谁能够想到通天七柱原本乃是七座最为坚固的圣山呢？它们自太古时期就已经矗立天地间，更是封印了七位堪称法力无边的人物，不过硬是被七人炼化成了石柱。无尽的岁月流淌而过，他们依然活着，很难想象他们到底强到了何种程度！紫金神龙、古思、龙宝宝也呆呆地望着通天七柱，龙舞耐心地向他们介绍了情况，两龙一人顿时也如同辰南一般吃惊不已。

平静的海面渐渐涌动起波浪，七根直插云霄的石柱透发出道道光芒，射入了海水中，无尽的大浪涌动而起，咆哮不断，整片海域沸腾起来。随后奇异的事情发生了，一道道巨浪突然冲空而起，化成了各种神兵利刃，有十数丈长的巨斧，有百丈长的巨剑，全部由海水幻化而成，不过却闪动着无比锋锐的光芒，犹如真正的精铁神兵。虽然相隔甚远，但是辰南等人明显可以感觉到，这些海水化形而成的兵器有多么可怕，比之真正的神兵利刃绝不逊色！

神兵的价值体现在使用者手中，如果修炼者足够强大，即便握在手中的是一根稻草，也胜过无坚不摧的神剑。毫无疑问，海水凝聚而成的兵器被七位传说中的人物赋予了灵魂，已经超越了神兵利刃！此刻，它们是无坚不摧的瑰宝！巨剑、阔斧、长刀数十件兵刃，闪烁着冷冽的光辉，化成一道道匹练冲向了石柱，开始猛烈地劈砍七根石柱，一串串火星不断迸发而出，犹如一颗颗流星划过海空一般。

蕴含着恐怖力量，堪比瑰宝级神兵的长刀、阔斧竟然无法撼动七根石柱，只能一点点地消磨，依靠剧烈地碰撞，劈砍下点点火星灰尘，像是在做无用功一般！如果石柱之内真的封印有七位太古人物，不得不让人惊叹他们的意志力之强大，无尽的岁月过去了，他们竟然始终没有放弃，用这样功效缓慢的办法在破除圣山，比之愚公移山、铁杵磨成针这等传言的精神还要让人敬佩。要知道当年可是七座无比高大的圣山啊，自太古至今，经历了沧海桑田，无尽漫长的岁月，竟然真的被打磨成了石柱，焉能不让人佩服！强大的意志力，不屈服的性格，让七位人物终于看到了脱困的希望。

　　"这是不是就是让我不安的隐患呢？"辰南自语道。"轰！"大浪滔天，接着一声啸音自一根石柱内爆发而出，震得整片海域都在剧烈抖动，千重大浪不断浩荡。但是巨大的啸音生生压过了海啸，在整片夜空不断激荡。随后，其他六根石柱也仿似沉睡的巨人觉醒了一般，纷纷发出啸音，比之狂暴的海水还要声势浩大，海啸在它们面前像是温柔的乐章一般。在这一刻，辰南强烈感觉到了灵魂的悸动，异常不安的感觉从心底深处生起。没错，他以前的心灵感应，绝对与这里有着莫大的关联！现在，他终于能够肯定了。

　　七声巨大的啸音短暂地持续了半刻钟后，又都停了下来，七根石柱又如先前那般，绚烂的光芒照耀天地间，数十把兵刃横劈竖斩，此外再无异象。龙舞露出一丝狐疑之色，道："以前从来没有出现过啸音，恐怕七位传说中的太古人物真的要突破封印了！"辰南大步向前走去，来到花岛的海岸边，在最近的距离处观望着七根石柱，紫金神龙、古思、龙宝宝，以及岛上的许多人也都赶来，静静地注视着通天七柱。七道极其耀眼的光芒突然爆发，七条模模糊糊的人影在石柱内若隐若现，惊得花岛上众人一阵大乱。

　　"快快去禀报祖师！"有人急忙向着花岛中央跑去，其实哪里用得着他们禀报，方才那么大的啸音焉能不惊动岛内的高手？海岛中央的一座矮山上，并排站着几位老人，他们面露忧色，正在一瞬不瞬地望着通天七柱，议论纷纷。

　　"难道说封印的人物真的要出来了？""想不到啊，竟然发生在我们这一代。""在近几天遣走所有年轻弟子吧，留下我们一些老家伙陪葬就可以了。不知道这七人出世，将会给动荡不安的大陆带来怎样的影响，但愿没有想象的那么严重。""时间太过久远了，七人究竟是何等人物，都已经没人知晓，谁也不知道会发生怎样的事情。"

惊涛拍岸，辰南眺望着通天七柱，对龙舞道："这些人根本不是你的师门所能够对付的，即使没有经过'无天之日'，这个天地间恐怕也很难找到对付他们的人。我感觉到了他们那不可想象的强大力量。龙舞，赶快劝告你们的祖师早做安排吧。"

龙舞道："没用的，他们不会撤走的。"辰南道："但那将是无谓的牺牲啊！"龙舞静静地注视着七根璀璨的通天之柱，道："明知不可为而为之，有时候并不是愚忠顽固，这是早已下过赴死决心的不屈精神，就是要凭借一己之力努力尝试改变什么。如果连做都不去做，便一点儿希望也没有，几位祖师不可能退缩。"

这个时候，七根石柱中的人影更加清晰了，不过由于角度等因素，唯有距离花岛最近的那根石柱中的影迹，被运用天眼通的一干高手清晰地捕捉到了。那根直插云霄的石柱直径三百米，但是那个位于石柱底部正中心的身影，已经慢慢显现了出来，古老的石柱仿佛渐渐透明了一般。

那是一个伟岸的男子，身躯足有一丈高，健硕有力的躯体充满了爆炸性的力量，一条条似虬龙般的肌腱盘绕在身，古铜色的皮肤如千锤百炼的精铁一般结实。他绝非那种野蛮的肌肉男，他的躯体近乎完美，那是力与美的结合，是那种修长而有力的完美体魄。黑色的长发似狂乱的瀑布一般，自然垂在胸前背后，一双眸子虽然紧紧闭合，但却仿佛透发出了两道无比凌厉的光束，让每一个望向他的人都感到阵阵惊心动魄！这是一股无形的气质，这是跨越千古而不灭的战意！

残碎的古老战袍，只能遮挡住腰腹以下的躯体，早已被血水染成了暗红色，望之让人触目惊心，可以想象在那无尽的岁月前，他纵横冲杀、血染战袍时的大战景象，能够被这等人物杀死的人，毫无疑问都是顶级的太古强者！不灭的战意在激荡，这也是他千古不灭的重要原因。在他的右手中握着一根锈迹斑驳的古老战矛，古矛底端拄地，铁锈斑斑，矛尖冲天，暗淡无光，与男子并立着。

虽然是一杆满是锈迹的青铜古矛，没有点滴璀璨的光芒，但是其透过石柱传出的丝丝煞气，却足以让在场所有人战栗！自太古时就存在的一人一矛，透发着一股说不出的气息，似那古老的化石，又像那战意凌云的不灭之体。这是一个矛盾的组合，染血的残碎战衣，健硕的伟岸身躯，锈迹斑驳的古老战矛……一幅极其震撼人心的画面。

光芒闪烁，手握古老战矛的男子左侧光影闪动，一匹高大神骏的战马渐渐显露了出来。战马高大无比，竟然比男子还要高上一头，它同样闭着眸子，身上已经被血迹所覆盖，整个躯体呈暗红色，已难以看出它本来的颜色。"偶滴神啊，它、它也活着，自太古封印至今，它也没有死去！"龙宝宝惊叫道。"天马！"紫金神龙叫道。

这果真是一个传奇神话，封印了无尽的岁月，不仅自己无损，还让一匹天马活了下来！虽然没有看到其他六根通天石柱内的人物，但想来他们的气质绝不下于此人。这实在是一件无比可怕的事情，辰南有些怀疑，即便魔主归来，修为恢复到巅峰状态，能否战败其中的一人呢？因为，直觉告诉他，七人实在太强大了！这些人到底有着怎样的来历？这真是一件无比可怕的事情！

就在这个时候，高天之上突然星光闪耀，月华也如水一般洒落。"啊，星光、月光都散乱地穿透下来了！"龙舞惊呼。花岛上所有弟子都在惊呼，似乎预感到了什么可怕的事情将要发生。"龙舞，怎么了？"辰南问道。龙舞道："北斗七星太古禁忌大阵封印七圣山，锁住了七位太古人物。大阵终年运转不辍，与天上北斗七星暗暗契合。同时，满天无尽的星辰，光耀天上北斗，星辰之力，源源不断地借助天上的北斗七星，汇聚到海面上来，为太古大阵提供能量。然而，每过一万年，太古禁忌大阵都要停转几分钟，天上的星光为之散乱，不能为古阵提供能量。"

辰南一下子明白了，短暂的几分钟古阵失去了效用，意味着圣山的封印力量降低到了最低点，这在以往的万年轮回时或许没有太大的问题，但是如今七圣山已经被消磨成了七根石柱，即便号称神魔都无法毁损的圣山，到了这等境况恐怕无法压制住七位强者了！竟然需要借助满天星辰之力，来镇压封印七人，实在太过可怕了！

"缥缈峰所有弟子都集中到这里来。"花岛中央几位祖师焦急地喊道。人影闪动，所有弟子快速冲去。辰南他们也跟了过去。矮山之上，一位身形发胖的老人大声喝道："现在，我发布祖师令，所有弟子立刻远离缥缈峰，能逃多远就逃多远，半个月内谁也不许回来！"

在这一刻，辰南没有因老人的肥胖躯体而感到滑稽，他对老人流露出了深深的敬意，显然老人抱了死志，但却要遣散走所有门徒，让他们逃命。

"不，与祖师共存亡！""与缥缈峰共存亡！""与师门共存亡！"所有弟子含着热泪齐声呐喊。"愚蠢！"老人大怒道，"我命令你们立刻远离此地，否则我立刻自绝在你们面前！快走，再不走，我立刻就死在你们的眼前！"老人高高举起了手掌，对准了自己的天灵盖。哭泣声响遍岛屿，三三两两的弟子，一步三回头地远去！

星光闪耀，远处的七根通天石柱剧烈摇动了起来，整片海域都仿佛要翻腾了过来，不仅那七座主岛摇动，就是这座花岛也要翻过来了一般，猛烈地摇颤。"都给我飞起来，修为高深的，将不能够飞翔的弟子背起来带走，你们想逼死我吗？还不快快行动起来！"老人大声喝喊着。所有年轻弟子都在哭泣着飞向远空。

年轻弟子都已经走远了，除了矮山上的几位老人外，还有二十几名中年人。老人大喝道："你们也要走，我们几个老不死的留下足够了，留下希望，留下种子，缥缈峰不能就此断送，缥缈峰的未来要靠你们来支撑。"最终，这群中年人仅仅走了十二人，另外十三人宁死不走。这个时候，辰南拉起面带忧伤泪痕的龙舞，与紫金神龙、龙宝宝、古思冲天而起，远离了花岛。

短短的几分钟可以改变历史！可以改变三界的历史！无限星光闪烁，天地间白茫茫一片，不仅太古禁忌大阵停了下来，而且更为可怕的事情发生了。星辰之光不再是压制太古七位人物的力量，反倒成了他们脱困的第一助力！具有通天法力的七位强者，在短暂的几分钟内将无尽的星光强行聚拢成无尽的光束，向着七根通天石柱轰击而去！在璀璨的光芒中，爆发出七声惊天动地的巨响，万里浩瀚之海巨浪滔天，海水涌上了高天！

改变三界历史的大事件就这样突兀地发生了！传说中的七位太古人物崩碎了七根通天石柱，无尽岁月的封印在这一刻崩裂了！七声长啸震荡天地间，万里海啸被生猛地压制了下去，天地间是震耳欲聋的怒吼，七位太古战神冲破了封印，并排站立在高天之上。他们一个个战意滔天，身上披着残破的古老血衣，手持着锈迹斑驳的青铜古兵，仰天不断长啸，任那长发狂乱舞动！

"轰轰轰！"在巨大的啸音中，在千万重大浪中，七座海岛崩塌沉陷了，它们毁在了七强的吼啸声中！六道影迹化作六道可怕的光芒，快速冲向了大陆的方向。现场，辰南他们看清容貌的那个男子留了下来，他提着锈迹斑驳的青铜古矛，端坐在那匹染血的天马背上，冷冷地扫视着花岛方向。缥缈峰的祖师与几位老人怒吼了一声，飞天而起，向前冲去。他们的身后，十几位中年人也跟着腾空而起。辰南拉着龙舞站在遥远的天际，并没有走远，正在运用天眼通注视着那里的一切，他知道悲剧即将上演，即便那几个老人非常强大。

缥缈峰的祖师，浩荡着无尽的可怕天地元气，如一颗璀璨的流星一般，打出浩瀚无匹的千重剑气，向着那骑着天马的古老传说人物冲去。手握青铜古矛的男子，端坐在天马背上，一动也不动，任那浩瀚无比的剑气临近身体，他未曾有丝毫神色异动。后方，缥缈峰的所有高手都露出了喜色，要知道掌门祖师乃是一位神皇高手啊，即使天阶高手不予还手，吃上这样生猛的必杀技，恐怕肉体也要难保。

但是事情远远出乎了他们的意料，千万道恐怖的剑气全部劈中了从封印绝地中走出的男子。所有的光芒都消失在了他的体内，就像春雨润入了干旱的土地一般！缥缈峰众多高手震惊。"噗！"血光崩现，手持青铜古矛的男子，坐在天马背上轻轻挥动战矛，一矛便贯穿了神皇高手的胸膛，比闪电还要迅疾！血雨迸溅，缥缈峰祖师瞬间崩碎，形神俱灭。

所有高手同时痛呼，十几人一起冲了上去。但是，战斗之残酷与可怕超出了他们的想象！骑着天马的太古男子身上并未透发出丝毫波动，也没有任何能量光芒闪耀，他如人间最为普通的武者一般舞动着兵器，但是每一击都会洞穿一名缥缈峰的高手，让他们形神俱灭！血水染红了高天，缥缈峰的最强者们在眨眼间被这位太古人物屠戮了个干干净净。传说中的太古人物没有丝毫神色波动，如那沉寂万载的古井一般，似乎这一切都实在太过微不足道了。

远空，龙舞的泪水模糊了双眼，无言地哭泣着。辰南喃喃道："太可怕了，神皇在他面前都不堪一击！不同于魔主威霸天地的可怕元气波动，这个人没有丝毫能量波动，简简单单的武者之技却可以灭杀一切，难道这七人开辟了另一片修炼领域吗？"在大海上空，许多的缥缈峰弟子并没有走远，他们亲眼目睹了师门高手的惨败，一位神皇高手，三位神王高手，竟然如蝼蚁一般在刹那间灰飞烟灭！

这个仇如何去报？如何能报？即使苦修一生，也难以仰望到那种境界啊！是人都有血性，不少弟子返回，怒吼着杀向了太古男子，包括十二位中年高手！只是，这是一场没有任何悬念的单方面屠杀战斗，太古男子除了挥动手中的古矛之外，其他部位一动也不动，很快将所有人都挑透了胸膛，任鲜血狂溅！

屠戮了所有敢于攻杀他的人，太古男子端坐在天马背上，如化石一般陷入沉寂。但突然间，他下方的花岛崩碎了，无尽的草木精华与天地元气向着他的身体涌动而去，他如一个无底黑洞一般，吞噬着所有的天地精气！"可怕的人，一片新的修炼领域！"辰南在远空静静地望着他，自语道，"难道可怕的风暴将要席卷大陆了吗？是他们吗？似乎是，又似乎不是！"

强大的太古男子身穿残破血衣，手握青铜古矛，胯下一匹沾染着暗红血迹的天马，他如一尊化石一般凝立在高空一动也不动，没有任何能量波动传出。但是，四面八方无尽的天地元气却剧烈地波动，如万流归宗一般，向着太古男子涌动而去。他身周根本没有丝毫能量波动，没有刻意聚拢天地元气，但是所有的草木精气与日月精华却不受控制一般，自主地向他奔涌。花岛已经崩碎了，上面无尽的花草在刹那间凋零，化成一道道光束，冲上高空，冲进男子的体内。

远空，紫金神龙哀号着："龙皇在上！这、这犯罪啊！其罪罄竹难书啊，实在太可恶，那么多的天材地宝，天啊，给老龙我留一半，不，两成就可以，天啊，那个天杀的混蛋！""神说，我好难过，我、我刚才应该多吃一些。"龙宝宝颇为遗憾地嘀咕着。整座花岛漫说那片仙果园，就是整座岛屿现在都已经不复存在了，崩坍沉陷之后，彻底自海平面消失。辰南无法揣测，那名男子到底用了怎样一种能量，居然没有丝毫波动透出，唯有无尽的天地元气向他涌动而去，但海岛就这样崩塌了！

至此缥缈峰所在地所有古阵法都消失了，璀璨的星空与无尽的汪洋清晰地暴露在夜色中。此刻，大浪滔天，怒海狂啸，在天地元气的剧烈波动下，海水难以保持平静。男子似一个无底黑洞一般，疯狂地吞噬着四面八方的元气，最后竟然引发了剧烈的海啸！这是何等的强者啊！岿然不动，便引起风云变幻、天地失色的异象！

龙舞已经擦干了脸上的泪水，道："他在疯狂地吞噬天地元气，料想自太古至今他的修炼始终没有停止过，但是体内却早已空空如也，真是难以想象他要吸纳多少天地精气。"龙舞说得没错，太古男子就是一个无底洞，似乎永远无法饱和一般。最后，怒浪滔天的大海都受到了波及，所有的浪花中射出道道神芒，海水中的精气也被开始疯狂吸纳。

大海中有着万千生物，在这一刻它们遭到了灭顶之灾，在短短一瞬间它们由于失去了精气给养，渐渐感觉不适，而后快速暴毙。因为，所有的生物也都成了太古男子洗劫的对象，无尽的生命之能自海洋中飘荡而起，向着他快速聚集。海洋中是一副惨不忍睹的景象，小到虾蟹，大到上百丈长的巨鱼、海蛟，无数的死尸漂浮在海平面上，它们血肉干枯，生命之能尽褪，如干尸一般漂浮在海洋中。远远望去，海平面已经被死尸所覆盖，千里海域已经成了一片死海！可怕的场景！大海中再也没有一丝生之气息！

远处，辰南、龙舞、龙宝宝等人，如果不是修为了得，恐怕体内的生命之能也被强行剥夺了。古思心中充满了惧意，道："这等人物实在太可怕了，感应不到他的能量波动，但是却感受到了他的恐怖之处！"大海已经不能满足太古男子，星空成了他的洗劫对象，璀璨的星光洒落而下，原本让整片海域都充满了柔和的色彩。但是在这一刻，这柔和的夜色被剥夺了，星光发生了扭曲，所有的光芒全部集中向一个方位，向着那太古男子汇聚而去。

远远望去，这是一幅无比邪异的画面。灿灿星空洒落下的光辉，在距离海平面数百丈的高空中消失了，而后全部转向了居中的那名男子，数百丈低空以下一片黑暗，再无一丝光亮。太古男子强横霸道到了这种程度，连星光都无法逃过他的吞噬！

此刻，远空的辰南他们已经身处绝对的黑暗当中，所有的光线全部被那男子吸纳而去。远远望去，漫天星光汇聚成一道道巨大的光柱，连接到了他的身上，无尽的星辰之力涌进了他的身体。辰南很难想象太古男子到底有多强，不过他觉得应该是一个可以和魔主抗衡的人！他从心里非常期待，两者在巅峰状态下来一次激烈的大碰撞，那无疑将是千古一战！只可惜，如今魔主已经身在第三界。

夜色下，海水已经归于平静了，死去的海鱼虾蟹铺满了海面，死气沉沉一片，名副其实的死海。星辰之力浩瀚无边，整整一夜，太古男子一动不动，如化石一般凝立在虚空，任那无尽的星光进入体内。直至黎明破晓，最后一丝星光消失，太古男子终于动了，他坐在天马背上，紧闭的双目突然睁开，似两道紫色的闪电，劈开了寂静的海面，大海在刹那间被分出两道巨大的海沟，海水分向了两侧。随后紫电消失了，男子的双目恢复常态。

远处，辰南等人暗暗惊异，这是他们第一次看清对方的眼眸，那是一双紫色的眸子，无比深邃，即便相隔很远，都能够感觉到一股神异的力量。"目前，我们根本无法与他为敌，根本不能作为他的敌手啊！"辰南感叹着，他知道双方的差距实在太大了。

不过，他们不想与太古男子为敌，不代表别人不想。缥缈峰有不少年轻弟子没有逃走，他们一直在远空注视着对方，夜间几次想冲上去，都被浩瀚的天地精气阻挡住了，现在十几人快如闪电一般向前冲去。龙舞与辰南同时摇头，勇气可嘉，但是现在绝不是热血冲动的时候。十几人很快冲到了太古男子的面前，只是这一次他并没有再开杀戒，他淡淡看了一眼这些缥缈峰的高手，沧桑的眸子自然地望向了大陆的方向，而后驾驭天马就要飞走。

缥缈峰的弟子被激怒了，感觉被忽视了，十几人打出一道道剑气，冲了上去。不过，太古男子依然无视他们，驾驭天马向前冲去，任那上百道剑芒劈劈砍在身上，消失在肌体内。天马直冲而过，似一道闪电一般消失在远空。五名弟子被天马踏成了肉泥，四名弟子被天马冲撞成了重伤，唯有三名弟子没有受到伤害。这是完全的无视啊！

可以明显看出，太古人物似乎将他们当成了路面的野草一般，纵马直接而过。这就是绝对的强者，可以忽略如蝼蚁般的渺小存在，他根本就没有将这些人看在眼中。甚至，远空的紫金神龙被那太古男子看了一眼后，心中也有了那样的感觉，老痞子气得嗷嗷乱叫道："我踹死你个太古老混蛋，你那是什么眼神啊，竟然无视我，你真将我当成一根草、一条鱼了？！"

"有本事追上去，跑到他面前去说，对着人家的背影喊，算什么本事。"辰南毫不客气地打击道。紫金神龙道："我追不上啊，那老马太快了！"辰南看着大陆的方向，道："恐怕人间将有大变发生了，我们也回去吧。"不过，他们到底还是耽误了两天，因为龙舞感伤，要祭拜师门，以及安抚劫后余生的师兄妹。缥缈峰一脉，经此剧变之后，精英高手损失殆尽。

两日后，龙舞才伤心地与辰南踏上归程。当他们始一进入大陆的时候，就清晰地感觉到不对劲。短短两日间，修炼界天翻地覆，发生了大事件！七位神秘高手纵横天地间，无人能够与之相抗。七人并不是聚在一起同时行动，他们分散在各方，出现在各地。他们口中的话语无人能够听懂，但是一些修炼界高手，根据他们的神识波动，得知了他们在说什么。

七人表达的是同一个意思，他们竟然是在寻找一个残破的世界！他们没有任何能量波动，如普通的武者一般挥动着兵器，初始时并未被修炼界的人士放在眼中，甚至有人挑衅他们。结果人间七处玄界崩碎，惹出惨烈事件。崩碎的玄界能量，被他们全部吸收，玄界所在地化成沙漠，草木皆枯，动物皆死，成为一片死地。

辰南听闻这些事后，立刻感觉事情不妙，世上能有几个残破的世界？还不就是他父亲曾经得到过的一个吗？现在已经化成一片大天地，和天界与人间连通在了一起。七位太古人物如此迫切地想要寻到，究竟隐含了怎样的秘密呢？难道说残破的世界蕴含着他们都动心的力量？辰南无法得知七人的真正想法，因为此刻他们正在天界祸乱。

"魔主预感中出现的人，是否就是他们七人呢？"这个时候，辰南想起了这件事情，不禁自语道，"七人如此强大，魔主为何先行进入第三界，而置这七人可能造成的危害于不顾呢？难道说他在第三界真的有更重要的事情要做？"辰南将龙舞护送进昆仑玄界，随后他独自离开了，没有带紫金神龙与龙宝宝他们。因为他想窥视那七位太古人物，有神王翼在身，如果足够机警，他一个人也许能够自保。只是，辰南飞出妖族圣地后，还没有出莽莽昆仑山，就在一座茶花谷上空不得不停了下来。

谷地四面环山，景色优美，一股清澈的山泉，发出叮叮咚咚的欢快响声，向谷外流去。谷内开满了五颜六色的茶花，花朵如玉，晶莹剔透，清香扑鼻，沁人心脾，令人陶醉。不过，辰南很难陶醉，他竟然看到了骑坐天马的太古男子，他手中持着锈迹斑驳的青铜古矛，如化石一般一动不动立在空中，正俯视着茶花谷内的两名年轻女子。两位仙子容貌清丽脱俗，在茶花的衬托下更加显得不食人间烟火，正是雨馨与澹台璇。

因七位强者出世，天地间动荡不安，她们结束了远游的计划，刚刚返回昆仑玄界，见到这里景色秀美，想要赏一番花，不想遇到了持矛男子。也幸亏是她们在此遇到了太古男子，不然对方一定会凭着强大的灵识感应，寻到昆仑玄界，说不定就会毁灭整片妖族圣地。男子说着任何人都无法听懂的语言，不过澹台璇、雨馨从他的神识波动中，明白了其中的意思。

男子道："说，你们是否知道残破的世界？"两个仙子是何等的人物，这两日来早已在外界了解到七位不世强者的信息，因此瞬间猜测到了对方的身份。雨馨道："残破的世界已经和人间、天界连通了，一直向西，你会发觉一片广阔的天地，那里便是曾经的残破世界。"太古男子黑色长发狂乱舞动起来，一双紫眸闪现出两道骇人的光芒，那犹如虬龙缠身的古铜色强健体魄，闪现出一道道宝光，在残破的血衣衬托下更加耀眼。

"黄天是否在那里？"他继续问道，言语似乎非常激动。"什么黄天？"显然，两女不明白他在说什么。男子道："苍天已死，黄天当立。我们杀死了苍天，将黄天留给那些人来封印。"澹台璇与雨馨同时变色，她们虽然不太清楚具体怎么回事，但是敏锐地觉察到震惊千古的大事件，即将有可能自这名男子口中透露而出。

苍天已死，黄天当立！这句话不仅让澹台璇与雨馨大惊，也让正好赶到这里的辰南一阵热血激涌，这太古男子到底是怎样的人啊？他们竟然杀死了苍天！真的有"天"这种存在吗？他到底是怎样的一种生命？或者说他所说的"苍天"不过是一个强者的称号？！只是，看其神态，听其言语，他所说的苍天，似乎真的是所谓的"天"。这是多么疯狂的世界啊，竟然有人能够杀死"天"这种"生命"！

在这一瞬间，辰南想起了在死亡绝地听无名神魔所说的话语，"天"被"魔"锁在人间！魔，必然是指魔主无疑，那"天"是指谁呢？难道就是眼前这太古男子所说的"黄天"？太古男子方才的一句话，透露出了太多惊世的消息，他们杀死了苍天，黄天上位，而后黄天被另一批强大的人封印。这样说来，崩塌七座圣山、冲破封印而出的七位太古人物，岂不是与魔主一些人曾经联手过，他们曾经做出了影响整片天地的大事件？！

"我们不知道黄天。你到底是怎样的人？"澹台璇惊疑不定，即便她心思缜密，谋略过人，但在此刻也被太古男子的话语惊得心中难以平静。太古男子似那亘古就存在的化石一般一动也不动，过了很久他缓慢抬起锈迹斑驳的青铜古矛，遥遥指向澹台璇与雨馨。远处，辰南心中一颤，想也不想，展开神王翼快速冲了过来，挡在了二女的前方。虽然其中的那道身影并不是真正的雨馨，但是即使这样他也不愿她受到伤害，真正的雨馨复活的希望全部在她的身上。

太古男子坐在高大的天马背上岿然不动，手中青铜古矛依然笔直地指向前方，没有任何能量波动，但是辰南他们却感觉到了一股无形的巨大压迫感。那不是源于力量上的压迫，也不是强大的精神力量，这是对方自然存在的"势"。不错，正是一种"势"，源于精神，却超越精神，自然存在的"势"！

"黄天……"过了许久，太古男子才开口说出这两个字。通过精神波动，辰南他们领会了其中的意思。在这一刻，辰南很镇定，平静地道："我们不知道你所说的黄天在哪里，而且即便你问遍这个世上所有人，也没有人知道你所说的黄天。我们只知道那个残破的世界，在这片大地的西方，与人间界有通道相连。"

最终，太古男子将手中那锈迹斑驳的青铜古矛收起，而后不再望向他们，一提天马的缰绳，一声直上云霄的马嘶，天马人立而起，载着他腾空而去，黑色长发随风乱舞，血色战衣猎猎作响。太古男子纵马消失在西方天际。七位杀死苍天的太古人物，他们到底是何来历呢？辰南迫切想知道，但是却无从查起。蓦然间，他猛地拍了一下自己的额头，像是想起了什么，顾不得和二女深谈，匆匆打过招呼，疾飞而去。

远离了雨馨与澹台璇，辰南在一座青碧翠绿的矮峰之上停了下来，他快速打开了内天地，急忙冲了进去，将四祖与五祖唤了过来。如今，天阶高手都已经被魔主强行请进了第三界，但是这两个老古董因为修为被消去，成了合法的漏网之鱼。两位辰家老祖，虽然并不一定年岁是最为古老的那批人，但对于现在的修炼界来说，恐怕少有人年岁比他们大。

四祖浑身闪烁金光，五祖粉雕玉琢，两人都如同孩童一般，是名副其实的金娃娃与银娃娃。"小子慌慌张张干什么？"五祖大刺刺地问道。辰南道："敢问老祖，你们可知道魔主那一代人的事迹？""你为什么要问这个？我对那疯子可没什么兴趣！"显然两个老祖对魔主异常无好感。辰南急道："因为出了大事，缥缈峰崩塌了，七位太古人物出世，我感觉他们似乎认识魔主……"

"扑通""扑通"两声，两个老祖先后一屁股坐在了地上，神色都非常难看。"两位老祖宗你们这是怎么了？"辰南问道。四祖与五祖跌坐在芳草地上，两双小手用力地揪着地上的绿草，道："小子，你说的是真的？"

辰南道："当然是真的，我亲眼所见。如今天阶高手都被魔主请进第三界，无人能够抗衡七位太古人物，我想询问他们到底是什么来头。"四祖道："他们到底是何来历，我们也不知道，只晓得七人是被千古魔主与太古禁忌大神独孤败天请来的人，他们联手弑杀了苍天！"闻听此话，辰南惊问道："真的有天吗？苍天是怎样的一种存在？"五祖道："我们也不知道，除了经历过那些事情的人，天到底是什么谁能说清？这毕竟都是传闻啊。只知道那是一个最为混乱的年代，是一个强者陨落的年代。"

"他们在向我询问残破的世界以及黄天。"辰南尽可能详细地将自己掌握的信息告诉两位辰家老祖，看看能否从他们的口中挖掘出一些有用的信息。"这就对了！"五祖一拍小腿，道，"你知道残破的世界是怎么回事吗？"辰南道："我怎么会知道，还请老祖明言。"五祖道："相传，那是一个真实存在过的世界啊！当年的大战可能就爆发在那里，整个世界都随之毁灭了！传说，作为七人的报酬，残破的世界将被他们所得。"

"一个真实的世界竟然一战被毁？！"辰南心中的震惊之情可想而知。随后他又想到那个残破的世界被辰战所得，他父亲留言给他，让他以后想办法熔炼，但是七个太古人物出现了，麻烦大了！辰南又问道："黄天是怎么回事？七人为什么要找他，他也是天？""应该是天吧。"两位辰家老祖不太确定地道，"那个时代发生的事情太过久远了，参与的人都守口如瓶，外人很难知道。似乎，七人被封在缥缈峰与黄天有些关联，又似乎魔主等人也掺和在里面。总之事情非常复杂啊！外人很难了解。"

辰南道："既然他们是魔主请来的，曾经弑杀过苍天，想来这次出世获得自由后，不会惹出什么大麻烦吧。""不会惹出大麻烦？麻烦大了！"四祖与五祖同时面露忧色，道，"先不说魔主最后是否阴了他们，就说曾经承诺过要将残破的世界送给他们这件事吧。现在，残破的世界已经和天界与人间相连了。这七位太古人物如果想要掌控残破的世界，恐怕也绝不会放过人间与天界。如今这个世上，所有的天阶高手都被魔主请进了第三界，还有谁能够阻止他们？"

这的确是一个极其严重的问题，现在恐怕真的无人能够抗衡七人，辰南也为之忧虑起来，自语道："魔主到底要在第三界修复什么呢，难道有更为重要与紧迫的事情要做？"四祖道："小子你老老实实地待着吧，不要到处乱闯，不然小命难保，这七人如果大开杀戒，恐怕这个世间会再次多出一个残破的世界。"

七位太古人物已经先后冲进了残破的世界，也是原来的第十七层地狱。他们纵横于天地间，在这个世界到处飞腾，似七道闪电一般，划破了每一寸空间，几乎每一个角落都闪现过他们的踪迹。七位太古人物并不是无目的地乱飞，他们似乎在搜索着什么，似乎在寻觅着什么。

最后，手持青铜古矛、骑坐天马上的男子道："残破的世界被人以大法力划分去了一部分。'坐标之门'不在这里，在划去的那片空间中。以这片残破的世界气息为引导，去追寻！"七道神光冲出了残破的世界，他们似乎已经觉察到了目标在何方，如七道虹芒划破了西土长空，向着遥远的东方飞去。

毫无疑问，他们的目的地是杜家玄界，那就是被辰战划下的那片空间。辰战得到残破的世界时，曾想再现当年真实的世界，来感悟天地变化，了解天则本性，看清大世界的本质。但是，无法预知整片残破世界复原后会发生怎样的变化，辰战为避免意外发生，决定以小观大，才致使杜家玄界产生。今日，对于杜家玄界来说，是根本没有预料到的末日。

天魔离去了，他们以为诅咒失效了，他们重归自由了。即便有神王级敌人辰南又如何？他们相信凭着己方家族万年来的积累，众多高手对付一个神王还是游刃有余的。但是一切来得这样突然，七道神光冲进杜家玄界，让他们的愿望与野心彻底覆灭了。七位持着青铜古兵的杀神，对于生活在这片玄界的人，无论是修炼者还是普通的百姓，唯有两个字：屠戮！

除了少数外出的人员之外，这片玄界所有人被七位太古人物屠杀了个干干净净，他们没有丝毫感情波动，眼睛都未曾眨动一下，似乎灭杀的不是人命，像是在收割庄稼一般。杜家玄界传承万载，修炼有辰家玄功的人不过两三千，其余四五万人都是非修炼者，是普通的人，但没有一人幸免于难。整片玄界快速化成了一片死界！如世外桃源般的土地，被血水彻底染红，死尸到处都是。七位太古人物似俯视着死蚁一般，没有丝毫情绪波动。

　　辰南在内天地中同四祖与五祖谈论了多半日，根本不知道杜家玄界发生的惨案，更不知道那片空间对七位太古强者的重要性。四祖道："小子千万要记住，保命要紧，最近要做缩头乌龟。"对于两位老祖的好心劝导，辰南也只能哭笑不得地答应，起身准备离去。

　　当辰南打开内天地，刚要出来之际，一道光影刹那间在他眼前闪动而过，他大叫不好，展开神王翼追了进去。"澹台璇，苦也！"辰南看清了那道光影，顿时明白了怎么回事。与此同时，另一道倩影也冲了进来，呼喊道："澹台姐姐你这是怎么了，我们不是说好静等辰南出来吗，你怎么自己冲进来了？"

　　辰南和雨馨在后快速追到之时，澹台璇已经冲到了面露惊愕之色的梦可儿身旁。辰南再想施法已经晚了，因为澹台璇的动作出乎了他的意料。一代天之骄女澹台璇，竟然生生冲撞在了梦可儿的身上，并没有想象中的情景发生，没有人栽倒。澹台璇与梦可儿竟然合二为一，化成了一人，两人融合在了一起！"天啊，原来是这样！"雨馨惊呼。辰南目瞪口呆，用手指着澹台璇一句话也说不出。

　　就在这个时候，澹台璇突然捂住小腹，尖叫道："辰南你对我做过什么？！"在这一刻，绝代仙子澹台璇如玉的容颜充满了惊怒与惶恐的神色，修长完美的玉体在不断颤抖，一只纤纤玉手抚在小腹之上，另一只玉手点着辰南已经说不出话来了。往昔那个睿智、沉静的仙子，此刻再难保持冷静，眼前的事实让她近乎崩溃，颤抖着怒斥辰南道："你、你卑鄙！恶魔！我要杀了你！"

　　澹台璇一声轻喝，原本属于梦可儿的玉莲台，闪烁着灿灿神光显现而出，不过莲台在她的手中发挥出的威力，比在梦可儿手中时发出的威力不知道强大了多少倍。莲台幻化出的样子大不相同了，莲台快速分解与分化，在刹那间组成一套莲衣战甲，透发着圣洁的光辉，护在了她的身体各处，柔和的光芒将她衬托得就像那需要众生朝拜的神明一般。只不过这个神明充满了怒色，神明一怒天地变，澹台璇似飞天神女，手中拈着一片莲瓣，化成一道神光舞向辰南，莲瓣直斩他的腰身，似要将他拦腰斩为两截。

伴随着澹台璇发出的圣洁光辉，七道异彩环绕在她的周围，七道美得让人心颤的光质身影，随着她一起攻来。只是，她们的容貌太过模糊了，唯有其中两人能够稍微看清真容，一个赫然是光质的澹台璇，另一个是光质的梦可儿！天界雨馨是与澹台璇并称的绝代仙子，她在看到那七道光质身影后，不由自主地发出了惊呼声："传说竟然是真的，七绝女真的存在于世，澹台姐姐你……"辰南神情有些恍惚，但是本能还在，神王翼展开，在一瞬间横移出去数百丈，他如梦中惊醒一般，注视着再次逼来的如神明般的女子。

"澹台璇怎么会是你，为什么会这样？"到了此刻，辰南心中很乱，心中曾经的女神，竟然与他有了这样的关系，从潜意识中来说隐隐有一丝期待，但是本着现实真实感情来说，他有着一丝痛惜。梦可儿竟然消失了，那个个性鲜明、气质神圣、凛然不可侵犯的圣女竟然就这样走了，他一时间有些难以接受！不光是因为两人间曾经发生过一段荒谬的婚姻，梦可儿有了他的孩子，更是因为隐约间他觉得自己仿佛对那个性格倔强、心思缜密的澹台圣地传人有了些感情。

两人始一相识，就几乎处于对立状态，他们相互争斗，相互算计，直至最后以不可思议的原因，在人生的轨迹发生了交叉，令他们走到了一起。难道说真的是两条相交线吗，短暂的碰撞就要永远地不再相见？辰南有些难以接受这个结果，那个头脑敏锐的澹台圣女，竟然只是澹台璇的另一种生命状态，他为之感到有些悲哀。被尊为正道圣地的第一圣女，不过是要成就最终的七绝女，而短暂来到这个世上的可怜女子！

这个时候澹台璇再次攻来，七道光质身影与她同进，不过这个时候雨馨也飞了过来，打出一道混沌之光挡在了澹台璇的身前。"雨馨妹妹，你不要拦我！"澹台璇大声地尖叫道。"澹台姐姐不要杀辰南。"雨馨的脸色似乎有些复杂。不远处，辰南却是神情大变，这等事情发生在雨馨面前，让他有些无地自容。

不过，雨馨的神色很快恢复了正常，她和颜悦色地对澹台璇道："姐姐七绝已合其二，正是紧要关头，还是不要耽搁了，放过辰南吧。""不，我要杀了他，呜呜……"澹台璇竟然哭泣了起来，再也没有当年的一丝风采，像个小女人一般无助。一道道身影突然显现而出，分几个方向突破了雨馨的拦截，让人辨不清哪一个是真身，突破到了辰南的身前合七为一，莲瓣快速斜斩而下。

辰南急忙抽出大龙刀相抗，同时喝道："澹台璇，你快停下来，有些事情我想弄明白，到时候我们是战是和再由你来定。""呜呜，恶魔，我与你无话可说，受死吧！"然而，就在这个时候，澹台璇突然惊叫了一声，蓦地停了下来。她的容貌在刹那间化成了梦可儿的样子，神态与那澹台圣地的杰出传人也一般无二。

"祖师，为什么会这样？"梦可儿口中发出苦涩的声音。

"可儿，这样不好吗？不要抵抗，我们本就是同体同心的一个人，融合在一起后，一片无比广阔的天地将呈现在我们的面前。"

梦可儿道："不，我不要融合，我要做原来的我，融合后我就不存在了。"

"可儿你怎么会这样认为呢？"澹台璇面露焦急之色，道，"根本不是你想象的那个样子啊，你不是我的化身，我们同为主体，你就是我，我就是你！或许是我心急了，没有等你体内的力量觉醒，不然你就会明悟一切。但是，现在天地将要大乱了，我们不尽快融合在一起，将会很危险的。""澹台璇，放开梦可儿，让她出来。"辰南看到梦可儿依然存在，心中涌起一股异常惊喜的情绪。

"恶魔，你，我恨不得杀了你，你居然还，呜呜……"前方的女子再次化成澹台璇的容貌，她无比羞愤地看着辰南，道，"你卑鄙，还我冰清玉洁之身，我，呜呜……"澹台璇羞愤地再次向辰南杀来，不过她的身体真的出现了问题，现在不用辰南与雨馨出手，她似乎也难以发挥出真正实力了。她又定格在原地，容貌化成了梦可儿的样子，口中发出梦可儿的声音，道："我不想，我只想做原来的自己，我不要做另一个人。"

澹台璇道："可儿，你还不知道，我们是传说中的七绝女啊！我们本就是一个人，现在融合在一起，正是回归真我啊！"梦可儿道："不要，辰南救我，救我们的孩子！"没有什么比这句话的作用更大了！辰南闻听之后想也不想就冲了过去，大声道："澹台璇，你快放过梦可儿，她是我的妻子，你不要伤害她！"

梦可儿的容貌消失了，再次幻化成澹台璇，她气得娇躯都在颤抖，点着辰南，道："无耻！下流！可儿就是我澹台璇，你、你这卑鄙的恶魔，我怎么会是你的妻子呢？！你坏我身躯，我，呜呜……"一代天骄仙子澹台璇尽管娇躯颤抖，恨不得将辰南大卸八块，但是此刻她的身躯似乎很不灵便，她的躯体内两股力量正在做着激烈的争斗。

梦可儿在现实中根本不可能是澹台璇的对手，但是两人合为一身后，澹台璇也不可能轻易压制住她的思感。因为梦可儿有着巨大的潜力，只不过一直没有爆发出来过而已，那也正是澹台璇说过的七绝力量。她们的潜力是相差无几的，在融合的过程中已经不是修为的争斗，而是深藏于体内的潜力争斗。澹台璇迫切希望快速融合在一起，而梦可儿则在激烈抵抗。

正在这个时候，四祖与五祖也从内天地深处跑了出来，他们已经听到了动静，大概知道了怎么回事，对着辰南喊道："从她身体各大穴位注入力量阻止融合，按照我们说的去做！""好！"辰南大声应道。这个时候，梦可儿抗争更加激烈了，这是澹台璇无论如何也未料到的，她现在已经一动不能动了，两股"七绝"力量在这具完美的躯体内不断的争斗。四祖与五祖开口指点辰南，道："关元、神阙、巨阙、膻中、风池……睛明、太阳、神庭、百会……"辰南迅如闪电，将体内的力量化作一道道光芒，按照四祖与五祖的提示，快速打入澹台璇的体内。

"辰南快救我！""你这坏我冰洁之体的恶魔！"两道不同的声音在同一具身体内发出。辰南不断地拍打她的穴脉，几乎快耗尽了体内庞大的神王级力量。五祖与四祖紧张地在旁边注视着，雨馨静静地立在不远处，没有出手。就在这个时候，一阵璀璨的七彩神光突然爆发而出，炽烈的光芒让人根本睁不开双眼。辰南感觉一个柔软的躯体，撞进了他的怀中，待到光芒消失，发觉正是梦可儿，居然真的成功将她们分离了出来！

梦可儿的身体透发着七彩光芒，庞大的封印力量似乎正慢慢解开，冲入了她的四肢百骸。梦可儿经此剧变，直接进阶到了仙人之境，而且并没有就此打住，封印的力量还在缓慢地破开！澹台璇同样发生了变化，她体内隐藏的庞大"七绝"神力，也再次破开神秘的封印，比之以前更加强大了，浑身上下闪烁着七彩光芒，修为直欲破入神皇领域！不得不让人惊叹，传说中的七绝女，果然是一个奇迹般的存在，其中两身还没有真正融合，就已经展现出了惊人的潜力！

不过，无论是澹台璇还是梦可儿，她们的状态都极不稳定，需要快速静下心来调息。梦可儿见到辰南，对他以往的恨意似乎消失了，放心地盘膝坐在地上，开始运转玄功调息起来。澹台璇则头也不回地向着内天地出口冲去，她迫切需要找个隐秘的地方静修，临去前她颤抖地道："辰南，恶魔，你等着我……"辰南并没有阻止她，他此刻迫切希望澹台璇赶快离去。雨馨一阵犹豫，快速追了出去。"雨馨，你要去哪里？"辰南叫道。雨馨道："我不放心澹台姐姐，去看看她，你不要多想，去昆仑等我回来。"

内天地静了下来，四祖与五祖围绕着辰南，好半天才叹道："小子你行啊！真是有两下子！不知道该说你是惹祸精，还是色胆包天的大笨蛋！"四祖与五祖的脸色明显非常难看。"连七绝女你你你你都，唉，我的活祖宗，你是我们的祖宗啊！连七绝女你你你都敢打坏主意？！"四祖与五祖气得指着辰南，看他们的神态恨不得吞了他，道："你可知道七绝女的可怕？你可听到过她的传说？"此刻，辰南真是无法多说什么，曾经发生的事情如何解释明白。

四祖与五祖似乎非常担忧，走来走去，道："相传，七绝女在太古洪荒时代就已经震慑天地间，为了超越一切终极存在，她一化七身，将在不同时代显现而出，如果哪天跳出一两个天阶天女来，发现你亵渎了她们的圣洁躯体，而且怀了你的孩子，即便强大如我们辰家也将不得安宁！"辰南目瞪口呆，七绝女，太古时代的高手？！当初他怎么可能知道梦可儿是七绝女呢？再说，当时一切都不由自主啊。尽管知道麻烦大了，但是眼下却没有什么好办法来解决。

不过，四祖与五祖在无比忧虑的同时，还是小声嘀咕道："强大的七绝女啊，我们辰家的血脉竟然也有她的骨血，'第十一人'是个宝贝啊！要是最终能够躲过一劫，那将……"两个老祖又是忧虑，又是兴奋，在内天地不断搓手，走来走去，已经忘记数落辰南了。正在这个时候，调息的梦可儿悠悠醒转了过来，她先是微微有些失神，而后惊叫了起来，道："孩子，孩子不在了！我的孩子……"辰南还没有说话，四祖与五祖先惊呼了起来，"那是我们辰家的宝贝啊，那是七绝女的骨肉啊，怎么会……"

　　昆仑山脉深处，澹台璇悠悠醒转过来，一股无比璀璨的七彩神光自她的体内透发而出，直冲霄汉，她竟然破入了神皇领域！但是就在这个时候，她感觉身体有些不对劲，她满脸惊骇之色，有些不相信地摸向小腹。之前没有任何察觉，这个时候她竟然感觉到一个小生命的脉动。

　　"啊！"她忍不住发出了一声尖叫，"不可能，可儿已经逃出去了，怎么可能，呜呜……"澹台璇当真是羞愤欲绝，她的玉体不断颤抖着。"天啊，呜呜，怎么会发生这种事情！辰南，恶魔，我要杀了你！"往昔那个睿智的澹台璇，此刻早已失去沉着冷静之色，现在如同一个小女人一般哭泣，她决定先去追杀辰南，而后再静下心来炼化那个小生命。

　　遥远的杜家玄界，尸骨堆积成山，散发着阵阵血腥恶臭，骑坐天马的男子在一座尸山之上静静沉思。随后，他睁开了双目，对着不远处另外六名太古人物道："我似乎疏漏了什么，我要再出去一趟，你们不必等我！"他手握锈迹斑驳的青铜古矛，跨坐天马冲出了杜家玄界，向着昆仑山方向飞腾而去。

　　"我知道了！"辰南的内天地中，银娃娃五祖惊叫了起来，道，"孩子一定是在澹台璇的体内！我想应该是融合的过程出了差错，小宝贝没有成功转移而出。""对，应该是这样！"四祖闻听此言，表示赞同。辰南听得目瞪口呆，这未免也太过荒唐了吧？！澹台璇本就羞愤欲绝，现在融合未成功，反倒未婚先孕，这让她那样一个心高气傲、无比圣洁的一代天骄仙子，如何咽得下这口气呢？不被气疯才怪，这下麻烦更大了！

"我的孩子最终居然要澹台璇来生，这……"辰南呆呆地自语着。万载后醒来，辰南因为得知了当年的原因，当年心中的完美女神渐渐远去了。但是，那完美的身影并没有就此彻底消失，只不过隐入了他心底最深处，没有想到到头来，他们终究发生了最为不可思议的爱恨情仇大碰撞，他喃喃道："澹台璇有了我的孩子。""错，是七绝女有了你的孩子！"四祖与五祖一起纠正道，"不光你的麻烦大了，我们辰家的麻烦也大了，你这个色胆包天的惹祸精！"

梦可儿神色发木，如玉的容颜没有任何表情，这个艳冠天下的第一圣女，在这一刻只是呆呆发愣，毕竟今日发生的事情对她的冲击实在太大了，她很难接受。过了好长时间她似乎才醒转过来，发出了一声刺耳的尖叫："怎么会这样，我的孩子，辰南救救我们的孩子……"梦可儿神色惊慌，有些站立不稳，跌跌撞撞来到辰南近前，摇晃着他的手臂，道："澹台仙子会杀了他的，快想办法救救他啊！"

在这一刻，梦可儿的脸色无比憔悴，脸上挂满了泪痕，往昔那个计谋百出、沉着冷静的仙子消失不见了，她无比地惶恐与担心，清丽的姿容显得楚楚可怜。此刻，她不再是那个圣洁的澹台派圣女，更像是一个散发着母性光辉的小女人。世上绝不乏美女，但少有那种由内而外的气质型聪慧与美丽并存的女子。梦可儿的美丽是毋庸置疑的，称得上倾城倾国，毫无疑问她也是无比睿智的，她有着自己的行事准则，但也正是因为她的聪慧，造成了她给人以计谋百出，甚至心机深沉的错觉。

以往，梦可儿有着别人难以比拟的高超手腕，每时每刻都在为自己的理想而奋斗，在为澹台圣地而奋斗。在混乱的修炼界，她不得不运用自己的智慧，以过人手段来行事，由此也导致了她与辰南的一系列碰撞。但是，当一切理想都破灭后，她便体现了女人特有的一面。由曾经想炼化掉那个小生命，到心中痛苦挣扎依依不舍，再到最后珍惜溺爱，充分表现出了她母性光辉与善良的一面。她为之奋斗的澹台圣地早已破灭了，祖师也要融合她，作为精神寄托而精心呵护的小生命也失去了，这对她来说是无比沉重的打击，此刻她难以表现出自己智慧的一面，现在她只是一个无比脆弱的小女人。

"辰南，救救孩子！"梦可儿娇躯一阵摇动，忽然间昏厥了过去。辰南急忙抱住了那欲栽倒在地上的玉体，大声呼唤道："可儿，你不要担心，我会救回孩子的！"昏迷中的梦可儿楚楚可怜，如玉般的仙颜满是泪痕，长长的睫毛每一眨动，便有晶莹的泪珠滚落而下。

不知道为何，眼前这个画面让辰南为之心颤，梦可儿梨花带雨般的柔弱姿容，让他感觉心中涌起一股难言的悸动。他抱着梦可儿腾飞而起，来到定地神树之上，折下一些柔嫩的枝条，快速将它们编成一束花环，戴在梦可儿的头上，让庞大的生命气息安定那陷入昏迷的柔弱女子。最后，辰南将梦可儿送回雷神殿，交代几个天使好好照料。

不远处，四祖与五祖又是担忧又是激动地议论着。"我们辰家的子孙向来不一般，现在应该没有什么危险，就怕将来跳出个天女娘亲，那就麻烦大了。""希望这个小宝贝早点儿出世吧。"辰南听到两个活祖宗的话语一阵头大，急忙飞出了内天地，向着昆仑玄界冲去。现在，他需要一些帮手，不然面对可能已经破入神皇领域的澹台璇，他根本无法取胜。

昆仑玄界内，仙雾流动，这里山青谷翠，飞瀑流泉随处可见，缥缈的绝巅之上、繁花似锦的平地上，点缀着不少亭台楼阁，称得上一片祥和的圣土。"嗷呜，龙大爷一回头天崩地裂水倒流……""神说，泥鳅你唱得太难听了，呃，干……杯！"当辰南寻到两条龙时，发觉它们正喝得不亦乐乎，两个家伙不知道自哪里洗劫来数百坛妖族酿制的烈酒，喝得醉眼蒙眬。古思也被强迫着喝了不少，让这个活死人脸色像火烧得一般红。

辰南道："你们这三个醉鬼不要喝了，快点进内天地，我有话对你们说。""辰南南，你也来喝。"龙宝宝眨动着大眼睛，晃晃悠悠飞到辰南近前，金黄色的小爪子中拎着一只巨大的酒杯递向他。"你这小酒鬼！"辰南又是好气又是好笑，将小东西爪中的酒杯扔掉，将它放在肩头，而后拖着紫金神龙与古思这两个醉鬼进入了内天地。

在内天地当中，在辰南简要的述说下，再加上四祖与五祖的补充，两条龙与古思大概知道了一些情况，知道危险可能来临，要准备对付澹台璇。"没……问题！"三个家伙异口同声回答道。妖族酿造的酒太烈了，号称神仙千日倒，三个家伙实在醉得不成样子了，刚刚答应完又开始说起醉话来。

小龙扭着如小皮球般的肥胖龙躯，抱着一坛酒在空中摇摇晃晃，紫金神龙搂着一大坛酒在地上打拍子。辰南顿时脑门冒黑线，这两个家伙实在是……他看了看稍微清醒些的古思，道："古思去请大魔，这两个醉鬼到时候恐怕帮不上忙了。还有，告诉端木等几个老妖祖，说有大敌可能来袭，让他们做好准备。"

古思刚刚离去，澹台璇便闯入了昆仑玄界，强大的神皇级修为，让她看起来更加神圣不可侵犯了，整个人绽放着七彩霞光，白衣飘飘，不沾染点滴凡尘气息。她没有惊扰别人，快速向着等候她的辰南冲来。龙宝宝拎着酒坛子，晃晃悠悠，自山巅飞了起来，奶声奶气地喝道："哎，站住！此山是我开，此树是我栽，想要从此过，留下孩子来！"澹台仙子本就羞愤欲绝，此刻闻听小龙的话语，更是直欲抓狂，玉容在刹那间红霞飞面，一双如秋水般的眸子也快喷出火来了。

"闪开，念你修炼不久，我不想伤及无辜，辰南上来受死！"澹台璇娇喝道。"啥呢？看不起我？我是……大德大威宝宝天龙。"小酒鬼故作豪气，拎着比它还大的酒坛子，又猛地喝了一口，醉得它直接差点儿坠落下半空。辰南真是满头黑线，这个小东西这个时候还醉眼蒙眬，看来一点儿也指望不上了，他怕龙宝宝被澹台璇伤害，急忙飞上了天空。

"辰南你不要过来，把她交给我就……可以了。"龙宝宝拍了拍小胸脯，使劲眨了眨大眼睛，看了看澹台璇，有些迷糊地道，"真的好漂亮呀，咦，你怎么三颗头，六条手臂呀？"本来龙宝宝很可爱，但是在澹台璇眼中，它现在太可恶了，澹台仙子不再多说什么，直接打下一道光束，向着小龙劈去。辰南大喝："闪开！"边说边快速冲了上去。那可是神皇级的力量啊，他不想让醉醺醺的小龙受到伤害。小龙傻傻的，并没有躲避，直到那道光束临近身体，它的双角才爆发出两道炽烈的金光，交叉着向外挡去。

"砰！"七彩光芒撞上小龙的天龙角，直接将龙宝宝轰飞出去数十丈，小东西如一道金线般射了出去。惊得辰南快速追了过去，大声喊道："龙宝宝你没事吧？"龙宝宝摇摇晃晃飞到了他身旁，小声道："我……没喝醉，我的天龙角活了，能接她几下，我在拖延时间呢，呃、呃……"说着它又打了几个酒嗝。辰南又是心疼又是溺爱地拍了拍它，把它放在肩头，不管小东西醉没醉，都不想让它冒险了。

"辰南受死吧！"澹台璇透发着清冷的光辉，七彩祥云载着她，向辰南逼近而来。"嗷呜，澹台仙子有了，嗷呜……"下方山巅之上紫金神龙开始干号了起来。澹台仙子神色大变，羞怒交加，喝道："你在胡乱号叫什么？"透发出冲天酒气的紫金神龙躺在酒坛堆中，喊道："你再敢靠近我们半步，我就用千里传音满世界大喊，澹台仙子有身孕了，我给全世界的人去发喜糖，冰清玉洁的澹台仙子未婚生娃了，嗷呜……"澹台璇气得浑身都在颤抖，她真的怕这个厚颜无耻的老痞子满世界大叫，如果那样的话从今以后她这个圣洁的仙子就再也无脸面见人了。

龙宝宝醉态可掬地嘟囔道："姜是……老的辣，龙是……岁数大的滑，泥鳅真坏啊！"原以为两条龙起不了任何作用，没有想到两个家伙如同平日一般滑溜。就在这个时候，强大的后援来了，大魔冲在最前方，随后是昆仑玄界四大妖魔端木、罗森、泥人、魔蛙。与此同时，远空闪现出一道混沌之光，正是寻找澹台璇未果的雨馨回返。大魔与雨馨修为直逼神皇境界，再加上在场这么多的神王级高手，对付一个真正的神皇也不成问题了。

"辰南你、你将事情说出去了？！"澹台璇脸色一阵青一阵红，她在极力克制着自己的情绪。辰南道："没有，他们只是听闻有人来找我麻烦而过来帮忙。将孩子还给我，就像什么也没发生过，你看如何？"两人在用神识暗中交流。澹台璇听闻此话，气得浑身颤抖，点着辰南，道："你……"辰南道："你不想还我？！"这句话实在太具杀伤力了，顿时将澹台璇气得险些晕过去。如果能够摆脱这个孩子，她怎么会如此失态呢，孩子来得莫名其妙，尝试炼化都不能成功。

这个时候，众多高手围了上来，昆仑老妖端木向澹台璇与辰南问道："两位这是怎么了，你们都是我们的贵客啊，一切和为贵，坐下来和气详谈如何？""没问题，和气为贵，我们坐下来详谈。"辰南还没有表态，龙宝宝首先大声嘟囔起来。"好，坐下来详谈，大家都是朋友，千万不要伤了和气。"紫金神龙也是一副一本正经的样子，但私下里却向澹台璇传音道："仙子我老龙喝醉了，你要是生死相向，我怕嘴会不听使唤，乱说些什么。"

澹台璇现在真是恨不得立刻杀掉紫金神龙，她向来以睿智名闻天界，但是今日因为难以启齿的因由，她不得不低下高傲的头颅，羞愤地冷哼了一声，转身飞走。"等一等。"辰南传音道，"澹台璇，我们能否谈一谈，共同想个办法，让那个小生命脱离你的身体。""啊！"澹台璇闻听此言，简直快抓狂了，再也忍不住，发出一声尖叫，快速消失在人们的视线中，让大魔与四位老妖莫名所以。

不过，未过片刻钟，澹台璇去而复返，她又退了回来。身着残碎血衣、跨坐天马、手握青铜古矛的那个太古人物，竟然出现在妖族圣地中，澹台璇竟然是被他逼回来的！现场众人立刻如临大敌，虽然昆仑老妖与大魔之前没有见到过太古男子，但早已听到了传闻，此刻看他的容貌，一下子便知道来者何人了。之前，七八个知名玄界已经被七位太古人物崩碎了，老妖们顿时涌起了一股不好的感觉。就在众人准备生死之战时，骑坐天马的太古人物突然退走了，谁也不明白怎么回事。

不过，他们很快得知，手握青铜古矛的太古男子挡在了玄界的出口处，如门神一般矗立在那里，对昆仑玄界众人只准进不准出，他似乎要封锁这片玄界。这让人大感愕然，不知道他到底有何打算。一天一夜过去了，太古男子如化石一般一动不动地矗立在玄界出口处。

辰南、昆仑老妖、大魔等人倒是无所谓，既然这个煞星都已经来了，还有比这更坏的事情吗？但是澹台璇却神色不宁，她一秒钟也不想与辰南继续待在一片空间之中，奈何强大的太古人物相阻，没有办法离去。三天过去了，这三天对于澹台璇来说，无比痛苦与惶恐，她静下心来尝试炼化那个小生命，但是发觉根本无可奈何！她竭尽全力炼化，竟然无法融去那个小生命，这下澹台璇真的慌了，这个后果对于她来说实在太过可怕了，难道真的要让她以冰清玉洁之身产子不成？这比杀了她还要让她难以忍受。

辰南渐渐感觉出一丝不妙，那位太古人物虽然没有精神波动透发而出，但是他却隐约间感应到，对方似乎在静静地观察着他！骑坐天马、手持青铜古矛的太古男子，矗立在昆仑玄界出口，封锁了这片古老的玄界，已经过去十天了，但是他却未曾动弹一下，如一面石碑一般矗立在那里。

昆仑的老妖们已经开始聚议，讨论是否撤离这片圣地，因为出口并不是唯一的，还有多条通道通往大陆各地。不过最终他们没有付诸行动，太古男子如此强大，里面的异动恐怕瞒不过他，既然他没有展开血腥屠杀，老妖们决定暂观其变。

辰南的内天地中，梦可儿早已苏醒，几日的时间她憔悴了不少，很难让人想象这个忧虑亲子平安的女子会是当初那个计谋百出的圣女。这几日间，梦可儿的身体发生了极其异常的变化，虽然她精神憔悴，但是先天神体更加趋近完美了，一道道七彩霞光透发而出，在不断地改变着她的体质，封印的力量在源源不断地涌动而出，让这个艳冠天下的女子，更加趋近于完美。她的每一寸肌肤都晶莹剔透，闪烁着惑人的光彩，七绝神力让她完成了一次蜕变，修为直接冲上了神王之境！

辰南有些不相信，这未免太快了，如此下去，梦可儿的功力，必然会在最短的时间内凌驾在他之上，甚至会追至澹台璇的神皇之境。对于梦可儿的变化，四祖与五祖并不吃惊，用他们的话来说，如果梦可儿不能够突破原有的境界才不正常呢，就是她蜕变成天女，也没有什么可吃惊的，因为那是必然的！

当然，眼前形势微妙，四祖与五祖不可能将这些话语当着梦可儿的面说出来。同时他们有些担忧，因为随着梦可儿修为的提升，七绝神力的开启，必然会让她明悟她乃是七绝女！一旦梦可儿有了那种觉悟，那将是天大的麻烦，到那时她还能够念及母子亲情吗？她会不会主动与澹台璇融合在一起呢？不过，四祖、五祖在有这方面忧虑的同时，渐渐产生了一丝怀疑，因为澹台璇在神王之境时，已经洞悉七绝的一切，此刻梦可儿已经达到了神王初级之境，为何还没有彻悟呢？

第十日的时候，梦可儿渐渐平静了下来，不再惶然，渐渐恢复了一丝神采，同时她的修为由神王初级境界，即将提升到神王中级境界，当真是一日千里！"辰南，我觉得我们应该尽快想办法救回孩子。"梦可儿的话语很平静。内天地中，梦可儿白衣胜雪，容颜如玉，透发出丝丝冰冷的圣洁光辉。给辰南一种错觉，这个女子似乎已经渐渐找回了自信，又变成昔日那个第一圣女了。

"我也很想救回孩子，但是你还不明白眼前的形势，前几日我见你精神恍惚，不忍你更加担忧，有些事情没有对你讲。你可知道澹台璇现在修为达到了何等境界，她已经是一位神皇高手！"辰南知道梦可儿是一个无比聪慧的女子，见她已经渐渐恢复了昔日的冷静，便将近日来发生的事情全部告诉了她，毕竟这昔日第一圣女手腕高超，说不定能够施展出什么手段。

"我决定与澹台璇融合，不然我担心孩子会有危险，唯有再次融合与分离才能够救回孩子。"梦可儿在说这些话时很冷静，站在一座山崖之上背对着辰南，山风吹来，黑亮的长发与洁白的衣衫随风飘舞，崖边的十几株幽兰也为之摆舞，将梦可儿衬托得清丽绝尘，似那广寒仙子临尘一般。辰南急道："不行，你的功力远远不如她，在融合分离的过程中万一有什么变故，莫说是孩子，恐怕你也将永远消失，到那时将追悔莫及。"

梦可儿冷静道："在融合的过程中，虽然真实修为有一定的影响，但主要还是我们本身潜能的争斗，我与澹台璇相差无几，不会有危险。"辰南摇了摇头，道："你也说了，真实修为有一定的影响，就像上次你们虽然潜能相近，但是靠你自己的力量根本无法摆脱，所以我不想你涉险。"梦可儿露出一丝忧色，道："但是澹台璇无须晋升入天阶，只需达到神皇顶峰境界，依据七绝神力来说，就已经天难葬、地难灭，到那时她如果采取极端手段，孩子必然万分危险。"

这个时候四祖与五祖费力地爬上了这片山崖，同时喊道："不能去冒险啊，孩子没有了，可以再生嘛。"两人明显口不对心，不知道在打什么主意。他们的话语让梦可儿顿时红霞飞面，她虽然早已不再像从前那般仇视辰南，但是也受不了别人这样说，有心发怒，但是她最终又忍住了，只是轻移莲步，走到两位老祖面前，捏住他们粉嫩的脸颊，当作不听话的孩子一般惩治他们。

"好痛好痛，你这是在犯上，你已经知道我们是辰南的老祖，你是我们辰家的儿媳，怎么能够这样对待长辈，哎呀，真的好痛哇！"两位老祖被捏得龇牙咧嘴。其实，梦可儿也有一股极其怪异的感觉，做了两人多日的"姐姐"，不想到头来得知他们竟然不是纯粹的孩童，但是她已经有些习惯这样对待两人了。

梦可儿道："我知道你们两个肯定有办法破开我体内的封印对不对？如果我也晋升入神皇领域，那么就不再担心受澹台璇的压制了。"听闻梦可儿的话语，两个老祖立刻支吾起来，同时道："实在没有办法啊。""哼，你们是在担心成全一个七绝天女吧？"梦可儿的目光自辰南与两位老祖的身上扫过，而后她转过身躯，望向远方，道，"我不可能成为七绝天女了，因为我粉碎了那不该有的灵识。""你、你在说什么？"四祖惊问道。五祖也露出了狐疑之色，毕竟按照他们的理解，达到神王境界的梦可儿应该"明悟"了。

梦可儿道："我不是纯粹的七绝天女，真正的七绝天女是神姬，但是她发生了意外，万年后我由天地精气凝聚而成，出生在澹台圣地附近。这几日，我仅仅知道了这些，我只想做原来的自己，不想与别人融合，所以我粉碎了那不该存在的灵识。"

"神姬？！"辰南无比愕然。神姬不是疯魔的妹妹吗？怎么成了七绝天女呢？辰南不知，不代表四祖与五祖不知，他们对于此中的隐情了解颇多，很快理清了其中的头绪。"不错，神姬确实是七绝天女，她并不是那个疯子的亲妹妹！"四祖道："七绝天女由飘散在天地间的精气凝聚而成，不是肉体凡胎而生，每一个时代都会有一个七绝天女来到世上。神姬由疯魔抚养长大……"通过四祖一番述说与分析，辰南明白了其中的因由。

万年前，澹台璇的背后有一位强者，她曾经争夺过残破的世界，也曾经杀死过西土的守护者，此人正是疯魔抚养长大的神姬。神姬之所以选择澹台璇做她的代言人，因为她们都是七绝女，只不过那个时候澹台璇还没有"明悟"，修为还不够高深，不是融合的最佳时机。世事出乎意料，神姬在一场混战中被一个难以想象的天阶强敌击得近乎形神俱灭，不过她不可能真正消亡，因为她是真正的七绝天女。最后满身精气飘散而去，准备在下一个时代凝聚真身，显现而出，这就造成了梦可儿的出世。

从某种意义上来说，神姬、澹台璇、梦可儿她们才是真正的"精灵"，完全由天地精气凝聚而成的自然之体，这也是她们的躯体近乎完美的主要原因。神姬出现了意外，梦可儿的表现也是一个意外，她在晋身入神王之境后，在某些灵识印记向她脑海烙印而去时，出于之前对澹台璇抗拒的原因，她在这个时候选择了粉碎，击散了那些灵识！

"所以说，我不可能成为那缥缈虚无的七绝天女了，你们大可放心。想要救回孩子，唯有帮我破开封印，到时我与澹台璇融合之际，才有希望获胜而压制住她。而且，事先我们可以设局，精心计算，不怕降伏不了她。"在这一刻，梦可儿又变成了过去那个心思缜密、手腕高超的圣女，开始准备为澹台璇布局。四祖与五祖一阵犹豫，不过最终他们相信了梦可儿的话，毕竟她现在已经达到了神王领域，如果是骗他们，想和澹台璇真正融合，已经彻底符合要求，没有必要费这番口舌。

"那个，嘿嘿，还是不放心啊，如果我们造就成一个七绝天女，那就麻烦大了！既然你已经知道了一些事情，那我们也没什么好兜圈子的了。你是我们辰家的儿媳，是不是该由我们这两个老人，为你们隆重地补办一下婚礼啊？"说了半天，两位老祖还是不放心，决定以婚姻相试，来绑缚梦可儿，如果是刚"明悟"的七绝女，绝不可能同意。梦可儿玉容飞霞，气得娇躯颤抖，道："你们欺人太甚，我不可能同意！"辰南也尴尬地道："两位老祖不要闹了！"他以为两位老祖小孩子心性发作。

四祖与五祖不为所动，五祖道："实话说吧，我们的确有破开你封印的办法，但除非你以后是我们辰家的儿媳，万一造就出一个七绝天女，到时候哭都来不及。"梦可儿气得拂袖而去，不过却没有要求离开辰南的内天地，依然在这里住了下来。辰南离开内天地，再次感应到了太古人物在注视着他，虽然隔着山山水水，但是他就是有那种被人窥视的感觉。澹台璇也遇到了同样的问题，她心中不仅因为小生命的问题而焦躁，还因为她也感觉到了来自太古男子的注视。

待到第十五日，当辰南走入内天地后，意外的消息让他呆呆发愣，梦可儿竟然同意了四祖与五祖的要求，要正式嫁入辰家。辰南当即反对，道："梦可儿，你不用担心，我肯定能够救出孩子，你不用委屈自己。"说罢，他飞身而起，冲进内天地深处，找到了四祖与五祖。两个老祖得知消息后跳起来，揪着辰南的耳朵，小声道："我们这是为你好，她解开封印之后进入神皇领域，如果没有约束她的婚姻，她想杀你的话易如反掌。"

辰南没好气道："婚姻不是儿戏，也不是一种形式，她如果因为以前的事情而想杀我，因为有了婚姻就束缚得住吗？""砰！"五祖毫不客气地敲了辰南一记，道："敢小瞧我们的智慧，那是血咒婚约，如果她以后想杀你，她自己必然会先遭反噬。给你找个神皇当老婆，你还不愿意？"辰南被两个老祖拉着弯下身来，头上又被敲了两记。

"不管怎样说，我还是不同意，因为我不可能辜负一个女子的，我不可能背叛她。"辰南有些黯然，但却说得斩钉截铁。"我敲你个榆木疙瘩，我再敲！"两个老祖人虽小，但是跳得却很高，又在辰南的头上敲了两记，面对这两个活祖宗，辰南也不好真的发火动怒。

"我们又不是说让你只娶梦可儿一人，不是为了应付眼前的情况嘛，先娶了再说。"见辰南没搭理他们，五祖道："你不是一直想找回真正的雨馨吗，我们可以帮你做到。"辰南霍地转过头来，双目中透发出的光芒，让两个老祖有些毛骨悚然。

辰南急切道："你们能做到？"五祖道："当然，先成亲，不然不告诉你。"辰南哭笑不得，这两个老小孩还真是让人无语。"搜魂大法！"辰南直接对两个老祖运起神通，想要搜索他们的记忆。"小子别费事了。"两个老祖像是没事人一般，五祖道："我们现在修为虽然不在了，但是依然是不死之躯，你不仅杀不死我们的躯体，精神思感方面也同样无法侵扰。"

最终，荒唐的婚礼开始了，不过辰南已经向梦可儿传音，一切为了应付两个老小孩而已。梦可儿冰肌玉骨，清丽绝俗，似秋水般的眸子在辰南面容上扫过，无言地点了点头，而后开始拜天地。两人各有感受，当初在西土的一段荒唐婚姻，让两人间的关系一下子复杂到极点，如今又是一段莫名其妙的婚姻，真不知道以后两人将如何发展。

"一拜天地！二拜老祖！夫妻对拜！"两个老祖兴致勃勃地喊着，毫不谦虚地接受一对新人的叩拜，还似模似样地端起茶杯，"礼毕，夫妻入洞房！"辰南与梦可儿进入了雷神殿，将两个老祖关在了大殿之外，而后两人在红烛燃烧的房间内相对无语，准备打坐调息度过这个夜晚。

但是，就在这个时候，一道伟岸的身影，突然出现在房中，竟然是那太古男子，此刻他没有骑天马，手中也没再持着青铜古矛。"是你！"辰南站起，望着他沉声道，"你想怎样？！"对方竟然破入了他的内天地，而他竟然没有感应到，双方之间的差距不言而喻。"只为恭贺而来！"太古男子开口说出了让辰南与梦可儿非常意外的话语。

辰南不可能相信对方是为恭贺婚礼而来，十几日来对方一直在窥视他，想必今日要有所表态了。果然，对方接下来的话语，立时让辰南心中一阵发凉。"你很特殊，你给我一股极其特异的感觉，还有这片玄界中的几个女子，也让我感觉到了非常不一般之处。"

虽然太古男子的语言不是辰南所能够掌握的，但是他所要表达的意思却能够从精神波动中感应到。辰南与梦可儿皆有些愕然，能够被这样强大的太古男子关注，足以说明一些问题。毫无疑问，对方所说的几名女子，定然包括了澹台璇、梦可儿，两人乃是七绝女，号称最终融合在一起能够超越一切终极存在，也许这位太古人物在她们的身上感应到了一丝危险气息。

至于自己有何特殊之处呢？辰南扪心自问，他身上的确有着不少秘密，最起码他体内蕴有太极神魔图，深藏神兵残魂，以及先祖的灵魂片段，这三方面有朝一日都能够严重威胁到太古男子。"你到底有何打算？"辰南忍不住问道。"哈哈！"太古男子大笑，却没有任何言语。这让辰南与梦可儿感觉有些不安，这个少有情绪波动的男子，竟然露出如此剧烈的情绪波动，足以说明他心中的激动之情。

"我要你们的孩子！"太古男子脸上的笑容在刹那间消失得无影无

踪，脸色瞬间又如那金刚石雕刻出来的一般没有任何表情。果然是来者不善！不过对方的来意，实在让辰南与梦可儿大感意外，同时他们愤怒无比。辰南喝道："有什么事情你尽管冲着我来，不要打我孩子的主意！"尽管面对的是号称杀死过"苍天"的太古人物，但是辰南没有丝毫惧色，他脸色不是很好看，满是怒意地盯着对方。

"你还有其他作用，你的孩子很强大，也许比我小的时候还要强。他将成为我的传人，当然他和你们的关系，也将从此一刀两断，你们从此以后将不再是他的父母！"太古男子冷酷无情地说出这些话语。梦可儿神色骤变，喝道："不可能，那是我们的孩子，你如此做不觉得有违人伦纲常吗？！"她的身体闪烁出一道道七彩光芒，看得出她非常激动与愤怒。辰南也大怒道："你欺人太甚，即便不是你的对手，但是我也要向你宣战，想要抢走我的孩子，你踏着我的尸体过去吧！"

太古男子道："不，我不杀你们，因为我不仅仅要你们一个孩子，我要你们将来所有的孩子！"是可忍孰不可忍！辰南大怒，太古男子欺人太甚，居然有着这样的打算，将他当作了什么？天下间有哪个父母能够忍受自己的孩子被人夺走，辰南已经做好了宁为玉碎不为瓦全的准备。梦可儿同样变色，在这一刻她与辰南站在了一起，太古男子逼迫得他们这对心有隔阂的"夫妻"同心相向。

"你们不要动怒，这本就是一个强者为尊的世界，因为我足够强，所以世间一切任我取夺！"太古男子看着辰南道，"原本我想直接收你为传人的，但是我无法看透你的将来，你也许能够成为一条终极战魂，也许只能徒做嫁衣，成为几条战魂的父亲，既然你的子嗣可以毫无意外地成为最强的战魂，那我也没有必要选定你了。"

辰南愤怒的同时一阵愕然，他不知道太古男子到底从何判断出这些，心中充满了疑问。梦可儿也是吃惊无比，怔怔地看着辰南，又想到了那个还未出世的孩子，她心中泛起阵阵波澜。

"好了，不打扰你们的新婚之夜了，祝再次早生贵子！"太古男子凭空消失，然而寝室内却闪现出一道道霞光，房内景物大变样。花香阵阵，沁人心脾，不知名的花朵在木床、在地板上、在顶棚间快速生长开来，而后欣欣绽放，花团锦簇，姹紫嫣红，这里很快变成了一座花屋。美丽的花朵闪烁着淡淡的光彩，似乎有流光在花丛中闪动，它们美得近乎妖艳，五颜六色的花朵，每一株都晶莹剔透，如各色宝玉雕琢而成的一般。馥郁芬芳的馨香，充溢在屋内，让人深深为之陶醉。

但是，辰南与梦可儿很快感觉到了不对劲，他们渐渐精神恍惚起来，眼前开始出现种种幻觉。他们感觉周围的环境再次发生了变化，他们已经置身于一片崭新的天地中，周围依然是花草芬芳的馨香世界，但是比之先前广阔了许多，又多了许多其他的景物。

一条小溪蜿蜒流淌，在花的海洋中穿过，发出叮叮咚咚的欢快鸣奏，溪水中鱼儿欢快地游来游去，五颜六色的鹅卵石在阳光的照射下，更加鲜艳亮丽。一座小桥出现在不远处，横贯在小溪之上，在繁花似锦的河对岸，是三间茅屋，沿着小桥走过去，几亩菜园出现在茅屋后方，稍远处是一片青翠的竹林，几个调皮的孩童正在跑来跑去。而让辰南与梦可儿不解的是，他们竟然看到了同样的他们，正在不远处笑吟吟地饮茶，坐在藤椅上满面欢喜地看着几个孩童玩闹。这是一个无比和谐与生动的画面，充满了天伦之乐。

一个非常不和谐的声音，突兀地响在他们的耳旁，太古男子的精神波动映入他们的脑海："这就是你们潜意识中，某种意愿的共同交集啊，这是你们曾经出现过的愿望，现在竟然和谐地鸣奏在一起。不过，我也发现了许多道德枷锁，以及来自其他方面的禁锢，哈哈，我成全你们，早生贵子。"太古男子这一次真正彻底地消失了。

然而，辰南他们不知道自己是身处幻觉中，还是被他以大法力转移到了一片崭新的空间，眼前的景象依然是小桥流水、鲜花芬芳的净土，孩童的笑声渐渐远去了，这个天地间只剩下了他们两人。花香不断地涌入他们口鼻中，在这一刻他们的精神恍惚了。

梦可儿矗立在花丛中，黑亮的发丝如绸缎一般，闪烁着亮丽的光泽，将雪白的肌肤映衬得更加晶莹与富有光泽。绝代容颜不施半点脂粉，自然的美清新秀丽，吹弹可破的脸颊如梦似幻，美得不可方物，即便天上明月都万万不能与之争辉。白色衣裙随风舞动，如玉的容颜让百花黯然失色，一双灵动的眸子此刻充满了水雾，显得有些迷离。

如此绝色仙颜，当真可谓一顾倾人城，再顾倾人国。

梦可儿有些娇弱无力地站在花丛中，面露迷惘之色看着几步之外的辰南。此刻，辰南同样表情茫然无比，刚毅的脸颊已经渐渐软化，坚定的目光也产生了丝丝涟漪，他的内心深处在极力挣扎，他心中清楚地知道自己着了太古男子的"道"了，但是他现在却无法抗争。

在这繁花似锦、极乐祥和的净土，他感觉自己的身体越来越不受自己的支配，他正在艰难地移动着脚步，向着梦可儿走去。他知道太古男子想要他们发生什么，但是他已经渐渐无力抗拒，馥郁芬芳的香气让那抵抗的意志力越来越薄弱了。梦可儿同样眼神迷离地向前移动着脚步，她似乎在极力挣扎，但是理智渐渐落了下风。

最后，也不知道是谁先伸出了手臂，两人的手臂连到了一起，身体越来越靠近。辰南与梦可儿最后一丝理智消失时，共同大骂了一句太古男子卑鄙。显然，太古男子洞悉了他们心中所想，知道他们内心存在隔阂，不可能真正洞房花烛，而他却想要得到他们的骨肉，最终施展了让他们就范的手段。

花丛中，衣衫纷飞，梦可儿冰肌玉骨，如九天仙子谪临凡尘一般，不过此刻她只是一个迷醉的仙子。辰南不灭的魔体强健有力，如精铁浇铸而成一般，一条条如虬龙般的肌腱，闪烁着古铜色的宝光。号称具有最优秀血脉的七绝女，与辰南终于倒在了一起，实现了太古男子的愿望。现在，只属于二人世界。

辰南的内天地虽然没有日月星辰，但是四周的混沌同样能够让这里产生日夜交替的白昼变化。清晨，混沌之光初照，新的一天又开始了。内天地中，淡淡白雾涌动，渐渐散去。婉转的鸟鸣清脆悦耳，芬芳的花香随着微风在飘散。殿宇楼台，青山绿水，这里比之真正的仙境还要瑰丽。

四祖与五祖两人身体变成了孩童，有时候思想也趋近孩童化，此刻他们正在一溜小跑地朝着辰南他们的新房跑去。穿过重重雷神殿，终于赶到了这里，两人渐渐放缓了脚步，蹑手蹑脚地朝前走去。不过，刚刚走入这重院落，他们立刻呆住了，满园都是五颜六色的花朵，晶莹剔透的花瓣都是从建筑物中的木质中绽放出来的。

四祖喝道："不好，后退！这是'情人花'！"他拉着五祖急忙远退出去十几丈，道："这是号称神魔也无法抵抗的催情神花，这里怎么会开满了如此多的情人花呢？难道是那个小子开窍了，嘿嘿，榆木疙瘩看来也不是很老实啊，情人花半月才能凋零，嘿嘿……"两个老祖也没有多想，他们不可能料到有人以大神通破开内天地，曾经驾临过这里。

　　清晨，混沌之光照进辰南与梦可儿的新房，两个纠缠在一起的新人慢慢从睡梦中醒来。白色衣裙与玄色战衣，散落在花丛四周，辰南有些迷茫地睁开了双眼，映入他眼帘的是一张绝世仙颜，那双如秋水般的眸子闪动着一层水雾，此刻满是迷离之色。

　　但是，就在那突然间，一声尖叫划破了清晨的宁静。"啊，你、你去死吧！"梦可儿纵身而起，一掌拍向辰南。"砰！"辰南举掌相抗，面对已经是神王境界的高手，他不敢大意。两人在新房中大战起来，房屋在刹那间崩碎了，不过一朵朵光灿灿的"情人花"败碎之后，又在原地冒出，绽放开来，更加明艳。

　　原本正要离去的四祖与五祖面面相觑，同时小声嘀咕道："因羞而怒？看样子还要怒十四天啊！每天不过几分钟的清醒时间。"果然，如四祖与五祖预料的那般，激烈的打斗才刚刚开始又结束了，这片院落渐渐平静了下来，爱恨难明的二人最终又艰难地向对方走去。两个老祖笑嘻嘻地相携走远，并且命令所有天使不得靠近这里半步。

　　昆仑玄界出口，如化石般一动不动的太古男子，发出一声冷笑："我要最强的战魂！"

　　"情人花"虽然是半月才能彻底凋零，但是辰南与梦可儿吃亏上当几次，终于明白一切祸源的所在，在几次短暂清醒的时间，他们想明白了其中的究竟，不再急于拼命。第五日，两人合力打破了这片禁锢的空间，自花的海洋中冲了出来，外界空气依然清新，但他们却仿若大梦初醒一般，简直不敢相信这几日的遭遇，这未免太过荒唐了！从前在西土之时，他们双双失忆，开始了一段荒唐的婚姻，而今又是一次难以想象的意外，他们再次成了名副其实的夫妻，两人间爱恨情仇，到了现在已经很难理清。

　　梦可儿娇躯颤抖，到了此刻她有心杀向辰南，但是祸源的根本却是那太古男子，是他安排了这一切。"啊！"梦可儿秀发飞扬，仰天大叫，而后身体爆发出七彩神光，她披上衣衫，冲天而起，在高空中大声喝道："辰南，我要与你决战！"现在，梦可儿只想用大战来发泄，不然她感觉自己快疯掉了。

　　辰南也感受到了前所未有的屈辱，太古男子将他当作了什么？！说将他当作种马算是好听，其实不过是将他当作了一个孕育战魂的工具，一个可以随心所欲使唤的廉价工具！这种被他人主宰、随意安排命运的感觉，实在让辰南憋屈到了极点，比之以往所遭受的任何屈辱，都让他感觉悲愤。"有朝一日，我十倍报复于你！"辰南愤怒地大吼道。看到梦可儿向他邀战，辰南冲天而起，毫不犹豫地以实际行动，答应了这场激战。

　　毫无疑问，两人都受了刺激，如果是真心实意、水到渠成的夫妻生活，他们不会有任何怨言，但这是被外人强迫的。他们之间的敌意经过一系列的事件已经渐渐淡化了，而且有了向好的方面发展的契机，但是并不代表他们真的可以结为夫妻了，这需要时间去抚慰曾经的隔阂，需要时间去发展出点点情意。这一切都是那样突然，这让他们都感觉到了莫大的羞辱。

　　晋升入神王领域的梦可儿，修为比之以前提升了几个境界，展现出了非凡的战力，在空中与辰南激烈地交锋，发泄着心中的怒火。辰南也是同样的心理，需要一场酣畅淋漓的大战来减轻自己心中的屈辱感，他没有动用任何一件瑰宝，单纯地凭着本能在战斗。高天之上，剑气纵横激荡，炽烈的光芒似一道道流星一般，划破天空，留下一道道光痕。

　　四祖与五祖闻讯赶来，百思不得其解，四祖大声喊道："你们两个这是在干什么？夫妻没有隔夜仇，怎么真的生死相搏起来了？还有，你们已经有血咒婚约在身，谁也不能真正伤害谁，不然会受到血咒反噬的。"五祖也大叫道："快快住手，辰小子快快认错，怎么能够使用那种邪花呢，这是你的不对！还有小梦快停下来，你还没有解开封印，未晋升入神皇领域呢，难道现在就想翻悔，想要杀死辰南吗？难道以前你是在做戏吗？"

空中两人不听两个老祖的劝解还好，听到他们的话语更是愤怒，这一切都是因为太古男子所致啊，两个老祖在这里纯粹是添乱。也不知道大战了多久，远处的天使战战兢兢，不敢靠近分毫，直至辰南与梦可儿精疲力竭，从空中坠落而下，这场战斗才收尾。当然，在此过程中两人已经渐渐冷静了下来，即便是梦可儿也没有心存杀死对方的决心，因为这一切都是太古男子所致。辰南更是没有杀心，不然以他现在的修为，绝对高于梦可儿一截，想要杀死她即便不动用几件瑰宝也足够了。

"不疯了？""老实了？"四祖与五祖凑了上来，不过两个精疲力竭的人都没有给他们好脸色。五祖道："看来有变故发生，并非我们想象的那样。说吧，到底怎么回事，我们两个老古董说不定能够帮上什么忙。"辰南咬牙切齿道："那太古男子欺人太甚，我从来没有受到过这么大的耻辱！"五祖一惊，道："他竟然闯进来了，他到底有何目的？"

"那一晚他……"辰南一拳轰在大地上，一道道巨大的裂痕蔓延向远方。梦可儿听到辰南讲起那晚的事件，羞怒地飞了起来，摇摇晃晃地冲进了内天地深处。辰南之所以向这两个老小孩说明事实，是因为觉得两人很神秘，可能真的会指点出什么办法对付那个太古人物。

"什么？他竟然要打我们辰家子孙的主意，真是岂有此理！"如果是别的事情，两个老祖或许可以忍气吞声，毕竟那太古人物实在太强大了，但是对方竟然想抢走传说中的辰家"第十一人"，顿时让他们坐不住了。"欺人太甚，灭掉他，灭掉他！"两个老祖用力攥紧小拳头，一起愤怒地喝喊。

"光喊没用，你们有办法吗？"辰南打断了两个老祖的咆哮。两个老祖顿时泄气了，四祖长叹道："魔主这些人都已经进入了第三界，现在人间没有一个天阶高手，如何能够灭他们啊，我们不过是气不过而已！"五祖也叹道："即便那些人没有进入第三界，能够与这太古七人匹敌的也不过魔主以及我们辰家的辰老大、辰老二等三五人而已。"

"辰老大、辰老二能够与魔主比肩？"辰南有些吃惊，忘记了那是自己的祖先，说话并没有使用敬语。"怎么说话呢，小子？！"两个老祖同时敲了辰南一记，喝道，"我们辰家一门，六位天阶高手，放眼天下，哪个敢不服？一门六天，谁能比拟？！绝对是天上地下第一强势家族！"辰南不知道这六人中是否包括了他父亲这个"大叛徒"，不过毫无疑问辰家的实力真是太惊人了。他提醒四祖与五祖道："我们辰家说不定有天阶高手没有进入第三界呢。"

五祖没好气地瞪了他一眼，道："不用想了，我们两人被你那欺师灭祖的父亲来了个'万古皆空'变成了这样。辰老大与辰老二护持先祖的部分残躯与灵识，主动进入了第三界。家中坐镇的辰老三肯定逃脱不掉魔主那疯子的手掌。"

连续几日，梦可儿在内天地深处的一片竹林中闭关不出，谁也不见。而辰南静下心来走出内天地时，意外得知几位老妖已经开始试探地行动了，为了避免意外发生，他们尝试将一些小妖自其他出口送走了，这些举动并没有遭到太古男子的阻止。晨曦被送走了，龙舞也被劝走了，辰南没有来得及送别。澹台璇并没有走，因为她知道梦可儿在这里，这些日子以来澹台仙子难以保持平日的沉静，她的静修之所整日剑气冲天，除却雨馨之外无人敢靠近。

当太古男子再次出现在辰南的内天地时，辰南直接杀了过去，尽管知道不是对方的对手，但士可杀不可辱，他心中的怒意需要发泄，他掌控后羿弓、裂空剑、困天索、石敢当一齐攻去。不过，让辰南感到吃惊的是，被召唤出来的大龙刀不知道为何竟然已经龟裂，他体内的龙刀之魂也有些模糊了。

"我说过暂时不会杀你的，不过你这样对我不敬，你是不可能长久地活下去的。"太古男子声音很冷，道，"一旦几条最强战魂出世，你就可以去死了。而且我可以告诉你，你的孩子们尽管被我收为传人，但如果不能为最强者，比不上我们的那些血脉，我一样会毫不留情地杀死。"

辰南愤怒了，不仅他是工具，他的孩子也是工具，对方所要的是最强的战魂，如果不能够战败他们那些不知在何处的血脉，一样要死。

只是，这些瑰宝根本难以伤害到太古男子分毫，他摇了摇头："这个世界曾经的最强者啊，死后被人炼制成神兵，曾经的荣耀啊！"说完这些话，太古男子凭空消失了。辰南却一阵发呆，隐约间抓住了什么。

四祖与五祖跑了过来，方才的一切他们都看在了眼里，两个老祖不知道为何气愤地大叫了起来："该死的，混蛋！太过分了，想要逼我们动绝招！这个家伙实在太过分了，那是为祖先复活准备的灵魂补品啊。"辰南惊道："你们是说我的孩子，所谓的最强战魂是……"

五祖气愤地叫道："我们太大意了，一直为'第十一人'的强大感到意外，但却没有多想，现在终于明白了，孩子不凡不仅因为有七绝天女与我们辰家的血脉，还因为神兵之魂的力量被他吞噬了，现在孩子快要出世了，一切才显现出来。"辰南看着自己手中龟裂的大龙刀，又内视了一番那已经变得很模糊的龙刀之魂，一阵愕然。一直以来，他都觉得以自己的身体养魂，早晚会惹来灭顶之灾，想尽办法摆脱它们都无效，不想最终自己的孩子吞噬了龙刀。

辰南有些担心地问道："这孩子与龙刀融合，以后不会有危险吧？"四祖叫道："不会，这不是以魂养魂。天啊！不知道是我们辰家之幸，还是我们辰家之悲啊！如果为了复活先祖，将这样的孩子与前八人一样'奉献'，天啊，实在太过可惜了啊！我们付出的代价未免太大了！"五祖也激动地道："真的没有想到啊，这个世界曾经的最强者的力量，被我们辰家的子孙继承了！"

通过两个老祖的讲解，辰南彻底明白了其中的究竟。大龙刀、裂空剑、困天索……这些瑰宝都曾经是有生命的神祇，而且曾经是这个天地间最顶级的强者！不过，因为不知道的原因先后陨落，但也不是完全的毁灭，庞大的生命之能没有散去，灵识也还存在点滴，不过只能显现在本体状态，最后它们被后人祭炼成了神兵。

辰家一门六位天阶高手，毫无疑问是个实力无与伦比的强大家族，经过多年的搜索，渐渐集齐了散落在天地各处的神兵，他们在打神兵的主意，想利用这些残魂的能量作为祖先复活的给养。一直以来，他们都是以魂养魂，不仅聚集祖先的灵魂残片，也在聚集神兵的残碎灵魂，以便将来进行复活祖先的伟大愿望。

不过，从来没有发生过这样的事情，神兵之魂——也就是曾经的天地间最强者之魂，真正融合于辰家的血脉中。但是，辰南的孩子与龙刀融合了！他不是曾经的大龙神祇转世，但是却等同于大龙转世，因为他具有了大龙的力量！这就是太古男子之所以说辰南的孩子将是天地间最强战魂的原因，因为从某种意义上来说，如果这些孩子每人真正融合一件神兵之魂，那么有可能将重现当年的天地最强者！也就是说大龙刀、裂空剑等将以另一种形式复活到这个世上，再现最强战魂！

　　现在辰南的孩子正在将这一推想变为现实。辰南掌控的半截龙刀崩碎，龙刀灵魂能量重组融入孩子体内，飘散在天地间的龙刀残魂，也将被重聚而来！神兵之魂传说，与辰南从前所知有些地方出入颇大，直到今天他才真正了解。如此道来，辰南孩子的潜力之大难以想象，这就怪不得四祖与五祖发出感叹，如果用这些孩子来复活先祖，代价实在太大了！

　　不过也很让人吃惊，太古男子竟然大言不惭，他们的血脉如果打败这些孩子，他将毫不犹豫地灭杀失败者。如此看来太古男子一方实力实在深不可测。太古男子等同于和辰家抢夺战魂，这当然令四祖与五祖气愤地大叫。"不管以后孩子是否用来复活先祖，但绝不可能交给那个王八蛋！"通过四祖与五祖的话语，看得出他们对孩子更加宝贝了，已经不再是固有不变的观点了，他们对于复活先祖付出这样的代价动摇了。

　　"绝不可能牺牲孩子来复活先祖！"辰南心中暗道，他肯定会竭尽全力阻止的，不过这句话他没有说出来，免得与两个老祖发生无谓的争执。四祖愤愤地道："太嚣张可恶了，我想干掉那个家伙！"五祖也气愤地道："我也很想，但是不好乱用那力量啊！"辰南一听神色顿时一振，辰家似乎依然有制约那太古男子的力量！他忍不住问道："辰家真的有灭杀他的实力吗？"

　　"小子，你这是什么话？你在怀疑自己的家族吗？我们辰家最强大的不是我们，我们不过是曾经的落选者！"四祖话语沉重地道："他们才是辰家真正的最强者啊！辰家八魂，一曲悲歌啊！"辰南震惊地道："他们还活着？"四祖与五祖心情沉重，面露伤感之色，道："死了，但是我们有办法召唤他们回来，如果给你力量，你敢不敢与那太古男子拼杀！""怎么不敢？！"辰南双眉立刻立了起来，喝道，"我想打爆他！"辰家八圣，一曲悲歌！本为天纵奇才，为辰家之中千百年难得一现的人杰，但是为了复活远祖，他们全部牺牲掉。当年的落选者，辰大、辰二……四祖、五祖，如今都已经是如此了得的天阶高手，如果当年的八位人杰不死，他们的战力想一想就感觉可怕，那绝对是可以撼动三界六道的可怕力量啊！

"如何召唤八魂？"辰南话语显露着敬意，这八人实在太可惜了！五祖道："需要回天界辰家。"辰南一愣，道："这是个问题啊，太古男子围困在外，他不可能让我们随意行动。"四祖叹了一口气，道："如果我们的修为还在，可以直接划破空间，出现在辰家，我们有辰家玄界坐标阵图。"

辰南神情一动，道："集合一干神王级高手，共同催动神力可否？"五祖闻言点了点头，道："也可以，并不需要天阶高手的庞大力量，达到神皇级的力量就可以了。"辰南虽然心中气愤无比，恨不得立刻赶到天界辰家，让两位老祖召唤出八魂，战败太古男子，但是他的理智还在，并没有被心中的怒意冲昏头脑。

"两位老祖，我想我们似乎忘记了一点。"辰南神色不是很好看，道，"你们难道忘记我曾经说过的话了吗？太古男子之强横无法想象，但这并不是最可怕的事情，最可怕的是共有七位这样的强者啊，并不是仅仅他一人，其他六人现在不知在何处，每一个人都同他一样具有通天法力！"

闻言，四祖与五祖也不得不露出了沉重之色，不仅仅是一个太古强者啊，是七位！如果一时冲动，可能面临的就是灭顶之灾！"可惜，八魂仅仅是粉碎的魂魄，如果躯体也在，再现当年威势，就是他们七人又如何？！"四祖与五祖脸上满是悲意，辰家对于死去的八圣没有不真心敬佩的。

两位老祖虽然是孩童模样，但动作依然如成人一般，背着手在内天地中走来走去。最后，他们同时叫道："拼了！"四祖道："打败那个骑天马的太古男子，我们躲进辰祖留下的遗迹，如果我们侥幸不死，那里将成为攻不破的堡垒。"五祖也赞成道："对，总比这样被人当牲口一般圈养着好！"

五祖的话让辰南深有同感，这样的苟且生存当真如同被圈养的牲口一般，实在让他心中憋屈到了极点，如果有一线希望可以改变，他绝对要去争取。他道："我同意两位老祖的意见。不然，这样苟活下去，孩子将被抢走，战魂将不再属于辰家，我们失去利用价值时，也将死于非命。"

辰南离开了内天地，先将两条龙与古思召唤了过来，而后让他们去请大魔与昆仑的四位老妖，他自己则亲自去找雨馨。青竹翠碧，轻轻摇曳。雨馨白衣胜雪，在翠竹的衬托下显得更加清丽脱俗。再次见到雨馨，尽管她不是曾经的那个雨馨，但是辰南还是感觉异常惭愧。但是眼下不是儿女情长的时候，他不可能在这里多想什么。

简要地将情况说明，雨馨当即与他离去。而就在这个时候，竹林深处，一道神光闪现，澹台璇身披莲甲，闪烁着七彩神光冲了出来。她依然是那样美丽，不过微微凸起的小腹，多少影响了她身条的曲线美。此刻澹台璇冷若冰霜，冷冷地盯着辰南，一句话也不说，可以强烈地感应到她心中压抑的怒意。辰南想要说什么，但张了张嘴，却什么也没说，最后带着雨馨一起离去。"轰！"七彩神光直冲霄汉，澹台璇周身上下爆发出无尽的光芒，周围的竹林在瞬间化为了粉尘。

大魔与四位老妖已到，辰南简要地将情况说了说，这些人当然不会拒绝提供神力，而且声称要追随辰南他们进入天界辰家看个究竟。辰南原本不想让他们去的，因为只要他与梦可儿、澹台璇离去，这里便不会有任何危险了，但是四位老妖与大魔坚持要去。最后，辰南看到澹台璇也来到了现场，他便不再拒绝。他自内天地中请出了四祖与五祖，暗暗叮嘱他们要将现场每一人都带走。

两位老祖在地面上开始认真地画刻，复杂的阵图光线条就千百条，类似于雕刻满了莫名印记的八卦图。最后，数十平方米的巨图将所有人都圈在了里面，五祖道："现在所有人都向阵图的中心阵眼输送神力！"这么多的神王同时运转神力，可以想象能量有多么庞大。澹台璇身处阵图中，并没有就此离去，不过也没有为阵图提供任何神力，她冷静地看着这一切。当然，此刻出现在众人面前的她已经施展神通，运用障眼法挡去了凸起的小腹。

神王们共同作用下，冲天的光芒不断闪烁，整片昆仑玄界一片光灿灿，霞光万道，瑞彩千条。最后，光芒涌动，石刻阵图爆发出最后一片绚烂的光芒后，自原地消失，阵图中的强者也一齐不见。辰南他们在这一刻感觉一阵天旋地转，巨大的八卦图阵图撕碎了空间，带着他们冲入了一条空间通道快速飞驰。四周是蒙蒙混沌之光，阵图的速度快到了极点，可谓刹那百里。

就在这个时候，龙宝宝惊叫了起来，道："不好了，骑驴的追来了！"紫金神龙也跟着大叫道："这骑天驴的怎么也跟着进来了，他龙奶奶的真想赶尽杀绝吗？"众人愕然，回头观望，果然看到太古男子，胯下骑着天马，手中持着青铜古矛，正不紧不慢地追在阵图之后。

这是一个无比让人惊异的景象，复杂的阵图快速飞驰，穿越过混沌空间，但是后方混沌自然闭合，没有留下通道。可是，太古男子虽然没有身处阵图内，但是手中一杆青铜古矛直指前方，竟然一路崩碎混沌紧紧跟随。不用阵法，以一己之力，在混沌中毫无阻挡般，飞快跟进，声势骇人至极！可以想象他的可怕修为！

"嗷呜，这个骑驴的真是驴气冲天啊！"紫金神龙低声叫道。辰南眉头微皱，道："我就知道瞒不过他，他到底还是紧紧跟随而来了。"这个时候，骑着天马的太古男子说话了："哼，你们的这个世界能够与我动手的不过有限几人而已，但是死的死伤的伤，而且都已经进入了第三界。放眼天下，我真的不相信还有人能够伤我，今日我不会阻止你们，就跟着你们去看一看！"绝对的狂妄，但是他确实有狂妄的资本，在场众人没有魔主的实力，自然无法跟他叫板，只能在心中暗暗运气。

也不知道过了多久，阵图破开了空间，前方光芒大盛，清新的空气扑入口鼻，他们自空间通道内冲出。眼前的景象让他们一阵发呆，柔和的光芒映入眼帘，前方一轮明月当空悬挂，与他们似乎近在咫尺。"我晕，神说，我太晕了，我们难道来到了月亮之上。"龙宝宝小声嘟嚷道。众人也都是目瞪口呆,他们向下望去,运用天眼通能够清晰地看到大地上的山川河流,如此说来他们确实来到了天界高空,而且离月亮很近了!

"龙祖在上,辰家真是有一手啊!"紫金神龙连连惊叹,道,"居然、居然住到月亮上来了!"雨馨与澹台璇虽然没有言声,但是从她们脸上的愕然之色,不难看出她们心中的惊意。要知道像他们这样的天界神王,从来都不知道神秘的辰家到底位于哪里,今日一切谜底都揭开了!四位昆仑老妖面面相觑,大魔也是不断打量前方那轮巨大的月亮。

四祖对着吃惊的辰南傲然道:"小子明白自己家族的实力了吧。天界三个月亮,我们辰家自己便开发了一个。"辰南不得不惊叹,辰家确实大手笔。想一想自己的父亲就曾经生活在这里,辰南百感交集,迫切想看一看家族的大本营。一行人抵挡着高空中的罡风,快速飞行了数百里之遥,终于彻底登到了天界圆月之上。"有意思!"骑着天马的太古男子仅仅冷冷地说了这样一句,而后便跟了上去。

月亮,传说中的太古禁忌神魔的居所,设置有多重阵法,一般的仙神漫说要飞上来,就是靠近都非常之难。不过,经过辰家的开发,这里已经成了一片圣土,再无太古神魔力量的禁锢。月亮之上比众人想象的还要瑰丽。那磅礴雄伟的神山,拔地而起,仿佛要冲入星空,那奔腾咆哮的大河,横贯千里,气势恢宏。

除了那雄伟的山河之外,秀丽的川泽更是如画一般,彩云流动,一座座仙山灵气逼人,仙宫缥缈,珍禽异兽时时出没。一片片青山翠谷,充满了浓郁的生命气息,繁花似锦,景色如诗如画。这里真的是一片净土,跳出了滚滚红尘,不在五行之中。怪不得当年实力强大的神魔会选择在月亮居住,俯视着天地间的苍生。

紫金神龙偷偷拉了拉辰南的衣袖,小声道:"这就是你们的老家?这个,给本龙开个山头吧,实在是个好地方啊。"五祖冷冷地哼了一声,道:"你如果不怕被我族抓去熬汤,我们非常欢迎。"紫金神龙缩了缩脖子,没脾气了,到了这里它不想招惹两位老祖了。

骑着天马的太古男子大声感慨道:"真是一片净土啊!我决定了,

等我回去处理好一切事情，将移居这里，这将是我松赞德布的修身之地！"众人终于从太古男子的精神波动中，得知了他的名字——松赞德布！辰家两位老祖大怒，但是却忍了下去，现在如果动怒，只能自取其辱。

就在这个时候，远空快速飞来几条人影，如几道流光一般冲到了近前。"何人敢闯辰家仙府？！"为首一人大喝。辰南一看笑了，居然是熟人，正是当初拿着裂空剑追杀他的辰宇明。"宇明不得放肆！"五祖喝道。"你是谁？"辰宇明惊疑不定地问道。他在四祖与五祖身上感觉到了家族强者特有的气息，但是眼前两人却是孩童模样，让他不明所以。

四祖与五祖虽然修为严重倒退，但是一些不需耗费功力的小神通还是能够施展而出的。四祖没有多说什么，直接打出一道精神烙印。辰宇明在接到之后，立时骇然失色，惊声道："我去请七祖！"直到这个时候，四祖与五祖的精神底气才足了起来，他们转过身来对着太古男子道："你现在要退走还来得及！""哼哼哼！"太古男子只发出一声冷笑，根本没有将这里的高手放在眼里。"那好吧！"四祖的话语很平静，转过头来对辰南道："辰南，到时候莫要让我失望啊！"

这个时候，远空快速破来一道金光，一位仙风道骨的老人，大袖飘飘，须发银白，出现在众人眼前。"见过四祖，见过五祖。"他上前恭恭敬敬地对着四祖与五祖施礼。四祖道："免礼，小七前面带路，去战魂安息之地！"

毫无疑问，眼前的"小七"便是辰家的七祖，也唯有四祖与五祖敢这样称呼他，在辰家他乃是地位极其尊崇的强者，一般的辰家子孙如果见到他，都得行大礼跪拜。七祖并没有迈入天阶境界，但是从他透发出的精神波动来看，恐怕不远矣。他对四祖与五祖异常谦恭，已经知道两位老祖修为被毁，他冲着远空轻轻招手，早已准备好的蛟龙宝车快速腾跃冲至，令现场众人深感辰家之强大。

八条青色蛟龙舞动着庞大的躯体，如一片青云一般涌动而来。每一头蛟龙都长达百丈，身上鳞片皆有半米多长，闪烁着灿灿神光，巨大的蛟爪在云雾中若隐若现，寒光闪闪，甚是可怖。不知道它们到底修炼多少年月了，不过能够感应到它们的强大，恐怕随便放出去一条都能够惹出一片纷乱。八条蛟龙同时仰头长啸，发出了如同龙吟般的震天之音，真如山崩海啸一般，声势骇人。它们绝对都有晋升入神龙王境界的潜质，一般意义的蛟龙都不能够发出吼啸，但它们竟然发出了龙吟，显然已经无限接近龙王之境。因为它们经过了无尽岁月的苦修，原本的蛟龙两爪已经过渡到了四爪，独角也已经褪去，两个凸起已经冒出，显然那是接近神龙的神角，它们已经称得上一般意义上的"龙"了！

蛟龙蜕变成龙的艰辛是很难想象的，但辰家却有这样八条蛟龙，而且居然用它们来拉车，称得上大手笔！八条蛟龙拉着一辆神光冲天的宝车，完全是由神玉雕琢而成，其上刻满了古老的花纹，明眼人一看就知道，那不是普通的图案，绝对是顶级的阵图。灿灿宝车在八条蛟龙的映衬下，说不出地庄严神圣。

四祖与五祖也不客气，直接登上宝车。十几名骑着各样神兽的辰家子弟，在前方开路，那些神兽无不是异种，有三头神狼、有生角白豹、有白玉神象……声势浩大至极。七祖一声轻喝，十几名骑着神兽的辰家子弟在前方开路，他亲自驾驭蛟龙宝车，向前飞腾而去。众人暗暗咂舌，辰家的排场还是够大，实力确实强悍啊！

紫金神龙与龙宝宝却是气哼哼，蛟龙虽非真正的龙族，但也是它们的旁支，辰家人居然用来拉车，这是对龙族的亵渎，让它们异常不满。辰南还真怕两条龙在这里胡乱搞些什么，急忙拉住它们两个一番嘱咐。

一行人快速腾空而起，跟在龙车之后。月亮之上，不愧为太古禁忌神魔的居所，这里的一切景物都是那样瑰美。没有凡花，没有俗草。遍地皆是天界都少有的奇葩仙草，氤氲霞雾在那些绽放着光芒的花草上空漫漫飘动，随着微风吹到高空之上，清香让人神清气爽，心旷神怡，浑身上下说不出地舒坦，仿佛所有毛孔都张开了，在沐浴着花草透发出的仙气。山青谷翠，下方的那些树木，同样都是青光灿灿，绿光闪烁，每一株树木都如同绿玉雕琢而成的一般，闪烁着青碧色的宝光，透发着强盛的生命气息。来到这里时，众人未来得及仔细观察，现在在月亮上飞过，众人注意到了地面上的景物，顿时再次吃惊。这里已经不能用瑰丽的宝地来形容了，是真正的净土啊！

"神说，太不可思议了，居然都是仙葩与神树，难道就没有一株凡草吗？"龙宝宝一双大眼已经骨碌碌转了起来，正在寻找仙果园之类的所在。紫金神龙也是双眼绽放贼光，一双龙目扫视八方。辰南他们就伴在龙车旁边，两条龙的话语被四祖与五祖以及驾车的七祖听得清清楚楚，五祖叹道："当然没有凡草，这里乃是一片净土，太古神魔居住的月亮啊！"从五祖的感叹声中，不难觉察出这里是一个极其特异的所在，在那无尽的岁月中，这里肯定有什么惊天变故发生过。

穿过一片峰青谷翠的山脉地带，又穿过一片大平原，前方一片丘陵映入众人眼帘，到了这里十几名骑着神兽的辰家子弟立刻翻身而下。七祖也不例外，停下龙车，让八条蛟龙安静了下来，四祖与五祖也从龙车中走出，被七祖服侍着降落在地。

每一位辰家中人，都面露沉重的敬意，很显然这里距离那传说中的战魂安息之地不远了，前方有辰家八圣的残魂！到了此地，所有人都从空中降落而下，人们一步步跟着前方的辰家人向里走去。骑着天马的太古男子，嘴角露出一丝冷笑，让天马降落在地，在后面不紧不慢地跟着。

此处，风景格外雅致，闪烁着神光的异种松柏扎根于山岩之上，风骨更显高劲。一片片翠竹也在丘陵中尽显碧翠神光，成片成片的仙葩奇草更是遍地皆是，这里美轮美奂，比之童话世界还要绝美。沿着青石小路，走在花海中，穿过重重神树林，又路过几个如明珠般秀美的小湖，众人终于进入了丘陵深处。

到了这里，一切布局都显得有些规律了，菊花谷、兰草岩、牡丹山……满山遍野，各个山峰，神花颜色各不相同。众人开始还未注意，最后都渐渐醒悟，这是阵法，百花布成的阵法。不过辰家人显然早已关闭了大阵，一行人顺利进入。一条如玉带般清澈的小溪，在山中叮叮咚咚地流淌，五祖道："小溪的尽头就是战魂的安息之地！"一行人沿着小溪前进，原以为最终的目的地也如同沿路这般景色秀丽，但事实出乎意料。

鲜花渐渐稀少，神树也渐渐消失，展现在众人眼前的是一片荒凉的地带，植被已经很少见了，唯有一条清澈的小溪给这里增添了一股不算沉闷的气息。渐行渐远，众人进入了一片荒漠，绿色的植被彻底消失了。到了这里，人们的心情不知道为何忽然沉重起来，尤其是辰南心中有些发堵，感觉异常压抑。说到底他乃是辰家的子孙，血液中流淌着同样的鲜血，面对八圣残魂的安息之地，他如同每一个辰家子孙一般，心有悲意。

　　天空不再那样明媚，阳光洒落在这里，不知为何不再那么光亮，在这里似乎已经慢慢降温，渐渐有些寒冷起来。前方孤零零的八座坟墓出现在荒漠之中，没有想象中的华丽装饰，辰家人没有建造任何浩大的陵寝工程，唯有八座实实在在的土包静静地矗立在荒漠中，连墓碑都没有。这便是当年的八位人杰的安息之所！

　　一股淡淡的忧伤情绪，莫名地蔓延开来，即便不是辰家中人，也感觉到了一股难言的酸涩情绪，无言的悲意渐渐在每一个人心间弥漫。八座孤零零的土坟，似在漫漫回荡着一曲悲歌！这安息的八人，有些人应该是四祖与五祖的晚辈，但是两个老祖还是在这八座坟前跪了下来，所有的辰家子孙随后跟着一起跪倒。辰南也没有犹豫，跪在了荒漠之上，在这一刻他感慨万千，纵是一代人杰，无敌天下又如何？到头来也不过一抔黄土！

　　"子孙不肖，打扰列祖列宗的安息了。"七祖代四祖与五祖叩头请罪，道，"强敌来犯，辰家从未想过有朝一日，还要惊动各位先祖，但是眼下是非常时期，几位老祖进入第三界，余下子孙无力护持辰家，还请各位先祖恕罪，子孙不肖，需要借助你们残魂的力量。"七祖恭恭敬敬地叩头，所有的辰家子孙也跟着一起叩拜。

　　骑着天马的太古男子，在后方神色冷然，道："原来不过是八个死人，真是让我失望！不过这片荒漠似乎有些古怪。"辰家人没有理会这个言语不敬的太古男子，但是每一个人的心中都很愤怒。对于太古男子能够敏锐地感应到荒漠古怪，他们还是很震惊的，因为这片荒漠是辰家最为重要之地，这片地下曾经封印有辰祖的部分残碎躯体。

　　礼毕之后，四祖与五祖开始亲自在八座坟墓周围细心地雕刻召唤阵图，这是一个无比复杂的过程，密密麻麻的图案遍布方圆数百丈。召唤残魂是将沉寂在此地的魂魄残余力量重新凝聚，那八人在奉献自己之后本来应该已经形神俱灭。但是他们实在太强大了，尽管粉身碎骨，灵魂破碎，但是一丝不屈的英灵战意，始终不灭。这就是所谓的不灭战魂，尽管灵魂都已经破碎了，但点滴残存的灵识始终不散，他们聚集起部分残魂，以一种另类的方式沉寂在此地。

两个时辰过去之后，四祖与五祖才满头大汗地从地上站起，五祖转过头来对七祖道："将八位英杰曾经用过的佩剑供上！"辰家子弟很快将八把神剑取来，供奉在阵图中。八把神剑内蕴八圣当年的气息，需要用它们来唤醒沉睡的魂魄。

四祖露出一丝悲色道："辰家子弟，用你们的鲜血为引，来真心呼唤地下的英灵吧，用心来唤醒各位先圣！"在场数十名辰家子弟，割破手腕，让那点点鲜血洒落进阵图中。鲜血落进阵图，透发出阵阵红光，每一道血液都似有生命一般，在阵图的纹路里快速游走，眨眼间方圆数百丈的阵图，竟然变成了血红色，血水均匀地分布到了里面，让它开始绽放出无比明亮的血红之光。

最后，古阵图透发出冲天的血光，浮现在阵内的八把神剑，发出阵阵剑鸣，不断地颤抖，神兵有魂，感应到了当年主人的气息，开始剧烈鸣啸，呼应起来。冲天的血光将所有洒落下的阳光全部遮挡住了，整片荒漠都是一片淡淡的血色。五祖走到辰南近前，狠劲地敲了他一记，道："发什么呆，你也是辰家子孙，还不快献上鲜血礼祭？！"

辰南惊醒，不知道为何，他心中非常难过，那是至亲至近的人的呼唤，那是肝肠寸断的生离死别！在这一刻，辰南忽然想到，在八位先圣当中，是否有他的爷爷、他的太爷爷呢？为何他从未听辰战说起过他爷爷的事情呢？辰南突然有一种想哭的感觉，强烈地感应到了至亲至近的人就在眼前，感应到了一股血肉相连的亲情！

"我的亲人，我的祖父……"辰南双目滚出了泪水，他终于知道了，他的祖父应该就是八魂之一！一直不知身在何方的祖父竟然在这里，早已为辰家奉献了一切，化为一抔黄土！"如果父亲也为此而牺牲，我也为此送命，那我们祖孙三代的命运是不是太过可悲了呢？我们三代人竟然都是被选中的'血脉'，这真是一场悲剧！"辰南心中非常难过，他们祖孙三代竟如是如此悲情的角色。

辰南默默擦干了脸上的泪水，划破手腕，任那鲜红的血水汩汩流出，洒落进阵图之中。就在这个时候，随着辰南的血液落进阵图，鲜红的阵图中流动的血液仿佛沸腾了一般，竟然激烈地涌动起无尽的血雾，炽烈的光芒直冲霄汉！一声声低沉的啸声，在阵图中若有若无，飘进在场众人的耳中。

阵图仿佛要活过来了一般，竟然开始颤抖了起来，在这一刻天色暗淡了下来，荒漠周围的丘陵地带一片黑暗，而整片荒漠除了血色之外，也变得异常灰暗。仿佛有万重乌云遮掩而下，一股难言的压抑感充斥在众人心中。这是一种难以言表的感觉，仿佛九重高天重重崩塌，砸落下来，压在了众人的心间！

巨大的血色阵图忽然升入了高空，在天空中飞快地旋转着，八把神剑包裹在当中，激射出一道道冲天的剑气，最后八把神剑如八道长虹一般，忽然在阵图中爆射而出，瞬间没入了荒漠中，插在了八座坟墓的前方。"轰轰轰！"荒漠剧烈摇动，一声声低沉的吼啸，声音越来越大，最后竟然如天崩地裂一般，响在众人的耳畔。

天地间在一瞬间彻底黑暗了下来，除却空中那个阵图之外，其他各处再无一丝光亮，彻底陷入了绝对的黑暗中。一道道可怕的黑色闪电，在阵图周围狂劈乱舞，根本不知道它们是怎样产生的，每一条巨大的电弧都长达数百丈，其中蕴含的恐怖力量，即便强如澹台璇都暗暗心惊。这已经不是简简单单的雷电，这已经超越了禁忌天罚，当中蕴含的恐怖力量无可揣测，恐怕神皇被劈中都会在刹那间灰飞烟灭！

天界与人间本已经连通，天地发生剧变，天罚不再出现，而此刻众人绝不会认为那是所谓的天罚。"轰！"两道巨大的黑色电弧，碰撞在一起，照耀出比十日还要刺眼的光芒，可怕的能量波动瞬间撕裂一片片虚空。接着数百道巨大的黑色闪电狂乱舞动，交织到了一起，那里变成了一片恐怖的雷电之网，将巨大的血色阵图包围在了里面。

众人屏住了呼吸，生怕错过什么，眼睛一眨不眨地望着高空，就连那骑着天马的太古男子也皱起了眉头，紧紧地盯着血色阵图。可是无尽的黑暗中，阵图血色光芒一闪，在千万道雷电中，八条模糊的影迹突兀地出现在了血色阵图中，所有人都没有看清他们到底来自哪里、到底是怎样出现的。唯有骑着天马的太古男子，皱着眉头自语道："由血而聚，由血而生。"

"轰轰轰！"高天都在颤动，八大模糊的魂影出现在血色阵图中，说不出地邪异与可怕，虚淡不清的身影透发出的可怕波动，让所有人心悸，那是源于灵魂的战栗！直到这时，太古男子才第一次露出凝重之色，再也不敢轻视辰家。

辰家众人全部拜倒在地，仰望着高空中那八道模糊的魂影，所有人双目都蕴含热泪，那是辰家最具天赋的人杰啊，为了复活先祖，他们牺牲了自己，哪一个人不是惊才绝艳之辈，如果他们还活着，敢让三界六道为之颤动！那些黑色的可怕闪电随着八道魂影的出现渐渐消失了，但是整片天地依然黑暗一片，唯有血色阵图透发着点点光芒。

"是谁在召唤我们……"让人心颤的精神波动，传入每一个人的心间，所有人在感觉到他们那庞大到难以想象的力量的同时，也感觉到了他们似乎非常迷茫。辰家众人一阵黯然，这毕竟是残魂啊，没有彻底灰飞烟灭，已经算是千古奇迹了！七祖跪倒在地，露出悲意，道："不肖子孙打扰了祖先，我们需要祖先的力量对付强敌！"高空之上一阵沉默，随后精神波动再次透发而出："明白了，曾经留下过这样的遗言。"

巨大的血色阵图缓缓自高空降落而下，荡出无尽的可怕元气波动，如十万巨山在降落一般。所有不具备辰家血脉的人都不由自主向后退去，直至数百丈开外，他们实在无法承受那莫大的压力。骑天马的太古男子似乎能够抵抗，但是他却身怀戒心，也慢慢后退而去。

巨大的血色阵图，停留在所有辰家人面前，现在已经能够清晰地看到他们的容貌。八位天纵奇才，他们的容貌都很年轻，皆是二十几岁的样子，每一个人都头角峥嵘，一看就知生前绝非等闲之辈。他们静静地站立在那里，并没有透发出任何波动，而刚才众人所感应到的强大力量，并不是真正的力量波动，那是他们整个人自然流露出的一种"势"，一种源于精神却高于精神的"势"。

辰南瞬间就明白，如果这些人还活着，定然能够和那太古七人一争高下，因为他们都有着同样可怕的"势"，超越极限修为的强者无须力量的震慑，自然外露的"势"足以让一切强敌胆寒！这才是真正的人杰！死去无尽岁月，残魂依然让人心中战栗，忍不住叩首膜拜！

"我们没有肉体……需要借助一具完美的魔身……"八魂似乎真的残碎了，忘记了许多东西，他们只存在着点滴的记忆，但知道被召唤而出，是为了保护辰家。五祖与四祖同时用手指辰南，道："他！"远处，辰宇明双目中露出妒火，高声喊道："怎么能够用叛徒的身体呢？两位老祖，我不服！"其他的辰家子弟也明显露出了不服之色，他们都知道辰战、辰南一脉叛出辰家的事情，对于辰南来到月亮之上，他们早就心怀不满了。

四祖大怒，虽然功力不在了，但是气势犹在，喝道："你们不服也得服，因为你们的血脉都不行！你们没有一个人能够承受八魂的力量，八魂上身，你们都要粉身碎骨，形神俱灭！"还是辰宇明第一个跳出来，道："我们不是有意冒犯老祖，但是我们不明白，难道那个叛徒之子就行？！他有什么特别的？"其他人也纷纷附和，八魂上身，与辰家八位最强大的战魂同在，这将是何等的荣耀啊，而且肯定有着莫大的好处，他们怎么能够眼看着叛徒之子获得这个资格呢？！

此刻，辰南似乎根本没有听到他们的争吵，在他的眼中只有血色阵图中的八道魂影，他在最末位的那个伟岸的魂影上看到了熟悉的影迹。那眉目形神有着与辰战极其相似的特质，来自灵魂的呼唤，辰南第一眼看到他，就知道那是自己的祖父，从未见过面的祖父！那伟岸的魂影在看到辰南时，似乎也联想到了什么，难得露出一丝惊异，他疑惑地看着辰南，最后眼中露出一抹柔色，微微点了点头。

真是自己至亲至近的人啊，当年父亲可知道这一切？辰南心中黯然神伤，自己的祖父竟然是传说中的"第八人"！事情超出了辰南的意料，因为当他满含悲意地看向倒数第二人时，他又愣住了，此人同样伟岸不凡，他再次感应到了熟悉的气息，那不会是自己曾祖父吧？辰南向着八人望去，一张张熟悉的面孔映入他的心灵深处，他们对他来说是那样熟悉，他感觉自己的血液在沸腾，那是源于血脉的传承，是灵魂的呼应。

"难道辰家八人，一曲悲歌……都发生在我们这一脉的身上，我的祖父，我的曾祖父，还有一个个老祖……"辰南心中悲愤无比，虽然没有得到证实，但是那源于灵魂血液的呼唤，让他清清楚楚地感觉到，那些人就是他祖父等人，是一脉传承下来的！想到这里，辰南热泪滚动，悲剧发生在自己的家中。

四祖与五祖不知何时来到了辰南的身边，神情黯然地道："你感应到了？""我感应到了！为什么，为什么会这样？"辰南无比愤怒地喊道，"为什么单单要牺牲我们这一脉的人？！"五祖道："到了现在，秘密也没有继续保留下去的必要了，现在可以公开了。因为传说中的十人都已经出世了，而且即便第九人反出去，第十一人也足以担当候补强者。"辰南尽管与他父亲怀着同样的态度，自己不会，也不会让自己的孩子无谓地牺牲，但是此刻他没有反驳，他想听个究竟。

五祖对着辰宇明等人喝道："你们想承载八魂？你们能吗？你们配吗？我之所以让辰南担当此重任，因为仅有他才能！你们可知道八魂是何人？那是他的祖父、曾祖父、曾曾祖父……八人都是他的直系血亲，他们这一脉是辰家的嫡系血脉，你们，还有我……"说到这里，五祖有些说不下去了，但是众人已经大概明白是怎么回事了。

四祖接着道："这一脉为家族付出得太多了，牺牲太大了，八魂从未享受过天伦之乐，被选中者临死前的几年会进行血脉的延续，会留下几条最强血脉，因为下一个'传说中的人'还要在他的后代中选取。失去父亲的孩子并不知道自己的父亲因何不在了，他们被家族分别抚养长大，几个亲兄弟将进行最激烈的竞争，决定谁为最强血脉，选择下一个'传说中的人'。"说到这里，所有人都已经清清楚楚地明白，辰南他们这一最强血脉主枝，为家族付出的代价实在太大了，八魂竟然来自一脉，他们乃是父子、祖孙……是八位至亲至近的人。

辰南神情恍惚，这样算下来，在辰家他的至亲至近的人都已经死去了。到了现在，辰家的"落选者"与他的血缘最亲近，澹台圣地封印的邪祖竟然是他的叔祖，七祖是他的曾叔祖、五祖是他的曾曾曾叔祖……辰家一曲悲歌，严格来说是他们这一脉的悲歌，所有人都是悲剧的主角！

辰战从来没有见到过自己的父亲，也就是辰南的爷爷。小辰战当年远不如辰南幸福，他当年从未有过父爱。自小便只能在枯燥的武学中度过，也许辰战当年发现了什么，不想让悲剧重演，才反出了辰家。

"你们现在明白了吗？我们这一家族是他们这一脉支撑起来的！"四祖与五祖同时大吼道，他们心中也很难过，因为他们的兄弟、父亲、祖父也在八人之中，他们也算是直系血脉，不过最终落选了而已。辰宇明等人虽然不服，但是也不得不低下了头颅，最强血脉的传承不是他们那一脉，如果勉强承载八魂，他们必然爆体而亡。

远处，昆仑四位老妖、大魔、雨馨、澹台璇、紫金神龙等人，也是阵阵吃惊，没有想到辰南他们那一脉，竟然为了辰家付出了如此大的代价。骑着天马的太古男子冷笑道："有趣的家族，就让我看看你们的最强血脉到底有多强吧！"

四祖道："辰南准备，八魂要入体了。"辰南擦净脸上的热泪，恭恭敬敬地在血色阵图前跪了下来，对着八位以前从来未见过的至亲之人叩拜了下去，而后腾地站起。八条战魂，分八个方向，快速冲入了辰南的体内！

"啊！"辰南忍不住仰天长啸，满头乱发根根狂乱舞动，他双眼中爆射出两道数里长的光芒，他感觉浑身要爆炸了一般，一股难以想象的浩瀚力量在骨髓、在血肉中开始流淌！同时，一幅幅画面也浮现在他的脑海中，那是八条残魂生平最为重要与珍贵的记忆，即便粉身碎骨、魂飞魄散，这些画面也始终没有磨灭，成为他们最最宝贵的记忆！

八人最珍贵的记忆几乎相同，并不是他们叱咤风云、傲视群雄的场面，那不过是八幅几乎完全相同的温馨画面，是他们粉身碎骨前，偷偷凝望睡梦中妻儿的场景，八个不同的瞬间！八个永恒的瞬间！成了八位千古人杰的最深刻记忆！睡梦中的妻儿是他们心中永远美好的回忆，辞世前的刹那，最后偷偷凝望的场景永远地烙印进了他们的灵魂深处，那是对妻儿的无限眷恋！

能够与魔主平起平坐的千古人杰啊！他们的强大曾经让无数修炼界人士为之胆战，但是最深刻的记忆竟然不是以往的辉煌战绩，而是那平淡的温馨画面。辰南哭了，泪水抑制不住，为八人而哭，恍然间，又似乎是八位祖先在借他的身体黯然流泪。英杰总是让人伤悲落泪！

庞大的能量在辰南的体内不断流转，他在遭受着莫大的痛苦，经脉骸骨都在被剧烈地改变着，他的体质发生着剧变。也就是他属于最强血脉一系，如果换作辰宇明等人，此刻身体恐怕已经爆裂了。"啊！"辰南忍不住大叫了起来，炽烈的神光最后还是击碎了他的身体，不过又在刹那聚合了，重组真身！怨不得辰宇明他们眼红，他们早已听长辈说过，如果八魂上身侥幸活下来，将获得巨大的好处，那就是肉身重塑，体质剧变，将发生质的飞跃，体魄将强悍到难以想象的境地！

辰南乱发狂舞，仰天大吼了一声，冲天而起，八魂彻底上身，他经受住了那难以想象的巨大冲击。在这一刻，他感觉浑身上下充满了浩瀚到无从揣测的力量，他感觉自己一拳就可以毁灭下方的月亮！

四祖大叫道："不要在这里大战，去家族的演武场！"七祖扶持着四祖与五祖在前带路。辰南当空而立，冷冷地目视着下方的太古男子，在这一刻他终于感觉到了同级别的对峙，不再像先前那般需要仰视对方的力量。他没有说话，当先离去，身形一动，就已经出现在那片所谓的演武场上空，他的灵识早已感应到了这片广场。而此刻，七祖他们距离这里还有数十里。这就是极限的力量，让一切不可能都变为可能，这才是当年太古时期真正的神祇力量！

演武场并不是通常意义上的演武场，因为辰家有天阶高手，所以这片所谓的"广场"格外广阔，足有数千平方公里。太古男子骑坐天马，也已经赶到了巨大的演武场上空，没有多余的话语，他双手握着青铜古矛，催动天马快速向着辰南冲去。

在这一刻，辰南再无当初的压迫感，同级别的力量对抗让他好战的血脉在沸腾，他身化一道流光冲了上去。速度之快超乎想象，辰南快速避开了骑坐天马男子的青铜古矛，双脚连踢千百次，全部踏在了古矛之上，太古男子与天马如同断线的风筝一般快速坠落而下，直直地砸入了坚硬的岩石地下。直到这个时候，七祖、雨馨、大魔等人才赶到现场，人们看到辰南居然将太古男子踏落下高空，真是目瞪口呆，紧接着发出一片欢呼。

不过，太古男子并未遭受重创。大地崩裂，他骑坐着天马，再次冲空而起，冷冷地道："我忘记了，你现在不同了，已经不是那个任我摆布的小子，大意而已，受死吧！"没有任何能量波动，但是远处强如七祖等人也都不禁战栗，强大的"势"在太古男子身上爆发而出，源于精神力量却超越精神力量！

一股无形的飓风自太古男子那里席卷而出，无论是神王级的高手紫金神龙、昆仑老妖等人，还是神皇级的高手七祖、澹台璇等人，无不被席卷飞了！无形的"势"仿似有形的飓风，如秋风扫落叶般，将所有高手扫荡向远空，这是绝对强者的震慑！远处，众人已经无法看清太古男子与辰南的动作，两大高手在高空之上缠斗在一起，已经消失在众人的视线内，没有一个人能够看清他们的影迹，更不要说看清他们的招数了。唯有当一片片空间崩碎后，无尽的空间风暴涌动而出时，才能够知道他们的移动轨迹！

"砰！"一声巨响，两道人影出现在众人的视线中，辰南双手抓住了锈迹斑驳的古矛，与太古男子僵持在空中，他口中大喝道："寂灭轮回！"远处，七祖大骇，道："是'第八人'的法则！"在一刹那间，太古男子与他座下的天马化作了一堆枯骨，他们的灵魂也都飘散了出来。

"好霸道的法则啊，太可怕了！"远处众人无不惊骇，强如太古男子，难道都被一记法则毁灭了吗？这是众人所期盼的！但是，很显然太古男子不可能如此轻易毁灭，不输于千古魔主的人物怎么可能这样憋屈地死去呢！

那强大的魂魄发出一声无比愤怒的咆哮，而后再次冲入了白骨中，天马的魂魄也被他带了回来，紧接着白骨生肉，太古男子在刹那间又复活了过来。"寂灭轮回"杀不死他！"辰家，我记住了！"太古男子咆哮道，"我要让你们知道伤害我的下场，这个家族没有一个人能够活命，除了我看上的战魂！"他震开了辰南，骑坐在天马背上，大吼道："我们换一个战场，我不想毁掉这个月亮，这里以后将是我的行宫！"

"好！换个地方，为你送终！"辰南冷冷地回答道。说罢，他冲天而起，想要飞离月亮，去天界寻觅战场。然而，在离开月球表面的刹那，辰南忽然心中一动，他向着更高处飞去。太古男子冷笑，道："既然你选择了太古神魔决战之地，那么我们就在太空不死不休吧！"

前方星光闪烁，辰南与太古男子一前一后离开月球，冲向无尽的虚空，他们将在太空生死大决战！在他们的上方是璀璨的星辰图，在他们的下方是月亮、是天界的大地，两人在这片太空中遥遥相对。太古男子冷笑道："你在我眼中已经是一具死尸，我们的功法专门克制你们这一世界的力量，方才不过仅仅是热身而已！"辰南同样冷声回应道："我不想多说什么，你的人头、你的古矛、你的天马，将是我的战利品！"

太古以后，第一次太空大决战，拉开了序幕！

月亮之上，八名淡妆素裹、容貌清丽的女子，站在战魂安息之地，望着那破开的坟墓，相顾垂泪，黯然神伤。八魂，哪一人不是曾经叱咤风云、傲视一个时代的强者，如今孤零零的坟墓坐落在荒漠之上，生前死后如此强烈的对比，任谁也要心中发涩。八位未亡人，八位奇女子，容颜未凋，但心却早已几近枯萎，曾经的点点滴滴，过往的欢颜笑语。那敢与天争高下的英杰，伟岸的身影似乎还在她们眼前闪动，曾经的山盟海誓，曾经的花前月下，曾经要上天摘星赠予她们做礼物的豪情。俯仰天地间，绝世豪雄的身姿，一切都渐渐远去了。今日八魂苏醒，惊动了曾经的绝代仙颜，孤坟破碎，血色阵图闪烁，她们当然知道发生了什么。八位女子唯有凄伤面对，她们腾空而起，慢慢向着高天升去，尽管那不过是残魂，但是只要远远看上一眼就好。

辰家人以及大魔、雨馨、澹台璇等人，悬浮在月亮之上的那片虚空，紧张无比地注视着遥远的星空，关注那激烈无比的大战，旷世大战牵动了所有人的心弦。辰家中人见到八位奇女子来到，无不露出恭敬之色，那是八魂的遗孀，在辰家人的心中等同八魂的另一半生命，即便四祖与五祖面对她们，也流露着敬意。八位女子无言地注视着遥远的太空，此刻她们唯有泪千行。

太空中，辰南遇到了天大的麻烦！一切都如太古人物所说的那样，他的功法似乎真的克制这个世界的力量，辰南打出一道排山倒海般的掌力，狂霸无匹的元气似怒海狂涛一般，席卷整片太空！辰南自己都已经感觉到了这一掌有多么可怕，他感觉完全可以让十个神皇在瞬间灰飞烟灭，会让一个天阶高手在刹那间粉身碎骨、形神俱灭。

但是，事情出乎了他的意料。如骇浪般铺天盖地的可怕光芒，并未能给太古男子造成丝毫伤害。无尽的能量如一条条奔腾的大河回归大海一般，全部涌入了太古男子的身体之内。他就像一个无底洞一般，疯狂而贪婪地吸纳着辰南打出的掌力，所有的掌力被他的身体吞噬得点滴不剩，最后他满足地仰天长啸，残忍地喝道："舒服！好强大的力量啊！哈哈，我说过我们的功法专门克制你们这一世界的力量，去死吧！"太古男子驾驭天马，双手握着青铜古矛，如一颗流星一般瞬间冲到了辰南的近前，古矛狠狠地刺向辰南的胸膛。

　　辰南一拳轰在了青铜古矛之上，也不知道这杆锈迹斑驳的长矛到底是不是青铜祭炼而成，在这样强大的力量轰击下，竟然丝毫没有毁损的迹象。古矛迸发出刺眼的璀璨光芒，如一轮太阳爆裂了一般，与辰南的掌力相撞在了一起。可怕的古矛上蕴含的力量，让辰南心惊，那种属性的力量，竟然是他方才打出的那道掌力，居然被太古男子吸收后，又原封不动地打回来了！

　　这是怎么一回事？对方在用他的力量来攻打他！与此同时，太古男子自己的力量也如滚滚长江、似滔滔大河般催动而来，两股刚猛至极点的恐怖力量，一同轰向了辰南。如此交战，胜负可想而知。

　　辰南在刹那间被震飞了出去，太古男子与天马超越了光速，在一瞬间出现在他的身旁，手中青铜古矛似一道闪电一般，瞬间贯穿辰南的软肋，将他高高挑在了空中。这个场景，让月亮之上所有人大惊失色，众人忍不住惊呼。太古男子松赞德布双眸中寒芒闪动，残忍笑道："我说过，你们的力量被我所克制！"辰南被钉在长矛之上，软肋处鲜血汩汩而流，但是他神色不变，平静地道："不到最后，没有定论！"

　　辰南顺着长矛滑落而下，任那锋利的矛锋穿过他的身体，他直直地撞向太古男子的怀中，这一切比闪电还要快。辰南右掌迅速切下，比之真正的神兵宝刃还要锋利与可怕，瞬间斩在了太古男子的颈项之上。鲜血狂喷，太古男子几乎被斩下头颅，他怪吼了一声，猛力甩动长矛，将辰南甩出数千丈远。

　　在外人看来，两人都遭受重创，一个被洞穿软肋，一个险些被斩下头颅。但是，相对于二人来说，这并不是什么重伤，他们的身体爆发出一片绚烂的光芒，几乎在一瞬间就复原了，那些创伤消失得无影无踪。

太古男子冷笑道："再来，竭尽你的所能吧，使出全力，不然你没有任何机会！"辰南将裂空剑握在了手中，神剑如虹，在刹那间射出一道千丈光芒，不过炽烈的光芒没有再继续延伸，而是越来越强盛，到了最后将后方所有星光都掩去了，这里犹如一轮骄阳当空悬挂一般。可怖的力量波动，即便远在月亮上方的众人也阵阵惊骇，这样一道剑芒也许能够在刹那间将月亮劈为两半！

太古男子感应到了那股可怕的力量，他似乎没有慌乱之色，反而残忍地笑了。这一神情被辰南清晰地捕捉到了，最后他悄悄撤去了大半力量，而后狠狠向前劈去。剑芒如虹，割裂太空，瞬间斩劈到了太古男子的身前。松赞德布冷笑着，将长矛迎向了炽烈的剑芒，让人惊异的事情再次发生了，青铜骨矛如鲸吸牛饮一般，将那炽烈的神光全部吸收了，灿灿剑芒不仅不能够伤害他，还成了他的给养！

如果是一般的强者，这个时候恐怕已经惊恐气馁了，无论自己攻出多么可怕的力量，对方都能够彻底吸收，根本无效，的确是一件可怕的事情。但是，辰南绝不可能放弃。辰南想起了太古男子出世时的场面，龙舞师门众人攻向松赞德布时，也发生了类似的情况，所有能量波束全部被他吞噬。再联想方才的景象，辰南心中恍然，而对方攻击之际，并没有透发出丝毫能量波动，根本无剑气与芒刃透发而出，如同普通的武者一般，挥舞着长矛直接进攻，是实实在在的实体攻击！

"应该就是这样！"辰南已经抓住了本质问题。不过，他又一阵皱眉，如果他想发挥出巅峰力量，必然要将能量透发而出，作用到对方的身体上去。难道也要他如太古男子一般，挥动着长剑，隐忍不发出体内的可怕力量，只进行单纯的物理攻击？这让他难以发挥啊！就在这个时候，太古男子杀到了，手中长矛猛刺辰南的躯体，辰南只能用神剑相挡。

"铿锵！"火星四射，同时可怕的神光自长矛透发而出，向着辰南滚滚汹涌而去，那是他曾经劈出的剑气，现在反被打了回来。辰南倒飞而去，太古男子紧紧相随，很明显想要逼他再次打出能量剑芒。"绝灭太虚！"辰南大喝，再现了八魂当年的法则，太古男子在刹那间崩碎了，粉碎的骸骨与血肉染红了这片虚空。

只是月亮附近的众人还未来得及发出欢呼，那崩碎的血块又快速聚集到了一起，太古男子在一瞬间再次重组了肉身，连他座下的天马也完好如初。第七人的法则绝灭太虚，也难以杀死松赞德布！

大战到现在，辰南深深感觉到了对方的强大与可怕。超越极限的力量能够被对方所吞噬，而祖先的法则也难以灭杀太古男子。但是到了这个时候已经是不死不休的局面，如果不能有效杀死对方，必然会被对方灭杀。

"没有想象的那般可怕。严格来说现在你与对方在伯仲之间，而且，从你的记忆来推断，他被封印无尽岁月，已经伤了元气，现在的你比他要强。"这些话语在辰南心间响起，顿时让他大吃一惊，是八魂在与他对话。

"只是因为你从来没有见到过他的那种战斗方式而已，现在八魂困锁元气，以彼之道还施彼身，你用相同的办法攻他，辅以法则！"现在八魂合在了一起，残碎的灵魂拼凑成了一个混合的近乎完整的灵魂，八人的思想相融在一起，第一时间用他们无比丰富的战斗经验指导辰南。

辰南已经深信，一个完整的祖先灵魂绝不弱于对方，他身为强者的后代，心中顿时涌起冲天的战斗豪情。在八魂困锁元气的刹那，他手持裂空剑冲了上去，如普通武者那般，没有剑气激荡，直接物理攻击！

松赞德布冷笑道："你以为这样，我就无法吞噬你的能量了吗？除非你不施加一点力量。"青铜古矛瞬间搭在了长剑之上，可怕的吞噬又开始了，他想从裂空剑上直接吸纳辰南的力量。但是，这一次他毫无所获，八魂困锁元气，裂空剑沿着长矛之杆滑落而下，瞬间斩掉了太古男子的一条臂膀。"啊，你……"太古男子惊怒。

"三千大世界！"辰南大喝，辰家第六人的法则出口，空间如折叠了一般，松赞德布立身之处，如同千万个世界出口同时打开，将他在一瞬间绞碎。不过，辰南没有指望灭杀他，口中再次大喝："冰封三万里！"辰家第五人的法则施展而出，整片虚空的温度降到了难以想象的程度，空中飘洒的血肉在刹那间被冰封了。

"魂魄寂灭！"辰南乘胜追击，杀招一记接着一记，辰家第四人的法则紧跟着施展而出。这一记法则太及时了，那崩碎的肉体被冰封，飘散的灵魂还未来得及融合归位，灵魂攻击法则便冲至了。"啊！"太古男子发出一声惊怒的吼啸，灵魂的光芒在刹那间暗淡了不少，不过最终还是没有被毁灭，他崩碎了冰封的残碎尸块，快速组成了真身，连天马也跟着复原了。

连环几击，让太古男子遭受了灵魂的创伤，气色明显比之前暗淡了不少。他愤恨地看着辰南，冷声道："我真的小看你们了，无用的法则堆积在一起，居然也起到了作用。"太古男子近乎疯狂了，催动天马，手持长矛，如一道道划空而过的流星一般，不断在这片星空驰骋，快得让人难以把握到他的影迹。不过，现在的辰南已经没有顾忌，八魂困锁元气，让他可以放开手脚激战。

两人在太空如同两个普通武者一般，手持冷兵器激烈交锋。但是没有人会怀疑两把神兵上蕴含的可怕力量，从那迸飞出的火星，就能够撕裂一大片空间，可以明显地觉察到，两件神兵上到底蕴含了多么可怕的力量！两人都已经陷入狂暴状态，不死不休，除非一方彻底死亡！

月亮附近，众人渐渐放下心来，只要正常地战斗，便有希望获胜。太古男子不能够再吞噬辰南的力量，让他们悬着的心渐渐放了下来。而就在这个时候，一位辰家子弟飞上这片虚空，对着七祖施礼，而后密报了一则消息。七祖听闻禀报后，急忙来到四祖与五祖身前，回报道："根据多日来侦测到的消息，另外六位太古人物闯进人间杜家玄界，屠戮所有人后，六人打开了一道空间之门，他们，他们消失了！"

四祖与五祖同时变色，四祖叹道："事情果然朝着最坏的方向发展了，他们果真不是这个世界的人。"七祖道："不管他们是不是这个世界的人，但是现在他们已经离开了，这不是好消息吗？"四祖摇了摇头，心情沉重地道："许多事情你还不清楚，当年有人向他们许诺，将以一个世界相赠，他们怎么可能一无所获地回返呢！恐怕短暂的暴风雨前的平静后，将迎来最为猛烈的风暴！天阶高手不在了，残破的世界是他们的战利品，而人间与天界又和残破的世界相连，他们如果想要蛮来，谁能够相阻啊！"

五祖也面露忧色道:"一场大风暴可能间席卷天界、人间、残破的世界,甚至将会蔓延向第三界!"七祖望了望遥远的太空,那个骑坐天马、正在搏杀的可怕太古男子,骇然道:"这样说来,我们辰家已经惹下了难以想象的大敌,可能、可能会首当其冲!"五祖点头道:"不错,但是我们没有办法,他已经盯上了我们辰家的战魂,不可能放手,唯有与他生死相搏了。"

四祖颔首同意道:"已经没有退路了,即便我们想敬他们,也难以逃得了毒手,与其这样不如竭尽全力打杀疯狗了。就让我们辰家,给天界与人间做个表率吧!小七,现在组织辰家子弟,用记忆水晶记下这里的战斗场景,实时传应到天界与人间的天空去,让所有人都看到这里的大战,让所有人都明白太古男子并非不可战胜的,给所有人信心!"

五祖很赞同这个主意,既然已经成为死敌,就干脆到底吧!反正太古六人早晚会知道这里发生的事情,没有什么可刻意隐瞒的,就让天地间的修炼者都来看看这场旷世大战吧!七祖也不好多说什么了,不过他心中很是黯然,如果辰家八魂真身在世,即便太古七位人物一齐到来又如何?!

这一天,对于天界与人间的修炼者来说,是一个无比难忘的日子!来自月亮之上、遥远的太空的可怕大战的所有影像清晰浮现在众多修炼圣地上空,太古男子与辰南大战的可怕景象实时传向天界与人间,让所有修炼界人士如身临其境,亲眼目睹一般!辰南与太古男子的大战只能用惨烈来形容,战斗之激烈与残酷让所有观战的人都忍不住战栗。

大战过去三个时辰了,两人已经展开了激烈的肉搏!此刻的辰南玄武甲早已穿戴在身,不过却已经破碎!松赞德布的可怕力量,让缺少灵魂的玄武甲也难以承受!辰南,龟裂的大龙刀握在左手,璀璨的裂空剑握在右手,天马已经被他斩下头颅,生死不明地飘浮在不远处的虚空,强敌太古男子满身血迹,持着长矛与他对面而立。

天界、人间众多修炼者,都清晰地看到了大战的景象,无论是西方天界的众多神殿与魔殿,还是东方天界的各个古老秘地,所有人都知道那是何等级别的决战,人们吃惊地仰望着记忆水晶投下的影像!

这是一场残酷的大战,随着时间的推移,已经过去一天一夜了,辰南身上的玄武甲已经近乎崩碎，已经被他脱下，此刻他浑身都是血迹。而太古男子与他一样，满身血污，再也没有从前那般冰冷的沉稳之色，此刻他如同狼一般的眼神，恨不得将辰南生吞活剥。他们的身体已经破碎了数次，但是却始终无法真正消灭对方！

辰南已经丢开了近乎龟裂的裂空剑，而太古男子也扔掉了几近折断的古矛，两人双目中闪现着无尽的杀意冲到了一起。无论是人间，还是天界，众多的修者，已经不忍观看了，辰南与太古男子撕扯着，断臂、残腿崩碎到了虚空中，进行着最为激烈与残忍的厮杀，猩红的血水染红了这片天际。

"两世为人！"辰南大喝，将最后三条法则一一施展而出，太古男子刚刚组合好的身躯被断为两截。太古男子错愕，他感觉自己迷失在了时间的河流中，两段分开的躯体，虽然相距不过数丈远，但是他却有一股咫尺天涯般的感觉，仿佛分处在两个世界一般！他竟然无法感应到下半截身体，一时间难以聚合！"啊！"他仰天怒吼，道，"我们的世界从不修炼法则，这些对我无用！"断裂的空间，在刹那间摇动起来，分开的两截身体不断颤动，似乎即将重组。

"刹那永恒！"辰南再次大喝，时间与空间仿佛永远地定格在了那一瞬间。松赞德布感觉自己徜徉在时间的历史长河中，周围璀璨的星空不断幻灭，他仿似风化了一般，最后仿佛归于宇宙尘埃，两截身体慢慢消融，化成点点星光！"法则对我……无用！"他艰难地大叫着。消融的身体停止了融化，他又开始剧烈挣扎。

"寰宇尽灭！"最后的法则出口，太古男子的身体彻底化成了点点光芒，他的灵魂也在飞快地化成星光。月亮附近欢声雷动，人间与天界也是直冲霄汉的呐喊声，胜利来得太不易了！太古男子实在强得无法想象，八位先圣的残魂，八道法则居然都险些镇不住他！

"我……是不可杀死的！"而就在众人以为必胜之际，那渐渐消失的点点光芒忽然灿烂起来，再次发出了太古男子的声音，他的两段身体渐渐浮现而出，肉身居然又慢慢重组了！"你不想死也要去死！太极神魔图，现！"辰南大喝着。在八魂入体时，他就已经感觉到了体内神魔图清晰的脉动，他感觉已经能够指挥这个天宝，不过他一直在等待机会，现在终于到了最后摊牌的时刻。

太极神魔图快速自他体内冲出，闪烁出金黑两色光芒，浩荡出生与死的两极截然相反的气息！此刻的神魔图，与以前大不相同了，在冲出的一刹那瞬间笼罩了这片星空，不知道它占地有多么广阔，无尽的星光全部被它贪婪地吞噬进来了，松赞德布更是吞噬的重点目标！

"啊，该死的！"松赞德布大叫。他艰难地挣扎而出，上半截身躯冲出了神魔图，但下半截身躯被那巨大的太极神魔图毫不留情地吞噬。松赞德布气得仰天悲啸，不光是一半的肉体，还有一半的灵魂力量，被神魔图偷袭吞噬了进去。但他实在太过强猛了，竟然拖着半截残躯向着神魔图冲去，似乎想要打碎那片神秘的图案。

只是，这个时候，辰南的身后突然闪现出一道黑影，竟然是久久未现的魂影！他手中紧紧地握着一个人形兵器，快速朝着冲上来的松赞德布打去。松赞德布大叫了一声，半截躯体再次粉碎，而且灵魂变得更加虚淡了。这一次，他快速重组好半截身体，居然头也不回，如一颗流星一般，向着下方冲去。太古男子居然逃走了！

这个时候，太极神魔图冲回了辰南的体内，他背后的那道黑影在刹那间粉碎消失了。辰南浑身都是血迹，手持着龟裂的大龙刀，也如一颗流星一般紧紧追赶。他绝不能放走太古男子，这个大患他一定要灭杀！同时，他竭尽全力，先太古男子一步冲上了月亮，免得对方临死前反击，展开大屠杀。但是太古男子并没有靠近月亮，直接冲入了天界。

辰南刚要腾空而起，后方传来了大魔、雨馨、紫金神龙、龙宝宝等人关切的话语："辰南，你要小心啊！"辰南点了点头，在腾空的刹那，他忽然看到了八位清丽脱俗的女子，正怔怔地望着他，不知道为何，辰南心中忽然涌起一股悲意，他知道那是八位残魂的意念。

一行鸿雁在高天飞过，辰南感觉到了阵阵秋风般的萧瑟。但是承载八魂的身体没有片刻停留，快速冲向高天，追杀那半截太古男子而去。扶刀思壮志，望雁泪成行。辰南与八魂在这一刻心中都异常发堵。

第五章

龙刀辰子

承载着八魂的辰南冲天而起，现在没有比灭杀太古男子更为重要的事情，如果错过今天，可能永远没有机会了。他快如流星一般冲上高天，离开月亮，而后快速向下、向着天界飞去。虽然远隔着数十里，但是他的神识已经牢牢锁定太古男子的半截残躯。

强大的太古男子遭受重创，比之平日虚弱了很多，他已经感受到了生命的威胁，因此头也不回地亡命飞逃，他必须在第一时间赶回杜家玄界，摆脱后方强敌的追杀。今日对他来说出现了太多的意外，他从不相信有人可以威胁到自己的生命，即便辰南体内的八魂展现了非凡的法则，他虽然吃惊，知道身体可能会严重受损，但还是不认为那样能够彻底消灭他。他有信心杀死强敌，在长时间的休养后便可复原。

只是随着太极神魔图与那道魔影的出现，他感觉到了死亡的威胁，终于有了一股恐惧的感觉！如果在巅峰状态，他相信即便神秘的太极神魔图也难以奈何他，即便黑影的恐怖一击也难以真正伤害他。但是他当年被镇压在圣山之下，如今尽管脱困而出，到底还是伤了元气，再加上今天连番大战受损，出现了那样两件神秘事物，他不得不败走，不然灭亡是早晚的事情。

他唯有一个念头：逃离这里，逃回杜家玄界，摆脱强敌。错过今日，等他彻底恢复元气，一定打碎今日种种对他造成威胁的人与物！只是他懊恼惊惧地发觉，后方大敌越来越近了，如今他半截躯体与灵魂实在难以承受那种级别的大战了。

"受死吧！"辰南大喝着。落后几十里之遥对于他们这种人来说算

284

不得什么，刹那就可以追赶上。大龙刀爆发出一道长达数千丈的璀璨光芒，狠狠地自上空斜劈而下。

强大的能量波动让松赞德布阵阵心动，那可是极其强大的给养啊，但是他却不敢稍加停顿，猛地再次提速。他知道对方是在引诱他短暂停滞来吸取能量，如果中计，恐怕杀招会一记接着一记跟来。见到曾经不可一世的太古男子如亡命一般飞逃，辰南脸上露出冷笑，这真是一个强者为尊的世界啊！曾经高高在上、主宰他人命运的太古人物，竟然也有今日，前后的反差实在太大了。

不过今日能够将太古男子杀得如此狼狈，着实超出了辰南的预料。他知道长时间以来神魔图在他体内慢慢地发生着变化，但是没有想到变化是如此之大，居然由原来很小的样子，变得如此浩大，已经能够遮笼一片虚空！如果说以前的太极神魔图是个孩童，那么现在已经是一个少年了，它一直在成长！另外身后魂影的表现更是超出了他的意料。以往他与敌人对战之际，魔影从来没有参与过，但今日居然打出了恐怖的一击，实在令人深思啊！

"杀！"辰南已经超前追上，这一次他没有透发出任何能量波动，整个人如一抹流光一般快速接近太古男子，大龙刀力劈而下。松赞德布大骇，重伤的身体再也不能被粉碎了，不然很难复原。他身形如鬼魅一般，依然向前极速飞行，但是半截身体凭空消失，横移出去数百丈远，大龙刀一刀斩空。

辰南如影随形，也如鬼魅般跟着他快速移动了数百丈，自高处俯冲而下，一连向下踢出千百道腿影。太古男子虽然躲开大半部分，但是还是被连连踢中数十脚，在空中像个木筏一般，被辰南用力蹬踏着前行了数千丈远。

得益于辰家的记忆水晶，月亮之上、天界、人间许多修炼者都清晰地看到了两人交手的场面。月亮之上，四祖与五祖激动地叫道："好！就是要这样！"雨馨、大魔、辰家众人也是欢声雷动。与此同时，天界、人间许多修者，也是受到鼓舞，各地纷纷发出欢呼。打倒这个强敌实在太难了，现在终于取得了胜利。

太古男子松赞德布被辰南踏飞出去数百丈远，感觉受到了莫大的侮辱，这是从未有过的事情，他双目快喷出火来了。奋力甩开辰南，他在天界高空停了下来，口中喝道："小子，你不要逼我！"

辰南很冷静，并没有被胜利冲昏头脑。他深深知道太古男子的强大与可怕，冷冷地道："我没有逼你，我不过是在努力兑现我的誓言而已。开战前我曾经说过，你的人头、古矛、天马将是我的战利品！现在，只差你的人头了！"

"可恨啊！"太古男子叹道，"以前有人曾经不止一次地告诫过我，我可能会因为极度自负而吃亏，我对此不屑一顾，没有想到这一天真的到来了。今日这一切，都是我自己造成的啊，我如果不是因为好奇，想要见识该死的狗屁八魂到底有多强，绝不会这样狼狈。如果我直接灭掉辰家，根本不会发生任何事情！"明显可以看出，太古男子懊悔不已。

辰南凝立虚空中，盯着他平静地道："这个世界上有着太多的如果，但可惜那么多'如果'都一去不返，发生的事情你即便再后悔也无用。还是想想，你如何结束性命吧！""哈哈，这个世界还真是滑稽啊，想不到我们的角色这么快就颠倒了过来，你居然敢用这种姿态来对我说话，世事真是出人意料啊！不过，想杀死我没那么容易，不付出相应的代价是不可能的。千古不灭！"说到这里，太古男子半截躯体突然光芒大盛，在他斜伸的右手中突然出现一杆璀璨的黄金神矛！

辰南双眼神光爆射，眼前的神矛让他一阵心动，那并不是真正的神兵，那是兵魂！毫无疑问，那是几近折断的青铜古矛的兵魂！他手中虽然有大龙刀、裂空剑、后羿弓这等瑰宝，但奈何这些都是缺少真正魂魄的神兵。它们的魂魄都是残缺的，不仅是因为经过难以想象的大战崩碎了部分魂魄，更因为它们本身就是由魂魄残缺的强者炼制而成。太古男子手中的青铜古矛是真正的杀伐之兵，是真正为杀戮打造的兵器，是慢慢祭炼产生了兵魂的可怕武器，是那种强到难以想象境地的兵魂！

辰南已经成功抢夺了青铜古矛，现在神兵之魂再现，焉有不动手收来之理，兵魂的价值远远大于古矛本体的价值，得到它，还原古矛很容易。"哈哈，你想得还真是周到，天马与古矛都已经留下，这兵魂被你仓促抽离而去，想必现在想通了要一起赠予我吧。"辰南揶揄道。他嘴上这样说，但却已经做好了激烈交锋的准备，太古男子将兵魂祭出，定然要展开绝杀，想拼命了。

"小子，我要让你后悔！"松赞德布一声大喝，流淌着血迹的半截残躯持着黄金神矛快速冲来。神矛之锋比得上一口阔刀，刺目的冷冽光刃格外长与广，非常可怕。辰南毫不示弱，提着龙刀就冲了上去，再次与太古男子大战在一起，神兵相撞的铿锵之声不绝于耳。

两人的速度太快了，尽管奇宝记忆水晶真实地记录下了他们大战的经过，但是无论是月亮之上，还是天界与人间，都几乎没有人能够看清他们的动作。人们只能看到一片片可怕的空间被撕裂，从这种状况才能够判断出他们的移动轨迹。直至辰家众人将记忆水晶中的画面分解，激烈大战的场面才真正显露在众人的眼前。无论是月亮之上的辰家，还是西方天界的神殿与魔殿，以及东方的古老修炼秘地，人们都不禁露出骇然之色。

太古男子虽然身躯残缺了，但是依然勇不可当，与辰南竟然战得难解难分！而且一个时辰之后，神矛之魂竟然击碎了残魂越来越少的大龙刀，辰南险些陷入险境。在龙刀碎裂的刹那，崩碎的点点残片忽然化成了一道道冲天的光芒，向着月亮之上冲去。

所有人都从记忆水晶记录下的画面中注意到了这个景象，除却四祖与五祖露出喜色之外，没有人知道到底发生了什么。无尽的璀璨光芒冲向月亮之上，在所有人惊异的目光中，光芒变得柔和无比，将澹台璇包裹在了里面，而后在刹那间消失在她的体内。

澹台璇震惊无比，清晰地知道发生了什么，她感觉到了体内的小生命更加强健了，那些光芒竟然冲进那个孩子的体内，与之融合。她险些大叫出来，不过还好她事先早已用大法力掩去了那凸起的小腹，没有人知道她有孕在身。在澹台璇愤恨、懊恼、郁闷、诅咒的同时，惊人的变化还在后面，她感觉体内的小生命忽然变得很强大，似乎在拼命聚集力量，一种说不清道不明的召唤波动透发而出。四祖与五祖虽然修为被消去，但是敏锐的灵觉依然还在，他们忍不住相互看了一眼，同时激动地叫道："飘荡在天地间的龙刀残魂将要重聚了！"

东西方天界交界地带，辰南曾经与雷神殿对抗的所在，一声嘹亮的龙吟爆发而出，一座青碧翠绿的大山拔地而起，而后突然在空中崩碎了，化作点点光芒向着月亮之上冲去。人间界东土，某个古老的玄界内，同样爆发出一声龙吟，一道青芒破开玄界冲了出去，玄界中的几位老者无比吃惊，纷纷追去，却只看到一道青光破入天界。

"传说这圣物乃是瑰宝龙刀的碎片啊，今日怎么舍我们而去呢？"

"难道有人以大法力，将要重组龙刀？！"

东方天界某个古老的秘地，同样有人发出了叹息，因为方才一道青光也自这里突然冲起，飞向了月亮。

"瑰宝啊，居然就这样飞走了！"

毫无疑问，这些青光全部冲向了澹台璇，惹得月亮之上所有人都无比吃惊地望着她，除了少数几人渐渐明白怎么回事外，其他人都是一头雾水。青光不断聚集而来，不光有龙刀碎片，更多的是大龙刀飘荡在天地间的残魂。经历天地间无尽岁月后，分崩离析的大龙刀真的要重组了，不是刀体的简单重组，而是灵魂的再次重聚！恍然间澹台璇感觉体内似乎有一把小刀的雏形，又似乎是一个调皮的孩童。

在此过程中，辰南再次和太古男子分出了胜负，尽管大龙刀破碎了，但是他仰仗八魂的可怕法则，成功抢过神矛之魂，而太极神魔图也在等待时机，随时准备打出！

将那金光灿灿的神矛之魂握在手中，辰南感觉双手滚烫，这的确是一件难得一见的瑰宝，他相信在以后相当长的一段时间，恐怕离不开这件神兵了。太古男子真是又惊又怒，瑰宝级神兵竟然被强敌抢去，这实在是一件羞辱的事情，他纵横天地间，几乎从未像今天这样狼狈。但是怒火并不能代表力量，现在他不过半截残躯和被吞噬了一半的灵魂之力，真的已经不是强敌的对手。

一股极其特异的波动自辰南那里透发而出，生死两极截然相反的气息蓦然浩荡而出，在一瞬间笼罩了这片天地，一个巨大的太极神魔图如无尽的云朵般突兀而现。金色的光芒璀璨夺目，圣洁无比，充满了生之气息，而黑色的光芒恐怖无比，如幽冥地狱的大门一般，充满了邪恶的气息。两种截然相反的光芒，自神魔图爆发而出，向着太古男子遮笼而去。

"该死的！"太古男子大叫了一声，看到曾经吞噬过他下半截躯体的太极神魔图再次出现，他双眼都红了，舍生忘死，竟然主动冲来，想要竭尽全力打破神魔图，解放出那另一半灵魂力量。他不惧怕太极神魔图，先前之所以被吞噬半截躯体，那是因为几道法则重叠作用，让他陷入被动，无力分身，神魔图才得手。

松赞德布的确是超级猛人，敢用半截身躯与神魔图硬撼！"啊！"他大叫着，整个人难得地露出了能量波动，半截鲜血淋淋的躯体仿佛燃烧起来了一般，无尽的金光爆发而出，涌动起滔天的大火，这片天空都陷入了一片火海中。没有什么比强大的敌手垂死前反击更为可怕，太古男子称得上旷世强者，他临死前奋力反扑，几乎将这片天界的虚空整个崩碎了，无尽的黄金天火包裹向太极神魔图与辰南。

惨叫在黄金天火中响起，声音之凄厉让人头皮发麻，一片血光在刹那间灰飞烟灭了。太古男子露出了一丝残忍的笑容，不过笑容又在刹那间凝固了。"冰封三万里！"辰南大喝，八魂的法则被他打出，这一法则最为应景、最合适不过。

方才形神俱灭的不过是当初封印在龙刀中的血皇之魂而已，如今龙刀崩碎，他脱困而出。如果不是太过阴狠与贪婪，他绝不至于死于非命。他脱困后隐伏在这片空间，想要寻找机会偷袭辰南，但是还没有施展任何激烈的报复手段，便被彻底地毁灭了。在炽烈的金光中，无尽的风雪突兀出现，与黄金天火剧烈碰撞在一起，爆发出一阵阵湮灭般的可怕力量，整片天空在剧烈摇动，甚至下方的大地都受到了波及，一片辽阔的平原在瞬间崩碎了。

"啊！"太古男子惊惧与愤怒地大叫，发现太极神魔图终于还是突破神火的熔炼，丝毫未损地冲了过来，他最后狂猛地打出了一拳，爆发出无匹的能量波动，一道巨大的光束冲向太极神魔图。这是太古男子仅有的两次能量波动，因为他不愿真触碰到神魔图，他感觉被吞噬的可能大于打碎太极神魔图的可能。

那无比炽烈的巨大的光束快速撞上神魔图，大半的能量在刹那间被吞噬了，但还是有少半可怕的光芒将太极神魔图轰飞。可以想象太古男子的强大与可怕，神魔图成长到如今，辰南明显感觉到了它的恐怖之处，但是太古男子凭半截残躯还是能够与之抗衡。

"寂灭轮回！""绝灭太虚！"辰南大喝，发出两道可怕的法则。八魂当年创下的可怕法则岂是儿戏，太古男子的身体瞬间崩碎了。这一次可是与以往大不相同，现在他灵魂残缺，已经很难经受住这么大的痛楚折磨。他惨叫着，竭尽所能地重新聚合了半截残躯，再次开始狼狈逃窜。

太极神魔图冲回辰南的身体，他提着光芒璀璨的神矛之魂紧追不舍，只有一个念头，一定要彻底灭杀对方，这样的敌手太可怕了，绝不能让对方复原，不然下次鹿死谁手就很难说了。两人如两道流光一般，从天界冲入了人间界，真是名副其实的跨界大追杀！

太古男子现在早已抛弃最后的一点尊严，现在荣誉、面子等对于他来说都是虚无！现在只要能活下来，一切都好说，只要有时间复原，他将再次变得强大不可匹敌！到那个时候，他将毁灭一切仇敌！月亮他不要了，他要让整个月亮彻底毁灭来洗刷今日的耻辱！

目标，杜家玄界！太古男子与辰南一前一后，突破了速度的极限，真可谓瞬息万里，山川大地在他们的身下呼啸而过，下方景物变幻之快超乎想象。他们在最短的时间，冲到了距离杜家玄界千里之外的一片山脉上空！

辰南心中有些沉重，万一前方有六个太古人物，他有些不敢想下去了。不过，他并没有感应到六人的可怕气息。"去死吧！"辰南终于再次追上了对方，神矛之魂被投掷而出，如那最为璀璨的闪电一般，一道金光呼啸着，拖着数千丈长的尾光，在一瞬间洞穿了太古男子的身体，将他狠狠钉在了一座高山之上。

"啊！"太古男子惨叫着，整座绝壁崩塌了。不过当他冲天而起时，辰南已携无上之威攻至，一拳轰砸在了他的脸颊上，鲜血混着几颗破碎的牙齿飞溅了出去，太古男子的脸颊近乎凹陷。他狂怒，扭转过半截躯体攻向辰南。

"砰！"辰南连环踢出千百记脚影，全部踢在松赞德布自臀腹处断裂的伤口上，鲜血狂喷，他狂吼痛呼着翻飞出数千丈。到了最后彻底了结的阶段，辰南不可能手软，对眼前的魔王心存仁慈，他日必然招来灭顶之灾。他身形闪动，如同幻灭的虚影一般在空中原地消失，快速出现在太古男子的近前，八魂的绝世拳法连环击出，全部轰击在太古男子的胸膛之上，松赞德布就如同一片凋零的落叶一般，在狂风暴雨般的击打下崩碎了。

"死了吗？"辰南静立在虚空中，谨慎地搜索着，蓦然间看到了点点光华在重聚。辰南又是吃惊又是震怒，大喝道："可恶！难道真是千古不灭之体？无法真正灭杀他？我不信！魂魄寂灭！"他打出了辰家第四人的法则，专门毁灭灵魂的可怕力量开始波动起来。

"啊！"太古男子惨叫着，点点灵魂光芒又崩散了。"死了吗？"辰南冷冷地扫视八方，搜索着太古男子的灵魂印记。月亮之上、天界、人间众多高手，通过记忆水晶紧张地注视着，所有人心中激动与惶恐到了极点，最后关头没有人希望功亏一篑，都希望彻底灭杀那个可怕的太古人物！

一道涟漪映入辰南的心海，他快速招手，金灿灿的神矛之魂出现在他手中，他如彗星经空一般，在刹那间俯冲向一座高山，神矛笔直地朝前刺去，在一瞬间贯穿了那座高山，令之立刻崩碎，黄金神矛挑着半截血肉模糊的残躯！太古男子实在太过强大了，几次毁灭性的打击都无法让他彻底灭亡，居然还好好地活着躲在一旁。

"啊，该死的！小子，你是杀不死我的，记住，早晚有一天我要亲手毁灭你！"太古男子惊怒地咆哮着。"你没有机会！今日我一定要送你下地狱！"辰南冷冷回应道。太古男子愤怒而又张狂，咬牙切齿冷冷地大笑道："哈哈，地狱敢收我吗？""地狱不收，我来收！"辰南大喝。他用神矛挑着太古男子，猛地甩了出去，而后又在刹那间追上，再次将之洞穿，如此反复了数次，松赞德布的灵魂与肉体更加虚淡了。

"两世为人！"辰南打出了辰家第三人的法则，太古男子的残躯再次被分为两段！这种可怕的法则是时间与空间力量的交融，被分开的灵魂与肉体虽然相隔不过数丈远，但宛如身处两个世界一般，着实可怕到极点，辰南在太空真正有效杀伤松赞德布，就是从这则法则开始的。不过，法则再强大，辰南也不愿意重复使用，因为他知道每用一次，对方就会了解一些，到最后可能就无用处了。现在，一切该结束了！他不再保留，所有杀招都将一一呈现！

"刹那永恒！""寰宇尽灭！"又是两记可怕的法则，太古男子不仅肉体彻底崩碎了，灵魂也消融了，唯有两团拳头大小的光芒在闪烁。"法则无效，我，千古不灭！"两团灵魂精粹，逃离了辰南用法则禁锢的这片空间，融合在一起冲向了杜家玄界。

月亮之上，众人无比遗憾地叹气，同时开始担忧起来。紫金神龙气得大叫道："他母亲的，简直就是不死臭虫啊！"众人深有同感，联想到还有六位这样可怕的男子，所有人都感觉阵阵手脚发凉。

在太古男子即将冲入杜家玄界的刹那，神矛之魂再次被辰南投掷而出，将那团暗淡的灵魂精粹钉在了地上！

"寂灭轮回！绝灭太虚！三千大世界！冰封三万里！魂魄寂灭！两世为人！刹那永恒！寰宇尽灭！"辰南是彻底急眼了，已经追到这里，他隐约间感觉到了莫大的凶险，前方仿佛有一个能够吞噬一切的太古凶兽在等待着他。他杀红了眼，将所有杀招全部打出，不顾身体是否能够承受得住！

辰家最强八魂的法则几乎同时作用到了太古男子的灵魂精粹之上，太极神魔图也在这时冲了出来！八道辰家人杰的法则几乎已经融合在一起，作用在松赞德布灵魂之上。可怕的毁灭性力量，一遍又一遍地粉碎他的灵魂神光，但是太古男子的灵魂精粹又一次次地重新聚合起来，不过每一次崩碎，那灵魂光团都会虚淡不少。

八道法则将辰南体内的力量几乎掏空了，他跌坐在杜家玄界出口处，已经无力动弹，如果这样还杀不死太古男子，他真是再也没有办法了！八道法则轮回交替，一遍又一遍地崩碎太古男子的灵魂，眼看着那道光团越来越虚淡了，八道法则的力量也将耗尽，虚淡的灵魂神光最终冲了出来。

"我，千古不灭！"听着那张狂而又冷酷的话语，辰南近乎绝望！不过，就在这个时候，旋转的神魔图笼罩而下，将那团灵魂神光遮笼了。"该死的！啊……"太古男子愤怒地大叫。这一刻，所有关注这场战斗的修者的心都在剧烈跳动。无论是月亮之上，还是天界与人间，众人的心都被牵系在最后的战斗画面上。

太极神魔图将松赞德布笼罩在里面，它的形状在剧烈地改变，似乎有一头怪兽将要撞碎它！神魔图包裹着太古男子的灵魂神光，冲入高天剧烈地旋转着，透发出无尽的生与死的气息，可怕的金、黑两色光芒照耀天地间。神圣与恐怖气息并存！光芒整整照耀了半个时辰，最后一道凄厉的声音自神魔图内穿透而出："千古不灭，我不甘啊！"随后是死一般的沉寂。神魔图慢慢放缓了速度，缓缓在高空旋转起来，最后巨大的图形，光芒一闪，快速缩小，冲进了辰南的体内。

月亮之上、天界、人间，看到这一切的修者，那紧绷的神经都松了下来，每个人都已经大汗淋漓，近乎虚脱。他们虽然没有在现场，但仿佛身临其境，参与了这场旷世大战一般。虽然最终神秘的太极神魔图吞噬了太古男子的灵魂，但是明显可以看出，如果松赞德布处于巅峰状态，神魔图是无法奈何他的。不得不承认，太古男子实在太可怕了，这场大战赢得艰辛而侥幸！

辰南已经恢复了些元气，手持黄金神矛站了起来，一阵犹豫，最终还是向着杜家玄界内走去。一片修罗地狱般的景象展现在他的眼前，无尽的尸骸堆积在前方，干涸的血迹，腐臭的残体，尸堆成山！浓重的尸气弥漫在整片杜家玄界，远处的山峦环绕着带状的黑雾，显得无比可怕！这里没有一丝光彩，腐臭与污秽的尸气，以及尸山和血沟，让这里触目惊心，惨不忍睹！

可怜的杜家玄界竟然成了一片修罗地狱，眼前的景象太惨烈了，那一具具尸骸四分五裂，无论男女老幼，即便是孕妇也被残忍地劈为两半，还有那两三岁的孩童惊恐的面容……触目惊心，惨不忍睹。尸气弥漫，黑雾涌动，恶臭熏天。

辰南手持黄金神矛，在杜家玄界内一步步向前走去，不得不说他的心情无比复杂。这个家族乃是他的大敌，如果不被灭杀，他们早晚会有一战。但是今日看到如此惨象，他心中并没有复仇的快感，太古七人实在太过残忍了！如果将杜家的修者灭杀，他不觉得有什么，但是强大如太古七人竟然对妇孺也挥动屠刀，这未免太过残忍与邪恶了。

五万多条的生灵啊，除去数千修者，其余都是普通的平凡人，竟然也全部惨遭毒手。这里已经成为一片死域！所有山脉与平原全部光秃秃，无论是植被还是动物全被抽离了生命，这是名副其实的人间地狱！辰南的心情久久不能平静，但是脚步却无比坚定，一步步朝前迈去。

此刻，无论是月亮之上，还是天界与人间，众多记忆水晶都崩碎了，再也无法窥视杜家玄界内的一切。五祖皱眉道："杜家玄界内有强大的禁制，阻止外界窥视，记忆水晶因此而崩碎了。辰南太过冒失了，虽然剩下的六位太古男子似乎不在那片玄界中，但是那里显然是他们的重地，辰南这样进去还是有一定的危险。"

辰南走过尸山骨海，将黄金神矛紧紧握在右手中，遥指着前方，坚定不移地前进。当飞越过数十座山脉，穿过三片大平原后，他终于来到了透发着可怕波动的地域，正是这里透发出的强烈能量波动，让他感觉到心中阵阵难安，仿佛有一头太古凶兽盘踞在此一般。到了这里，尸骸渐渐减少了，这是一片荒凉的平原，不过现在称为荒漠更合适，因为这里已经没有任何生命。

广阔的荒漠之上，唯有一座石山突兀地矗立在那里，波动之源的终极在此。辰南手持神矛，缓慢降落而下，仔细而认真地打量着这座石山。黑雾翻涌，石山高足有千丈，占地七八平方公里，黑色的岩石涌动着奇异的能量，给人一种极其邪异的感觉，隐约间竟然能够看到魂魄在飘荡，而且仔细静听，竟然真的能够听到千万魂魄的哀号，这里仿佛不是一座石山，而是一座尸山！

这绝不是一种错觉，这是真实的感受！邪异的石山！辰南大步前行，来到山脚下，他单手持矛，用力插进石壁，黄金神光崩现，一块数吨重的石块滚落而下，闪烁着黑亮的光芒。辰南倒吸一口凉气，石山外表的黑色远远不如内部光亮，他马上知道了原因，因为那近乎邪异的外表，竟然是干涸的暗黑血迹，遮掩了本来的黑亮色彩！

活祭！血祭！用生命祭炼的石山！一切问题都有了答案，哀号的魂魄是真实存在的，他们被人残忍地杀死，祭炼了这座石山！毫无疑问，杜家玄界众人的惨死，不过是被人拿来当作牲畜一般献祭了，利用他们的生命之能作为血色祭礼！

无可避免，辰南定然要探索下去，找出问题的根本所在，他想要知道太古七人在这里到底做了些什么。直至飞到鲜血祭炼过的石山另一面，他才发现了问题的根本。半山腰有一个血光暗淡的空间之门，闪烁着邪异的光芒。

"该死的，杜家玄界到底还连通着什么地方？！"辰南有不好的预感，提着黄金神矛飞到近前。巨大的空间之门高有十丈，呈圆月形矗立在半山腰，血光闪烁，但里面却充满了圣洁的气息，同外面的血雾与尸气格格不入，显得异常不协调。辰南没有犹豫，大步走了进去。空间之门内，初始时如白玉通道一般，走出去百丈远，混沌之光出现，蒙蒙光辉点点四射。

看到这里，辰南已经深信杜家玄界有着一条不为人知的空间通道，不知道它通向何方。而太古男子他们，显然从这里离去了。辰战手握神矛，开始极速飞行，穿越空间通道，他想弄明白那六人到底去了哪里。以他这般可怕的修为，速度无疑是可怕的世间极限，但他足足飞行了两个时辰，竟然还没有到达尽头。

直到第三个时辰，混沌之光渐渐暗淡，黑色云雾夹杂着血气，渐渐开始弥漫在这片空间通道。辰南知道，可能距离出口不太远了，黑雾与血气定然是另一端涌动而来的。前方就是出口，不过一道血门拦住了他的去路，十丈高的血门将前方封闭了！辰南尝试着用神矛向前刺去，但就在这个时候，一道血光爆发而出，生猛地将神矛震开，而且血门发出阵阵如魔啸般的可怕声音，爆发出片片刺眼的血光，同时附近黑雾涌动，仿佛有无形的手在向他伸来。

几次尝试之后，辰南不得不倒退，血门之后蕴含着可怕的力量，他如果生猛地轰击，应该能够撼动，但是恐怕会惹出不小的动静。六位太古人物已经过去了，如果这样莽撞行事恐怕会惊动他们，这是万万不可以的，现在唯有退走了。

"杜家玄界到底连通了哪里呢？"辰南百思不得其解。辰南想起了松赞德布，那个强大的太古男子，曾经不止一次对他说"你们的世界"，言下之意他不属于这个世界，难道说血门之后连通着另外一个世界，而非一片玄界、一片空间那样简单？这是极有可能的！

辰南忽然又想到了第三界，该不会血门之后就是第三界吧？他觉得有些可能，但又似乎不是。他真的期盼那是连通第三界的大门，如此的话，六位太古人物定然要和魔主等人打个天翻地覆，必将缓解天界与人间的压力。此地不宜久留，辰南离开了杜家玄界，如彗星划破长空一般快速飞入天界，而后冲向月亮。

他回到月亮之上，一片欢呼之声传来，辰家年轻一代认可了他这条辰家血脉，一天一夜的激烈大战，让这帮青年高手改变了对辰南的印象，所有人一起围了上来，将他当英雄一般包围。紫金神龙、龙宝宝、古思、昆仑老妖等人也激动无比，这场大战实在太艰辛了，干掉太古男子实在太不易了。

过了好久，辰南才穿过辰家年轻一代的包围，大魔、雨馨等人才有机会过来道贺，唯有澹台璇如那孤寂的仙子般，静静地站在远方，没有移动脚步。直到众人的情绪渐渐平静下来，辰南才郑重地向四祖与五祖禀报，他知道这两个老古董经多见广，说不定能够推测出什么。

听闻辰南讲述完杜家玄界的一切，所有人动容。五万条生命被残忍收割，竟然为了打开一条空间通道，这的确是一件无比可怕的事情！空间通道的尽头到底是怎样的一个所在呢？难道说，是一个古老的秘地，或一个无比邪异的太古玄界？所有人都在深思。

唯有四祖与五祖脸色难看无比，相互看了一眼，四祖异常艰涩地道："我想我知道通道连通哪里了。"五祖脸色异常苍白，道："其实，我们早就怀疑了，只不过一直都有些不相信，直至今天终于确信了。他们真的不属于这个世界啊！"众人大骇，这绝对是一个让人震惊的消息！

大魔沉声问道："该不会是第三界的人吧？"四祖脸色非常不好看，道："不是，是一个可怕的世界，是我们所不了解的世界。"众人震惊，直至到了这个动乱年代，许多不为人知的秘密，才渐渐浮出水面。

天界、人间是众人都知晓的，而不久前第三界还有残破的世界，才刚刚被众人所知，现在居然又出现了一个全新的世界，这等同于有五个世界啊，这怎不让人震惊！"怎么可能还有别的世界呢！"众人都有些不相信。

五祖长叹道："残破的世界，曾经是一个真实世界，不过被毁灭了，但我们不知道它的真实名字，所以可以如第三界那般给它打上个标记，命名为第四界。太古男子他们确实来自一个我们所不了解的世界，我们可以称之为第五界！"月亮之上一阵大乱，这未免太过不可思议了。

直至声音渐渐平息下来，四祖才接口道："很多老古董都知道世分三界，人间、天界、第三界。但是，在那最为古老的神话传说中，还有六道传说！"这像晴天霹雳一般，响在众人的耳畔。四祖道："六道之说，即便相对于太古时期的人物也是虚无缥缈的传说，但是太古时期的许多老古董坚信，六道真的存在，更相信在那最为久远的过去曾经发生过六道大战！"

六道！人间、天界、第三界、残破的第四界……众人好半天才醒悟过来，他们是神、仙，但当六道神话再现的时候，他们也许只算是人！所有人都已经预感到，前所未有的一场大风暴即将开始了！

五祖叹道："尽管我们心中一直不敢相信，但是到了今天不得不承认，以前心中所猜测的成真了。"辰南想到了潜龙曾经透露过的重要信息，魔主曾经有过一种预感，将有一批可怕的人物出现，天界与人间的高手可能会遭遇惨败之痛，现在一切成真了，看来魔主早已预测到了什么。而魔主急匆匆地将所有天阶高手集往第三界，想要修复什么，似乎那是一件更为重要的事情。

辰南将这些毫不保留地讲了出来，也许辰家的老古董能够推测出什么。四祖沉思了许久，道："既然六道传说可能再现，魔主也许想要修复传说中的'轮回'。""轮回，那是什么？"一个辰家年轻人问道。而这也是所有人的心声，众人都想知道。四祖摇了摇头，道："具体我也不太清楚，那不过是辰家古老的典籍中记载的一些模糊传闻。"

五祖大声对辰家年轻一代喊道："你们出生在一个动乱的年代，是幸运的，也是不幸的。因为，如果六道传说再现，不久的将来你们将见到真正的太古神祇的力量，其中绝大多数人可能都将死去，但少数人可能极道升华，毫无疑问，接下来比万年前的天地动荡、神魔大劫来说可能还要可怕！"

"天地动荡，神魔大劫"这八个字让辰南为之一震，他曾经不止一次追问过四祖与五祖，万年前到底发生了什么，但是他们从来不肯透露。现如今，也许能够从他们口中得知一些秘密了。不仅辰南一个人想知道万年前到底发生了什么，现场所有人都想知道其中的本质原因。

　　当年那场可怕的灾难中，到底陨落了多少神魔？没有人能够说得清！它让所有幸存者每当想起都会战栗，无论何人，面对那场可怕的灾难，都是无力的弱者。现场众人虽然少有人亲身经历过，但是都听闻过传说，深深为之恐惧。面对未知与不了解的可怕危险，人才会自心底生出最为慌乱的恐惧。

　　四祖露出幽远的沉思神态，似乎很是心不在焉。五祖同样露出悲喜怒恐等复杂难明的神色，似乎陷入了久远的回忆。许久之后，四祖才道："未知总是让人恐惧，但天地间的许多事物，并不能全部被我所理解，你们没有必要深究。"

　　"可是，这对于我们来说是生死攸关的大事，谁知道什么时候再现当年的可怕景象呢！"一个辰家子弟比较大胆，发出了疑问。昆仑的四位老妖、紫金神龙、大魔、雨馨以及远处的澹台璇，都露出关注之色，可以看出他们很想知道当年的灾难内幕。

　　四祖接着道："不是我不想说，而是因为许多事情，根本无法探出究竟。"四祖仰望着虚空，道："星辰幻灭，四季交替，没有永恒，没有终点，这一切都将沿着特有的轨迹继续下去。初春之际，大地回暖，万物复苏，生机勃勃；盛夏来临，阳光充足，雨水充沛，万物繁盛；秋季降临，风声萧瑟，落叶纷飞，花木凋零；冬季终场，大雪纷飞，冰封万里，森寒彻骨，孤寒死寂。待到初春，一切将交替轮回，重新开始。"四祖顿了顿，道："天地动荡，神魔大劫，就像那秋季萧瑟与那冬季苦寒一般。天地间大批的修者，打破生死限制，迈入长生领域，就如初春之际，一片生机勃勃的广阔天地在等待着他们。而他们进入那'盛夏'走向辉煌，迈向巅峰，这个时候，永恒不变的'四季更替'不会停下，萧瑟秋风已经不远了，神魔将如那花草般凋零，待到寒彻骨，冰封万里，就进入了最后的神魔毁灭季节。这一切都是天地永恒不变的规律！"

四祖虽然没有说出"天地动荡，神魔大劫"的最终本质，但是却也用另一种比喻勾画出了其中的因果，一幅模糊的画面已经展现在众人的面前。虽然四祖与五祖也不能最终阐明天地间的大动荡到底是怎么回事，但是众人已经受到了无限启发。

　　许多年轻人似乎忘记了两位老祖的身份，难得有这样的机会，他们都激烈地参与到讨论中。最后，又回归到了六道的问题上，大魔忍不住开口询问："关于六道，我曾经有所耳闻，难道是那传说中的人道、天道、畜生道、阿修罗道、恶鬼道、地狱道？"

　　四祖摇了摇头，道："你有一定的了解，但不是很多。你所说的，乃是有形小六道，并非无形大六道！人道、天道、畜生道、阿修罗道、恶鬼道、地狱道曾经就包含在天界、第三界、人间这三界中，它们就是传说中那群博弈者当中的顶峰强者演化而出的，也许他们想以有形小六道模拟无形大六道，从而达到一定的目的，也许他们想重开六道。我们不得而知，因为我们没有达到那个高度。我只知道，你所说的小六道已经半毁，被博弈者弃在永恒的森林。"这绝对是一件震惊的消息，大魔无意间问出了一件天大的秘密，现场热论鼎沸。

　　辰南曾经亲身闯入过那"永恒的森林"，深深知道里面的可怕之处，如今听闻小六道的消息，心中立刻深信。永恒的森林里面的山川景物充满着邪异的气息，那死寂的黄泉路，恐怖的奈何桥，无尽的血海，森然的冥山骷髅谷……那定然是阿修罗道与地狱道。难怪他当时就有一种感觉，那是一个重叠的、多层次的广阔天地。

　　六道，六道啊！辰南心中有着无尽的疑问，难以保持沉默了，再次问起了以前曾经问过的问题："苍天、黄天到底是怎样的存在？"以前，四祖与五祖虽然怀疑太古七人来自另一个世界，但却从未说出来。对于辰南的这个问题，也是不予回答，或一问三不知。

　　如今，再次被问到这个问题，五祖一阵沉默，最后道："应该是那群博弈者所接触到的人事物吧。辰家没有参与，了解有限，也许辰大、辰二知道一些。"辰南追问道："博弈者所接触到的人事物？那就是他们苦苦探索的、有可能是降下神魔大劫、天地间最为神秘的那种存在？"五祖道："没有证实的事情，我不能肯定。"

毫无疑问，现在的形势是无比紧迫的，众人之所以热论，那是在为以后做打算。现在，所有人都知道不久的将来要面临着怎样的凶险。直至半日后，广场的众人还没有散去。不过，辰南却已经随着两位老祖走出了人群。远远的，他看到八位清丽出尘的女子，正静静地站在远处望着他。

　　辰南心中泛起阵阵酸涩的感觉，他知道那是八魂的情绪，急忙扭过身躯看向别处。那些都是他的至亲之人，他是一定要去叩见的，但是此刻八魂在身，他不知道该不该过去。

　　"辰南，你可感觉有何不适？"四祖问道。辰南道："没有任何不适，我感觉浑身充满了无尽的力量。"五祖道："那是八魂的力量，不过他们只能附身三日，而后便将自行离去。"

　　辰南惊道："什么？只有三日的时间，大战了一日一夜，如今已经不足两天了，我还有重要的事情没有去做啊。"五祖问道："你要做什么？"辰南的确有许多事情要去做，首先便是去炼化那残破的世界，不过很快他放弃了这个想法。八魂在身，虽然力量强大无比，但是时间不多了，而且这不是他自己的力量，八魂离体而去时，说不定会出什么差错。

　　辰南道："我想用现在的超绝修为，重新炼制那杆青铜古矛，打造一件终极兵器。现在青铜古矛还在太空，神矛之魂虽然在我手中，但是上面松赞德布的灵魂印记还没有彻底抹去。"四祖道："这样啊，有兵魂在手，一切好说。我给你指点一条明路，抹去松赞德布的印记之后，你可以去人间的丰都山碰碰运气，当然万万不可强求！"

　　丰都山乃是天地间煞气最重的地方，乃是千万军魂凝聚在一起形成的，乃是古往今来第一阴地。如果能够将那里的煞气引导入神兵，将无尽煞气转化为冲天杀气，将有可能炼制成一把旷古绝今的凶兵！

　　六道神话将再现，现在摆在所有修者面前的紧迫情况就是尽快提升自己的实力。辰南已经隐隐有一种感觉，大龙刀、裂空剑、困天索、后羿弓等都将离他而去，到时候他将缺少一件称手的兵器。青铜古矛绝不差于那些瑰宝，甚至还要强上那些灵魂残缺的神兵许多，将之祭炼成一把绝世凶兵，在这种情况下将是他的最佳选择。对于裂空剑、困天索、后羿弓等可能会离去，辰南并无丝毫失落，隐隐有一种解脱之感，他坚信最强的力量是靠自己修炼而出的！

辰南飞离月亮，冲上太空。星光璀璨，他来到了曾经大战过的虚空中。那匹天马尸骸静静地飘浮着，头颅与躯体早已分离。青铜古矛就在不远处，锈迹斑驳，没有任何光彩，但是辰南绝不会小觑它，绝不会为它的表象所蒙蔽，这乃是真正的绝世神兵啊，由太古传承至今，是真正的杀伐兵器！在大战中，神矛之魂虽然无损，但是它的载体青铜古矛却已经被碰撞出了点点破损的痕迹，最严重的地方甚至快折断了。

不过，当辰南将兵魂植入之际，一切开始慢慢发生改变，破损的地方竟然开始慢慢愈合，犹如有生命的肌体在快速修复一般！不得不让人感叹，有完整魂魄的神兵之强大，实在让人无话可说！大龙刀、裂空剑等在这方面无法与之相比。

时间不多了，辰南携带着青铜古矛，快速冲向天界。当进入天界高空之时，辰南发觉青铜古矛上破损的地方修复得更快了，他竟然看到一道道光亮从四面八方涌动而来。仔细观察之下，他骇然发觉那竟然是传说中的精金之粹！传说，千万吨金属也炼制不出一克精金之粹，那几乎是不能提取的。辰南发觉，青铜古矛所谓的锈迹斑驳，竟然是迷惑人的表象，这竟然是精金之粹中的精金之粹！

现在，精金魂粹修复本体，无可避免地开始自八方采集精金之粹！果真是瑰宝中的瑰宝啊！辰南越看越是爱不释手！他不喜欢用剑，总觉得太过柔弱，所谓的"王者之剑"，不过是一种身份的象征罢了，更像是装饰品，不是真正的杀伐之兵。他喜欢用长刀，也喜欢用长矛，那才是战场上的强兵，才是真正的杀伐之兵。

集合凶兵刀与矛的优点，辰南决定想办法将古矛打造成他最喜欢的兵器——方天画戟！打造这等神兵，普通的神火定然不行。传说，地核之中孕育有天火，是打造瑰宝神兵的理想所在。辰南心中一动，他想起了某个刻苦修炼的小不点，似乎整日在地下岩浆中"游泳"，他快速朝着天界某个方位飞去。

"我是一只小小鸟，想要飞呀却飞也飞不高，我寻寻觅觅寻寻觅觅，一个温暖的怀抱，这样的要求算不算太高……"某个火山口，一个可怜兮兮的小家伙满身焦黑乌漆，一双明亮的大眼睛使劲眨啊眨，泪水随时会涌动而出，它正在火山口用微弱不可闻的声音吟唱着，似乎委屈到了极点。

不远处的一座山头之上，一只数十丈的金黄色巨鸟也在唉声叹气道："小不点你知足吧，你再痛苦有我痛苦吗？我的双翅已经折断数百次了！而你不就是成天泡澡吗？"焦黑乌漆的小家伙声音很稚嫩，立刻委屈气愤地叫道："那个变态！刽子手！屠夫！呜呜，你还说，我每天都要游到地核采集一些天火回来才可以，呜呜……"

毫无疑问，可怜的小家伙正是小凤凰，而旁边倒霉的家伙乃是恨天低，它们每日都在金翅大鹏神王的严格训练下修炼，过着可谓苦不堪言的生活。远处传来了咆哮声："恨天低我限你半个时辰给我飞完十万八千里！小不点再去给我采集一团地核天火回来！"

恨天低吓得嗖的一声展翅飞走了，小凤凰呜咽着小声叫道："呜呜，好可怜啊，辰南哥哥、小龙哥哥、坏痞子叔叔你们在哪里啊，快来救救我吧。"光芒一闪，小凤凰感觉火山口出现了一道熟悉的影迹，它使劲揉了揉自己水汪汪的大眼睛，不敢相信地欢叫了起来："辰南哥哥，你终于来救我了，呜呜……"

小不点嗖的一声从火山中飞了上来，快速钻到了辰南的怀中，那神情简直伤心到了极点，泪珠成双成对地往下滚落，使劲地在辰南怀里蹭，真是一个委屈的小可怜啊。这就是与太上妖祖金蛹、骨龙、黄蚁等人同时代的凤凰天女涅槃之身？

小凤凰就像个没妈的孩子突然看到了亲人一般，委屈得一塌糊涂，哭得稀里哗啦，脏兮兮的小脸上满是泪水。辰南怜爱地轻轻拍着小凤凰，道："不哭不哭，再哭就快成一个花脸小乌鸦了。"闻听此言，小不点不好意思地挣脱了出来，周身上下七彩光芒爆发而出，那焦黑乌漆的羽毛全部被震落，露出里面光华闪闪的七彩羽翼。小不点还是从前那般亮丽，不过神情却很委屈，用稚嫩的声音叫道："辰南哥哥你怎么才来啊，我都快被那刽子手折磨死了。"

这个时候，金翅大鹏神王从远方飞来，神态一如往昔般沉静。他身披一件黑色大氅，雄健的身躯被遮挡在了里面，一头金灿灿的长发如黄金火焰一般在跳动。一边脸颊如刀削一般刚毅有形，光从侧面看绝对是一个英挺的中年男子。但另一边脸颊竟然是半张骷髅骨，上面没有半点血肉，连同一个黑洞洞的眼眶，显得狰狞吓人。辰南知道，大鹏神王身上的伤是佛祖所致。

大鹏神王金色的独目闪烁着灿灿光辉，看到辰南后难得地露出一丝笑容道："我看到了记忆水晶倒映在天空中的大战景象，真是难以想象。早就听说七位太古人纵横天地间，实力强大到了极点，无人能够与之抗衡，直至真正亲眼相见，才知道他们有多么可怕。令我想不到的是，你竟然灭杀了其中的一人，你的修为提升的速度彻底让我无言，简直不能以常理揣测！"

小凤凰探出了毛茸茸的小脑袋，小声叫道："可惜我没看到，屠夫让我去地心采集天火，我错过了好机会！""真是一言难尽……"辰南抱着小凤凰，与大鹏神王一起向着他们的居所飞去。

在这座满是石林的山谷中，辰南简要说明了一些事情，大鹏神王连连感叹："难以想象啊，你竟然经历了这么多的事情，太古男子固然强大，八魂更是让人钦佩啊！天地果然要大乱了，竟然有大六道之说，唉，你要小心啊，你杀死了其中的一位太古男子，另外六人不可能善罢甘休。"

辰南道："我知道，但却没有任何有效的办法阻止可能发生的灾难。眼下，唯有努力提升自己的修为了。不仅是我，也包括修炼界所有人，大风暴会横扫天界与人间。"金翅大鹏神王已经知道辰南的来意，笑着点了点头，道："想要打造盖世神兵，的确需要天火淬炼才行。呵呵，这个小不点会带给你惊喜的，它已经能够在地核中出入自如，可以让它带你找到真正的天火！"

"屠夫，我、我恨你！"小不点使劲在辰南怀中蹭了蹭，有些害怕地露出一颗小脑袋，看着大鹏神王。自从跟随大鹏神王修炼以来，小家伙显然受了无尽的委屈，太过痛苦的修炼让小不点险些崩溃。辰南和大鹏神王都笑了起来。

小凤凰示威似的在辰南怀中对着大鹏神王道："不许笑，我、我咬你！"真是个小孩子，辰南与大鹏神王都不禁莞尔，小不点还真是挺可爱的。"说起来，这个小家伙的潜质实在太惊人了，让我都很嫉妒。"大鹏神王开始说起小凤凰的修炼成果，道，"现在，它已经快接近神王领域了，我想要不了多长时间，它就会再突破。"

对于小凤凰在短时间内能有这么大的进步，辰南一点儿也不惊讶，如果没有取得这样的成就才不正常呢。要知道这可是当年的凤凰天女啊，乃是与太上妖祖金蛹、骨龙、黄蚁同一时代的妖主，天字辈的人物展开涅槃大法重生，恢复起来必然很快，同时必将超越原有的成就。

由于辰南时间有限，大鹏神王对小凤凰道："小不点现在领着辰南去地核吧。"小凤凰立刻泫然欲泣，一双凤目中满是泪水，楚楚可怜地小声叫道："我才回来没多久，呜呜，好可怜啊！"

辰南轻轻拍了拍它，道："难道你不想出师吗？今天算是对你的考核，我特意来接你的。""真的？"小不点的一双凤目立刻明亮了起来。"当然是真的。"辰南考虑该将小凤凰接走了，小家伙随着能力的提高，也许该换换环境了，这也是方才大鹏神王谈话时流露出的意思。

"哦哦哦……"小不点在辰南怀中跳来跳去，欢呼着，轻轻啄着辰南的脸颊。尽管凤凰是玩火的祖宗，但是小家伙毕竟还在成长阶段，天天面对最烈的天火也有些吃不消。火山口云烟弥漫，热浪袭人，小凤凰苦着小脸率先跳了进去。以辰南现在的修为来说，进入火山中不可能损伤分毫。

火山底部能见度很低，雾尘缭绕，滚热的岩浆沸腾着，红艳的色彩冒着滚滚热浪，看起来分外恐怖。小凤凰痛苦地闭上了双眼，如同跳水一般扎了进去，辰南紧随其后进入沸腾的岩浆中。进入里面就只能够凭着天眼来探路了，辰南跟随着小凤凰在可怕的高温岩浆中努力地往地心游动。不得不说，小凤凰每日都要如此训练，确实有些恐怖。一个不小心就会迷失在地底岩浆隧道中，不过还好小不点灵性非凡，有着敏锐的灵觉，以前虽然出过几次危险，但都化险为夷。

在沸腾的岩浆中，两人如游鱼一般快速前进，最后辰南更是以大法力注入小凤凰体内来提升速度，两个时辰之后他们终于来到了地心。到了这里之后，岩浆已经消失，但是温度更高了，溶洞一片连着一片，很奇怪的是这里的岩壁并没有熔化的迹象。这里白雾般的光芒不断闪动，似白纱在轻轻撩动一般。

"就是这里了。"小凤凰怯怯地道，用凤翼指了指前方，道，"天火就在里面，但是那个家伙似乎成精了，我每次都是悄悄偷走一小块天火回去交差。"辰南眉头一下子就立了起来，似乎遇到了传说中的天火精魂！"不怕，有我在，说不定让你获得不小的好处呢。"辰南安慰着有些胆怯的小凤凰。

蒙蒙白光闪烁，那是极尽升华的火焰，比之普通的岩浆温度高了万千倍。在地核的最深处，那里层层叠叠，如同洁白的云朵一般，小凤凰提示，那就是天火。辰南用强大的神识探索，发现在那"白云"般的天火中，似乎真的有一个生命。他不敢大意，将青铜古矛闪电般掷去。

"轰！"整个地下剧烈颤动了起来，如平静的大海中翻腾起的怒浪狂涛一般，白色烈焰快速向着辰南他们席卷而来，那片洁白的"云朵"瞬间就将他们笼罩在了里面。小凤凰第一反应就是，嗖的一声钻进了辰南的怀中，只露着一颗小脑袋看着袭来的天火。

辰南没有在乎这些天火，反而用天眼通凝视天火之后的景物。一道彩芒在天火后面，慢慢涌动而来，如小凤凰的七彩羽翼一般亮丽。辰南惊道："竟然真是天火精魂！"七彩的火焰欢快地跳动，似乎已经有些意识，又似乎还处在迷糊的混沌中。辰南对着小凤凰笑道："小不点你真幸运啊！"

辰南破开天火，以大法力控制住七彩火魂，而后将那青铜古矛召唤了过来。以辰南现在的修为来说，天火难以伤他，但是七彩天火精魂对他还是有些威胁的，不过他完全能够以强大的力量远远地控制。现在他开始用心炼制青铜古矛，首先他将兵魂抽离了出来，不然这等瑰宝即便是天火精魂也难以熔化，他利用天火炼制的不过是神兵的载体古矛而已。兵魂需要他自己用精气神去熔炼收伏。也幸亏这里有着旷世难寻的天火精魂，不然天火都难以熔炼兵魂的载体，青铜古矛在难以想象的火魂高温熔烤下慢慢变红。辰南隔空开始锻造，完全是按照自己理想中的神兵打造绝世凶兵！地核内铿锵之声不绝于耳，天火精魂淬炼凶兵！

同时，辰南的精气神也在竭尽全力"熔炼"兵魂，首先他以八魂的无上大法力彻底碾碎了上面太古男子留下的灵魂印记，而后千"熔"百"炼"，来收伏兵魂。这是异常艰苦的过程，神兵有魂，但是不可能很快屈服，尤其是这种瑰宝，更是有"从一而终"的传统。不管新的主人是否足够强大，但是它根本不认可辰南，兵魂的意识是反抗与不屈的。

另一边，辰南所要打造的方天画戟载体已经将要成形。戟，为一种强兵，形似长枪，在枪尖之下的两侧有月牙形利刃，可如枪矛般冲刺，可如长刀般劈砍。方天，可与上天相比之意。画，指戟身上刻画的纹缕。方天画戟的意思就是可与上天相比的画戟，命名之所以夸张，旨在说明该戟超凡脱俗，世间独一无二。

辰南此次就是要打造出一把传说中的方天画戟！当绝世凶戟载体彻底成形后，整片地核中忽然爆发出一股冰冷的森寒之气，连那天火精魂都不自禁退缩了。辰南心中一动，这杆凶戟注定当得起"方天"二字！载体才刚刚成形，竟然就有了一道微弱的兵魂！这真是千古少有的事情，这绝对会成为一杆独一无二的凶兵！

感受到兵魂的精气神正在熔炼，他已经明白即便将兵魂击碎，它也不会屈服。辰南眼眸中射出两道冷电，神兵只能自己打造，别人的兵魂终究不能为己用。在下一刻他毫不容情地击碎了千古不灭的兵魂，将兵魂灵识彻底灭杀，不过兵魂那千古不灭的魂能却被他保留了下来，缓慢地向着方天画戟载体中注入。

里面那道弱小的兵魂发出阵阵欢快的颤动，竟然毫不犹豫地开始吞噬，将注入的魂能完全纳为己有。没有灵识的神矛魂能就像食物一般，只能供方天画戟索取，无法做出任何反抗。弱小的方天画戟兵魂一点点壮大起来，最后将所有的神矛魂能全部吞噬了，形成了方天画戟兵魂。这太过出乎意料了，辰南可谓无比欣喜，当他将新生的兵魂抽离而出时，那已经完全是一杆黄金神戟的形状，不再是长矛之形。

辰南感觉到了它的强大与可怕。从魂能上来说，现在这杆方天画戟，足以比得上原来的神矛。不过美中不足的是，它缺乏一股杀伐之气，毕竟它是新生的瑰宝神兵，还没有经历过血的洗礼。不过，这根本不成问题，因为有丰都山千万军魂的煞气可以注入，到时候天下第一凶兵非它莫属！

兵魂欢快地朝着辰南颤动，与辰南的精气神合一，瑰宝神兵自打造出来之际，就已经认他为主。此刻，它早已不再闪烁青铜的光彩，戟刃光芒四射，如雪亮的明镜一般，戟体闪烁着玄铁特有的黑色光泽，说不出地可怕。

"好可怕的凶兵啊！"小凤凰嘀咕道。"哈哈！"辰南发自真心地大笑起来，终于有了一件称手的兵器。"小凤凰，我也送你一件大礼！"说罢，辰南以八魂的通天法力，将那团天火精魂包裹起来，开始炼化，直至暴躁的七彩火焰开始变得柔润起来，他猛地将之注入了小凤凰的体内。

"哎呀，好烫啊，我受不了！"小凤凰痛得泪水长流，委屈地望着辰南，而后全身开始冒出天火，不由自主疯狂地跳起了"舞蹈"。辰南笑道："小家伙，那对于你来说是大补啊，是莫大的机缘，还不快快炼化吸收。"

半个时辰之后，小凤凰终于安静了下来，迷惑地眨动着大眼睛，道："咦，我好舒服啊，天火精魂呢？快出来，我要和你决战，不然我不客气了，不要躲藏，我不怕你了。"辰南彻底无语，道："你这小东西得了好处还卖乖，它已经融入你的力量当中了，当然什么时候能够完全发挥出它的威力，还要看你的修为进境。"

虽然天火精魂的力量沉睡在小凤凰的血脉中，但是就眼下来说，小凤凰的修为也已经获得了很大的提升，半个时辰已经直接破入神王领域，随着天火精魂这道大补的吸收，它随时可能还会再突破。

没有时间在这里耽搁了，辰南手持方天画戟遥指上方，黑色的戟体，雪亮的戟刃，闪烁着无比神异的光芒。辰南直冲而起，手中方天画戟爆发出一片璀璨夺目的光芒，上方的石壁、岩浆、土层如薄纸一般瞬间破开，神兵一击，当真有破天之势！他就这样持着方天画戟向着地表冲去，沿途石壁、岩浆等全部被雪亮的戟刃爆发出的可怕光芒劈断，自动分向两旁，一条笔直的通道一直向着地表延伸而去。小凤凰紧紧地揪着辰南的衣袖，在后面惊得大呼小叫。

到了最后，方天画戟更是直接搅碎了虚空，冲入混沌当中，辰南持着方天画戟在混沌中生猛地开辟出一条空间通道，最后在地面空间突破而出。小不点早已目瞪口呆，最后怯怯地碰了碰方天画戟，又赶紧躲入辰南的怀中。大鹏神王走了过来，叹道："好一把凶兵啊！"

临别之际，小凤凰飞到金翅大鹏神王近前，低着头小声道："屠夫，你虽然很凶，但是我知道你是为我好，为了敦促我修炼，谢谢你！我要走了，以后我会常来看你的，我会帮你报仇的。"大鹏神王感慨颇多，最后独目中闪现出一道柔色，笑着抚了抚它，道："小不点快长大了，去吧。"

辰南没有带走恨天低，它还没有到出师的时候。时间异常紧迫，如今还有一天多的时间，他带着小凤凰以最快的速度来到了人间的丰都山。这里愁云惨雾，阴气冲天，号称天上地下第一阴地！黑云涌动，魂影在阴雾中影影绰绰，无尽的丰都山脉在阴气中森然可怕无比。往昔未觉得什么，但如今八魂在身，辰南的修为强绝到了难以想象的境地，明显感觉出了这里的异常。

此刻，他联想到了那则传说，有一座旷世大阵封锁着这里，防止阴气外泄。与此同时，他回忆起临来之际五祖的话语："可以去人间的丰都山碰碰运气，当然万万不可在那里强求！"这一切都在说明，丰都山不是善地啊！

丰都山，绵绵无尽，黑云笼罩，阴气冲天，有幽冥地狱之说。传说这里就是阴府，乃是寻常人死后的魂归所在地。翻涌的黑雾中似乎有千万鬼影在张牙舞爪，煞气冲天。辰南已经不是第一次来到这里，他发觉自己跟这里还真是"有缘"，每一次来到这里必将经历一场生死血战。只是不知道今日会有何际遇，传说中的"封阴大阵"、五祖的提醒，让他已经生了警惕之心。

尽管感觉到丰都山不是善地，但是他不怕有变故发生，而且希望能发生什么事情。现如今八魂的力量在身，他希望趁着这难得的机会解决掉一些不好的隐患。毕竟未来不可预测，第五界的强大人物随时会回来，如果这里有什么隐患，说不定会引发不小的变故！

"辰南哥哥为什么要来这里呀，这里鬼气森森，让人很不舒服。"小凤凰怯怯地在他的肩头小声道。小不点尽管已经是个神王了，但是胆子还是如从前那般小，对此辰南也只能摇头苦笑，小家伙还得要历练啊。

"我要在这里打造一把凶兵，需要借助这里的无尽煞气，也会造福一方百姓。这里埋葬了万千军魂，被传说中的绝阵封锁在这里，阴气一天重似一天，有朝一日万一爆发开来，说不定会吞噬千万生灵。我今天想办法炼化这些煞气。"

辰南说得没错，他早就觉得这里是个大患了。如此下去，这片人间地狱的阴煞之气汇聚到一定程度，说不定真的会开辟真正的地狱。这很像一场阴谋，用封阴大阵困锁阴煞之气，煞气如滚雪球般越来越大，到最后……不敢想象。

辰南带着小凤凰快速飞到了绵绵无尽的丰都山脉中央地带。手中方天画戟被他抛入高空，而后他将此刻的通天大法力灌注其中。就在刹那间，雪亮的戟刃爆发出无比刺目的光芒，黑色的戟体也闪烁着特有的光泽，整杆方天画戟爆发出一股无比强大的魂能波动。

这是兵魂在颤动，在欢呼！在那一瞬间，近丈长的方天画戟忽然间放大了千百倍，在高空中绽放出千万道光芒，渐渐变得如同一条山岭般粗大了。那冷森森光亮的戟刃如巨大的湖泊一般反射着光芒，戟杆似一条墨龙一般乌光闪动。此刻方天画戟足有千丈长，比得上一座高峰了，尤其是它透发出的可怕波动，让人毫不怀疑，它可以轻易劈碎任何拦在它面前的高山巨峰、河谷平原，这是一把绝世凶器！

"去！"辰南大喝一声，高天之上的方天画戟，真如有生命的天龙一般，竟然发出直破云霄的铿锵之音，而后雪亮的戟刃朝下，戟杆朝上，自高空直插而下，一座巨峰如纸糊的一般，瞬间就崩碎了。凶兵插入巨峰中，乱石穿空，巨山灰飞烟灭。方天画戟取代了巨山的位置，漫天黑雾，狂乱翻滚，无尽的煞气滚滚而来，朝着方天画戟涌动而去。

"吞噬！"辰南再次大喝，以无上大法力遥遥控制，方天画戟光芒璀璨，直冲霄汉。丰都山内，如平静的大海骤起波澜一般，煞气狂暴地汹涌起来，以凶戟为中心，如一个巨大的黑洞一般，疯狂吞噬无尽的阴煞之气。可以看到，四面八方，无数的煞气汇聚在一起，仿佛一条条奔腾的大河一般咆哮而来，声势骇人至极。

从高空向下望去，那可真是一片波澜壮阔的景观。丰都山内千万鬼魂哭号，魔云剧烈翻滚，其中无数的黑云聚集在一起，不断挤压，最后凝聚成一条条魔龙，如飞蛾扑火般向着方天画戟冲去。方天画戟海纳百川，来者不拒，仿似一个无底洞一般，疯狂地吞噬着第一阴地的煞气。

整片丰都山脉都因它而战栗了起来，更有无数的魂魄发出阵阵令人头皮发麻的长号，这片人间地狱渐渐沸腾了！堪比高山般的方天画戟插在丰都山脉内，不断颤动，那是因为无尽的煞气像是美味一般让它兴奋地欢呼。千万军魂凝聚而成的煞气岂同等闲，如果没有封阴大阵，煞气可以撼动人间，撞入天界。

辰南开始为凶兵淬炼，将无上法力打入方天画戟中，炼化那可怕的煞气，将之转化为冲天杀气！渐渐地，方天画戟变得冷森迫人，冲天杀气直上云霄，流露出一股可怕的"势"！遥远的丰都山外围，一行白鹭经过这里时，忽然齐齐爆碎，它们被一股极其冷冽的杀气之"势"生生迫碎了。

丰都山脉内万山摇动，魔云浩荡，鬼啸冲天！辰南祭炼的方天画戟的杀气越来越盛，毕竟它所吸纳的乃是古军魂转变而成的煞气，是天地间戾气最盛的所在，煞气转变成杀气，想不惊世都难。然而就在这处人间地狱战栗与煞气沸腾之际，变故发生了。

一座高峰突然崩塌，滔天的魔气直冲霄汉，一道巨大惨白的影迹自地下冲了上来，发出凄厉刺耳的鬼啸，让人脊背都冒凉气。小凤凰吓得使劲往辰南怀中缩去，辰南冷眼扫视着那直冲而起的滔滔魔气。

在那浓重的死气后方，赫然是一个巨大的骷髅头骨，竟然足有一座山峰般高大！惨白的头骨比之雪山还要刺目！这实在太可怕了，如此巨大的骷髅头骨，如果不是亲眼所见，简直不可想象！巨大的骷髅头骨飘浮在丰都山脉上空，周围黑色魔云剧烈澎湃，无尽的煞气环绕在它的周围。它狰狞恐怖的样子，实在吓人到极点，惨白的头骨上两个眼窝中，两道幽冥鬼火在剧烈地跳动着，它森然恐怖地凝视着辰南，透发着无尽的煞气。

"它好可怕啊！"胆小的小不点小声提醒辰南道，"辰南哥哥，我们要不要逃呀？""不要害怕，没事的。"辰南扫视着前方那不可思议的骷髅骨。在天眼通的注视下，骷髅骨无所遁形，他清晰地看到了巨大骸骨的本质。

如巨山般的头骨，竟然是由千万小头骨拼凑而成的，不注意还真不好辨清。但是，它所透发出的恐怖波动，却是异常惊人，那绝对是天阶的力量！这是一个天鬼！丰都山果然不是善地，这里竟然有一个这样强大的邪物，毫无疑问它是由千万军魂滋生而出的邪物！

此刻辰南虽然能够战败它，但是他却不敢有任何大意，因为事情不可能这样简单，也许这片恐怖的丰都山地下还会有着一些不为人知的可怕秘密。"漏网之鱼？"辰南看着天鬼，有些奇怪它是怎样躲过魔主的"邀请"的。

"呜呜……"凄厉的鬼哭之音自巨大的骷髅头骨中发出，瞬间整片丰都山脉到处是鬼啸，这里是名副其实的死亡之地。天鬼张开白森森的巨口，猛地俯冲而至，白森森的巨大鬼口张开的刹那，阴风怒号，冥雾滔天，向着辰南吞噬而来。

"你这邪物，长此下去，早晚有一天会成为大患，魔主漏掉你了，今日我来炼化你！"面对天鬼，辰南无丝毫惧意，不退反进，健硕的身影化作一道流光向着天鬼口中冲去，右拳狠狠地挥了出去。小凤凰在辰南的怀中，看到他们眨眼间进入了天鬼的森森阔口中，吓得急忙用凤翼捂住了自己的双眼，口中叫道："没看见，没看见，我什么都没看见，天鬼没有吞噬我们，呜呜，好害怕呀。"

此刻的辰南称得上法力通天，面对强大的太古男子，都能够最终将之灭杀，当然不会惧怕天鬼。这刚猛的一拳超出了天鬼的预料，它没有想到眼前这个打扰它安息的渺小人类，竟然同样是天阶高手！

等到它明悟时已经晚了，因为辰南已经被它吞噬到了口中，冥魔之气无法将辰南炼化，而辰南那威力浩瀚的一拳却在它的口中爆发开来。巨大的能量在丰都山内汹涌澎湃，天鬼头颅爆发出一片灿灿光芒，在刹那间被轰碎了。千万颗小头骨漫天飞滚，凄厉的鬼啸响彻高天，让人耳鼓生疼，头皮发麻，场景实在太可怕了！

　　辰南打破巨大的头骨冲出之后，冷静地扫视着漫天飞舞的小骷髅头，他当然不会相信一个强大的天鬼会被他一拳干掉。仅仅一瞬间，一只无形的巨大鬼手，朝着他拍了下来。如果不是黑雾汹涌，勾勒出了那只无形鬼爪巨大而可怕的样子，还真是让人无法窥探它的形状。当然，无法看清，并不代表不能感知它的运动轨迹。

　　辰南旋身而起，一连踢出数百道脚影，在轰隆隆的响声中，一只巨大的白骨爪被他踏碎了，崩塌在高天之上，那同样是由无数的骷髅头骨拼凑而成的。"就这点道行吗？"辰南看着漫天飞舞的骷髅头，听着那刺耳的鬼啸，故意露出轻蔑之色。

　　天鬼似乎被激怒了，漫天飞舞的骷髅头骨快速朝着远处的一片虚空聚集而去，天地间白茫茫一片，宛如下起了骷髅头骨雨一般。在短短的片刻间，一具高足有数千丈的巨大骷髅骸骨组成了！它通体雪白刺眼，一双骨腿踩在丰都山脉中，已经超过了高山，双目中幽冥鬼火剧烈跳动，森然地盯着辰南，爆发出阵阵戾气，可怕无比。

　　"哎呀呀，好可怕呀。"小凤凰一颗小脑袋缩了又缩。辰南自语道："我终于知道它为何能够逃过魔主的搜索了。它乃是由千万军魂组成，每一颗头骨都承载了它的部分能量，平日间处在沉睡修炼中时，头骨是均匀分布在这片丰都山脉中的，根本无法让人觉察到这里有一个天阶怨鬼！"

　　"辰南哥哥，我们要不要逃呀？"小凤凰小声道。辰南很无奈地道："看来以后我得专门训练训练你的胆子。放心吧，我能够收拾它。"这个时候，天鬼透发出阵阵恐怖的精神波动："扰我地府……受死……"它乃是万千军魂聚集而成，在意识上的成长远远不及力量上的成长，到了现在这种境界还有些混乱。

　　辰南将插在不远处的方天画戟召唤了回来，幻化出两只巨大的光掌，握住了足有千丈长的戟杆。此刻，方天画戟已经吞噬了无尽煞气，已经有了绝世凶兵的雏形，透发着冲天的杀气。辰南自语道："天鬼乃是阴煞之气的精粹，这可是你的大补啊，要好好吞噬！"

　　大战在一刹那爆发！丰都山内鬼啸震天，光芒刺眼，无尽的死气浩荡汹涌，这片人间地狱沸腾了！长达千丈的方天画戟用来劈砍那数千丈高的鬼身，当真是最合适不过。几度交锋，辰南便先后粉碎了天鬼的一条手臂与一条小腿，让它吼啸连连，震得这片山脉都在剧烈摇颤。不过，这种伤害对于天鬼来说根本算不了什么，因为它的躯体乃是由万千骷髅头骨组成的，而这丰都山最不缺的就是骸骨，可谓满山遍野皆是。

辰南想伤害天鬼的灵魂也不容易，因为它的灵魂同样分成无数个细小单位，隐在千万骷髅头中。当然，天鬼更不可能伤到辰南，它不过是有些保命的绝学罢了，如果真的论到战力，它远不及有八魂在身的辰南，不可能比得上太古男子。随着战斗的持续进行，辰南开始有效地对天鬼进行打击，尽管天鬼可以分解躯体，但是架不住辰南不停地用方天画戟吞噬它的魂能煞气。

即便是一片无尽的森林也怕无情大火不断吞噬，天鬼渐渐发觉不妙，开始凄厉号叫起来，展开了更为凶残的反击，首先是鬼爪分离而去，随后是双腿，再后是头颅，最后连胸上的肋骨也一根根分离而去，化成骨矛攻击辰南。辰南无所畏惧，没有动用八魂的法则，天鬼已然不是他的对手，他不想惊吓走天鬼，想慢慢让方天画戟吞噬对方的阴煞之气。

在数次被辰南手中的巨大方天画戟劈碎后，天鬼分解开自己庞大的躯体隐伏入了丰都山脉地下，而后展开偷袭战术，不时冲出地表袭杀辰南。"嘿嘿！"不知为何，天鬼尽管被辰南杀得只能隐伏偷袭，但是它却时时发出阴森可怕的笑声，令整片山脉都在阴森寒冷的鬼语中战栗。

"你……死定了！"天鬼森然吼啸着。对此，辰南只是冷笑，当一只如山岳般巨大的鬼爪被他追杀得再次没入山脉地下时，他挥动着巨大的凶兵，毫不犹豫地轰碎那座高山，破开地表冲了下去。辰南用方天画戟破开一道巨大的裂谷，冲入地下千丈后忽然定住了身形。

一面巨大的石碑在地下若隐若现，露出数百丈高的一块残体，凭着本能，辰南感觉到了莫大的危险，急忙自地下冲了出来。"这里真的仅仅是东西方大战的古战场吗？为何千丈地下有一面石碑？！"辰南心中涌起一股非常不好的感觉，因为就在方才，他看到了那石碑之上竟然刻着两个古老陌生的字体，其中一个字他隐约间猜测到，那似乎是用太古时期字体写的"天"！如果不出意外，那应该是一块墓碑。

当然，这也只是一种猜测，究竟是不是还不好最终确定。但足以让辰南心惊。没有任何能量波动自地下透发而出，但是他预感到这丰都的地下有着莫大的凶险！以他现在的修为来说，他如果感觉到有凶险，那是非常严重的事情，毕竟此刻真正能够威胁到他安危的，最起码也是太古男子松赞德布那个级数的！

凭着敏锐的灵觉，辰南发现石碑上并没有任何力量波动，也没有什么恐怖的气息，可以猜想它并不像当初的镇魔石一般乃是通灵之物。可怕的威胁在地下，但却不能够被感知！"天？难道是苍天，或者黄天？抑或是其他……"辰南突然冒出了这样的想法，如果真是这样的话，麻烦可真是大了，他无意间打开了比地狱还要可怕的大门。毕竟，那曾经是魔主以及太古男子等人联手对付的未知存在啊！

"但愿他早已彻底死去，没有留下什么。"虽然他这样向好的方面想，但是他却知道那似乎有安慰自己之嫌。接下来和天鬼的周旋大战中，大裂谷中那神秘的巨碑并无异常出现，静静矗立在地下。不过，辰南发觉天鬼总是有意无意间将他向那巨碑引去，似乎想要让他触碰或轰爆那石碑。

辰南冷笑，看来地下真的有莫大的危险，尽管进行着激烈的大战，但是辰南却绝不触碰石碑，倒是几次运转大神通，将天鬼的残躯向那里逼迫而去。每次天鬼都露出惧意，透发出可怕的波动，快速逃离那个区域。它似乎已经知道无法将辰南引至巨碑附近，而自己又无法奈何辰南，最后不甘地发出阵阵让人头皮发麻的鬼啸，彻底分解了庞大的躯体，化作千万骷髅骨隐入了地下，再也不肯出来。

辰南稍作思考，决定暂时先不动天鬼，他在地下大裂谷中远远地围绕着巨碑观探了一阵，实在没有发现任何异常。而后他冲天飞起，运用方天画戟劈碎两座巨山，将那崩碎山石全部移入大裂谷中，将那石碑重新掩埋了。这绝对是一个"坑"！是一个"天坑"！不小心跳进去，多半就会有杀身之祸。

辰南暗暗将这个"坑"牢记在心中，决定将它留给未来的强敌，比如随时可能会出现的六位太古男子。他手持方天画戟，自语道："这'坑'是为你们准备的，到时候我看你们跳还是不跳。"他初步确定只要不去触碰那巨碑，似乎根本没有任何危险，现在天鬼也隐去了。他再次开始毫无顾忌地用方天画戟聚集阴煞之气。

五个多时辰后，随着源源不断的煞气涌动而来，方天画戟已经吞噬了丰都山大概一成的煞气，虽然仅仅一成，但是已经难以想象有多么可怕。这令由煞气凝聚而成的天鬼悲怒无比，这是它修炼的本源所在，被人这样争抢，实在让它忍无可忍，但是它也只能再忍。毕竟，它如果再跳出来，极有可能连自己也会被吞噬。

辰南根本没有收手的意思，如果有可能，他愿意将这丰都山所有煞气全部收走，还这里一片朗朗天空，但是他知道这是不可能的，时间不允许。就在这个时候，辰南敏锐地感觉到高天之上传来阵阵波动，时间不长，十几条身影出现在远空。辰家七祖带领着一帮辰家子弟快速破空而来。

"辰南，我为你带来了家族的至宝，聚元阵图！"七祖大袖飘飘，须发皆白，仙风道骨，满面笑意。如今，辰家对辰南可谓"宝贝"得很，特来援助。聚元阵图的确是辰家的重宝，布开阵图后能以十倍的速度聚集天地元气，对于神皇以下的修者可谓有着莫大的好处。辰南从七祖口中明白这宝图的妙处后大喜过望。

在七祖的命令下，数十杆小旗被掷向方天画戟周围，小旗迎风一展快速变大，当落地插入山脉中时竟然全部变成了百丈高。八十一杆百丈高的大旗在滚滚魔云中猎猎作响，迎着浩荡的阴煞之气不断招展。聚元阵图布下之后，立刻运转了起来，不过不是聚集天地精气，而是聚集无尽的阴煞之气，滚滚阴煞之气以十倍的速度汹涌而来，声势骇人至极。这片地域漆黑可怕无比，伸手不见五指，再也没有一丝光亮，八十一杆大旗正中央的方天画戟连连颤动，疯狂吞噬天地煞气。辰家七祖以及十几位辰家后辈不禁倒吸了一口凉气。

三个时辰过去之后，丰都山六七成的阴煞之气，全被方天画戟吞噬了，它成了名副其实的无底洞！天鬼再也坐不住，几次三番怒吼着出来袭扰，但是都被辰南打入地下。丰都山六七成的阴煞之气是何等的概念，那是千万军魂凝聚而成的啊！方天画戟成了名副其实的第一凶兵！在此过程中，辰南已经将煞气完全炼化成杀气，现在凶戟杀气冲天，终于吃饱了。它倒插在丰都山脉中，方圆数千里都充斥着一股可怕的杀意！即便最遥远的丰都山外围，都充斥着寒彻骨髓的森意。

辰南将那千丈方天画戟拔出来，顿时杀气席卷天地间，雪亮的戟刃透发出恐怖的"势"，七祖身后的十几位年轻人如果不是被辰南在第一时间用法力护住，可能立刻爆体而亡了。即便强如七祖神皇级的修为，他脸色也一阵惨白，连声道："凶兵，凶兵啊！我仿佛已经看到了六道血流成河的场景，可怕啊！""你们先走！"辰南的话语有些冷，此刻他的身上涌动出阵阵魔气。七祖等人收起八十一杆大旗，快速离去。

直至七祖等人消失在天际尽头，辰南才真正将方天画戟握在光掌中。在一刹那间，他的长发狂乱舞动起来，一股滔天的魔气自他的身体爆发而出，双目射出两道可怕的光芒，足足有几里，仿佛两道剑芒劈开了虚空一般。"啊！"他忍不住一声大吼，舞动着方天画戟，在这丰都山上空开始演武。

持戟舞天风！高天都随着他的狂乱而猛烈摇动了起来，仿佛能够逆乱时空，高天最后都扭曲崩碎了，冲天杀气自人间冲上了天界！丰都山脉内的群山被辰南一戟扫过，成片的山峰如纸糊的一般被彻底扫平！凶戟所向，摧枯拉朽，无坚不摧，无物不破！杀气横扫六合！辰南似那君临天下的神君魔主一般，整个人透发出一股强大到难以想象的"势"。最后，他手握凶戟，猛地朝着下方的丰都山刺去，千丈巨戟在那一瞬间从地下挑出一个大如山岳般的骷髅头。

在骷髅头未得及解体崩碎的刹那，辰南刻出了八魂的法则。"冰封三万里！"千丈深冰将巨大的骷髅头冰封，它根本没有来得及逃走。手握绝世凶兵，辰南整个人有些近乎邪异了，森冷地对着被冰封的骷髅头喝道："方才没有时间杀你，现在你居然想偷袭我，再次主动送上门来，哼！"他透发出的强大杀意，比之那千丈深冰还要刺骨，这巨大的骷髅头骨简直要魂飞魄散。

辰南道："我没有尽全力，留得你一命。现在告诉我，那石碑之下到底是怎样的所在，有着怎样的秘密？"在辰南倾尽全力的威压下，骷髅头骨彻底臣服，发出阵阵颤抖的精神波动回答辰南。

不得不说，这个天鬼是修炼界的一个奇迹，它乃是由万千军魂凝聚而成，精神层次的修为有限，愧对于它的天阶修为。庞大的魂能让它完全是仰仗着"力"，生生晋升了天阶。这为后人提供了一个特例，如果拥有足够强大的力量，也许能够从另一个方向突破入高不可攀的天阶领域。千万军魂的力量凝聚在一起就促成了天阶厉鬼的产生。

天鬼的精神修为不是很强，它虽然一直在这里修炼，但从来没有探测出地下到底有着怎样的隐秘。只是数千年前，它不小心冲进那片地下时，被一个可怕的力量生生击散了半魂，直到数百年前才恢复过来。这让辰南更加笃定，那绝对是一个"天坑"，那是他为强大的敌手准备的，将来他要逼着某些人往里跳。最后，辰南提起方天画戟就要向冰封的天鬼劈去，吓得天鬼顿时惊恐地用颤动的精神波动苦苦求饶。

辰南道："不杀你，你将来必然要杀我，给我一个放你的理由！""魔尊，饶命，我怎么可能不知天高地厚，见到您的无上魔威，我永远都不会反叛了。我可以做魔尊的奴仆！"见到辰南神色冰冷残酷，天鬼最后颤抖着做出了痛心的决定，它的灵魂波动战栗连连，道，"我愿让您种下子母天鬼咒！我如果敢有任何背叛之心，定然会立刻灰飞烟灭。"

辰南听说过这种秘咒，简直是奴役仆从的最可怕魔咒，主死仆必亡，可谓非常不平等。天鬼颤抖着说出了施咒的法门，辰南连连点头，最后毫不犹豫地施展出子母天鬼咒。自此之后，天鬼除非想死，不然再也无法生出反叛之心。"您忠实的奴仆永远效忠于您！"被放出来的天鬼重组了真身，数千丈高的巨大骷髅身跪伏在丰都山内，如一座宏伟的雪山一般刺目。

天鬼除了开始沮丧灰心无比外，此刻已经舒缓了心绪，想到眼前之人强大到让它战栗，又开始庆幸，在这强者为尊的世界，说不定这个大靠山以后还会给它带来莫大的福音。只是天鬼不知道，再有两个时辰，眼前强大到让它顶礼膜拜的男子将会失去一身的力量。到了那个时候，它如果知道真相，恐怕会后悔得想自杀。

辰南很兴奋，因为他意外得知可以随时破开虚空召唤这个"奴仆"。在天阶高手全被魔主请走后，这样一个天阶打手堪称无敌啊！它也许无法对付六位太古男子，但是应付天界与人间其他不稳定因素足够了。

辰南道："丰都山内依然煞气冲天，你在这里继续潜修，尽最大可能提升自己的修为，不然我不在意杀死一个无用的恶鬼！""遵从主令！"天鬼在得到辰南的示意后，庞大的骸骨在刹那间崩碎，隐伏入了丰都山地下。

辰南手持方天画戟腾空而起，向着高天飞去，顿时杀气冲天，所有的云雾立刻崩散了。他冲上天界，沿途惹得不少修者惶恐不安，那方天画戟实在太可怕了，让他们的灵魂都在战栗。最后辰南终于意识到了这个问题，这杆凶兵平日不能多用啊，不遇强敌不能让它见天日，最终他将魔戟深藏于内天地混沌最深处，封闭了它的绝世凶煞之气。月亮在望，辰南心中却难以平静，四祖与五祖保证的话是真的吗？当年的雨馨能够再现于世吗？还有梦可儿与澹台璇，以及未出世的孩子。

月亮之上，山川秀丽，景色宜人。辰南穿过重重仙园，路过一座座殿宇亭台，感受着月亮之上的和谐至美，他真心喜欢这方净土，实在太瑰丽了。

当他将经过简要地向四祖与五祖禀明后，两位老祖陷入了沉思，最后四祖道："就当丰都山是一座'天坑'吧，虽然我知道那里不是善地，但是究竟在地下埋葬了什么，我也不清楚。用你的话说，留给他人来'跳'吧。"

对于辰南能够收服一个天鬼，两位老祖也是喜出望外，当今这个混乱的世界什么最重要？人才。虽然这是被人说烂了的俗话，但却是现在的真实写照。经过"无天之日"后，一个天阶高手意味着什么？那意味着想打谁，谁都得没任何脾气。

不久，八魂的力量消散离去了，辰南整整昏迷了三天三夜，在梦中他时时看到祖先当年的画面。直至第四日辰南才彻底醒转过来，傲视千古的天阶修为消去了，但是他感觉到了体内雄浑的力量随着玄功狂乱运转，轰的一声巨响在他心间爆发开来。玄功再变，黑色的元气变成了灿灿金色，整座殿宇都被灿灿金光轰碎了。

金芒冲天，辰南身上衣衫残碎，整个人如同钢铁浇铸的一般，周身上下如盘绕着一条条虬龙一般，充满了刚劲的力感，散发着阵阵宝光，当然那不是臃肿的肌肉，那是匀称的肌肉。他没有因为失去八魂而感觉力量空虚，此刻他的身体充满了无尽的力量，尤其是强大的肉体，他感觉这是不灭的金身，或许很少有人能够真的毁灭他的肉体了吧。

四祖、五祖、七祖闻讯都赶到了，惊异地望着辰南，尤其是四祖与五祖，他们曾经乃是天阶高手。五祖道："玄功第五转，本应迈入神皇初级或中级之境，但是你却仅仅步入神王巅峰之境。但是肉体却强大得不像话，近乎天阶的肉身！"四祖点头道："不错，是近乎天阶的肉身！第五转出现的强大力量完全分布进肉身中了，堪比精金之华打造而成的躯体！"

辰南随手自旁边一个辰家子弟的腰间抽出一把长剑，朝着自己的躯体劈去，剑芒璀璨，蕴含着他的神力，只是"嘎嘣"一声脆响过后，神剑劈在他的躯体之上，竟然反被震碎了。强悍的肉体！八魂改造的力量功不可没！神王级的躯体在承载八魂强大的力量之际，体质不发生改变那是不可能的，不然定要崩碎，八魂让他的体魄强健，堪比精金之粹！经过"无天之日"后，这个世上能够毁灭他躯体的人恐怕不多了。

旁边有些辰家子弟很是不解，问道："既然肉体无比强大，而且进行了玄功第五转，为什么还没有晋升入神皇领域呢？难道体质改变带来了副作用？"七祖笑着摇了摇头，道："一个小池塘，也许注入几吨水，就有可能让水位上升，但是将池塘扩展成水库，扩展成大海，想让水位上升，几吨水远远不够啊！"七祖道明了其中的本质原因，辰南的潜力被无尽开发了，他的"水位"没有提升很正常，已经不能简简单单地理解为神王升级至神皇那样的问题了。

辰南依然没有感悟出任何自己的法则，根本没有那种"感觉"，似乎他所要走的修炼道路已经不同于辰家先辈。他甚至觉得有些接近太古七人那种修炼路线了，强大的肉体与力量不断巩固，无法则相辅，唯有恐怖的战力逐步增加。当然，没有法则也不能说明任何问题。

雨馨虽然能够打出混沌之光，但那并不是她的法则，在《太上忘情录》中从没有修炼单一法则这种说法，倒是提到过修炼到终极境界，言即法、行即则！澹台璇同样没有任何法则，她晋升入神王境界多年，而如今又升入神皇领域，同样还没有见她施展过任何法则，也许七绝女的修炼道路更加与众不同吧。

随后，辰家许多人都见识到了辰南的可怕肉体到底有多么强横，面对一座宏伟的石山，辰南没有透发出任何能量波动，但是他的身体却如那锋利的神刀穿破纸片那般，轻易穿过巨大的石山，留下一个人形的隧道。这完全是凭着本能在飞行，根本没有刻意爆发出能量来开路。可以想象，他的不灭魔身有多么强横与可怕。

当石山周围的人渐渐散去时，辰南开口对四祖与五祖道："两位老祖，请告诉我如何让真正的雨馨复活吧。""可以告诉你，不过在这之前，恐怕你要先解决另一件事。"五祖满面红光，似乎心情不错地道，"澹台璇可能要生产了。"

"啊？！"

她是上天的宠儿，由天地精气凝聚而生，冰肌玉骨，风华绝代，自幼便出落得倾城倾国，万中无一的体质让她在芸芸众生中就像一颗璀璨的明星一般耀眼。出生不久，她便被人间东土一位老修者收养，虽然功法不是很深奥，但是她天资聪颖，依然修炼出一身出类拔萃的修为。

她在东土大陆历练之际，青年一代众多高手为之着迷，无数青年英杰追随在她的身边，她的聪慧不输于她的绝世容貌，她从众多青年英杰的手中学到了不少深奥的功法，修为进步神速。秋水为神玉为骨，她是天之骄女，一个眼神一个动作，就可以让无数人为她去生、为她去死。修为的提高让她在青年一代中渐渐成了领军人物，再加上她无双的容貌以及出尘的气质，她成了修炼界最为璀璨的明珠，追随者无数。

她如划破长空的彗星一般照亮了东土大陆，成了名副其实的天之骄女。如此璀璨耀眼，令老一辈人物也开始关注她，东土第一道门乱战玄界的前辈高手看中了她不凡的天资，想要收她为弟子。然而，在这个时候，一个更为强势的人物发现了她。

东土传说中的无上高手神姬慧眼识珠，在看到她的刹那竟然激动地立刻收她为唯一的弟子。要知道那是乱战门的开派祖师疯魔的亲妹妹啊！这对兄妹的身份在修炼界高得可怕，乃是太古之后最具天资的人物，打遍天界人间近乎无敌手！

神姬这样传说中的人物破格收她为传人，这可以说是莫大的机遇，从此她的修炼道路可谓海阔天空，再也不用为没有高深的功法而苦恼。海阔凭鱼跃，天高任鸟飞，她从此走上了进阶仙神之境的道路，直至最终进入了天界。当然，在人间修炼之际，也发生了很多很多让她难以忘怀的事情。到如今，尽管许多的人事物早已随风而逝，但是曾经的往事还是让她有着难以磨灭的印象。

辰南、辰战、雨馨、太古六道传人、邪祖、西土守护者……一段段往事如烟似雾，缭绕于她心间。她本以为随着岁月的流逝，曾经的恩怨情仇会被遗忘，但是到头来终再次面对。有一天，她晋升入神王之境，终于知道了自己是谁，她是传说中的七绝女，有朝一日她将是这个天地间的终极存在，她将是屹立在世界之巅的仙子。而她的师尊神姬与她一样，也是七绝女之身，不过却陨落了，直至万年后才再次出现。不想，却与她发生了一系列难以想象的事情，让她苦恼与悲愤。

她，就是澹台璇。

澹台璇此刻可谓苦恼到了极点，悲、羞、怒、恼、愤……各种情绪交织在一起，让她心乱如麻。几日前，大龙刀的刀魂被她体内的小生命聚合，小生命强大到了无法想象的境地，将提前出世。澹台璇从来没有想过会有这样一天，冰清玉洁之身竟然有了身孕，即将临产。这对于她来说简直不可想象，没有比这更糟糕的事情了！

谁能想到，圣洁的澹台仙子有朝一日将要产子呢？这对她来说，真的是一场灾难！这让她将如何做人？以往冰清玉洁的澹台仙子，将要成为人母，将要诞生一个小婴儿，也许能够瞒得了一时，但不可能瞒得了一世，外界早晚会知道这件事，每每想到那种可怕后果，她心中都感觉到阵阵恐惧。

澹台璇愁苦无比，甚至想到过"两败俱伤"，不顾自己生命受损，来毁灭这个小生命，但是她还没有尝试就已经发觉，小生命早已和她的生命缠绕在了一起，她没有任何办法。

躲在辰家为她提供的景色秀美到极点的仙园中，澹台璇欲哭无泪，从没有像现在这样脆弱过，如果可以回到从前，她甚至可以考虑放弃和梦可儿融合的想法。

此刻，四下无人，唯有小桥下潺潺的流水声，以及这片仙园中在各色仙葩上飞舞的蜂蝶之音，澹台璇没有必要再掩饰自己的仙躯了，露出了臃肿的身子。看着曾经苗条的仙躯，此刻无比臃肿，她羞恼到了极点，恨不得狠狠地拿剑削下去。

这里风景如画，百花盛开，清香扑鼻，亭台殿宇点缀在这如诗如画的仙园中，更让这里瑰美到了极点。这是辰家人特意为她安排的，但是不仅让她开心不起来，而且让她更加羞恼。因为她知道辰家的老古董早已知晓了其中的隐秘，这样安排显然将她当成了辰家待产的儿媳，就是仙子也要抓狂。

当看到几位小侍女用玉盘托着各样奇珍补品向这里走来之际，澹台璇气得想大叫。修为到了她这种境地，早已不食烟火，即便是各种仙芝灵草，也难入她法眼，除非真的是瑰宝级的仙果，才能够引起她一点点食欲。辰家果然大手笔，一日三四次送来的都是寻常仙人梦寐以求的瑰宝级仙果，有些补品就是澹台璇都未曾听闻、未曾见过，而且每一次绝不重样。澹台璇羞恼无比，知道辰家人真是在拿她当孕妇对待，这一切都是为了那个小生命啊。她澹台仙子竟然被人这样当孕妇伺候，为了生育而每日要进补，这真是让她抓狂的可恼事情。

"辰……南……"澹台璇一边吃着兰芝果一边自口中咬出了这两个字，模模糊糊间，被几位小侍女听到了，她们想笑又不敢笑。澹台璇冰肌玉骨，十指纤美如玉，一边拈起一枚黄金樱桃圣果，一边微皱蛾眉道："你们在笑什么，很好笑吗？哼！""没有！"几个小侍女急忙低下了头。

"啊，你在叫我，有、有事吗？"不远处，辰南穿过一片花丛，走过小桥，来到了这座亭台中。看到辰南走近，澹台璇险些将几个玉盘打翻，一双玉手掐着剑诀，隐约间可以看到一道道若隐若无的剑芒在吞吐不定，额头上几根黑线更是剧烈跳动不已，眼看澹台璇即将发作。几个小侍女无比机灵，辰家没有那么多条条框框，她们见到这幅场景，呼啦一声都逃得无影无踪了，现场只留下二人。

"辰南，我现在不想见到你！"澹台璇强忍着没有发作，但是可以看到她手指间的剑芒，由于她情绪的剧烈波动，已经刺破了地面。如果不是四祖与五祖对她讲过，这几日辰南、梦可儿他们将会想出办法，解决掉她无比痛苦而又尴尬的孕妇身份，此刻她可能已经和辰南大战在一起了。

辰南有些尴尬地道："我来这里是想看看你。"澹台璇差一点儿发飙，咬牙道："想看我出丑的样子吗？你在报复我！你终于报复了万年前的仇怨。但是万年前我并没有伤害你，那一切都是神姬为了对付你父亲。现在你终于看到我出丑了，我现在的样子很可笑吧？居然怀了你的孩子，呵呵……"

来前四祖与五祖告诉辰南，孕妇的情绪最不稳定，让他小心说话。他唯有耐心解释，道："你误会了，这一切都是因为你融合……算了，已经发生了，现在说也没用。""那你来这里干什么？你们想出办法了吗？"澹台璇面色不善。

辰南道："两位老祖还没有想出好办法，他们说你是神皇级的高手，生一个孩子不会痛苦的，很快就……啊……""去死吧！"澹台璇彻底发飙，开始追杀辰南。两个人一前一后，在月亮之上飞腾。辰南在前，澹台璇在后，紧追不舍，惹得无数辰家子弟观望，不过他们已经接到密令，看到什么也要当作看不见。

紫金神龙、龙宝宝、古思仰头看着天空，三个家伙齐声道："果然如所料那般啊。""神说，为了小辰辰，我们干杯！"龙宝宝率先用金黄色的小爪子举起了酒杯。"干杯，爱谁生谁生。"醉眼蒙眬的紫金神龙也举杯。"干杯，据那俩老小孩说，孩子这两天就会降生了。"最后举杯的是活死人古思。三个家伙大口吃肉大碗喝酒，不再关注高空，开始痛饮暴食起来。

辰南现在是天阶的肉身，虽然面对的是神皇的追杀，但是也不会有生命危险，甚至能够很轻松地应付。他现在真想痛揍四祖与五祖那两个老小孩一顿，非说什么此刻澹台璇处在神皇境界，辅以各种仙果等大补，生出的孩子会更健康，非要让他去说通澹台璇不可，结果现在闹得鸡飞狗跳，月亮之上不得安宁，澹台璇不追杀累了是不可能收手的。

直至傍晚，辰南才摆脱澹台璇，来到四祖与五祖面前，没好气地道："你们都看到了吧？这是显而易见的事情，一个冰清玉洁的仙子，你们让她去生孩子，比杀了她还要难。她说了，如果让她生，她宁愿玉石俱焚。"

五祖搓着小手，道："真是让人头痛啊，其实我们也有办法，让潜力无限的七绝女梦可儿升至神皇之境，然后让她与澹台璇融合，然后再分开，让孩子回到真正母亲的体内。但是……""但是我们怕梦可儿再次有孕了，那样将会扼杀另一个小生命啊。"四祖接着道。"你们想什么呢？！"听到这些话，辰南差点儿掀翻桌子。

再有两天，孩子就要出生了，两个老小孩居然胡思乱想这些，怎能不让辰南抓狂，不过最后他想到太古男子谋算的事情，又有些心虚了。梦可儿不会真的又有孩子了吧？这个时候，不仅四祖与五祖不好确定，就是辰南也是阵阵心虚了。要知道太古男子强得可怕，他布下的后手多半是很精准的。如果是这样，真是一个大麻烦啊。天知道梦可儿会不会再次和辰南拼命！

四祖与五祖却是心情大好，毕竟辰南这一直系血脉的人，人丁越兴旺对辰家越好，现在澹台璇有孕在身，即便她想玉石俱焚那也是不可能的，凝聚大龙刀魂能的小宝宝不可能那么容易被灭杀。要是梦可儿再次有身孕，那就更完美了，两个老祖满面春光，得意得不禁笑了起来。辰南却是满脑门子黑线，最后实在忍不住，不惜犯上，狠狠地在两个老祖的脑门上敲了两记。

"啊，你个欺师灭祖的混账小子！""小兔崽子反了你啊？！"

辰南气道："你们不能光想着后代的问题！要现实一些，不然辰家必然被两个七绝女闹个鸡犬不宁！"五祖揉了揉额头，道："那就去问问吧，摸一下底，看看梦可儿到底有没有……我们是长辈，不可能出面的，你自己去吧。"

梦可儿依然住在辰南的内天地深处，主要是因为她现在修为不及澹台璇，避免澹台璇寻觅到她强行融合，不得不一直避而不出。辰南进入了内天地，如今他与梦可儿关系很微妙，本来经过七绝女融合事件与孩子归属问题，他们的关系缓和了很多，但是突发的太古男子情人花事件，让他们之间的关系复杂微妙到了极点。

"一只小蜜蜂啊，飞到花丛中啊……"欢快的小凤凰正在内天地深处吟唱，声音当真美妙到了极点。回来之后，还来不及与紫金神龙和龙宝宝它们好好团聚，它就被辰南遣派来陪伴梦可儿了。本来依照龙宝宝的慧黠与可爱，也是能够胜任这个工作的，但是由于之前龙宝宝在西土之时也曾经惹得梦可儿羞恼无比，它理所当然地落选了。

小凤凰天真可爱，一到来就令梦可儿母性光辉流露得一发不可收拾。此刻梦可儿正将它抱在怀中，精心地为它梳理着亮丽的七彩羽翼。它每歌唱一曲，梦可儿就会高兴地喂它一些仙果，小不点就会更加欢愉地唱下一首歌。"可儿姐姐，我唱累了，我们去泡温泉吧。"小不点稚嫩地伸了个懒腰，舒服地往梦可儿的怀中靠了靠。

梦可儿道："又忘记了，记得叫妈妈。""可是，我觉得还是叫姐姐好呀。我一直叫辰南哥哥的。"小不点有些不解，天真地眨动着大眼睛。梦可儿溺爱地梳理着它的羽翼，道："但是我喜欢另一种称呼。"

远处，辰南心中一动，梦可儿心结一直未解啊，尽管她已经恢复了当初的自信与睿智，但是心中始终在牵挂着那个孩子。"呀，辰南哥哥你来了。"小凤凰高兴地叫道。辰南道："呵呵，是啊，我来看望你们了。小凤凰你出去找小龙和泥鳅去吧，它们很想念你。"

小凤凰立刻欢快地叫了起来，道："好哦，好哦。我进来的时候，痞子叔叔对我说，有机会要带我去挑选美酒呢，小龙哥哥也对我说要带我去采摘仙果呢，它们说非常好玩，非常有意思。"

辰南与梦可儿顿时头冒黑线，小凤凰实在太天真纯洁了，那两条龙怎么可能是去"挑选美酒"与"采摘仙果"呢？它们定然又在这里扮演起了大盗的角色。小凤凰就像那纤尘不染的娇嫩花蕾一般，这样下去早晚会被带坏！同时，辰南心中想到了更深一层，如果孩子出世了，也许应该把那两个家伙发配出去，不然……天啊，不敢想象！小凤凰奇怪地眨动着大眼睛，小声道："你们干吗那种眼神呀，我先走了。"小不点一边回头一边向着内天地外飞去。

辰南在感情这方面有时候的确就像根木头，实在不善于表达，毫无技巧可言，三两句就将梦可儿气得柳眉倒竖。梦可儿如玉的容颜冰冷无比，冷声道："你在胡说八道什么？"

"我是说你想不想吃酸梅啊？"辰南擦了擦额头上的汗水，感觉实在太痛苦了，比和太古男子大战一场都要艰辛。他决定以后找机会一定要好好地向南宫吟学习一番。梦可儿道："如果是瑰宝级的仙果，我不介意你多送来一些。""啊？你平日是不是有恶心、想呕吐的感觉？"辰南使劲擦了擦额头上的汗水。

"你去死吧！"梦可儿冰雪聪明，在一开始就已经知道辰南想要探寻什么，不过一直忍着没有发作，想看一看这根木头到底能说出什么样的话来，不过最后还是忍不住爆发了。"误会，我不是在诅咒你啊！我的意思是，你是不是又有了？啊……"辰南不得不开始飞逃躲避梦可儿的追杀。梦可儿气急，眼前这个家伙实在太可恶了，居然还没有醒悟她为什么会发作，想到了另一方面。

恐怕也唯有小凤凰的想法和辰南接近，它已经飞出了很远，但突然看到梦可儿周身上下七彩光芒闪动，向着辰南追杀而去。小不点有些不解地看着两个大人，奇怪地道："咦，好奇怪呀，他们怎么打起来了？辰南哥哥说'你是不是又有了'，真的不是在诅咒可儿姐姐啊，她为什么要发火呢？真是搞不懂呀。我还是去请教请教痞子叔叔与小龙哥哥吧。"小凤凰不解地飞出了辰南的内天地。

辰南还真不好和梦可儿动手，只能被动地躲着对方的疯狂追杀，直至两个时辰之后才让对方消了一口气，而后他狼狈不堪地逃出了内天地。

"你确信真的没有？她虽然没有肯定，但也没有否定啊！"四祖与五祖有些遗憾，又有些期待地看着辰南。"去死吧，你们两个糟老头子！"辰南用力在两人的头顶上敲了两记，他被两人逼得先后在澹台璇与梦可儿那里吃瘪，郁闷但却不能发作，一切都是拜他们所赐。

"欺师灭祖！""混账小子！"两个老小孩不断捂头呼痛。

最终，四祖与五祖让人自辰家宝库中取来一套神针，决定以神针破开梦可儿体内的部分封印，助她晋升入神皇领域，让她能够毫无危险地与澹台璇融合与分离。七根神针长皆过十寸，晶莹璀璨，近乎透明，号称仙鹤神针，相传乃是太古高手卧龙生坐化后留下的遗宝，蕴含着莫大的神通，是破解封印的无上法器。当梦可儿得知辰南他们的计划后，毫不犹豫地答应了，她实在割舍不下那个孩子，既然眼下有办法能够让他们母子团聚，她有什么理由拒绝呢？

在辰南的内天地中，四祖与五祖不断指点，辰南手捏七根仙鹤神针，在梦可儿的身上快速插入拔起，七道光华不断在梦可儿的身上流转，仿佛有一道彩虹在缭绕一般。整整三个时辰，梦可儿忍受着莫大的痛苦，身躯在不断颤抖。毕竟这是在强行破开封印啊，不经历剧烈的苦楚是无法完成的。直至第四个时辰，当七道仙鹤神针全部刺入梦可儿的神海中时，无比绚烂的光芒自她的身体爆发而出，一股皇者威压瞬间弥漫这片天地。

梦可儿的封印成功被仙鹤神针破开部分，她晋升入了神皇之境！短短的几个时辰她达到了别人渴求一生的境界，她已经是一名女神皇！黑亮的长发轻轻舞动，似黑色绸缎一般亮丽，肌若冰雪，眸若秋水，琼鼻挺翘，红唇润泽，贝齿如玉，梦可儿当真美到极点，身材婀娜秀丽，似从画卷中走出的绝代仙子一般，其气质超凡脱俗，没有半点尘世气息。她静静地悬浮在空中，扫视着辰南与两位老祖，空中像是有闪电在划动，目光无比凌厉。

四祖与五祖阵阵心惊，七绝女太可怕了，梦可儿体内的封印还没有完全破开，她就已经是神皇之境了。这说明如果完全破开，她有可能会晋升入天阶之境。当七位七绝天女融合在一起，那是何等境界？光想一想就觉得可怕，要知道力量融合在一起，可并不是一加一那样简单啊！

辰南已经做好了战斗的准备，如今梦可儿已经是一位女神皇，她还愿意放下身份产子吗？即便她不舍那个孩子，那她会不会等澹台璇产子后再抢回来呢？而她此刻会不会向他动手呢？身份不同了，人的思想也会改变。

"将澹台璇请来吧，我要与她融合，迎回我的孩子。"梦可儿很平静。如今的梦可儿已是女神皇，无形中多了一股威压，让她看起来圣洁无比，让人生不出半点亵渎之意。辰南长出了一口气，梦可儿爱子之心没有变。走出内天地后，五祖道："小子你要努力啊，有一个女神皇老婆，压力可不小啊。"辰南一时无语，不过确实如此，一位神皇啊！

事情很顺利，澹台璇被请进了辰南的内天地，她已经得知要怎样做。辰南的内天地深处立着梦可儿、澹台璇、辰南、四祖、五祖五人，毕竟知道的人越少越好。梦可儿与澹台璇对面而立，如今两人都是女神皇，她们同样的风华绝代，同样的倾国倾城，不过心绪却大不相同，相互复杂地看着。

"又要换妈妈了……"一个无比稚嫩但却非常清晰的童音传到了在场五人的耳中。

将现场几人惊得一阵愕然，而后面面相觑。澹台璇更是不可思议地捂住了小腹，神情说不出地尴尬，羞得无地自容。梦可儿激动无比，轻声呼唤道："孩子，我的孩子，我是你真正的妈妈。""我知道，妈妈，我很想念你。"稚嫩的话语有些娇憨，听得人浑身都舒坦。但是，澹台璇却更加尴尬了，双手在小腹上不断地交叉捂着。

"孩子。"辰南也忍不住唤道。"爸爸。"话语很柔嫩娇憨，顿时让辰南心中暖洋洋的。四祖与五祖两人更是激动得连连搓手，这个孩子真是个宝贝啊，还未出生居然就能够和他们交流了，两人心中不得不再次暗暗计划了一番，一定要尽全力培养小家伙。一想到以后可能还会有几个类似的孩子时，他们激动得险些昏迷。

融合开始，灿灿七彩光芒照耀内天地，梦可儿与澹台璇再次融合在了一起，不过这一次并不是澹台璇为主导，如今她们功力相近，两人各占据一半主导权。一切都很顺利，澹台璇也不想在这个时候彻底融合，毕竟那样的话她依然难逃产子噩运。神光不断闪烁，最终澹台璇与梦可儿顺利分开。澹台璇轻抚自己平坦的小腹，长出了一口气，可怕的产子噩运总算结束了，她有了一种如释重负的感觉，但也有一丝淡淡的失落。

"哎呀！"梦可儿轻抚小腹，突然惊叫了起来。辰南大惊，急忙冲到近前扶住她，紧张地道："怎么了？""孩子要出生了。"梦可儿难得没有给他脸色看，在这一刻她的脸上闪现着母性的光辉。

"快去，叫人来接生。"两个老祖大喊。辰南打开了内天地，两个老祖第一时间跑了出去。辰家的接生婆婆都是会飞的仙人，她们快速冲进了辰南的内天地。辰南焦急地在远处不断地搓着手，尽管知道没有大问题，但是突然要当父亲了，他心中充满了复杂的幸福感。澹台璇并没有离去，也在远处静静地观望等待着，她心中的情绪微妙而又复杂。

生产很顺利，母子平安，辰家人一片欢呼。不过刚出世的小家伙，可不像别的孩子一般，刚生出来就哇哇大哭，他是欢笑着来到这个世上的。小家伙粉雕玉琢，如精致的瓷娃娃一般可爱，黑亮的长发已经垂到了肩头，如黑宝石般明亮的大眼睛在人群中转来转去。

"妈妈！""爸爸！""老祖宗！"小家伙在一瞬间认出了相应的人，再次惹来阵阵惊叹声。梦可儿欢喜到了极点，紧紧地将他抱在怀中亲了又亲。随后，小家伙一双大眼睛眨了又眨，冲着人群外正在悄悄观望的澹台璇喊道："小妈妈……"这稚嫩的话语好像魔咒一般，将澹台璇惊得落荒而逃，哪里还有一丝女神皇的本色，她又羞又气地逃离辰南的内天地。

修为接近澹台璇，不再担心对方来融合，梦可儿搬出了辰南的内天地。辰家的几个老古董将这对母子可谓宝贝到了极点，将他们安排在最瑰美的仙园殿宇中，派最为可靠乖巧的侍女伺候，将最罕有的圣果送去当滋补品。紫金神龙、龙宝宝、小凤凰、古思当然是在第一时间赶来看望小家伙的。梦可儿尽管不喜痞子龙，但是对方好意来看望，也不好发作。

"神说，让我来看看可爱的小辰辰。"龙宝宝一副人小鬼大的样子，其实它还没有它口中的小辰辰高呢。这几个家伙的到来，让梦可儿心中涌起一股不妙的感觉，眼前这几个家伙可都是问题人物啊！

痞子龙当初可是将她气得不止一次抓狂，是典型的无耻混账至极的老油条。龙宝宝虽然是一副迷死人不偿命的可爱样子，但是熟悉的人都知道，这个小东西人小鬼大，千真万确不是一个省油的灯。小辰辰如果跟它们混在一起，天啊，她不敢想象了！

当看到龙宝宝眨动着一双明亮的大眼睛、一副人畜无害的样子接近时，梦可儿条件反射一般将小辰辰紧紧抱在了怀中。"妈妈，可爱小龙，我喜欢龙，我要摸摸小龙。"小辰辰长长的睫毛每一眨动，双眼就会扑闪出明亮的光芒，仿似看到了最心爱的玩具一般。"不行，不能接近它们。"梦可儿使劲将他向怀里抱了抱。

"好可爱的小辰辰啊！"金黄色小皮球般的龙宝宝，大眼睛中流露出笑意，赞叹着。殊不知，它现在奶声奶气，比人家还袖珍呢。小辰辰伸开小手，向着小龙摸去。"叫叔叔，我有好东西送给你。"龙宝宝轻轻躲开了那只小手。"你还没我大呢，当我弟弟还差不多。"小辰辰说得很认真，从梦可儿怀中挣脱出来，站在床上好笑地比了比自己的身高，又比了比小龙的身长。小辰辰确实比一尺长的小龙高半头，不仅出生就会说话，而且似乎心智远远成熟于其他孩童。

"小弟弟以后你要听话哦。"说着他轻轻摸了摸小龙的头，声音很稚嫩。囧小龙现在只能是这个表情。梦可儿又好气又好笑地看着小辰辰，这个孩子真是太奇怪了，一点儿也不像一个刚出生的孩子，让她这个母亲感觉有些无所适从。

"小辰辰真可爱。"小凤凰围绕着他翩翩飞舞，"我喜欢。"紫金神龙看到龙宝宝那个样子，而后对着小辰辰放声大笑起来，道："小宝贝，我这里可是准备了好多的礼物呢，想要什么自己选吧。"梦可儿看得很想打人。

紫金神龙拎来一个巨大的包裹，里面酒坛占了一大半，剩下的也明显是赃物，有灵芝仙果，有宝刀神剑，明显是从辰家偷盗出来的。"好香啊，我要那坛酒。"小辰辰用手指了指其中的一个闪烁着宝光的玉坛。"好眼力！"紫金神龙有些肉痛地道，"这可是千年陈酿啊，我费了九牛二虎之力才偷来，不，是挑出来。"旁边，梦可儿额头上已经满是黑线，快发飙了。

"来，我给你倒一小杯，让你尝尝世间的极品仙酿。"紫金神龙拍开泥封，真的要为小辰辰倒一杯酒。龙宝宝看了看梦可儿，拉着小凤凰嗖的一声，躲出去了半丈远，古思也跟着倒退。"不要带坏我的孩子，把那些东西拿走！"梦可儿终于发飙了，用神皇级的力量将丝毫没有觉悟的紫金神龙定住了身形，抛了出去。

小辰辰恋恋不舍地看着翻飞出去的紫金神龙，小声而娇憨地道："妈妈，可是酒水真的好香啊！"梦可儿一阵无语，但心中却恨不得暴打一顿紫金神龙。时间不长，紫金神龙又飞回来了，看到梦可儿要发飙，立刻辩解道："误会，误会啊，现在梦仙子既然嫁给了辰南，我们以后就是一家人。这个，今日我们确实要送上一份大礼，刚才不过是开个玩笑罢了。"

梦可儿听到它说"嫁给辰南"这句话，有心发作，但当着小辰辰的面她又忍了下来。"神说，是真的，我们要送小辰辰神之守护祝福。"紫金神龙、龙宝宝、小凤凰来到近前，它们皆吐出一粒精血，空中顿时宝光闪烁，三大神兽的精血快速融合在一起，爆发出更为璀璨的光芒，而后向着小辰辰的额头印去。

梦可儿没有阻止，知道三个神兽在干什么，这的确是传说中的神之守护祝福，以后小辰辰如果遇到危险，可以借用它们一部分力量，来抵挡伤害。她深深知道眼前的三个神兽皆具有不凡的身份，现在虽然是神王级的修为，但按照它们的出身来说，天知道它们最后能够达到何等境界。这的确是一分重礼。

空中的血珠透发出千万道光芒，落向小辰辰的额头，他好奇地眨动着明亮的大眼睛，似乎觉得很有趣，伸出一只小手想要去抓，不过血珠灵巧地一闪，最终落在了他的额头。就在刹那间，异变发生，血珠融入小辰辰的身体后，激发了他的潜能，一声似龙吟、似刀鸣的响声爆发而出。屋中顿时打了一道冷电，一道光芒灿灿的巨型龙刀，快速放大到十丈，在一瞬间破开了整间屋子，这座仙殿立时崩塌。"孩子！"梦可儿大惊，忍不住惊叫。

杀气冲天！无尽璀璨的锋芒直冲霄汉！"完整的、有魂的大大大大大龙龙龙龙刀！"痞子龙结结巴巴地惊叫道。在这一刻，辰家所有人都感觉到了月亮之上的冲天杀气，一股冷森森的光芒如抵在脊背一般，让许多仙人级高手都忍不住战栗。龙宝宝眨动着大眼，一只小爪子抚着额头，叹道："神说，让人头疼的小家伙。"说罢，它拉起旁边的小凤凰冲天飞起，快速逃离了现场。

"你这条问题龙，可恶！看看你们到底干了什么好事！"梦可儿见跑了两个家伙，快速向着紫金神龙冲去。"嗷呜！"老痞子吓得转身就逃，开玩笑！现在对方乃是一个女神皇，它再狂妄也只有逃的份儿。活死人古思急忙趁乱逃走。

此刻，辰南正在向两位老祖询问复活雨馨的方法，雨馨在他心中永远是最重要的人，他发誓一定要让万年前那个纯真的女孩再次微笑着来到这个世上。但是他知道他和雨馨之间的距离越来越远了。他不知道将来如何面对雨馨，发生了这么多荒唐的事情，即便雨馨能够复活，但到时她会怎样看他呢？每当想到雨馨，他仿佛看到了一道孤寂的背影，正在黯然远去。他心中甚是惶恐，不知道将来会怎样，但是眼下他唯有竭尽全力，让心中那个"永远的雨馨"来到这个世上。

"什么，难道非要那样做不可吗？！"辰南非常震惊，在听完四祖的"复活大计"后，他心中甚至感觉有些恐惧。"是的。"四祖肯定地回答道，"生命最宝贵，想要她真的来到这个世上，不付出代价怎么能行呢？""怎样取舍，你自己来决定。"四祖转过了身躯，似乎他这个老古董也觉得很为难。辰南攥紧了拳头，最后道："不管怎样，我都要先去西方将那'生命源泉'抢来，先做好准备！"

正在这个时候，辰南与两位老祖都感觉到了一股冲天的杀气，正在月亮之上爆发开来。"好凌厉的杀气！难道那太古六人攻来了？"四祖惊道，"难道真的需要启动月亮守护了吗？"辰南已经感觉到是从孩子居住的地方传来的杀气，急忙冲天而起，同时在空中将内天地中封闭的方天画戟召唤到了手中。

月亮之上的杀气在刹那间成倍增加，不少年轻子弟心惊胆战。要知道辰南手中的方天画戟单论杀气的话比之大龙刀还要凌厉许多，是名副其实的第一凶兵！如果不是辰南亲手炼制而成，凶兵之魂已经认他为主，即便有神皇级修为也难以驾驭它。

辰南手持方天画戟，凌厉的杀气直接崩碎了虚空。他生生用凶兵开辟出一条空间通道，冲到了那片殿宇的所在地，几乎眨眼就到了。他看到一把神芒冲天的十丈龙刀悬浮在低空中，梦可儿正在附近追打抱头逃窜的紫金神龙，龙宝宝拉着小凤凰正躲在远处一副做贼心虚的样子。"大龙刀？"辰南看出了一些问题，但是却没有感应到龙刀原来的熟悉气息。不过他还是立刻联想到了原因，自语道："不会是我那宝贝儿子在调皮吧？也许龙刀之魂被他吸收了，所以气息也发生了改变。"

"呀，爸爸，你手中的兵器好凶啊！"一个稚嫩的声音自龙刀发出。远处，梦可儿听到了孩子的声音，快速飞了回来。紫金神龙、龙宝宝、小凤凰这几个肇事者也跟了过来。辰南知道虚惊一场，急忙收起了方天画戟，这个时候七祖等辰家老一辈人也赶到了。

梦可儿带着溺爱的语气责备道："真是不乖，快变回原来的样子，大家都因你而受惊了。""我变不回去，我正在摸索。"小辰辰的声音很娇憨。辰家老一辈真是吃惊得不能再吃惊了，这个孩子未免太过神奇了，不仅刚出生就会跑、会说话，居然还会变化，这真的不像一个婴儿啊！

"我变！"神芒冲天，十丈龙刀消失了，但是孩童的身影却没有显现，一条十丈长的青色天龙，在场内盘旋飞舞。"哎呀，又出错了。"小辰辰不满地嘀咕道。辰家老一辈眼睛都快突出来了，简直不敢相信自己的眼睛。天龙！没错，那绝对是天龙，天龙的气息与神龙是完全不同的！尽管它的力量似乎不是很强大，但是小天阶的气势已经荡漾了开来，它缺的只是力量。在这一刻，辰家老一辈简直激动得无以言表！

远处，四祖与五祖激动过后，渐渐平静了下来。五祖道："果然不出所料啊，龙刀的魂能被他聚合了，小辰辰也许不用等到成年，就会成为一个真正的天阶高手！也许比他父亲要强吧。"四祖摇了摇头，道："他很强是必然的，毕竟龙刀之魂曾经是最强的战魂之一啊。不过，我还是觉得他父亲会更强，也许会开创出一个我们无法想象的奇迹。""也许吧，我似乎也有一种感觉。"两个老祖的目光再次望向那条幼小的天龙。

"我变！"光芒闪烁，十丈青龙消失了，原地终于出现了瓷娃娃般精致的小辰辰。远处，紫金神龙与龙宝宝也终于长出了一口气。"妈妈……"他张开手臂向着梦可儿扑去，道，"我好困，想睡觉觉。"这稚嫩娇憨的声音，顿时让梦可儿溺爱满怀，原本想责备的话语都收了回去。

小辰辰变身风波很快就过去了，不过此后却让梦可儿头痛无比。当她意外发觉小辰辰的奶瓶中被换上了满满一瓶美酒，小家伙津津有味地喝着时，她险些发飙，差点儿立刻去找紫金神龙算账，气道："你你你怎么喝酒啊？是不是那两条问题龙给你换上的？"小家伙低着头，道："不是呀，是我自己换上的。"而后又抬起头，认真地道："我不想喝奶，我想喝酒。"梦可儿二话不说，立刻找紫金神龙算账去了。

月亮之上，鸡犬不宁，紫金神龙嗷嗷乱叫，一边逃窜一边大叫冤枉。月亮之上的气氛，总体来说是欢快的。但是辰南知道，这也许仅仅是暴风雨前的宁静，不久的将来一场天大的风暴必将会爆发。

天界、人间暗流涌动，最终天界有人发起号召，将举办仙神大会，共商抵御外敌之法。"太古七人事件"早已传遍人间与天界，现在所有人都已经大致知道到底是怎么回事了，都已经明白那六人早晚还会回来，为了所谓的残破世界，他们定然也不会放过天界与人间。但是，事实真是这样吗？现在难以说清。仙神大会波及面甚广，涉及了东西方天界与人间。

到了现在，老一辈人物都放下了从前的恩怨，决定举办一次像样的神族大会，来联合大作战。最后，一场规模浩大的盛会即将召开，地点定于西方天界。辰家众人乐见其成，毕竟辰家已经与太古七人结下了大仇，他们愿意看到多重势力联合起来抗击那还活着的六位可怕人物。而且，辰家老辈人物也开始走动，想要联合另外两个月亮上的人。暴风雨前的平静！辰南无可避免地将要远走一趟西方，他将作为辰家的代表，同时为了雨馨，他要想方设法得到西方的"生命源泉"。

"我在仰望，月亮之上，有多少梦想在自由地飞翔……生命已被牵引潮落潮涨……"紫金神龙与龙宝宝、古思等人正在畅快地喝酒与号唱，月亮对于他们来说真是一处圣地，有喝不完的美酒，有吃不尽的仙果，当然这一切需要它们自己悄悄地丰衣足食。

"我可以和你们一起喝吗？"突然，几个家伙发现小辰辰扛着一个比他自己还要高的大酒坛来到了他们的身后。紫金神龙立刻跟见了鬼似的，大叫道："不行！"它实在被梦可儿追杀得怕了，现在看到小辰辰就想躲。就在这个时候，梦可儿的声音果然又传了过来。龙宝宝拉起小凤凰第一时间逃了，紫金神龙痛苦地干号，又开始了被追杀的命运。

"这是报复，是赤裸裸的报复！她明明知道不是我在引诱那个小家伙喝酒，那本来就是一个小酒坛子。她始终没有忘记我诅咒她的'一百遍啊一百遍'！"紫金神龙边跑边头痛地思考着对策。

"爸爸，你要离开月亮？"小辰辰正好碰到向这里飞来的辰南。辰南道："是的，我有事要召集泥鳅、小龙他们一起去。""痛苦呀，以后没有人陪我喝酒了。"小家伙的声音很稚嫩，但偏偏说得很认真，让辰南又是好气又是好笑，不过他觉得自己将紫金神龙它们带走，实在太对了。

小辰辰道："爸爸，我想告诉你一个秘密。"辰南奇道："什么秘密。"小辰辰抱住辰南的腿，仰着小脸认真地道："除非你答应我可以喝酒，不用喝奶，我才能告诉你。这个秘密妈妈和小妈妈都不知道，现在只有我知道。"辰南将他抱了起来，溺爱地捏了捏他的小鼻子，道："你是男孩，不是不可以喝，但要你长大了才行。"辰南根本没有将他说的话当回事，以为小家伙不过是想喝酒而已。

辰南带着紫金神龙、古思、龙宝宝、小凤凰离开了月亮，向着西方天界飞去。在他们之前，大魔以及昆仑几个老妖已经先行一步了。小辰辰望着他的背影，道："我去找小妈妈。"

辰南他们很快就进入了西方天界，不过没有立刻就去神殿。他们在东西方天界交界地带隐伏，想要看看几个仇家是否也来了，当然并不是为了报复，现在可不是清算个人恩怨的时候，只不过为了心中有数，防范一下而已。连续数日，他们真的看到了几个熟人，最先看到的一批人是混天魔王一派，让辰南深感意外的是，人间界的混天小魔王竟然紧紧跟随在老魔王的身边，似乎很受赏识。

绝情魔王以及他的门徒是第二批人。随后，辰南看到了潜龙，这个家伙经过死亡绝地的磨练，真的像变了一个人，现在他已经是一个渴求突破不断战斗的狂人，他竟然是和一群人打着进入西方天界的。而后，他又看到了一个满头银发的青年男子，高大的身影是如此熟悉，辰南自语道："东方长明你果然没有让我失望。"

东方长明刚过去，紫金神龙叫了起来，道："靠，那个女战斗狂人也来了。"辰南抬眼望去，果然见到了乱战门的李若兰。紫金神龙道："真是乱世啊，这些人不是大人物转世，就是真正的天纵奇才，所有人都在这一世出现，看来真的要来一场大碰撞啊！""是啊。"辰南也感叹道，"这是一个风起云涌的乱世，一切都是因为一股莫名的力量在牵引。就像磁铁在铁砂中穿过，所有真正的铁钉都必将会被聚集到一起。"

"哦，狗肉和尚也来了！"龙宝宝叫道。远处，血和尚玄奘飞进了西方天界。"这个家伙也终于露面了。"辰南大喝道，"血和尚这里来！""狗肉和尚，我们请你吃火锅！"两条龙也大喊。玄奘一愣，看到辰南后大喜过望，快速飞来。而就在这个时候，辰南再次看到了一个熟人，竟然是南宫吟的妹妹南宫仙儿，她依然是那样性感与妖媚，魔鬼般的身材，天使般的面容，真的是一个颠倒众生的尤物。让辰南感到不可思议的是，她竟然被情欲道的人如众星捧月一般奉在中央。

玄奘和尚一副超凡脱俗的样子，双手合十，口诵佛号道："阿弥陀佛，善哉，善哉。"要是不知道底细，光看他现在的神态，真以为是一个悲天悯人的得道高僧呢。但是，眼前的几人对他知根知底，抛开玄奘数千年前那个身份，单说现在，他也绝非假慈悲的愚僧。当初和乱战门大战之际，他可是杀人如切菜啊，喊里喀喳一顿乱砍，也不知道灭杀了多少人。

小龙似模似样地将两个金黄色的小爪子扣在一起，来到玄奘面前，也摆出一副世外高人的样子，认真而虔诚地道："偶米头发！师弟有礼了。"顿时，玄奘得道高僧的气质荡然无存，莞尔笑了起来。

"狗肉和尚进入神域后，我们请你吃火锅，这西方天界我们可实在是太熟悉了，到时候想吃天使翅膀，绝不会拿鸭子翅膀糊弄你。"紫金神龙大言不惭。不过，他们曾经大闹过西土，当初洗劫雷神殿时，闹出了天大的风波与笑话，对于西方天界确实有较深的了解。旁边，小凤凰看了看自己的七彩羽翼，又看了看玄奘的光头，一双漂亮的凤眼中满是同情之色，道："真可怜呀。"这让玄奘尴尬不已，真不知道说什么好。不用想辰南也知道，这天真的小不点又奇思妙想了。

对于辰南身旁的古思，玄奘是非常不熟悉的，但他在对方身上感觉到了一丝西土神祇的气息，当下感觉非常诧异，经过辰南的介绍，他才明白其中的一切。以古思现在的体貌来说，贸然进入西方天界，可能会引来不小的麻烦，因为这是雷神的躯体啊。辰南不得不以法力暂时改变了他的容貌。毕竟这次是为了联合大作战，不是为了挑梁子而去，不得不暂时放下以前的恩怨。

"好了，让我们再次正式进入西方天界吧！"辰南笑着喊道。

"嗷呜……""偶米头发！""哦哦哦……"紫金神龙、龙宝宝、小凤凰都欢呼了起来，当初的"大盗传说"，着实让它们无比欢欣与刺激。现在将故地重游，它们心中要是没有"小九九"那是不可能的，唯恐天下不乱的三个家伙，现在希冀再次发生些"传说"。

浩瀚西方天界，广阔无比。总的来说，无论是西方天界，还是东方天界，都要比人间界大得多，有时候一条连绵不绝的山脉都会蜿蜒出去上万里，大平原更是以百万平方公里来计算都不夸张。同样，天界是无比美丽的。

龙宝宝与紫金神龙它们免不了在沿途打秋风，各地的天材地宝着实被它们搜刮了一番。西方天界的人类聚居地比较集中，数十座巨大的城市非常有名气，聚集了大量的人口。但是，天界实在太大了，巨城之间相隔非常遥远，就像无际的大海上散落着星星点点的几座岛屿一般。

辰南一行人都是神王级高手，飞行速度快到了极点，不久便来到了西方天界的神域所在地。这里是西方天界主神的居所，神殿林立，故此这片神圣之地被命名为神域。与此相对应，魔神一方的所在地，被称为魔域。

这一次，仙神大会的举办地点就定在神域之内。光明主神一方与暗黑魔神一方，停止了万载的争斗，这实在是一个大事件，具有无比重大的意义。仙神大会以此为契机，定在了西方天界的神域。再次来到西方神域，辰南、紫金神龙、龙宝宝都狂笑了起来，回想当初洗劫雷神殿的种种经历，真像天方夜谭一般，是如此不真实。

当初只有辰南达到了仙人之境，但是四个家伙居然将堂堂雷神殿洗劫了个干干净净，连块瓦砾都没有剩下，被称作天界最不可思议事件，不仅让雷神成为天界的笑柄，也让雷神一系的所有神祇灰头土脸，狼狈不堪。"神说，要不这一次我们去火神家做客？"龙宝宝提议道。元素火神凯奇已经被干掉了，元素火神的弟弟奇曼成为新一代火神，他曾经与辰南在西方交过手，结果惨败，最后又被紫金神龙连盖了几板砖，狼狈逃回天界。

"打住，不要惹是生非。"辰南叮嘱道，"眼下不是时机。"玄奘第一次来西方天界，对于神域的种种不很熟悉。紫金神龙到了这里，先是大笑，而后长长叹了一口气，用微不可闻的声音道："我说过一定要亲手为你报仇，上一次虽然来到了这个地方，但是我无能为力，这一次我定要让他形神俱灭！"

龙宝宝灵觉敏锐，捕捉到了几个关键词，大眼睛立刻瞪得溜圆，道："泥鳅你要找谁报仇，我帮你啊，拆了他们的神殿，洗劫个干干净净。"辰南也听到了，他知道紫金神龙在西方天界有一个大仇人，对方当年杀害了痞子龙的至爱小白龙。但是每次问起，紫金神龙都不愿多说，只是咬牙切齿地发誓一定要手刃仇敌。

这是痞子龙难以解开的一个心结，当年没有保护好小白龙，眼睁睁地看着它死在眼前，令它差点儿崩溃。辰南猜测痞子龙玩世不恭、嬉笑怒骂，多半与那次受到的刺激有关，他决定这次一定要想办法助紫金神龙报仇雪恨，解开那个心结。神域内，各个主神的神殿占地都很广阔，且不同主神殿相距也很遥远。令辰南他们惊异的是，路过原雷神殿所在地之际，他们发现那里再次矗立起一片广阔的殿宇，金砖碧瓦，气势恢宏。

龙宝宝道："神说，雷神不是被我们干掉了吗？"辰南急忙捂住了龙宝宝的嘴巴,道:"小声点,即便大家都知道怎么回事,但也不能说出来。早就听说过,各个主神殿背后都是一系主神家族,看来真的不假啊。当代主神不过是他们放在外面的代表而已。"几个家伙没有再去光顾雷神殿,进入神域不久便有天使飞来,简要问明了他们的身份,便引领他们向着事先准备好的居所飞去。

女性四翼天使非常美丽,在空中翩翩起舞,很快就将他们带到了一片花香鸟语的地带。这里,一座座矮山连成片,每座矮山之上都有一座神光闪闪的殿宇,山间多奇花异草,飞瀑流泉更是随处可见,蜂蝶飞舞,花香阵阵,沁人心脾。更远处,赫然有温泉冒着腾腾热气,一个个泉池中充满了五颜六色的彩石,真的是一处养身的圣地。飞到这里后,四翼天使降落而下,道:"几位贵客里面请,我只负责引领,现在要退走了。"说罢,美丽的四翼天使翩然远去。

辰南一行向里走去,在这里不好继续在天空飞行了。不过,刚一走到山门处,紫金神龙立刻跳脚大骂起来:"靠,种族歧视啊!是可忍龙不可忍!"只见山门的旁边,立着一个小牌子,上面写着:"四脚蛇与老鼠不得入内!""嗷呜!"紫金神龙仰天长号,道,"该死的,这是哪个王八蛋的地盘,给龙大爷滚出来一个出气的。"

一声长号,立时惊得十几名天使快速冲了过来。见到紫金神龙凶神恶煞的样子,这些天使皆吓得不轻,他们感应到了强大的神王级龙威。紫金神龙幻化出了自己庞大的龙躯本体,如万年老妖一般大吼道:"是不是雷神殿的那帮王八蛋立的这个牌子?"

"不、是⋯⋯"这些天使语音颤抖,话都有些说不利索了。"到底是还是不是?!"居然将神龙和老鼠并列,紫金神龙实在气坏了,旁边的龙宝宝也很愤懑。"不是!"十几名天使总算说清了。

辰南劝阻住紫金神龙,转过头来道:"这是哪个主神的地域?他为什么要放上这个牌子?"他知道这绝对是针对紫金神龙的,因为东方神龙非常罕见,近千年来似乎只有紫金神龙现世。如果算上龙宝宝的话,也不过两条。一名男性天使看到那个数百丈长的庞然大物安静了下来,才稍稍平静了下来,道:"这是元素火神殿一系的地域,至于牌子似乎是主神奇曼殿下亲自放上的。"

紫金神龙鼻孔中喷出两道火焰，而后突然哈哈大笑起来，似乎消气了一般，收起了数百丈的龙躯，化成人形站在了原地，"原来是那个被我盖了几板砖的家伙啊，脑袋……哈哈，被我开瓢了，狼狈逃回天界，怪不得这么大怨念，哇哈哈……"知道是被自己拍过板砖的主神布置的，紫金神龙不再生气了，相反偷着乐，这说明元素火神奇曼心中更郁闷。

　　"不能就这么算了！"龙宝宝使劲地攥着小拳头，对于四脚蛇之类的称呼也非常反感。"当然不能！今天晚上我们去他家散步，去看看有什么好'风景'！"老痞子不怀好意地笑了起来。"我也要去。"小凤凰希冀地说道。"你们老实点吧。现在这个时期非常敏感，最好不要闹出什么乱子。"辰南真是不放心这三个家伙。"放心吧，没问题的。"紫金神龙与龙宝宝拍着胸脯保证。

　　当晚，玄奘和辰南他们选择了一座殿宇居住。深夜一声恶狼般的吼啸划破了长空，紫金神龙让人崩溃的噪音歌声响了起来，"我是一条来自东方的龙……"这一夜住在这片区域的许多仙神都想打人，但是寻了半天也没有发现唱歌的人在哪里。紫金神龙早已金蝉脱壳，那是用法力施展的障眼法，它和龙宝宝、小凤凰早已赶往元素火神的宫殿了，这一夜狼嗥声虽然响在贵宾客舍，但是三个大盗却已经外出作案了。

　　黑影绰绰，三个家伙都已经晋升入神王领域，内天地都修炼了出来。三个大盗的传说开始了，眼看着火神殿的建筑物一点一点地少去，三个大盗在偷着乐，殿宇一座接着一座被他们连地基一起收进了内天地中。到了后半夜，偌大的火神殿，仅仅中央那片殿宇还在，远远望去显得孤零零。三个家伙大乐，它们不知道在此过程中，辰南一直在暗中帮它们解决暗哨，同时以强大的修为遮挡去了主神正殿中元素火神奇曼的神识感应。

　　直到下半夜，紫金神龙、龙宝宝、小凤凰三个大盗离去，奇曼才瞬间从梦中惊醒。冲上高空后，他险些昏过去，"啊……"这一夜，整片神域都听到了奇曼惊恐与愤怒的吼叫。完胜而归的三个家伙得意洋洋，紫金神龙更是嘿嘿笑道："他们没有证据，这边有许多人可以作证，我唱了一夜的歌。嗷呜，哇哈哈……"但是实际上，更多的人想揍它。不用想也知道，火神殿失窃事件必然将在明天引出"大乐子"。

元素火神奇曼悲愤欲绝。睡了一觉，半夜从梦中惊醒，飞到神殿上空抬眼望去，偌大的火神殿所在地空荡荡。原来那些高大宏伟的神殿全都消失不见了，唯有他所居住的中心神殿处还矗立着十几座神殿，这是无耻卑鄙的、赤裸裸的洗劫啊！不用多想他也知道，定然是过去那四个传说中的大盗所为！他气得仰天吼啸，这实在太没面子了，天一亮这件事情必然要传遍天界，他将会成为雷神之后的又一个笑柄。

"他妈的！我……"主神是高贵而优雅的存在，平时虽然有着神王特有的威压气势，但绝不可能冒粗话。现在奇曼气得早已忘了这些，口中大骂不停，再也顾不得自己的形象了。"该死的四脚蛇，我扒了你的皮，我要将你点天灯！"奇曼实在气坏了，愤愤地诅咒着，大叫道："该死的，来人，传我元素火神令，召集人马，给我去击杀那四脚蛇！"可是，他回首四顾，发现响应者寥寥无几，奇曼险些气得发飙，对方居然连人一块收走了！虽然处在主神殿明面的天使都是四翼或者低阶的天使，但是这也实在太丢人了，不仅连神殿被偷走，居然连人也被掳走！

后半夜，整片神域都可清晰地听到奇曼的怒吼。第二天，消息快速传开，元素火神殿离奇"丢失"，让某些幸灾乐祸的家伙笑得浑身都在颤抖。消息灵通的人不用多想也知道是怎么回事，奇曼亲手放置那个牌子定然是导致如此荒谬事件发生的根本原因。

"四脚蛇与老鼠不得入内"事件与元素火神奇曼被洗劫事件快速在神域传扬开来。直至最后，几乎所有人都知道了这次事件，与辰南他们相邻而住的一些修者，顿时明白夜间为何有人半夜狼嗥，居然与此有关。

西方天界各神殿的天使们私下议论纷纷。

"嗨，你听说了吗？奇曼殿下被洗劫了。"

"早就听说了，火神殿下的整片神殿居然都被人抢走了。"

"落伍了吧，实际情况是殿下的裤头被人扒走了。"

"不是吧，有那么凄惨吗？中心神殿不是还在那里吗，似乎没有那么严重吧。"

"切，这你就外行了。知道什么叫欲盖弥彰不？那是遮羞布，是事后搬运过去的。其实，那位元素火神殿下的裤头都已经被人开始在外拍卖了！"

"不会吧，我的天啊，祖神在上！"

不到半日间，西方天界的各位主神还没有发表什么言论，但是各个主神殿的天使都开始私下交流出了"真相"。现在，几乎所有人都已经得到了"确切的消息"，元素火神的裤头都让人给洗劫去了。

当元素火神得到这个消息的时候差点儿晕过去，发出了让神域都战栗的悲愤怒吼，派遣出所有临时召集来的天使去辟谣。不过，半个时辰之后，手下的天使回来禀告，神域一处广场有人正在拍卖他的裤头，而且看起来似乎是真的，是透发着强烈火元素的神蚕宝丝编织成的。元素火神奇曼听到这个消息后眼前一黑，差点儿栽倒在地。对方实在太狠了，这是往绝路上逼他啊，一环扣着一环，先是造谣让人们深信，而后紧接着拿出"证据"。

当奇曼气急败坏地赶到现场时，他差点儿掩面奔逃而去。居然真的有人在竞拍！是哪个人吃了豹子胆了，居然敢乱上加乱，元素火神奇曼恨不得立刻冲上去。只是，当他发现两个人衣服上的标志时，顿时止住了。

一个年轻貌美的恶魔，如玉的额头上生着一只独角，背后生着三对蝠翼，妖娆性感的躯体上，披着一层轻纱，那轻纱之上清晰地印着一个"欲"字。不用多想，只要熟悉西方天界的人都知道，这是魔神一方暗黑欲神手下的重要人物。和她们扯上关系，有理也说不清，奇曼知道如果这个时候过去，除非不怕得罪暗黑欲神，直接杀死对方，不然被缠上后更加丢人。

另一方，一个东方女子同样的性感妖媚，走起路来袅袅娜娜，如随风柔柳一般，妖娆媚惑到了极点，一双桃花眼四处放电，令广场上围看的一群人沉迷不可自拔，她的衣袖印有的图案同样让火神忌讳。因为那是东方情欲魔道的标志，同样是一个让人不敢招惹的门派，不然丑闻随时会找上门来。东西方两个欲神的手下竞拍奇曼的裤头，他悲愤地、无可奈何地、落寞地回到了火神殿。

当有人作证元素火神奇曼怒气冲冲地出现在拍卖现场，而后又黯然地、灰溜溜地离开之时，神域内一片沸腾。现在所有人都相信，传言是真的，那并不是谣传，奇曼真的被人洗劫了，裤头都在迫不得已的情况下被扒了下去。所有人都在议论，这是神殿的耻辱，奇曼是火神一系的败类，居然如此贪生怕死地妥协，实在丢尽了元素火神一系的面子。奇曼欲哭无泪啊，没想到招惹了这样一个卑鄙无耻的四脚蛇，真是得不偿失啊！

无人的时候，他咬牙切齿，同时无比懊悔地喃喃道："四脚蛇果然不能轻易招惹啊，尤其是流氓四脚蛇，这个痞子！败类！混蛋！"当然，许多人心里清清楚楚地知道是怎么回事，许多西方的高阶天使之间谈论时，都达成了一个共识：遇上四脚蛇一定不要乱说话，如果那个四脚蛇是个流氓，那么最好光速逃离，这辈子都不要再相见！毫无疑问，这一切都是痞子龙与龙宝宝导演出来的。"四脚蛇与老鼠不得入内"，让奇曼付出的代价实在太大了。

对于两条龙还有它们身后的那个小尾巴，辰南睁一只眼闭一只眼，在没有闹出不可收拾的局面前，他不会多说什么，甚至小小地"推波助澜"了一把，他在等待奇曼找上门来。玄奘和尚连连叹气，不断口诵阿弥陀佛。毫无疑问，元素火神奇曼成了神域的笑柄，比之当初的雷神还要倒霉透顶。

显然，这个荒唐而滑稽的事件让神域内不少大人物们气愤不已，比如雷神一系的主神家族，当然肯定也包括火神奇曼背后的古老家族。当然，仇视辰南他们的还有不少人，例如魔神一方的人，东方的几位神王。

辰南对着一旁眉飞色舞的紫金神龙与龙宝宝道："火神不能奈何我们，说不定会找人来帮忙。不过，这次仙神大会早已明示，各方达成共识不能私下报仇，我想他不敢真的生死相搏，但是找人来出气多半避免不了。你们去请人吧。"紫金神龙道："请人，请谁？不至于吧。"辰南笑了，道："请人吃火锅。"龙宝宝一双大眼睛立时瞪得溜圆，口水都快流出来了，道："吃黑狗肉火锅吗？"

辰南道："对，吃黑狗肉火锅！去请混天小魔王、潜龙、李若兰、南宫仙儿、东方长明。一干老朋友好久未见，如今都来到了西方天界，理应相聚一番。""神说不好吧？"龙宝宝眨动着明亮的大眼睛，有些狐疑地看着辰南。要知道请的那些人里面，可是有几个死敌啊，混天小魔王、李若兰、东方长明当初可都是生死相搏的对手啊。辰南道："没有关系，我想他们不至于急着动手，再说此一时彼一时，人总是会变的。"

结果出乎意料，被请的人都很快赶到了。混天小魔王身躯高大，血发飞舞，还是那样霸气，对于辰南请他来，他似乎没有感觉到意外。看了看辰南，又看了看玄奘，他叹了一口气，道："我出道之时就被你辰南压制，多次以为已经能够打败你，但是到了如今依然被你压制。"说罢，他坐了下来。辰南笑了，道："你过谦了，我们不打不相识，以后有的是机会继续切磋。"

李若兰也赶到了，她飘逸若仙，气质出尘，绝美的容颜很平静，但是从双目偶尔露出的神光来看，她依然如从前那般，体内深藏好战因子，转瞬间可以变成一个战女。她没有说什么，只是狠狠地瞪了一眼同样气质超凡脱俗的玄奘，便一言不发地坐了下来。随后，潜龙也到了，他虽然整个人已经堕入暗黑，成了一个死神般的人物，但是对辰南还算不错，进来后微笑致意，而后便坐了下来。

当白发的东方长明走入屋中时，温度立时骤降，他除了修炼有裂天十击魔功外，还因为被冰封万载，修出了可怕的寒功。始一进屋，他便一瞬不瞬地盯着辰南，双目中爆发出两道冷光，不过很快收起了外放的气息，坐了下来。

南宫仙儿是最后一个赶到的，闪烁着点点神光的裙衫难以掩住她魔鬼般的身材，修长的双腿完全是按照黄金比例而生成的。

裙衫将她那完美的娇躯勾勒得性感无比，曲线曼妙，惹人无限遐思。两截藕臂在丝质的袖子中显得分外水嫩，泛着惑人的光泽，展示着无比动人的青春气息。吹弹欲破的脸颊更是娇媚到了骨子里，肌若凝脂，雪白中闪着惑人的光泽，一双大眼勾魂夺魄水汪汪，艳冠天下的容颜散发着异样的魅惑之态，完美的姿容挑不出半点瑕疵。如果仅用两个字来形容眼前的女子的话，那就是"美"与"媚"，这是性感到极点的尤物。

"呵呵!"让人迷醉的笑声响在众人的耳畔,那是让人心神欲乱的靡靡之音,深深缭绕进众人的心间。南宫仙儿美目流转,最后定格在辰南的面容上,娇媚地笑了起来,道:"我的好亲王,许久不见,你更加神勇了。想我的话,不如我们单独小聚一番。"笑声销魂夺魄,她实在媚到了极点。

"受不了!"紫金神龙嘟囔道。辰南笑了笑,对众人道:"当初,我们在人间之时,彼此生死相搏,可谓是打出来的交情。如今,各位已经突破生死的限制,都已经是仙人级以上的高手,连生与死都看开了,当初的恩怨是不是可以放一放呢?"

混天小魔王冷笑道:"你说得真是轻巧,当初我所受的耻辱,难道一句话就能揭过吗?我现在确实不是你的对手,根本无法奈何于你,但你这样轻描淡写地揭过,显示自己的大度,未免太过分了。"辰南并不动怒,道:"我说了,不过是暂时放开以前的恩怨而已。今日,一为小聚,二是为了送给各位老朋友一桩大礼。"

李若兰冷哼了一声,道:"什么大礼?"辰南道:"生命源泉!"听到这句话,即便古井无波的东方长明也不禁变色,其他人更是早已动容。因为,这宗瑰宝乃是西方天界传说中的至宝,传说当年的天使便是由生命源泉创造出来的,是能够凭空创造生命的天宝,其神秘与珍贵可想而知!

生命源泉,传说中的禁忌圣宝,是天使来到这个世上的本命之源,它造就出了智慧生命,西方众神因此有了一大批忠心的人形战斗工具。传说,一滴生命之泉就可以生死人、肉白骨,不管肉体被毁灭成什么样子,哪怕还有一点肉末、一星骨片,都可以让一个本已粉身碎骨的人再次复生。即便灵魂被毁,但是如果有一缕残魂存在,使之进入生命源泉中休养,同样能够慢慢滋养好,让灵魂慢慢聚合再生。

生命源泉绝对是传说中的禁忌圣宝!是所有听闻过其传说的修者梦寐以求的圣物!当然,任何事情都没有绝对。生命源泉对神皇以及其下的修者,充满了无比神奇的作用,因为当初用它创造天使时,就出现过神皇级的强者。但对于具有庞大生命之能的天阶修者就不可能那么显著了，除非生死难料的天阶修者浸泡在生命源泉中千万载。

对于混天小魔王与南宫仙儿他们来说，生命源泉无疑充满了巨大的魔力，一滴生命之泉对于他们来说就是一条生命！"你说的可是真的？！"绝世媚态的南宫仙儿，已经收起了娇笑，一瞬不瞬地盯着辰南。辰南道："我非常想送给你们这份大礼！我自己对这种瑰宝也是志在必得，如果你们能够给我提供点滴消息，我必然能够取到手中分发给你们。"

李若兰顿时大怒，道："你耍我们！"混天小魔王也双眼绽放凶光，道："你是不是觉得自己修为高深，有辰家的八魂可以附体，就真的以为打遍天下无敌手了，可以为所欲为地调侃我们？"潜龙没有什么表示，毕竟与辰南有交情。东方长明面色不善，南宫仙儿似笑非笑地看着辰南。

辰南道："息怒，我说的是真的。经过上次的大战，你们也知道，必要之时我可以请来八魂相助。如果寻到线索，相信不会有人质疑我没有那种能力。我今日绝非开玩笑，是认真的。""哼！"李若兰冷哼了一声。

辰南道："诸位，要知道这个世上从不会天上掉馅饼，没有任何付出怎么可能会有回报呢？我只不过想借助各位的力量，到时候生命源泉到手，必将分给你们！"几人背后的势力可谓庞大无比，都是历经万载岁月的东土名门重派。混天小魔王背后是混天道，南宫仙儿背后是情欲道，东方长明背后是破灭道，李若兰背后更是出过疯魔的古老玄界，潜龙乃是魔主的弟子，已知有一个实力可怕的记名师兄无名神魔，天知道还有没有其他同门。

如果将这些人拖下水，必将形成一股盘根错节的庞大力量，借助他们去探寻生命源泉，总比他自己摸索来得快。当然，天地大动乱将要开始了，他需要开始结些盟友，现在这些人修为的深浅他并不多么看重，他看重的是对方的资质。毕竟大动乱不可能短时间结束，有潜质的人终将在最后笑傲登场，对于同一辈的这几人，他是非常看重的。

在辰南请来的五个人中，混天小魔王得到天界老魔王赏识，被亲传绝学，加之灵药相辅，进步巨大。虽然现在他不过是仙人级的修为，但是他的狠劲与坚韧的性格让辰南还是很看重他，经过岁月的洗礼，有朝一日混天小魔王必将是个人物。

李若兰毫无疑问是个潜质无比巨大的战女，身为太古之后第一人疯魔的子孙后代，她的骨子里流淌着祖先的好战因子，同时她的确是天纵之资，当初甚至隐隐有压倒辰南之势。现在，修为虽然处在仙级，但是辰南有一种预感，这个狂女将和她的祖先疯魔一般，早晚会威震天下。

南宫仙儿，这个性感尤物实在让辰南看不透，当初分别之际，在他的印象中南宫仙儿修为似乎并不是多么高深，但是在天界再次重逢，他感觉对方有些高深莫测了，有些难以揣度。这个颠倒众生的绝世妖娆女隐藏了自己所有的能量波动，连辰南都一时窥测不出深浅。当想到南宫仙儿被情欲道众人如众星捧月般奉在当中进入西方天界的情景，辰南多少猜测到了些什么。

潜龙，当初东大陆年轻一代的第一人！其超绝的资质那是毋庸置疑的，不然也不会被千古魔主看上，凭着魔主的绝学以及他过人的天资，在魔主的点拨下，他快速冲上了神王之境。他的前景一片广阔，以后他究竟能够冲到何等的境界，没有人能够回答。

东方长明，辰南万年前的劲敌，同样经历悠悠万载岁月后复活而出，他们共同失去了万载岁月。虽然东方长明现在的修为不过仙人之境，但是辰南有一种预感，这个老对手的成就远远不会止于此！

这个世界是一个平衡的世界，失去多少就会得到多少，东方长明与他一般，同样沉睡了万载，辰南绝不相信这是一种侥幸的机缘，也许有朝一日东方长明会如火山般爆发，迸发出难以想象的力量。

黑狗肉火锅开始时吃得很沉闷，唯有龙宝宝与痞子龙不断争抢。直至最后，气氛才渐渐欢快起来，血和尚玄奘疯狂抢肉，同时豪饮美酒，超凡脱俗的气质荡然无存，想不让人发笑都不行。其实，被请的几人也渐渐明白了辰南的心意，最后也都默默接受了暂时的联盟。

饭后，南宫仙儿娇笑连连，四处放电，即便现场几人都心坚如铁，但也被这个性感妖娆的绝世尤物挑逗得面红耳赤。南宫仙儿甚至在众人面前，毫不避讳地攀到了辰南的身上，一双如玉般的藕臂紧紧缠绕在他的脖子上，更是坐到了他的大腿上。

"神说，没看见，我什么也没看见。"龙宝宝小声嘀咕道。"漂亮姐姐，你这是在干吗呀？"小凤凰飞到了辰南的肩头，眨动着明亮的凤眼，不解地问道。面对如此纯洁的小凤凰，南宫仙儿也不禁有些发呆，而后难得地玉面生霞，离开了尴尬无比的辰南。

而就在这个时候，不速之客到了。奇曼周身神火涌动，身后跟着两名火系的高手，同时还有一名周身上下雷光闪闪的强者，以及一名八翼天使，他们快速降落至辰南的院子中。当看到辰南身边的几人时，奇曼顿时变色，深知那几人身后都有一方强绝的势力支撑。

辰南请南宫仙儿等人来，也有给奇曼等人看的这层意思，要让奇曼明白牵一发而动几方，这样才会免得总被打扰。辰南刚和南宫仙儿、李若兰等人达成一些默契，他也想在这几人面前展现出一些让人信服的实力，为以后的合作提供更强大的基础，他向痞子龙使了个眼色。

紫金神龙是什么人，那可是活了数千年的老油条啊，眼睫毛都是空的，当先一声大喝："哇呀呀……呔！哪里来的毛贼，竟敢私闯龙大爷居住的宝地，还不快快留下裤头走人！"奇曼鼻子差点儿气歪了，"裤头"两字已经成了他的噩梦，每当听到这个词时，他都会条件反射般跳起来，刺激实在太大了，现在被痞子龙当众戳到痛处，顿时火冒三丈。

"四脚蛇、辰南你们给我滚出来！虽然神域有规定近期不能生死相向寻仇，但是并没有确切地说不能较量。今日我要狠狠地教训一下你们这几个卑鄙无耻的家伙。"

在奇曼的认知中，唯有辰南与紫金神龙是神王级高手，故此有强援在后时，他兴冲冲地赶来了。只是到了这里，他有些发怵，那两个小不点神兽似乎也是神王级的修为。再加上在座的玄奘、潜龙等人，令他实在有些发晕。只是开弓没有回头箭，他被痞子龙挤对得不得不发作。

"你这是向我挑战吗？"辰南问道。"不错！"奇曼愤恨地看着他，"裤头事件"让他在神域快抬起不起头来了。辰南道："好，我接受，你们五个一起上吧。如果我不敌你们，立刻向你磕头请罪。如果你们败北，那么请你在元素火神殿外同样立起一块牌子，上书：我是猪头，我错了。"

不光奇曼险些气晕过去，他身后的几人同时恼恨无比，这实在太小觑他们了。要知道他们这边五人，奇曼乃是神王级高手，他的两个族弟也已经接近神王领域。那名八翼天使显然早已是神王高手，而那个雷光闪闪的强者，更是已经达到了神王领域，极有可能会出任暂缺的雷神殿主神之职。

辰南居然要以一挑五，向数个神王同时开战，在五人看来这未免太嚣张了，实在是看不起他们。即便是玄奘、潜龙、东方长明等人也觉得辰南太托大了，他们能够感应到辰南依然处在神王级领域，无论如何也不可能胜过数位神王联手之力。

奇曼脸色铁青，咬牙切齿道："好，就依照你所说。不过，我们要去神域的中央广场决战！"他决定不给辰南机会，既然辰南如此托大，他就顺势承接下来，五人如果在聚集无数人的中央广场肆意蹂躏辰南，定然会让他丢尽颜面。

辰南微微一愣，不过很快明白了他的用意，他不可能改口了，点头道："好啊，你们前头带路吧。"奇曼五人冷笑着离开了，在飞上高空后，五人同时召来手下，发布命令，尽可能地去宣传这场大战，让更多的人来观看，一定要让神域众人看到辰南被虐。

"走吧，各位。吃饱喝足，请你们去欣赏神王大战。"辰南道。众人感觉辰南似乎并没有压力，有些狐疑地看着他，最后一同赶往那片广场。龙宝宝在辰南肩头小声嘀咕道："真的不要我们上？他们可是五个人啊！""没关系，我有把握。"辰南笑了笑。

神域的中央广场广阔无比，此刻已经聚集了数千神灵，不仅有西方的主神与天使，还有东方的仙神。奇曼五人早已来到了广场中央，正在静静等候着辰南。直至辰南降落而下，奇曼才大声喝喊，将失败者需要履行的义务公之于众。尽管以五敌一让他面皮发烧，但是当下也顾不了那么多了，只要能将辰南狠狠踩在脚下虐，就是光彩的胜利者！

场外喧嚣之声不绝于耳，辰南近来风头之劲一时无二。现在，五位高手要与他大战，格外引人注目，许多的天使与仙神在源源不断地向这里赶来，都想看一看这场龙争虎斗。

"辰南你受死吧！"奇曼大喝着，周身上下涌动出滔天大火，熊熊烈焰将广场上的天空都烧得一片火红，他快速向着辰南冲去，浩荡起无比剧烈的能量波动。他的两个族弟，紧随在他的身后，同样神火漫天。八翼天使手中握着一把裁决神剑，一声清啸直上云霄，撕裂虚空，劈出璀璨夺目的剑芒，横斩辰南腰身。那位准雷神一声怒吼，漫天都是紫色闪电，巨大的电弧仿佛贯通天地，自那高高的云端直接劈向辰南，仿佛有无数根巨大的紫色神柱矗立在天地间，声势浩大至极。

　　辰南天阶肉身，迅若流星，在空中不断幻灭，留下一道道残影，飞快躲过了五位强者凶猛的第一轮轰击。而后，他静静站在高空之上，并未透发出丝毫能量波动，口中念念有词："游荡在天地间的水精灵啊，请听从我的召唤……"奇曼五人顿时无比愕然，辰南明明是一个东方武者啊，只能靠着强横的肉体搏杀，此刻怎么在吟诵魔法师的咒语？

　　"辰南你在做什么？少装神弄鬼！"奇曼大喝。辰南不得不停下来，道："我在吟诵咒语，准备施展魔法。忘记告诉你了，我除了是一名东方武者外，还是一名强大的魔法师。""我干！"奇曼气得忍不住骂出了脏话，这不是调侃人吗，谁都知道辰南出道至今，一直都是以武者的身份大战，现在明显满嘴鬼话。"你要是魔法师，我他妈的就是东方的神龙骑士！"本应优雅无比的元素火神奇曼，被气得忍不住大骂。

　　"嗷呜，你个棒槌！"广场外围的紫金神龙不干了，发着震天的龙啸，大声咒骂道，"你大爷的，占你龙爷爷的便宜？！告诉你，龙大爷我是火神骑士！""该死的四脚蛇，我、我恨不得杀了你！"奇曼忘记了自己的身份，被"裤头事件"折磨得看到紫金神龙就想动粗，现在被咒骂，立时不顾形象地反击。紫金神龙破口大骂道："你个就会烧火做饭的火夫，也敢大言不惭为主神？龙大爷我吐你一脸花露水！我呸！我……"

　　观战的众多仙神目瞪口呆。一个天使感觉口干舌燥，问旁边的同伴道："那是我们的火神殿下吗？""似乎是吧。"旁边的天使擦了擦额头上的汗水。他又问道："殿下他在干吗？"对方道："似乎在与一条龙互相问候对方的女性亲属十八代。"

　　"天啊，祖神在上！"围观的西方神灵，全都有些傻眼，不知道说什么好。

紫金神龙口水飞溅，如果论起骂人，十个奇曼也比不上它，直至奇曼险些气昏过去，痞子龙才稍稍歇了一口气，道："唉，人老了，健忘了，都有些不会骂架了。"旁边的仙神为之绝倒。奇曼被两个族弟以及八翼天使阻止住了，他如梦方醒，知道自己形象尽毁，无比悲愤地朝着辰南冲去。

辰南道："游离在天地间的火元素啊，请听从我的召唤吧……"奇曼以及他的两个族弟暴怒，辰南拿什么魔法作秀都行，但偏偏当着他们火神一脉施展火系魔法，实在是可忍孰不可忍。

辰南虽然吟唱了火系魔法，不过并未施展出，被动地躲避着他们的攻击。直至准雷神和八翼天使攻至时，他又开始吟诵雷系魔法，这实在有些打击人。直到最后，他将各系魔法吟唱了个遍，再没有人注意时，他才念了另一句魔咒！他要借助今天这个机会，检验一下某一成果，看看那个强大的助力能否如想象那般有效。

中央广场上空的虚空崩碎了，无尽的黑云快速压落了下来，阴森可怕的鬼气瞬间弥漫在全场。辰南大喜，天鬼召唤果然有效！他急忙以神念传出波动，告诉天鬼隐藏自己的天阶气息，万万不可被人发觉，仅仅将空中的五人制伏就好。

高空中无尽的阴森魔云的上空，一个巨大的空间通道黑洞洞的，天鬼就躲在里面。此刻他无比悲愤，已经发现了辰南的真实修为，竟然连神皇都不是！它痛苦得简直想一头撞死，强大的天鬼居然和一个神王签下了子母天鬼咒。天啊，它欲哭无泪。魔咒早已生效，它无法反抗辰南的意志，悲痛地遵命，将满腔怒意全部洒向了空中的五人。

按照辰南的授意，它并没有显露真身，只从空间大裂缝中，探出一只无比庞大的鬼爪，白骨森森，方圆千百丈，瞬间笼罩而下，狠狠将五人抓在骨爪中，而后又在刹那间将五人拍在广场之上。奇曼兄弟、准雷神、八翼天使五人，顿时被轰击得差点儿昏迷过去。

"天啊！""巨大的骨爪！""我的天啊，真是魔法啊，似乎是召唤魔法中顶级的大召唤术！"观战众人纷纷惊呼。

辰南吟诵各种魔法在前，此刻所有观战者都认为他真的懂得魔法，施展出了召唤魔法中的顶级术法——大召唤术！"轰！"巨大的鬼爪，像揉捏布娃娃一般不断蹂躏着奇曼五人，将他们抓起来抛出去，再拍向地面，不断重复。可怜的五人都快被拍碎了，如木偶一般被天鬼摆布着，直到最后被蹂躏得失去知觉。

"好可怕的大召唤术啊！"这是此刻所有人的心声。玄奘、潜龙、李若兰等人愕然，辰南什么时候会魔法了？他们也看不出其中究竟。唯有小凤凰、龙宝宝、紫金神龙、古思心中有数，小凤凰激动之下险些说漏嘴，被痞子龙急忙捂住了嘴巴。它大声喊道："看到没有，顶级的大召唤术啊，有拜师的没？我教他，入门条件很简单，随便到元素火神殿前大骂一通就可以。"众人为之昏倒。南宫仙儿美目流转，双眼透发着奇光，似盯住了猎物一般，一眨不眨地看着场内的辰南。

战斗不得不结束了，奇曼等人被鬼爪蹂躏得直翻白眼，不断抽搐，最后颤抖着认输。此刻痞子龙如绅士一般，迈着优雅的步子来到广场中央，彬彬有礼地对奇曼道："高贵的元素火神殿下，希望您忠于您的高尚品德，遵守您的诺言。"奇曼看到紫金神龙，仿佛看到了一条裤头罩在了自己头上，顿时火冒三千丈，再一想到需要在主神殿前挂上书写有"我是猪头，我错了"的牌子，他直接晕了过去。

虽然过去了数天，但是这次风波却依然没有平息下来。辰南施展出传说中的"大召唤术"，召唤来强大的不死生物，令神域内一片沸腾，许多人都在讨论，更有许多修习召唤术的西方神灵不断上门向辰南请教。此后的几天，紫金神龙天天在元素火神殿外号唱，因为火神一直没有挂出那面牌子，老痞子理直气壮，整日用破锣嗓子开演唱会，引得无数人观望。

不得不说，各个古老门派实力庞大，仅仅几日间，混天小魔王就利用混天道查获到讯息，生命源泉的确依然存在，因为有的主神系家族中就多少有一些。对于主神系家族中的生命源泉，辰南看不上，因为"量"太少，几滴或十几滴，与他所需相差甚远。

情欲道南宫仙儿的确有过人之处，她得到的讯息更加确切。元素土神系有五滴生命源泉，元素火神系还余有三滴……同时她还查出，所谓的生命源泉，乃是一条汩汩涌动的泉水，可想而知有多么庞大的生命之能！

遗憾的是，生命源泉曾经干涸过，随后消失不见了。但是众神相信生命源泉依然存在，那是一个会移动的泉眼。甚至有人怀疑，本应消逝的时间祖神与空间祖神，正是因为找到了生命源泉，浸泡了无尽的岁月，才使他们得以再现于"无天之日"。

只不过，两个祖神最后的修身之所被众神仔细搜索过，却没有发现任何有用的线索。在辰南他们继续探寻生命源泉下落之际，距离仙神大会召开的日期越来越近了。同时，在这个时候，有人传来消息，杜家玄界出现了异动！

第六章

异界之战

　　杜家玄界发生异动的消息立刻传遍了天界与人间，这绝对是一条震撼人心的消息，所有人都知道那里现在简直就是一个魔窟，六位太古人物堪比万魔之王！天知道他们什么时候会杀回来。最新发现情况的是附近的一个小玄界，在大开的杜家玄界出口处不时喷发出阵阵让人心悸的可怕波动，这个小玄界内所有人在界主的带领下第一时间逃离了那里。

　　得知这一消息后，月亮之上辰家最先行动起来，因为太古人物与他们的仇怨最大，简直就是死敌。他们立刻派遣高手前去调查，随后天界与人间其他各派也都派出人马前去打探。但是所有人都失望了，杜家玄界的出口封闭了，只能感觉到异常可怕的波动不断透发而出，似乎有一个超级大恶魔正在积聚力量准备出世一般。没有人能够确切调查出什么。各派派遣出的人马不得不失望而归，只留下部分人继续监视。

　　在距离杜家玄界出口十里外的一座高山之上，一个青衣少女双目蕴含着泪光，充满了无尽的悲伤，遥望着杜家玄界所在地。她语音颤抖，凄然地哭泣道："父亲、母亲、祖父、祖母……所有的亲人啊，所有的族人啊，整整五万多人，全都死了，没有人活下来……苍天啊，这三江四海之仇，我如何来报？！我如何能够打倒那六个魔君？！"

　　接着，少女的体内又发出了另一种声音，竟然是一个男子的精神波动，他同样悲愤无比，仰天怒吼道："只要我杜昊还有一口气在，这个仇必报！也许我杜昊现在修为浅薄，根本无法奈何他们，但是我发誓我一定要好好活下去，一定要亲眼见证太古六人灭亡！如果可以，我愿做那最后的一根稻草，以我渺小的力量在最后关头压死那六人！"这个青衣少女正是杜昊兄妹，是杜家玄界仅有的两个幸存者，事发之际，他们恰逢在外历练，躲过了那场可怕的血腥大屠杀。

杜灵道："哥哥，我们怎么办？""去罪恶之城投靠能够造神的神风学院，我要拥有一具自己的躯体，然后去寻找力量，如果能够杀死六个魔人，我愿意出卖自己的灵魂！"杜昊这个杜家青年一代"第一人"发出惨烈的誓言，与其妹共用一具身体疾飞而去。

在他们消失后不久，他们方才所在的山峰出现几道身影，正是辰南、紫金神龙、龙宝宝、古思、小凤凰。紫金神龙张了张嘴，似乎觉得自己要说的话很残忍，最后只长长叹了一口气。辰南似乎知道它要说什么，目视着远方道："他们很可怜，如果不再针对我，就让一切随风而去吧。"他知道杜家兄妹已经和他属于两个世界的人，修为存在天地之差，以后恐怕再无任何交集了。

在辰南他们身后不远处，潜龙、玄奘、南宫仙儿、李若兰、东方长明、混天小魔王当空而立，在更远处，西方的一些神灵也站在云端。辰南对着那群西方神灵喊道："元素土神，如果我失败了，定然为你做一件事；如果我成功了，不要忘记你的承诺，我需要借助你的土元素神力去给我掘地。"

那群西方神灵大多数来自元素土神一系，元素土神大声回应道："好，只要你能够破开封印的杜家玄界，探究出里面的秘密就可以。"元素土神很轻松，因为即便赌约失败，他也不用付出太大的代价。最主要的是，以他为代表的西方神灵都想要弄清杜家玄界此刻正在发生着什么。

杜家玄界所在地山青谷翠，绵绵不绝的群山景色非常优美。辰南他们飞快冲至杜家玄界近前，立刻感应到了汹涌澎湃的可怕波动，浩浩荡荡，如海浪一般。即便出口已经封闭，他还能够感应到如此可怕的波动，足以说明里面的凶险。辰南站在杜家玄界出口所在地的山巅，大声吟诵起来："游离在天地间的火元素啊，请听从我的召唤吧……"远处，西方神灵当中的一名火神系代表鼻子差点儿气歪了，就是这一招把火神系的主神奇曼害惨了。

辰南道："游离在天地间的土元素啊，请听从我的召唤吧……"元素土神也是脸色黑黑地望着辰南，到了现在西方的神灵已经察觉到，那绝对不是所谓的西方召唤魔法，更不可能是传说中的大召唤术，经过许多老一辈的神祇研究发现，那似乎是东方的某些古老秘咒。

"轰隆隆！"天色立刻暗淡了下来，无尽的黑云笼罩在杜家玄界之外，重重阴森森的鬼气遮挡住了远处众人的视线，他们再也看不清玄界入口处的景物。天鬼在巨大的暗黑空间通道中探出如山岳般庞大的狰狞骷髅头，无比悲愤地在心中怒吼着，非常不情愿地发出精神波动，道："天鬼遵从诏令。"

辰南命令道："将这片玄界给我轰开，不管是从入口处，还是从其他地方！"天鬼愤怒无比，有心挥动庞大的鬼爪抓向辰南，但是想到可怕的子母天鬼咒反噬之力，悻悻地收回了将要舞动的巨爪，而后沉闷答道："好吧。""轰！"天阶的力量狂轰杜家玄界入口，爆发出可怕的波动，瞬间震塌了附近的两座山峰。极限的力量尽管被作用在一点，但是磅礴的波动还是多少透发出去了一些。天鬼倒吸了一口凉气，道："这里的封印力量实在太强大了，似乎施加封印者比我要可怕许多。"

辰南心中剧震，知道定然是那太古六人无疑，不会他们已经回返了吧？如果他们在里面，这样贸然轰进去真是找死啊！辰南道："你身为天阶高手，能否跨越玄界，感知里面的景象？查探一下施加封印的人此刻是否就在里面。"

天鬼第一次露出惧意，无比谨慎小心地探出神念，用神识穿越进玄界，去感知里面的一切。好久之后，它才松了一口气，探察似乎费了很大的念力，它有些疲惫地道："里面没有可怕的人物，但是里面有无数生魂在号叫，庞大的生命波动似乎在为某种邪恶的阵法提供源源不断的能量。"

"快给我轰开，冲杀进去！"辰南有些焦急，已经大概猜测到是怎么回事。当初六位太古男子返回第五界时曾经屠杀五万余人，聚集庞大的能量波动，打通了那扇封闭已久的时空之门。现在，恐怕在进行着同样的举动，这一次极有可能是要打通一条长久的空间通道。

天鬼那如山岳般巨大的白骨爪不断轰击而下，奈何效果甚微，虽然封印之门在慢慢破损，但是照这样下去可能需要极长的时间。辰南可不想那太古六人这么快就回返，快速自内天地中召唤出千古凶兵，方天画戟始一出现，杀气直冲霄汉，即便天鬼凝聚而成的森森鬼气都被冲击得近乎溃散了。

远处，无论是潜龙、南宫仙儿等人，还是西方的一些神灵，都感应到了那摄人心魄的可怕杀气，同时透过那虚淡的阴森鬼气，看到了一个庞大无比的骷髅巨人，所有人心中皆一颤。阴森森的鬼气在刹那间再次聚合在一起，天鬼施加的障眼法阻去了众人的视线。

辰南手持方天画戟，对天鬼大喝道："将你的力量输入我的双臂中！"天鬼一阵犹豫，同时有些不屑，无形中精神波动出卖了它，它颇不以为然地道："我可是天阶高手啊，你不过是神王，不怕我的力量将你撑爆吗？我可不想死呢，如果你形神俱灭，我肯定毁灭。"

辰南大怒，道："你个毛头小鬼，还真以为自己无敌了？忘了当初我是怎么打败你的吗？连比你更加强大的力量我都能够承受。天阶和天阶也是有着巨大差别的，现在不过是山中无老虎，你这毛头小鬼暂称大王而已。不过——你再厉害，也是给我打工的！"劈头盖脸一顿话，顿时让天鬼彻底没脾气了。

当然，天鬼的力量不可能如八魂那般被辰南自由地运用，不过是注入了他的双臂中，让他能够机械地做着同样一个动作，那就是猛力劈砍！凶兵方天画戟被注入天阶力量后当真可怕到了极点，那股凌厉的"势"让人骨子里都感觉到寒冷，方天画戟如沉睡的古魔觉醒一般，对着玄界入口发出了魔啸。

杀气席卷天地间，这片山脉如进入了腊月严冬一般，百花尽凋，万木皆损，走兽与飞鸟更是暴毙无数。可怕的杀意之势直接灭掉了它们的生命之能！潜龙、南宫仙儿等人皆快速退避，飞退到远处西方神灵那里。虽然他们没有受到太多的影响，但是那种被锋芒直指心间的感觉非常不好。

凶兵方天画戟只能用"恐怖"来形容！两个时辰之后，杜家玄界那里的激烈碰撞以及恐怖的杀气终于收敛了，伴随着最后一声巨响，玄界入口告破。在辰南的一声命令下，天鬼发出一声令人头皮发麻的厉啸，率先冲了进去。辰南手持方天画戟随后，龙宝宝与紫金神龙它们紧紧跟随。

直至进入，辰南才注意到，玄界入口处，矗立着一根崩断的石柱，上面雕刻着无尽的咒文，封印的力量竟然源于它。他不禁冒了一身冷汗，太古男子自第五界打过来的一根石柱就如此强势地封印了杜家玄界，实在太可怕了！杜家玄界内依然如从前那般尸山骨海，凄惨的景象并未改变，但是在整片玄界中影影绰绰地多了许多魂影，凄厉的鬼啸声不绝于耳！同时，有无尽的生命之能自前方涌动而来。

"快！"辰南大喝道，他猜测生命波动必然源于玄界深处的空间之门，不知道现在赶去能不能阻止可怕的事件发生。潜龙、南宫仙儿、玄奘、东方长明等人见漫天的鬼气消散了，杜家玄界入口大开，他们也快速向前冲去。一干西方神灵看到这里，也不再犹豫，所有人一起冲去。

天鬼在最前方开道。辰南飞过尸山骨海，将方天画戟紧紧握在手中，遥指着前方，透发着无尽的杀气。几个神兽紧随在他的左右。当飞越过数十座山脉，穿过三片大平原后，他终于来到了透发着可怕波动的地域，一片荒凉孤寂的大漠之上，一座由鲜血浇淋过的石山静静矗立，与其说是石山，不如说是尸山！

这是由生命浇灌而成的尸山，染满了杜家人的鲜血。此刻，无尽的冤魂在那里号叫飞舞，听得人头皮都发麻。半山腰，那道血光暗淡的空间之门，闪烁着邪异的光芒。同时不断有炽烈的白光喷发而出，强大的生命波动之源果然在那里！"天鬼快给我轰爆这座石山，将那空间之门给我粉碎！"辰南焦急地大喝。

在辰南着急地喝喊之际，天鬼还未来得及有所动作之时，那不断喷发出生命波动的空间之门内传出一声震天长啸，一个高大的人影率先飞了出来！"他妈的，到底还是晚了！"辰南激怒攻心，忍不住大骂了出来，仅仅差了一步啊！

辰南眼前一阵发黑，没有人比他更了解太古七人有多么恐怖，不亲身经历那场惨烈的大战，是不会明白的。辰家八魂，加上神魔图，以及辰南背后的魂影，多重联合攻击，才干掉一个心存大意的松赞德布。此刻，辰家八魂不在，他拿什么去拼斗？天鬼吗？在太古男子面前，天鬼不过是个小鬼！

紫金神龙、龙宝宝、小凤凰、古思如临大敌，它们一直追随在辰南身边，怎么会不知道那几位太古人物的可怕。潜龙、玄奘、南宫仙儿等人，以及刚刚冲到的数十位西方土系神灵，也全部如临大敌，已经做好了最坏的准备。他们曾经通过记忆水晶，观看过那场大战，知道面对那等人物，再多的人也是白搭！

冲出来的人高大威猛，眼若铜铃，狮鼻阔口，满脸钢须，没有任何能量波动，符合辰南对他们的认知。但是辰南有些奇怪，这个人似乎不是那活着的六位太古人物当中任意一人，因为他曾经匆匆一瞥过，多少还有些印象。

"扑通！"让所有人目瞪口呆的是，那丈高的威猛男子，长啸着冲出来之后，在虚空中身体一阵摇晃，直接一头栽落下来，砸到了山壁之上。"不是那六人当中的任何一人！"辰南心中一松，立刻以神识波动大喊道，"天鬼，拿着我的方天画戟，快给我冲进空间通道，去阻止生命血祭，一定要破坏掉！"辰南说完这些话，急忙安抚凶兵之魂，留下一缕神念为引，不然方天画戟恐怕不能被天鬼顺利驾驭。

天鬼虽然万分不情愿，但是无法违背辰南的意志，在森森鬼气遮笼下，他的身体快速缩小，手持着辰南的方天画戟冲进了那扇空间之门。绝世凶兵在空间之门内狂劈，石山崩碎下不少巨大的石块，到处崩落，却无法撼动空间之门分毫，它依然闪烁着淡淡的血光，不断有生命之能喷发而出。

辰南一愣，立刻想起这空间之门是无法摧毁的，大叫道："不要在这里浪费时间，快快冲进去，阻止生命之能从第五界涌进这片玄界，一定要破坏掉那邪恶的血祭！"以生命之能打通两界，唯有阻止那庞大的生命之能进入，才可以阻止两界相连。天鬼发出一声刺耳的长啸冲了进去。

辰南快速冲到了半山腰，抽出残破的裂空剑，瞬间抵在了那仰躺在山岩之上的高大男子颈项上。但是，令他万分吃惊的是，他发觉此人竟然已经到了油尽灯枯的地步，对方的肉体已经死亡，如无骨一般瘫在了那里，唯有残弱的一丝灵识波动还存在。

辰南蹲下身体，将手搭在了他的身体之上，立刻骇然，这个男子全身骨肉竟然都近乎碎断，唯有表皮还算完好，内部已经碎了！他是凭着最后一口气冲过来的！"你是什么人？"辰南以神念问道。

虽然这个男子的肉体彻底崩碎，但是他的灵魂还有微弱的波动。"我是、阿德兰斯君王的信使，我们、正在和、回归的六位太古君王、大战、我被派来请求援助……"脆弱的灵魂，发出断断续续的精神波动。

辰南一愣，第五界正在大战，这样说来那六位太古人物并不是绝对威凌天下，他们也有仇敌！这应该算是一个好消息！潜龙、南宫仙儿、东方长明、玄奘等人，以及西方的几十位神灵，也已经冲到了近前，当他们听到这异界信使的话语后，无不愕然变色。太古六人迟迟未归，原来竟然在自己的世界大战，看来那些对手应该是足够分量的强者！

"那边形势如何？"辰南再次问道。"太古六君王、实在太强大了！摧枯拉朽、攻战少半壁江山，许多强者已经投靠他们，危急……"微弱的灵魂波动，似乎将要幻灭。辰南急忙打入些许魂能，才让他不至于当场彻底消亡。

男子道："我们这边、仅有四五个君王，勉强与太古六君王周旋，只能利用各种瑰宝，苦苦防守！"所有人都倒吸了一口凉气，不是因为惊叹于太古六人的凶悍，而是吃惊于在那一界，居然还有四五人能够同他们相提并论！这种天阶高手出现一两名就已经很恐怖了，现在居然又多出来四五人！还好，他们与太古六君王敌对，不然他们同时君临人间界与天界，到时候当真是无人能阻啊！

辰南沉声道："恐怕让你失望了，我们这边已经无天阶高手，没有人能够与那六人匹敌。""这怎么可能？！传说中的这边、曾经号称强者的摇篮啊！这……"那即将消逝的灵魂似乎忍受不了这重刺激，又将幻灭。

辰南再次为他打入一道魂能，他才艰难地继续道："是了、我明白了、传说、太古前的一战，让这个世界的真正强者、已经陨落得七零八落了。就是有这种级数的人还活着，恐怕也都在、隐匿疗伤。想寻到他们的踪迹，恐怕还不如在我们的世界、去寻找隐居的君王。"事实与他猜测的相差不多，当年太古一战后众强陨落，但是他不知道，即便侥幸不死的人也都进入第三界了。

辰南道："如果你们能够进入第三界，可以去碰碰运气。嗯，我不知道你们那边是否称那个世界为第三界，依据我们所知，那似乎是一个不毛之地，像是一个巨大的监狱。这边的天阶高手，有人进入了那里。"

微弱的灵魂似乎有些亢奋，灵魂之火剧烈跳动了一下，不过很快又暗淡了下来，他艰难地道："我们的世界与你们这边的世界，如果不是有这古老不朽的空间之门存在、很难相连。而你们所说的第三界、更为奇异，那似乎是一个放逐之地，天阶高手、可以进入。但是、若想回归，没有千百年根本无法做到。千百年之后、一切、都晚了。"这可不是一个好消息，意味着魔主等人千百年都不能回归，在这期间似乎无人能够抗衡太古六人。

辰南道："你是怎么过来的，难道也是用无尽的生命血祭，打开了空间通道？"男子道："太古六人久战不下，据说他们那一方还有一位君王未曾露面，似乎在你们这一界。他们派人屠杀数万生灵，要打开空间之门、寻那人回去。我趁机、冒死冲了过来……"辰南不由得攥紧了裂空剑，太古六人还不知道松赞德布已经灭亡！这可是一个导火索啊，消息一旦传过去，他们可能会立刻掉头杀来！

微弱的灵魂用希冀的目光看着辰南，道："当初你们这个世界的人镇压了太古七君王，难道当年的人一个都不在了吗？让这七人回归了……"辰南道："我说过，你们只能去第三界寻求援助，前提是如果你们可以解决返回的时间问题……"那微弱的灵魂发出一声无声的叹息，最后传出神识波动道："危机、离你们也不远了，太古六君王似乎、让他们寻回、第七人，而那批人无须回返，留在这界大练兵，让那些人在这个世界、血杀！"

所有人都倒吸了一口凉气！辰南皱眉问道："这次，他们打通空间通道，将是永久性的贯通吗？""不可能永久的、每次都要数万生灵血祭、这次通道即将贯通、你们无法阻止了。"说完这些话，来自第五界的人的灵魂彻底暗淡了下去，即便辰南再次输送魂能也不管用了。

辰南转过身来，对身边众人道："你们现在都退出杜家玄界，记住一定要合力把住出口，不能让一个活物通过，待会儿我们来个关门打狗！"显然，众人心中很沉重，毕竟那是异界的强敌啊。辰南道："请相信，我的那头召唤物一定能够干掉他们！"辰南没有让紫金神龙、小凤凰、龙宝宝它们跟随，自己转身快速向那空间之门冲去。潜龙、南宫仙儿等人，以及西方几十名神灵向着杜家玄界出口冲去。

冲进血光闪烁的空间之门，辰南静静看着远方的众人消失后，才开始召唤天鬼。"阻止不了！"天鬼出现后，第一句话就是抱怨，它根本无法阻止源源不断的生命血祭的能量贯通两界。辰南道："不需要阻止了，让他们来吧！等到另一端的人全部进来，通道闭合之际。你给我大开杀戒，将他们全部灭杀在这片玄界中！"天鬼一双眼窝中，闪烁着森森鬼火，残忍地笑了起来，发出让人头皮发麻的精神波动，最近它实在太憋屈了，早就有疯狂屠戮的冲动了。

辰南收回了方天画戟，带着天鬼快速远离了空间之门，天鬼毫无顾忌地幻化出了庞大的体魄，雪山般的森然骨架无比刺目。如此过去两个时辰，空间之门内冲出漫天的白光，无尽的生命元气波动，终于彻底打通两界，将石山外围的许多冤魂冲击得哀号着飞退。

"来了！"辰南双目紧紧盯着空间之门，他已经感觉到了一股压迫感。空间之门外围的一片空间破碎了，冲出几十名高有一丈的强者，第五界的人最典型特征就是身材高大。他们竟然在空间通道使用了传送阵法，集体瞬间从另一端冲进了杜家玄界！辰南与天鬼正在远处遥望，他对天鬼道："我们先后退，等待他们全部过来，以及通道封闭后再动手。"他们快速向着杜家玄界出口冲去。

那些刚出来的人没有急着动身，在杜家玄界内四处观望，直至几批人全部到齐，两界间的通道再次关闭之际，他们才向外冲来。没有能量波动，无从判断他们的强弱。天鬼一声鬼啸，如山岳般庞大的骨架瞬间暴露而出，挥舞着巨大的鬼爪向着那数百人抓去，浓重的鬼云挡住了后方的视线。

辰南没有跟进，退到了玄界出口。众人见他出来纷纷询问。辰南道："关门放鬼！那些人没有一个人能够逃掉。"对于天鬼的实力，辰南还是很自信的，毕竟没有天阶的时代，天鬼就是王！果然，遥远的玄界深处，传来阵阵凄惨的叫声。第五界的强人又如何？面对绝对力量，同样要被灭杀！

"你们……"肉体已经死亡，灵魂波动也被认为已经灭亡的第五界信使，突然传出丝丝微弱的精神波动，他居然还没有彻底消亡！"忘记、告诉、你们了。领队的强者、按照你们这个世界的说法、似乎是天阶初级高手……"说完这句话，他似乎真的灭亡了。

辰南真有一股想骂人的冲动。众人也是如此，这个家伙说话也太过大喘气了吧？这么重要的话憋到现在才说出！真是有些可恶！果然，不多时杜家玄界内传出了天鬼的凄厉怒吼，可以想象它遇到了劲敌！不过，辰南并没有灰心，准备将绝世凶兵方天画戟送进去。

然而就在这个时候，那被以为彻底死透的第五界信使，又传出了微弱的精神波动。"还有一件事、忘记说了，太古六君王、当中的一人、就在通道的另一端，不知道、他过来没有……""靠！你还没死啊?！"紫金神龙第一个跳了起来。辰南恨不得过去掐死这个家伙，这天大的消息他居然大喘气到现在才说出来！"他妈的……"连南宫仙儿这个性感尤物都忍不住骂出了脏话。

太古六君王当中的一人啊！谁人能敌?！现在，现场所有人都想冲过去，直接掐死这个吊着一口气喘到现在的家伙。"快走！现在大家都撤退！"辰南大喊道，"所有人有多远逃多远！"现在谁也不能保证，那位君王过来没有，唯有先逃离这里。所有人都冲天而起。

"我还、没死呢，还能、喘一口气呢……"地上那个信使再次以微弱的精神波动说了一句。众人为之绝倒。"靠，你这不死老强还活着?！靠靠靠靠靠！龙大爷亲自拎着你，我要亲眼看着你还能喘几口气，他龙奶奶的，气死龙了！"紫金神龙冲过去，揪着他的衣领，背起来就逃。

玄奘、混天小魔王、东方长明等人，立刻向着四方分散飞去，而西方的几十位神灵则头也不回，向着遥远的西方天际遁走。"辰南快逃啊！"几个神兽回头看到辰南竟然还站在原地，大叫道。辰南正在以神识波动，对着杜家玄界内的天鬼传音："将强敌引到丰都山，引到埋着石碑的天坑去！""嗷吼！"天鬼发出一声惊恐的咆哮，显然已经挡不住了。

辰南回头对紫金神龙与龙宝宝喝喊道："你们先走，不要管我，我不会有危险。"几个家伙知道他的脾气，知道无法劝阻，也不再多说废话，快速冲天而起，眨眼间消失在远空。辰南手持方天画戟，静静地站在杜家玄界出口。

杜家玄界如煮沸的水一般剧烈颤抖，里面不仅有天鬼的怒吼，还不时传来阵阵惨烈的叫声。天鬼已经杀死了不少第五界的强者，目前遇到了和它修为差不多的强敌，正在惨烈地搏杀。就目前来看，那位太古君王似乎还没有亲自过来，到现在无论是辰南还是天鬼，都没有感应到对方恐怖的"势"。

辰南急道："天鬼，情况怎么样了？不要坚持了，赶紧去丰都山，将他引到天坑去！""嗷吼……"天鬼咆哮，以神念传音道，"出来的小崽子被我几爪都捏爆了，余下不过十几个漏网之鱼而已。但是，他母亲的，跳出来的天阶强者不是一人，是两个！第五界那个信使他母亲的混蛋！我现在被缠住了。"

远离这里上千里地外的高空中，被正在飞行的紫金神龙背着的第五界信使，灵魂激灵灵打了个冷战，再次苏醒了过来，颤声道："有人、诅咒我……""你还没死啊？！"紫金神龙分外恼火，道："不用多想了，诅咒你的人就是我们，你也太能喘气了吧，最后一口气还没咽下去吗？你有什么可死不瞑目的？！"第五界的信使一阵寂静后，传出微弱的声音，道："我想起来了、有件事情还、没有说……"

紫金神龙抓狂了，龙宝宝、古思、小凤凰也感觉受不了了，这个家伙真是让人无语。"扁他，一直扁到冒烟，扁到咽气了算！消息不听也罢，反正这个乌鸦嘴，一次比一次说出来的消息坏。"紫金神龙大叫。龙宝宝第一个冲上去，一道刺痛灵魂的针形魂能打入了第五界信使的残魂中，道："神说你太可恶了！"

男子道："似乎有、两个天阶初级强者带队……""果然是更坏的消息。给我狠狠地扁，这不死老强，看来根本死不了！"紫金神龙愤愤地道，"这个家伙只要开口，就没好话！""错了、有个、好消息……"残魂被龙宝宝刺激得不断战栗，道，"我来的、时候，对方虽然、有一个太古君王在旁，但是我方、也有一个君王，不然我怎么可能冲过来呢……"说完这句话，他彻底没动静了。

杜家玄界内，天鬼庞大的鬼爪不断崩碎虚空，但是它的两个对手同样非常可怕，天鬼的手段根本无法有效杀死对方。辰南传音道："不要打出能量波动，要含而不发，不接触到他们的肉体，不要催出。"他曾经与松赞德布大战过，深深知道第五界人的可怕，他们的功法非常特异，能够汲取对手的力量为己用，唯有强横的肉体拼杀最为管用。

天鬼已经发现了这个问题，渐渐改变了作战方式，但是形式依然无比严峻。已经过去了少半个时辰，第五界那方的太古君王依然没有出现，不过就在这个时候，天鬼突然惊恐地大叫道："不好！我感觉到似乎有一个无比庞大的、能够吞噬人灵魂的太古凶兽，将要自那空间之门冲出！"天鬼能有这种感觉，足以说明空间之门另一端那人的可怕！毫无疑问，必然是太古六君王之一！

辰南焦急地催促道："快！想方设法冲破阻挡，将两个天阶初级强者引到天坑，如果那个太古君王冲过来，必然会追寻到那里，一定要快！"此刻，真的无比紧迫与危急！天鬼怒吼连连，终于找到机会，一声狂吼突围而出。辰南在一瞬间远离杜家玄界百里之遥，天鬼破碎虚空自杜家玄界出口飞出，两个第五界的天阶初级强者厉啸不断，紧追不舍。

经过"无天之日"后，三个天阶强者就是"王"，是真正的霸主，他们不断崩碎虚空，快速朝着丰都山方向冲去。辰南感觉到他们远去，快速冲回了杜家玄界，与此同时，十九条人影，也正好冲出玄界出口，正是天鬼爪下的漏网之鱼，其中有七八人是神王高手！

辰南手持方天画戟，长发无风乱舞，双目中射出两道冷电，扫视着一干人，冷冷喝道："神王？即便是神王级高手又如何！你们不是奉命要血杀这一界吗？没有两名天阶高手，我看你们还能翻出什么风浪！"

太古六君王已经知道这边的天阶高手都进入了第三界，他们让两个天阶初级高手带队，是可以横扫这边两界的！但是，有时候许多事情，都会发生意外。他们不会想到，还有天鬼这种存在，更不会料到有个"坑"在等着人往里跳。

十几位第五界的强者，他们身材皆高有一丈，个个高大魁伟无比，此刻所有人的目光全部聚焦在辰南手中的方天画戟之上。突然，一个人惊惧地颤抖了起来，神情无比激动与惶恐，大声叫嚷着。辰南虽然听不懂他的话语，但精神思想无国度，很快从他们的神识波动中，感知到了他在说什么。

"天啊，那是、不可能！怎么会这样？！那把让人战栗的凶兵，为何会与传说中的'刺天神矛'有着相似的特质，为何我会有这种感觉？刺天神矛不是松赞德布君王的兵刃吗？难道……"

显然，其他人也都感觉到了不妥，所有人的情绪都非常激动。其中数人同时亮出了手中兵器，竟然与之前太古人物松赞德布的青铜古矛样式相同！当然，这些都是仿制品，不可能比得上那杆古矛。他们乃是松赞德布的后代，对于祖先的那把兵器，知之甚详。"你们在说松赞德布吗？他被我杀了！"此刻辰南煞气冲天，整个人如同一个魔王一般，双目中冷电如实质化的光剑一般，让对面的那些人感觉阵阵刺痛。"混蛋，你敢对松赞德布君王如此不敬？！"对面十几人全部大怒，共同斥责辰南。

辰南放声大笑，而后话语无比冰冷，举起手中可以号称世间第一的凶兵，喝道："你们的感觉没有错误，这就是你们口中所说的刺天神矛打造而成的，但却远远超越了刺天神矛，它已经吞噬了刺天神矛的兵魂！现在是我的兵器。"

第五界人不可置信，纷纷道："不可能！""你在撒谎！""天都灭不了祖君！""你一定是偷盗了魔君的随身兵器。"……

辰南道："你们还真是天真，我懒得多说废话，你们不是奉命血杀我们这一界吗，今日看看到底谁为砧板之肉！"辰南的话语冷森森，杀机毕现。他虽然是神王级修为，但肉身已经达到了天阶之境，有这样一具恐怖的身体，即便面对数位神王他也不担心身殒。

"杀！"面对死敌没有什么好说的，辰南舞动方天画戟，整片天空都随着颤动了起来，杀气冷森森迫人，当场就将那些未及神王之境的第五界强人逼得生生倒飞出去。"你们退回去！"那些达到神王境界的高手急忙大喝。因为那把绝世凶兵实在太邪异了，透发出的强大的"势"仿佛能够吞噬人的灵魂！未及神王境界的高手没有争辩，快速退回了杜家玄界。他们实在不敢想象，这样一把凶兵，如果握在一位天阶强者的手中，会造成怎样的震撼。

一个披头散发、身高一丈二的巨汉，手中持着一杆神矛，大喝道："我去挑了他，竟然污蔑祖君！"未等别人同意，这个巨汉手持神矛快速冲来，其他人再想阻止已经来不及。辰南双目中射出两道幽冥寒光，方天画戟缓缓提起，双手用力握住戟杆，而后双肋间神翼猛地一展，简直比彗星还要迅疾，在刹那间就冲了上去！

绝世凶兵方天画戟在一瞬间劈碎了那杆刺来的神矛，雪亮刺目的戟刃在刹那间破开了对方的身体，一贯而入，快速剖开！凶戟穿过，辰南也跟着穿过，血雨纷飞，猩红的血水染红了高天。那高大的身躯被劈为两半，分开的面孔保留着难以置信的惊恐神态，他的魂魄也在一瞬间被凶戟粉碎了，辰南与凶戟是自他两半身体间冲过来的！场面极其震撼，一个神王高手在一瞬间就被辰南劈了！

要知道神王高手不仅在辰南他们这一边是强者，即便是在第五界也同样是高手。他们的较量间接反映出两界间实力的对比，毕竟天阶高手都是老古董级的存在，神王高手才是一界以后的希望所在。如果真正较量，辰南不可能简简单单地一招毙敌，皆因两人都想速战速决，那莽汉太过轻敌了，而辰南积蓄着全部力量想要一击奏功，威慑对方，在绝世凶兵方天画戟的相辅下，就这样达到了效果！

"杀了他！"一声喝喊，剩下的六位神王一齐向着辰南冲去。不过辰南并不惊慌，如今他不怕群战！如果实在不敌，他可以快速远退而去。他真正担心的是空间之门那一边的太古君王是否会真的过来，他之所以回来就是想探明这件事。辰南没有什么多余的话语，舞动着方天画戟就冲了上去，身子如钢铁浇铸的一般，漆黑如墨的长发随风狂舞，雪亮的戟刃反射着令人心胆皆战的冷森光芒，在六人间纵横冲杀！

一王战六王！虽然压力大得难以想象，但是辰南体内好战的血液却渐渐沸腾了，唯有这种近乎无法胜利的战斗才能够激发出他体内的潜能。好久没有真正面对死亡的威胁了，今天他舞动方天画戟如风，想要在这生死威胁间突破！

不过，今日上天似乎不给他这个机会。两声长啸自远方传来，"我来也！""阿弥陀佛！"潜龙与玄奘一前一后冲来。潜龙双目绽放着炽热的光芒，这个如死神般的魔主弟子，早已是一个好战狂人，近来经常与人拼杀。现在，去而复返，看到这样的对手，如果不加入进来那是不可能的。此刻，玄奘得道高僧的气质已经荡然无存，化身成了那嗜杀的血和尚，双目中竟然隐隐有血芒透发而出。大佛大魔一念间！两个人都是神王，冲上来什么话也没说，快速抢走了两个对手。

"呵呵！"如银铃般清脆悦耳的轻笑，自远空响起，南宫仙儿彩衣飘飘，性感妖娆的躯体在空中几个幻灭，在刹那间来到了近前。这个肌肤似雪、身材曼妙、容颜绝美到足以颠倒众生的妖娆女，此刻展现出的实力太出乎辰南的意料了。她始一上来竟然直接卷走两名对手，将两人引向了远方。潜龙似乎看出了辰南的吃惊神色，道："不用吃惊，你可能还不知道她是谁，我在不久前于天界找人拼杀之际，得知了她的真正身份！她乃是情欲道宗主破而后立的真身！"

"什么？！"辰南真的有点吃惊，忽然想起了南宫吟说的话，"天界情欲道的祖师可能出现了意外，因为她留在人间的玄界已经近乎崩碎了……"再联想到几日前，南宫仙儿进入西方天界时，情欲道众人众星捧月般将她护在中央，这一切似乎证实了潜龙所言。知道南宫仙儿的真身后，辰南感觉有些怪怪的，这个妖女"掳走"那两人，显然不可能一杀了之，但是依据已知的南宫仙儿个性，她应该不至于真的堕落。潜龙与玄奘虽然是强者，但是却非常不适宜与第五界的人作战，直至摸索出不能透发出能量波动，才渐渐扭转了局势。

辰南大战两名神王高手，压力比之前实在轻松了很多，最终一戟劈掉了一个对手的头颅，粉碎了对方的灵魂，任血水狂洒在身上，而后又一戟直接将另一名对手腰斩！穿过血雨，他冲进了杜家玄界，没有任何仁慈可言，挥动着手中的凶兵，将所有第五界残余强者，全部灭杀！鲜血染红了他的衣衫，碎尸块迸溅得到处都是，感受着空间之门内的躁动渐渐平静了下来，辰南无法判断出会发生什么事情。

当他再冲出杜家玄界时，潜龙与玄奘都已经战胜了对手，两个家伙如魔人一般，潜龙双眼透发出炽热的光芒，玄奘双眼透发出兴奋的血光，像看小白鼠一般看着两个俘虏。他们言明，要好好地研究一下第五界的人，包括他们的修炼法门，随后两人便分别遁走了，互约西方天界相见。

辰南也离开了杜家玄界，快速冲向丰都山，第五界来人除却那两个天阶初级高手外，都被灭杀了，他现在迫切想知道丰都山战况如何了。当辰南赶到丰都山之际，他只看到了最后的一段可怕画面。两个天阶初级强人，真的被天鬼引诱进了天坑，他们冲进那巨大的石碑之下后，就像两小块铁石沉入了大海一般，连个细小的泡沫都未出现就彻底消失了！只能用恐怖来形容！

天鬼打了个冷战，有些恐惧地自语道："彻底死定了，我当年不过稍微靠得近了一些，就被毁去了一半的修为。"辰南没有惊恐，反而大喜，这的确是个"天坑"！也许真的能够用来干掉一个可怕的太古君主吧！

让天鬼继续在丰都山修炼，辰南决定去西方借助元素土神的感知力，就是挖地三尺也要将那生命源泉的泉眼找到。复活雨馨一定需要生命源泉。同时，辰南想要借助生命源泉为八魂提供生命之能，要知道时间祖神与空间祖神本应消逝了，但传说他们正是因为找到了传说中的"泉眼"才得以存活了下来。或许需要漫长的时间才能够真正地起死回生，但是短时间内也应该会起到一定的作用的。

在辰南还在丰都山之际，遥远的杜家玄界空间之门内没有任何生命波动，但是突然间自里面打出一根巨大的石柱，斜插进杜家玄界中。

辰南离开丰都山，并没有立刻回返西方天界，他总觉得心中有些不安，预感到似乎将有大事件发生。最终，他再次返回杜家玄界，在这里他看到了几十道影迹在晃动，这些人都是天界与人间大势力派来的探子，长时间关注这里的一切。看到他们影影绰绰不安的样子，辰南知道可能有事情发生了。

果然，在他快速冲入杜家玄界后，明显感觉到了异常，一股冷冽的杀气弥漫在整片玄界内，比之秋风扫落叶还要萧瑟！但并不是腊月寒冬那种冰冷，这种寒意让人心生绝望，使人易产生孤寂自毁的念头，充满魔性诱惑的冷冽杀意！可怕的杀气邪异到极点。

辰南剑眉微皱，戒备着向着玄界深处飞去，穿过尸山骨海，他出现在那片静寂的荒漠之上。远远地望着那空间之门，他立时呆住了，不知道何时那空间之门所在的石山前方，竟然多了一根斜插入地下的石柱！那是一根长足有十丈的青色石柱，直径能有一丈，露在地表之外的一段能有六七丈长，斜指着空间之门，看其位置、距离、态势，很容易让人联想到是从那空间之门内打出的。而整片玄界内的"绝望寒意"竟然源于它，充满魔性诱惑的冷冽杀意之源竟然在此！

辰南感觉更加不安了，即便知道两个天阶高手与天鬼作战时，他都没有这种感觉，面对眼前的一根青色石柱，他却有心惊肉跳的警觉，这实在不是妙事。所谓艺高人胆大，辰南缓慢向前飞去，想要看个究竟，想知道到底是怎么回事。到了不足三里之遥时，辰南发觉了情况的异常，那青色石柱竟然与那空间之门似有着玄异的联系。他绕过青色石柱，从另一个方向来到石柱与空间之门中间，感觉到了一股无形的能量流在流转。

青色石柱与空间之门内，似乎有一道即便是天眼也无法看透的能量联系。辰南知道不可能是青色石柱与空间之门的联系，应该是与第五界的联系！辰南打出一道剑气，尝试切割那无形能量带，但是一阵刺目的光芒闪现而出，剑气在撞上能量流的刹那间湮灭！非常恐怖的力量！

辰南一阵惊心，这似乎像是第五界有强者在跨界联系这根青色石柱！而有此功力的，非太古君王那级的人物不可！他真的有些疑惑了，不明白到底怎么回事。如此观探了两个多时辰，辰南依然没有任何发现，最后他实在忍不住了，决定尝试毁灭那青色石柱。因为无论怎么看，那石柱与第五界有联系，都不是什么善事！

辰南神情凝重，缓缓向前飞去，距离青色石柱百余米时，他内天地当中封存的方天画戟，竟然传出阵阵不安的躁动，凶兵竟然隔着内天地挣动了起来。凶兵在预警，还是它有特殊感应呢？辰南快速将方天画戟召唤出来，紧紧握在了手中，凶兵一阵颤动，而后发出高昂的战意，目标直指石柱！见此情景，辰南没有讶异，他握住方天画戟，缓缓逼近。最后，在距离青色石柱十丈远时停了下来，高高举起凶戟，以力劈华山之势，狠狠向下斩落。

雪亮的戟刃喷发出一道无比刺目的光芒，如长虹裂天一般，"咔嚓"一声劈落而下，瞬间劈在十丈青色石柱之上。伴随着一片绚烂的光芒，十丈青色石柱爆碎，但是自其中却透发出一股更加凌厉的杀气，无尽的绝望之意爆发而出，一把光灿灿的魔刀显现而出！其透发出的杀气虽然比不上方天画戟，但是其透发出的强大的"势"却丝毫不逊色于凶戟！

这把魔刀具有完美的弧度，其上雕琢着一道道魔纹，看其样式极其古老，这把刀集漂亮、沧桑、古朴、邪异于一身。而魔刀此刻明显强于凶戟的地方在于，它此刻似乎被布下了强大的咒文，一圈圈奇怪的古老文字环绕在它的周围，浮现在周围的虚空中，将它定在了原地。没有青色石柱包裹，魔刀透发出的绝望杀意更加浓烈，连辰南的心神都不禁有些受了影响，心中涌起一股悲意。

"该死的，真是魔刀啊！不仅透发出了强大的'势'，居然还能够影响人的心神！"辰南很快联想到太古七君王当中，似乎有一个人就是手持魔刀的，当初七人刚刚冲破封印之际，他匆匆一瞥间有过印象。他知道大事不好！那位太古君王的魔刀无缘无故怎么可能会出现在这里呢？难道他将要过来了吗？

那道无形的能量带依然与第五界有着联系，辰南不知道那位君王到底要干什么，他握着躁动不安的方天画戟，几次劈砍那把魔刀。但是此刻虽然无人把持魔刀，可是那些浮现于空中的魔纹生生化掉了方天画戟的攻击。辰南在这里又耗费了两个时辰，最终也没有破开那些咒文，无法撼动那把魔刀，他虽然不知道魔刀与那第五界到底有怎样的联系，但是知道绝非好事。在这里无法改变什么，辰南毫不犹豫地冲出了杜家玄界，临走之时他冲着那些探子大喝道："好好地监视里面那把魔刀，如果有任何异动，赶紧禀报给天界与人间的各大势力。"

辰南决定一定要找到生命源泉的泉眼，尽可能地先为八魂补充生命之能，那魔刀的主人说不定哪一时刻就会过来，他强烈需要八魂的力量。

东西方天界交界地带，辰南遇到了等候在这里的紫金神龙与龙宝宝，隔着很远就能够听到紫金神龙的叫嚷："真是邪门了，你还没死，居然又醒过来了！"辰南闻听之下大喜，他觉得这不死老强，现在不算可恶，甚至有些可爱，因为他迫切想向他询问一些事情。见到辰南冲来，紫金神龙、龙宝宝悬着的心放下了。

辰南道："他还活着？"紫金神龙道："嗷呜，活得太让龙郁闷了，每过一段时间都要醒过来一次，每次这个乌鸦嘴都要说一件丧气的消息。最可气的是，他偏偏不一次说完！欠抽啊！"辰南疑惑道："到底怎么回事，他说什么了？""他说有两个天阶高手过来了，还说他们那一方的一个君王在空间通道的另一端，与一位太古君王对峙……"紫金神龙详细地向辰南说了一遍。

听完这些，辰南急忙转过头来，向刚刚"苏醒"过来的第五界信使问道："我方才在杜家玄界发现了一把魔刀，似乎是从第五界打过来的，充满了绝望的杀意……""啊？"第五界信使虚弱的灵魂一阵战栗，惊道，"是那把、绝望魔刀、可怕的凶兵啊……"说完这些，他的灵魂之火幻灭了。"不会吧，死了？刚到紧要关头！"辰南懊恼无比。

"放心，这个家伙死不了，那最后一口气，我看没有个十天八天是咽不下去的，习惯就好了，一会儿他保准还醒过来。"紫金神龙恼火地解释道。这样也行？昏倒！辰南有些无语。

他们一行人很快来到了神域，辰南直接去元素土神殿找到了土系主神，道："按照赌约来说我赢了，需要借用你们土系神灵对大地的感知力，你不能拒绝。"元素土神道："不会的。当然我不可能亲自出面帮你，我的两位族弟会相助于你。我很想知道你到底要干什么呢？"辰南道："没事，去挖宝而已。"

元素土神在主神殿中传来自己的两位族弟凯恩斯与罗利德，他们虽然没有达到神王境界，但是也相差不远了。刚刚离开土神殿，第五界的信使又醒了过来。到了现在，对于这不死老强，紫金神龙与龙宝宝它们都已经习惯了，在它们看来这家伙属蟑螂的，真是沉得住气，最后一口气始终不咽。

男子道："绝望魔刀是、太古六君王当中、黑起君王的凶兵，也正是他在空间之门的另一端、与我方的君王对峙……""他龙爷爷的，又死过去了！"紫金神龙没好气地道。辰南也习惯了这个不死老强，转过头对凯恩斯与罗利德问道："西方天界有哪些禁地？就是那种绝对的大凶大恶之地，绝对没有人敢涉足的地方？"两个土系神灵狐疑地望着他，不明白他为何这样问。

辰南道："我想去碰碰运气，看能不能挖到些宝贝。"鬼才相信他这种话呢，两个土系神灵想了又想，道："凶恶之地倒是有不少，不过谈不上绝对无人敢涉足。毕竟神域内不乏高手，在天界神灵就是主宰，怎么可能有神灵不敢涉足的地方呢。"

"是吗，在东方天界就有一个魔主之墓，从来没有神灵敢去。难道西方天界没有这样的地方吗？"辰南现在只能选择这样的地方，如果生命源泉还存在的话，应该只能在这些地方，一般的地带恐怕早就被别的神灵搜过了。闻听此话，凯恩斯与罗利德脸色变了又变，同时惊道："你不会想让我们跟你去那种地方吧？"

辰南问道："真的有这种地方？""没有！"两个人急忙摇头。辰南笑了笑，道："好吧，我们先休息一天，明天再说。嗯，去我住的那里吧，我还有事情要问你们。"到了辰南的居所，辰南快速制住了两人，让两人彻底陷入了昏迷。小凤凰疑惑地看着他，辰南笑道："借用他们的土元素感知力就可以了，他们沉睡或不清醒的状态比清醒时更好，不然不可能乖乖合作。"

这个时候，第五界的信使再次醒来："黑起、乃是绝世杀神啊！一日间、坑杀四十万仙神、是太古六君王中最为冷血的君王。他将魔刀打了过来，是在向没有回归的君王发讯息，如果长时间得不到回馈，他必然、亲自杀至！"总算说出了完整的意思，紫金神龙没好气地将他丢进自己的内天地，道："慢慢挺尸吧，我看你能挺几天！"辰南面露凝重之色，道："黑起随时可能会跨界而来，必须随时做好大战的准备。古思你去月亮之上，将这些情况详细报给辰家。"古思知道事情紧迫，快速离去。

接下来，辰南将紫金神龙还有龙宝宝派遣了出去，让它们详细打探这西方天界到底有哪些禁地。半天的工夫，两条龙就回来了。禁地倒是打探到不少，不过大多数并不是绝对的禁地，还是有些神灵能够从容进出的。倒是龙宝宝无意间打探出的一则消息引起了辰南的注意，神域内有一块极其特殊的所在，由各个神殿派高手联合严密守护，不准任何人靠近半步！

"神域内居然有这样的地方？好吧，我们第一站就去那里！"辰南控制住两个土系神灵的神智，带着他们还有三头神兽，悄然向那里出发。

这是一片美丽的花谷，面积非常广阔，四面的大山围拢成方圆十数里的一片山谷。里面百花盛开，姹紫嫣红，五颜六色的花朵遍地皆是，花香阵阵，沁人心脾。远远望去，万花摇动，蜂蝶飞舞，当真是一片花的海洋。明显可以看到，四周有不少神灵的踪影，他们遍布在花谷外围，懒散地瞭望、守护着。这也难怪，世代相传，守护了千万年，到头来从未发生过任何事情，也怪不得他们松懈。

辰南他们很轻易地就潜入了这片花谷中，而后几个家伙快速以法力沉陷一块地表，隐伏入地下。伴随着那块土地慢慢沉入地下，小凤凰惊叫了起来："地下怎么在流血呀，还有好多的骸骨……"辰南他们也吃惊地发现了问题，刚刚沉入地下，他们发现四周的土层竟然汩汩地涌动着血水，而且土层深处竟然埋藏着许多雪白的骸骨！

此刻，辰南没有去深究这里为何有着那么多的白骨，以及地下竟然有鲜血渗出。他迫切想深入地下探个究竟，因为没有意外，生命源泉就在下方。这一切实在是太意外了，超乎想象地顺利！他们没有花费什么力气，似乎就直至目的所在。很显然，三头神兽也实在太兴奋了，也没有做任何多想。在辰南用法力破开一条向下的通道后，它们都迫不及待地冲了下去。

向下冲去百余丈之际，一道灿灿神光蓦然间突兀地劈出，地下深处狂猛地抖动了起来，辰南、紫金神龙、龙宝宝、小凤凰皆被那刺眼的蓝色电弧劈中，后面的两个土系神灵幸运躲过一击。在刹那间，辰南有着强大的天阶肉身还好说，三头神兽皆感觉到一阵剧烈的疼痛，身体险些碎裂开来。小凤凰的漂亮羽毛更是被电得全部蓬开，分外滑稽。

紫金神龙大怒，叫道："他母亲的，谁在偷袭我？！"地下一阵剧烈震动后，又变得静悄悄，根本感觉不到偷袭者的气息。地面上传来阵阵喝喊之声，显然那些守护人员感应到了地下的异常。辰南在一瞬间冷静了下来，叹道："我们太渴望得到生命源泉了，所以方才才那么冲动。其实可以想象，不管这里有没有生命源泉，都不可能那么容易得到。不然那些西方神灵恐怕早就动手了，还派人守护在上面干吗？这里明显有着强大的禁制，方才我们不过触发了最外围的某些简单禁制而已。"

龙宝宝眨动着明亮的大眼睛，点头同意道："是这样。""怎么办，上面的人似乎发觉了地下的异动，还要继续吗？"紫金神龙问道。辰南道："继续。不过，你们远远地跟着我，不要跟得太近，我的肉身比你们强大。那些禁制还伤害不到我。"

辰南当先向下冲去，强大的电弧再次劈出，不过却难以真的伤害到辰南，他将绝世凶兵方天画戟抽出，在地下狂劈，破除一道道禁制。地面已经沸腾，守护在这里的神域强者无不变色，经过了无尽的岁月，这里从来没有出现过任何问题。直至今日，竟然有异变发生，所有人都非常惊心。他们不知道下方到底有着怎样的隐秘，但是自古以来所有老辈人物在身死前，无不神情凝重地告诫后辈，万万不可让这里有失，一定要好好守住！不要去探究，不要去追查。

元素水神西拉丽丝第一个冲来，这位天界少有的美女神灵，此刻不顾形象地咒骂道："该死的，到底怎么回事？！"可以看出她的焦急与惶恐。远处，元素土神、智慧女神、光明神等一干神祇全部被惊动，飞快地朝着这里冲来。在更远处，那些本已退居幕后的老辈神灵也全部被惊动，神域内一阵大乱，许多难得一现的老辈大人物纷纷冲来。

地下深处，辰南他们已经又冲下了数百丈远，来到了距离地表八百丈深处。这里，汩汩涌动的血水更多了，白骨森森。他们发现，血水之所以涌动，完全是因为他们的动作破坏了土层的缘故。辰南有一股荒谬的感觉，这片大地仿佛真的是个躯体，不过里面的骸骨已经坏死，而血液依然新鲜，他被自己的这种想法吓了一大跳。继续冲进了百余丈后，辰南的天阶肉身都已经有些吃不消了，禁制越来越强大。现在不光有闪电劈舞，更有火焰、冰矛、土刺、白光等各系魔法禁制。

当然，这可不是普普通通的魔法攻击，全部是超绝的禁咒！每一记魔法攻击都可以让一座巨山在刹那间灰飞烟灭，化为粉尘。如果辰南不是天阶肉身，换作一般的神灵可能早已崩碎了！然而，这片地下实在是无比邪异，这些魔法攻击全部在地下爆发开来，但是地底深处不过是传出阵阵剧烈的震动而已，根本没有被毁灭。

在一千丈深处，一片淡蓝色的水幕阻挡在前，拦住了辰南他们的去路。那淡蓝色的水幕，如晶莹剔透的蓝宝石堆砌而成一般，光华灿灿，非常夺目漂亮，但是无论是辰南还是几头神兽，都感觉到了莫大的危险。这绝不是寻常的水系守护屏蔽光罩，感受着里面缓缓流动的恐怖能量，恐怕最起码是天阶高手布下的！

辰南不愿轻易触碰，将两个心智被控的土系神灵叫了过来，而后将双手贴在他们的脊背之上，让他们运用天赋本能，仔细观探了一下周围的情况。这是辰家玄功的秘法，两个被控心智的土系神灵相当于辰南身体的延展，他们的天赋此刻化成了辰南的天赋，在一瞬间，他清晰地感觉到了地底深处的一切。

土层中所有的景物清晰地映入他的眼帘，无尽的骸骨毫无规律地分布在泥土中，而一道道似蛛网般的"血管"同样密布大地，充满勃勃生机与活力。让辰南感觉到震惊的是，所有的"血管"全部相连，最后竟然经过几根粗大的"血脉"，汇聚到了地底深处这片蓝色的水幕中！这里仿佛是一个巨大的心脏！

辰南将两个土系神灵丢入内天地，开始不断崩碎水幕周围的禁制，仔细观探这个巨大的心脏。它竟然有方圆千百丈，形状也近乎于心形，那些巨大的血脉被辰南切割断裂后，流出大量的血液，竟然还能够快速相连起来。细细观看可以发觉，每过片刻这颗蓝色的巨大"心脏"就有力地跳动一下，透发出的恐怖波动让人心惊胆战。

在辰南他们胆大包天观探那蓝色心脏之际，地面上所有人都已经焦头烂额，大批的西方神灵赶到了这里，所有人都在这片花谷中搜索着。但是，辰南他们留下的地洞早已闭合，消失得无影无踪。最后，几个前辈人物斩钉截铁地下了命令，要求几位主神进入地下去观探，一定要弄清下方到底发生了什么。

辰南与三头神兽围绕着巨大的心脏全方位地转了几圈，最后在一个地方发现了异常之处。巨大的蓝色心脏之上，有一处光芒极其暗淡，那里有拇指大小的一块斑点，与其他光壁极其不协调。"偶滴神啊！虫子，是虫子！"龙宝宝惊叫了起来。

一条如拇指般长短的虫子，浑身上下洁白晶莹，如温玉雕琢而成的一般，正是它蚕食了这片蓝色的水幕，让那里出现了一个微不可见的裂缝，它已经探出了部分躯体。不过，这条如玉般的白虫，似乎已经累坏了，无精打采地趴在那里，似乎一动也不能动。但是，它显然有着生命波动，似乎感觉到了辰南他们的到来，稍微动了动，用一双虫眼迷惑地看了看一人三神兽，而后竟然吓得一阵颤动，整个身体似乎痉挛了起来。

紫金神龙摸着下巴，有些不解地道："这个虫子它似乎有智慧，很惧怕我们。"辰南可没紫金神龙这般粗线条，他现在如临大敌，要知道蓝色水幕上面可是天阶的能量波动啊，这条白玉虫竟然蚕食出一个裂缝，这是多么恐怖啊！可是，等了老半天，没见那白玉虫攻击他们，反而流露出了近乎绝望的惧意。

辰南大感奇怪，随后看到它似乎精疲力竭的样子，似乎明白了什么。他快速自内天地中取出一个玉盒，将白玉虫收了进去，而后以大法力连续施加了十三重封印，阻止外界的元气涌入。紫金神龙也想到了白玉虫蚕食天阶力量的事情，感觉自己的脊背瞬间湿透了。

"老头，有一个老头！"小凤凰惊叫了起来。它站在辰南的肩头，一只凤目正好通过白玉虫啃咬出的裂缝观看到里面的景象。辰南一阵吃惊，急忙观看。只见，神秘巨大的蓝色心脏虽然和许多血管相通、相连，但是里面竟然没有半滴血液，那些血液涌入的刹那都变成了强大的能量，蓝色水幕上的天阶能量波动，竟然源于它们源源不断地补充。

心脏是中空的，里面是一片广阔的虚空，然而就在虚空的正中位置，悬浮着一具和干尸般差不多的身体。那是一个干瘪的老人，身材矮小枯瘦，一头花白的头发很稀疏，满脸皮肤干皱无比，双目紧闭，鼻梁高耸，留着一缕山羊胡，他静静地蜷缩在虚空中，身上的衣服古老得难以知道是哪个年代的款式，邋邋遢遢，非常不讲究。但是，正是这样一个毫不起眼的老人，却让辰南与三头神兽感觉到了一股巨大的危机感，那似乎不是一个衰弱的老者，倒像是一头最为凶狠的太古凶兽！

紫金神龙、小凤凰、龙宝宝一起向着辰南的手中望去，辰南也不禁看向手中的玉盒，表情极其不自然，使劲地咽了一口唾液，道："不会吧，没那么巧吧？这老头，这白玉虫不会有什么联系吧？！""神说，我们、我们似乎真的犯错误了。"紫金神龙也感觉口中发干，有些结巴，道："我感觉我们似乎惹了大大大大大大麻烦了！""真的吗？"小凤凰飞到了辰南的头上，有些害怕地离玉盒远了一些。

"轰！"上方的西方神灵触发了禁制，正在焦急地向下冲来。辰南看了看蓝色心脏中的那个小老头，又看了看手中的玉盒，感觉一阵头大。最后无奈地道："我们先离开这里吧。"说罢，他将方天画戟抽了出来，对几头神兽喝道："跟紧我！"说罢，绝世凶兵破开虚空，生生开辟出一条空间通道！

地面上的几个老古董在刹那睁开了双眼，道："快在附近的空间搜索，有人似乎破开虚空逃了！"顿时，漫天神灵飞舞，天使的羽翼遮蔽了天空。只是，辰南逃得极其遥远，在凶兵方天画戟相助之下，一口气开辟出一条百余里的空间通道，出来之后快速潜回了居所。直至两日后，这场风波才慢慢平息下来。神域内的老古董虽对没有捉拿到敌人耿耿于怀，但也无可奈何。最终并没有任何惊天巨变发生，让他们那颗悬着的心多少放下了一些。

此刻，辰南正在与那条白玉虫大眼瞪小眼，旁边围着三头神兽。现在他们处于绝对虚空中，没有一丝能量波动可以涌进，至此辰南还是有些不放心，怕这个神秘的白玉虫可能会汲取到能量，他将天鬼秘密召唤了过来，守在暗中。辰南首先传出神识波动，道："我们无意冒犯你，不过是为寻找生命源泉，巧合进入了那里而已。"不过白玉虫没什么反应，双眼中依然透发着些许惧意。

辰南道："想来你应该是个大人物吧，该不会就是蓝色心脏中那位老人家幻化而出的吧？"听到这句话，白玉虫立刻颤动了一下，似乎受了些惊吓。看到它如此反应，辰南和三头神兽心中一跳，不会说对了吧？不过，看到它如此恐惧的样子，辰南感觉有些希望，似乎这条神秘的虫子处在最虚弱的时刻，是不是可以一巴掌拍死呢？一劳永逸！管它是虫子，还是那个神秘的干瘪老头呢！白玉虫似乎非常惊惧，竟然传出了精神波动："你要杀我？！"

辰南吓了一大跳，不仅因为它突然传出精神波动，还因为对方竟然先一步觉察到了他将要付诸的行动。辰南道："没有的事情，我怎么会那么做呢？我在想如何放了你，才能够化解我们之间的误会。"

白玉虫道："你根本杀不死我，但此刻我非常虚弱，你能够让我很长时间内的努力全部化为乌有。如果你放我走，我以后必有厚报，即便你想做这西方天界之主，我都可以答应你！如果你不满意，就是将东方天界囊括进去，也不是没有可能！"

"姥姥个大爷的！"紫金神龙暗暗惊叹，这老虫子到底什么来头啊，居然敢如此口出狂言？辰南也是感觉很惊骇，同时更加感觉有些头痛，居然惹了这样一个来头大得吓人的家伙，这次麻烦真的惹大了。

"您老人家到底是谁呀？"小凤凰的话也是所有人的心声。白玉虫道："你们不用管我是谁。总之，我有那样的实力。"听着小虫子如此语气，辰南他们有一股荒谬绝伦的感觉，但是不得不重视。"好的，我绝不可能囚禁前辈。我现在想办法，或许可以将您的躯体放出来呢。"辰南没有给它再说话的机会，直接将它封印进了玉盒中。当将玉盒连布十三道封印后，辰南沉思起来，紫金神龙与龙宝宝则目瞪口呆，不是要放吗，怎么直接又给封印了呢？

辰南道："这个家伙来头应该的确大得吓人。但是我不相信它的话啊，我们这么对它，即便放了它，估计它真要恢复了实力，恐怕也会灭杀我们。这样一个来头甚大的人物，不可能会让曾经如此'拿住'

过它的人继续活在世上，不然以后好说不好听啊，太丢人了。"

"那你想怎么办呢？"紫金神龙问道。辰南沉思了很长时间，道："我想是不是可以让天鬼把那个蓝色的心脏挖出来，送到杜家玄界去呢！""神说，我我我支持！"小龙很激动。"嗷呜！"紫金神龙立刻狼嗥了起来。这个想法很是疯狂。不过三个唯恐天下不乱的神兽却兴奋得嗷嗷乱叫了起来。

辰南决定等待事情稳定下来，命令天鬼去挖心脏。不得不说，几个家伙果真无比疯狂。那可是神域的秘密禁地啊！仅仅过去了几日，天鬼就出动了，老骷髅虽然百般不愿，但是它无法反抗辰南的意志。不过它几次尝试，都被吓得不轻，那水蓝色的巨大心脏，蕴含着无比恐怖的力量，即便是它天阶的修为，也不敢硬碰。

最后，在辰南的建议下，天鬼做了一个让神域为之疯狂的举动。在一个黑夜，它将所有守护者震昏了过去，大片的魔云笼罩在那里，而后它张开了内天地，竟然以天阶大神通，将这片方圆十数里的花谷，收进了它的那片鬼域当中，在原地留下一个巨大的深坑。第二天，神域彻底沸腾了！这实在太疯狂了，守护了无尽岁月的秘谷，竟然消失不见了！

辰南没有片刻停留，杜家玄界那把绝望魔刀，像时时在他颈项处冒冷气一般，让他每日都感觉到了死亡的威胁。今次，意外的机会出现，他决定要好好利用。没有多余的举动，带着天鬼进入杜家玄界后，在辰南的命令下，那方圆十数里的花谷，轰隆隆自鬼域中坠落而下，瞬间将那把光芒万丈、透发着无尽绝望杀意的魔刀掩埋在了下面。花谷下传出阵阵魔刀的啸声，以及魔刀周围那些咒文的强大力量波动。似乎在激烈抗争着什么！

辰南准备静静守候在杜家玄界中，他知道绝世杀神黑起君王恐怕要不了几日就要跨界而来，他需要等待时机将那白玉虫放出去。

辰南身处杜家玄界，将三头神兽都遣了出去，不想让它们一起涉险，毕竟这一切只需要他一个人就足够了。三头神兽没有多说什么废话，生死攸关的紧张时刻，无须多说什么，一切尽在不言中。此刻的杜家玄界，腐尸臭气冲天，辰南不得不躲在那片被移来的花谷中，这方圆十数里的花谷，鲜花烂漫，姹紫嫣红，沁人心脾的花香，随风飘洒弥漫，空气清新，比起远处如同地狱般的景象真是天地之差。

辰南在这片花谷中，不知道为何感觉到了阵阵异常的波动，他始终觉得这片花谷似乎真的是一块巨大的肉体，而非简简单单的土层。白玉虫依然被封印着，不过辰南意识到，当黑起突然杀至时，他仓促间将白玉虫放出去，它能够积蓄到足够的能量吗？这是个大问题，它不会被那强大的太古君王秒杀吧？他有必要和白玉虫交谈一番，来套套话。辰南再一次将玉盒取出，将天鬼召唤而来，让它藏身于暗中，而后将周围布置成真空地带，难以有半丝精气涌入。

每当看到这只洁白如玉的虫子，辰南心中都会涌起一股极其荒谬的感觉，这种感觉太不真实了，一个天阶强者竟然会以这个样子呈现在他的眼前。"你觉得很好笑吗？"白玉虫冷冷的神识波动荡出。这让辰南大吃一惊，对方的灵识未免太过敏锐了，甚至有些可怕。他不过刚刚有那样一个念头而已，还没有表达出来，对方竟然截取了他的心灵波动！

白玉虫道："我说过我的真正身份很强大，整片西土天界我都能够送给你。只要你放开我，让我进入这片花谷中。"说到这里，辰南明显感觉到了那对虫眼中闪烁而出的贪婪之色。这可不是什么好兆头，这个白玉虫似乎真的不是什么正义之辈啊。辰南道："前辈，你也看出来了，咱们明人面前不说暗话，我们彼此心里都清楚，我有顾虑，因为我怕放了你以后，你第一个就灭杀我。"

白玉虫道："你无须有此顾虑，我怎么可能会与你一般见识呢，再说这也是你无心之失。"辰南道："敢问前辈，究竟需要多久才能够恢复元气呢？"辰南最关心的还是这个问题。"大概需要几千年吧。"白玉虫想也没想，就说了出来。不过辰南却绝不相信，他再次问道："我只需将你放进这片花谷中就可以吗？不需要破开封印，将蓝色心脏里面的那个本体救出来吗？"白玉虫道："不需要，只需将我放回花谷就可以。"

辰南听闻此言，立刻狐疑了起来，这似乎不太正常啊，怎么可能会舍弃本体而不要呢？"好的，我会尽快让前辈得偿心愿。"辰南毫不客气地再次将玉盒封印。而后，他在花谷中不断地搜索探寻，到底有什么隐秘呢？居然可以让白玉虫舍弃本体而不要，难道这片花谷就能够让它恢复元气？

辰南再次冲入地下，费力地冲开一道道禁制，来到了巨大的蓝色心脏附近，巨大的心脏依然在有力而缓慢地跳动，无尽的血液不断涌来，化作恐怖的力量笼罩在蓝色水幕之上。辰南在那道被白玉虫啃咬出的裂缝前停了下来，睁开天眼仔细地凝望着里面虚空中那个蜷缩的老人。他虽然觉得那个老人的体内涌动着非常恐怖的气息，宛如是一个太古凶兽一般，但是他还是在老人的身上感觉到了一点微弱的祥和气息。

辰南不知道为何有一股心酸的感觉，觉得受到了那股微弱气息的感染。老者瘦小枯干，如同一个风烛残年的老人一般无助，没有任何倚靠，如婴儿一般蜷缩着，显得非常可怜。

"不要……相……信……"蓦然间，微不可闻的精神波动自水幕上的裂缝透发而出。辰南大惊，失声道："你、你是……"没有任何回应，但是他察觉到了刚才的波动之源，竟然是那蜷缩的可怜老人。辰南顿时蒙了，难道说那白玉虫根本不是老人的元神，这巨大的蓝色心脏中竟然封印着两个人？

那道意识传出："那是……太古的……一位法祖……是当年最强大的……古魔法师之一。按照现……在……的说法……他是西方魔法祖神之一。""啊！"辰南可真是吃惊不小，那个白玉虫竟然是一个魔法祖神，太不可思议了！"不知道他和空间祖神与时间祖神相比如何？"辰南比较关心这个问题。依然很久没有回应，看来蓝色心脏中的老人实在太虚弱了，说一句话竟然需要很长时间恢复元气。半刻钟后，微弱的精神波动再次传出："仅次于……时间祖神与空间祖神。"

这真是个天大的消息，要知道时间祖神与空间祖神几乎等于是西方天界有史以来的最强者了！"您又是谁，怎么会在这里，那个法祖又是怎么回事，怎么变成了一条虫子？"辰南心中真的是有太多的疑问了。

老人的意识道："我是……来自……人间昆仑的……一条老虫

子……"辰南脑海中唰地闪过一道电光，他在刹那间想到了一个传说中的天阶人物——太上妖祖金蛹！他早就感觉到这片土层不对劲了，竟然如血肉之躯一般，如果没有猜错，那应该是蜕变失败的巨蛹！

辰南问道："您不会是妖祖金蛹吧？"老人道："是……我……"竟然真是金蛹，当年的天阶强者啊，失踪了无尽的岁月，没有想到他竟然被困在这里。辰南惊异道："您怎么会被困在这里，这到底是怎么回事啊？"太上妖祖金蛹断断续续，足足耗了数个时辰，才简要说明了一些情况。

金蛹，妖族史上的最强者之一，以一个柔弱的虫类修成最强大的妖。可想而知其中的艰辛，要知道最底层的妖族修炼起来，比起那些神兽要缓慢得太多了！他能够取得这样成就，堪称奇迹！正是因为不断渴望突破，最后在进入天阶之境后远走西方，想要从别的领域寻到再突破的契机。无意间他进入了精神系法祖罗凯尔的沉睡之地，开始了漫长的生死纠缠岁月。

当年，太古一战，众强陨落，身为西方的最强者之一，罗凯尔不可能避免那场恶战。很不幸，他粉身碎骨而亡，但是他毕竟是精神系法祖，强大的精神修为，世间少有人能望其项背。一缕灵识不散，危急时刻他附身在了一个最低等的爬虫身上，也就是辰南所看到的白玉虫，最终并没有形神俱灭。

太上妖祖金蛹，无意间闯到这罗凯尔的沉睡之地，将他惊醒。金蛹何等的修为，自然能够感应到对方的强大神识修为，当下非常好奇，与之交流起来。法祖罗凯尔毕竟乃是当年太古的强者，短暂交流，令金蛹极其震撼，收获非常大，此后两人亦师亦友。金蛹完全不知道法祖罗凯尔在打他的主意。金蛹的出现对于罗凯尔来说简直就是上天最好的恩赐。他深深知道东方有一门威力奇绝的神功名为《太上忘情录》是多么可怕，而这门神功据说乃是脱胎于蚕蛹的蜕变幻化之法。

如今一个天阶神蛹来到眼前，对于他现在这个本体为虫子的法祖来说，当真是一桩奇缘啊！天阶蚕蛹早晚会进行蜕变，虽然无法达到《太上忘情录》那种可怕的成果，但是他这个身为虫身的法祖，如果能够观探到其中的奥妙，必然也能够得到天大的好处。在对方蜕变之际，他为虫身，定然能够感悟其中的一切，当他参悟依样蜕变之后，说不定不仅能够恢复当年的巅峰实力，甚至完全能够超越。就这样，在金蛹终于到了蜕变之际，法祖罗凯尔可怕的阴谋也开始了，他蛊惑金蛹选择安全之地进行蛹类最为危险的蜕变，用强大的精神魔法控制了当年神域内的各系神灵的名宿，从此神域内便有了神秘禁地。

金蛹根本未曾防范过他，万万没有想到在蜕变的关键时刻遭到了精神重创。法祖确实观探到了一些奥秘，但是不满足于此，他怕自己会失败，直接想侵吞金蛹这次蜕变所取得的成果，汲取巨大的蛹中的精华，最后关键时刻毫不犹豫地向金蛹出手。太上妖祖金蛹临死反噬，用自己本体的巨大心脏将法祖罗凯尔困在了里面，那巨大的蛹中的精华，源源不断地补充着封印的力量。就这样法祖与蜕变失败垂死的金蛹共同被困在蓝色心脏中。无尽的岁月过去了，巨蛹内被法祖罗凯尔得手之际临时布下的魔法禁制还在，巨蛹虽然肉腐骨枯，但血液依然还有活力，强大的力量保留在庞大的残体中。

精神遭受重创、近乎崩溃的金蛹，其蜕变未完全体中的力量被法祖全部吞噬，且法祖在金蛹体内打下了可怕的精神系禁制。法祖仰仗着汲取到的部分力量，经过无尽的岁月，终于撕开了封印的一道裂缝。但就在撕开裂缝、眼看就可以吞噬巨蛹力量之际，辰南出现了，让那时精疲力竭的法祖绝望到了极点。

辰南终于明白了其中的一切，想到法祖能够截取他心中的想法，心中顿时出了一身冷汗。这邪恶的祖神的精神力量似乎已经恢复了一些，如果不是天鬼在旁守护，说不定他会施展出可怕的精神魔法攻击。

"前辈，我究竟怎样才能救你出来？"辰南问道。金蛹道："法祖不在了……以后我自己能够出去……关键是……不要让他吞噬巨蛹中……蕴含的力量。他已经是虫身，掌握了其中的奥秘，如果得到这种属性的力量，不敢想象啊……""放心吧前辈，我绝不可能让他得逞，虽然杀不死他，但是我要永久地封印他。"辰南觉得太上妖族金蛹未免太过可悲了。

"我似乎……感应到了……一股绝望的杀意，到底是怎么回事？"过了很久之后，金蛹再次出声。想到黑起将至，辰南顿时一阵头痛，简要地将情况说了说。这次金蛹足足沉默了一个时辰，最后才透出精神波动，道："将法祖放出吧，让他吞噬巨蛹的力量，去对付黑起。""这怎么行呢？！"辰南顿时反对，道，"这种邪恶的人，怎么能让他得到本属于您的力量呢！"

金蛹道："我要休养的时间……很漫长，而他……只要吞噬了巨蛹的力量……就可以抗衡君王黑起。你应该明白……孰轻孰重，让他吞噬……巨蛹的力量吧。斩断……连接心脏……的血管，将蓝色的心脏……带走，离开这里……"辰南感觉心中有些酸涩，为太上妖祖金蛹而难受。他钦佩、感动于妖祖的高尚情操，为了对付太古君王黑起，到头来妖祖竟然要甘愿成全自己的大仇人。

金蛹道："按照你所说……杀神黑起跨界……而来时，会涌动过来……很大的生命能量波动……那时放开法祖……黑起进入这一界时，法祖也将要完功……按照我说的去做，你明白……孰轻孰重……"来之前辰南本就想借助法祖的力量。知道事情的真相后，他一百二十个不愿意！但是太上妖祖沧桑的话语不断回响在他的耳畔："你明白……孰轻孰重……"为了对抗君王黑起，妖族金蛹甘愿如此牺牲自己一世苦修，辰南无比感动之余，心中也憋闷无比。最终，辰南按照金蛹的指点，用秘法将巨大的心脏自地下取了出来，放进了他的内天地。

第三日，被掩埋的魔刀透发出冲天的绝望杀意，那空间之门内涌动出剧烈的生命能量波动，绝世杀神黑起君王将要跨界而来！绝望魔刀杀气冲天，璀璨的刀芒似火山喷发出的炽烈焰火一般，直上霄汉。

空间之门内，强大的生命波动让人心悸，同时一股无比可怕的"势"竟然跨界浩荡而来，这种源于精神却超越精神的威压，让身处玄界的许多探子的精神近乎崩溃。在那恐怖的威势稍稍平缓之际，所有人都仿佛虚脱了一般，无力地软倒在地，唯有靠近玄界出口的少数人慌不择路逃了出去，快速向天界与人间的各处去报信。

黑起来了！辰南心情沉重到了极点。他恨不得一脚踩死那条虫子，但是此刻没有选择了。孰重孰轻？他根本无法犹豫，召出玉盒，将之打开然后掷向花谷中。那如蚕蛹般的白玉虫迎风一展，快速变大，无尽的天地元气向它涌动而去，就在一瞬间它已经变得如同野狼般大小。

一双虫眼绽放出两道可怕的冷芒，比之真正的狼眼还要阴森无数倍，当扫向辰南之际更是明亮了几分，近乎实质化。辰南心中一震，这精神系祖神确实对他动了杀念啊，现在已经毫不掩饰了。野狼般的眸子露出了残忍的杀意，不过白玉虫并没有选择在此刻动手，因为它早已感应到暗中的天鬼在虎视眈眈。但是，到了现在它已经无所畏惧了，即便是天鬼也无法封印它了。

无尽的天地元气浩浩荡荡涌动而来，野狼般大小的白玉虫快速变成了巨象那般高大，现在的它简直就像一条比例严重失调的可怕巨蛇。它不再停留，发出一声刺耳的尖啸，快速冲进了花谷中，就像贪婪的恶狼冲向绵羊那般，兴奋到了极点。花谷内姹紫嫣红的百花，在一瞬间凋零，落英缤纷，万花齐凋，漫天的花瓣在飞舞，无尽的血液冲天而起，太上妖祖金蛹的血脉精华，狂涌而出。

法祖罗凯尔每一个瞬间都在变化，现在它已经仿似十几丈的巨蟒，白光闪闪的身体如在大海中翻腾一般，不断在花谷中冲上冲下。血浪翻涌，妖祖的精华被罗凯尔贪婪地吞噬着，这是蜕变的血脉，它在吸收这些力量后，身体在明显地发生着变化，通体渐渐闪烁出点点金色的光彩。而在这个过程中，空间之门内传出的可怕威压更加强烈了，没有来得及逃离这里的许多探子都已经彻底崩溃了。

巨大的"蛹"之下，那绝望魔刀魔啸不断，可怕的杀意摄人心魄，似乎对蛹中的法祖产生了强大的敌意。毕竟一个天阶高手在不断增强，严重威胁到了它这等魔兵。绝望魔刀周围的咒文，绽放出无尽的光芒，冲破了巨大的"蛹"，似乎要将之搅碎一般。这让法祖罗凯尔大怒，现在的它已经有了天阶的力量，当然对这不断挑衅于它的魔刀反感无比。它虽然知道这是某个强人的兵器，但还是忍不住出手了，毕竟如果让魔刀搅碎破坏掉巨蛹，那么它将少吸收很多的灵力。

辰南尽管有天阶肉身，但是已经无法再继续待下去了，因为法祖罗凯尔一旦功成，定然会收拾他。还有那跨界而来的绝世魔君黑起，更是与他不共戴天，必然会找他报仇雪恨。当然在走之前，辰南布置了一番，自内天地中取出记忆水晶，让天鬼以大法力，封印、固定了数十颗，遍布在杜家玄界的各个角落。他需要观看这场即将开始的大战，分析出黑起君王的可怕实力，以便在今后的对决中找出克制对方的办法。

从心底来说，辰南不看好法祖罗凯尔，毕竟他的本体早已毁灭无尽岁月了，即便侵占金蛹的庞大灵力又如何？那不是蜕变成功的完全体，不过是一个半成的"蛹"而已，还未来得及破茧而出。唤走天鬼，辰南快速冲出了杜家玄界。

此刻，杜家玄界内，那片花谷已经变成了一片废地，草木早已凋零，整片谷地已经完全变成了血色。而法祖罗凯尔的虫体，已经化成了百丈长短，恐怖的虫体比之巨蟒可怕多了。这个时候，它已经不满足吸纳血液，它已经感受到了强大的威胁，空间之门内传出的可怕威压，与绝望魔刀的冲天杀意，让它心神难以安宁，巨大的危机感笼罩在它的心头。

一声狂啸，"巨蟒"开始发生剧烈的变化，百丈虫体竟然开始快速缩短，它竟然渐渐向着球形转变，到了后来如同一个巨大的肉球一般，最后张开了恐怖的巨口，开始疯狂吞噬流血的泥土！它如同两个小山般的巨碗对扣在一起一般，一张一合，恐怖到了极点，阔口疯狂吞噬。来自太古君王黑起的可怕威压，让它心中惶惶。短短的一个时辰，花谷竟然让法祖罗凯尔吞噬了大半，它的身体已经暴涨成了山岳般大小，巨大的球体疯狂地蠕动着，如大峡谷般的血红阔口，开合之间便有血浪涌动，枯骨迸溅。无论如何也不会让人想到，这乃是当年的精神系法祖，这简直就是一头恐怖的魔怪啊！

"轰！"第五界打来一道灿灿光芒，太古君王黑起跨界出手了！灿灿光芒冲破巨大的残蛹，直入地下，绝望魔刀周围的咒文突然消失了，可怕的魔刀透发出万丈光芒，撕开残蛹，冲天而起。法祖感觉更加紧迫了，需要时间来炼化花谷中的庞大灵力，现在这样的速度已经算是极限了。它感觉到了空间之门另一端的强大威胁，怒道："该死！时间啊，我需要时间！"

"咻！"绝望魔刀自高天之上突然劈斩而下，向着精神系法祖罗凯尔攻去。恐怖的黑起君王，竟然能够跨界施展神通作战！没有能量波动，也不再发出璀璨神光，就似寻常的一刀似的，但是法祖却感觉到了莫大的危险。如山岳般的球体快速一滚，躲开了这恐怖一击。无声无息间，巨大的花谷被绝望魔刀在一瞬间斩成两段！法祖大怒，但是却顾不上去反击，更加贪婪地吞噬。

月亮之上，辰家众人已经得到记忆水晶传回的画面，他们迅速地将所有画面传向天界与人间各个重要修炼圣地。一时间，天界与人间都紧张到了极点，从画面中可以看到魔刀纵横，在杜家玄界中狂劈乱斩，可怕的寒光让人胆寒。这些日子，绝望魔刀跨界而来之事，早已传遍修炼界，所有人都知道那是来自第五界的魔刀，现在它发动了攻击，显而易见它的主人将要亲至了！

让众人大感意外的是，那如山岳般的怪物竟然能够打出一道道超越神级禁咒的可怕魔法攻击，杜家玄界内如火山喷发一般，恐怖的魔法能量疯狂肆虐！除却辰南等有限几人，没有人知道那是什么魔怪，居然能够抗衡另一界的魔君！西方的神灵虽然看到了画面，但是早已无法辨清那片花谷，原本的神秘禁地早被法祖吞噬得不成样子了。

此刻，法祖大如山岳，当它彻底吞噬干净花谷时，庞大而恐怖的球体再次伸展了开来，变成了一条无边无际的银色巨蟒，如一条绵绵不绝的雪山岭一般！恐怖的能量波动疯狂肆虐，最后一道道金光迸发而出，雪岭变成了金山，雪白巨大的虫体竟然蜕变成了金色，在一瞬间那不断劈斩而来的魔刀被金光崩飞了出去。法祖强大的神识修为，少有人能够望其项背，现在肉体的力量疯狂提升，让它的实力暴涨到了非常可怕的境地，大有再现当年辉煌巅峰之势！到了此刻，法祖罗凯尔不安的心绪终于平静了许多。

而在这个时候，空间之门爆发出了一道道炽烈的光束，伴随着无尽可怕的璀璨神光，外面的空间不断崩碎，一个高大的魔影仿佛钢铁浇铸的一般，似地狱归来的盖世杀主，一步跨出！太古魔君黑起，终于跨界而来！"松赞德布……我会替你报仇的！"震耳欲聋的厉吼在一瞬间传遍了天界与人间。这并不是通过记忆水晶传送的，而是直接透过时空传进了所有修者的心海。

可怕的绝世杀神黑起，一声厉啸直接震动两界！法祖罗凯尔如临大敌！太古魔君黑起一步迈出！同时，无尽的黑云翻滚，源源不断的第五界强者自空间通道内浩浩荡荡杀出！整片杜家玄界都在战栗！

魔君黑起，威凌天下！虽然第五界的人功法特殊，很少透发出元气波动，但当黑起感知到松赞德布已死，他踏出的刹那间，整个人爆发出一股无比璀璨的光芒，即便强如杜家玄界也承受不住了，在一瞬间崩碎了！黑起盛怒之下，体内元气透发而出，整片玄界彻底毁灭，不复存在！要知道这乃是残破的世界的一个缩影啊，是自残破的世界截取下来的，是构成大世界的最坚固因素，但是依然无法承受住太古魔君黑起的强大威压，完全崩碎！能量流疯狂肆虐，狂暴涌动，最后这破碎成无数片的空间慢慢归于混沌，快速缩小，化为一点，直至消失！

法祖罗凯尔拖着如山岭般绵绵无尽的庞大的虫体，冷静地浮在高空之上，空间破碎的能量尽管强大无比，但不可能毁灭他这等天阶强者。

绝世杀神黑起，高足有一丈五，整个人如同钢铁浇铸的一般，给人以极其强大的力量感。他身上穿的战衣早已被血色染红，破碎不堪，一望便知不久前刚刚经历过一场惨烈的大战。他的上半截躯体几乎全部裸露在外，古铜色的皮肤闪烁着灿灿光芒，让人感觉到他的强大与可怕。黑色的长发披散在胸前背后，刚毅的脸颊如同刀削的一般，一双眸子深邃而冷酷，此刻正绽放着摄人心魄的寒芒。

以他为中心，是一片近乎混沌的世界，空间之门嵌在一片混沌当中，里面魔气涌动，无数的强者气息不断透发而出，一道道高大的人影正源源不断地飞出，在黑起的背后已经不下数百人！黑起竟然以大法力定住了空间之门，将它自杜家玄界中转移了出来，自太古时期就存在的神秘门户，这一次由残破的世界转移进人间界，实现了第五界和人间的直接相连，不再通过中间一界！显而易见，黑起杀心浓烈，他动了真怒，血屠百万里之说，并非空话！

在杜家玄界崩碎的刹那，辰南命令天鬼将布在玄界内的记忆水晶全部粉碎，月亮之上、天界、人间各地顿时无法再看到那里的画面。辰南不得不冒险召唤出天鬼，让它以大法力远距离再次封印数十颗记忆水晶至那片战区。他必须要亲眼看到黑起的实力，不然无法作出相应的判断。天鬼有些恐惧，它感觉到了死亡的威胁，虽然同样是天阶，但是它这样一个天阶初级高手，面对君王黑起，感觉到了自己的弱小。还好，黑起君王似乎被法祖罗凯尔吸引住了，没有关注它，记忆水晶顺利地被远距离遥控布下。

当画面再一次清晰地浮现在众人眼前时，所有人都倒吸了一口凉气！在黑起的背后，竟然整整有三千之众！每一个人都高有一丈，无不透发着冲天的煞气，一看就知道是那种经历过死亡洗礼的强者！黑起真的要血杀这一界吗？这是所有人的疑问，众人心中皆冒起一股凉气！

"去吧，用你们的双手给我屠杀出一个血色的世界！从那些强者开始！"黑起冰冷的话语，透过记忆水晶，传遍了天界与人间，让人自骨子里战栗！乌云翻滚，三千双眼睛无不透发出可怕的血色光芒，黑起的话似乎让他们透发出了恐怖的兽性战意。人影幢幢，来自第五界的三千强者，如恶狼一般冲向远方。

月亮之上、天界、人间，所有强者心神剧震，无数暴喝之声自各地响起："准备大战！""准备杀！"……所有人都知道，恶战即将开始，那将是大规模的惨战。三千神魔说多不多，说少不少，和天界与人间相比，相去甚远，但是这些人的战力让人心惊，绝对都是经历过生死之战的屠夫！天界与人间各地，纷纷乱乱，许多强者都已经在准备大战！

"人都走了，战场已经空了出来，让我解决掉你这个讨厌的虫子吧！"黑起的话语很冰冷，但却透发着强大的自信。法祖罗凯尔虽然心中压力很大，但是闻听此话依然暴怒，他本身是精神系的法祖，当年一战身殒被迫附身于虫体，这是他心中永远的痛，最愤恨别人戳他痛处。

"我曾经接触过你们那一界的人，虽然功法怪异，但只要深入了解，也没什么可怕的。当年，曾与我有过一战的人，都被我干掉了！"法祖傲然道。"弱小的虫子，去死吧！"杀神黑起似乎目空四海，根本没将法祖放在眼里，手中绝望魔刀力劈而下，狠狠地向着那如山岭般的庞大虫体劈去。没有能量波动，没有激射出的灿灿刀芒，只有一道雪亮的刀光，那是绝望魔刀反射的光彩，魔君黑起一步跨出，直接迈出去数千丈，瞬间出现在巨虫的头上。

灿灿光芒爆闪，一座冰山突兀地出现在法祖虫身之上，拦住了那凌厉的一刀，那是水系魔法中的终极防护——永恒之盾！"咔嚓！"绝望魔刀与冰山体积相去甚远，但是一刀之威下，竟然将那号称水系终极防护的冰山劈了个粉碎，漫天的冰山巨块到处迸溅。魔刀去势不变，依然力劈而下。不过，就在这个时候，法祖罗凯尔横移出去数里之遥，庞大的虫体看似笨拙，但是真正动作起来却迅如闪电，在原地留下一道残影，以及一片铺天盖地的魔法攻击。

漫天冰雪笼罩而下，在刹那间将黑起冰封住了，在原地汇聚成一座冰山。不过，身为太古君王岂是这样容易对付的，一声暴喝，冰山粉碎，黑起手持绝望魔刀杀出，冲向法祖罗凯尔。"永恒之光！"法祖大喝，无尽璀璨的光芒照耀天地间，现出一片炽烈的白芒，光系天阶禁咒魔法铺天盖地而下！

"哼哼哼！"冷笑之声在光芒中传出。绝世杀神黑起君王冷冷道："还大言不惭与我们这界的人大战过呢，居然犯如此常识性的错误，你的极限光能魔法不过是我的补品罢了！"法祖罗凯尔拖着庞大的虫体，只在远空冷笑，并没有多说什么。"什么，怎么可能……"在炽烈的白光中，传出了杀神黑起的惊呼，紧接着传来一阵痛苦的怒吼："啊……"

在光芒稍微暗淡之际，所有透过记忆水晶观看的人，都欢呼了起来。那炽烈的魔法攻击，竟然直接轰掉了黑起君王的半截身体，如同雪花遇热般消散。辰南非常惊讶，暗暗赞叹法祖不愧是西方最有名的几位强者之一，竟然一上来就给想象中无敌的绝世魔君造成了如此大的伤害。

罗凯尔道："你以为是单纯的光系能量吗？这是与精神交融的全新魔法攻击！""啊……"黑起一声大吼，满头黑发狂乱舞动，双眸中透发出两道可怕的璀璨光芒，样子狰狞吓人到了极点。黑起道："可恶的柔弱虫子，你让我愤怒了！"黑起的半截残体，蓦然迸发出无尽的黑芒，瞬间淹没了那些炽烈白光，残破的半截躯体在刹那间重组完毕。

当所有黑色魔气尽敛之际，他手持绝望魔刀向着法祖冲去。

罗凯尔知道那天阶禁咒魔法难以毁灭对方，但是却没有想到黑起这样容易就抵住了。"深蓝之罚！"随着罗凯尔的大喝，一道空间大裂缝突然出现，一片汪洋涌上高天，号称能够湮灭神魔的亡海之水倒灌而上，瞬间将黑起笼罩在里面。传说中的亡海，乃是小六道当中的死亡之海，神魔进入，都将形神俱灭。不过黑起已经有了防范，他知道对方是精神系的法祖，不可能简简单单地看作纯正的水系魔法攻击。他周身上下缭绕着重重煞气，那是屠戮万千神魔自然而生的，代表了他心中杀意攀升到了高点。

魔刀透发出绝望的杀意，一刀破开了无尽的魔海之水，他化作一道流星冲了出去，而后崩碎空间，瞬间出现在法祖身前，一刀劈下。"噗！"血浪滔天，法祖庞大的虫体，竟然被他一刀斩为两段，一声凄厉的号叫在法祖口中发出。当然这不可能杀死法祖，毕竟他也是天阶修为，两段虫体在刹那间又重组在了一起。

"弱小的虫子，你太不自量力了！"黑起的话语很冷酷。魔影绰绰，在刹那间，他身化万千，无数把魔刀从四面八方向着法祖劈去。当真是石破天惊！每一道魔影都是真实存在的，因为有些魔刀自高空劈了下去，瞬间就将下方的山脉劈得崩碎了，下方大片连绵不绝的群山在刹那间灰飞烟灭！法祖罗凯尔暴怒，尽管身体庞大，但是动作快到了极点，不断在空中幻灭，留下一道道残影。虽然躲避过了绝大多数魔刀的劈砍，但是它的身上依然出现了许多恐怖的伤口，血肉模糊。

"心灵风暴！"法祖终于施展了自己最擅长的魔法攻击，强大的神识化成一道道锋利之芒，无视黑起的重重身影，快速冲了过去。"啊……"黑起顿时惨叫，漫天魔影消失，他双手抱头，痛苦地嘶喊，整个人状若疯狂，被丢在一旁的绝望魔刀自主胡乱地劈砍起来，周围的空间不断崩碎，能量乱流到处肆虐。不过，仅仅一瞬间惨叫声便停了下来，黑起周围刮起一股阴风，漫天的黑影浮现而出，无数的神魔影迹出现在他的周围，那些恶灵都在疯狂地号叫着，令人头皮发麻。

法祖骇然，失声道："怨灵的吼啸，克制精神魔法！你是那另一界……传说中……一日间坑杀四十万神魔的黑起？！引四十万神魔之魂上身的绝世魔星？！""不错，正是本君！"绝世煞星黑起手持魔刀一步跨出，这一次他每做出一个动作，周围四十万神魔怨魂都会跟着做出整齐划一的动作，其势足以惊天地！整片人间，还有天界，都感觉到了怨灵的恐怖气息！

黑起手中魔刀高高抬起，绝望之意冲天而上，到了现在他的真正实力才渐渐浮出水面。绝望魔刀，原来是有来历的，让四十万神魔为之绝望，配合四十万神魔怨魂怒吼而劈出，绝望杀意当真浩荡天地间，神魔皆难以承受！

辰南知道，法祖心生惧意了，这场战斗的结果，不用去猜想也知道如何了。他冲天而起，直朝月亮而去，现在被逼不得不再次借用八魂的力量了。天坑可以利用，但是黑起身为太古君王，恐怕不会轻易上当，也许只有最后关头才可用上。

月亮之上，小辰辰的名字被确定了下来，仅仅一个字：龙。虽然没有被冠以辰姓，但是辰家老一辈对此都睁一只眼闭一只眼，他们知道梦可儿和辰南之间似乎还有些心结未解开。自此之后，月亮之上，所有人都叫这个可爱的孩子为龙儿。

辰南确实很想去看望龙儿，但是此刻他不想让自己的心绪乱了，直接去了八魂安息之地。孤寂、凄凉的荒漠之上，八座孤坟静寂而立。四祖与五祖他们早已刻画好迎请八魂的阵图。

没有多余的话语，辰南恭请八魂上身！八魂力量加体的刹那，辰南感觉到了力量盈身时那种强大的自信，不过紧接着他心中一颤，因为他感觉到了这一次八魂的力量明显没有上一次强大！祖先的力量被用掉了一部分，将会越来越少啊！这一次还能够打败那号称第一魔星的杀神黑起吗？辰南没有半点把握。

"不好！"有人忽然惊叫，不是为法祖而呼，因为它早已不敌，边战边逃，已经溃败了。让月亮之上众人惊恐的是，竟然又有一个强大的君王，将要跨界而来，空间之门内喷发出阵阵强大的生命波动！

一个太古魔君已经无法抵挡，再现一人，如何抗衡？何人能够与他们争锋？难道今天我将身殒？辰南心中涌起一股不好的感觉，经历过无数场生死大战了，直至今天他才有了一股走到末路的感觉。一个君王已经近乎无敌了，如果再来一人他真的不知道该如何抗衡。

辰南如一道长虹般划过天界长空，沿途方天画戟横扫而过。他快速进入了人间界，俯视大地上的壮丽山河，心中百感交集。这沉寂多年的土地，如今竟然要遭受外界的凌虐了。烽烟战火，大地动乱不远矣。曾经以为玄界大战将要爆发，但是经过"无天之日"，那些背后操纵的黑手，都被魔主强行迫入第三界，那些天阶大人物们将发动的征战，由此而终止。但是，更强大的威胁来临了。

辰南真的不知道，人间和天界能够凭借什么抗衡太古六位魔君，那都是魔主级的人物啊，但是魔主他们能够在短时间回归吗？显然是否定的！他加速飞行，方天画戟直接崩碎虚空，生生开辟出一条空间通道，辰南在混沌中前行，最终来到距离杜家玄界千里外的地带。

百里之外，罗凯尔在进行着最为惨烈的大战，他的身躯已经被斩为数段了，但是只能硬抗死战！他不是不想逃走，但是根本无法逃走，始终无法摆脱。而且，在杀神黑起还未跨界而来时，对方的魔刀就已经和他相斗过，那个时候绝望魔刀之上就已经沾染上了他的气息，即便他逃到天涯海角也会被找出来。再者，身为当年的太古高手，强者的尊严让他无法像丧家之犬那样亡命逃窜。

数段被截开的虫体如数座大山，发出阵阵风雷之声向着黑起压落、冲撞而去。不过在黑起手中绝望魔刀猛力横扫之下，一段如山岳般的虫体瞬间化成片片血雨与肉泥，崩散在空中，只留下无尽的血雾在飘散。"吼……"法祖罗凯尔凄厉吼啸，崩碎了残体，漫天血光崩现，碎肉四溅，惨烈到极点。"以我之名，血洗天下！"法祖罗凯尔疯狂地大叫着。以他自己的血肉为引，加上精神系魔法相辅，他施展了血之天阶禁咒，这是一种非常可怕的魔法，不到生死关头，没有人愿意施展这种伤敌之前先残己的恐怖魔法。

漫天的血光横空肆虐，吞没了满天乌云，又淹没了乌云之上的湛蓝天空，四十万神魔怨灵惶恐哀号起来，刺耳的鬼啸之音震动天地！在漫天无尽的血光中，四十万怨魂的影迹不断模糊，被生生消去一半灵力。绝世杀神黑起的身体处在血光最中心位置，连续崩碎了两次，不过最终都再次重组起来。他一声怒号，无尽的杀气透体而出，那是他冲天的杀意，是杀的万千生灵聚集而来的可怕煞气。四十万神魔漫天皆是，原本虚弱得近乎崩碎了，但是得到黑起无尽煞气的给养，全部再次显现而出，疯狂号叫起来。

法祖罗凯尔拼着元气大伤，施展出了两败俱伤的可怕血系魔法，虽然伤害到了黑起与那四十万神魔之魂，但是依然远远不能毁灭对方，黑起实在太强大了！庞大的虫体崩碎出漫天血肉蠕蠕而动，最后化成一道道如蛇般的小虫，如漫天蛇雨一般，疯狂地冲向黑起。

刀光崩现，黑起举起绝望魔刀，如闪电般劈斩，漫天的血雨与残虫尸体到处飞溅。"嘿嘿，就是死我也要拉上你！"罗凯尔惨笑着。虫体崩碎了，唯有巨大的虫头还在。在他一声厉啸之后，那些残碎的血肉再次开始凝聚，疯狂地向着黑起涌动而去。四十万神魔怨魂无法全部拦阻，尽管黑起魔刀闪闪，但最终还是被那些血肉困住了，残碎的血肉包裹着黑起，如同一个恐怖的球体动物在蠕动着。黑起知道对方已经支撑不住了，想要拉着他共同走向毁灭，但是他是谁？他是杀神黑起！只有他能够屠戮别人，从来没有人能够灭杀他！在那腐蚀性极强的血肉中，他挥动魔刀奋力挣扎。

就在这个时候，肉球上空的虚空无声无息地崩碎了，一杆绝世凶兵闪烁着冷森雪亮的光芒破空而来！辰南双手握着第一凶兵方天画戟，头下脚上，自高空俯冲而下，似天外而来的神魔一般！"噗"的一声血光崩现，凶兵方天画戟雪亮的戟刃笔直破入肉球当中。一声惨烈的号叫直上云霄，四十万神魔跟着齐声哭号。

法祖罗凯尔的血肉快速崩飞而去，露出里面的绝世杀神黑起。此刻他面目狰狞，双目险些要瞪出来了。凶兵方天画戟自他脑际直贯而下，雪亮的戟刃直接从他的下身穿出，辰南这天外一击，直接将黑起贯穿了！

"啊……"太古君王黑起疯狂地大叫着，满头黑发狂乱地舞动着，痛苦到了极点。辰南牢牢地抓着戟杆，疯狂地搅动着，这可不单单是在破坏杀神黑起的肉体，他正在竭尽全力粉碎这魔王的灵魂。

"绝灭太虚！刹那永恒！魂魄寂灭！"辰南上来就是八魂的三大法则，发狂般地施展而出。机会难得，他知道定然无法彻底毁灭对方，但是一定要给予重创！绝世杀神黑起被方天画戟定住了，疯狂地挣扎着、吼啸着，四十万神魔之魂同时号叫，天地震动，直上太虚！

"啊……该死的，松赞德布就是死在了你的手上，我要杀了你……啊……"这个千古无敌的君王，口中一声暴喝，而后身体四分五裂爆碎开来，随后快速在远空中重组起来。虽然逃脱了出去，但是魔君黑起却吃了大亏，灵魂遭受创伤，这让以无敌杀神称雄于世的他，怒火直欲燃尽九重天！简直无法忍受。

法祖罗凯尔只余下一个如同山岳般的虫头，愤恨地看着手持方天画戟的辰南，寒声道："小子你算计得不错啊，今日如果不死，他日我和你没完！"他虽然很想找辰南算账，但是知道此刻不是时机，杀神黑起这个心狠手辣之辈手下从来不留仇敌性命，这才是最大的威胁，一定要先除去他，除去这个第五界的异类，不然以后将寝食不安。

君王黑起冷冷地打量着辰南，双目中透发出的仇恨光芒，竟然在虚空中熊熊燃烧了起来，这让透过记忆水晶在观看的人实在心惊胆战，可以想象此刻这个魔王愤怒到了何种程度。"啊……"黑起仰天悲啸，痛苦地吼道，"松赞德布你竟然真的死了，死在了这个家伙的手中，连兵器都被他炼化了，可恶啊！悲惨啊！放心吧，我会替你报仇的，血屠百万里，亿万生灵为你陪葬！"

"他死有余辜！"辰南仅仅发出冷冷的一句话。黑起狂啸："什么，死有余辜？你们这个世界千万生灵都不如他一条命重！你这小子叫什么？我发誓要将你的灵魂禁锢在炼狱万载，让你永远活在痛苦中！"辰南看着眼前凶光与煞气冲天的黑起，感觉到了强大的威胁，这个人似乎比松赞德布还要疯狂与强大！

辰南道："我叫辰南。你听好了，你必将死在这一界！""哈哈……"黑起疯狂地大笑了起来，冷森森地道："你修为不错，但是即便你的修为再提升三倍也无法撼动我！我杀死你就像屠戮一条狗一般！"辰南没有动怒，非常平静地道："即便我死，也会拉上你的！"

下一刻，两道人影凭空消失。高天之上迸发出一道道似流星般的星芒，辰南手中的绝世凶兵方天画戟，与黑起手中的绝望魔刀，已经在刹那间交击千百次，这片天地在猛烈地颤动着，虚空不断崩碎。

魔君黑起，千古霸主，一战灭天，威名荡六界！无尽岁月的封印，魔心难灭，千古魔功修炼不辍，一朝脱困，祸乱天地间。虽元气大伤，但境界更胜往昔，时至今日跨界而来，难逢抗手。辰南与绝世杀神黑起的大战，天昏地暗，煞风横扫天地间，直让日月无光、星辰失色。高山拔地而起，冲上高天，随之舞动，而后纷纷爆碎。更有大河，逆空而上，似银龙直贯云霄，骇浪席卷十方。

这简直是一场浩劫，两大高手直打得天崩地裂，杀气直贯北斗！这场惊世大对决，比之上次辰南与松赞德布之战，还要惨烈数倍。即便是精神系法祖罗凯尔也看得阵阵心惊肉跳，这样的大战于他来说也称得上惨烈无比，自当年太古一战后，这无尽岁月以来还是首次看到。他不禁热血澎湃，仿佛又回到了太古诸神闪耀的时期。

辰南手中方天画戟与黑起手中绝望魔刀，在短短的半个时辰之内也不知道相撞了多少次，空中到处都是他们的残影，大战的中心位置，已经生生被他们撕开一个黑洞，周围空间更是崩碎无数次。

各种战技，各种武技，层出不穷，杀招不断，两个人早已杀红眼。但是不得不说，黑起君王超越松赞德布，而辰南八魂的力量没有上次强盛，此消彼长的情况下，以绝对战力来说，辰南的确难以抗衡杀神黑起。身高一丈五的黑起，周身上下肌肉如虬龙盘绕一般，长发狂舞，眼神炽烈如火，吼啸不断。手中绝望魔刀更是杀意无限，可怕的魔刀一刀劈出，旁边四十万神魔之魂都跟着齐声吼啸，四十万怨灵将绝望之意推升到极点。黑起当真成了一个不可战胜的魔王！

辰南百战于魔刀前，眼神犀利似冷电，面对四十万神魔之势，他一戟独抗，一直与黑起杀到现在。八魂的法则，他已经频频打出几道，面对四十万神魔加身的黑起，即便是太古诸神归来也是头痛无奈，这可怕的杀神太强势了！当真是天地有我无敌，世间难逢抗手！辰南一戟崩飞劈砍而来的绝望魔刀，口中大喝道："寂灭轮回！"

黑起太强势了，面对寂灭轮回，他一声大吼，四十万神魔之魂齐啸，天地间怨灵哀吼浩荡如海啸，声音传遍人间界。黑起身前直接浮现出一具骷髅骨，代他冲向寂灭轮回法则，在惨烈光芒照耀天地间之际，寂灭轮回法则竟然被骷髅骨轰散了，而那具骷髅却安然无恙，飞回了黑起的身边。杀神黑起狂妄大笑，声震高天，虚空都在战栗。

那骷髅骨乃是从他坑杀的四十万神魔中炼制而出的骨之精华，用四十万神魔提炼出一具骷髅骨，可想而知它有多么坚固，甚至可以说比之黑起的身体还要强横！黑起道："小子，你不过看到了我力量的冰山一角而已。最终，我要让你受尽折磨而死！"黑起残忍地笑着，双眸中血光爆闪。

"两世为人！刹那永恒！寰宇尽灭！"辰南又是三道法则，且同时施展而出，想要重创对方。奈何，黑起魔威无匹，这一次他没有动用那副魔骨，反而收了起来，大喝了一声，四十万神魔怨魂齐动。无尽的魂影在黑起背后组成了一座大山，他快速飞起，在那座魔魂之山上，黑起如那无上尊主一般，傲然立于怨魂山巅。

四十万神魔怨魂，各自透发出魂力，一片死亡光辉爆现而出，这里仿佛变成了地狱一般。远远望去，一座由怨灵组成的魂山周围，无尽的骸骨遍布于虚空中，一望无际，看不到尽头，更有无数鲜血，汇聚成河海，在空中汹涌澎湃，简直就是一副地狱的景象。远处，法祖罗凯尔倒吸了一口凉气，这黑起简直深不可测！

辰南发觉三道法则打出之后，虽然轰散了大半骸骨与一半魂山，但是却连黑起的衣襟都未沾到。在对方的身前，仿佛有数重死亡之力在阻挡，生生化解了那三道可怕的法则。强于松赞德布，至此再无疑问！

魔君黑起仰天长啸，站在魂山之上，高大的魔躯显得更加魁伟，当真是一个绝世凶神。伴随着他的吼啸，无尽的煞气透发而出，魔云翻滚，全部涌动向魂山，被击溃的神魔怨魂再次凝聚在一起。他傲然立于魂山之巅，手持绝望魔刀，道："从来都是我杀人，没有人能杀我，你去死吧。"说话间他一声魔啸，搅动起漫天的乌云，向着辰南快速冲去，与绝望魔刀合二为一，眨眼间劈斩到了近前。

辰南心头跳动，方天画戟猛力向外格挡，铿锵之声中火星四射，他被震出去千丈远，喉头一甜喷出一口鲜血。而此刻黑起再次追杀而至，绝望魔刀杀气冲天，力劈而下，辰南再次格挡，身体再次被震飞。

此刻，黑起如魔化了一般，威猛绝伦，强如辰南也不能力敌，简直如太古凶兽一般强横。所有通过记忆水晶在观看的人，心都提到了嗓子眼，这太古君王实在太强大了，根本不可力敌啊！

"吼……"黑起再次魔啸，杀向辰南，与此同时，他身后的四十万神魔怨魂竟然凝聚在了一起，化成了一个无比高大的魔魂，矗立于天地间，随着黑起的动作而动，与他步调一般无二。黑起一刀向着辰南劈斩而去，高大的魔魂也出刀向前劈去，声势骇人到了极点。辰南大惊，这真是一个无敌的魔王。他竭尽全力相抗，同时开始召唤体内的神魔图，但是让他非常失望，神魔图竟然没什么动静。

最终，这一击下，辰南被打碎了肉身，像是报复辰南最开始的碎身之仇，黑起冷森森地笑着。辰南无比愤怒，叹息八魂力量不如往昔，快速重新凝聚肉身，持着方天画戟再次与黑起对峙。"他之所以如此强横，很大程度上是因为四十万神魔怨灵之故。我用魔法拖住那四十万神魔之魂，你和他本体大战。"沉寂了一段时间的法祖罗凯尔，终于修复好了破碎的身体，恢复了大半的元气，秘密向着辰南传声。辰南道："好！"

情况无比危急，两大天阶高手将联手！

"杀！"辰南舞动方天画戟，迅若流星一般，在空中留下一道道残影光芒，杀到了黑起近前，冷光四射，火星迸溅。激烈的搏杀中，凶兵方天画戟与绝望魔刀已经出现了无数的伤痕，破损不堪。不过，对于这种有兵魂的瑰宝来说，它们时刻都能恢复成原样。

大战惨烈无比，绝望魔刀光芒四射，在冷冽的杀意中，寒光爆闪，一刀力劈而下，瞬间斩落了辰南半边肩膀，血光冲天，辰南脸上露出了极其痛苦之色，不过却没有发出任何声音。这是他有意为之，现在黑起比他战力要强，他唯有使用两败俱伤的打法，才有机会重创对方，也只有这样才能够为法祖创造机会。此刻，方天画戟也已经洞穿了黑起的胸腹，随着辰南的一阵搅动，黑起的胸腔瞬间崩碎了一半。

这种搏杀是极其惨烈的，虽然他们的肉体能够复原，但是灵魂遭受的创伤可不是短时间能够修复的。而且，那种痛苦与普通人一般无二，需要无与伦比的坚强意志，不然根本无法承受。黑起忍着痛苦，寒声道："小子你够狠！有我当年的样子。"说话间，他与辰南再次对战起来。刀戟拼杀，血光崩现，他们不断劈中对方。

"以我之名，灵魂净化！"法祖罗凯尔终于出手了。光明一系为了对付死亡怨魂而创建的可怕天阶禁咒瞬间爆发了开来。四十万神魔怨魂全部笼罩在这片无比神圣的光芒之中，惨烈的哀号之声不绝于耳，四十万怨灵同时恐怖地挣扎。在一瞬间，便有数万怨灵灰飞烟灭，如黑夜在黎明到来时破灭，不可阻挡！

"该死的虫子！没有立刻灭杀你，竟敢如此对付我，粉身碎骨吧！"黑起怒极，一时不慎，便让祭炼的神魔之魂如此轻易被克制破去数万，怎不让他大怒？他抽刀转斩向法祖。法祖大骇，他发现光系天阶禁咒魔法灵魂净化竟然快速崩溃了，而原本消失的几万怨灵再次重现，他惊道："这不可能！"

"我不毁灭，我所祭炼而成的神魔之魂怎么可能毁灭呢！"黑起吼啸着冲来，四十万神魔怨魂也跟着疯狂嚎啸着，再次组成了一个巨大的魔魂，而这一次它们竟然与黑起合在了一起，狂霸地大叫了一声，狠狠劈碎了如山岭般的庞大虫体。"这一次我要彻底灭杀你，不给你半点机会！"黑起厉啸。他冲出四十万神魔之魂，魔刀连连在空中划动，一道道咒文出现在绝望魔刀附近，而后高高举起魔刀，向着法祖灭杀而去。

与此同时，辰南也动了，身体与方天画戟合二为一，口中法则不断吼啸而出："三千大世界！冰封三万里！两世为人！刹那永恒！寰宇尽灭！"等的就是这个机会，黑起出手，辰南也出手，法则、凶戟以及辰南的身体，交融在一起，冲向了绝世魔君。

显然，面对两个天阶强者联手围杀，黑起也有些忌讳。此刻他打定了主意，一定要先灭杀法祖，稍后慢慢折磨辰南，为松赞德布报仇。四十万神魔骸骨精华祭炼而出的骷髅骨阻挡在他身前，帮他抵挡辰南的攻击，而他自己与那些神魔怨灵挥动布下咒文的绝望魔刀，狠狠地轰向了罗凯尔，"给我形神俱灭吧！"

"啊……"法祖罗凯尔惨叫，正在重组的身体崩碎，而且这次连灵识似乎都被打散了！黑起露出了满意的残忍笑容。不过紧接着笑容又快速消失了。因为辰南这一次破碎了那具骷髅骨，而后又将他的本体给劈了！身体被劈成了两半，灵魂遭受了重创。怒火涌动，黑起无比愤怒，不过已经灭杀了那只虫子，现在尽管遭受重创，但一切都值了，接下来他可以无后顾之忧地折磨眼前的仇敌了。想到此处，黑起怒火消失了，身体在远处快速重组完毕，脸上露出了残忍的笑容。

"轮到你了，我要虐杀你一万年！"他收回了散落在天空中的骷髅骨，用绝望魔刀直指辰南。辰南心有所感，不久前的感觉难道成真了吗？今日恐怕真的要凶多吉少了。但是，到了此刻，没有任何退路，他唯有死战到底！到了如此境地，他没有气馁，心中反而渐渐涌起冲天豪气，一股无比旺盛的战意在他心间汹涌澎湃，血液渐渐沸腾了。

"死，我也拉上你！"辰南大喝。他没有给自己留退路，已经生出死志，提戟毅然冲了上去。高天之上，立时崩碎无数片虚空，惨烈的大战再次开始，以赴死之心、冲天战意来决战，辰南与黑起一时间杀得天昏地暗。而就在这个时候，一丝奇异的波动，在远空荡漾开来，高天之上居然绽放出阵阵霞光，一个一丈多长的蛹出现在虚空中。

"咔嚓"透发着金色霞光的蛹，突然破碎了，一个蝶人快速冲出。法祖罗凯尔！此刻的罗凯尔，再也不是那个庞大笨拙的虫体。现在他与正常人一般高矮，除却虫头，以及背后的一对金色蝶翼外，他已经可以算是一个正常人了，比之虫体时的样子不知道好了多少倍。

蜕变！他竟然在这种境地下蜕变成功！法祖看到了远处辰南与黑起的旷世大战，此刻已经进入了最为惨烈的时刻。在这一瞬间，他有一丝恍惚，仿佛回到了太古时期。那强者云集的太古时期，多少英雄豪杰都在这样的大战中陨落，那称得上是一部毁灭史，是一部让强者流落血泪的暗黑史。

法祖罗凯尔，似乎又看到了当年的最强者纵横天地间，气冲斗牛，百战于世的无上风采。他似乎看到了，百强血染天地间，英雄末路的可悲景象。他虽然痛惜与惋惜，但是却深知当年的大战值得！他仿佛再次看到了当年的太古诸神，血漫天地间，热血大战的画面。依稀间，他似乎听到了时空大神气壮山河的一声悲啸，自毁百世修为，逆转乾坤，颠倒阴阳，以形神俱灭的代价，为诸神打开一条血色通路。

恍然间，他看到了那号称天地间最疯狂的魔主，摄取百万生魂，以最残忍的方式，杀亲、杀己，来杀敌的绝望之战。最后，画面定格于大神独孤败天，翻手为云覆手为雨，血染青天的画面。一战功成，让千古岁月平静无波。"哈哈！"法祖大笑了起来，走出了自己的心灵世界，仰天大笑道，"没想到我还有恢复实力的这一天！"

远处，辰南与黑起分了开来。黑起双眼透发出两道可怕的光芒，冷冷地道："有些意思，居然侥幸未死，修为更加精进了。"法祖罗凯尔充满了强大的自信，道："可以与你一战！""没用的！你依然远远不是我的对手！"黑起冷冷地道。

"不好！第五界的另一个君王随时要冲过来了！"远空天鬼对辰南传音。辰南心中波澜起伏，再也难以平静。在一瞬间他想到了一件事情——蜕变！由法祖而受到启发，他正在做着一个艰难的决定，要不要修炼《太上忘情录》！

《太上忘情录》是一部名传天界无尽岁月的宝典，号称天上地下第一奇功，其威名之大还在辰家神秘的《唤魔经》之上。此功的奇绝神异之处那是毋庸置疑的，如果修炼有所成就之后不可想象到底有多强。辰南曾经粗略浏览过《太上忘情录》的纲要，仅仅看了前半部他就深深为之震撼了，再也不敢看后半部，他怕自己为之入魔，而不可自拔地去修炼，最后只能全部倒背下来。

前半部功法若有所成，世间一草一木、天地万物都为我兵，大至山川河流，小至蝼蚁尘埃，甚至包括敌人的身体，意念所至，凡有质之物皆遵我令。如若大成，再上一层楼，那就更可怕了。代天而行，我即天，天即我，我言即法，我行即则，天地法则唯我而定。这绝对是一部神魔禁书，若想修炼，起点便要达到神魔之境，堪称一部通天奇书！

只是，这部书有着太过邪异的可怕之处。修炼它便是不断杀死原有的我，而蜕变出全新的自我，实现肉体与精神的不断自我升华。如果这样下去，到了最后，即便威满天地间，但那还是自己吗？这是辰南为何长期冷藏这天界第一奇书的原因，他无法去修炼啊，到了最后究竟会成就谁？他不得而知！

辰南从《唤魔经》中受到了一些启发，既然一部功法可以奇异到以他人之体为阵法，来复活一个早已死去无尽岁月的强者，那么，《太上忘情录》是否也有这样的阴谋呢？这是辰南最担心的地方，他自从接触到这本书，就有了这样的联想，不断蜕变自我，到最后进化出一个全新的自我，是不是《太上忘情录》作者早已预料到，而留下的一个有史以来最大的陷阱呢？

他真的怕最终的进化体是为《太上忘情录》的作者"天人"服务的！修炼还是不修炼？辰南真的非常矛盾，看到法祖罗凯尔的蜕变，他联想到了《太上忘情录》，以他现在的天阶修为，肯定可以立刻施展出里面的某些禁法，但是一旦如此，恐怕就没有回头路了！现在情况如此危急，唯有实力才是硬道理！他虽然看到法祖的强大，但是很明显罗凯尔依然不是黑起的对手，毕竟那可是可以同魔主抗衡的太古君王啊！修炼，还是不修炼？两难的取舍！

此刻，法祖罗凯尔已经和杀神黑起大战在了一起，这两位都是太古时期的强者，都可谓身经百战，对敌经验无比丰富，一交手就知道了对方的实际强弱。君王黑起长啸震天，狂霸之态不可一世！法祖罗凯尔几次变色，他知道即便现在已经再现了近乎当年的修为，依然不是对方的敌手！但是，现在绝不可能如同先前那般狼狈受辱了，这一次即便战败也将是有尊严的战死，定然也会让对方付出应有的代价！他是不择手段的人，对待仇敌毫无顾忌！

太古魔法幻魔领域快速施展而出，天地间顿时仿似笼罩了一个巨大的光罩一般，在一刹那方圆千里都被他掌控在自己的幻魔领域中，在此领域内无尽的生命体全部死亡殆尽！"虽然长了翅膀，但到头来你依然是个虫子！如此法则空间就以为能够禁锢我吗？真是个笑话，在我看来不过是虫穴而已！"太古君王黑起不屑地冷笑着。

"心有灵犀！"法祖罗凯尔在自己的法则领域内大喝，这可不是什么唯美浪漫的感应，这乃是杀人于无形的可怕精神魔法攻击。在这一刻，他想贯通黑起心中所思所想，而后在他的心海中构筑一片幻境，用对方自己的实力杀死自己。黑起仰天怒吼，心海中一阵飓风狂猛而过，他微微露出失神之色，这是来自灵魂的攻击，一把精神阔剑在他的心海世界中，纵横天上地下，搅动起漫天乌云，直欲粉碎他的心海世界！

眼看着他的心海世界就要分崩离析了，那把精神构筑而成的神剑，即将毁灭他的心海。然而就在这个时候，黑起突然发出一声绝望的咆哮，他的心海世界中一把同样由精神凝聚而成的魔刀横空出世，在刹那间劈断了那把神剑，将那即将分崩离析的心海世界稳定了下来，而后修复成原状。对于黑起的心海世界来说，这里仿佛经历了一个轮回那般长久，但是相对于外界来说不过一眨眼。

他猛地睁开了双眼，对着法祖罗凯尔道："不要对我施展精神魔法，那是无效的！因为我的心志比铁还要坚硬。""我看到了，难怪！"法祖罗凯尔冷笑着。

"看到了我的心海？哈哈……"黑起仰天大笑，但神态却说不出地狰狞恐怖，透发出一股绝望之意，凄冷冷地道，"幼年未成名之际，我被人逼着生吃了自己的父母！小有威名之后我被人封印，在绝地中我为了活下去，被迫吃了追随在我身边的九个儿女，还有爱妻！威名大盛之后，我率四十万神魔纵横天地间，所向披靡。但终遭人算计，被两大君王布阵围困万载，绝望挣扎中我创出千古魔功，自己动手斩杀四十万心腹，将他们祭炼成神魔怨灵为我所用，终于闯出绝阵，屠尽强敌！世人以为我坑杀四十万神魔仇敌，又有谁知那是随我征战的部下？！哈哈……的确，后来我杀之敌，远远超过四十万，但是最先屠戮的是自己的部下！哈哈……"黑起疯狂地大笑着，脸部扭曲恐怖到了极点。

辰南与法祖皆将功力提升到了极限。黑起经历坎坷，一生所遇之事莫不处于绝望中，这种人的心灵历程太可怕了，他一旦威震天地间，行事手段定然要比常人残忍百倍。陷入绝望情绪的黑起最为可怕！法祖罗凯尔的精神魔法攻击不仅没有造成实质性的伤害，还激起了他最为残暴的暗黑之心，绝望的情绪弥漫在天地间，在这一刻杀神黑起的气势强盛到了极点！

"这个世界，已经没有人能够阻挡我！放眼三界六道，除了有限三五人，已经没有人配当我的对手！"黑起疯狂地大叫着，不知道是他口出狂言，还是他果真攀升到了那种境界。不管怎么说，法祖罗凯尔与辰南皆感觉到了前所未有的压力。眼前这个太古君王比之方才要强盛一大截！所受的重创，仿佛已经完全没有任何影响，悬浮在他周围的四十万神魔怨灵仿佛无边无际的熊熊大火一般，剧烈地燃烧着！

法祖罗凯尔所布下的千里领域在刹那间崩溃！黑起透发出的"势"直上太虚！"时空之神何在？魔主何在？独孤败天何在？出来，没有人能够抵我百招！"黑起似乎疯了！法祖与辰南相互看了一眼，皆露出骇然之色，即便他们联手也不是黑起的对手！

"游荡在天地的战魂啊，我曾经的战友啊，请听从我的召唤吧……"法祖罗凯尔第一次如普通魔法师一般，郑重而庄严地吟唱出古老的咒语。当然，效果那是不可同日而语的，一个太古魔法祖神念诵咒语，那只能说将要石破天惊！从他的咒语也可以看出，与现在的法师有着天壤之别。现在最为强大的法师，即便能够施展太古魔法，一般会这样吟唱："游荡在天地间的伟大太古神灵啊……"而法祖却称呼为战友，可以想象当中的差别。

"绝灭之——天外陨石！"法祖大喝。这不仅让辰南吃惊，也让疯狂的黑起魔眼中流露出一丝讶色。通过记忆水晶观看的天界与人间的高手，更是吃惊地露出不可思议的神色。传说，太古的魔法师能够召唤天外陨石来大战，众人以为这不过是无稽传说而已。没有想到，在今日真的得见了！

天际尽头，一片流星雨快速破空而来，这简直不可想象，居然是一个人召唤而来的！明亮的光芒，眨眼即至，这简直像是灭世啊，召唤天外陨石来袭！"轰隆隆……"天空震动，数百块万万钧的陨石，透发出璀璨的光芒，冲到了黑起近前，很快就将他淹没了。然而，就在人间、天界所有人还未来得及发出欢呼时，无尽的流星雨中透发出了狂霸的笑声，"哈哈哈……我说过没有人能灭杀我，即便是天都不行！"

"轰！"万万钧的流星雨在刹那间光芒闪耀到了极处，而后全部崩碎，化成了普通的尘沙，湮灭在虚空当中。无尽尘沙散去，黑起高大的魔躯当空而立，手持绝望魔刀透发冲天的杀意，四十万神魔怨灵熊熊燃烧出浩瀚无垠的杀气！法祖脸色一阵惨白，召唤天外陨石，那可不是一般的杀招啊，已经是魔法中的禁忌绝学了，这样都无法奈何黑起，还要怎样才能够杀死他呢？！

"除非你召唤来无尽星辰，但是你能吗？除非'天'来做！"君王黑起发出冷森森的话语，摄人心魄。法祖罗凯尔第一次感到如此无力。辰南想要动用天坑，但是他知道黑起不是三岁孩童，乃是疯狂的千古君王啊，即便将他引去，凭他的强大神识修为，不可能感应不到那里的危险。唯有等待最后关头，拼得两败俱伤，失去战力之时，也许那里才是最终的战场。

可是，辰南不知道，他能不能坚持到那时。现在他需要实力啊！辰南知道没有选择了，如果此刻逆转玄功，也许可以无尽提升自己的修为，但是能吗？显然那不是受他自己掌控的。现在恐怕唯有动用《太上忘情录》中的某些绝学了。他被逼上一条不归路！

"一草一木，天地万物皆为我兵……意念所至，凡有质之物皆遵我令……我即天，天即我，我言即法，我行即则，天地法则唯我而定……"古老而神秘的第一奇功《太上忘情录》，一条条语句在辰南心中缓缓流淌而过，某些可怕的禁忌之法慢慢浮现在他的脑海中。即便走上一条无法回头的绝路，他也唯有苦涩地走下去！

家传心法《唤魔经》被辰南强行中断了，取而代之的是《太上忘情录》，他的骨骼噼噼啪啪作响，经脉中的真元更是骇浪一般奔腾咆哮，身体简直要撕碎了一般。没有退路，无法回头，只能前进！真元摧毁筋脉，冲进骨骼，这是完全不同的行功路线，不需要筋脉，不需要穴脉，周身上下一个整体都是穴脉，包括骨骼肌肤毛发。

天通地动！辰南感觉自己仿佛融入了天地中，即便是在白昼，他也能够看到漫天的浩瀚星辰，无尽的星光璀璨夺目。《太上忘情录》中一门绝学映入他的心海中。辰南大喝道："北斗伏魔！"融身于天地间，辰南感觉他与那天上的北斗七星短暂地相连。北斗七星透发出无尽的星光，在天际直贯而下七道光柱！

天通地动，北斗伏魔！辰南肉身虽然凝立虚空中，但是思感仿佛已经化身天地间，亿万星芒照耀寰宇，他仿似已经置身于星空中。无尽星辰，璀璨夺目，长存千古，天际七颗灿灿星辰，与辰南思感遥遥呼应。北斗七星洒下漫天光辉，汇聚成七道神光，自天外直破而来，凝聚成七道光柱，向着君王黑起贯穿而去。

通天七光！在这一刻，辰南感觉无比熟悉，他想到了缥缈峰，那通天七柱，何其相似啊！七道神光，与天上北斗七星遥相呼应，瞬间照亮大地。君王黑起的脸色终于难以保持平静，在原地留下一道残影，快速冲出去数千丈远。随他而动的还有四十万神魔怨灵，呼啸着如同骇浪一般席卷天地，荡起漫天乌云。

第一道光柱击空之后，向着下方广阔的大地奔袭而去，虽然并没有多少能量波动透发而出，但是可以想象其内部真实蕴含的恐怖的力量！让人毫不怀疑，此击如果真的击在地表，定然会毁灭一方土地，可能会造成一片死地。辰南心念虽然连通北斗，但是整个人的心神也依然时刻关注着战场。这第一道星光，乃是天枢星透发出的星力，他双手打出纷繁复杂的法印，口中大喝道："天枢星转！"星辰之光随着辰南的法印，快速转变方向，无尽星辰之力，再次追击黑起而去。

"吼……"黑起暴怒，他遇强更强，从来没有退避过，现在让他魔火大盛，不再避退，手中绝望魔刀遥指星光，四十万神魔怨灵更是齐声吼啸。绝望魔刀与星辰之光，狠狠劈撞在了一起，爆发出漫天的灿灿光辉，黑起一声狂啸响彻天地间。那道星辰之光竟然被盖世魔王黑起生生击散了！来自天枢星的星辰之力居然被他一己之力打散！四十万神魔齐齐吼啸！透过记忆水晶关注这里的人间与天界的修者，无不变色，这个太古君王简直不可战胜！

不过，就在这个时候，第二道与第三道星辰之光同时到达了。来自天璇星与天玑星的灿灿光芒汇聚成的两道光柱，已经贯穿到黑起近前，眼看就要将他淹没。"啊……"黑起发狂，满头漆黑的长发狂乱舞动，面目狰狞恐怖到了极点。四十万神魔化成无尽魔云，挡在他的身前，与那星辰神光交融在了一起。一方光辉灿烂，一方漆黑暗淡，两者相遇真的是剧烈大碰撞！连法祖罗凯尔都露出了惊色。

但结果却出人意料，无声无息！两者疯狂而快速地相互吞噬。到了最后，一把绝望魔刀结束了僵持，漫天星光溃散，四十万神魔怨灵魂影暗淡。黑起狂啸，周身上下透发出无尽的煞气，让四十万神魔怨灵，同时复原！可怕的黑起，当真永恒不灭！不过，细看可以发觉，黑起的嘴角已经溢出了丝丝血迹，这乃是体内受损遭逢的创伤，比之真正的伤害到体魄之伤要严重得多。

说到底，辰南不可能在这么短的时间内理解《太上忘情录》。现在不过是仰仗天阶修为，按照《太上忘情录》的心法，依样运转体内的真元。按照这门可怕功法中的记载，辰南施展出了里面的一些绝学，比如北斗伏魔。但是，对于《太上忘情录》的意境，以及里面真正需要参悟的种种妙处，他是不可能真的掌握精髓的。眼下，一切都是依样学样，仰仗天阶修为做后盾，强行施展一些禁忌绝学。不然，北斗七星，七道星光定然在一瞬间同时到达。

现在，虽然七道光柱不过相隔几秒冲至，但是对于黑起这种级别的高手来说，破绽实在太大了！可以从容分开击破。天权、玉衡、开阳三道星光瞬间击至。无限星辰之力，贯通天地间。这一次，黑起魔刀居中，四十万神魔怨灵居左，那具由四十万神魔骸骨提炼而出的骷髅居右，同时对抗三道星光。

"还愣着干什么，上！"辰南冲着法祖大喝。罗凯尔如梦方醒，现在可不是发愣的时候，不灭杀对方就等着被对方血杀百万里，孰重孰轻，不择手段的法祖还是知道的。天地间阵阵混沌之光闪现，周围的空间崩碎得不成样子，已经回归混沌状态了。三道星光与黑起他们的碰撞，实在太激烈了！

最后，绝望魔刀险些崩断，四十万神魔怨灵被轰击得七零八落，那具骷髅骨碎裂成无数段。三道星辰之光消失了，黑起刚刚从混沌中冲出来，就被法祖罗凯尔一记混合魔法狠狠击中，当场粉碎。在他愤怒的咆哮声中，魂体开始凝聚，不过辰南控制的最后一道星辰之力降临了。摇光星辰的神力破空而来，瞬间轰撞在黑起身上，绝望魔刀瞬间断为两截，黑起再次粉身碎骨，灵魂一下子暗淡了许多，遭受了难以想象的重创。

只是，可怕的异变在后面。"啊……"黑起愤怒咆哮，声音传遍天界与人间，他粉碎的身体并没有立刻重组，那被冲击得七零八落的四十万神魔之魂，如满天乌云在翻滚一般，向着他涌动而去，全部被他的魂魄吞噬了。而后，那具被击散的骷髅骨，也快速向着他冲去，融入了他的碎骨中，而后黑起才真正开始重组起来。在绝望中吼啸挣扎，四十万神魔怨灵发出冲天煞气，最后全部消失在黑起的体内。

黑起完成了一次可怕的重组！在绝望中，他再上一层楼！"给你们说过，我是永恒不灭的，三界六道没有几个人配当我的对手。"黑起手持断裂的正在快速修复的绝望魔刀道。所有通过记忆水晶观看的修者，近乎绝望了，这个太古魔君不可战胜，比松赞德布可怕太多了！

黑起冷冷地盯着辰南，道："你也会北斗伏魔，真是巧合啊。当年，我们就是被类似的阵法封印，到了如今再次遇到，若不灭杀你，实在难解心头之恨！"辰南现在可没有时间去考虑黑起当年被封印的种种问题。如今，他心中孤寂，终于走上《太上忘情录》的不归路了。里面的功法的确奇诡无比，不愧天界第一功法。

只是，短时间依样运转，根本无法发挥出里面那些禁忌绝学的全部威力，而且黑起在绝望中再上一层楼，即便贯通《太上忘情录》，也没有把握彻底灭杀对方，更何况哪里有时间啊！"不好了，第五界空间之门大开，一个君王跨界而来了！"天鬼惊恐地向着辰南传音。辰南脑中轰的一响，一个黑起就已经无法对抗，再来一人……他不敢想象那种后果了。

无尽的杀意，可怕的强者之"势"，瞬间铺天盖地冲来，像狂猛的海啸，冲上了海边寂静的小村落一般，声势骇人到了极点。跨界而来的君王在一刹那间就冲到了。此人高有一丈，身材修长，容貌俊朗，皮肤白净，本来是那种看起来很文静的修者，但是此刻他浑身染血，杀机毕露，如一口犀利的出鞘神剑一般！身上的月白衣衫残碎不堪，早已被鲜血染红，尤其是要害之处是破碎得不成样子，可以想象他曾经受到了不止一次的致命攻击。他手中持着一把残破得不成样子的断剑，可以想象之前经历的大战多么激烈。第五界再来一高手，顿时让人间与天界的所有修者绝望到了顶点！还有谁能够挺身而出，谁能够对抗来犯的强者？

"德猛你居然没死，还敢跨界追我而来，真是不自量力！"黑起的话语顿时让法祖一惊。而辰南却如梦方醒一般，他一直在考虑最坏的结果，但却没有想到事态并未严峻到那种程度。他想起了第五界那个不死老强信使所说过的话，这个人应该是他们那一方缠战黑起的君王。

德猛冲着辰南与法祖点了点头，以神识波动来交流，道："我在沿途已经从死灵的怨念中得知了这一界发生了什么，我乃是黑起的对手，要与你们一起对付他。"没有比这再好的消息了，如今的黑起君王堪称无敌于世，这等强援来助实在是雪中送炭啊！

"哈哈，你们以为人多就可以灭杀我吗？天都杀不死我，更遑论你们！现在这个世上，没有人能够奈何我。"黑起狂啸道。德猛手持断剑，整个人犀利如神剑，盯着黑起，在第五界他如果不是诈死的话，已经被黑起彻底灭杀。

他转过头来，对着辰南与法祖秘密传音道："他说得对，即便我们三个人联手也无法与他抗衡。他乃是太古七君王中的第二强，如果逼他露出绝望杀意，甚至可以排在第一，几乎没有人能够与他争锋！"法祖传音道："他已经被我们逼得露出绝望杀意了。"德猛道："眼下没有人能够对付他。但是，我带了我界的一件重宝，可以困他两日！"

"说出你的具体打算吧。"辰南知道对方肯定早已有了周密的计算。德猛道："我想请你们去我们的斗战圣界，帮我们先灭杀掉太古六君王中的一两人，我们处于绝对优势后，数位君王一起来合力剿杀黑起！"进入第五界，对抗另外的太古君王，尽管德猛说那些人没有黑起强大，但是焉知不是宽慰之语，必然充满了凶险。

法祖没有言声，辰南考虑了一会儿，道："我可以与你同去，但只能在斗战圣界征杀两日，法祖不能去。""为什么？"德猛问道。辰南的顾虑很多，谁能保证强敌灭尽，德猛一方不会翻脸，但是这不可能全部说出。辰南道："我的体质很特殊，战力只能维系两天。此外，黑起即便被困，但也需要强者监视，不然一旦他意外杀出，血屠百万里，后果不可想象。"德猛无奈点头，不过心中却振奋不已，他已经看出此刻辰南的修为不弱于他，黑起被困这一界，他们如果杀回去……

法祖罗凯尔表示同意，他可不愿意以身涉险，进入那可怕的第五界。黑起冷冷地扫视着前方那三人，此刻绝望魔刀已经完全修复，他露出了残忍的笑容，打算一战灭掉三位天阶强者。然而就在刹那间，十三杆大旗突然间遮天蔽日，突兀地笼罩在黑起的周围。一瞬间，阴风怒号，血浪冲天，这里的场景顿时大变样。

魔云翻滚，十三杆大旗，高足有千丈，在阴风中猎猎作响，笼罩了这片天地，黑起被困在里面。"吼……"黑起似乎震惊到了极点，发疯般吼道，"德猛你竟然是那两人的传人，该死的，我要灭杀你族十万里！你族所在地今后将寸草不生！"当年，黑起与四十万手下被困万载，就是拜这十三杆诛天魔旗所赐，最后迫不得已亲手灭杀四十万神魔手下，独自冲出封印，这是他心中的一个死结！

德猛道："不错，当年那两位君王乃是我族高手！""哈哈！"黑起在诛天魔旗大阵中怒极而笑道，"当年都无法困住我，更何况现在，你们等着灭族吧！"德猛冷笑，道："困你三日就够了！今次，我们要在第五界一战定输赢！"黑起终于脸色大变，奋力冲击，不过十三杆魔旗猎猎作响，遮天蔽日，岂是那样容易冲破的。

"走吧！"德猛对辰南道。"等下，我再来布一阵！"辰南已经踏上了一条不归路，对于《太上忘情录》中的功法，再也没什么顾忌了，不计后果地施展运用。他即将离开这一界，他可不想走后因黑起的存在而发生可怕的意外。"北斗伏魔！"依然是这一禁忌绝学，但是因为黑起被困，已经无力破坏他的施展。七道神光从天而降，从北斗七星斗身上端开始，到斗柄的末尾，天枢、天璇、天玑、天权、玉衡、开阳、摇光七星之力，自浩瀚星海中直射而下。

在十三杆大旗之外，形成北斗伏魔阵！虽然辰南还没有真正掌握《太上忘情录》，但是阵法运转两三天是没问题的。七道光柱贯通天地间！法祖留在了原地，辰南头也不回地跟着德猛向着通往第五界的空间之门飞去。

"爸爸……"月亮之上，龙儿双目蕴泪，攥着小拳头，叫喊着。梦可儿、雨馨、四祖、五祖、澹台璇、大魔，还有更多的人，通过记忆水晶，注视着辰南远去。

"天鬼，将黑起带来的人，全部给杀干净！"辰南在进入空间之门前，大声冲着远空的天鬼命令道。也许两三日间就可以扭转乾坤！辰南没有选择，只能杀向第五界。《太上忘情录》已经令他走上绝路，现在于他来说，再也没有任何可怕之事！

第五界君王德猛划开一片空间，五万生灵哀号着自他修出的天地中坠落，被他用断剑横扫于虚空中，无尽的血液喷洒而下，人头不断飞滚。残尸不断坠滚，这是血淋淋的大屠杀，一派炼狱般的景象！血水染红了这片天地，打通两界之门，需要无尽的生灵血祭，场景是极其残忍的！

狮虎猎物获威名，可怜麋鹿有谁怜？世间从来强食弱，纵然有理也枉然！辰南没有阻止，穿过重重血浪，与德猛一起走进了空间之门。这空间之门内，怨灵哀号，魂魄挣扎，鬼啸之音不绝于耳，但是现在不是悲天悯人的时刻，辰南与德猛在里面飞快地穿越着。第五界，号称斗战圣界，被称作终极强者的彼岸，所有最强者最终都会来这一界留下足迹！

三个时辰之后，辰南终于同德猛一起进入了斗战圣界！当面对强敌冷血屠杀之际，妥协逃避并不是好办法，也许以攻代守更为有效。辰南灭杀太古七君王中的松赞德布，随后大战盖世君王黑起，已经和这几位修为通天的君王结下了不解之仇。发生的事件已经无法挽回与遮掩，与其等对方杀过来，还不如自己杀过去，将一些问题解决在另一片空间。太古君王大战，动辄浮尸万里，也许降临第五界同样残忍，不过却让人间能够保得安宁。

开拓异世战场！

辰南与君王德猛跨界成功，自空间之门冲出，安全抵达斗战圣界。眼前的景象，在辰南意料之中。映入眼帘的是无尽的骸骨，这片空间之门周围腐尸万千，远处更是白骨皑皑，刺目的骷髅骨海白茫茫一片，让人惊心。

这都是君王们为了跨界而屠杀的无辜生灵啊！无尽岁月的积累，也不知道到底有多少生魂被屠戮在这里。四周生之气息浩荡，那是血祭产生的生命之能，还没有完全消散。稍远处，则阴气重重，淡淡的黑色阴雾飘荡在周围，再加上无尽的骸骨衬托，显得格外阴森恐怖。怨灵哀号不断，这里注定是一个死亡之地。更远处，是一望无际的沼泽，水泽点点，时时有腐尸冒出，恐怖地挣扎躁动，无比恐怖与邪异。

面对无尽骸骨，辰南没有什么可感慨的，到了如今杀敌无数，什么样的残忍事件没有见过。这次他来第五界只为杀人！德猛身材修长，面色白净，如一个书生一般，实在不像是一个能够血杀万里的君王，他转过身来对辰南道："走吧，穿过这片阴灵沼泽，才算真正进入我们的世界。除非跨界的君王，没有人会来这里。"以两人的修为，穿越这片大沼泽，不过刹那间。

穿过沼泽区，前方是连绵不绝的山脉，所有山峰皆高耸入云。在路过之际，辰南感觉到了奇异之处。这片高耸入云的山峰，竟然全部都是断峰，让人想象如果没有崩断，它们有多么高耸！德猛似乎看出了他的疑惑，道："我听说许多强者都曾到过斗战圣界，留下了不可磨灭的印记。这片山脉原本是一座神地，汇万山之灵气，聚百脉之灵根，是一座少有的圣地。但却被人震断百峰，将灵根摄走，说不定就是你们那一界的强者。"

他们快速飞行出去，辰南又发现一处赤地万里的所在，德猛介绍道，这乃是魔主当年与人对决留下的印记，自太古至今这里便成了一处荒凉绝地。随后，辰南又意外看到了大神独孤败天留下的印记。他心中真是感慨，太古时期恐怕也唯有这等人物才能够从容跨界吧。这片大地，各地景物差别巨大。总的来说，山河壮丽，尽管有不少绝地，但是秀丽的山川大泽也不在少数。幅员辽阔至极，堪比辰南他们那一方的天界。

本就是为杀敌而来，辰南时间有限，三日后八魂力量将衰竭，他准备将一切事件都压缩在两日内，留下充裕时间去对付黑起。"我方有五位君王，另外四人近来都在与对方纠缠大战，死死地牵制住了对方四大高手。如今黑起跨界而去，对方还有一位君王没有敌手，而我们就是要去对付他。"辰南深深地看了他一眼，道："不要告诉我，那人是太古七君中第一人。"

德猛笑了起来，道："怎么可能呢，那第一人有人牵制。我们要对付的人，应该不会很麻烦。因为他重伤在身，在不久前的一场大战中，险些被我们彻底封印。可惜，对方的君王来得太及时了，总算救下了他。"辰南道："好，那就从他开始下手吧。"

辰南从对方的话语中得到不少信息，德猛一方竟然有人能够缠住太古七君王中的第一人，实在有些让人吃惊。不过，这无所谓了，他来到这里，主要是为了打破局面，让德猛一方和黑起一方平衡起来，让他们的实力无限接近，这样人间与天界才能够保持安宁。已经重伤的太古君王名为尼仲，在太古六君回归第五界时，被德猛一方先一步觉察。见对方有六大君王，他们便定出一计，想要先灭杀其中一人。

结果虽未成功，但效果足够了，让尼仲重伤险死，始终不得上战场。致使双方都只能出动五位君王，保持了一段平衡。"一位重伤的君王，你自己就应该能够灭杀吧，何必来找我呢？"辰南狐疑地看着德猛。德猛叹了一口气，道："我们曾经尝试几次，但是始终不能得手。即便他身边没有其他君王守护，但是布在他养伤之地的阵法不简单，差不多能够挡住一个君王。不过，我们两人去，可以轻松破开。"

德猛诈死骗过了黑起，当黑起去了人间界后，德猛一个人不是没有办法彻底破开那个阵法，但是他生性谨慎，所以找了辰南，要一击必杀。斗战圣界，真的是一处奇地，当中蕴含了不少无主玄界，有的玄界的地域之浩大，实在让人咂舌不已。

辰南随同德猛一同进入了望云界，这片玄界之大超乎想象，据说能有第五界的六分之一。望云界中非常奇特，放眼望去，石林是唯一的风景线。一片片石林一望无际，一直绵延到天际尽头。直至进入深处，依然难以发觉平原、丘陵地带，虽然渐渐出现生机盎然的绿意，但是全部依附在石山周围。这里的山峰非常玄奇，全部是如山岳般的巨石。一座座石峰如斧劈刀刻出来的一般，高万仞的石壁耸入云端，超乎想象。

"到了，就是这里！"德猛低语道。前方，六座高耸入云的绝壁，明显大异于别处，六座绝壁闪烁着宝辉，明显被人祭炼过。德猛道："这就是尼仲布下的六合乾坤阵！这六座绝壁就是阵旗，分别为诗、书、乐、礼、周、春，名字很雅致，但却杀人于无形中！号称尼仲的六门最强绝学，按照他的体内元气的运转而演化出的可怕阵法。虽然尼仲的形神近乎毁灭了，但是在另外几位君王的帮助祭炼下，这六座神山却近乎算是他的肌体的再生，借助无尽天地元气，在运转着他的功法，着实很可怕。"

辰南明白了，这六座绝壁，等同于尼仲的另类重生。他问道："有克制之法吗？"德猛道："没有，攻这座大阵，等同于在同尼仲作战，完全要靠实力！""那好吧，就从他开始！你攻诗、书、乐三座阵旗，我攻礼、周、春三座阵旗，直接将它们崩碎。"辰南冷笑，嚣张不可一世的太古君王之一被动承接他们的招数，他相信能够彻底灭杀。

"杀！""杀！"德猛与辰南同时大喝，一起向前冲杀而去。

"德猛你又来了！"尼仲在六座绝壁中发出了冷冷的声音。"这一次，彻底灭杀你！"德猛大吼，手中断剑猛烈劈砍诗、书、乐三阵旗当中的诗字旗。断剑在刹那间暴涨，快速化成一座巨山，横扫在诗字旗上。一阵剧烈的摇动，诗字旗竟然完好无损，德猛被震飞了出去，不过他却毫无沮丧之色，哈哈大笑道："尼仲你死定了！"像他这种级别的高手，简单出手间就能够瞬间判断出敌我双方的实力，他知道尼仲在强撑着。此刻，尼仲根本无法挡住他与辰南联手之力。

辰南手中方天画戟，也化成千百丈打下，绝世凶兵狂劈礼、周、春当中的周字旗，直砍杀得那座绝壁剧烈摇动不已。接下来，德猛与辰南狂攻不止，机会稍纵即逝，在别的君王没有回来救援之前，一定要干掉尼仲。六座绝壁阵旗，幻化出千百道影迹，它们可不是静止不动的，六座绝壁虽然高耸入云，但是动起来当真迅如疾电，以特定的方式运转着，攻守兼备，仿佛天上的星辰图在变幻一般。

尼仲叹气，虽然六座阵旗按照他的功法运转，勉强可以抵制一个同级别高手，但是对抗两人就万万不能了。德猛与辰南手中凶兵，舞动天风，当真有灭世之概。六合乾坤阵眼看即将被破，尼仲不想坐以待毙，大喝道："乾坤六解！"乾坤阵被他崩开了，六道绝壁在分离的刹那，无数的人影冲了出来。仅仅在一瞬间，天上地下，到处都是影迹，所有人都挥舞刀刃向着辰南与德猛冲杀而去。

"杀！""杀！""杀！"……

辰南大致估算了下，这第一批人绝不会少于十万人！德猛大声提醒辰南，道："千万不要外放出元气，为这些人补充能量！尼仲黔驴技穷，他死定了，杀吧！"辰南猛力挥动方天画戟，瞬间数百生灵被他收割去了生命。"这是……"他感觉并未遇到丝毫阻力。德猛大喊道："尼仲为了疗伤，聚集了百万生灵，准备屠戮干净，恢复元气。他们是我们这一界的普通百姓，现在虽然还未被杀，但是却被尼仲控制了心神，等同于他的化身。他化身百万，千万不要放走一人！"

"什么，这是普通的百姓啊，百万生灵？！"辰南震惊，即便发生天灾人祸能死多少人，超级帝国间的一场大战能死多少人？他实在感觉吃惊不已。百姓的命真的"很贱"啊！尼仲实在该灭杀万遍！"不要下不去手，放走一人，尼仲可能就会逃之夭夭！每个人都可能是他！"德猛大吼着。眼看可以收网了，他可不希望最后功亏一篑，因为灭杀一个太古君王实在太不容易了！

这百万生灵虽然是凡人之体，但冲杀在最前方的人表现出的实力都不下于神魔，完全被尼仲操控，继承了他的实力！辰南心渐冷，他知道以后可能会背上千古骂名，屠戮这么多的生灵，比之黑起还要狠辣过分啊，但是他没有选择！杀斗天地间，惨烈惊阴庭。三步杀一人，心停手不停。血流万里浪，魂惊魄哀鸣！辰南穿梭于尸山血海中，强大的灵识锁定了所有冲出的生灵，绝世凶兵方天画戟，每一击都夺魂万千，血浪翻滚中辰南如修罗一般。

千载过后，也许没有人会记得他是为灭杀仇敌，保证天界与人间不被屠戮而战，也许人们只会记得一个浴血魔王、屠戮狂人，灭杀生灵百万，获得万世骂名。赞誉不可及，骂名能想象。但是辰南没有选择，唯有于百万生灵中冲杀。杀一是为罪，屠万是为雄。屠得九百万，即为雄中雄。雄中雄，道不同，看破千年仁义名，但使今生逞雄风。美名不爱爱恶名，杀人百万心不惩。宁教万人切齿冷，不教千古空遗恨。

辰南与德猛血屠百万生灵，震惊了第五界！他与德猛一起追杀尼仲最后的化身，纵横于斗战圣界天上地下，转战百万里，终于将尼仲击杀于一片草原之上。这个号称灭过苍天的强者，被封印无尽岁月，元气大伤后，回归第五界又逢重创，今日终于彻底湮灭。

图书在版编目（CIP）数据

神墓 6：精修典藏版 / 辰东著．ーー北京：作家出版社
2021.11（2022.8 重印）

（网络文学名作典藏丛书）

ISBN 978 - 7 - 5212 - 1545 - 8

Ⅰ．①神…　Ⅱ．①辰…　Ⅲ．①长篇小说 - 中国 - 当代
Ⅳ．① I247.5

中国版本图书馆 CIP 数据核字（2021）第 196596 号

神墓 6：精修典藏版

总 策 划：	何 弘　张亚丽
主　　编：	肖惊鸿
作　　者：	辰 东
责任编辑：	袁艺方　王 烨
装帧设计：	天行云翼·宋晓亮
出版发行：	作家出版社有限公司

社　　址：北京农展馆南里 10 号　　邮　　编：100125
电话传真：86 - 10 - 65067186（发行中心及邮购部）
　　　　　　86 - 10 - 65004079（总编室）
E – mail: zuojia@zuojia. net. cn
http: // www.zuojiachubanshe.com
印　　刷：唐山嘉德印刷有限公司
成品尺寸：152 × 230
字　　数：350 千
印　　张：26.5
版　　次：2021 年 11 月第 1 版
印　　次：2022 年 8 月第 3 次印刷
ISBN 978 - 7 - 5212 - 1545 - 8
定　　价：42.00 元